茅盾文学奖
获奖作品全集
典藏版

The Mao Dun Literature Prize

曙光与暮色

你在高原 第八部

张炜 著

人民文学出版社

目 录

卷 一

第一章   3
    梦游者　营养协会　一幅画

第二章   51
    流浪小记　静思庵　血脉与传奇　听潮

第三章   98
    老人　农场与弟子　挚爱　双蛇结
    从囚室到死谷

卷 二

第四章   177
    人在寂处　城市和滨　开始

第五章   212
    旅途上　田园故地　大山深处　石与血

卷 三

第六章   279

爱情简史　心诉　诀别　逃亡之路

第七章　　　　　　　　　　　　　　　　　344

　　卖锡壶　路遇　最后的叹息

第八章　　　　　　　　　　　　　　　　　399

　　苍茫大山　生存　老人之间　岁月的尽头

卷　四

第九章　　　　　　　　　　　　　　　　　465

　　煎熬　蹂躏　又一次分别

第十章　　　　　　　　　　　　　　　　　508

　　美非罪　梨花似雪

尾声　　　　　　　　　　　　　　　　　　551

你在高原

曙光与暮色

卷一

第 一 章

梦 游 者

一

"你去吧,他人挺好的。"梅子又一遍催促。我没有吭声。

她不知道我看上去好像还在犹豫,其实心里已经做好了准备。我真的要去找那个黄科长了。我在想其他一些事情。

"你见了他就知道了,人挺随和。"

梅子飞快地收拾东西,要上班去了。我倒想让她快些离开,因为每当屋子里剩下我一个人的时候,那种感觉真好。

"你知道,事到如今已经没什么好琢磨的了,打开始的那一天你就该想到这些。好了,收拾一下,还是去吧——啊?"

梅子转过身去。一个越来越严肃的人、可爱的人。她的浓发油滋滋的,黑黑闪亮,总是引得你不由自主去伸手抚摸。我刚刚四十多岁,可是显然已经走入了令人沮丧的时刻。不过我在这天早晨又发现,人在这个年龄段的某些时候,心底仍然会时不时地泛起一种强烈的欲念,比如思慕和爱恋之类。

说到多年前的离开,我觉得自己多多少少对她构成了伤害。那时候的我比现在冲动,像着了魔一般。当时这座城市的辞职风刮得很猛,我给吹得摇来晃去,最后终于给连根拔了。无论家里人还是朋友,谁的劝告也听不进,我的心一横就离开了。当时她和孩子不能与我同行,我只好一个人走了。为什么要离开这座城市?略去各种各样的繁琐不谈,简单点说就是要到东部平原去,回到我的出生地,从而远离城市的喧嚣。事情的开头总是很好,我和当地人一起搞种植,有了自己安身立命的一片土地,看上去很像那么回事。真的,它直到今天让人想起来心里还滚烫烫的。那本来是一个关于寻找和归去的好故事,一个动人的故事。它压根儿就不该失败。可是今天看来,当年那些所谓的周密筹划当中仍然有不少疏漏,也就是说,我们这些人还嫌稚嫩了一点。结果也就失败了。我不得不重新返城:让一切从头开始。我成了一个最不走运的人、落魄者和失败者。当我一个人顶着乱蓬蓬的一头脏发走上这座生活了几十年、如今突然变得有点陌生的城市街巷时,万般感触就会一齐涌上心头。我得忍住那些熟悉的和不熟悉的目光齐刷刷地打量过来。我有时倒这样想:可怜巴巴的一个男人,老婆不把你甩了也就算幸运了。我摇摇晃晃走在街头,心底一遍遍重复:你干脆把我甩了吧,我可不愿欠谁什么。因为我知道,人活到了这样的年纪,欠下的东西越多越糟。人这一辈子最好还是谁也不欠的为好。然而这只是一种心愿而已,我知道自己欠那片平原,欠新结识的朋友和一些心爱的人——比如梅子和孩子他们;细想起来,我似乎还欠这座生活了二十多年的、从心里厌恶的、乱哄哄的城市。

一种隐隐的、难以摆脱的亏欠感会使一个男人难以忍受。

梅子如果真正关心我,真正温良贤淑,这会儿就应该再狠一点。快刀斩乱麻又怎样,那就不会让我在她面前有一种负疚感了。

看着她为我跑职业、为一个四十多岁的男人寻找谋生之法,真是不忍。最后总算有了结果,几天来她一直催促我去那个地方。"去吧去吧!"她重复着这两个字。好像只要我去了,一切也就迎刃而解了、告一段落了。

她许多时候还像个孩子。

她让我去找的人是一个六十多岁的、早已离休的姓黄的科长。黄科长和我岳父有点关系,当他从她们家了解了我的情况之后,马上大包大揽,说小事一桩嘛。他答应让我立刻就到他领导的一个部门去工作。如此轻松地改变了一个倒霉汉的命运,这让人有点大喜过望,有点不敢相信。我知道这在眼下是多么难的一件事,因为那些亟待找饭吃的失业者对这座城市而言已成为可怕的负担。那些从外地涌入的各种各样的闲散人员、像我一样马失前蹄的男男女女,眼下都急于走入一种稳定可靠的职业。不过我也知道,这个黄科长虽然官职不高,却并不让人怀疑他的能量。每座城市都是这样,有多少奇怪的角落就有多少奇怪的人物——他们在自己所扮演的角色上从来不遗余力,所以最后总是各得其所,一个个全都成功了。这个世界就是这样:有人可以做自己想做的一切,而有人会把一切都搞得乱七八糟。我现在真的寄希望于这个黄科长了。

可是得到允诺后我高兴过了,接上一连几天都在踌躇。我在犹豫什么?

我也说不清。我常常在极短的一段时间里、有时仅仅是一瞬间,要把事情从头至尾飞快地回顾一遍……从那座地质学院毕业之后,我进入的是许多人梦寐以求的03所。大概因为一切都过于顺利了吧,后来就是这个堂皇之所给了我终生难忘的折磨。这段经历我会铭记在心,因为它总是时刻提醒我,让我心底生出一种警悚的感觉。人在任何时候都要记住自己的来路,都不能忘记生命的背景——人生既有一个舞台也就会有一个背景,于是他的一切都要在这个背景下滋生和繁衍。我的命运是如此执拗地驶向一个轨迹,它不可改变。我明白,03所给予我的不仅是恐惧和痛苦,还有更为珍贵的东西……我走出了那座阴森森的大楼,去了一个环境相对宽松的杂志社——这在很多人看来无疑是一个天大的遗憾,我却从未悔疚。不仅如此,进入杂志社两年不到,随着全城的辞职浪头,我又辞掉了公职。新的一章如是开始。

我在东部的那片土地上折腾了几年,把它搞得有声有色。也许一切都源于我的不安分:接二连三的尝试中坎坷不断,一次又一次的挫折令人身心俱疲……一段匆匆的历程,一部失败的历史。

所有人的一生中总要有成功有失败。可区别在于,有的人在别人眼里是一个地地道道的失败者,而他自己却会认为是一个胜利者;另一些人不仅在别人眼里是失败者,他更把自己看成了一个失败者——这才是真正的失败。我极不愿意,也极担心成为后者。

天还很早,刚刚进入上午这段最好、最从容的时间。马上去找黄科长吗?我想自己随时都会离开屋子,到梅子一家人希望我去的那个地方,去办个简单的手续,然后一切也就重新开始了。这在很多回城的人那儿都是求之不得的一件事,对我来说当然也蛮好。可奇怪的是这会儿我既不看重也不着急。我厌恶的是另一种境遇:自己像个被牵了线的木偶一样,随着别人的摆布活动。多么不可思议,当年我从这座城市出走、归来,来来回回穿行……好像十几年的时间都给压缩成了眼前这一瞬。一幕幕场景叠印跳动,占据了记忆的空间。整个人像在梦游。是的,好像从很久以前,我身体的一部分就开始了渐渐睡去——那就让它睡着好了。

白天,我在街巷里随着蜂拥的人流漫无目的地往前移动,或者和梅子一块儿到市场上采购——还有,去找我在这个城市的好友阳子……无论怎样都无法完全驱除那种梦游感。我和阳子在一起聊天,仍然时不时地闪过一丝奇特的感受:我在睡着。虽然我在大睁双眼,在说话——可是只有我自己心里知道,我身上的某一部分仍然在沉睡。它竟然没有被这座喧闹的城市唤醒。

睡吧。也许只有这样,我才更像一个城市人。

从平原归来许久我都没有跟往日的朋友见面。就连阳子也不例外。在很长的一段时间里,我与城里的所有熟人甚至挚友都隔绝了。我时而把自己关在这个小屋里,时而挤进街巷人流。我如此这般地享受着孤单的愉快。除此而外,我还要时不时地重复一些恶习:难以停息地、急切地在纸上涂抹一些长长短短的句子。它们是我心中循环往复的吟唱或——叹息……

梅子一次又一次约我去她父母家过周末,我却总是故意拖延。我怕从这里到岳父家,这仅仅几公里远的街区上、这段特殊的路程中,身上的什么东西会给陡然惊醒。后来我实在无法推诿,只得依她。自行车的铃声像风铃,汽车喇叭尖锐刺耳,懒洋洋的城市灯光,车与人的河流。所有的嚷叫我都充耳不闻。卖冰糕的、卖晚报的、卖老鼠药和进口服装的。有人在离我们不远的地方摆弄着一个崭新的玩艺儿,它反射的强光老要不停地从我脸上闪过。

"那东西真亮。"我对梅子说。

梅子好像没有听见,她扯着我的手。每逢走到拥挤的街巷上,她总是侧身拽上我的手。从过去到现在,从我熟悉她的那天起就是这样。好像小小的她才是我生活中的引导者,她从一开始就生怕我走失。不过这会儿越发使我觉得自己是一个沉睡不醒的、恍恍惚惚的人。

又回到了这座有一棵大橡树的院落。这里有一个心慈面软的岳母和一个始终冷漠的岳父,两个人都离休了。岳父脸上的那种冰冷和严厉,不知该让我恐惧还是厌恶,我只知道他是岳父。有时候我想:人干吗还要有个岳父呢?这真是一种奇怪的人生设置。要知道人这一生有个父亲已经够受的了。但岳母像天底下所有的岳母一样可爱。她在那棵大橡树下伸开了手,像是要把我抱在怀里。梅子喊着"妈妈",母女俩让人羡慕。她抱住的是自己的女儿。

"失业了不是?"岳父正在练字,头也不抬地说了一句。看来书法家的牌子他是挂定了。他还会作诗,都是一些五言七言,大致上写过去的那些战斗、和平时期故地重游的一些感怀。奇怪,他一直在歌颂和怀念拼死拼活打仗的日子,好像太平日子并不愿过。

我说:"我也是,也在天天写呢。"

岳父"哼"了一声,把正写的一个大字糟蹋了。他扔了笔,有些恼火。他不知是火自己还是火我,说:"哼!"

岳母端来一些糖果、橘子,又倒茶,接着就说:"还是去上班好……"

我点着头。我觉得让长辈为我操这么多心也是一个罪过。

二

就是那天回来我下了个决心:找黄科长。我知道自己拖拖拉拉犹豫不决就是某种自尊在作怪,还有,就是心不在焉;我不知道今后该怎样安顿自己——那颗心。很不幸,仍然还有个"心"的问题。我记起前些年看过一本书,它的名字被译为《心的概念》。真的,我至今都没有摆脱"心"的问题。我不信这种不得已而为之的、勉为其难的生活会让一颗心从此安定下来。比如说眼下的状态,恍恍惚惚;再比如在岳母和梅子的声声催促下,我还是要涂涂抹抹。我知道停止了涂抹一切只会更糟。我的这个不良嗜好真是源远流长,以至于发展到今天已经无可疗救——我从那所地质学院,甚至从更早的时候起,就开始了这种不能停息的、像害了一场热病似的吟唱和叹息。也许就因为这个难以革除的共同的病根,我才有了那长长的奔走、一次又一次的告别:告别地质学,告别杂志社,告别城市,最后又不得不告别那片平原,重新回到这座蜂巢一样拥挤和喧嚣的街巷。"我看见记忆衔住梳子/一群麻雀的种子洒向泥土/那只琴在北风里冲洗/外祖母的白发啊,翩翩的鹭鸟啊/两眼迷蒙眺望/那沙原上飘飘的水汽/一片茁壮的青杨在舞蹈……"

杂乱无章。如同梦游。好在它们有别于苦笑。它们时断时续,随手记在各种各样的纸片和本子上。有时我把它们写在孩子废弃的作业本空白处。

"爸爸的字可真丑……"小宁对母亲说。

梅子捡起那个写满了字的本子,皱着眉头。她每逢看到我写下的什么就是这样一副表情。我不知她为什么要皱眉。我想为梅子唱一首通俗易懂的滑稽歌谣。我在心里搜索崭新的词儿,找不出。可是每当我放松起来,就会捏起一支圆珠笔,毫不费力地在纸上写下:"春天暖洋洋／百鸟齐歌唱／革命人民恋爱忙／嘿,恋呀么恋爱忙……"

我回到这座城市之初没有告诉任何人,可是像过去一样,最后还是阳子第一个知道。他来玩,一次又一次带来崭新的画。每一次都是他一个人。他有一帮好朋友,一伙不无特异的男男女女——他们可都是艺术家啊!他不敢把那一伙带到这里来,知道我不希望将这儿变得乱哄哄的。我羡慕阳子,有时甚至想:追根溯源,我们可能是由完全不同的某种动物进化而来的。他永远欢蹦乱跳,适合在阳光下生活。他结识的人多,听到的消息多;从他嘴里吐出的每一句话都无忧无虑,像琴键上蹦出的欢畅激越的音符……他每次离去,会使这个屋子变得倍加清冷。而我只能更多地在纸片上涂抹。

"那时还小哩／老黄牛驮了时光／镰刀上的胡须又白又长／赤脚从大李子树下走过／朝圣一般拘谨／转眼是原野上的疾跑／是一道少年的闪电……"我刚刚把它合上,又一首滑稽歌谣从脑际流过:

"岳母胖乎乎／是个大老粗／岳父是好人／善于玩深沉……"

梅子收拾纸页时看到了。她这一次很快吐出两个字:无聊!

真的无聊。就像一篇文章由于有了一个准确的命题,一下变得清晰起来:我长时间以来一直是无聊的,而那莫名的烦躁就是由它引起。我常常不由自主就要向她和小宁发点脾气。有时甚至想吵几句,好像害怕冷场似的。当然,我们吵嘴的题目常常离不开那个宝贝岳父。因为他很好玩。吵来吵去,梅子就归结成这样一句:

"你只知道维护自己的父亲,从来不知道维护我的父亲。"

我记得类似的抱怨和指责已经许多了。在这无聊的时刻,我突然灵感大发,终于也归结出一句:

"我维护劳动的父亲。"

一阵沉寂。我们俩不吵了。梅子望着我,任我说什么她都不再回答。够了,我想。你瞧,我心里很骄傲呢。我就是有各种办法对付别人呀。

如果这个上午再不去黄科长那儿,梅子回来会失望的。这一上午挺好的时光又要被我糟蹋了。我该马上去了。

终于结识了黄科长。

原来这是一个六十多岁的矮小老头。他的气色出奇地好,胖乎乎的,头发稀疏,脸庞上长着一对惊厥的眼睛。他看我时,不知怎么让我觉得这人似曾相识。这当然是一种错觉。他只偶尔到我岳父家里去一次,连梅子也刚刚熟悉不久。他握住我的手时,我突出的感觉是这双手这么小、这么软又这么温暖。一想起自己就要受惠于此人,想起他将帮我解决一个至关重要的生活问题,心里就涌出了一点感激,还有一点惭愧。可是当我认真地注视他,特别是看到他张嘴说话的时候,又马上沮丧了。因为我一看到那对桀骜不驯的门牙气就不打一处来。他操的是一口奇怪的普通话,掺有浓浓的南方味儿。谈了一会儿他更使我大吃一惊:原来我们还是老乡呢。他的老家也在东部平原上,只不过"参加革命已经很早了"。也许他的那些战友们当中有南方人,也许他直接就在南方工作过一段时间。只是谈得久了,我才多多少少听出了一些乡音。

他说:"这事情很简单啦,只到那里去登个记,办一下手续,然后也就行啦。"

"具体是做什么工作呢?"

"工作嘛是很闲散的啦。当然,对你嘛还是文字工作啦。"

他捏弄着一双小得让人吃惊的手掌:"我也在他们那儿啦,离休之后就分担了一点点社会工作啦,闲散得很。今后我们俩一块儿打交道的时间也就长了。"

说到这儿他朝里屋喊了一声。出来一个鼻子尖尖、说话瓮声瓮气的姑娘。他对她说一句:"我们走了。"

那姑娘看也不看我,只对他点一下头,"嗯"了一声退进里屋。

我和黄科长出门。他说:"很近啦,用不着乘车,拐一个弯,再往前走二百多米就到了。"

我们穿过一个很热闹的露天市场,接着又走入一条斜巷。这条巷子很僻静。黄科长说:"我这一带可是熟啊,我在这一带住了二十多年。你看见前面那个牌子了吗?"

我发现那里有很多牌子,不知他指的是哪一个。这是一幢破旧的水泥楼,上面的很多玻璃已经碎了。黄科长伸手指指一块黑色的牌子:"人才交流中心"。我愣了一下。黄科长说:"这不过是挂个牌子而已,档案关系要放在这儿。你具体是在'营养协会'工作啦。"

我的耳边嗡嗡响着他的话,心里还没有完全明白。我的眼睛一直盯着那个牌子。这时我突然明白了:我是一个"人才"!

我每天和梅子一块儿走出家门,她往西,我往东。我们都去上班。我手提一个人造革棕色皮包,每天去黄科长那儿。

"大老爷们/走在街上/手拿提包/摇摇晃晃……"一首滑稽歌谣脱口而出。我真的感到了周身轻松,像突然解脱了似的。这从梅子的笑脸上也可以领悟。我在家里,甚至是在这座城市里,都体验了一种崭新的和谐与谅解。我想在这个周末再到岳父岳母那儿去待一会儿,感受一下那种"上班效应"。

是的,一个男人到了四十多岁就尤其不可以独来独往,更不能闷在屋里。如果他恰在这个时候失业了,那也就意味着——完了。为什么完了?不知道,反正是完了。尽管我到现在也没弄明白那个"人才交流中心"与正在效力的"营养协会"是一种什么关系,没弄明白黄科长与它们之间的关系,但还是感到了一点点安慰。当时我问黄科长:"就到'中心'来上班吗?"

"不,'中心'下边还有许多'协会',你在我们的协会。"

"协会在哪儿?"

黄科长捏着小手:"现在房子很紧张,办公地点也成问题。不过这都是小事情啦,解决起来很容易的。有关同志正在跑这个事情。这一段么,我都在自己家里上班。我家里很宽绰,你就到这里来好了。"

当时我立刻由兴奋转入失望。因为我所期待的上班是像梅子那样,坐一段车或骑一段自行车,到某个办公楼的某一张桌子旁坐下,倒一杯茶,翻一下杂志或报纸,然后完成负责人交办的某一事项。我期待的是这样一种秩序和环境。因为无论是谁,我、我周围的人,都已经习惯了这样的一种节奏和环境。

"到你的家里……"我嗫嚅着。

黄科长一笑,摆摆手:"暂时的嘛,我那里一切都很方便。你去了就会知道啦,待一段时间也就习惯了。"

就这样,我每天按时到黄科长家里去上班了。我安慰自己说:这是暂时的。

三

这是一个老式小四合院,在当年大概是同类建筑中最劣等的了,院子比较小,当中有一棵枣树。正房是三间,还有两个小耳房。不过如今它在这座城市里已经是令人眼红的居所了。我知道,只有黄科长这样的老人才有办法搞到这样一处院落。不错,这里还算宽敞,黄科长的老伴在六七年前去世,一个儿子在外地工作,所以这处小院也就剩下了他自己。原来第一天我遇见的那个姑娘已经三十二岁了,未婚,在这个小院里已经做了五六年保姆了,叫"小冷"。小冷对人果然很冷,说话声音很粗,有点像男性。

初来上班的一天,黄科长看一眼小冷,又看一眼我,介绍:"这是新来协会工作的宁同志,以后你就叫他宁老师好了。"然后指指她,"这一位是我的保姆,同时也兼任秘书。很好的一位女同志,相处久了你就会知道啦。"

她冷冷地伸出手,我们握了握。接着她就走开了。她转身时让我看到了侧脸:鼻子又高又尖。从正面看,她的一对眼睛相隔很远,圆圆的。那一对眼睛不难看,可是她身上那种冷漠的神气不是从眼睛就是从那个尖尖的鼻子上散发出来的。

黄科长盯住她的背影说:"很朴实的同志啊,本市的一个女青年,很爱学习。她是为了学习才到我这儿来的。手勤嘴勤,不懂就问;知道尊重老同志;洗衣做饭、帮我抄抄稿子。很好的女青年啦。"

他说这话的时候,露出了宽厚的笑容。不知怎么,这笑容凝在脸上长时间不能收拢。

我跟他走进一个耳房。耳房尽管窄小,可由一个人来占据毕竟有点浪费。里面有一个旧写字台,一个小小的书架,还有暖瓶杯子,小茶几,破旧的沙发,一把木椅。这就是我的办公室了。

我很满意。他指着对面的耳房说:

"那里就是小冷同志的办公室。"

我心里想:这个黄科长不仅慷慨大方,而且有一副菩萨心肠。

他甚至给保姆准备了一间办公室。寻空儿我一定要到她的办公室看看。那个耳房旁边大概就是一个小厨房了,因为我看到有一个红砖砌成的烟囱。

黄科长在正房办公。他没有邀请我进那儿看看。不知怎么,我很想看看黄科长的办公室。他这一天才告诉我:他就是营养协会的主席。我觉得这挺好玩,"营养协会",多么好的一个协会啊。这个人一定对营养学有很深的造诣。不过看看他那稀疏的头发和残缺的牙齿,又让我有点怀疑,进而感到遗憾。他说:"我们协会是很受领导重视的。"

"协会有多少人在工作?"

他的下唇使劲耷下来:"刚刚成立不久,正式的人员嘛只有我们俩。对啦,小冷同志的编制也在这个协会。还有一些同志是业余时间为它服务的。我们准备招聘几个新同志来工作——你知道我们协会的名誉主席是谁吗?"

我摇摇头。

"是一位首长。"

他说出了首长的名字。我从来没听说过。

"首长一直是我的顶头上司。那时候他干处长,我干科员;他干厅长,我就当了科长。首长对我很熟悉,他的名誉主席就是我去聘请的,他当时就满口答应了。有时间你也可以去认识一下首长啦。老首长是人之楷模啊……"

他叹息着,那颗门牙似乎在叹息中微微摇荡。它仍然使我厌恶。

"首长也有一个保姆。首长的老伴去世很久了,保姆跟了他二十多年,为他洗衣服、做饭。首长对保姆那才叫好呢,有时候写点回忆录,就交给她抄了。保姆原来并不识多少字,是他让她待在身边,亲手教给她知识。你想一想,首长的学问多么深,在他身边成长起来的青年还会有错?!"

我笑了。

"她给他抄抄稿子,给她很高的工资哩。像对待自己的子女一样啊。我这辈子就佩服首长这个人。那才叫德高望重……"

我很快想到,眼前这个人随处都在模仿:他也死了老伴,也有了一个保姆,也让保姆为他抄稿子……

工作第一天,我眼前就堆了一些乱七八糟的文件和营养方面的杂志和剪报。黄科长说:"你是个有文化的人,先熟悉一下专业方面的知识吧。协会刚开张,事不多,我这一段忙着写回忆录……"

我瞥了他一眼。

我记得刚才他说过,那个首长也在写自己的自传。

不过我有些纳闷:一个对首长如此钦敬、简直是佩服得五体投地的人,为什么最终只做了一个科长?

下班时黄科长总是留我吃饭,说:"在单位就餐好了。"

我拒绝了。我坚持按时上下班。我想使工作和生活富有节奏和规律,也只有这样,才算是松了一口气。

黄科长在他的办公室常常一待一天,长时间不出来一次,坐功极深。他的工作和生活很有规律:每天上午十点半左右准时走到那棵老枣树旁边打一通太极拳,深深地咳嗽一声,发出一声长叹,然后再回屋里。半下午时分,他又重复那一套太极拳,同样是一声长咳、叹息,再走回去。只有对面耳房里的小冷不停地在院里走来走去,忙这忙那,让人想到她毕竟还是一个保姆。就因为是一个保姆,她才要常常走入黄科长的办公室,而且很久不出来。有一次我还听到她在里面发出吟唱似的声音。有好几次我看见小冷手里拿着刚刚抄好的稿子去找黄科长。他们在屋里说话的声音时高时低,没法听得明白。我一个人在耳房里感到了某种孤单,也很想到那个大办公室里去,可未经应允又觉得不妥:我毕竟是一个刚刚上班的人啊。我从第一天就多少意识到,黄科长是顶头上司,在他面前不能放肆。我有过在03所的教训。我该懂得怎样坐办公室。

他不邀请我去,却可以随时到我这里来。刚开始上班的时候还算规律,后来就有些散淡了。我发现这个黄科长是个非常喜欢聊天的人。不过他还是让我时常感到是一位领导。他坐在我这儿惟一的一个破沙发上,我给他倒了杯水,他从不饮用。这使我知道,营养和卫生是分不开的,他不能随便使用别人的杯子。他动不动就要谈到首长:"首长工作很有规律,每到了半上午和半下午,都要到院子里打一段太极拳,那太极拳打得才叫好呢。我见过太极拳比赛,第一名得主也比不上我们首长。"

"那他为什么不去参加比赛呀?"

黄科长轻轻一摇头:"小伙子,你想,他那样的身份也适合去参加比赛吗?呵呵呵呵……"

他大概在笑我的无知,笑那种世俗的、无所不在的竞争之心吧。我也笑了。我为自己的尴尬而笑。

他说:"人这一辈子啊,要紧的是要跟对了人啊……"

他显然是在赞扬自己——他跟对了人?

"只要跟对了人,就会进步。当然了,我不是指什么升官之类。那倒是次要的。要紧的是养成了好的品德、作风。"

我点点头:"是的。"

"我知道我的本事有限,水平也不高,可是我知道对人要忠,这是一条基本原则。首长始终对我都很关心,退休以后还打电话问我的生活情况,工作情况,身体如何啦。他问得很细。他还问:保姆好吧?称职吧?是否能做一点文字工作啦?你看看首长多关心我。在他的关心下,我的自传已经完成了一多半了,进展很快。"

说到这里,他的眼睛闪了一下。我发现他的眼睛很亮,好像与年龄不符。他的眼睛简直是贼亮贼亮。

"赶工夫你也可以看一下我的自传嘛,提提意见。"

"我资历短浅,没有经历过战争年代;我恐怕提不出什么意见。"

黄科长笑了:"嗯,不能这么讲嘛,再说我的自传也不全是写战争的,只是对过去生活的一点回忆么,兴许对你的学习和工作会有一点点启发。"

"它准备正式出版吗?"

"出版那是不成问题的,不过要精益求精啊。干我们这一行的,当然了,你也是搞文字的么,懂得千锤百炼的原理啦。小冷同志也读过,她在抄写当中有时候就忘了神,停下读起来。我问她,她说喜欢。"

这一说我倒很想早一点读到他的自传。我想那一定是非常有趣的。

他闲聊了一会儿,就到自己的办公室去了。

这一天我大着胆子敲了敲门。

黄科长开了门,不过我觉得那一刻他的脸色不好。可我已经不能后退了。他把身子闪开一点,把我让了进去。这是一间非常宽敞的屋子:一个朱红色的写字台,旁边是一个又矮又长的书架,再旁边是一张小小的行军床。看来,黄科长工作累了还要躺在上面歇息。床的旁边还有两张很大的笨模笨样的沙发。墙上到处悬挂一些古旧字画。我看这些的时候,他就把写字台上的什么收起来了。我好像觉得他不愿让我看到。走到一幅裱得很讲究的长联跟前,发现那字迹真是稚拙得可以。上面写了:"每临大事有静气",落款是"静思庵主"。这个名号使我愣了一下。黄科长凑过来:"这是'静思庵主'赠我的一幅墨宝。那个人你该结识一下。"

我想这一定是位老者了。黄科长接着却说:"他的年纪比你大不了一岁两岁,常到我这里来,到时候你会认识的。我这里朋友不多,不过有一个算一个,都是一些很有学问的人。后生可畏呀。'静思庵主'就是一个难得的人才。"

正说着小冷进来,手里拿着一沓稿子。她把那沓纸放在写字台上,黄科长走过去翻了翻,然后指着一个地方,大概发现了什么抄写错误。他更正了几句,可是那个小冷蹙起鼻子,差不多碰到了黄科长的脸上,发出"嗤"的一声。那是顽皮的、极其亲昵的一个动作。与此同时,黄科长的鼻子也蹙了一下。当他们转脸时,我仍然在看"静思庵主"四个字。

小冷正往外走,发现了黄科长上衣有几个饭渍斑点,就"哎哟"一声转过来,然后旁若无人地用手搓起来。

黄科长说:"不碍事,不碍事。"

她搓了一会儿,用手弹击着:"你看你你看你!刚洗的衣服也不小心,真是的!"她埋怨着,扑打着,还在黄科长脸上点划两下。

黄科长发出烦腻的叹息,推开她。

小冷拿着那沓稿子咕咕哝哝往外走:"就是不听话,就是……"

营养协会

一

我长久地坐在黄科长为我准备好的那张黄色的、简陋的木椅上,倾听自己平静的喘息。那些乱七八糟的关于营养学方面的剪报和资料已经看腻了,什么人体与微量元素、药膳功能、巧用大黄……我不会对它们有什么兴趣。黄科长每次进来,见我伏案看那些资料,就发出了欣慰的笑声。他笑得越来越厉害,可笑声还是那么细腻。这时候我才明白:我这副认真工作的模样并没有博得他多少赞许,相反让他觉得很有趣。他果然说道:"这些材料么,看看也罢,不过也不必看得太细。"

原来他对协会也就是那么回事罢了。我发觉他的绝大多数时间都用来写自己的那份"自传"。但我相信那是一本谁也不需要的东西。正像他赞许的那位首长一样,那其实是一种自娱活动,一种安度晚年的方法罢了。黄科长后来倒喜欢和我聊天,海阔天空,话题无所不包。这就使我想到:我的主要工作就是陪他聊天。他动不动就扯到了那位首长身上,说:

"作为一位领导,重要的就是要发现人才,物尽其用。"

当他说这句话的时候,我察觉到他身上有一种奇怪的气味;接着又看到了露在外面的一小撮鼻毛。这使我有点厌恶。"人能安静下来,就可以健身。有的高人会一种'内视法',看到自己的五脏六腑……"他摇头晃脑说得来劲,不过一旦安静下来,模样很像动画片里那只打败了的老鼠。

小冷在外面喊:"你怎么回事?你怎么老是忘呢?汤放凉了也不喝,再这样不行!"

小冷一声高似一声。黄科长笑眯眯坐着,仍然在谈"安静下来"的原理。他站起,小声咕哝一句:"你听听多凶。不过这可是个好姑娘。"

他说着往外走去。我从窗上望了望,发现小冷从一边端出一个冒着白气的碗。我想那一定是什么营养汤水。小冷已经把自己交给了这个烟火气十足的小四合院;有时候她免不了要为一些细小的事情吵几句,但我一走到院子里,她立刻就停嘴,只有那双严厉的眼睛时不时地刺一下黄科长。黄科长笑着,总是和蔼。不过这只是一种表象,我很快发现小冷要绝对服从他,她甚至有点怕这个男人。当然,黄科长有着过人的细腻和温柔。他们在一块儿的时候,他总是发出一种软绵绵的劝慰和安抚的声音:"你看,怎么能这样呢?听话孩子,嗯,这就对了。听话……大叔不愿意了……"

原来这个黄科长在小冷面前总以"大叔"自居。这让人觉得有趣。开始的日子我有些好奇,后来也就习惯了。

坐在办公室里多么平静。阳子他们无论如何也想不到我此刻正在这样一个地方上班。我终于把那些喧闹、不安,把一切都远远地隔开了。我需要这样淡淡的无聊和莫名的沉静。这连我自己也感到奇怪。

梅子和岳父岳母像我一样松了口气。

这儿听不见街上的喧闹,它地处一个安静角落,远离主要街道,所以那些车辆的鸣笛很难传到这儿。这是一个少有的安静之地,我坐在这间小耳房里,尝试着用一种"内视法"。但我似乎看到的是有什么东西正在我体内酣然入睡。谢天谢地,它还在睡着。我在睡梦中被牵引:一开始是梅子纤细的手,再后来是岳父岳母的手,而今是一双陌生的手。它们牵引我走上新世纪的街头,跟跟跄跄。

我翻动那一沓又一沓资料,不仅动作轻微,呼吸也放得平缓,生怕惊醒了它。可是偶尔总有什么在心头泛起——每逢这时我就打个战栗,噗噗心跳,左看右看,然后站起。我倚在墙壁上喘息一会儿,等待那阵惊恐和刺痛渐渐消失。可是这一来又要好久才能平静下来,要等待一会儿。难以言说的激动和惧怕使我久久站立。我一时竟不敢坐到写字台前。

怎样才能忘掉?怎样才能遗忘?在这个时刻,这个黄昏,究竟怎样才能——继续下去?

到底怎样才能——永远在这座城市的街巷随波逐流、飘忽而行?

我想起了读过的什么,那是西班牙一个不算偏僻的乡村——

莫古尔村,哦,那儿曾经有过它自己的诗人希门内斯,他在那儿曾经发出这样的吟哦:"……我认出了你／因为看到了你留在路上的足迹／我那被践踏的心房疼痛异常／我发疯般地奔跑／整日寻觅／恰好似丧家之犬……"

我闭上了眼睛,有涩涩的东西被夹住了。天啊,继续沉睡吧,遗忘吧,我渴求。我再也不想奔波,不想寻觅和追逐。我就想在这个人所不知的角落里,告别那种"发疯般地奔跑"。

多少年了,好像自出生以来,我的大部分日子都用来奔走——"发疯般地奔跑"。我竟有一多半时间是在那片平原和山区度过的。我那个时候无法更多地待在城里的小窝,好像一直要用那种奔跑,驱赶着无所不在的疼痛。

可是我……为什么疼痛?哀伤的由来?

"我认出了你,因为我看到了你留在路上的足迹!"

请原谅我——不,没有人能够原谅我。我亲手埋下了伤痛的种子,却没法压制它的生长,它正顶开心膜,越长越高。我没法逃脱,没法躲藏。即便在这个偏僻的四合院里,我也没法掩藏自己。

"……你已经离去／仓皇逃逸的时候／你的脚践踏着我的心房／我的心就好像一条平坦大道／一直把你送走／永无转来的希望。"

永无转来的希望。果真如此。我祈求,我希望,我在向着冥冥中的神灵祷告。

二

还记得那一天,当我居住的那所海边茅屋刚刚迎来晚霞的颜色,就突然听到了一声奇怪的吆喝声。我看看狂叫的狗,一个人走出了屋子。向西走了没有多远——大约就在茅屋西侧的杂树林子里,一百多米远处,我认出了一个人。

他尽管蓬头垢面,比想象中还要苍老十倍,满脸灰痕,穿了一件又臭又脏的破棉衣,上面的棉絮已经变成了泥灰色,但我还是很快将这个人辨认出来。他的眼睛还泛着光亮,那曾是无比熟悉的机智之光。此刻这双眼睛悲哀、急切,带着绝望的神色。他的脖子上挂着一个黑乎乎的锡壶,仰起头来叫喊一声:

"有买锡壶的吗?——"

喊过之后就蹲下来。我刚刚走近了一步,他就低低地、热切地呼唤一声:

"老宁!"

他双手颤抖,可这手终于没有伸出。原来他明白,在我们四周的杂树林子里就有令人惧怕的眼睛。他把脖子上的锡壶摇动了一下,举在我的面前。远远看来就像两个人在谈生意。他这样举着锡壶,小声问:

"我在你的房子四周转了很久……能让我在这儿住几天吗?我又困又饿,被他们追赶着……"

他就是我的挚友庄周。

几年前他告别了一个暖煦煦的家,告别了妻子,一个人到处奔走,足迹踏遍大江南北。他成了一个地道的流浪汉,我们有时一年里也见不上一面……就在不久前,他卷入了一场可怕的械斗,命案在身,成为被通缉的对象——我曾经在车站电线杆上看过他被歪曲了的、印得脏里脏气的照片。可我永远认定他是无辜的。那会是一次真正可怕的陷害。案子急于了结,有关方面只想尽快逮到庄周。风声太紧,因为谁都知道我与庄周的关系,所以屋子四周总有一些人晃来晃去。他们知道那个人总有一天会直奔这里而来。

一切如人所料,他终于来了。

还好,除我之外,那会儿没有一个人能够辨认出来。他的变化太大了,一夜之间变成了一个脏腻不堪、苍老不堪的乞丐。

他嘴唇颤抖着看我,又一次重复了刚才的话。我睃睃四周,不敢肯定此刻正有人盯视我们。还好,他仍然举着那个又脏又臭的锡壶。这不由得使我想到:庄周啊,你真是一个奇怪的家伙,你怎么会想出这样古怪的主意,装扮成一个卖锡壶的人呢?难道真的会有人要这把又破又烂的、碎了几个大洞的破锡壶吗?你究竟为什么要伪装成这样的角色呢?是慌不择路,还是智商有问题?可这时我已来不及埋怨了,只让泪水在眼眶里旋动。我终于忍住。我不能看他遭受这样的磨难,可又没法让他走进屋子,因为那些人已经在这里张开一面捕人的网……我小声说:

"庄周,请你……"

他在等待下边的几个字。我咽了一口,终于艰难地说出:"请你原谅……"

举起的锡壶一下跌落在胸脯上。他两手垂在了身侧,低下头,像看自己的一双脚。我的目光也转到了他的脚上。那两只又大又破的靴子早已露出了脚趾。靴子上用破布条什么的胡乱缠裹了一下,这使人想到他走了多远的路。他在可怕的追捕之路上受尽苦楚。我小声说:"你等一下。"

我飞快跑回小茅屋。我拿了一大把纸币,还有吃的东西。我想这是惟一能够帮助庄周的了。

我跑出屋子时,他还蹲在那儿。我故意高声喊一句:"这锡壶我要了。"

我把纸币塞过去,庄周机械地伸出手——可当他终于明白这是一把钱时,又嫌烫地松开了。一沓纸币掉在脚下。他站起大喊:"不卖!不卖!"

他一弓腰转过身,像只麋鹿一样,倏一下消失在杂树林子里了……

三

那天黄昏当我弯腰拾起散落的纸币时,全身颤抖。我仰天看了看,记住了晚霞的颜色。这颜色暗红暗红,整个杂树林子、整个海滩平原,都被染得一片血红。

我觉得身上疼得厉害,像是肠子被一只手给揪住了,正用力地拧着、拧着。

"我发疯般地奔跑/整日寻觅/恰好似丧家之犬……"

那天在屋子里,我一整天都沉浸在一种不可复得的恐惧、一种可怕情绪的纠缠之下。后来的日子里我终于不能忍受,抛弃了手边的一切,出去追赶和寻找。走啊走啊,到山区、到海滩平原,去那些密密的荆棘棵中、丛林中,去那些流浪汉中。我那时想:既然你是一个流浪汉,那么你就只能与真正的流浪汉为伍。那些寻觅的日日夜夜,我经受了怎样的困苦和内心的折磨,只有冥冥当中的那个神灵才看得见,只有她会作证。

我想让自己的心得到些许安慰——可是我又错了:时至今日我才明白,这一切都没能给我救助,也没能帮我缓解。

"你已经离去/仓皇逃逸的时候/你的脚践踏着我的心房……"

是的,他走了,藏在人所不知的那些奇奇怪怪的角落。可是他的每一步都践踏在我的心房上。那种疼痛啊,只有我自己才知道的疼痛,常常在午夜里弥漫开来,让人无法忍受。这一切我没有对阳子,也没有对任何朋友讲过,甚至没有对梅子讲过。梅子那一对聪慧的眼睛久久地看着我,像是寻觅着那个隐秘。她试图要知道我的身上正背负着多么巨大的沉重——很可惜,你也只能默默注视,却帮不了我。我自己也帮不了自己。那个可怜的人正匆匆地借着暮色逃离,只把无力抵挡的沉重留给了我。

我心里明白,也许事情并不像我当时想象的那么危急,也许我的小茅屋当时真的可以收留他。要知道他已经到了山穷水尽之地,走上了绝路。我的拒绝有多么卑劣,我手里握的一卷纸币又加剧了这种卑劣。我自以为这可以使自己得到宽恕,我错了。我永远得不到宽恕,一生都得不到。

他曾经与我亲如兄弟。可而今他踏上了满是荆棘的逃亡之路。我曾经在无眠的深夜为自己开脱一千次、一万次,可就是没有任何用处。开脱的同时也在寻找一个又一个可能:如果让他在茅屋里安歇两日,度过最初的危险;如果我通过朋友把他送到很远的一个地方,比如说那个芦青河湾的沙堡岛——那上面定居着一些流浪汉,他在那儿也许可以过得很好;如果我让他化装一下,扮作猎人或是渔人;如果我随便找一个地方把他安顿下来再返回;如果我和他一起顺着芦青河东岸向南,一直走进我童年生活过的那一架架大山:在大山缝隙里,有我昔日的房东,有少年时期的伙伴——在大山深处,他一定会等到水落石出的那一天。

我对不住兄弟情谊,更对不住自己的心。我明白他是冤枉的、冤屈的,这一点很多人都在未来那一天可以站出来作证。他是那场可怕的诬陷和阴谋的牺牲者,虽然作为朋友我直到现在还没有为之辩白的讲坛,没有那样的机会。可悲的是我连照料他的伤口、让他喘息的那么小小的一块空间都不敢提供。我是多么卑劣和不可救药,我将永远不会原谅自己。我也不会为自己辩白,永远不会。

已经下了决心,接下去就是忍受。让隐伤侵袭,逼近,让它在心上剐来剐去。我把流出的血咽下。

四

"老师儿忙什么呀?"

小冷第一次到我的办公室里来。她把"老师"后面加了一个儿化音,使人觉得滑稽。我立刻明白了她是这座城市里生活了好几代的市民,只有他们才在"老师"后面加上儿化音。这令我哭笑不得。我站起来。

"老师儿一天一天也不出门。"

她笑吟吟地坐在了旁边的沙发上。也许是沙发上遗留了黄科长的气味,这使她感到了一点适意。她的头颅像有点痒似的在衣领上转动,摩擦,态度和蔼。那两只隔开很远的圆眼睛可笑地、天真无邪地望着我。可以看出她此刻的欢欣:

"大叔前几天说就要来个工作人员了,俺一直等,等,想不到你这么晚才来。"

我说:"平时这院里只你们两个,也够孤单的。"

"可不是嘛。不过大叔朋友多,有好多人来找。有些是生人,我就不好凑上去说话了。"

我听出小冷是不甘孤独的人。我问:"你的家离这儿近吧?每天下班都回家吗?"

想不到很平常的一句话让她脸红了。这立刻使我感到问得突兀。

"回,有时也不回。你知道我在这儿有宿舍。"停了一会儿又说,"我的宿舍就在办公室旁边。像这个耳房一样,那里也有一间半,那半间就是我的宿舍。你有空到那儿看看吧。"

我答应了。小冷咕咕哝哝站起,俯身看着:"怎么,这么多天你一个字也没写下来呀?"

"领导让我先熟悉一下专业方面的材料。"

想不到小冷捂着嘴笑起来。我给笑愣了。她突然弯下腰,抓起旁边的一支粗黑的铅笔,在纸上写了一个字,用食指点着问:

"这是个什么字啊?"

我看了看,这是一个脏字。我的心慌跳了一下,看了她一眼。

小冷可能被我的目光吓住了,问:"怎么?"

"这个字我不识。"

"哎哟,"她喊起来,"大叔说你的学问忒大,怎么连这个字也不识呀?"

"你从哪里搞来这么一个字?"

"黄科长让我抄的东西上,有很多这样的字。"

我心里"咯噔"一下,明白了黄科长平时让她抄了些什么东西。我说:"那是他的自传吗?"

她摇摇头:"不,黄科长让我抄的东西很多,有的是自传,有的是从书上看来的,凡是'好段子'他都让我抄。"

这时她从衣兜里掏出一块糖果塞给我。我不吃,她非让我把糖果剥开填到嘴里不可。她自己也剥了一枚。糖果很甜。她说这是黄科长给她的。"大叔把我当小孩子,老给我糖果,其实我今年三十二了。"

"噢噢。"我应了两声。我想她真不像三十二岁的人。她长得很丰满,皮肤紧绷绷的,脸上闪着光泽。她一再邀请我到她的办公室去,后来我才明白:原来这天黄科长到外面办事去了,这个小四合院只有我们两个人,她寂寞得慌。

她的办公室跟我的那间耳房格局完全一样,只是这里面的东西比我那儿多得多,也复杂得多。一张小写字台,一把椅子,还有两张沙发。不过写字台旁边的茶几上却摆了很多女人用的东西,什么胭脂、香波之类;再旁边是一条晾衣物的绳子,上面正搭了一些花花绿绿的短裤乳罩之类。有几件衣服好像是黄科长的内衣。这一切她都满不在乎。桌子上就摊着一些她刚刚抄成的稿子。我过去翻了翻,见有三大沓已经抄好放在那儿。一沓的题目是《我的放牧生涯》,一沓是《学医大事记》,还有一沓的题目特别有意思:《游击考》。我问这是谁写的东西。

"黄科长呀,怎么你不知道吗?这是他自传的前面三章……"

"噢,题目很有意思。"

"不过你先别看,他没让你看你就不能看。"

我点点头。小冷开始抱怨:"多麻烦哪,我都抄了两遍了,他说还要改呢。总说马上买电脑打字机……"

"领导对自己要求严格,态度认真,你就抄吧。你觉得他的'自传'有意思吗?"

"可有意思了。有好多地方——得了,我不说了,反正总有一天他会让你看的。"

我要离开的时候,她突然"哎"了一声,接着一笑,从旁边的一个抽屉里抽出了一沓东西在我眼前晃了晃:

"看不看?"

"什么?"

"什么?好东西。你可别告诉我给你看过呀。"

"到底是什么?"

她伏在我耳旁咕哝道:"这是黄科长让我抄写的……"

我发现都是罕见的黄色段子。我问:"你抄这东西干吗?"

"干吗?"她觉得奇怪,瞥瞥我,"黄科长让我用大字抄下来。他的眼睛不好,得看大字。刚抄好,他又有了……"

我明白她问的那个脏字出自何处了。我胡乱翻弄了几下还给她:"这些东西我早就看过了,你还是留着吧,免得黄科长不高兴。"

小冷"嗤嗤"一笑,头缩了一下:"到底是最有文化的人,连这个都看过。不过你知道俺是一片好心,俺不信服的人才不给看哩。"

她说这些的时候,我在想:她是什么意思?我朦朦胧胧觉得她在讨好我。她大概想不出用什么办法来贿赂我。我只是不明白她的用意。我想她总不会因寂寞而贿赂别人吧?肯定不会。我故意把话题引开,问:

"黄科长待你好吧?"

"大叔是个好人。不过长了你就知道了,他的毛病也不少,手不老实……"

我笑了。她又说:"其实他的心肠蛮好,怪知道疼人的,有好东西也舍得给我吃。我在这里七八年了,他什么毛病我不知道?他待我好,俺待他也不孬。在这世上除了俺以外,我琢磨他没有更亲近的人了。"

我提醒她:"他还有个儿子。"

小冷朝地上吐了一口:"呸!那也算儿子,像一头生骡子。"

"怎么?"

"怎么?恨不能把他老爹的东西全都搬了走。那个儿媳你还没见哩,像个黄鼠狼一样,鼻子嘴巴又尖又长,一进这个院子就嗅来嗅去的。那是两个馋鬼,两只白眼狼,不得好死。你看看我多么能咒人!不过我不咒好人。"

我吸了一口凉气。小冷的目光不知怎么转到了一旁的绳子上,那儿有一件又宽又大的白裤头。她的目光立刻柔和起来:"老头子这个人啊,别看年纪大了,身体可好哪,身板壮着哪,一点也不糊涂。俺刚来这儿工作时,他就扯着俺的手,摸着俺的头发说:'好孩儿今年多大了?'我说多大了,他就说:'好孩儿别累着,慢慢干,工作也不是一天能干完的。'他还教俺识字。那时候俺一共才识二十来个字,如今俺都能抄稿子了。"

"是啊,就像他的首长一样,他处处学首长。他的首长就让他的保姆学会了读书识字。"

"黄科长这个人心慈面软,大大方方,手头也宽余。除了讲好的工资,他高兴了还塞给俺百八十元。"

我笑了。

"那是工资以外的钱哪。俺不要,他总是给俺塞到裤兜里。"

我突然想起什么,问:"你什么时候出嫁呀?"

一句出口才知道,这有多么不得体。果然,我马上遭到了对方的猛烈反击。她"砰"地一下把脚边的什么东西踢了老远,说:"当老师儿的怎么能说这样的话?真是读书人没根没柢!"

我一句话给刺得难受起来,脸上热辣辣的。很长时间我们俩没话。我要告辞了,临走时抬头看了看,发现小冷的眼圈红了。

我刚刚出门,就听她抽泣着:"大叔俺还没有伺候好呢,俺怎么能、能离开大叔……"

五

黄科长几次邀请我一块儿进餐,我都谢绝了。我只是按时来上班,决不想再投入另一个奇怪的家庭组合。我的拒绝不仅使黄科长有点失望,也让那个鼻梁尖尖的小冷有些生气了。有一次她说:"大叔让你留下来你就留下来,吃顿饭有什么?你还没尝尝我做的菜呢。你看不起我做饭的手艺吗?"

"这怎么会呢。"

"来了,就该像一家子。躲躲闪闪的真别扭。"

连我也觉得在他们中间有点别扭。这是一种什么关系?一个单身男子与一个家庭的关系,还是一个普通的工作人员与领导及秘书的关系?我弄不明白。不过同时我又发现,小冷是真心实意留我吃饭。后来我搪塞说:"等一段时间吧,我们反正在一起工作了,这种机会总是很多的。"

我严格遵守八小时工作制,只要到了下班时间就离开,每天上班都准时到达。黄科长高兴了:"小宁同志啊,你是一个很好的同志,工作么可以松弛一些。那也不是一天干得完的哟。"我心里觉得好笑:上班这么久了,连我自己都不明白在干些什么。不过最重要的是——我在上班。我偶尔记起自己正置身于一个叫"营养协会"的单位。我真的有点感激眼前的这个黄科长,感激这间办公室。

一天中午,一个小伙子突然来到了小冷的办公室。他们高一声低一声说着。过了一会儿,正屋的门"砰"地一下打开,黄科长出来了。他站在枣树下,抉着腰注视那个耳房。我不明白是怎么回事。后来,小冷就在黄科长的注视下把小伙子送走了。我发现小伙子见了黄科长竟连一声招呼都没打。那个小伙子很瘦,左边的眼睛好像有点斜。

小冷送走那个小伙子,返回时,黄科长板着脸:"工作时间,不能随便会客。"

小冷丢下一句:"反正又不是别人。"

黄科长语调僵硬:"谁也不行,这是制度。"

小冷反身回屋,"砰"一下关了门。我感到一阵快意。那个黄科长大概要气坏了。谁知黄科长站在原地,挠了挠头发就回自己的办公室去了。

这一天,小冷瞅一个机会溜到我屋里,说:"那老东西管得太细了,什么都想管……好像这还嫌不够似的。我弟弟来一趟他都不高兴……"

原来那个小伙子是她的弟弟。

接着她又聊起了自己的家庭:父母都是老工人,他们在一个街道小厂,退休前好几年就下岗了。弟弟初中毕业,没工作,整天跟一帮哥们在街道上混。他们家里的主要经济来源就要靠小冷了。这使我明白了她为什么要那么依赖黄科长。我问:"黄科长从哪里来那么多钱?"

"你说他呀,"她的两只隔开很远的大圆眼瞪得更大,"你还不知道他呀!这人可有本事了,他挣钱还不容易!除了有离休的钱,'营养协会'搞来的钱都是他的。只要打个电话,一笔赞助就来了。"

我不明白。

小冷"啧啧"几声:"还有好处费呢。他是老资格了,认识的人又多。他常常帮那些来城里包工的建筑队把一座楼包下来,人家还不是给他大笔好处费!"

停了一会儿小冷又说:"我弟弟,还有爸爸妈妈,都知道我们办公室新来了一位老师儿,我整天回去夸你呢。"

"谢谢。"

"俺家里的人都想见见你呢,我告诉他们:新来的老师儿学问可大了,什么字都识。"

我说这是过奖了,那天不是有一个字不识吗?小冷笑起来,笑得前仰后合。一个三十多岁的女人了,难得有这份天真。

"老师儿,真的,到俺家去玩吧,俺爸俺妈俺弟都喜欢你哩。"

我觉得这就有点夸张了。他们没有见过我,谈不上什么喜欢不喜欢。我应付说:"好,有时间我一定去看他们。"

上班的日子久了我才渐渐发现:那种严格执行上下班时间的刻板劲儿真是可笑。因为这里的三个除我而外,其余的两个都自由自在,完全像过一种家庭生活。做饭、吃饭、采购、会友、出去玩,再不就凑到一块儿闲聊。"营养"属于保健范畴,所以我发现黄科长要时常出去搞一点保健按摩之类。当然,他有一个最好的护理员,那就是小冷。黄科长偶尔也不再避讳护理过程——小冷有时给他按摩,一按就是一个多小时,旁边挂着大幅针灸穴位图。小冷圆圆的两眼瞪得发蓝,一边瞅着那些穴位图一边在黄科长身上按着。黄科长发出满意的"嗯嗯"声:"嗯,好,那是一块病啦。"小冷埋怨说:"哪有这么多病!"一按到敏感部位,黄科长嫌痒,就"嗤嗤"笑。闲下来小冷问我:"也给你按按吧,老师儿?"

我连忙摆手谢绝。黄科长闭着眼睛仰靠在躺椅上:"让她试试么,手劲很大。"

离下班一个多小时小冷就开始做饭了,院里冒出一股股奇怪的香味。我知道这是在做"药膳"。黄科长有许多关于养生方面的书,上面介绍了多种"药膳"的做法。什么桂圆鸽汤、乌米糕,都是黄科长津津乐道的东西。只要一有小冷做饭的香味,他就会被引诱出门,在枣树下伸伸懒腰,打一通太极拳。有时候他到小冷的厨房那儿耽搁一会儿,有时干脆就到我的办公室里来。我们的谈话也常常围绕"药膳"。黄科长不愧是营养协会的头儿,懂得真不少。不过听长了又令人怀疑:在他嘴里似乎什么都是极有营养的东西——要害是怎样使用,何时使用。他最常说的一句话就是:

"治病不能靠药,要靠药膳,这就是把食补和药补结合起来。"

我想这话虽有些片面,但总会有些道理的。

"你知道鲇鱼吗?"

我说知道。

"鲇鱼具有高度营养啊,"他语重心长地说,"鲇鱼价钱便宜,营养价值却出奇地高。它能治心脏病、重听、耳鸣,还能治疗贫血。"说着又压低了声音,"我向你介绍一种强精效果的处理方法……"

我洗耳恭听。

"你把鲇鱼内脏去掉,不过头可不要扔,头部是做强精材料最重要的部分,千万不能扔掉啊。洗净了,然后擦干。知道豆豉那种东西吗?"

我说知道。

"用一点豆豉大煮。煮上半天,再把鲇鱼放在油锅里,用生姜大蒜焙烹,这时把豆豉加进去就行了;不过千万不要加酱油,那样你才可以尝到鲇鱼的鲜美味道。"

我笑了。

"你知道泥鳅吗?"

我点点头。

"泥鳅汤可是好东西啊,有些人疲劳了,不想走路,也没有性欲。对这些男性同志,我建议他不妨喝一些泥鳅汤。如果一个月里能喝上十次八次,那还了得!"

我点点头。

"有一个朋友脸色发黄,当然也有那方面的毛病。我告诉他:捉点泥鳅,洗去泥,擦干,这就可以除掉臭味。要注意,做的时候泥鳅骨头千万不要扔掉。你在锅里放些油,先把它的骨头煎一煎,然后拨到一边去;最后把泥鳅做好了,再把骨头放回锅里,加上水和姜,用小火慢煮。待其变为乳白色以后再煮一点时间,去掉汤上漂的油,取其精华,并且把骨头和泥鳅肉统统丢掉。你要喜欢,还可以放一点盐啦、胡椒啦。煮一次五条六条泥鳅足可以了。那些没有食欲、没有性欲、贫血、脸色难看的人,或者是喝酒多了肝脏受损的人,就靠它补贴元气。你知道'静思庵主'这个人吧?"

我以前听他说过,这时没有回答。

"这人大学问哪,文雅青年,只差一条:沉迷书籍,劳伤过度,萎靡不振。反正都不是外人,我问他:那方面怎么样?他摇摇头。我就让小冷做了两次泥鳅汤给他喝。后来不出一个星期,眼瞅着脸红了,两眼也有了神气头,见了晒在绳子上的花花绿绿的衣服也喜欢看了。"他说着拍手笑起来。

我觉得有趣,问:"那是怎么回事?"

黄科长严肃起来,伸出一根手指:"告诉你,小伙子凡是走在街上,看到凉台上晾晒的花花绿绿的衣服也不看一眼的,那就准是有毛病。"

这种奇怪的推论使我大为惊讶,长时间合不拢嘴。我不由得想起上班的路上,在小巷子两旁的那些凉台上,常常可以看到晾晒的花花绿绿的衣服。我不记得自己有意去看过。我只是无意间注意到的。所以说,我也无从判断自己是否有病了。

黄科长又告诉我,有一次首长也无精打采地来了,他一看就知道是为什么来的。"他不好意思讲,我就问他。不出所料,正是那病啦。他问我是否有秘方能治疗那种衰退的毛病。我明白首长不比常人,不妨再慎重些。我记起了我们营养协会聘请的一个老顾问,他是刚刚从国外回来的,以前他的先辈做过宫廷御医呢。我领他见了老先生。老先生胖胖的,坐在一把硬木椅上,抄着手。他才不管什么首长不首长呢。我把首长的病向他一五一十讲过,他也不说话,一顷刻,只抓起笔来写了几个大字。我拿到光亮处一看,见上面写了:五苓散与金银花。首长取到手里一看,立刻摇头,说有人也推荐他服了两个多月的五苓散,毫无起色,手脚仍然无力。我把首长的话一字一字复述了一遍。要知道首长是外地口音,我怕老先生听不懂。谁知老先生耳聪目明,立刻接答首长的话说:'你要将金银花与五苓散放在一起煮茶喝,那样尿会增多,火气自然会受到压制,就会产生效果的。'结果首长就接纳了老先生的处方。一个星期之后果然见好。我总结其中经验,无非是:与其急于强精,倒不如先将他的肾脏炎症治好。你想一想,首长肾脏一定有些毛病,那种毛病不治好,就是天天吃人参炖鸭,恐怕也没有效果。其实只要加上金银花,便能效果倍增。不过记得老先生嘱咐了一句:千万不能吃任何带咸味辣味的食物。若想强精,就应绝对避免增加肾脏的负担。你想一想,小宁啊,火气受到压制,肾脏自然就会发生作用,当肾的机能活泼起来,连带也会导致性能力的增强。我试验过多次,你不妨留意一下。"

我笑笑:"一定留意。"

有时候和小冷谈起黄科长,我总要有个古怪的念头,想打听一下这个老头子从哪搞来那么多乱七八糟,又是有头有尾的知识?可惜小冷的兴趣全然不在药膳。后来我发现她的工作室里多了一幅很蹩脚的画,仔细看了看,才发现那是黄科长作的。我笑了。这又使我明白黄科长会画几笔。小冷问我:"你也懂画吧?"

"只不过看了一些,不能说懂。"

她意味深长地"嗯"了一声,又问:

"你朋友中间有画家吗?"

"那当然有的。"

小冷说:"我也喜欢画。"

我想这倒难能可贵。我问:"你擅长画什么?"

她摇摇头:"我不会,不过我弟弟会一点。"

我想她弟弟就是那天看到的小斜眼,这使我有些怀疑:"就是那天来过的那个吗?"

她点点头。

"他跟谁学画?"

她的下巴摇着:"反正他有那么一帮朋友。他不常画,不过喜欢收藏。他收藏了很多,你如果喜欢,我就领你去看看。不过——"她眼看着窗外,压低了声音:"可千万不要让黄科长知道了……"

我不明白。

"黄科长如果知道了,他看中了的画就会要,你想想我们好意思不给他吗?他要什么我们都得给。不过那些好画我可不能给他。我从来不敢让他到我们家去看画,因为这个人哪,见了画就像苍蝇见了血!"

我笑了。我想这个比喻可真有分量。小冷咕哝不停:"这个年头,喜好什么的都有。就说我们那个胡同里吧,有的孩子好玩鸽子,一千两千地花,买鸽子,吓人。还有的喜欢玩鹰、玩风筝,走北京去潍坊的,搞来各式各样的风筝,把柜子都塞满了。说起来你不信,还有人喜好外国人。"

最后一句我不明白。她解释说,她们邻居家的一个姑娘在博物馆里干,那些外国人到博物馆参观,她就缠着人家,领人家一块儿去游湖、逛山。"反正只要是黄头发蓝眼睛高鼻梁的,她都喜欢。她还学了两三句外国话,老是'噢开、噢开'的,你说烦不烦死个人。俺那胡同里的老太太都说:'天哪,好模生生的闺女家,老想着让鬼子干干……'"

小冷说话多泼辣。我觉得也好笑。这种泼辣劲儿或多或少是我们这个营养协会传授给她的。

她一再邀请我到她家里去玩。最后又谈到了画的问题,我开始有点兴趣。

一 幅 画

一

梅子问起我的工作情况,常说的一句话就是:"怎么样,还适应吧?"

"适应。"

"很忙吧?"

"还可以。"

有一次岳父也问过类似的话,我也作了同样的回答。岳父语重心长:"年轻人要干一行爱一行,千万不能好高骛远。比如说你工作的这个营养协会吧,老同志很重视哩!现在老同志越来越多,他们起码要向你们搞一点咨询吧?"

"是的,您如果需要的话我可以提供很多资料。"

岳父不做声了。岳母笑嘻嘻的,两手合在一块儿走过来:"我这一段睡眠哪,就是不太好。"

我告诉她:明天就能给她一个圆满的答复。

结果第二天我就建议岳母经常摩擦脚心。我的话她非常重视,因为我现在是营养协会的人了。从那天起,我发现岳母有事没事就脱下鞋子摩擦脚心。我问她效果怎样?她说:"这得一点一点来,急了恐怕不行。"

是的,急了不行。一切都是如此。

不知怎么,那会儿我看着岳母就想起了布宁的《一棵老苹果树》:"满身雪花,蓬蓬松松,阵阵芳香/厉害的、羡慕你的蜜蜂和黄蜂/围着你嗡嗡叫,发出怡然自得的声响/亲爱的老朋友,你越来越衰老?/这不是不幸。请看,谁还能像你/有如此青春盎然的时光!……"

上班路上,我发现自己真的在注意道路两旁或灰楼上搭的那些花花绿绿的衣服。我觉得它们像万国旗。我更多看到的,是破烂且颜色灰暗的粗布衣服、短裤或小孩子的尿布。这一段路自行车特别多,我不得不格外小心地走在人行道上。可是迎面来的,身后涌的,有时挤得简直没法下脚。阳光照在脸上,一种奇怪的城市气味将人包裹,四周各种各样的话语也无法分辨。远处的吵叫、歌唱,各种各样的争执,都混合在尖锐或嘶哑的车鸣中。在人群的簇拥下往前移动,与整座城市节奏一致,稍慢就要被后边的人撞上,稍快就会撞着前边的人。我只需要随着他们的脚步,像他们一样往前移动、移动。这倒使我想起了在那片平原和山区的奔波。我如今真的有点像这个城市的流浪汉——一种流浪的感觉突然涌上心头。我隐入人群,就像隐入了荒野;遁入街巷,就像遁入了丛林。这里的车声、人声,与原野上的风鸣树响混在一起。我又恍然进入了大山的皱褶,足踏海滩平原……

走出小巷,走入宽大的街道。一阵阵的城市烟雾浓烈起来,吸进鼻孔的全是发黑变味的空气。偶尔有刺鼻的香水味飘过,那是浓妆艳抹的姑娘擦肩而过。她们漂亮鲜艳,这不由得让人感到纳闷:她们呼吸着这么浑浊的空气,在如此混乱的环境里,竟然还能长出这副模样,真是难为了她们。还有,她们竟有那么多心思搽脂抹粉,把脖子抹得又白又亮,而且画了蓝色眼影,再用定型发胶把头发搞得高高耸起。有的姑娘手提一个精致的小包,站在一个清静的角落,无望地观望着汹涌的人流。这使人想到国外那些有名的红灯区。我担心的是那些不知端的的外国人会凑过去搭讪。其实她们不过是在等一个朋友,或者干脆就为了站在那儿——这样做的目的是什么,大概她们自己也不知道。

　　面对着这个光怪陆离的早晨,这个让人沉睡的城市,我有时很想放开喉咙喊点什么,可是我一句也喊不出。我只在朦朦胧胧中被人流裹挟着往前,比任何时候都更放松更随意。我这会儿心中时常涌现的,无非是一个浅薄的人所能产生的那一类痛苦。我常常有一种不合时宜的、切近而又遥远的、不曾间断的忧虑。想起阳子和这座城市里的朋友,那些正在忙着自己生活的可爱的人们,真是有点羞愧。我不知该走向他们还是背向他们。我想念这座城市的挚友,所有久违的挚友。我多想和他们在一起,继续我们之间曾经有过的那种热烈的、心高气远的生活。可是现在不能,现在似乎还不行——我得忙着上班呢。

　　有一次我突然想起了一两个朋友:问梅子他们这一段是否来过?梅子说没有。

　　我想他们或许在梅子上班的时候来敲过门。他们不知道我现在已经遁入了沸沸扬扬的市声,已经被它覆盖了。城市的泡沫沾在我的头发上、眉毛上,使我变成了一个白毛白发的老翁,挂着拐杖,被人牵引着在小巷里面游动。

　　我最终走向了一个更为偏僻的迷宫小巷,那里有一个四合院,四合院里有一棵枣树,枣树下面有一个按时出来打太极拳的老头儿。

二

我一步跨进,小冷已经站在枣树下了。她好像等了很久,一见面就拍拍巴掌说:"天哪,现在才来。"

我看看手表:"不是刚刚上班吗?"

"大叔早出去了,就剩了我们两个了。走,到我们家看画去。"

"上班时间?"

"怕什么,走啊!"

她上前就抓住了我的衣袖。我放下提包说:"等一等等一等。"

我小心地检查办公室的门是否锁好,然后嘱咐她将院门关好。

她说:"你这个人哪,心细。"

这样说着,她走在了前面,风风火火向前赶。我觉得这很有趣。不过我仍然担心:我们一起走开了,头儿知道了会不会发火?小冷说:"你还挺像那么回事儿。"

"怎么?"

"上班么,"小冷笑着,"你以为他真的关心协会什么的?"

"怎么不呢?"

"他才不关心这个哩,他关心的只是自己的'自传'。他想快些把这本书出版,像首长一样呢。"

这并不出意料,但我还是有点儿吃惊:"他写了多久?"

"写了好几年了,没事就写,再不就画几幅画儿。"

我们走进了一个极为肮脏破乱的小巷。我以前也曾到过这样的巷子,这儿住了一些捡垃圾的人、掏粪工人或外地人临时搭起的窝棚。不过仔细看一下就会发现:这些红瓦青砖盖起的矮小屋子还是很规则地连成一片,中间是一道道窄胡同。如今它们被这座城市里铺天盖地的烟尘给弄得又脏又黑,成了一个颜色。这些小房子不知存在了多久,直到走进了内部才会突然感悟:这儿才是整座城市的心脏!而平时看到的宽敞马路、高大楼房,包括那些临街店面,只是这座城市的外壳,是它华而不实的包装。它的真正内核,它的瓤和内脏,正是这样的小房子和小胡同。成千上万的望不到边的小房子啊,就组成了这座城市最主要的部分。那些城里老户、市民,通常就是居住在这样的一片小屋子里。

而我走入的,只是被分割成千千万万小空间中的一角。

我给糊糊涂涂领进了门。就像在那个平原上见过的村庄一样,小房子室内要大大低于室外。我刚把脚探进黑洞洞的屋子,里面立刻应了一声:

"谁呀?"

我费力地适应着屋里灰暗的光线,看清了一男一女两个老人,一个坐在床上,一个坐在小得不能再小的方桌跟前。男的站起来,老太太还蜷在床上。

"妈,爸,老师儿来了。"

两个老人都站起。

"我弟呢?"小冷问。

"还不是找他那一伙去了!"老太太说。

老人慌忙地倒茶。他们两个大约都有七十岁左右,由于屋子太小,他们显得很高大。我觉得自己的头差不多都要碰到屋顶了。整个屋子除了一个灶台、一个小方桌、一张床,几乎就剩不下什么空间了。后来我在一个角落里发现了一个灰色的布帘,小冷把它撩一下,让我看到里面还有一间。不过那间更是小得可怜。那儿仅能容下一张小床和一个小凳子。小凳子边上放了一个长条木板,木板上方是一面小镜子、一些化妆用品。这大概是小冷偶尔回来过夜时住的。可是后来我又发现小床上堆放着一些男孩用的东西。我明白了:这里如今成了弟弟的寝室。小冷解释说,她若回来,弟弟就在外屋的小方桌下搭一张行军床。她说别看这儿睡得挤,比起左邻右舍,还算宽敞的哪。

屋里有一股南瓜汤味,混合在一种酸酸的气息中。我不由得蹙了蹙鼻子。小冷说:"你闻到那种酸味了吗?"

我没有回答。

她说:"这是酥菜味儿。"

"什么'酥菜'?"

"你连这个都不知道啊?城里老户一年里有多半年吃'酥菜'。"

我觉得她在说"酥菜"的"酥"字时,使用了很重的卷舌音。这听起来就格外诱人。你会觉得那是一种秘不示人的菜肴。她快手快脚把我引到屋外小方桌旁的一个瓷坛跟前。打开坛盖,我立刻闻到了一股又酸又辣、甜丝丝的味道。她用筷子在里面捣弄了一下,床上的老太太发出了一声叹息。老头子说:

"叉一些给老师儿带回,叉一些。"

我觉得这个"叉"字也用得有趣。小冷告诉我:做"酥菜"是她的一个拿手活,有时候还要做给黄科长吃呢。

"赶明儿吧,我做的时候你看着。"

小冷把我引到她的屋里才小声说,她让我来主要是看一幅画的。说着就在床下的一个小柜子里翻来覆去地找,发出哗啦啦的声音。两个老人凑过来,又退到了一边。

找了一会儿,小冷愤愤地把箱子盖上,喊:

"弄到哪去了?我弟呢?他拿走了吗?"

她妈"噢噢"两声,看了看老头子。老头子咳嗽着,到自己的床头下面拖出了一个扁扁的小箱子,又抱到里屋的小床上。小冷不耐烦地吭一声:"真是的!"

一家人那种神秘样子让我觉得遇到了非同一般的、绝对重大的事情。她打开扁扁的小箱,原来里面是一个捆扎起来的塑料袋。塑料袋打开,让我闻到一股浓浓的樟脑球味儿。解到最后一层才露出了一小卷黄纸。大概就是它了。

小冷在裤子上擦了擦手,把黄纸展开。

那是一幅古画,上面画了几只虾。小冷的手颤抖着,点着虾:

"认出来了吗?"

"虾。"

"咳,当然是虾。我是问,你知道这是谁的画吗?"

我摇摇头。

"齐、白、石!"

我明白了。我明白小冷为什么急着让我到这儿来。她认为我可以辨别真伪。我问是否真的?

"八成儿是,"她说,"你知道,这事儿不能让外人知道。你让最可靠的朋友来看一看好不好?有人出好几十万要买它,可有人半道出来砸锅,说这是一幅假画。要是假画,一万块俺也出手。要是真的,那就大发了。俺弟弟也出去找明白人,我让他老老实实等着,这可不是闹着玩儿的事。你说是吧老师儿?"

我没有吭声。我想到了阳子,答应让朋友来看看。不过我觉得有点纳闷的是:他们究竟从哪儿搞来这样一幅画?后来我终于忍不住问了。小冷白我一眼:"这你就莫管了,我弟弟那一伙嘛,他们也花了不少钱……"

小冷最后还在反复叮嘱:不准告诉黄科长。

三

我答应要帮一下小冷,事后却有些后悔。因为我觉得阳子最不情愿做的就是这一类事。还有,我也不愿找那么多麻烦,而只想按时上下班,做点分内的工作。一句话,让我找阳子他们去鉴别一幅关系到"几十万"的古画,这就多少有点玄了。还有,这事儿也许阳子做不了,弄不好还要惊动另一个人,而这个人又恰恰是我长期以来就一直回避的人。我这次归来几乎是悄悄的,有人以为我还在东部海边那儿呢。

想不到小冷一次又一次催促。看得出,这幅画对她一家有多么重要。尽管黄科长不愿在他的四合院里看到小冷的斜眼弟弟,可我发现他至少又来过三次。他的到来显然与鉴别古画的事有关。小冷差不多都要恳求我了。

我只得去找阳子。

阳子见了我大吃一惊:"你不是失踪了吗?"

我笑了笑,告诉他终于又"上班"了,然后把事情简单地介绍了一下。阳子说:"你原来是有事情要求我呀,要不你会一直藏着哪。"

我向他解释:"我只想安静一段,想一个人待一会儿。你们每个人都有班可上,只有我一个人失业了。"

"得了吧。不过以后你可千万不要故意躲着啊。"

我催促阳子先做眼下的事吧。他同意了。

我把他领到了那个低矮的小砖房子里。

小冷像展示一件圣物似的,再一次把门闩上,只让我和阳子看那幅画。阳子反反复复研究,对着光亮看,又拿到暗处瞄,只差没用鼻子去嗅了。最后他拍拍手说:"我认为是真的。不过我还没有十足的把握。在我们这儿,这种事儿只有一个人能搞得通。"

我知道他在说谁。我故意把话题岔开。可是小冷听得分明,开始一声连一声追问:

"谁?你们说谁?"

阳子没有看到我在使眼色,直通通地说出:

"聂老。"

我坐在了椅子上。是啊,聂老。那个八十多岁的老人当年就亲手做过很多假画。当然他现在年纪大了,已经洗手不干了。他曾经是一位声望很高的画家,现在一幅画也不作了。我几年前通过一位朋友认识了他,真是眼界大开。那位朋友是一位杂志编辑,他的爱人叫滨,一个非常美丽的少妇——聂老每个星期都要到滨那儿,直着眼看她半天,然后再回去。这个老人倔犟得很,谁的话也不听,只有滨说什么他听什么。他还许诺要为滨作一幅大画,这话说过有五六年了,却一直没有动笔。那时候由于我成了滨一家的客人,所以聂老对我还算客气。不过眼下我可不愿为小冷的几只虾去找那个孤僻老头,更不想去见滨。我只想安静一会儿,只想在这个春天好好安顿自己。我太疲倦了。

可怕的阳子,扔下这样的一句话就走掉了。

接下去是小冷的百般缠磨。她一定要我把这幅画送到聂老跟前。

"求你了,不行吗?你把这个事情做成了,就是我们全家的大恩人了。行不行啊?"

我无言以对。我不愿成为任何人的恩人,只想安安静静的。但后来我终于妥协了。我伸出手说:

"拿来吧,那幅画。"

小冷不由自主地在裤子上擦了擦手。但她想了想又说:"这样吧,你先问明白了,等找到了聂老,他同意做了,我再把画给你。"

这个精明谨慎的小冷,这一刻兴奋得两颊都红了。我能理解她。

可是我却迟迟没有找滨。我知道这事儿只有滨才做得到。

四

这一天我正在犹豫是否去找滨,那个久闻其名的"静思庵主"

突然来了。

黄科长闻声出门,站在枣树下,夸张地拍着手说:

"欢迎庵主,欢迎庵主!"

小冷也一下跳起来:"你多久没来了呀,你!"

庵主谦逊地笑笑。

我从窗户上看得清楚:他中等个子,脸黄黄的,颧骨有点高,模样看上去比实际年龄还要大得多。他的眼角耷拉着,显出一副山崩于前而色不变的神气。暖融融的天气,他竟然还戴了一副白手套,这时正不急不慢地摘下。整个人看上去很有派头。他梳理了一个与脸型和年龄十分不协调的大背头,这使我觉得有点别扭。

黄科长已经在急一声缓一声地喊我了,我只得走出去。

黄科长在我们之间做了介绍。静思庵主平静地握着我的手:

"久仰久仰,幸会幸会。"

我也重复着类似的话。

黄科长一手搭在我的肩头,一手搭在静思庵主的肩头,却在说给我一个人听:

"怎么样,名不虚传吧?庵主年龄不大,却让我由衷地钦佩。他择友甚严哪。"

静思庵主鼻子"吭吭"两声,不知是自责的声音还是谦虚的声音。

我们三个一块儿到黄科长的办公室。庵主坐在最大的一张沙发上,跷着二郎腿,身板挺得笔直,不苟言笑。我发觉由于内在的紧张,他的嘴唇绷得很紧。黄科长在一边介绍说:"庵主很忙啊,他很少有时间走出来。他和一般人不一样,他的学识才叫渊博,懂得医学、植物学、书法、雕刻、手相学。是吧庵主?"

庵主皱皱眉头,轻轻地"哼"了一声,未置可否。停了一会儿黄科长又问庵主:

"听说过宁先生吗?"

庵主点点头,呷了一口茶,食指和中指轻轻地敲击桌面,若有所思。

黄科长又谈起了我的经历,什么辞职呀,地质学院毕业呀,到东部开拓新的事业呀,回城后又加入了他的协会呀,说个没完。我不得不打断他的话。我发现庵主的脸上渐渐有了笑意。他站起来,在屋里踱步,看着墙上一幅又一幅画,好像从来没有看过似的。他偶尔伸出指头点划一下,说一句:"用墨很好。"再不就是:"闲章盖得不是地方。""这里应该压一方印啊!"

最后一句刚刚出口,黄科长一步跳过去:"有光,不能这样说!这是有讲头的啊!"

黄科长一急就忘了叫"庵主",而是直呼其名。这使我知道他叫"有光"。

我问:"有光先生,您最近在忙些什么?"

庵主背着手,微微把脸转过:"没什么,业余时间搞搞根雕、写几幅字而已。"

我发现庵主少言寡语,却并非是腹富口俭的人,他大概在生人面前天生有一种拘束感。与他谈熟了,他的话就不像我想象的那么少了。我们俩坐到了一块儿交谈起来。黄科长偶尔插一句,一会儿就伏到案上忙自己的事情去了。庵主一会儿问我认识这个吗?认识那个吗?他说的名字只有一二位听说过,但我一概摇头:认识那么多人,这就与黄科长所说的"择友甚严"相抵牾了。原来这个庵主热衷于交往名流,朋友多得让人吃惊。我渐渐发现这是一个古怪的人。我还发现一个秘密——这也是他与黄科长过从甚密的原因了——他可以替黄科长搞来很多所谓的"名人字画",同时还是黄科长的热心读者,能适时送去激烈赞誉。他问我:

"看过黄老'自传'了吗?"

一句话把我镇住了。我从来没听谁叫黄科长为"黄老"。我愣怔了一下才明白:"没有,还没来得及拜读。"

"那你可得抓紧时间看看!"

我点头。黄科长笑眯眯转过脸来:

"庵主帮我一字一字订正过。当然了,回头老宁是要看的,我还要请他斧正……"

我说:"不敢。"

庵主接着背了一段"自传"。我惊讶地发现:他嘴里的这一段文字竟是如此畅美。

庵主离开时紧紧握住我的手,眼睛闪着动人的光彩:"我们从今天起就算是朋友了。很好。相见恨晚。请多加关照。再会!"

他说的都是书上的客套话,但因为热情烤人,又足以弥补那种刻板和不足。我把他送到门外。我的后面,黄科长和小冷却及时地站住了,大概他们有意让我和庵主增加一些接触。

庵主再一次握着我的手:"我很重视你。我们将尽快见面。要知道——"说到这里他抬眼望着熙熙攘攘的巷子:"'文能治国,武能安邦'啊!"

这一句并非是对我说的,而仅仅是他自己的一句喟叹。叹过之后,他就头也不回地径直走去。

我一直望着他的背影。他那梳理齐整的背头不知什么时候给搞乱了,但头颅却一直用力昂着……

五

很久没有见到滨了。

当年我想在东部办一份杂志,通过滨的爱人联系了一家已经办得不耐烦的刊物。我们想用"过户"的方式把它弄到那儿去。就这样,我与滨结识了。

第一次见她让我好一阵吃惊。我得说,我从没见过这样的人。她长得大大的,极其完美。闪着光泽的丰腴肌肤、一对水灵灵的忽闪不停的眼睛,都让人一时无语。你怎么也想不到,在这座干燥酷热的城市里,竟然还会有这样水汽充盈的生物。接下去我还发现,她的性格比她的形象更有魅力。那真是爽朗热情,温和宽厚。她和爱人水乳交融,两人形影不离,嘘寒问暖;他们竟然能当着别人的面亲吻,却又不让人觉得是在模仿洋人。他们俩并排坐在那儿,大多数时间两手相牵;有时他们彼此忙里偷闲地、匆匆地看一眼,留下一个幸福的、不易察觉的微笑。总之她落落大方,一切都做得那么自然。她只是使人仰慕或爱恋。当然,她对任何男性都会有吸引力;不过对她只可以尊重而不可以亵渎。作为一个真正的好女人,我想滨的一生都不会有通常的那些男女麻烦,而只会像一个闪闪发光的物体摆在那儿,让人产生一种心甘情愿的景仰。

我后来还曾在一个杂志社举办的酒会上见过她。在那种热闹场合,她好像比平时更加出众,简直是仪态万方。她有一刻由于要应酬一边的朋友把爱人给忽略了——突然想起来时就急急地找到,然后挽住了他的胳膊,把他拉到刚刚结识的一些女友旁边一一介绍。

就是这样一位姑娘,却让一位八十多岁的老画家缠住了。我每当看到那个长着一缕白须、拄着一根拐杖颤颤巍巍踩着碎石路而来的老人,就有点不忍。滨总是眉开眼笑、一蹦三跳地扑过去,小心地扶住了老人。那时老人就把拐杖提离了地面,一下挽住了滨的胳膊,一只手还紧紧握着她的手,拍打抚摸:

"我的孩子啊,我的孩子啊,我想你啊,想你啊。"

"我也想你呀聂老。"

就这样,她搀扶着聂老到屋里坐下,目中再无他人。聂老看着她,她也看着聂老,两个人手扯手坐在那里。这种注视至少要花去

二十分钟。这之后聂老才提起拐杖,咳嗽着,弓着腰站起:

"我回了,孩子,我该回了。"

她的爱人也站起来,只把客人送到门口。聂老由滨搀着,送上很远的一段路。

去找滨吗?我仍然拿不定主意。

第 二 章

流浪小记

一

这个世界上大概没人否认:一个人在生活中能够有规律地作息,这既是健康的条件,又是健康的标志。如按时上下班,按时休息,一日三餐,定时与家人散步、与孩子一块儿玩耍等等。如果有可能,最好让美梦也适时而至。从容、和谐、健康,这一切才是人们真正求之不得的东西。可惜这一切在四十多年中的大部分时间里与我毫不沾边。这也是我与梅子的差异。梅子,还有她的一家,简直很难有一种什么外力能够打乱他们的生活节奏。谈到我与梅子的不同时,岳父和岳母只是这样评价自己的宝贝女儿:她有事业心。

我缺少事业心吗?

岳母有一次叹息:"如果你们俩能调换一下就好了。"

我好不容易才忍住了自己的苦笑。我好长时间都在琢磨这句话。后来我在台历上写了这样一句:一般而言,事业心并不能使一个女性变得更为美丽,除非她是一个殉道者。

我写下来也就忘了,压根儿记不住当时为什么发出了这样一句感慨。可是一个星期之后,大约是梅子随手翻阅台历看到了吧,

有一天散步她突然问我:

"喂,问你一个词儿。"

"什么词儿?"

"什么是'殉道者'?"

我怎么也没有记起在台历上写过的那句话。我认真地解释了一番。她接上问:某某是吧?

我还没来得及回答,她又提到了另一个人的名字。

我回答:都是。可能都是吧。后者我见过照片,那是一个执拗的、十分温厚而端庄的女性,很美丽。我想她的美有一多半是来自那种殉道精神。这种美应该是不容侵犯的……

梅子不吱声了。

过了很久,我还能想起她那天奇怪的神情,后来终于恍然大悟:我记起了在台历上写下的话。我笑了。梅子那一天与我讨论,说那些一心扑在平凡而又不可缺少的岗位上的人,那算不算"殉道"呢?她进一步解释,说自己就是一个被固定在这样的岗位上的人,这辈子大概也不可能做出什么轰轰烈烈的事情了。我说是啊,在有些特殊的年头里,人们到处寻找轰轰烈烈的事情,以便成为一个英雄。他们巴不得在路上遭遇受惊的马车或歹徒抢劫,实在不行就是碰到一个草垛着火也好。他们就盼着有这么一个机会挺身而出。可惜怎么也碰不到。结果有人太急切了,做梦都想参与这些恶性事件和不幸事件,成了精神病患者;有的竟然亲手点燃了老百姓的草垛,然后再一头一头往火里撞……

梅子打断我的话:"这不是开玩笑,我是跟你认真讨论的——我是说,有些女同志,她们兢兢业业,在平凡的工作岗位上不为名不为利……她们在你眼里是不配被称为'美丽'的。"

我吭吭哧哧:"这样……当然了,这样的女同志很多,我很尊敬她们。不过也有那么一些女同志就不是那样……"

"那是另一回事。有些人在自己的岗位上不能扎扎实实工作，把希望寄托在歪门邪道上。她们只会见风使舵，只会讨好……"

"这样的人哪里都有，这种人我们太熟悉了。有的女人是这样，有的男人也是这样。如果他（她）遇到一个好色的上司，腰带也就形同虚设……"

梅子盯我一眼。我马上为自己的刻薄而后悔。不过说心里话，那样的男男女女可真不少啊。每个时代的败类都是由这一类人构成的。我们不光不能指望这样的人当一个好妻子好丈夫，我们甚至不能指望这样的人会生出一个健康的儿子。

讨论是务虚，按时上班才是务实。当我在街巷上来去匆匆时，梅子也就高兴了。她问：

"看，你现在简直比我都抓紧时间了。你的工作真有那么忙吗？"

我点点头。

我每天出门很早。本来有二三十分钟就可以走到那个小四合院，可我往往要走上一个小时。随着人流往前摇晃，有说不出的惬意。有时候随便什么东西就可以把我吸引住，让我在那里停留片刻。我常常一抬头发觉自己走错了方位，然后再赶紧折回。好在我出来得早，还不至于耽搁很久。如今街巷上摆摊的人越来越多，也不知从哪儿涌出那么多稀奇古怪的商品。

我在一个摊位上站定，因为这儿有个满脸横肉的人正在摆弄一大堆望远镜。大大小小的望远镜，单筒的，双筒的，带支架的。有的小如拇指，有的则像门大炮。这么多望远镜究竟要做什么用？我拿起一个试一试，怎么调弄还是两眼昏花。这些看起来十分精巧但却不怎么中用的玩艺儿大部分是从海外弄来的。这年头啊，不要说别的，单是望远镜就这么五花八门，看得人眼花缭乱。我问卖主：

"有人买吗？"

"怎么没有？我两天就能销出这么多。"

我感到惊讶。我问那些人买望远镜做什么用？他斜楞着眼，好像觉得我提出了一个真正愚蠢的问题。他不回答。但我自己琢磨出来了。我记起在剧场看演出时，很多人都带着望远镜。我明白了。

刚离开他的摊子我又记起：有一次我们所在的一个街道派出所逮到了一个家伙，从他那里搜出了很多望远镜。这家伙用望远镜在中午和晚上窥视别人的寝室。我吸了一口冷气。但愿这些买望远镜的人不要学他。

烤地瓜的炉子支在街道两旁，煤烟混合着熟地瓜香喷喷的味道，妙极了。这个城市里有多少人在吃烤地瓜啊。梅子最喜欢吃，我就不太喜欢。人的味觉真是不同啊。书摊更多，每个书摊跟前我都要停留四五分钟。书籍无论如何对我还是有吸引力的。尽管我无数次地失望，也还是在书摊跟前徘徊。我发现所有的书都印得花花绿绿，几乎半数以上的封面都印了一个光膀子的女人；即便是高雅的名著，封面上也少不了一个裸妇。这些书摊不仅摆在地上，而且还发展到空中——每个书摊上方都拉了几条塑料绳，上面悬着一串串彩色的封面、招贴、卡片和杂志等。要串书摊，就要在那些淫荡的图画下面钻来钻去。记忆当中，不久前，大约是一年以前吧，街道上好像还没有这么多稀奇古怪的男人或女人，也没有这么嘈杂。正看杂志，一种奇特的声音顺着北风飘来，那是一种非常刺激的音乐。

我走过去，直钻到了密密的人群中才看清，有三五个流浪汉给围在当中：其中一个老者半跪在那儿，他的一条腿有毛病；老人在吹一个小唢呐。其余的人有的在拉二胡、敲木板，有的专心击打一枚铜铃，有的正弹奏一个杆子很长的叫不上名字的琴。音乐节奏感很强,却不怎么合调。他们或低头锁目,或瞪着大眼不顾一切地演奏。看得出那个老者已忘记了一切,全身都随着音乐的节拍摇摆、颤抖,腮帮鼓得很大。他的旁边堆了一块白布,四角用石块压住。人群中不断有人往白布上扔一点纸币或硬币。

这个场面何等熟悉。记得在国外街头,那些流浪者当中就有好多这样的人,他们是街头艺术家,也是乞讨者。他们的身边有一个向上仰起的礼帽,等着你掏出一点点钱币投进去。

外国有的,中国迟早都会有。

再往前走,又有一些类似的流浪汉:单独的、成帮成群的,许多人竟然都操着一个乐器。他们面色古怪,比一般市民的脸色要红,只不过鼻子两侧多了一点污垢而已。衣衫不整,可是潇洒自如。我记得平原和山区那些匆匆赶路的流浪汉也有这样一副神气。不过他们手里大多没有一件乐器。看来流浪汉要取得进城的资格,最好先学会一两样乐器。这就是一座城市里崭新的流浪风气。

城市的风气一时一变,要追逐是很难的。比如说前一段,这儿的流氓时兴用刮胡刀割女人的裤子。他们技艺之高超,令人瞠目:利利落落地把一条新裤子割开,受害者却毫无察觉。她们从公共汽车或商店里走出,觉得凉风习习,一摸才知道裤子破了。风气往往是模仿的结果,它与时代精神并无关系。这就像我们看到的那些没有标点的语言、稀奇古怪的诗、闭着眼睛唱歌的歌手、骑着摩托狂奔的少年、如痴如醉的字画贩子和足球迷一样,都是模仿的产物。

二

想到字画贩子我就一阵紧张。近来小冷一提起那几只虾就要皱眉。有一次她在我耳旁说:"知道吗?再不赶紧出手要出大事了!"我问怎么了?她说那个斜眼弟弟的朋友中有个不三不四的家伙走漏了风声,有人正逼他把这幅画交出来,还说是"老大"等用。

"谁是老大?"

"老大就是'鳗鱼',他是那一帮的头儿,说一不二。我弟弟不知道朋友中有一个鳗鱼的耳目,这下可好了,我爸我妈吓得哀求孩子,说快把画交出去算了。最后鳗鱼也会给一点钱,那不过是做做样子。你以为他会给好多钱吗?连一万块也不会给。他们吓唬我弟弟:再不交出来,老大就要'数点'了。"

"'数点'是什么意思?"

"'数点'就是给你写下一个日子、一段时间。比如说给你一天时间、两天时间,十二小时或二十四小时,这全要看他们高兴怎样。他们会告诉你:'过了一点'、'过了两点'。你说急人不急人?"

我明白了。我突然想起了那个叫"鳗鱼"的人!我说:"那不过是一些社会渣滓,那个'鳗鱼'我以前听说过,好像还在一个人那儿见过。他看上去倒不怎么凶。我记得这人矮个子,黄瘦,像是缺少营养似的……"

小冷吸着冷气说:"是呀,就是呀!"

她不断催促我快找聂老,说这幅画只要经过了鉴别,是真的,那就赶紧出手了。东西不在手里谁也不怕。我在这段时间看着这个鼻梁尖尖、眼睛圆圆的女人,觉得她也像个要钱不要命的主儿。

后来我发现,不仅是小冷,就是静思庵主也不像我原来以为的那样老实和怯懦,甚至也不是一个话语迟滞的人。我好几次见他悄悄走入四合院,走入小冷的耳房里,两个人咕哝半天。小冷见瞒不了我,就把我叫到一起商量了。原来他们合计的仍然是那幅画的事。小冷说:"有光认识很多字画贩子。"

我说:"那些人很多,他们平常就在路边上摆摊;当然,最好的货色他们都不带到那里去。"

静思庵主点点头:"他们在那里寻买主和卖主。他们当中就有大贩子的侦察兵。一旦有了大生意,觉得有油水,再约个地点给你真家伙看。他们跟走私的连成一个网。像小冷这幅画,如果是真品,就非得跟大贩子打上交道不可。"说到这儿他又摇头,"路边上那些家伙,靠不住的。"

小冷不停地叹息。我第一次见她愁成这样。我故意说:"算了吧,就为了几只虾。"

小冷白我一眼:"看你说的。那是几十万块钱哪!"

我又说:"'人为财死,鸟为食亡'。"

小冷不理我了。她只和庵主说话。有光说起话来细声细气。我发现他在她面前真是一副柔软的心肠。我想这个家伙在追逐女人方面可能还是个好手呢。

他们小声说着,我在一旁翻书。突然听到一阵抽泣:小冷抹起了眼睛。男人啊,在女人面前千万不要过分温柔。我走出了屋子。

这天小冷和静思庵主正在屋里,突然黄科长走出了办公室,一出门就大声喊了几句。小冷立刻跑出,然后随他进屋去了。

有光一个人待得不耐烦,就到我这儿来了。他随便翻看桌上的材料,说:"黄老这个人哪,哪里都好,就是心眼太窄了一点。"

我不明白。

"谁跟小冷说话时间长了,他都不高兴。连我都信不过。其实我是什么人他还不知道吗?"

我用询问的目光看着他。

"他什么都不瞒我。有一次和一个什么女人沾了边,结果被西郊的人'数点'了。"

"'西郊'是什么?"

有光瞪起了眼睛:"这你还不知道吗?就是城西的一帮家伙。那才叫厉害,动不动就甩刀子。谁得罪了仇人,就暗暗使钱买通他们。前几个月一千块钱一砖头,如今什么都涨价了,听说要三千块钱一砖头呢。"

"'一砖头'是什么?"

"就是往人身上扔黑石头。"

我目瞪口呆看着他。

"那一次眼看到点了,是我给他解了围!"

"想不到你这么斯文,还有这样的办法。"

有光不好意思,搓搓脸:"这叫以毒攻毒。就像眼前小冷遇到的麻烦一样,那些家伙都是一帮一帮的,你要顶住那一帮,必须去找另一帮。我倒不熟悉他们,'老猫'熟悉。'老猫'这个家伙也是一个主儿,他那一帮见了他就像老鼠见了猫。"

接着他告诉我:老猫在一家杂志社工作,是他的好朋友。不过他一般不去惊动老猫。遇到了大事情才拉他出来应急,真管用。

有光得意地笑着。他又一次邀请我有时间到家里去坐坐,说有几个朋友想认识我——我一听慌不迭地摆手:"可别那样,我这人最怕和很多人在一起。"

庵主也摆手:"你放心就是了。我这个人嘛,可能黄老也对你说了,择友甚严。我从来不和乱七八糟的人交往,你去了就知道了。"

三

不出所料,阳子很快就找到了我工作的地方。他进了这个小院之后,差不多没有打听,直接就奔我的屋子。

他肯定是从小冷那儿知道的。我一声不吭看着他,发现他脸色暗淡,人更瘦了。他低着声音说:又听到有人谈庄周了。我屏住呼吸听着,没有说什么。他只是谈谈而已,没有什么可靠的新消息。"我认出了你/因为看到了你留在路上的足迹/你已经离去/仓皇逃逸的时候/你的脚践踏着我的心房/我的心就好像一条平坦的大道／一直把你送走／永无转来的希望……"

我的目光离开阳子,咕哝了一句:"庄周……"

阳子看我一眼。屋里的空气都凝住了。阳子站起来:"我知道你想躲开所有的人,想自己安静一会儿。可是……"

我一声不吭。我心里明白,我只是不希望有人来打扰。当我再次投身这座熙熙攘攘的城市,就不希望任何人来打扰。我只愿与这座城市相随相依,只想被它裹挟和牵引。当睡梦般的安逸笼罩了我,我才会暂时忘却。嘈杂的市声已不能进入我的内心,它只能触动我的耳膜。而在这个偏僻街巷的四合院里,我只用万分之一的感知力就可以去应付它。窄窄的耳房,世界的角落。它的厚壳之坚硬,足以隔开那些锋利的尖刺。我现在充耳不闻,视而不见。我什么都不知道。

"你一个人躲开了,可是……"

我听不到"可是",我躲进了一个角落里,我每天都在上班。

令我恐惧的只是埋在胸间的什么,那是一颗种子,或紧紧藏起的一根弦。那儿害怕被震颤,那儿动不动就要渗出一层……我感到一阵战栗。

四

我们曾经有个真正的角落。

那是海滨平原,那儿有一棵巨大的李子树。李子树下有一个小茅屋。就在那个小茅屋里,我开始长大。我的旁边有满头银发的外祖母和等待丈夫归来的母亲。我就是从那棵大李子树下启程的。父亲从大山里归来了,但这不是什么吉兆。他归来不久外祖母就没有了,接着最可怕的日子来临了。我不得不告别大李子树和小茅屋,告别母亲……一步一步走到了南山。我在莽莽大山里一个人流浪,经历了无数的故事。我就从那时起养成了流浪汉的性格,连最好的朋友也是流浪汉。也许就因为长期生活在那些大山的皱褶里吧,我从很早开始熟悉土地和岩石,迷恋与之有关的一切。

因为一个偶然的机会,我读到了一本自然地理学家的传记,它吸引我像读小说、读一段段美丽传说那样,读了一本又一本类似的书。这种兴趣一直保持到许多年之后,一直到我幸运地考入了一所地质学院。我不知血液里流淌着什么,长期以来,我总要压抑奔走的渴念和需要——也许只有地质学才会满足这些莫名的欲望吧。

今天我想,肯定就是埋藏在血液中的这些东西,促使我当年选择了地质学。

我的父亲,还有祖父和外祖父,他们尽管各自经历不同,可是都有着南南北北奔走、半生跋涉的历史。作为他们的后代,可能每当面对着一种选择时,他的取舍就会不由自主地与整个家族的传统暗中吻合了。记得每次暑假期间返回故地,我都能够用另一种眼光去回视走过的山岭和平原,能够从地质学的角度去描述它们了。这使我得到了另一种满足,获得了难以言说的幸福。我甚至在父亲当年忍受煎熬的那一座座大山里搭起帐篷,独自度过一个又一个夜晚。我模仿书上所描述的那些地质英雄们,背着背囊打着裹腿,翻山越岭,饥渴疲惫然而兴奋异常。我甚至在入学第一个年头就知道了那个叫李希霍芬的人,他在我眼里简直化为了一个美丽传说。

这个人从一开始就受到地质学的强烈吸引,最初在阿尔卑斯山进行自己的研究,后来又去喀尔巴阡山。他第一个提出白云岩是珊瑚形成物。他随一个探险队去了东亚,又去了加利福尼亚,一住就是六年。他一直对火山岩和金矿两者关系的性质感到有趣——而我奔波的那个山区就有全国最大的金矿。我那时随处都效仿李希霍芬,不用说这有多么可笑。李同时还是一个极好的新闻记者,他报道了加利福尼亚的黄金财富。是一种伟大抱负使他来到了中国。他在中国旅行,研究地质构造和地形,准备写一个大部头。后来这部著作差不多占用了他一生的时间,直到逝世还没有完成。这部杰作的第一卷谈中亚山脉的构造及其移动对居民的影响,认为华北的广大沉积物就是大风从草原吹来的尘埃。第二卷研究华北,第三卷研究华南……

大概在整个地质学院中,只有我能够准确周详地叙述李希霍芬的故事。同时使我入迷的还有屈原,我会一口气背诵出他一多半的华丽诗章。入学第二年,我无须古典文学教授的指导就可以磕磕巴巴动手翻译楚辞。不管我做得有多么蹩脚,那种热情和机智还是让很多人感到了惊讶。再后来我又迷上了苏轼,以及后来的泰戈尔和叶芝。我差不多同时熟悉了艾略特和希门内斯的名字。

我开始寻找更新的诗人。我对诗的兴趣与对地质学和自然地理的兴趣几乎是平行的,它们是心中的两粒种子,一块儿焐热,一起发芽。

那时我刚刚二十多岁。人生旅程多像一条慢慢流淌的大河,只一闪就进入崭新的莽野。我最终背叛了心爱的地质学,可非常奇怪的是从未后悔。我渐渐明白自己更为致命的、也是最终的选择,只是做一个真正的"流浪汉"。我发现第一流的流浪汉不仅是身体的流浪,而且还有心灵的流浪。地质学能够满足我的前者却不能满足我的后者。我的心灵需要不停地周游。我可以让它飞到虚无缥缈的世界,让它在神界或幽暗之地徜徉驻留——而严格刻板的地质学却做不到这一点。

如今回想起来,我对地质学还是有一种无法遏止的爱。必须承认:我爱过它,爱过李希霍芬的伟大事业。可是我更爱屈原家族的事业。在这个队伍中,我既想做一个端庄稳固的老派人物,又想扎入最为激进的现代之河。我一度像黄口小儿一样喜欢谈论虚无和潜意识、文本和语言哲学、符号学;喜欢谈论解构主义以及搅在一块儿的稀奇古怪的一坨。我那会儿甚至觉得一个当代吟者就是手持扑克牌的顽童,不必拒绝那些复杂的、让人眼花缭乱的崭新玩法。最后你会告别简单程式进入桥牌赛事,再由桥牌转向围棋或国际象棋。它们的玩法大同小异。只要你长了一双狡灵的眼睛和缜密的头脑,以及那种冰冷如铁的心情,就可以成功。

可是弄来弄去我还是烦了。有一天当我察觉到某种危险,身心被另一种俗腻堵塞沾染了时,就赶紧逃开了。我像过去一样踏入了一往情深的山区和平原。自此,我又重新让脚板去挨近岩石和土地,让眼睛去捕捉河流和山脉,倾听清风呼啸。野地小鸟的唰啾之声再次让人感到说不出的愉快。这是一种康复治疗。

原来肉体的流浪和心灵的流浪有着微妙的、相互依存的关系。我背叛了地质学,就像背叛了大学期间的那个恋人一样——埋怨她又怀念她。夜深人静时,当游动的思绪转到她那一头油亮的、末梢泛黄的柔发上时,就恨不得在茫茫夜色里一伸手揪住昨天,让一切再重新开始。往昔的梦想,少年的雄心,一切都伴随着夜气涌来了。你沉醉,忘情,你这个可怕的、从平原和山区流浪而来的鲁莽小子,一不小心错过了多少机会。

一切就是这样,它们不可思议地纠缠一起。流浪,流浪,难以停止又不可遏制。时间过得多快啊,只一晃就四十多岁了,可是进入那所地质学院之前的童年和少年生活,平原、山区、滨海小城以及后来——所有想竭力忘却的可憎可爱的经历,都会于一瞬间罗列胸前,压得人无法呼吸。我还没有来得及好好地恨一两个人、爱一两个人,就进入了双鬓斑白的中年。尽管我总想以一副成熟的、火热的心肠,把那一系列糊涂而有趣的事情——比如说辞职、经营,以及为一份心爱的杂志付出的可怕劳动、心灵和肉体上的全部损伤——从头来一番总结和诉说,但最终还是发现已经无能为力了。老天,这期间我重新获得,又再一次失去了那么多朋友。这一切究竟由谁来负责?误解、诽谤、嫉妒,以及各种各样的追逐、出于恐怖的提防、黑夜里的摸索、对往事的追究和臆想……就是这一切让我如同处于密密蛛网的缠裹之中,一刻也不得安宁、不得解脱。

可是我知道所有的都该结束了。我明白心灵不是肉体,对它而言辽阔的平原和深邃的大山也难以躲藏。最安逸之地竟是这座喧嚣的城郭。有时我甚至想:单纯的梅子才是一个真正的智者。她的存在好像就是一道启示:走进了平凡也就走进了至境;走入了喧嚣也就走入了宁静。

静 思 庵

一

谁也想不到有这样一些角落:一个小四合院,莫名其妙的"人才交流中心",像水蛭一样吸附在它庞大躯体上的"营养协会";想不到黄科长和小冷,他们日夜劳碌的"事业",以及他那本谁也不需要的"自传",他和朋友们煞有介事的勤奋工作。

这里原来是如此有趣,这里对我不仅颇为新鲜,而且还有探险般的快乐……

可惜往昔的朋友终于没有放过我。阳子一次次到我的办公室来,偶尔还要领一两个人。黄科长开始注意到了,露出不悦的神色。小冷察觉了我的不安。大概因为阳子的缘故吧,她对他们的态度总算是友好的。

静思庵主是我们这里的常客,我们彼此了解得越来越多。我发现这是一个浅薄的好人。他大多数时间都在认认真真、一丝不苟地做一些令人发笑的事情,对黄科长忠诚得可怕。

有一次庵主说:"我这个人平生追求的只是一个'雅'字。"

小冷在一旁反问:"那你怎么不结领带呀?怎么不印些名片呀?"

静思庵主的回答只有一个字:"俗。"

我曾向小冷打听:"他为什么叫'静思庵主'?"

"你不知道吗?"

"不知道。"

"在西郊,就是他的老家,他有一座小草房子,现在没人住。他一有空闲就领一些朋友回去待几天。他给那个小草屋取名'静思庵',还常常躲在庵里写字画画儿,落款都是'静思庵'。"

我笑了。

"静思庵主和黄科长是忘年交,他们好像一个人似的。有一段吃住都不分哩。黄科长也到'静思庵'住过,还给它题过很多字。庵主这个人不坏,长了你就知道了。他是一个好人。"

"一个好人……"

不过他留那个大背头,以及那副奇怪神气,无论如何也让我喜欢不起来。当然这极有可能是一个与人为善的、勤奋的、助人为乐的人。我知道他与黄科长在一起讨论最多的就是那本自传、养生学和书法绘画等。他们常做一些奇奇怪怪的事情——有一次我到黄科长办公室,静思庵主也在,他见了我就把桌子上的一份材料挪到一本杂志下面。可是黄科长立刻把杂志挪开说:"宁同志又不是外人,他是我们协会的人,看看不妨。"

原来那沓纸的题目是:"保持年轻貌美的五千年秘方。"

黄科长说:"这不过是写着玩玩。如果首长喜欢,就给他提供个参考,也可以作为我将来出版'自传'的附录部分。"

静思庵主附和:"就是就是。"

接下去的谈话就大多集中在营养保健方面。这时我突然想到这儿毕竟是一个"营养协会",我们谈的是正事。令我惊讶的是他们在这方面果然具有渊博的知识。我想自己这辈子也没法达到他们的境界。他们交谈时互相补充,观点一致,态度和蔼,偶尔也会有小小的争执。比如说他们议论起"佛跳墙"——刚开始我还以为这是一则见闻录或一幅画的题目,后来才知道是一道名菜。据说它营养超群,强精效果极佳,所用材料都是一些海珍和中药——干贝、鲍鱼、海参、鱼翅和鸡鸭之类。关于这些材料怎样制作简直要花费一个晚上才能记个大概,程序复杂,繁琐到不可思议。可是他们二人竟然可以叙说得纤毫不乱。最后的争执源于有光补充的几句话。他说:

"当一切都放在小碗中,加上盐和胡椒蒸好后,最好再放两片金华火腿,那样营养和味道就会平添二成。"

黄科长大不以为然:"金华火腿不行。"

有光进一步解释:"金华火腿也可以切成丝状。"

"金华火腿不行。"

静思庵主搓着手,只不搭腔。这样停了约有十几分钟,他们又像往常一样微笑着继续讨论了。接着他们又谈到了具有强心效果的燕窝,可以增进食欲的皮蛋粥。说起燕窝的做法,黄科长常常要说"取一人份"如何如何。我问"一人份"是什么意思?有光解释"一人份"花了好长时间,最后黄科长都不耐烦了,伸出胖胖的小手摆动着。那时我才发现:他戴了一个明晃晃的玉石戒指。

就是这一天,黄科长把抄得整整齐齐的一沓稿子移到我面前说:"这就是我的'自传'了,改来改去大致就是这个样子了。交出版社之前,希望你能看一遍。"

我把这沓稿子接在手里:"正好学习学习。"

一句说完,屋里静得很。一抬头看到了黄科长冷冷的脸色。他的眼睛紧紧注视我手中的稿子,鼻子里"哼"了一声。

"你先带回吧。手要勤,看到有毛病的地方就用笔画一道。"

"这怎么可以呢?这么整齐的稿子。"

有光在一旁说:"不碍事,不碍事,你按黄老的意思做就是。"

我仍然不太明白。我把稿子抱回了办公室。静思庵主紧随进来,发出了郑重的约请,说他的很多朋友都想认识我。不知怎么,我觉得这次真是没法拒绝了。

"走吧走吧,他们都是好人,都很想见见你,好多人知道你呢。"

这反倒使我有点胆怯了。

二

我被静思庵主领到了城里的家,而非西郊那处"静思庵"。这是一套公寓房,一共两间,有小小的厨房和门厅改做的客厅。他爱人不在,大概他招待朋友的时候故意把她支开了。我们先到,一会儿就陆续有人来了,不长的时间小客厅里就坐满了七八位。我马上发现,这些人的神气都多少有些怪里怪气的。有的目光尖利看着前面——顺着他的目光看去,才发现他在注视茶几上的一只杯子。有人似乎心不在焉,可又专注得很;还有人明明是对你说话,可目光非要执拗地盯住一旁不可;有的人口吃;有的人说起话来大仰着脸,像在背诵书本。不过这些人都有一个共同的特点:至少酷爱一两门学问。有的像静思庵主一样爱书法,爱绘画,爱雕刻,爱文房四宝;有的是收藏家,竟然在长达几十年的时间里专心收藏火柴盒,据说已将各种各样的火柴盒装满了四大木箱;还有的在收集各种各样的酒瓶——桌上摆的那个方方的酒瓶正是他今天要取走的;有一个瘦瘦的眼睛下方有一颗黑痣的人面色冷峻,一直不语,最后在有光的一再催促下才算开口——他伸出手指了我一下,嗓音艰涩:"你应该读一下《史记》。"

"为什么?"

"读一下《史记》。"他重复说。

他的目光让我害怕。我看看静思庵主,看看旁边的人。旁边的人正和静思庵主说着什么。

大家开始喝酒,分头交谈。我觉得他们似乎是各说各的,互不相扰。后来不知为什么竟然异口同声骂起了教授。不是骂某一位教授,而是骂所有的教授。他们共同的观点就是:那些人都是白吃饭的家伙。我有点不能同意,但又不想惹恼他们,尽可能把握说话的分寸:

"我们还是应该尊重学有专长的人。"

那个专门收集火柴盒的人"呸"了一声:

"什么'学有专长'?无非是些阳痿的物件!"

我不再讲话,一直挨到这次聚会结束。我像逃避瘟疫一样逃开了有光的家。有光出来送我,我说:

"我一个人走吧。"

第二天上班时,黄科长笑吟吟的:"听说你们昨晚的聚会不错呀?"

"不错!"

黄科长低下头:"有光这人择友甚严哪。"

"择友甚严。"

"你该经常和他们探讨一些问题,多一些来往,这会有大收益的。"

我很快回到了自己那间耳房,把门合上。我想闭上眼睛安歇一会儿,可是小冷又追进门来。她说:"老师儿,你可不能扔下我的事情不管哪。找到那个老画家了吗?"

还没等我回答,黄科长又进来了。小冷马上笑着转了话题。黄科长看看小冷,目光有些警觉。小冷一出门黄科长就问:

"开始看我的手稿了吗?"

"很快就开始。不过这几天事情很多……"

"唔,抓紧时间吧,"他挠挠头,"这部'自传'一般人是不能看的。你知道看的人多了,会有盗版之类的问题,那样正式出版也就没有多少意思了。"

我看看摆在旁边的那沓书稿:"它不过有四五万字吧?要出版恐怕太薄。"

"有的只写了个大概,我要让助手把它扩展一下,搞成二三十万字。"

我吃了一惊:"那工作量将是很大的啊!"

"不大,不算大;主要的精神都有了。你看看就知道。你知道著书一事不易啊,要千锤百炼。"

从他的话中我才知道,原来不仅是静思庵主,还有他身边的一伙朋友也都看过了。据说他们提了许多至关重要的问题,一些建设性意见。

这天下午,静思庵主和他的几个好友又到我的办公室来了。他们在屋里走来走去,一会儿跺脚,一会儿拍桌子,激动起来口沫横飞。那个建议我读一遍《史记》的人紧紧攥住我的手:

"多么好啊,多么重要啊。我们终于认识了……这是一个'沙龙'。"

一直到下班的时间,他们还是迟迟不肯离去。黄科长和小冷让大家都不要走,就在这里吃晚饭。庵主带头喊着:"那当然!"

庵主手搭我的肩膀,让我留下。我借口家里有事情,坚持要走——出门时听见黄科长在身后说:

"你们看他老婆管得多紧,这还搞什么事业!"

一片嘘声。

我快着步子逃开了。

后来上班就不得安宁了。阳子和其他朋友偶然一顾,可静思庵主那一伙却要频频出入。有时找我,有时只和黄科长神聊。我这儿如果剩下一点时间就要被小冷占去。她还是挂记那几只"虾",神情沮丧。据她说,她的弟弟已经非常危险了,而静思庵主好像对这事儿漠不关心。"实在不行就要求黄科长了:那时候什么事情都糟了。"我烦得要命。后来我不得不对黄科长提出:我已经没法正常工作了,特别是没法看你的自传了。这里连起码的安静都没有。

黄科长沉思不语。我知道对方最挂念的不是我的那份安静,而是其他。我提出来:能否在上班时间禁止那些无关紧要的来访者呢?黄科长想了想,点头又摇头。他说:"静思庵主会不高兴的。这样吧,我们商量商量看。"

两天后,黄科长对我说:"你带上我的自传到'静思庵'去躲几天怎么样?"

我想着那个远在西郊的小草屋。它给我一种神秘感。我说:"我可以在那里集中时间工作。不过我有个条件……"

"什么条件?"

"就是别再让人打扰我,并替我保密。我真的要躲藏一段。"

黄科长大笑:"那当然啦。"

他笑过之后又添一句:"不过对有光可不能保密,他是庵主嘛,是他的'静思庵'嘛。"

"但他不能领那伙朋友去。"

黄科长一拍大腿:"可以!"

这天回家我对梅子说:"领导安排我到一个地方去搞研究,可能要待些天再回来。那个地方很安静。"

梅子听说是领导的安排,也就欣然同意。我开始准备洗漱用具和随身携带的东西。屋子的角落就放着我出差的背囊。那个帆布背囊提在手里有一种热乎乎的灼热感。我明白:我的背囊在这个角落沉睡的时间可真够长的了。多么好的背囊啊。我把它提在手里,觉得它激动得微微颤抖⋯⋯

梅子问:"需要多长时间?"

"这要看工作进度了。也许要拖一段时间。不过我会经常回来的,反正就在西郊。"

第二天我还没走,庵主和他的一两个朋友竟追到我家里来了。他见面就说:"我们到你办公室找了,才知道你没有上班。"

他们很随便地坐在长沙发上,跷着二郎腿,自己倒水添茶⋯⋯

庵主说:"黄科长给我讲了。"

我用眼睛示意:不要把这个消息告诉一旁的朋友。庵主很快明白了我的意思,忙说:"那当然,那当然,你不要担心,我会守口如瓶。"

我正担心他这些话朋友们能不能听懂,庵主已在连连摆摆手:"咳,你太不了解我们了!"

是啊,但我只想马上躲开。

三

我一直觉得:人面向不同的方位会有不同的感觉。这也许因人而异,比如对我来说,西边总是有一种苍茫无定感。这种感觉的缘由不得而知。平常所说的"上西天"、"西天取经"等等,也都给人这种苍凉神秘的感受。难道这些说法仅仅与我的感受在暗中产生了吻合吗?还有,我记得童年生活过的地方——大李子树和小茅屋的西边就是一座又一座沙丘链,是丛林。再往西是芦青河。跨过芦青河就要进入苍苍茫茫的一片了。在那儿,滦河和芦青河由于历史上的一次又一次易道,形成了辫形河流,组合起复杂多变的一个水系网络。一片沼泽之上,一望无际的蒲苇蕴含了难以穷尽的秘密。那儿有一处又一处沙堡岛,它们是在一次次海浪和沙岸的作用下形成的一些与陆地相对隔绝的沙洲,同样被密密的芦苇所包裹……

眼下我去的地方就是这座蜂巢一样的城市的西郊。我把背囊装得满满的,带上了各种各样旅行用的东西,比如小铁锅子和米袋等等。

我知道背囊重一点总是好的。这既是一个旅行常识,也是自己的一种习惯——只要一离家就把背囊装满。我驮着一个大背囊多么可笑。可我觉得这种沉重靠在脊背上有一种非常踏实的感觉。这些年里我就是背着它,蹽开两条长腿走来走去的。对于我的长路,梅子和岳父一家早已习惯了。他们无可奈何,只说我是一个"野蹄子"、"野脚"。平日里我跟梅子讲了很多父亲的故事:他从南到北的跋涉、他与那个海边小城的故事、他与争夺海港的几次激烈战斗的关系;他还是几次有名战事的组织者。当然,他后来遭受了厄运。可是这一切不幸绝不能归结于他的奔走和流浪。如果没有这些经历,他或许会成为一个更加不幸的人——平庸的、默默无闻的人。而父亲在那一周遭是个赫赫有名的人物。那么多人至今都在怀念他……

梅子常说我和父亲有点相像。我拒绝她这样讲。

因为我在心底里害怕,害怕父亲那样的命运。

"静思庵"地处西郊的一个小村,本来是极为安静的,后来由于城市不断扩张,已经把这个村庄拥在其中了。好在四周仍能看到原来的轮廓,原有的街巷和低矮的房屋大部分保存完好。街道上尽管有些热闹了,但仍然时不时让人想起原野上的那些淳朴小村。所谓"静思庵"就是这片低矮茅屋中的一座。这些年来不少茅屋都换上瓦顶,但这一座还保留着原来的面貌,茅顶已被雨水染得发黑。一个小小的院落,院门的粗木条被雨水洗白了。院内有一棵可爱的石榴,树下是一片春草。

　　看得出庵主已经很久没有回来了。室内倒还洁净,只有小小的三间。最大的一间在西面,里面有一张小桌,两把藤椅,一个小小的书架。有光喜欢的那些蹩脚书法和绘画整整悬了一墙。"静思庵"三个大字刻在一块棕色木板上,挂在茅屋正中。中间是最小的一间,放了几只没有上漆的白木凳,权作会客室。最东边的一间又小又脏,油腻腻的,里面有一个小灶,这是庵主和朋友自炊的地方。炊间摆了大小一溜瓦罐和瓷坛,逐一掀开盖子看看,里面有绿豆、豇豆、米面和干菜之类。我心中一阵感激:庵主是一个多么会生活的有心人!在这里住上一辈子大概也不会烦腻,浓浓的村野气让人沉醉。自从踏进庵内的那一刻,我的心就静下来了。

　　庵主把我送到这里,嘱咐了几句就走开了。

　　我成了暂时的"静思庵主"。我在宽敞的西间待了一会儿,又走到院子里。由于围了一个小院,这里什么嘈杂都没有,只偶尔听到一两声鸟鸣。我觉得奇怪的是,这个空无一人的小茅屋怎么没人光顾?比如说那些流浪汉,那些善于在夜间搞点什么的人,为什么不打它的主意呢?肯定是村里有人经管。因为我发现床上的被子好像按时晒过。这说明有人在料理这儿的一切。院子里还有一个手扳压水井。有了水,一切也就方便了。我按了按,发现压水井的手柄并不沉重,只几下,清清的水流就涌出来,然后顺着一个小水道往前,流入了靠近院墙的小花圃和石榴树下。

　　我在心里羡慕有光:从闹市乘车到这儿不过一个多小时,位置再好也没有了。这是一个闹中取静的佳处,在这里,一个人可以读书,可以沉入幽思遐想。

　　我觉得自己长时间以来的奔波、到处的行走,除了那种说不清的原因以外,再就是要躲避一种喧闹和纷乱,一种可怕的磨损和追逐。躲避,没完没了的躲避,人的一生就是这样度过——那个平原的小茅屋只是我的人生驿站。

我在想乖巧的"静思庵主"怎样拥有了这个地方。这里可能是他的祖居地,他在这里出生,尔后走进闹市。

我的出生地是东部半岛,是靠近大海的那片海滩,是芦青河流经的那片泻湖平原。

在那儿,我们一家也曾经拥有这样的一座茅屋。

血脉与传奇

一

那座茅屋的来历令人心酸。那是我的母亲和外祖母,我们一家人躲避苦难的一个去处。

很早以前我们家还在那座海滨小城,父亲和母亲、外祖母,全家人一起居住在外祖父那个有着玉兰花的府邸。是一场连一场的战争把这个美丽的住所生生毁掉了。父亲三十多岁时从很远的地方来到了这个小城,那是因为海滨丛林地带活跃着那支有名的队伍,他们与外祖父来往密切。外祖父从二十多岁起就是有名的离经叛道者,是全城第一个走出深宅大院的少爷。外祖母原是他们院里的一个使女,当年与外祖父双双出逃。两人一去十几年,当再次回到这座小城时,外祖父已经成了一位很有名望的医生。大宅院里再也没有了那个用拐杖捣地的老爷,没有了他当年望向儿子的愤愤的目光。最后的日子里老爷没有等来儿子,他认为正是这个不肖之子毁了他的一切:他的希望、他的基业。他曾经把一切都寄托在聪慧的儿子身上,可想不到这小子竟然为了一个女人疯癫。他最恨的是那个使女,是那个小妖精使儿子痴迷。他最后对儿子仅存一丝希冀:待其上了年纪,心中的火焰渐渐平息的时候,或许会顾恋一下这万贯家财,持续这一代又一代积攒起来的巨大资产和声望吧。

世上真的会有一个人忍心抛弃这一切吗?这个大宅,这儿盛开的玉兰花——它们真的会对一个男人没有一点吸引力吗?

老爷想得不对。因为外祖父离去的原因不仅仅是为了外祖母。是这座压抑的小城让他厌弃,而远方,大海另一面吹来的风,还有湛蓝的天空和白云,都一齐在诱惑他。于是,那天深夜,一艘白色客轮载着心气高远的外祖父和娇小美丽的妻子远航了。

要不是后来外祖父突然决定要返回海滨小城,那么一切都该是另一个样子。外祖母没有半点怨言,尽管她心中盛满了恐惧。她还记得老爷那双鹰一样的眼睛、那"咚咚"捣地的拐杖。她特别忘不了的是老太太手里那柄雕花捣布槌:恶狠狠扬起,只一下就把她的头打破了。她头上一生都留下了一个大大的伤疤。她险些为此送命。她有一头浓密滑润的乌发,是这秀发遮去了那个疤痕。她伏在男人怀里轻轻泣哭,外祖父的大手抚摸着她的头发,两人一声不吭。

他们究竟为什么回到小城,没有一个人知道。我问过妈妈,妈妈也说不明白。反正他们回来的时候,这座宅院已经没有了原来的主人。老爷和太太相继去世,他们病入膏肓时还在念叨自己的儿子。

外祖父回来的那年正好是玉兰开花的时节。妈妈曾告诉我:"你外祖父永远也忘不掉那个春天……"

妈妈还说:老爷至死也没有原谅他的儿媳。他觉得自己的全部怨恨和苦楚都来自这个不祥的女人。"你外祖母觉得应该对自己的公爹尽一份孝心,可惜这种机会再也没有了。以前你外祖母千方百计讨好老爷,任何儿媳都不会像她那么孝顺。可怕的老爷呀,那个迟早要撒手的老宅主人哪,玉兰花庇护了一辈子的倔犟老人,知情后就是不肯饶过她。他让她跪在瓦片上,让她死……这些都像梦一样过去了,可就是忘不掉。说说你外祖父回到小城以后的事儿吧——他刚刚回来就有许多生人找上门来,港上的人,山里的人。这些人都打着求医的幌子,其实到底要做什么只有他们自己知道。求医者络绎不绝。后来这些人当中就有了你的父亲。他一开始是到海港,后来就成了我们家的常客,成了你的父亲。他与你外祖父一整天都在一起,有说不完的话,有时也免不了要发生一点争执。是外祖父介绍你父亲与那个港长成了朋友。当然这都是后来的事了。当时我不知道你父亲他们在打什么主意,也不知道他们商量的是多么重要的事情,更不知道你父亲是队伍上的人。那时候队伍活动的范围很大,要根据战事的变化周旋。有好长时间队伍过得很苦,头儿换了好几次,你父亲是最后才参与领导这支队伍的。不过他在那儿待的时间不长,后来离开了,又做起了'生意人'。他从来没有赚过钱。他当时正和你的外祖父合伙搞一笔'大生意',城里人都这么认为。可是直到如今也没人明白这笔'大生意'是什么。大概也就是因为这笔'大生意',他们一前一后都遭了暗算……"

母亲的话说来说去,大致就是这些。其中那些细小的情节让我难以忘记。记得有一天我在茅屋的旮旯儿里发现了一个木箱,打开木箱,里边是一些杂七杂八的东西。有红硬木的手串子,半截琴弦;再不就是几枚黑白围棋子、一个残破的八音盒子……我相信这些东西都是外祖父遗留下来的。有一次我还翻出了一个发霉的破旧礼帽,礼帽上有一个洞眼。我觉得很好奇,就戴着礼帽悄悄转到外祖母和妈妈身边。谁知道外祖母一看到这礼帽,脸色立刻阴

沉下来。妈妈抖着声音说:

"孩子,你怎么把它找出来了?你怎么能这样?!"

我不明白,仍然戴着那顶礼帽。我的目光在问:为什么就不能这样呢?妈妈把礼帽一把摘下。她看着,厌恶地放到了一边。后来外祖母不知什么时候就把它取走了。从那以后我再也没有发现那顶奇怪的礼帽。但我那时相信它一定有什么故事。

二

我长大了,可我偶尔还要记起那个带洞眼的礼帽。有一天我就大着胆子问起来。外祖母长长叹息,只不回答。

很久以后,母亲断断续续讲了礼帽的故事。

"那是一个交通员戴的。那个交通员就来往于山区和这个小城。他一开始也是你外祖父的病人。当然了,是那种特殊的病人。他的年龄要比你父亲小得多,当时还只是一个小伙子。他的真实身份是交通员,是上边派下来的。他有个特别的本事,能够在山里和海滩上飞跑,跑起来就像兔子一样快,人们就给他起了个外号,叫'飞脚'。人们说所有能这样飞跑的人,脚心里都长了一撮毛发,奔跑时,这一撮毛发就直立起来,脚不沾地。"

我看着妈妈,简直听傻了眼。

"其实那不过是传说。在他洗脚时你外祖母偷偷看过,说根本没长什么毛发。你外祖父没有儿子,有一阵把他看成了亲生儿子,与他一块儿喝酒,给他最好的东西吃。这就引起了你父亲的不快。当然他的不快还有很复杂的原因——你父亲从第一眼看到飞脚就不痛快。他不信任他。为这个你父亲跟你外祖父闹翻了,拍起了桌子。那是翁婿两人不和的种子。打那以后他们再也没有好好长谈过。只是由于他们共同做的那笔'大生意'的缘故,才仍然要时不时地走到一块儿。不过他们谈话的时间大大缩短了。那时我们的婚期也指定了,若不是婚事提前,很可能就因为你父亲和外祖父的关系给吹掉。一切都要感谢你外祖母,是她在最关键的时刻支持了你父亲,尽管她后来由于你外祖父的死,也对你父亲有了误解和怨恨。但那时她偏向着我们。是她亲手选择了你父亲这个人,让他做了自己女儿的丈夫。

"你父亲有时候一离开就是很久,我们全家要一块儿苦苦等待。你外祖父差不多和你父亲坐不到一块儿去了,他们一见面就吵。这样久了,我对他们争吵的原因也越来越清楚了。因为那时有了几次不顺利的战事,你父亲和外祖父都格外懊恼。他们私下里在争论一个事情,那就是怎样看待飞脚。现在看你父亲是对的,可当时你外祖父拼命维护那个人。他把飞脚叫'好小子'。可是你父亲已经注意了那个'好小子'许久了,盯过梢,也发现了什么蛛丝马迹。有一天夜里,你父亲正在和外祖父谈事情,突然听到了屋后有踩碎瓦片的声音。你父亲跑出去,什么也没看到。你外祖父就说他大惊小怪,说那不过是一个野物。接下去的日子你父亲更加惶惶不安,深夜就伏在宅院的玉兰树下。

"有一天宅子里响了一枪,全家人都跑出来了。我看见你父亲从外面走进来,脸色发冷。他的枪筒还没有凉,另一只手里就提着一只打了洞眼的礼帽。你外祖父盯着那只礼帽说:'这只礼帽有点熟。'你父亲说:'你不是说有野物吗?这只野物戴帽子呢。'我们都明白他是指飞脚。外祖父拿起礼帽看来看去,将信将疑。后来他又说戴这种礼帽的人很多。不过打那以后,飞脚再也没有来过我们的宅院。本来事情已经很明白了,可惜你外祖父太固执也太麻痹了。可能他们之间还保持着别人不知道的什么联系吧,反正后来的事情就是我们看到的那个结局了。"

我听到这儿开始嘭嘭心跳。

"一切都像在眼前一样。我说的是你外祖父遇难的那一天。

那天他一大早骑着我们家的大红马走了。回来时太阳还没落山。大概就在这个时辰他骑着马走进了西郊的那片小松林里。他在那里中了埋伏。红马先跑回来,叫着,引着你父亲、引着全家跑出庭院。大家都跟上沾满鲜血的红马跑,跑,一口气跑到了出事地点。当时你外祖父还有一口气,我们把他扶到马背上驮回来。

"从那以后这座宅院里再也没有他了,你父亲就成了这座宅院的主人。当时不知道在你外祖父去世的那些年里,我们后来的避难所——海滩杂树林子里的小茅屋已经落成了。

"说到小茅屋,那要感谢神灵呢。在你外祖父活着的时候,我们家里曾发生过一件大事。尽管这事儿在当时谁也没有在意,可日后大家才明白:这是神灵有意为我们一家人安排下的。就是这事儿改变了我们全家人的命运。

"原来老爷在世时,我们家里收留了一个孤儿。这个孤儿由老爷一手抚养起来。他差不多像他自己的孩子一样。不过他毕竟不是亲生的孩子。那孤儿实际上成了这个宅院里最可靠的男佣。他对主人忠心耿耿,坚信一切都是主人给的,生是主家的人,死是主家的鬼。他一辈子都没考虑成家立业的事儿,从来没跟主人提过这个。主人也没有为他安排婚事。后来老爷去世了,你外祖父接管了这个宅院,就给了男佣一大笔钱,告诉他:人都该有自己的一份日子。那个男佣哭了,跪在地上不起来。他说这辈子都是老爷家的人,怎么也不愿离开。不知费了多少口舌,你外祖父好不容易才让他走了。谁想到他日后仍旧没有婚娶,只用去那笔钱的一小部分到远远的海滩上买了一片林子,搭了一座茅屋,剩下的钱就装在瓦罐里埋了起来。每年秋天,他都把林子里结下的第一批果子送到宅院里来。他对你外祖父说:有一天世道乱了时,要躲避也该有个地方呀。他说自己搭了一座茅屋。当时他的话谁也没有在意。

"谁知后来世事越变越大,你父亲从一个英雄变成了一个罪人,被自己人抓走了。我们做梦也想不到会家破人亡……"

妈妈每次只讲到这里。

接下去的故事我已经非常熟悉,那就是妈妈和外祖母被人逐出了那座大院,她们只带了两只木箱,坐在一辆马车上逃出了海滨小城——一直向北,穿过大片荒芜的土地,来到海边的杂树林子里,那里正有一个忠诚的老人和他的茅屋在等待着我们一家。

很久之后,当父亲从南山监禁地放回,他最先做的一件事,就是一头扑到小城去寻找那座大院——可惜那里早已换了主人。他给逐出来,像个疯子一样到处打听,最后总算跟跟跄跄赶到了海滩上。他寻到的是一个早已准备好的柴窝。

这就是我们一家的故事,这就是茅屋的来历。

让我难以释怀的是那两个男人的冲突——外祖父直到去世之前仍然与父亲有着深深的隔阂。我问妈妈这仅仅是因为飞脚的事吗?母亲点头又摇头。她说他们两个人的争执越来越厉害,但起因可不完全是飞脚。他们彼此都发觉:这么多年来双方都在维护着不同的原则。就是说,他们的争执其实发源于一个很深的根源。"有一段你外祖父曾经跟我说过一句气话,我并不认为他从心里是那样认定的。可是渐渐的,那句话又让我觉得是一句很认真的话。"我问妈妈那是一句什么话?妈妈叹气:

"你外祖父认为,你的父亲从那座城市到这座城市,从山里到平原,辛辛苦苦玩命地折腾,那并不表明他对自己的事业有多么忠诚;他那样,完全是因为骨子里有一种流浪汉的习气——那是一种'嗜好'。"

妈妈讲到这里笑了,一直笑出了眼泪。我想妈妈一定是在怀念死去的父亲。妈妈说:"你外祖父说得多么轻松啊,他说那只是一种'嗜好'。你爸爸出生入死,身上到处是伤,有好几次差点丢了性命,那仅仅是一种'嗜好'吗?你外祖父太不公平了。"

妈妈接着告诉:外祖父有一段时间甚至很认真地研究了父亲的由来,他在找他们那一族人的踪迹。"用现在的话来说,那叫'查祖宗三代'。一个人对自己的女婿尚且这样,多么不可思议呀。你外祖父把自己关在书房里,一连多少天不愿出门。他查了一摞又一摞书籍,最后竟然告诉我说:你爸爸他们这一拨人实际上是一支游牧民族的后裔。你看,他把你爸的不安分与这个勾连起来——'他们是连在另一根血脉上,那些人大多姓淳于,与我们不同。'你的外祖父甚至还勾画了那个游牧民族的'南进图表',说当年他们就是从贝加尔湖一带,从更远的外兴安岭穿过大片山脉,跨过还没有陆沉的老铁海峡,最后在登州海角落脚的。他说这个游牧民族擅长骑射、种桑、养蚕。后来是因为黄帝和炎帝的东进,才不得不缩回老铁海峡以北。不过这个游牧民族至少有一部分人至今还留在登州海角,改姓'淳于',在那里繁衍了后代。他说你父亲就是这些人的后裔——他们有一个共同的特点,就是长了一双极不安分的脚,这辈子都要从东到西,从南到北地走、走。'那可是一种血脉里的东西!'你外祖父这样说。我对这些话将信将疑。因为你外祖父是个有学问的人,如果不是偏见,不是走火入魔了,他大概是不会弄错的。"

妈妈最后这些话一辈子都深印在我的心里。我不得不一再地注视"淳于"两个字,不得不感受自己的血液里流动着什么:一种到处奔走的欲望。

三

我把黄科长的自传带到了静思庵,几次打开又几次封好,后来只得强迫自己去读。不用看就知道,这会是一些百无聊赖的东西。想一下吧,一个人仅仅是出于模仿首长而涂抹的一堆文字,又能是怎样的货色?

我首先看的是第一部分:《我的放牧生涯》。因为它写了我熟悉的那个平原上的生活,所以也算有点趣味。不过我很快发现满纸的记叙时而让人忍俊不禁,时而又要让人骂出声来——也许把它们扔到臭水沟里更合适一点。它从传主八九岁记起,一直记到十一岁的所谓"参加战斗"之后。一个七八岁的放猪娃,在那片野地里怎样游玩、打斗,都记得清清楚楚。这在我看来毫无意义:他甚至将怎样骑马一样骑在一头大种猪背上、怎样用枝条抽打种猪在田野里奔跑、怎样使种猪去交配那些较小的猪,都记得一清二楚。他详细记载了各色不同品种的猪,它们的饮食特点、放牧当中应注意的事项等等,并因颇具知识性而让人略略吃惊。我有时不由得要想:这个人的记忆力为何如此之好?他怎样获取了这类繁琐的知识以至于终生不忘?还有,他为什么对这些始终保有一种极大的兴味?比如他记载了小时候与一头双耳遮脸的大猪的友谊、那头大猪对他非同一般的依恋和亲昵——只需打一声口哨,大猪就能迅速跑来与之玩耍。它几乎能明白他的全部心思。他与之规定了奇怪的暗号。更有趣的是这一节写得富有文采,而且使用了半文半白的文字来描述整个过程,他本人沉浸其中的放牧之乐。

令人称奇的是,他并不仅仅把当年的这一切看成是一种童趣,而是与后来的战斗生活紧密联系在一起。他说当年赶着猪群在灌木丛中奔跑,把那些妄图逃到别处去的桀骜不驯的猪崽追回来时,无形中就锻炼出一身强健的体魄,一种飞快奔跑的技能。他描写那些刚刚长成几个月的猪崽:"浑身横肉,肌肤铮亮,四蹄如飞,聪明伶俐,性情刁钻。"而那时他就是与这些小狡猾斗智斗勇,说自己"跑起来快得简直是脚不沾地。而且由于田野上大半都是海绵样的松土,这就有利于双腿肌肉和韧带的成长发育,以至于后来在激烈的战斗生活中,在逃避敌人的追赶时,可以不歇气地一蹿十里,甩掉死亡的威胁"。还说,"由于经常观看猪崽交配,所以可以见怪不怪,在日后漫长的人生旅途上,对'性开放'一类事情泰然处之,并不视为大逆不道"。"放牧者尚有成人,男女围在一起吃野果、玩篝火,深夜不归,其乐融融。那时从没发生过怀孕流产等恶性事件,此乃足以说明村风淳朴,乡民憨厚"。写到这里他笔锋一转:"怀念当年共同放牧之村姑,不由得泪水潸潸"。"当年那些异性伙伴一个个真正如花似玉,只可惜她们当时都少不更事"。

写到这里传主不由得洋洋得意和自吹自擂,说自己"打小就喜欢革命故事,少男少女坐到一起,身穿破衣,露皮露肉,却能围坐一起听革命故事"——因为听得入迷,结果"醒过神来,却见猪崽四散奔逃。丢一只猪崽就要遭东家一顿毒打。万恶的地主血口喷人,杀人不眨眼,心狠手辣"。这时候他就"将伙伴们召集起来,分兵三路寻找猪崽"。

《我的放牧生涯》以他被父母送到另一个村子里,师从一位老中医、立志一生为穷人解除病痛作结尾。

不知怎么,我在读这些东西的同时,总觉得一旁有父亲那双愤愤的目光。

四

想起外祖父的"血脉"说,我有点相信了。对于淳于一族就尤其是这样。我曾长时间沉迷于家族的历史。我似乎自觉不自觉地想对外祖父的话给予证实。我一次又一次到那个所谓的游牧民族的第一个聚居点——登州海角去。那儿地处东部平原,当年那个游牧民族所建立的国土范围就包括了整个南部山区、海滨小城以及大片冲积平原。最早的兴盛时期,他们的力量越过了西部的黄河,并且成功地与黄河中下游的土著结成了联盟,使之成为阻挡炎帝黄帝东进的第一道屏障。他们南部的势力达到了胶州湾,西南越过泰山山脉,直抵莱芜。当时这个游牧之国的牧业、渔业和冶炼术都极为发达,成为海内最强悍的一支力量。

齐国的建立使他们开始衰落。游牧民族与齐国相安无事的年代极短。后来他们不得不向东部沿海萎缩,一直退到了最早的聚居地:登州海角。他们在这里稍事喘息,立住了脚跟,同时已经在考虑大迁徙了。他们的计划是跨越老铁海峡,重返故园。

整个的迁徙史就是一部血泪史。最后当然仍会有一小部分人在海角存留下来——这些人一开始在沿海村庄里居住,渐渐散布到整个半岛地区。也许是一种血缘的力量吧,到了秦始皇统一中国之初,这一支人竟然重新汇集到了海角,并在那里建起了一座小小的城市——思琳城。

就是这个思琳城,在后来大放异彩,历史上被称为"百花齐放之城"。当时稷下学派的一些代表人物,像荀子、驺衍等,几乎无一例外地到思琳城讲学。当时的登州海角竟成为中国北方的宗教中心和学术中心,成为一些文化人的聚居地。稷下学派代表人物淳于髡就出生在思琳城,由此可考思琳城正是淳于家族的祖居地。此地后来还出了一个赫赫有名的人物:半人半仙的徐市(福)。

当年秦始皇在咸阳焚书坑儒,为避秦祸,普天之下最著名的学士都一路东行,最后汇集到了思琳城。徐市只是他们当中的一员而已。这些人借口寻找长生不老药,以稍稍遮掩蓄谋已久的另一场大迁徙。淳于家族的人个个能言善辩,谈起治国之道恣意汪洋。他们学问渊博,而且刚直不阿,一代又一代视死如归,用男儿之血书写了淳于家族的历史。

在思琳城古城,至今还流传着淳于家族的故事。除了淳于髡之外,还有另一些著名人物,如后来在咸阳溅血身亡的大博士淳于越。只要沉浸于这段历史,就会发现有一条鲜红的血线隐约贯穿。我不知道当年的思琳城是怎样的一番景象,只知道在今天的平原

上,仍然还流传着一首有名的歌谣,这歌谣连几岁的娃娃都会唱。他们鼻涕满脸,摇头晃脑,扎着一只朝天小辫,笑嘻嘻地唱道:

西边有个思琳城

日夜琅琅读书声

…………

娃娃们不知歌谣具体指了什么,几乎是懵懵懂懂地唱出了一段不灭的历史。他们所说的"西边"就是登州海角,它处于一个小小都城的西郊;那么思琳城的"琅琅读书声"又来自何方?就来自那些从普天之下汇集到这里的学人和辩士,其中包括著名的稷下学派,更包括整个淳于家族。

当年我曾经认真考察过当地的"曲"姓,发现曲氏家族也属于登州海角的原居民。随着民国初年的移民潮,登州海角大批农商涌到关外,他们家族的最后一批才随同离开了登州海角。曲姓走得稍早,大约在清朝嘉庆年间来到了关外;所以曲姓传人常在自己的自传里特别注上"徐乡人"三字。"徐乡"其实就是思琳城的别称。登州海角至今还流传着"曲"姓的由来:当徐市那一帮士子以采集长生不老药为名成功地逃离秦祸时,旷古罕见的一场大屠杀就开始了。不论老幼,只要姓淳于、姓徐,格杀勿论。淳于和徐氏家族就悄悄改姓为"屈"。"屈"与"曲"同音,以此表示整个家族所蒙受的巨大冤屈。所以我们也可以认定:曲和淳于同属于一个大家族,他们都来自百花齐放之城,在未来的岁月中带着共同的光荣和哀伤走在一起。这就是我在当年模糊不清的一个认识,一种结论。

我在小茅屋里竟然忘记了时间,不知多久,一抬头发现静思庵里已经漆黑如墨。打开窗子看了看,这才发现天空阴得浓黑浓黑。

我开始准备晚餐。外面响起了"轰隆隆"的雷声,这雷声越来越近。长长的闪电在空中颤抖,巨大的雷鸣像要把这个小屋轰塌一样。瓢泼大雨倾倒而下,哗哗的雨声和雷鸣交织一起,可怕极了。我把窗户关紧。一阵孤单。我想点上蜡烛,可到处找不着火柴。灶里的火也熄灭了。后来我好不容易借着电光找到火柴,把蜡烛点上。摇曳的烛光下,静思庵一片昏暗。

我第一次来到西郊,竟遇到了这样一场大雷雨。这豪雨和巨雷啊,已经许久未曾遇到。

一个人在这静思庵,在这漆黑一团的夜色里,一次次想到了梅子和小宁。

我牵挂他们。我还想起了在这漆黑的雷雨之夜,那些流浪者,那些在山坳和莽原上奔波挣扎的人。我特别在想那个黄昏从茅屋旁离开的庄周——他破衣烂衫,脖子上还挂着一把锡壶……

阵阵痛楚在心底泛开。我悄声喊出了他的名字……这个夜晚只有我自己知道,我的难言的亏欠。

他在这个夜晚是否会有一个遮风蔽雨之地,是否能找到一个草庵?

一道道闪电不时把屋子照得亮如白昼,巨大的轰鸣像开山的炮声。啊,开山的炮声——父亲落难之后的监禁地就是那一架架大山,他们一群罪孽深重的人日夜不停地用锤子开凿、用炸药轰击。锤子曾把他的手打得血肉模糊。

不知该怎样感悟自己的命运。当我十几岁时不得不被迫离开茅屋时,一路向南走,走,竟然一直走到了囚禁父亲的大山里。更为不可思议的是,许多年后,当我成了一个地质工作者时,那片大山直接就成了我的叩问对象……无话可说,惟有感叹。

雷声隆隆,大雨越来越狂,简直像一片大海倒立起来。

记忆当中有过这样一个狂暴的夜晚吗?是的,好像有过。那摇撼了小茅屋的大雷雨之夜啊。我闭上了眼睛。这个时候我突然想起了一个异国人,一个奇怪的、我曾深深为之迷惑的人。

我想起了他那传奇般的经历——他是法国诗人瓦雷里。

1892年9月,刚刚大学毕业的瓦雷里随着全家到了热那亚。10月7日,一个像眼前一样的暴风雨之夜,他突然为一种清心寡欲的思绪所左右,于是做出了一个重大的决定。他决定从此放弃愚劣的激情和诗歌创作,转而埋头于孤独的思索,从此献身于纯粹的和无私的知识。

我久久地想着那个人,倾听着雷声。我在想那个暴风雨之夜所给予的启示;还有,他准备放弃的那种"愚劣的激情"——它到底是什么?

听　潮

一

大约是第五天,静思庵主来到了庵中。不知为什么,他突然变得神采奕奕,容光焕发,像一位驾到的王子。

他一进门就问:"怎么样?"

我不知他指了什么。我只是点点头。庵主手里提着一点东西,让我闻到一股奇怪的气味。他把东西放在一旁,然后就在庵内走来走去,像在检点居所里是否少了什么东西似的。乍看起来庵主多少有点小气,后来才明白:他在非常欣喜的时刻才有这副模样。他为这个居所能够安排这样一个用场而感到高兴。当然,他的高兴主要是为了黄科长,因为我现在已经是协会的雇员了。不知为什么,我总觉得有光这次是黄科长派来督工的,因为他一会儿就要翻一下桌上的东西。

有光翻了一会儿,竟趴在那儿看了起来。他一直看了有十几

分钟,一动不动。他抬起头自语:"不知看了多少遍,越看越喜欢。"他感叹,瞥瞥我:

"我最佩服黄老了,真是娓娓道来……你没有办法;谁也没有办法。他的文采……如果……"

我打断他:"你最喜欢哪一篇?"

"一篇一个味儿。我最反对有人将这篇代替那篇,说哪一篇最好。其实它们都是不可取代的嘛。"

我笑了。庵主问我一个人待在这儿是不是有些孤单? 如果孤单了,最好看一些图片或是出去走走。"你喜欢看图片吗?"

"什么图片?"

"各种各样的图片。现在好看的图片可多了。黄科长那儿就有很多。"

我想那不会是些好图片。

"黄科长除了写自传、回忆过去的生活、研究营养学,剩下的时间就是研究《金瓶梅》和《肉蒲团》,还写了好几篇论文呢。"

我想这容易理解。我说:"可是他不该让小冷抄那些东西,一个姑娘家会难堪的。"

庵主笑了,时不时用眼角瞅我。他不紧不慢像拉家常:"……小冷有时也骂黄老,恨他,跺着脚咒他快死。可她心里还是尊敬黄老的。你知道他们在一块儿久了。黄老这个人哪,对小冷也算不错。就是有时候脾气来了,往死里整她……"

"往死里整?"

"黄科长有一段失眠。这大半是秋天,一到了秋天黄老就睡不着觉。他不睡也不让小冷睡,一夜一夜让小冷给他按摩。按好了就舒坦得叫唤,按不好就一个耳光甩过去。小冷被打哭了,哭过了还得给他按。再不就让小冷给他读书。小冷念错一句话,他就用脚踹她,一踹一个仰八叉。小冷挽起裤脚给我看过,满腿都是被黄老拧的伤。你想想,有的人一老,邪病就多起来了。"

"那小冷为什么不逃开,偏要跟上他受这个折磨?"

庵主歪歪下巴:"这是不好的一面,还有好的一面呢。"

"哪些方面?"

"他这个人疼起小冷来也让人感动。高兴了一天到晚问寒问暖。小冷洗衣服,他就伸手试试水凉不凉,凉一点他就添热水。还说:'好孩儿,别凉坏了小手儿。'小冷出去买菜脸冻红了,他就说:'哎呀好孩儿,可疼煞我了,以后天冷不吃菜也中。'小冷平时想起这些就感动得流泪。还有,老人有很多钱,他的钱一分也不给外地的儿子,都给了小冷。小冷想吃什么老人就买什么。有一天小冷一口气吃了二十多支冰糕,黄老说:'那是你胃火大啊,使劲吃,去去胃火……'"

庵主说到这儿叹息一声:"人哪,都是有优点又有缺点的,不能求全责备。像黄老这样的人,是个老资格了,一辈子意志再坚强,也难免沾染上一些不好的毛病。"

我忍不住笑了:"都有什么毛病?"

"有时候不够注意,常常给年轻人讲一些不好的经验。"

有光接着告诉,他常常领一帮朋友去拜访黄老,黄老当然要谈一些养生的经验,"有时候他开起玩笑来也没有个边缘。说什么'躺在处女焐热的被窝里多好啊',再不就说'娶一个胖乎乎的老婆自有妙处'啦。你听听,这都是些什么话!这当然对年轻人的教育很不利了。"

"很不利。"

"不过他有时候也说一些实在话。他对我们年轻人说:'正派女人的小嘴儿总是香喷喷的……'"

庵主说到这儿神往地望着窗外。我相信这句话一定给庵主留下了深刻印象。

一会儿庵主又旧话重提,说起了黄老因为一个女人惹了麻烦的事儿,"一千块钱一砖头,就是那一次,亏了我解围。你不知道,那个女人就是市吕剧团的一个演员,四十大多了,打扮得花花绿绿,你不走近看只觉得水光溜滑的。多少人盯着她,听说连市长也给她写求爱信呢。她是有名的大美人儿。你想想,黄老去凑这个热闹干吗?可他就是忍不住,老要给她写信。他有时也不瞒我。他的信写得才叫绝活儿。他这样写给人家:'你知道那种刚刚出壳、在太阳地里蹦蹦跶跶的小绒毛鸭子吧?还有小鸡、像小绒球儿,摸一摸软软和和亲煞个人……而你在我心里就好比是小鸭小鸡儿一样。'再不就写:'前些天我又在台下看了你,你穿了水红缎子袄儿,一扭一扭让我好几天想起来都流泪儿。'"

我扔下一句:"不过是个色鬼而已!"

庵主正色:"可不能这么简单化。你知道就有那么一些老同志,态度非常激烈,真要和女同志在一块儿倒也没有什么。他们不过是'人老心红'罢了。"

庵主又愤愤然骂起了那位女演员:"她只不过长了个臭美壳子,心灵不行。动不动就嚷叫说,晒在院里的裤头又丢了,又丢了。你想想,这样她挣的工资还不够买裤头的呢!人怎么好吹起来没边呢?其实比她美的人也不是没有。你听说博物馆里那个叫'滨'的姑娘吗?好多人都去看过,我也去过。是那一回展览恐龙化石时去的。那才是名不虚传。多好的一个小娘儿们,和蔼又爽朗,作风甚是正派。不过,"静思庵主眨巴眨巴小眼睛,露出一口黄色的牙齿,"我们在心里默默地爱她总是可以的吧!"

他说完又看看我:"这不是我的话,这是黄老的话。"

二

那会儿我一直在心里替滨感到愤愤不平。

我没有告诉他:滨的一家都是我的朋友。喉头那儿一阵发烫,身上热辣辣的。我在心里叫着滨的名字:你是怎样的人哪,你不该让那些獐头鼠目的家伙提到名字。

庵主后来又说滨如何如何,我马上打断他的话:

"你算了吧,你可以了吧!"

庵主一愣。我站起来在屋里走动了一会儿,把桌子上那沓稿子摞好又推散。我走到了窗前。

"看得出来,你一个人在这里太烦躁了。你安静不下来。"

他前后左右端量我,最后竟出语惊人:"老宁兄弟,我觉得这该从'性'上找找原因了。"

"你说什么?"

"我是说独身生活久了,就会烦躁。这容易生病的,实际上就有一些很坏的例子……"

我看着庵主刮得光光的小脸,真想给他一两个耳光才好。我把目光转向了他提来的一捆东西上。庵主赶忙告诉:"对了,这是小冷给你做的酥菜。她让我快点提来给你尝尝。"

我心里一阵感激。他把东西打开,我看到了一些海带、鱼和白菜肉类组合在一块儿,它们甜甜的酸酸的,却没有多少腥腻味儿。

"你知道吗?小冷很急,那些家伙对她弟弟越逼越紧,闹不好真要出事了!"

"你不是要找老猫给她解围吗?"

庵主搓搓手:"老猫这小子越来越滑头,他老要我请客、请客。"

"那就请吧。"

"请吧。"

看样子他很作难。我问小冷家那幅古画的由来,庵主就说:

"那是积德的结果。"

我不明白。庵主说:"前些年混乱的时候,有一对老教授被折磨得死去活来。后来老教授和老伴跑出来,藏在了小冷家里。那些手持皮带棍棒到处追捕老教授的人怎么也想不到小冷家里藏了要犯。她爸她妈就把老教授两口藏在里屋。你到她家去过,见过那个又窄又小的里屋吧?他们把那个床加高了,晚上让老教授两口子在床上睡,白天就把那个床用破布帘子挡起来,来了人老两口就让他们钻到床下去。乱时候过去了,老教授千恩万谢,不知怎样感谢他们才好。那一对老工人不图东西,只为积德。老教授看他们喜欢在家里挂一些画什么的,就送给了这几只'虾'。当时他们也没当成正经东西,顺手扔在了箱子里。想不到这些年字画贩子和那个斜眼儿子来往多了,斜眼儿子慢慢知道了画的价值……"他说着咽咽口水,"反正是福不是祸,是祸躲不过,等着看吧。"

"那个老教授还健在吧?"

"乱时候过去他们只活了半年。身子伤了。你想那些人把两人捆在一块儿,一夜一夜绑在树上,只让他们穿很少的衣服。冬天冻得发抖,烧得昏过去也没人管。谁靠近了就用皮带抽谁。结果老教授死过好几次,老婆子痛得一夜一夜大喊,神经都不正常了。到后来老教授的左腿打瘸了。就在那年冬天,看管他们的人稍不注意,老教授一点点把捆绑的绳子咬断了,他们拐着腿逃到了一条小巷子里,遇上了小冷一家……这一家都是好人哪。"

我也深有同感:能够冒死救下老教授夫妇的当然会是好人。我想起那天去小冷家看到的低矮小屋和寒碜家境,"他们太穷了……"

"是啊,不过一般市民家都是这样。谁家也没有万贯家财。你想想,他们还算好的哪,还有那么一幅宝画。如果那画是真的,老教授就没有骗他们。"

"老教授怎么会骗他们?即便是假的,也只能说明老教授当初不知道是赝品。"

"如果是真的,他们一家子就翻身了,你该帮帮她了。"

"老教授有没有后人?"

"有,有一个儿子,在一家医院里工作。他还回来找过小冷,到四合院来过。他说小冷一家是他们的恩人。不过小冷没有提画的事儿。"

"为什么?那人不是可以帮助鉴别一下吗?起码谈一下画的来路……"

庵主摇头:"外行了!那么一幅宝贵东西,人家变了脸再要走呢?再说小冷也不能当着黄科长的面告诉有那么一幅画呀。"

庵主说到这里"嗤嗤"笑,"最有意思的是黄老了,他跟老教授的儿子谈了一番,后来弄明白人家是全国'莨菪协会'的秘书长,就提出加入'莨菪协会'。你想想,这本是不沾边的事儿。"

"什么是'莨菪协会'?"

"我也不太明白,好像是一种药物。这协会是研究这种药物的一个组织。黄科长与这个一点也不沾边。他这人就是这样:只要是'协会'就要加入,然后好印到名片上。他现在名片的正反面已经印满了,见了'协会'还是要加入。"

我却在心里决定:一定要找找聂老。我要帮帮这户人家,不为别的,就因为他们曾向蒙难的老教授伸出过援助之手。

庵主在这儿一直玩了多半天,临走时说:"这个环境很好,很安静。你可要抓紧时间为黄老好好干啊,别辜负了他的信任。"

我无言以对。

"说不定他会来检查工作呢。"

三

我用两天多的时间读完了《我的放牧生涯》,又开始读第二篇:《学医大事记》。

它比上一篇更为荒唐。它叙说了一个家境贫寒、房无一间地无一垄的雇农儿子怎样立志为穷人解除病痛、掌握传统医学的故事——那年他被父亲送到四十里外,想不到拜的是一位庸医。结果他亲眼看着庸医用针刺瞎了一位长工的眼,因而愤然离去。拜的第二位医生虽然有些医道,可惜嗜酒如命,只要病家有酒,一请即到。可是,"贫民之家一贫如洗,何来酒肴?""'朱门酒肉臭,路有冻死骨'。于是吾师专事服务于豪富之门矣,呜呼!"接着作者大发感慨,将那个医德不佳的人大骂一通:"行医做人,当重品德;无德之医,与粪土何异?"

他又一次愤而离去。尽管一而再、再而三地受挫,可他学医的志向却愈加坚定。第三个医生已年近古稀,可是拈起银针手也不抖,而且擅长妇科。作者写到这里大发感慨:"那年月妇女压在最低层,亲手为妇女解除病痛正合我意。""如要增艺,先要炼身,德行高洁,技艺必达。行医途中,千变万化,事出逆料,不一而足。要紧是有个平常之心,散淡之念。试想,我师傅七十有五,一生经历女子一万千几,何曾出过一丝偏差?师傅嘱我:女子生病如同姐妹落疾,不论老幼丑俊脏污洁白,务必一视同仁,不得稍有差池。试想村姑十八,双乳翘翘然,其臀圆润可爱;试看富家小姐,水光溜滑,脂粉熏人,如何了得?凡此种种,要紧是炼就坐怀不乱之功。立志铲除病痛,大慈大悲,方能成功耳。"传主接上自夸:只要在行医过程中心诚意笃,那总少不了很多奇遇。例证:"有一次行至一大村镇,遇一妙龄少女,殊为艳丽,因与他人发生口角,一时气晕,呼吸不畅,嗝逆连连,脸色青黄。这时节危急万分,不由我伏身向前,嘴对嘴助其呼吸。众目睽睽之下如此一刻有余。呜呼!既为行医之举,救人之方,又得以长长亲吻,真可谓歪打正着,举一反三,何乐而不为?如此经历不可胜数。"

再接下来又是一个个医案剖析。有时一味中药就可以写上十多页,津津乐道。如写到大黄,传主写道:"我一生偏爱大黄,此药胜过人参许多倍,只可惜常人不知。泄中有补,补中有泄,先泄后补或先补后泄,其中玄妙无限。有一地主,面黄须稀,手脚无力,惟性情偏激。众人皆判为阳虚,要施以重补。以我看来却是大实,需急急泄之。于是投以大黄,大举攻伐。连泄数日,恶血俱下,眼见他口吐白沫,吐语喃喃。数日后,面色转红,双眼和善,凶气消退。总结行医之经验,地主富豪生病,我之原则就是以泄为主。他们患病多为实症:试想,大鱼大肉不断咀嚼,生吞活剥;山珍海味,更助阳刚。如此患病,岂有不泄之理?经过三番五次泄弄,锐气大减,面对穷苦佃农,也该有几分畏惧吧。由此可见平平一味中药,仍然有阶级之分。"

读到这里,觉得黄科长总算委婉有致。可是不知怎么,我总觉得该让他自己试试这些方剂才好,比如那些"攻伐之剂"。我想这样的一个人还不能用"无聊"两字将其草草打发。

但我实在是有点倦了,把这沓材料推到了一旁。我本来想让自己淹没在这些纸页之中,结果还是要时不时地闪过庄周那双眼睛。

我离开了桌子,坐在了中间屋里的那把藤椅上。

暮色一丝丝降落,它们像棉絮一样把我覆盖。这夜色多么温柔,多么好,我开始陷入静思。我觉得自己正身处东部海边的那个小茅屋,徐缓的潮声在今夜一次又一次把我荡开。它们在向这边涌来、涌来。今夜的一切都被漫漫海潮覆盖了。

四

简直像做梦一样,人到中年的我竟能在东部平原上躬耕几个年头。我有过丰收,有过喜悦,那是真正的喜悦。那时候我暂时放弃了纸页上的镌刻,而代之以锄头和镰刀。我匍匐在泥土上。我相信自己多少有点理解了瓦雷里,他为什么要放弃"愚劣的激情"。与他不同的是,我却并没有从此陷入孤独的思索——劳动的欢乐取代了一切,我品尝的是另一种幸福,它们就像我亲手培植的果实一样甘甜。我获取了崭新的友谊,沐浴着田野上的阳光。我看到的是真实而自由的小鸟、欣欣向荣的花朵以及渔人乌光闪亮的脊背。打鱼的号子声、漫漫的潮声,是它们冲决了我的困苦,洗涤了我的思维。我承认迄今为止这是自己最好的一段岁月。

也许那个人生的季节一过,接下来就该是埋头于"孤独的思索"了。

一切从这里开始吗?

在这里,我发现自己在尝试妥协和容忍。可是这样的夜晚,我仍然发觉有一些沉思和遥想在毁坏"沉睡"。我身上沉睡的东西正一次又一次被唤醒—睡去—唤醒—再睡去。

这简直是一种折磨。

我渐渐明白:自己身上的一部分在沉睡,另一部分却大睁着双眼。那是两个不同的"我",是他们在对峙和搏斗。正是他们的扭杀使我坐卧不安。

我恍恍惚惚躺在了海边的茅屋里,打起了鼾。黎明时分睁开了眼睛——这是那个茅屋所迎来的黎明吗?因为我又听到了小鸟的啁啾。欣喜爬起,看着被阳光照亮的窗棂,急急地穿上衣服奔到窗前。多么好的太阳,它升起来了,升到了院墙那么高。我看到了青青的草、那棵石榴树和被风雨洗黑了的木栅门。

这样端详了许久我才记起自己身处何方。是的,那些日子已经一去不复返了。我已经退居到了最后的角落。这里喧闹而又偏僻,繁华而又贫寒,嘈杂而又冷寂,人流拥挤却又荒凉得如同大漠。

又是一天过去了。天真的黑了,伸手不见五指。我轻手轻脚走出,像怕惊动了这个沉沉的夜晚。四处的嘈杂都被夜色隐没了。

弯月升起,浓密的星星一齐眨眼。月色真实可爱。

我走出了小院,在门口徘徊。我不敢离开太远,就坐在了柴门旁边,手拄下颏闭上了眼睛。这样不知过了多久才发觉:夜已经很深了,身上满是露水,衣服湿漉漉的。

我站起,活动着发木的腿脚,摸一摸冰冷的双颊。头发已被露水弄湿,一阵喜悦涌上心头。为什么喜悦,却不知道。

我走着,来来回回踱步,思虑着莫名其妙的喜悦。后来我明白了:因为我又一次找到了在野地守夜的那种感觉。那些夜晚就像现在一样,我披着蓑衣,挎着猎枪,领着一条狗在树下坐卧。有时候不知不觉睡去,不知何时再醒来——远处的一声雁鸣或老野鸡的一声呼唤,再不就是狗的一声鸣叫,把我突然弄醒。那时我呼吸着清凉的夜气,打一个哈欠,伸一个懒腰,再重新向前。

我发现离静思庵十几步的地方有一个人影,他正无声地走着。这人走路的姿势特别奇怪,竟然一耸一耸,头部往前探去。他一直往这边走来。院墙外十几米远就是一条弯曲的小路,它通向更远处。

那个人走来了。在这黑黑的夜晚,没有人迹的夜晚,我竟然一点也不害怕。我们俩离得很近了,他的脚步才微微放慢了一点。他说:

"谁呀谁呀……"

"你怎么了?你要到哪里去?"

"前面前面……"

我突然发现这个人半睁半闭着眼睛。他走起路来几乎不以目视。再看看他走路的姿势,我脑海里突然蹦出几个字:"梦游者!"

我十分好奇,就跟上他走了一段。我发现他总是用同一个姿势,几乎是在依靠一种惯性、一种直觉往前,那种糊糊涂涂的样子令人惊异。

小路向外伸出很长一截,最后又拐了个弯,绕着村子转去了。梦游者就在这条小路上循规蹈矩地往前,一会儿就绕到村子的另一面去了。我站在那儿,久久凝视那个消失在夜色里的身影。

回屋之后,我还是在想一个人:被我拒绝进入茅屋的庄周。

朋友,这个夜晚你会想起我吗?你能够宽宥、能够原谅那个胆怯的朋友吗?

我不知自己该不该原谅,也不知自己有没有罪过。但我永远不会为自己辩解。

是的,无法辩解。可这痛楚啊,还有其他的伤痛,像夜色一样把我围拢。正是这痛楚追逐我,使我无法逃离。我混迹于一座乱哄哄的城市,在熙熙攘攘的人群里藏身。最后这痛楚却要一路追赶,把我逼上绝路。

我关了屋门,回身时没有点亮蜡烛。我摸索着爬上小床,拉过被子蒙住头颅。可是我仍然没法摆脱那漫漫的海潮之声。

第 三 章

老 人

一

　　多么冷的长夜。不知是几点了,曲涴一醒过来就摸摸索索,口中喃喃有声。他伸长胳膊在身边摸着,觉得周身的关节都被冻僵了。他试图翻一下身,翻不动。他费了好大劲儿才把左腿蜷起一点,接着又蜷起右腿。他这样往上耸了一下身子,挪动了几寸;轻轻呼唤,声音含糊不清,好像舌头也被冻硬了。不过他唇边仍然带着微笑。他摸了一会儿,似乎在冰冷的黑暗中抓紧了什么,用力将被子往胸前拥着,抱着,浑身颤抖。柔软温暖的被子让他老泪纵横。他把头颅埋进其间,尽量不让自己发出呜咽的声音。"多么幸福,在这样的一把年纪,在这惨淡的暮年……"他悄声诉说,几乎要哀求起来了。他拥紧被子,一下下喘息。后来这哭声终于把身旁的人惊醒了。

　　这是残破砖房里的一溜地铺,地铺上睡着好多人。他们像睡通铺的士兵,每人只占据很小的一个位置,挤得又紧又密。由于天太冷,每个人都蜷成了一团。他们的被子都很薄。

　　曲涴的哭声惊动的是一个二三十岁的年轻人,他坐起来。天太冷,他把被子紧裹在身上,只露出一个头。曲涴仍在泣哭,两只瘦长的手揪紧被子。

"老师,老师,你怎么了?"

没有回音,还是一阵恸哭。其他人由于太困,还在睡着。年轻人点亮了一盏小油灯,把衣服披上,举灯照了照。他这才看清:曲浼把脸拱在被子里,只露着白发稀疏的头顶。他看了有一刻多钟,终于忍不住,把老师揪紧的被子一点一点从那双满是裂口的手中挪开。老人两手颤颤抖抖,低喊:

"不要离开我,不要离开我……"

他哭得更厉害了。年轻人轻轻摇动,安慰,最后又把被子围紧,把他弯向一边的身子扶正。这时老人的哭声才止住,睁开眼。他定定地望着年轻人,抖缩着把被子进一步围紧。刚才滚下的泪珠还在皱褶间闪亮。年轻人说:

"老师,睡吧,天还早呢。"

"你……睡吧。"

年轻人把灯熄掉。天太冷了,只是离开了被子一会儿,他的牙齿在打颤。逼人的寒气一下罩住了他。他弓着腰,没有脱衣服,让被子把自己围住。他牙齿阵阵打抖:

"老师……快,快躺下吧。"

曲浼应了一声,没有躺下。他就那么坐着,再也没有睡去。他想一直这样待到天亮。

他在咀嚼刚刚做过的那个梦。这个梦如果一直做下去该有多好。又是身边这个小伙子中断了一场梦中约会……

路吟当年与云嘉一起做了他的研究生,是他最得意的两个门生。后来云嘉成了他的妻子。这个夜晚她远在天边,而路吟却与他躺在了一块儿。不过曲浼从心里感激他,在这个不幸的时刻里能与自己的学生在一块儿毕竟是一种安慰。在艰难的农场生活中,路吟像云嘉一样照料了他的生活。如果没有他,曲浼可能活得更惨。他已经不能设想,一个人可以没有弟子。从来到这个农场以后,他差不多一刻也没有离开路吟。

曲涴转到这个地方已经两年多了,怎么也不明白这儿怎么可以称之为"农场"。当时他从一个干校押解出来,听说要到农场去,不知有多么高兴。他认为那总要比待在死寂的、寸草不生的空房子里强。空房子恐怖、冰冷,远不如到田野上去沾两手泥巴强。那样反而要活得好一些。那一天颠簸的汽车一直往西,往西,不断地爬坡,最后转进了这座城市西郊的苍茫大山之中。在这层峦叠嶂、雾气缠绕的山隙里,怎么能有一个农场呢?他一路困惑,骨头都快散了。到达了目的地。不错,有一个农场,因为大门口的牌子上就写了"农场"两个字。可是门口有人持枪站岗。进得门后才知道,这是在大山河谷里开垦出的一片狭长的农田,顶多有十几亩;而西面山坡和谷地旁那一排排简陋的砖舍,却表明这里曾有很多农场工人。他怀疑这儿实际上是一处劳改农场,是真正的囚禁之地。他明白了:从"干校"到"农场",这只说明他的事情变得越来越严重了。

曲涴在这儿发现了很多知名人物,有的尽管以前没有见过面,但早已有了文字之交。最使人感到欣喜和兴奋的,就是早在半年前失踪的路吟出现了。这个得意门生原来比他更早一步来到了这个地方。路吟一眼见到了他的老师,嘴唇颤抖着一声不吭。还是老教授伸出双手抱住了他。三十多岁的路吟已经生出了白发,眼角满是皱纹。路吟在老师的怀里哭得像个孩子。

第一天路吟就告诉老师:这里的活儿很苦,管得极严,名为"农场",实际上是一个地地道道的集中营;而这里的头儿叫"政委",并不叫场长——那家伙老师会熟悉的……

曲涴迷惑地睁开眼睛。

路吟说:"老师等着看吧,他每天都要训话,站队的时候你就会看到他是谁了。"

从干校分批往外押解的时候,曲涴曾经恳求说:"我没有别的要求,请把我和我的家里人分到一起吧。我要和云嘉分到一块儿。那里还有我的一个孩子。"

那些人只是冷笑,并不回答。他一遍又一遍要求,对方终于呵斥说:

"你还有脸提孩子老婆?你哪来那么多痴心妄想!"

他已经有三年没有看到妻子云嘉了。云嘉比路吟还要小一岁,如今在外省的一个林场劳动。孩子不知寄养在哪里。

曲涴觉得自己肯定要死在这片大山里了。他现在别无他求,只希望能待在云嘉的身旁。如果那样,也就死而无憾了。在深夜,他曾对着满天星斗,说出这最后的也是最大的奢望。他真的别无他求,他只恳求神灵答应自己一次,只此一次。

二

第二天一早他就明白了,这里的管理完全是军事化;与干校不同,这里的监管人员对待他们如同囚犯。大约五点左右就吹响了起床号,接着不管是否失眠是否困倦,即便是生病也要迅即起床。他们这些过去的"农场战士"编为一个个班组,班组的头儿要由他们当中挑选,并由这些人发出上工、熄灯和起床的催促。每天一早大家要飞快穿好衣服,到广场去听候每天一次的训话。每个小组作为一个单位先在门前站队,然后跑步汇集到广场。

一个农场是一个营,"政委"是一个大高个子,脸色黝黑,却长着一个奇小的头颅。他在远处一个人踱步,这边的队伍集合好了,才由一个头儿跑步向前,"啪"地打了一个敬礼。

"报告政委,集合完毕!"

"政委"缓缓地转过身来,背着手向这边走来,面带微笑。

这个人刚刚四十多岁,长得并不难看,只是脸太黑了。他一个一个扫视一遍,然后眯着眼讲话。他讲话不紧不慢,柔中带刚,总是不失和蔼。这就是整个农场的主宰者。

曲涴看着"政委",后来差点叫出声来。因为他突然认出了这个人,他是蓝玉!天哪,这不是当年到他们系里来的进修生吗?曲涴还记得自己曾给他上过课,他也多次登门求教。这个进修生聪明,人生经验丰富,活动能力很强,最后毕业时竟留在了学校。不久就混乱起来,学校迅速分立许多派系,这个蓝玉统领了学校的一多半人马,一时成为最有权势的人物。教授们噤若寒蝉,动不动就要被拉到台子上,弯腰曲背站上一天。突如其来的运动让人目瞪口呆,半年时间不到,过去那些有模有样的人都一次次挨了拳脚。有一个口吃老教授差不多是与曲涴同时从国外归来的,他在一个批斗会上顶撞了几句,竟然当场被打断了两根肋骨。所有被揪斗的人都十分胆怯。有一次曲涴他们被拉到学校附中的一个广场上,参加了一个声势浩大的斗争会。他们那天脖子上挂的牌子格外沉,格外大,而且上台之前还要剃阴阳头。剃头者手持一把钝刀,"滋滋"地刮着教授们的头皮,就连一个女教授也不放过。可是当剃头的人走到曲涴面前时,那个蓝玉过来了,摆了摆手。剃头的人于是越过他,去剃下一个了。他记得当时蓝玉握住曲涴的手说:"老师,坚持一下吧!"

就是从那个会场上下来,被剃了阴阳头的女教授自杀了。曲涴痛不欲生。女教授与他共事十多年。不过他对蓝玉还是多少有点感激。这个学生使他免除了那把钝刀之苦和难以忍受的侮辱⋯⋯不过后来蓝玉并没有使他摆脱一连串的劫难,最终也还是进了"干校"。这之前他并未躲过一次又一次的揪斗。他没有被打断肋骨,却被敲掉了一颗门牙。当时鲜血流了满嘴,他就把这满嘴的鲜血吐在了那些人的脸上。有人大叫:"嘿,臭东西狂吧?"

记得那会儿有人吆喝一声,他们就一拥而上。他那次被打得昏死过去,很久才苏醒过来。他发现自己躺在一个简陋的门诊部里,第一眼看到的就是蓝玉。蓝玉神色肃穆,见他醒来就握住了他的手:"老师,学生来晚了。我来告诉你,明天你去干校……"

曲涴在这个寒冷的早晨,直眼看着在那儿训话的蓝玉,不知道迎接自己的将是什么。

三

曲涴对这片苍茫山地可不陌生。许多年前,更年轻的时候,他的腰板还能够挺得笔直,曾和三五好友乘车来这片大山里郊游。

记得那是第一次到西郊去。茫茫云雾后面隐藏着无限隐秘,起伏的山峦一片铁青色,一架高峰之后是更高的山峰。登上一道慢坡丘岭,他一眼看到了一棵坚桦,它的旁边还有几棵漂亮的壳斗科树木。时值初秋,树上的果子刚刚结出,壳斗上的毛刺柔软得很,使他想起年轻人刚刚长出的胡须。他注意到,壳斗科树木大半都有粗粝的皮肤和坚硬的木质。当然最硬的还是这棵坚桦。它大约有六米多高,长在通往丘岭顶部的阳坡上。四周最多的是松树,属于黑皮松,当年生的枝桠呈现出诱人的棕红色。狭窄的谷底还可以发现一两株漂亮的红叶树。加拿大杨和刺槐灌木随处可见,上面跳跃着黄腹山雀和银喉长尾雀。他一直清楚地记得,在离他一百多米远的一棵栗树上有一只鸟唱得多么欢畅委婉,同行的一个女教师告诉他:那是一只四声杜鹃。他瞥了那位女教师一眼,觉得她也是一只"四声杜鹃"呢。

他非常爱慕那些美丽的女性,当时他还不足四十岁,总是被一些热情激励着。他和同事们一块儿来山里远足,同行当中常有一二位女性。这些大山多为东北西南走向,最高的山峰还非常遥远,近处的山却不很高,轮廓清晰。据说这一带发现了几处矿藏,不久就会开采的。那天他们一直往前攀登,一会儿就热汗涔涔了,兴致很高。他们把衣服搭在胳膊上,只穿方格或洁白的衬衣。终于登到山包的顶部了。这时可以看到四周更低的丘岭,看到谷地上那一个个闪亮的水洼。河谷与山脉的走向大致是平行的,有时它们尽管被山麓阻滞,不得不沿着丘岭和沟壑旋转,但最终还是向着一个方向流去。一只雉鸡飞过,接着又是一只苍鹰在高高的云端徘徊。女教师指点着,有时尖声大叫,夸张得很。那时的曲涴一点也不厌烦,他哈哈大笑,总是最先被打动。蹦跳的兔子,在草间奔跑的各种小动物,都让人发笑,让人兴味盎然。这个风景如画的地方让他们断定:重峦叠嶂之后一定会有一处庙宇,比如说尼姑庵之类的东西。他们询问了同行的地理老师,他摇头说不知道。

这儿简直太美了,尽管离市区稍远了一点。有人叹息说:"上了年纪到山里来住吧,在这里打一个草庵定居,真可以六根清净了。"他们还讨论了爱情、职业、清苦的生活和深邃的思维之间的关系。当时的曲涴是极少数引人注目的独身人物,他还没有好好地接触过女人。大约是一年以前吧,他注意到了同行的这位女教师,觉得她扁平的胸脯、翘起的臀部,特别是有点枯黄的头发下开阔的脑门,浓浓的眉毛,随处都有些可爱。"美是各种各样的,"他在心里说,"关键是你能够寻找并且感受它们。"从那时开始,他准备认真地谈一谈爱情了。那个女教师很喜欢体育活动,打排球、篮球、羽毛球。她穿着运动衫,每一次得手都跳跃着尖叫一声,两条腿很长也很顽皮。她大概刚刚二十七八岁吧,那个时候的知识分子都喜欢在这个年龄里进入情况,即便一个姑娘也同样如此。"我很喜欢她……"他在日记上写道。后来他想给她写一封信,写了很长,但没能发出。他明白这只会是爱的独白。

女教师搞的是与他完全不同的学科,因而他们在一块儿的机会很少。他想请教她一些无关紧要的事情。这显得有点做作。不过好在他们之间一直是两不相扰。后来他就去找她了,可是他提出一个问题,女教师就用左手捂着嘴角嘻嘻笑。他问,她又是笑,并不认真回答。而曲涴刚把目光转开,就发现女教师在用眼角瞟他。他有点气愤。

回来后他在日记上写道:"她怎么能这样呢?"

那一天在西郊,接近中午时分他们才从山顶下来。这时候顶着一轮温暖的太阳多么舒服。有人指着山下的一个水湾,那是山谷转弯时滞留的一片大水,水边长着梢头发红的荻草。水边上有洁白的、粗粗的沙砾,这使人想到了海岸。女教师蹦蹦跳跳走在前边,下坡时险些跌倒。有好几次曲涴想伸手扶她一把,后来都忍住了。一个年纪比他大得多的老讲师不断地与女教师讲话,还伸手拍打她的后背。姑娘转脸跟老讲师谈话,时不时地伸一下舌头。"怎么能这样呢?"曲涴心中诧异。

到了水湾旁,每个人的情绪都高涨起来。有的撩水玩,有的在水湾旁边捡一点圆而白的卵石。他捡到一颗晶红的卵石,认为是石中极品,"这个东西么,"他在心里想,"该送给一个人才好,这个东西太美了。"他的目光搜寻着旁边的人。他发现那个女教师仍然在和那个年迈的老讲师站在一块儿。老讲师看着水面若有所思,女教师高兴得嘴巴都翘起来——她一高兴就是这样:往上跳,尖尖的嗓子。噢,曲涴发现了一只白色的水鸟——那是一只鹭鸟,正在那里梳理羽毛。可惜它被惊动了,抖一下翅膀,长腿跳动了两下飞走了。一片惋惜。可是没人责备女教师。"女人就是这样。"他心里想。

这片水清可见底,一些游鱼清清楚楚。有的鱼乌黑乌黑,像墨染的一样。"这是什么鱼?它怎么可以长成这样?"他不由得说出声来。一旁的女教师笑了。"她的耳朵可真尖。"他想。不过那一刻,他从水中看到了自己的影子。他睁大眼睛站起,伸展一下身体又重新蹲下。他发现自己长得那么瘦小。是的,有一次他称过,不多不少只有九十二市斤。"一个可怜巴巴的、体量较小的人。"他在心里说。而那个老年讲师身高一米八二,而且胖,腹部隆起,胡须浓旺。看人家总是把胡须刮得铁青,戴着眼镜。如果仔细些看就会发现,这人的一双眼睛就像甲状腺机能亢进一样,有点凸出,而且结膜一年四季发红。可这同时也是一双精明的眼睛,精明得一个人独居,见了女人就不苟言笑,总想标新立异。"这不过是我自己的观察而已,"曲涴他认为这样的人一旦改变了姿态就变得分外危险,比如说他对眼前的女教师就活泼多了,"也许,时候到了……"

那一次西郊之行给他留下了难忘的印象。那里的山水、朦胧的山色以及山峦后面隆起的更高的山峰,都使他惊讶不已。他想到了某种人生的东西。那是一次了不起的预示——为什么,不知道。

往回走的路上,他的手紧紧扳住一棵柞木,伸手摩擦着它粗糙的老皮。他想起自己总有一天也要变得像这棵壳斗科树木一样苍老和粗糙。"那时候我就更加不可爱了。"他一直走在最后,前面的人谈兴正浓,好像完全把他给遗忘了。他在想:九十二市斤的人当然要注意寻找内在的力量——一个人总会有内在的力量。而内在力量的发现和凝聚、使之不断强大的方法,就是陷入沉思和冥想。可喜的是他从很早开始就明白了这一点,明白了他这一生将要过一种怎样的生活:忍受内心的波澜,克制冲动,让冲动化为一种内力,并注意享受美好的精神生活、自己亲手制作的温情。他的一生不会富于喜剧色彩,可他多多少少也会是幸福的……往回走的路上,他稍稍有一点失望,又有某种激动和亢奋的东西在体内滋生。他牢牢记住了一个基本的客观事实,那就是:我是一个九十二市斤的人。

四

　　回到校园,他立刻走入习惯的生活。不过登上讲台的时候,他突然发现自己的话语有些艰涩。后来他思考了一下,认为这与那次西郊之行所思考的问题有关。是的,他将逐渐告别那种外向的、喧哗的外部生活,而要进一步趋于内向,埋头于自己热衷的事物。不过他又想到了那位女教师。"我想,我应该最后找她一次,或者两次。"

　　这样想着,一天黄昏他敲开了女教师的门。开门有些迟缓。门打开了,他发现里面坐了一个人,不是别人,正是那位年老的讲师。讲师甚至没有站起来迎接他,只是露出一点克制了的微笑。当然了,老讲师在这所学校的时间比他长得多,在对方面前他只能算一个新手。可他已经是一位副教授,这在整个学校里,在他这样的年龄段中,大概还是极少见的吧。女教师热情地给他沏茶,一边沏茶一边问一些不该问的问题。比如说"你有什么事情就谈吧",等等。"这也是脱口就能谈出的事情吗?"他心里想着,接过一杯热茶。试了试,水太烫了,喝不下。喝不下,又没什么可谈的,于是很快也就告辞了。出门后他才想到:现在那个小屋里只有他们俩了。这又使他有些不安。他回头张望了一下关严的门,只得离开。

　　也就是这一天,使他第一次想到该了解点什么了。后来几天他稍稍一问,别人就告诉他:那个老讲师半年前死了老伴。"这么说,他是一个独身,像我一样的独身,只不过大了一点,很大。他大概有五六十岁了吧。"

　　仅仅是一个多月之后,学校里传出了一个新闻,老讲师和那个胸脯扁平的女教师就要结婚了。看来是真的,他们开始分发喜糖。"花花绿绿的糖纸真令人厌恶,"他在日记上写道,"这难道是合理的吗?"他陷入了痛苦,一连好多天都没有走出屋子。饿了,就简单吃一点食物,比如饼干糖果之类。暖瓶里的水已经变得冰凉,不过他仍然把它们喝得干干净净。最后暖瓶里一点水也没有了,他才不得不提着它走出。走出后立刻看到了明亮的天空和路上走来走去的学生,看到了道路两旁的冬青剪成了树墙,还有皮肤光滑的白杨以及在风中簌簌作响的叶片。他突然觉得这个世界上除了刚刚发生的那一点变化之外,一切都像原来一样。"一切都像原来一样,不过,然而……"他思索着。

这一整天他都在屋里思索。他在日记上写道:"我受到了爱情的打击。"总之,那是他第一次围绕女人认真深入地思考。尽管这一切从外部看上去很平静,然而他的确经历了热烈的阶段,最后好不容易才回到冷却。冷却,一下子就是十几年。他发觉自己的名望飞快增长,真可以说是名满天下了。他发觉自己也到了那位老讲师当年攫取一位姑娘的年龄了。"不过,我呢?"他不由得这样发问。他发现自己两鬓白发添得这样快。这期间因为焦躁难耐,他曾一个人在郊区转悠过,两次,不,大约是三次吧……经历了一些独特的事情。这也足够他回忆一生了。他又一次称了自己的体重,发现整整一百二十市斤。"咦?"他自语着,"一切都在增加分量。"这些年他很少把目光转向那位女教师和那位老讲师——当然了,老讲师成了一位副教授,一位平庸而幸福的人。他想:老讲师已经是七十多岁的人了,身体也还算硬朗,可惜过早地谢顶。他总看到老讲师提着一支黑色的拐杖,身边就走着那位女教师。女教师脸上有了皱纹,头上有了白发,人也变得格外爱唠叨。不过她一边唠叨一边掏出手绢给丈夫擦胡子上的脏东西。"我想这也不错。"他观察后在心里说。

有一次他尾随他们走了很远。"我已到了他当年的岁数了,我又会发生些什么事情呢?有人说事物总在重复,不过这一次可能是个例外。"就在这一年他招了两位弟子。一男一女两个年轻人,都是这个时代的拔尖人物。他凭着自己特有的敏感一眼就把他俩辨认出来。"很好,"他在心里说,"很好的两个年轻人。"不过他没有把这些想法表述出来,只是用眼睛说了一遍。只有到了非说不可的时候他才张嘴。他一直在用这个办法保护自己的内心,所谓的那种"内心凝聚起来的力量","一种精神生活总是如此,是的,总是如此"。男的叫路吟,女的叫淳于云嘉。"淳于这个姓氏么……"曲涴当时张嘴说了一句,"古有淳于髡,淳于越,还有……"他扳着手指,"噢,很好。"

一对杰出的年轻人来到了身边。一个星期之后的早晨,淳于云嘉用湿漉漉的拖把擦办公室的水泥地板,一直干得热汗涔涔。她抬起头,不由得用衣袖擦了一下额头。就在那一瞬间,曲涴看清了她的一切。他发现了她惊人的美丽。曲涴两手剧烈一抖,但他就势拍了一下桌面。淳于云嘉停住了手里的拖把看着:"老师……"

"你竟然……"

他刚刚说完这几个字,又想起了什么,左右看了几眼。四周没有任何人。曲涴往前走了一步,脚几乎要踩在拖把上了。但他总算把那句完整的话说出来:"你竟然如此之美丽。"

拖把掉在地上,她捡起来:"啊,老师……"

曲涴又回到了写字台旁,埋头于手头的事情。只有他自己知道这是一种掩饰。淳于云嘉喘息了几口,继续用拖把拖地。

后来曲涴寻到一个机会,若无其事地问路吟:"你们俩入学前就认识吗?"

"不,我们俩从没见过面,一个天南一个地北哩。"路吟说话还带着很重的地方口音。

曲涴点点头。他摘下眼镜看了看这个小伙子。小伙子有点黑,有点瘦,个子在一米七左右,留着一个小平头。是个很神气的小伙子。

后来,曲浼发现有个叫"红双子"的女学生经常来找路吟,她是学生会的头儿。他问了一下,知道路吟和红双子才是同乡关系,而且早在入学前就开始恋爱了。

"原来是这样。"他说。

他也稍微注意了一下那个红双子,发现这姑娘长得不算难看,机灵得很。特别可爱的是她生了一双吊眼,那眼角吊得可真是厉害。还有,她一笑腮部就出现两个酒窝。那么活泼的一个姑娘,有时却令人费解地沉默,而且沉默时下唇就要凸出一点:怔怔地看着路吟,看着旁边的一切……

农场与弟子

一

来农场的人却大半没有机会种地。曲浼不记得当年那一次在西郊的大山里是否见过这一片平地。不过有一点他却记得清清楚楚:那时候这片大山可比现在让人亲近多了。如今山脉的岩石都裸露着,那些坚硬的花岗岩好像做好了准备,要磕破一些人的骨头。因为水土流失或别的缘故,山上的树木竟变得如此稀少,当年看到的那些绿蓬蓬的灌木和乔木呢?各种各样的动物呢?这儿只有一些人背着枪在四周溜达,还有远处一道又一道铁丝网在山雾中若隐若现。"那里是什么?是工事吗?"他小声问旁边的人,对方告诉:"那是与农场邻近的一座矿山,那儿的人跟我们一样。他们的行动更不自由。那里的活儿才叫累,那都是一些犯了重罪的人。"

曲涴"噢噢"两声,回首望着,心里想:这个农场不同样有人持枪站岗吗?这儿的一切都是军事化。这里的人不再像干校时期,那时人人都有一个令人鼓舞的绰号,叫"战士"呢。他那时候一想到这两个字就不由自主地把弓起的腰杆挺直一下。

吃过早饭就要上工了。早饭粗劣得可怕:几块地瓜,一碗像刷锅水似的菜汤,再不就是一块变了味的窝头。食物粗糙倒不要紧,问题是量太小。他第一天出工后就觉得他们分配的食物太少了。还有一件让他感到奇怪的事情就是:劳动工具不允许随身携带,而是由一个地排车拉到工地;到了工地只待一声铁哨子吹响,所有的人要蜂拥上去争抢工具。工具有的早就砸破了不能用了,可是既不维修也不调换。他们故意把那些损坏的和完好的工具放到一块儿,如掉了把的锤子、折断的钢钎等等,都堆在一起。结果,取到好的工具劳动就轻松一些,取到坏的干脆就没法进行手头的活儿。监工的就在一旁督促逼迫,大声呵斥,这就迫使大家在铁哨刚一吹响就要没命地往前跑,有的不止一次给撞翻在地上。那些身体好的、年轻一点的人总是抢到好的工具……曲涴有两次不得不拾起脱了把的铁锤和断掉尖头的钎子,不知道怎么使用,只得凑合着干。结果他花费了双倍时间也没做出别人在一个钟头里做出的活儿,等待的只能是斥骂和推搡。他咬着牙关。还有个规矩,就是不许别人代领工具。有一次路吟不顾危险,偷着为自己的老师多拿了一把好锤子,被一个人发现了。那是一个脸上长了很多黑色小凸块的男人,四十多岁,鼻子可怕地向一边歪扭,连带嘴巴也有点歪。他的一个习惯动作就是用两颗很长的门牙咬住下唇,发出"嗯"的一声。他一把抓住了路吟的头发,手劲太大了,路吟尽管还年轻,可是随着这一拽就在他的身侧连转了两圈——当路吟向一旁栽倒的时候,那人趁势又猛地一拽把他扶正,随手给了他几个耳光。他麻利地把路吟手里多余的锤子夺下来。路吟的嘴角立刻淌下血来。这一切曲浼都看在眼里。他一步步往工具车那儿移动,当走到车旁边时,所有的人都领取了工具,车子上只剩下了一把破钎子。整个一天他就用这把破钎子凿着石头,两手握紧一下一下凿。石渣溅到他的脸上、头发里,泪水哗哗流下。他干脆闭着眼睛做活。一边的人吆喝说:"你这个反动老鬼,你他妈的把钎子捅进了哪里?胡捅乱捅,在家里对老婆也是这样吗?"

他睁开眼,发现那个石洞已经被凿得不成样子了。这些洞眼要凿到一定深度,然后放上黄色炸药,所有人都要隐蔽,轰轰一连串巨响,山崩地裂。他们用手用锹扒着那些滚落的石块,然后就用地排车拖到下边的一个低谷里。低谷填平后再铺上一层厚土,改造成"良田"。

可是到后来他才发现,他们开凿的石块不仅为了填平低谷,更重要的是要开掘出一条通道,而通道的一边却又伸出好多条洞子。他想不出这是做什么用的,也没有兴趣去打听。

曲浼刚来农场不到一周就被拖垮了。他早晨爬不起来,发烧以致神志不清。农场只有一个简陋的门诊部,他们发现他病得很重,就不得不让人用地排车拉到山谷另一面去了。原来农场和那个矿山在合用一个规模不大的医院。他在医院里仅仅住了十几天就被押回来,不过他在医院里得知,进了这个农场的人到最后也许只有两条出路:一是刑期满了回家,再就是转到一些体力劳动部门去。"可是我还没有判呢,我是糊糊涂涂做起了囚犯。"曲浼用钢钎一下下击打岩石的时候想:性质也许早就发生了变化。"多么罕见的奴役和侮辱。"他咬着牙。嘴里的牙齿前后落了好几颗,这时候说话都含混不清了,咀嚼粗糙的食物也费力得很。他常常把各种各样的东西抓起来填进嘴里,嚼也不嚼胡乱吞食下去。

最难忍受的还是饥饿。那些比他年轻一点的人胃口好,常在劳动的间隙里寻一些可吃的东西往嘴里塞。像嫩绿的酸菜叶、柳树芽等,它们富含维生素,应该是有些营养的。有一次他看到旁边有一些灰蓬菜就拔起来,一边咀嚼一边抬起眼睛看监工的人。那个家伙本来也是一个犯人,后来不知是什么缘故就被提拔为小头目,最后又成了监工。那人年轻,体魄好,不太像一个有学问的人。这家伙当着大伙的面就解开裤子撒尿,故意把尿撒在那些嫩绿的灰蓬菜和酸菜上面。曲涴一看到这人立刻就停止了咀嚼,把嘴里的东西吐出来。因为他弄不清这些灰蓬菜上撒没撒过那个家伙的尿。

就在他重新抓起钢钎开凿岩石的时候,低头时突然觉得两眼一黑,接着就不省人事了。

他已经不知多少次昏倒在工地上了。

二

生病的人越来越多。那些年迈的人病得实在不能上工了,就转到医院里。好多人再也没有回来。风声越来越紧,蓝玉他们对这个农场的管理也越来越严。他训话的时候一再提倡"军事化",说"是真正的军事化而不是准军事化"。他让那些背枪的人来给犯人们进行"标准化训练",这样除了上工时间外,余下的一点时间还要在小房前面的工地上跑步。在口令里要动作齐整,报数、奔跑,必须齐整,不准任何人掉队,还要学会打敬礼,学会发字清晰、干净利落地回答问题。这一切对于这一班人来说,十有八九做不到。特别是曲涴,他回答问题的方式令人发笑。那些持枪的人点划他的鼻梁,有时还用两根手指戳他的胸部。一戳老人就弯曲一下身体,好几次差点给戳得倒下来。他们做这些的时候,蓝玉就在一边看着。他瞥几眼,然后再做自己的事情。一帮人抱起拳头做出标准的跑步姿势,围着他旋转,跑成一个圆圈。他在中央喊着口令。常常跑着跑着,他猛一声吃喝队伍就得停下来。接着变纵队、横队,又是报数、齐刷刷打敬礼、稍息等等。

路吟和曲浼分在一个组,他们总是站在一支队伍里,有时候还相挨着。没完没了地折腾,练完走步又要练摸爬滚打,不论年轻人还是老人都一律趴下,练习"携枪匍匐"。没有枪而且也绝对不能发给这些人枪支,于是就找来一些粗粗的木棍代替。它们比真正的步枪要长得多粗得多,携带起来很不方便。每个人都要抱一支这样的木棍在身旁挪来挪去,匍匐前进时,左手或右拐肘撑地,一丝一丝往前挪动。一旁指挥训练的人总嫌这些老家伙动作太慢,喊着:"快,快!"他们看着手表。曲浼的衣服都磨破了,后来实在爬不动,干脆挂着木棍站起来。"你这个老东西,你敢站起来?卧倒!卧倒!"曲浼赶紧俯卧在地,可是他再也爬不动了。"我爬不动了。"他说。

"你他妈的,原来的嚣张气焰哪去了?"指挥队列的人见曲浼蹲下来,就走到他身旁,伸手把他的头颅使劲往地上按、按,最后曲浼的嘴巴都啃到土上了。他闭着眼,用力地把嘴巴埋到土里。后来他不知怎么张开嘴巴,吃进了满满一嘴泥土。他咀嚼着,发出了咀嚼的声音。这声音怪诱人的,使旁边的人不由得歪头看他。

"老家伙脑子有病,你们看什么看?喂,你发什么邪气?"

那个人踢他一下:"吐掉,快些吐掉!"

曲浼眼也不睁,只耐心地咀嚼。土里有几颗沙子都被他小心地剔出来。后来他一伸脖子,把满嘴的土咽下去了。那个家伙一扭身跑走了,高声吆喝着:"蓝政委,蓝政委,你来看,你来看看,这个老家伙吃、吃……"

蓝玉走过来,发现曲浼仍闭着眼睛。曲浼跪坐在那儿,嘴角流出了血,那可能是泥土里有什么东西刺伤了他。他仍然用舌头抵着沾了土末的嘴唇,轻轻点头,若有所思。

"老师——"

蓝玉木着脸叫了一声。曲涴仍然不睁眼睛。

"老师,是我!"

曲涴像没有听见。他摸摸嘴上的血,又在衣服上擦了一下。一边的人吆喝其他人继续操练,然后转过来,呆立一旁。蓝玉说:

"他病了,把他抬走。"

"抬到哪?"

"抬到宿舍里去。"

持枪人吆喝了几声,过来几个人,他们小心地托起曲涴,一个背,一个在后面扶。曲涴的身体早已不足九十市斤了……两个人把他放在地铺上就离开了。持枪人站在屋里,等待走过来的蓝玉。蓝玉看看地铺上的人,对持枪人说:"你走吧。"

他把门关上,坐在地铺上,给曲涴倒了一杯水放在枕边,又把曲涴扶起来,拿了枕头和被子垫在他的腰部。

"老师,请你理解我,我只能做分内的事,有的事情,我也无能为力……"

曲涴一直闭着眼睛。

"你是一位有名的学者,我一直从心里敬佩你。你可能认为这是假话,但我要说,这都是我的心里话。也许你不明白为什么我不好好留在学校里,跑到这个劳改农场里做什么'政委'。事情是这样的:这个农场一年前被我们这一派里应外合接管了。我们来了不少人,再后来精简人员,只留下了几个。我是这当中的一个。本来我们都是一些心硬手不软的人,是你们这些家伙的死对头——一般来讲是这样,肯定是这样。不过也可能有例外,比如像我……"

曲涴睁开了眼睛。他的眼睛只闪出一条缝,可是没能掩住的眼神尖尖发亮。

"你好些了吗?"

曲涴尖尖的眼睛一直落在他脸上。

蓝玉说下去:"我过去崇尚的就是你这样的人物。我现在也仍然知道,任何事情无论多么激烈、热闹,都会过去的,所谓'过眼烟云'。我读了不少书,还不能说就是一个浅薄无聊之辈。我懂得什么才是永存的,它的意义。当然,也许我们信奉的东西不尽相同,也许你们这一类人真的需要批判——我对你们的所作所为绝不敢苟同,我的批判也是真心的。我反对的只是属于世界观范畴的东西,而不是其他。我承认有的东西应该算是中性的,是可以利用的,我从来就这样认为! 我觉得我恰恰不应该在这个时期荒疏了要紧的事情。你知道我那时候几本书刚刚开头,运动就开始了。以前给你看过大纲。时间一晃就是几年,来农场以后我也没有把它们扔掉。你是不是有兴趣再看看呢? 你还可以做我的老师。"

曲涴嘴角露出一丝微笑。只有他自己知道在笑什么。他想起了那几本书的大纲:那也能算"大纲"么? 何等拙劣! 蓝玉把水杯端到他的嘴边,可是曲涴紧闭嘴巴。

蓝玉叹息:"请跟我来一下好吗?"

曲涴没有动。蓝玉扶了他一把,他站起来。蓝玉搀着他走出屋子。

三

在一排排破败的小砖房旁边,有一个阔大的茅草做顶的房子,这是少数监管人员居住的。这些屋子中间带走廊,走廊在屋子的背阴面,屋门开在房子的山墙上。从外边看去,这些草庵还比不上那些小砖房子神气,有点灰头土脸的。可是进了走廊才会发现,这里可比那些小砖房子讲究多了。走廊长长的,走廊旁边的小门就通向一个个房间。这里收拾得还算洁净,有像样的办公设备;木床上是叠得有棱有角的绿色军被,使人想起这里一切都实行军事化管理。被子上方的墙上还挂了一个军用水壶。一切器具都摆放得井井有条。

蓝玉领他沿着走廊继续往前。可能要到另一个房间去吧,反正这几座茅屋座座相连,盖得如同迷宫。它们的内部由一条走廊串连一起,真有点曲径通幽。拐了两次,前边出现了一个黑色小门。蓝玉掏出钥匙拧了一下,打开了。

曲浼进屋后,蓝玉赶紧反手把门关上。原来这是一个二十平米左右的房间,里面光线很好。临窗是一个很大的写字台,写字台旁的书架上有一排排书籍。旁边还摆着一个小木桌,小木桌上放着一些纸张和工具书。小桌旁边有一张单人床,上面是洗得洁白的床单。被子叠得整整齐齐。小桌另一边是一个沙发和一个茶几,茶几上有暖瓶杯子等。

蓝玉摆摆手请曲浼坐下。曲浼嘴唇颤抖盯着屋里的摆设,往后退了两步。

"老师请坐。"

曲浼往前挪动两步,一下伏在了写字台上。他的两手碰到了那一排书籍,马上摸到了一本,随即颤颤抖抖打开。他的眼睛立刻放出了光亮。蓝玉看在眼里,笑了:

"像你这样的人,无论在哪里都起码应该有这样的一间办公室,不是吗?"

曲浼的书掉在了桌上。过了好长时间他才费力地坐在了沙发上。

"你没有想到劳改农场还有这样一个地方吧?"

曲浼没有回答。

"这是学生专门为老师准备的!"

曲浼站起来,全身抖动得像害了热病一样。他把掉下去的那本书捡起来,抱在胸口,摩擦一下,想把上面沾的灰尘擦掉。他的手指拨动着书页,口中喃喃。

"你如果愿意,从今晚开始就可以睡在这里。"

曲涴闭上眼睛笑起来,笑出了声音。他伸手在上衣口袋里摸索,又摸了另一个口袋。

蓝玉从什么地方掏出一副眼镜问:"你找的是它吧?"

曲涴戴上,低头看那一排书籍的名字,嘴里呜呜噜噜,念得含混不清。他来到农场之后就没有说过一句清晰的话,这不仅因为牙齿脱落:他的舌头也受了伤。如今舌头的一边已经严重溃疡。蓝玉这会儿说了什么他差不多都没有听到,只有一双眼睛在急速搜索。

"我在内心里从来也没有放弃远大规划。当然了,我们之间在某些方面意见相左,我是说我们有着不同的目标和方向。可有一点是共同的,那就是坚忍不拔的精神。有了这样的共同点,我们就可以好好合作下去……"

曲涴转过脸来,手中的书掉在桌上。

蓝玉眨了一下眼,牙齿咬住了嘴唇。他的嘴角使劲瘪着:

"老师知道,我做出这个决定冒了多大的风险!一切事情只能秘密地进行。按你目前的处境来说,当然是不能与我合作的,可是经过一番周密安排,这已经变成了可能。你尽可放心。你如果同意的话……"

曲涴笑了。

"你可能觉得这太不现实了吧?我要说的是,一切都是真的。我们将各得其所。同时这也是我帮助你的一次机会。但愿我们都不要失去这次机会。"

曲涴还是看着他。

蓝玉牙齿磕碰得发响:"你自己可能也明白,所有进了农场的人已经不可能有任何前途了,他们都是犯有重罪的人,就像书上说的,'恶贯满盈'。无论是年长的还是年轻的,都是如此。谁都明白这一点,所以不断有人自杀,又被我们救过来……当然,我们并不认为这有什么可惜的,也并不认为自杀的人过分悲观。有一些死心塌地的家伙干脆就拉到矿上去了,那里可比这里严厉得多。很残酷是吧?我们却认为这也是自然而然的。我替老师想了很多,具体办法是:当你希望开始工作的时候,你就可以提出,说有重要事情要做出交待——这样你所在的那个班组就会把情况汇报上来,我就可以让你到这儿来。你可以随意在这里读读写写,休养身体。你还可以到医院去做一次全面体检。你看,这是一种舒舒服服的疗养生活。只要你按我嘱咐的去做,也就行了……"

蓝玉说着这些,右手的虎口卡在下巴上,好像随时要把自己的嘴巴捏住似的。他在屋里走来走去,并不抬头。曲涴坐在沙发上,紧闭眼睛。后来他站起:"你是想让我先做完知识苦力,然后再死。"

"老师未免太悲观了。"

有人敲门。蓝玉停了一瞬,过去把门打开。进来的是一个四十多岁的女人。她看了看沙发上的人,又看了蓝玉一眼,回手把门关上。

曲涴仍闭着眼睛。蓝玉说了一句:"老师抬头看看谁来了。"

曲涴不认识面前这个女子。看了一会儿,他才发现她身上某种熟悉的东西:一双吊眼。不错,是这双眼睛让他记起了这个人。还有她面颊上的酒窝——一微笑它就出现了。不过这张黄而瘦削的脸庞已经比记忆中的那个显得苍凉了。不会错,她是"红双子"。

曲涴叹息了一声,两手在沙发扶手上拍打了一下。

红双子却迎上一步,叫了一声:"老师!"

与此同时,微笑却从她的脸上溜走了,她的脸变得木木的、板板的。她说:"老师,想不到吧?我比蓝玉晚来一步,在这儿已经快一年了。"

　　曲涴记得这个红双子当年独身,像路吟一样。不过在后来的一两年,红双子已经成了那一派中最显赫的女性,泼辣得出乎所有人的意料。这一点上连那些男子汉都自愧不如。在一次批斗会上,他亲眼看见她手持一副带铁扣的皮带,只一下就把物理系的一位副教授打倒了。当时副教授脸上血花飞溅,捂着脸怎么也起不来了。事后有人告诉曲涴:那个副教授的右眼大概从此完了。这个女人简直是一副铁石心肠。学校里还有传闻,说她和路吟的事情完结之后,和她在一起的几个头头脑脑当中的一个——最有前途也是最为英俊的一个年轻人,正不顾一切地追求她,然而都被她拒绝了。有一次那个年轻人喝了酒,他们共同看守一个要犯,午夜里那个年轻人对红双子动了手,情急之下红双子竟然掏出了怀中一把刀子,差一点废了他的男身。后来那个年轻人被拉到医院里去了,再后来他就失踪了……对于面前的这个女人,曲涴有说不出的恐惧。他的嘴唇嚅动着,但没说出一句话。

　　"老师,你曾经帮过我一个大忙,所以我要好好照顾你才对。我到这里来,你明白,是为了路吟。当然,我也会好好帮你的,我这人说话算话。"

　　几句话说得曲涴浑身发冷。他当然明白这是什么意思。他"啊啊"几声站起来。红双子笑着去扶他。

　　蓝玉说:"老师,不要这么激动,请你坐下,坐下。"

　　红双子去倒水,滚烫的水放在茶几上。曲涴的手把杯子碰翻了。红双子说:"这里的条件多好啊,老师该满足了吧?在这里,你就是和淳于云嘉一块儿过小日子也未尝不可。听说淳于老师——实际上她的年龄和我差不多——正在外省的一个林场里,她比你现在的处境好一些。我倒真想看看淳于老师。不过你不要担心,像她这样的美人儿,天生丽质,无论受什么折磨也不会弄得老丑。

说实在的,她可比我有福多了。你不这样认为吗? 曲教授?"

曲浼一声不吭,重新闭紧了眼睛。

挚 爱

一

曲浼的两个弟子渐渐变得引人注目。他们不仅学业优异,而且形影不离,打饭、走路,差不多任何时候总是在一起讨论问题。这两人有时候争论起来面红耳赤,更多的时候却是和谐亲近。假日里他们约上自己的导师一起出游,去野外会餐、去剧院,特别是到那个离学校不远的水库边钓鱼,夏天则去游泳。如果去水边太早,他们就坐在岸边等待太阳把水晒暖。路吟总是最先下水,然后邀请云嘉。他们的导师要待水更暖一些才走下来。淳于云嘉总是用鼓励的目光看着自己的导师。

路吟一个人跳到水里时,岸上的曲浼和云嘉话语都少起来。有一次她突然说:"老师,您的年龄和我爸爸差不多,可我有时候觉得您就像一位兄长。"

老人笑了。他一笑眼角就有了许多皱纹。云嘉低下头,一会儿又仰脸去看他两鬓的白发。老人自语:"我在矛盾和痛苦中送走了最好的年华,拾起拐杖才记起遗落的东西。"

老人转过脸,看到的是她那红润的嘴唇。他的目光不由得又往下滑动,看到了高耸的胸部。她穿了一件白底紫花连衣裙,颈部露出细润的肌肤。他真想伸手抚摸一下她那乌亮滑爽的头发。"这狗念头真不能容忍。"他在心里念了一句,抬头去看远处的路吟。

水中的路吟一口气游了很远。大概他想表现一下自己极好的水性,或是故意让这边的人为他担心,这会儿已经游到了大水中央。"她就要惊慌地呼喊了。"水中的人一定这样想。可是他错了,这边的姑娘一直低头,像是把他忘了;直到很久她才抬起头,注意一下水中的那个黑点。太阳映得她的眼睛微微眯起。那是多么美丽的一双眼睛。无论是谁,只要注视一下这双眼睛,注视五分钟,就会……曲浼站起,在水边急急走动。他提起放在一旁的拐杖。这拐杖实际上并不怎么触上地面,他只是那么提着。也许在整个学校里他是惟一给自己搞了一根拐杖的人。那是回国后不久,一次不慎摔伤之后的事情。不过那一次腿伤很快就好了,基本上不碍事了——为什么还不扔掉拐杖?不知道。也许让一支拐杖陪伴自己,它会暗暗提醒自己什么吧。"老年人的庄重啊,价抵千金。"他常常这样暗中叮嘱自己。

云嘉也站起来。他在急遽地思考什么。可是那种慌促和不安的神色还是让她捕捉到了。他只顾低头走着,一回头发现她离得那么近。

"老师,您怎么了?"

曲浼叹息一声:"我刚才突然想到,我总算老得可以了……"

"您一点儿不老;在我眼里,您永远是生气勃勃的。"

"是啊,我不止一次听到自己的学生这样说了。可惜他们太乐观了。"

"可我不是,我是真实的感觉!"

"一点也不错,真实的——'感觉'!'感觉'啊……"

淳于云嘉低下头。她有点羞涩。这种羞涩使她自己多少感到有点不适。她随着他的脚步往前。当曲浼转过身来时,总能看到她红色的脸庞。曲浼咕咕哝哝,那极小的声音像是说给自己,淳于云嘉却用力捕捉,尽可能不让一个字遗漏。"这简直是一个奇迹。

谁也不可否认的奇迹——如此之完美,而且,是的,这是青春的美丽。什么叫'自惭形秽',什么叫'丑陋',每个人都应该明白的。这是一次多么可怕的、令人沮丧和绝望的遭遇。不过事情还好,一切还没有变得可怕的糟糕,还没有愚蠢到不可救药……好像是这样,嗯,一切正是这样……"

他把拐杖使劲捣了捣地,站住了。他不由得回头去看:又一次发现她离自己那么近,一股女性特有的气息一丝丝涌进鼻孔。他闭上眼睛:"哪一个人不想拥有她、抚摸她,那才是一个怪物呢,我平生最恨虚伪的人。妈的。"他说了一句粗话,跌坐在沙岸上。

远处那个黑点越来越近,最后游过来了,湿淋淋地从水中跳出。

"哎呀,你这个家伙,一个人游那么远,出了事怎么办哪!"云嘉嚷着。

路吟撸了一下水淋淋的脸,大喘一口说:"你真是不明白。"

"什么不明白?"

路吟把声音压低了说:"出事了,就再也不能上岸了,一辈子就看不到你了,那多可惜。"

她相信:路吟的后半截话并不想让导师听见……

一天晚上,路吟站在回宿舍的路上一个人张望。他在等淳于云嘉。可是她却久久没有走来。他就等下去。后来,所有的同学都从阅览室、从校园外面走进来,接着一处又一处的灯火都熄灭了。他简直说不出有多么沮丧,可他仍然不愿走回宿舍。他在路边踯躅。正是春天,丁香花的气味一阵比一阵浓烈。他一直往前,伸手抚摸着路旁白杨,感受那种凉丝丝滑润润的感觉。他后来不知怎么走到了丁香树下,倚靠着,闭上眼睛想象——这种清香是从那个人的头发上散发出来的。他想象她的眸子正落在他的脸上,那是一种无所不在的、温柔的抚摸。噢,天哪,我怎么了?他将两手插在衣兜里,衣兜里有个什么东西,取出一看,是一块糖果。他记起这是好多天以前淳于云嘉给他的:导师一块,他一块。他一直装在衣兜里,每天都要拿出来看几次。只要沾过她手的一切都会变的,变成一件圣物。他闭着眼睛,仍旧倚在丁香树上。

这样不知过了多久,突然像挨了一个霹雳似的,丁香树剧烈地抖了一下,又是一下。

他睁开眼睛,马上跳开了。有一个人在狠狠地踹树。微弱的月光下,他马上认出这个人正是红双子。她两手抷在衣兜上,目光生冷。往常那头可爱的柔发这时显得有些乱。她望着他,那双吊眼让人想起一种野兽的眼。不过他记不起像什么野兽。他首先觉得自己欠了她什么。他记起来了:很长时间没有去找红双子了,而她来宿舍时几次都扑了空。有一次她留了一个纸条,上面写了:我的小丈夫,你想往哪里跑?

过去,只要他俩分离的时候,她给他写信的开首都是这句话,称他为"我的小丈夫"。因为路吟比红双子要小两岁。

二

他们这种关系已经很久了。他差不多忘记了两人是怎样建立起这种关系的。好像是自然而然就走到了一起。他们彼此熟悉到不能再熟悉的地步,从性格、脾气,到其他各个方面。他们曾经爱得很深。如果没有淳于云嘉,他们仍然可以像过去一样。如同许多事物一样,爱情也需要在比较当中深刻地鉴别。上帝不知怎么给红双子和路吟安排了这样一个处境,把淳于云嘉放在了两人之间。于是那种不测的倾斜也就发生了。作为一个男人,路吟无论如何也没法忽视这种近在咫尺的美。他凭男性的敏感发现:周围的一切人,无论是熟悉的陌生的、有机会接近的还是无缘与淳于云嘉说上一句话的人,都在或明或暗地爱慕着她。他甚至发现已经完全走出了"爱之幻想"的导师,在淳于云嘉面前,眼睛里也闪烁出异常的热烈。路吟似乎毫不犹豫地在心里决定:追寻一生,依恋一生,就为了这个叫淳于云嘉的人。

他尽可能地把一切都掩在心底,双唇一次次暴皮,还常常莫名地周身灼热,一夜夜不能安眠。他的头发开始脱落,食欲下降,眼睛露出了焦灼的神色。他用一切方法来掩盖这种躁动不安,比如超负荷的体育运动、让书山压得抬不起头来、发疯地背诵……可惜一切都收效甚微。

"怎么办呢?"他问红双子,实际上是问自己。

红双子在丁香树下凑近了端量他,右腿轻轻颤抖。那是一种习惯动作。从认识她的那一天起,路吟就熟悉她的这个动作。

"怎么样?我的'小丈夫',这就算把我甩了吗?"

路吟不吭一声。她伸手把路吟的肩膀扳一下,左右拍打着路吟被风吹得冰凉的脸颊,"我的'小丈夫',腮帮子都瘦下去了。看来你也不容易。你这个小家伙,你是想背叛我,其实这也没什么可大惊小怪的。"

路吟感到浑身发冷。

"背叛这种事要发生也很容易,喜新厌旧才是人的本能。一个人如果不会'喜新厌旧',那倒让人费解,那才不正常。你喜欢那个姑娘,这不奇怪。其实我从第一眼看到她就知道自己面临了什么样的挑战。不过我更自信:我的'小丈夫'这辈子跑不了。"

路吟听到这儿在心里急急否定:"这你就错了,我离开你是肯定的。"

红双子听不到这句闷在对方心中的誓言,相反却提起了过去的誓言:"'小丈夫',你忘了我们曾经怎样发誓吗?"

路吟抬起头。

"我们发誓永不背叛,无论什么情况下,如果一个背叛了另一个,那么对方可以施以各种各样的报复。他不得后悔。是这样吧?"

路吟只得点头。这时他才感到一丝恐惧。"报复"两个字今天听起来是如此可怕。不过红双子这样一个柔弱的姑娘会怎么报复呢? 这个问号只稍稍在脑际停留了一瞬,很快就滑掉了。

红双子说:"我也许不会报复你,不过誓言就是誓言,我只不过是提醒你:你发过誓。你如果要背叛,那就来吧。你的福气是摊了我这样一个人,所以你要背叛也不会成功。当然了,你的内心可以背叛。我是说,你起码名义上要是我的'小丈夫'。"

路吟说:"这,不不……"

"你可能想说你并没有得到我、拥有我。是的,你这样说也对。可是你知道我早就把自己的一切都看成你的了,就像你手里的提包、随便的一样东西。你如果愿意,现在就可以把我取走。只要你愿意,只要你渴望,哪怕你这样做了,第二天一早就背叛,我都不管。因为我知道你是我的'小丈夫'。我是你的人,任你掌管,甚至是折磨和蹂躏,怎么都行。当然反过来你也是我的——你可别忘了这句话。"

红双子说到这儿右腿颤抖得更厉害了。她笑吟吟的,看上去多么悠闲。路吟闭上了眼睛,真是难受极了。如果在过去,他听到这番话的时候会不顾一切地去亲吻。现在却不能了,现在他想到的是淳于云嘉,想到了那一对真正的美眸。他觉得红双子的这番话听起来只能让自己厌恶。是的,厌恶。他不禁打了个寒战。他觉得人性就是这样的赤裸裸,这样的残酷无情。面对着一个无辜者,一个执著者,他感到了透心凉。背叛者是我,一个从古至今重复出现的、了无新意的故事。是的,自己是一个永恒的被告。就是这样。

我有勇气做这个被告吗? 路吟抬起头,双眼突然放出了光彩。

他就这样看着红双子,说:"双子,我爱过你,那是真的,我的誓言也是真的。我对不起你——今天看这句话一钱不值。可是我只能这样说。我爱上了另一个人,事情已经无可挽回了,无论怎样都无可挽回了。"

四周那么静,露珠滴在地上溅碎了。红双子咬住了嘴唇一声不吭,像一尊雕像。她沉默着。大约过了十几分钟,她问一句:"她也明明白白告诉你,说她爱你吗?"

"这与她没有关系。这是我自己的事情。"

"那就简单了。"

"为什么?"

"不为什么,你会后悔的。我也不会报复你,因为——可惜——我没有那样的机会。"说完往前走去了。

路吟追上一步:"到底为什么?"

红双子转过脸微笑。于是,路吟最后一次看到了她那对有点邪恶也有点顽皮的吊眼。她说:

"因为你早就是我的'小丈夫'了。你一辈子都会握在我的手里,握得紧紧的紧紧的。你看到冬天玩雪球的人紧紧握住一把雪的样子吗?你在我手里就好比那样,尽管透心凉,我也不会松手:我会一直让它在手心里化成水。"

说完她就头也不回地走了。

那一刻从西边吹来一股风,好冷啊。路吟一辈子也不会忘记红双子最后一刻的神情、她虚假的快意和潇洒。在月亮下、在凉凉的春风里,她走得多么轻松,摇晃着,从背影上看就像一个男子。

三

路吟料定那个夜晚是红双子最痛苦的时刻,就像他自己一样——不,自己的痛苦之中还掺杂了一些恐惧。那个夜晚的寒冷让他许久之后想起来都要全身打颤。每逢这时他就在心底求助于另一个人——那双人世间真正的美眸。他真想顺着她温煦的目光走去。是啊,快点让我摆脱那个夜晚吧,摆脱那个黑漆漆的夜色,它的冰凉的风。我将迎来我自己人生的夏天,在那个火热的季节,我希望看到一个肯定的微笑。有了这个微笑,我将藐视任何寒冷,抵御心底的酷责。

接下去发生的是什么呢?是路吟做梦也没有想到的挑战。这真使他措手不及。他永远也忘不掉,永远也不会相信。

有很长时间他都死死盯着那个腰弓鬓白、挂着拐杖、瘦小到令人发笑的导师,真想让他马上得一个暴病死去。或者干脆把他杀掉。老天爷为什么不让这个可爱的导师早早死掉呢?不错,他知识渊博,淳朴厚道。可是当一个老人渊博过了也厚道过了,那干脆死了算了。这个世界上凭什么还要留下他?留下他,以便送给别人一个残酷?他和她手挽手地往前走,即便人多的时候两人也要紧紧相依。刚开始的时候他像所有人一样,认为那不过是一个孩子对自己父辈表达的关切,一种过分的殷勤,再也不会有其他了。好像所有人都忽略了老人家至今独身这一事实,也没有任何一个人稍稍正视:只要是一个正常的男人,他将如何抵御这近在咫尺的诱惑?她是淳于云嘉,校园里的海伦啊。

路吟永远也不会原谅自己的这种疏忽和愚蠢,"你简直是一个笨猪!"他这样骂自己,把手里的水果刀用力地在桌上摔打,有一次不小心竟然把手割开了一个大口子。那是他在极其愤怒和绝望之中做出的不小心的动作。他甚至想就势把水果刀塞到自己的小腹上或是其他的什么地方,"就是胸口上也行啊!"他真的明白了什么叫"痛不欲生"。淳于云嘉第一次郑重地、明明白白地告诉他:自己完全没有考虑过与他的事情,没有。路吟说:"可是,我觉得你一定有自己的所爱,只是我不知道⋯⋯他在外地?或者就在我们学校的某个角落?"

他急促地吐出一连串的询问,她笑了:"也许有那么一点儿,但你想不到的。"

"他是谁?你为什么要瞒着我?"路吟绝望得嗓子都要哑了。

"你是我最好的朋友,我不该瞒你。不过就是隐瞒也没有用,因为你很快就会发现。"

路吟努力地"发现"。一个星期又一个星期过去了,毫无结果。淳于云嘉像过去一样,除了待在自己的宿舍里,就是在自己的导师身边。导师似乎越来越衰弱了,走路差不多一直要淳于云嘉去搀扶。再也没有其他年轻人围上来,似乎也没有一个陌生面孔。路吟想:会有这样一种人,当他(她)专注于自己的事业时,可以放弃一切。是的,我明白了,她是为了自己的事业而倾心于他……不过这种状况总有一天会结束的。我会等待,等待。该死地等待下去吧。这种等待差不多能弄垮一个忽必烈,再外加一个拿破仑。

我苦苦等待之时,谁又在旁边以逸待劳?

夏天到了,照例又是一个火热的夏天。淳于云嘉又穿上了那件连衣裙。老教授依然是那件制服——灰白色棉线上衣,裤子也是灰的,只有拐杖黑亮逼人。在这个夏天老人似乎年轻了一些,红光满面,双目炯炯,白发好像也变得如同鸥鸟的双翅。他们仍然在一起,好像一切都在不言之中。她搀扶着曲涴,尽可能将身体与他贴得更紧一点。就这样,他贴近了并感受了柔软而温暖的身躯,笼罩在特异的气息之中。淳于云嘉也常常在心里惊叹:"我这是怎么了?我这是为了什么?我就是不能阻止自己滑向那个方向——一丝丝的滑动……我不知道,我什么都不知道。有一个神秘的力量攥住了我,它再也不会把我放开了。"

教授一人独处时,仍在不停地写自己的日记,这个习惯已经坚持了几十年。他在这个夏天的夜晚写下了这样的话:"众所周知的那种爱与日俱增。"又过了几天,他又写道:"小伙子啊,这一回老夫可要与你争一争了。"

这儿指的是路吟。教授什么都看得懂。在这些日子里,他记起的是过去那一段经历,即那个胸脯板平、屁股翘起的女教师。他有好长一段时间甚至一直注视着她和老讲师的生活。他发现她与那个人并不般配,老年讲师后来很快患了哮喘病,在她的搀扶下一步三喘,呼哧呼哧的声音让人听起来又别扭又难过。

"我很难过。"他在日记里写道。他仍然认为那是一种机会的丧失,而这种机会对于一个人的一生很可能只有一次。重复的机会如果出现了,那么他就是一个巨大的幸运者了。如果紧接而来的机会比上一次更为诱人,那么他简直就是逢遇了天恩,赶上了奇特的造化。而眼下的曲浼明明白白感到了那个机会的临近,"这好吗?这可以吗?年龄以及等等等等。"他一次又一次自我设问。在设问中有一个问题越来越清楚了,那就是他难以抵御……

有一个夜晚,刚刚吃过晚饭之后,教授就提着拐杖向外走去。不出所料,女弟子就在路边等他。往常教授出来得要比这次晚得多,可是这一次大概他要故意甩掉其他的人,只顾匆匆地往前走。好像他已决定了要直赴一个目标,矢志不渝。

姑娘搀着他。他们走得都很快,甚至没说什么话。可是彼此都听到了"噗噗"的心跳。那天吹着微微南风,即将成熟的麦子散发出野性的香味。他们走到了离学校院墙很远的那片果林里。果林黑压压的,看果子的人不知去了哪里,没有任何一个人阻拦他们进来。他们就在很快来临的夜晚里依偎。开始好像两个人都没有察觉是怎么抱在了一起的,反正只是那么相拥,没有任何难为情。教授一双骨节凸起的手按在她的头发上,一下下抚摸。淳于云嘉觉得教授在吻自己的头发。她哭了起来。后来她哭出了声音,一下抓住了教授的手,不顾一切地把脸埋上去。他觉得自己的手心被姑娘给弄得湿漉漉的。她抬起脸来,啊,微弱的星光下,教授看清了这双眼睛,看清了这个端庄秀丽的面庞。"她激动了,然而我更激动。"他在心里说着,一下吻住了她光洁滚热的额头。他好像一辈子也不打算把头抬起。淳于云嘉一声不吭,伸出手,从腋下抱住了瘦小的导师。"他多么瘦小,多么瘦小,像一个孩子,一个大孩子。"当她喃喃吐出这句话时,不由得双手一抖,"我说了些什么?真是荒谬得……"她笑了,笑自己的无知与热烈,还有那一发而不可收的执拗。

教授对着她的耳廓说:"为什么不呢?"

淳于云嘉再没有说话,只是紧紧抵住他。

四

那个夜晚他们一直在外边待到很晚。夜很深很深了,学校的大门一定关了——想到这儿他们略有不安,但只一会儿又坦然地往回走。拐杖捣地,咚咚有声。这时淳于云嘉的搀扶完全是象征性的。教授突然之间年轻起来,他挺起胸脯往前走着。学校那两扇灰色铁门果然关得紧紧。他这时不知怎么来了莫大的勇气,伸出拐杖"当当"地敲着铁门。传达是一个老头儿,年纪比他还大,被"当当"的敲门声给惊醒了,揉着眼睛拉亮了灯,咕咕哝哝骂着。开门一看见是教授和他的女弟子,这才点点头。教授嘴里吭吭几声,摇摇晃晃,谁也不理。

最不能忘怀的就是一个好姑娘的亲吻。曲㳘对此疯迷了。他一次又一次到淳于云嘉的小宿舍里去。同屋的女伴不安起来,淳于云嘉只得更多地到教授那儿了。

那是一个单身老男人的屋子。她在这里给他洗过了所有的衣服,彻底打扫了卫生。她对这里的一切都那么熟悉。他写下的每一个纸片她都很好地收起来,脱落的纽扣,掉在地上的钢镚儿,她都小心地捡起。这样直到天黑,到深夜,淳于云嘉站起来说:"老师,我得走了。"

老师按住她的头顶,想最后一次亲吻她的头发。可是在做出这个举动的时候,在他把她的头顶轻轻按下去的一瞬,他凝住了。他看到了她光滑的脖颈、洁白柔细的胸部。他把她抱在了怀里,梦呓一般倾吐:"也许这样地不可挽回但是无论如何……"

那个夜晚他们相拥着睡去,实际上他们除了亲吻就是说话和抚摸。他们对在耳廓上私语,彼此都给哈出的热气弄得湿漉漉的。淳于云嘉几乎一直是哭着。她把自己的一切都托付给了这个年长的男人。她说:"你是一个多么坏、多么坏的一个人哪。不,你是我的小伙子,很坏很坏的小伙子。"

她觉得教授周身都散发出一股南方的茶香……

那个夜晚之后,曲浼在日记上写道:"想不到是我让她告别了少年。我发现自己是一个老当益壮的怪物。""我的爱人无一瑕疵。"

好长一段时间,他一直让那个夜晚的回忆占据了脑海。

一切都在人们惊惧和欣喜的目光中流逝下去。他们走到了一起。他们像别人一样,在过道里点起小炉火做饭,那种呛鼻的烟味弄得他俩眼泪鼻涕都出来了。他们笑着,邻居抱怨说:

"你们这一对老少夫妻要捣鼓着炼丹啊!"

人们并不怎么责备,只是哈哈大笑。邻居也喜欢他们,准确一点说是喜欢云嘉。"多么好的闺女,多么好的媳妇,就让小老头给得了……"他们私下说。

云嘉说:"你的一口牙齿多么好啊,别人到了你这把年纪都要试着镶假牙了。"

"我不敢想象戴上假牙你还会亲我。"

淳于云嘉抚摸着他的头,觉得这脑廓儿有点像儿童。她抚摸时,他就自语说:"从头颅上判断,我成不了一个智者。"

真的,他的头骨长得高低不平,很像一片起伏的丘岭。他觉得淳于云嘉抚摸他的颅骨,这就等于无言的玩笑。好在有漂亮的银发把它们遮住了。

在那些可怕的年头,那些剃阴阳头的家伙总是没有机会下手。如果他们把一头银发剃掉,那么他那高低不平、凹凹凸凸的头骨就会在强烈的灯光或阳光下暴露无遗。"这也没什么,我的爱人无一瑕疵。"他站在被辱的高台上,想到了完美无缺的淳于云嘉就感到了极大的安慰。"这没有什么,郎才女貌。假使我还算有些作为的话,那么……"他安慰着自己,一丝苦笑流出嘴角。那时候的口号声、呼喊声,都掩不掉他的苦笑。所有人都不知道他在心里正与一个人作着热烈的交谈。"情话恰如潮涌。"他在心里这样说。

他们永远有说不完的话。半夜里淳于云嘉常求他讲个故事。他有多少故事啊,他的经历毕竟深广。无数的故事,国内国外,恐怖的、曲折的和美丽动人的……

云嘉说:"你多么顽皮,你这个老小孩……"

"老"字常常挂在她的嘴上,这也是显而易见的事实。他曾对她说过:"我如果欺负你的时候,你就会恨我。"

"你不会欺负我,你如果欺负我一次,只会让我感到好奇。"

不一定什么时候他们就要想到路吟。痛苦不堪的小伙子已经几次生病,可是没有办法,他们想不出别的办法安慰他。他们都爱他,承认那是一个最好的青年。那个青年做梦也想不到终生的幸福会被敬重的导师夺走,而且还要与之长久地相伴。

真的,路吟与曲涴被拴到一起批斗,后来又一前一后来到了农场。

双 蛇 结

一

　　铿锵的锤子声,迸溅的石渣和火星。这花岗岩真像我的颅骨:坚硬锐利,满是凹凸,除非用钢钎才能把它砸开。这坚硬的花岗岩下边埋藏了什么?是炽热的岩浆,是奇怪的宝藏,还是其他神秘之物?阵阵思念不可遏止。为了抵挡这思念,他只得用力地砸着钢钎。他发觉自己竟然可以做得十分熟练:右手刚刚抬起锤子,左手就紧接着转动一下钢钎。而且无论锤子砸得多么快多么猛,都不再担心失手。如果失手也就糟透了,他的另一只手一定会砸得鲜血四溅。曾经有过那么一次,结果它破碎了,露出了骨头。他吓坏了。那是多么艰难的一次恢复,结下了多大的疤痕。他那时还以为这只手要完蛋了呢。后来终究是保住了。由此也让他明白:有时一个人要把自己搞惨,搞得真正完蛋会有多么难。一个生命原来很顽强,很耐磨损呢。他回顾几十年的岁月里所遭逢的一切:幸福的打磨,危险的摧折,艰辛的劳作,渴念的煎熬。生命中正经有过不少呢,生命真是个奇怪的东西啊,有时脆弱得纤发一般,有时又坚固得像块顽石。他在砰砰的敲击声中想了很久、很多。当然他也不无担心:自己这架机器说不定在什么时候就突然停止了转动。

　　最后一念使他不再挥动锤子,他给吓呆了。因为他马上想到了淳于云嘉和儿子。如果那样可真是太惨了。他盼着见他们一面,只希望在自己孩子的小脑壳上抚摸几把,在深夜里听一听他们娘儿俩的呼吸。"我完美可爱的、永远的新娘。"他闭上了眼睛。双眼潮湿了。他警惕这种伤感的出现,赶紧抬起头,睁大眼睛去看远方。"如果我在流泪,那么我就简单多了。"他狠力挥动锤子,什么不听什么也不想,只是飞快地击打。

大约就因为一次长长的沉湎,他竟没有听到一声连一声的铁哨子在响。一会儿监工就大吼着奔过来。曲涴仍然没有发觉什么异样。这样直到一个人过来踢他的屁股,把他踢翻在地。他爬起来,又挨了一记耳光。不由分说,有人揪着他胸前的衣服就把他拖开了。远处有人在哈哈大笑。原来排炮就要点响了,所有人都撤出了危险圈,只有他一个人还在那儿奋力挥锤。一开始监工的故意不让人们呼喊,他只想看看一个老家伙亡命奔逃时的狼狈相。谁知道曲涴就是没有察觉嘶叫的铁哨子。后来政委蓝玉最先发现了什么,伸手一指那个正在挥动锤子的人:"快去。"

他给揪回来,给按趴在地上。轰隆隆的炮声像巨雷从天而降,石块飞溅,浓烟蔽日。多可怕的排炮。每一次排炮响起,曲涴都紧紧伏在地上。大地抖了好几抖,他觉得人在抖动的大地上简直像一些带壳的虫子、像密密麻麻的小蚁。排炮响过之后,由于无风,所以工地上那层红色铅云沉沉地压在那儿。又是一声铁哨子,所有人都像出击的战士那样埋下头往前跑去。地排车噜噜响,还有衣裤在风中抖动摩擦的声音。有谁跌倒了,响起了踢踢踏踏的声音和刺耳的叫骂。

曲涴的脚被一块尖石撞了一下,疼得"哎呀"一声蹲下。这时一个人扑到他身上,是路吟。

"起来起来!你们两个狗东西……"

一边的监工吼叫着,可是并没有过来。路吟和曲涴落在了人群后面。

"老师……"

曲涴瘦长的脚从靴子里挣出。小脚趾早就受过伤,包了一块破布,新的创伤又使血从破布上渗出。

"老师……"

路吟叫着,从衣兜掏出一块手帕,除去破布,给他急急包扎。

曲涴一声不吭。路吟搀着他往前,往另一个方向走去。曲涴"吭吭"了两声,路吟说:"老师,你,你再也不能在工地上了。"

曲涴突然脸色发青,不停地抖动,身体往一块儿缩去。他终于走不动了,坐在一块石头上。路吟就蹲在旁边。前边的人已经开始用铁锹或直接用手往地排车上扔石头。

监工的人骂骂咧咧跑过来:"怎么回事,你们俩?"

路吟说:"他伤了,人都挺不住了……"

监工把路吟赶开。他看了看曲涴的脚,哼一声,到一边去了。

一会儿过来一个脸色苍黑的家伙,三两下就把路吟刚刚包上的那块手帕扯下,看了看说:"这种磕磕碰碰的事儿多了,让他扒石头去。"

路吟大喊一声。黑脸人理也没理。路吟又跑过去拦住他哀求起来。黑脸人这才站住。路吟再次哀求,黑脸就把他扒到一边。路吟仍旧跑到前面拦他的路,他终于火起,噼啪两掌打在路吟的脸上。

曲涴都看在眼里。他的两手插在土中,这时一用力站起来,一拐一拐朝前走。他想喊一下路吟,可是张了张嘴巴,已经没有力气呼喊了。他发出的声音含混不清。这时另一个人挡住了去路,发出冰冷的一声:

"老师!"

曲涴坐下了。

那个人看看四周,把路吟和监工几个人都赶开。曲涴看出他是蓝玉。他蹲下,小心翼翼把曲涴的靴子脱下,看看那个草草包起的伤脚说:"这很危险。已经感染了,弄不好要截肢。到那时候你可就动不了啦。"

曲涴咬着牙,脸歪向一边。蓝玉说:"也不是没有先例,去年的这时候,一个人比你还年轻呢,只伤了一个小脚趾,后来先把两根脚趾截去,再后来又是截去脚掌。这里条件太差……"

曲涴觉得身上越来越冷,越来越冷。本来就蜷缩的身体这会儿缩成了一个球。他嘴巴乱抖,不知自己在说什么。

蓝玉又说:"老师,我总觉得这里真不是你待的地方。你自己知道该到哪里去,你自己明白。我以前说过的事儿,你拒绝了。可是你不清楚,能够替你做那个事情的人,我可以在这个农场里找到好几个,他们都可以替我完成这个工作,而且一定会俯首帖耳。不过那样一来,学生为老师效力的机会也就没有了。我是你的学生,所以我有责任这么做。也许我太唠叨了,你琢磨去,你愿意自讨苦吃学生也没有办法了。前几天有一个家伙,工作人员推搡他几把他就火起来,用石块把工作人员的头部击伤了。还好,那个人没有当场把他干掉。他现在已经被送到铁丝网后面的矿里去了。那个家伙完了。"

曲涴在心里说:"我宁愿去那儿,宁愿去。"他相信在这里受到的虐待和惩罚也许比起一般的囚犯有过之而无不及。这儿没有自由,不能离开农场一步。这儿第一天早晨的训话就被告知:随意离开一步会有多么可怕。实际上这里也没什么可去的地方,荒山野岭,离有人烟的地方还有几十公里。

蓝玉给曲涴小心地把伤口包起来,然后喊了几声,过来两个人。他命令他们把曲涴抬到门诊部去。

蓝玉也跟了去。整个过程他都在一旁,嘱咐医务人员要好好给这个人包扎治疗。结果他们给他重新清洗了伤口,包扎以后又给他打针,开了一些药。门诊部开了病休条子,时间是一周。蓝玉亲手把这个条子交给曲涴:"一周的时间,你的伤差不多也好了。

这么长的时间琢磨事情差不多也够用了,是吧?"

二

时间一天天过去。伤脚痒得难受,简直像被一个野物咬住,然后又细细地咀嚼。白天同屋的人都到工地去了,这里一片死寂。他那么想对一个人说点什么,可除了路吟谁都不敢讲。夜间他附在路吟耳边上咕哝着,路吟好费力才听懂了一半。老人的大意是:我已经活不久了,我大概走不出这个农场了。你还年轻,你是我的好学生——事到如今你也不会再怪罪我了。我希望有一天你能代我去看看云嘉,告诉她:我已尽了全力。我要活下去,一直活着。我死去是迫不得已……路吟听不下去,他真怕发生什么不测:

"老师,您可一定要挺住啊!放心吧,我记住了您的话。您是我的老师,云嘉就是我的师母了。"

第二天蓝玉来了,曲涴呻吟着。他的脚痒得太厉害了。蓝玉问:"那些医务人员是不是按时来检查换药?"

曲涴摇摇头。蓝玉骂着。

门诊部的人被喊来检查伤口,发现仍然没有愈合的迹象。蓝玉问怎么办?

医务人员说:"也许要住院治疗。弄不好真的要截去脚趾……"

曲涴听明白了,他呜呜噜噜喊着,瞪圆了眼睛。

蓝玉说:"老师放心,有我呢。"

曲涴很快就被送到了丘岭后面那个稍大一点的医院里。住院治疗期间,蓝玉几次去探望他。这样过去了近一个月,脚伤终于好起来。出院那天蓝玉又来了,他在单人间里关了门,对曲涴说:"您体力上的磨练已经差不多了,剩下的问题就是思想上的改造了。学生认为您不必急着到工地上去了——老师认为怎样呢?"

曲涴没有作答。蓝玉说,他仍然可以让门诊部再开一个星期的病假,好好休养一下,恢复一下体力。

病假期间,曲涴拄着拐杖在工场徘徊。他走得很慢,看上去还有点拐。为了找个安静地方,他常常转到一个小山丘的另一面。那里树木葱郁,没有人迹,仍属农场范围,可是看上去简直是另一个世界。丘岭下面是一道水湾,水湾里长了很多嫩嫩的水草,大多是开满粉红色小花的蓼科植物。他蹲下抚摸这些水草,发现水流里有几个小蝌蚪在游动;后来他又发现了青蛙和鱼。尽管这片水湾很小,可是这儿仍然有悠闲的水族。一只嘴巴长长的蛾子在一个黄色喇叭花上吸吮,它的躯体就像一只蝉那么大,飞动时很像一只蜂鸟。他看得入迷,一瞬间什么都忘记了,大气也不出。

蜻蜓咬在草秆上,下面是几只摆动着长腿在水面上滑动的不知名的虫子。一只小沙锥从旁边钻出了小脑袋。它似乎看到了他,不过一点儿也不害怕。它啄了两下,然后以难以置信的速度刷地跑到了一大蓬水蓼下面。脚下的石头上有掘出的新土,他翻动一下,以为是小蟹子在搞洞穴。他用心翻找,一个小蟹子也没有找到。他有点后悔,觉得不该毁掉它们的小窝。他非常后悔。

他一直待了半个多小时。他越来越发现这片水湾有多么可贵。它吸引了那么多动物,它们都来这儿喝水解渴;有的大概也像他一样,是到这儿游玩的。他扳着手指数着,先后看到飞来的鸟类有金腰燕、麻雀、啄木鸟、灰喜鹊,还有一只翠鸟。有一个小小的四蹄动物长着棕黄色的毛,头颅尖尖的,两只眼睛出奇地亮和大,在草丛下面只探头打量了他一眼,又赶紧缩回了细长的身子。他相信那是一只黄鼬或是其他猫科动物。从这儿往西望去,大约只有一公里远就是那道铁丝网了。铁丝网后面是可怕的矿区,而矿区的西部就是苍苍茫茫的大山了。他以前听过同行的地理老师指点过,这片山地丘岭的南面和东面都被冲积平原包围着,往东一百多公里就是大海。由东往西地势逐渐加高,穿过大片的丘岭区将进入真正的山地了。这一带最高的山脉在山地西北部,峰顶达两千米以上。由于山地的北斜面远远短于南斜面,所以其间的河流也是北短南长。整个东部山脉大多为东北西南走向;北部的山峰海拔高度逐渐下降,地势却趋于陡峻。山势呈浑圆状或者是尖脊状,这样逐渐过渡到丘岭和河谷平原。西部生长了茂密的丛林,有好多地方简直是人迹罕至的原始林带。一位老教授曾因为采集标本,年轻时跑遍了这些大山。他的冒险经历曾经让曲浼咋舌。老教授在晚年向曲浼几个朋友讲述大山里的奇遇、各种各样奇怪的植物、草药以及罕见的动物,曾把他们深深地吸引。所有植物学家都懂一些中药知识,不然在野外就会穷于应付。老教授说当年在山里有一次被毒蛇咬伤,幸亏找到了一种星宿菜,不然的话那一次也就没命了。他还遭遇过剧毒蜘蛛和狼等,后来都化险为夷。

曲浼拄着拐杖站起,连连叹息。他自感奇怪的是为什么要想到了这些?在农场,他大多数静默的时间都在想淳于云嘉和孩子。"云嘉啊,我这是怎么了?"他呼叫着,泪水顺着鼻翼流下。幸好,在这空无一人的地带,哭一哭还是可以的。

等眼泪被风吹干了的时候,他才往回走去。"我想活到那一天。"他说出了声音。

蓝玉很高兴曲浼最终能答应他。那个草庵的一间工作室终于有了一个伏案的老人。

他的身躯那么瘦小,在宽大的写字台前佝偻着。老人觉得自己有了一个奇怪的变化,那就是:所有的书籍和文字材料在他的眼前都可以飞速地滑动——不是他的眼睛在移动,而是它们自己在动。他如今可以飞快地读完一本大书,可惜读完之后回味一下,脑子里好像什么痕迹也没有。那儿一片空白。

那几份提纲老往他眼里扎,他一次次把它们推到一边。桌上是一沓纸张,他取在手里抚摸。多么好的纸,白色的新闻纸,柔软细润得就像绸子。他像捏住钢钎一样捏住一支笔,结果一下笔就发现这力气比过去大了许多。那笔尖在纸上只轻轻一戳,纸就刺破了。他试着减轻力度,结果仍然要把纸张划破。"力透纸背啊!"他只是不知道自己写的是什么,后来拿到光亮处仔细端量,还是不能明了自己写下的东西。外边响起了脚步声,有人敲门。他把那些自己也看不懂的东西藏到了衣服夹层,又重新把那份提纲摆到桌子正中。门开了,进来的是红双子。她在屋内转了一圈,后来盯住他的脸看了又看,走了。

她刚刚离开又有人敲门,这一次进来的是蓝玉。他说:"老师,你可以慢慢来,不过每天总可以积上一两千字吧。"

曲浼机械地点头。

"一天千把字,一个月呢?那就很可观了。"蓝玉扳着手指。

他一出门曲浼就把门闩上。蓝玉听到了闩门声,回头说:"不必插门,这里非常安全。"

他仍然要插门。他在屋里急促地走来走去,嘴里咕咕哝哝,一会儿就摸出藏在衣服夹层的那个纸片,写上几笔。这样写写停停多半天他才明白过来:他在给淳于云嘉(也可能是儿子)写一封长信。

怎么说呢,在你面前我有时就像,嗯,像一个脏孩子。当然忘不掉往昔的一切。没有回忆就没有生命。总结下来,我仍然认为自己这辈子过得很好——何止"很好",简直是天底下最幸运的一个人了。我相信平衡的学说和原理。每个人都必然走向自己的宿命,这真是迫不得已。我所获甚多,终于天怨人嫉。我也有过不义之举,为此痛疚难忍。于是后来就不得不忍受剥夺,忍受一次又一次的失去。与此同时,我也在偷偷聚敛财富呢。我仍在暗暗获取,这就是对你的思念。你是天地之气凝成的精灵,是你把青春、把健康之汁加入我的血脉,在我行将枯槁的躯体上昼夜不息地奔流。我得到了哺育和饲喂,你对我恩泽无边!午夜里拥有,清晨里拥有,我趴在尖利利的碎石之上,就像挨近了你的热躯,不觉得疼痛,只感到了烘烤的幸福。谁能将我的幸福掠夺?任何盘剥、践踏甚至是宰割,都不能将我奈何。也许我来日无多,可是剩下的时光里我将一直微笑……

外面又是脚步声,他赶紧把纸片掖在胸口那儿。脚步声渐远,他又伏在了桌旁……

三

红双子刚来农场时像那些监管人员一样,穿了黄衣服,扎了腰带。可后来她竟然换上了一套花衣服,这使好多人把目光转了过去。这里女性罕见,她在众多的目光下移动,嘴角挂着冷笑。她很少到工地上去。她的具体工作、在此肩负的责任,令很多人迷惘。她的办公室也在草庵,那儿有一个小窗户,她常常站在窗前往外观望。所有的人身上都印过她的目光。她的记忆力很好,很快透过这扇窗户认识了所有的人。可是工地上来来往往的犯人却不熟悉她,不熟悉这个刚来的女人。她的发型变了,打扮也变了,这就使工地上的老熟人常常认不出她。她现在的改变如此之大,以至于前不久人们眼里的那个铁女人了无踪影。偶尔从他们眼底走过的是这样一个女人:瘦削、严厉、沉默,而且心事重重。

她在农场与老战友蓝玉会合了。两人见面时相视一笑。蓝玉说:"欢迎领导来指导工作。"

红双子说:"希望能好好配合你的工作。"

"领导尽管吩咐。"

红双子说:"你少跟我来这一套,有话明说。我们在这儿各有自己的事儿,各有自己的需要。你干你的,但不要妨碍我。"

蓝玉当时一颗心噗噗跳,赶忙说:"我,我将尽一切力量帮助你——不,我服从你……"

路吟很快被监工的叫走,安排了新的工作。他被指派一个人筑路:将所有通向工地的小路拓宽,然后再铺上石子,撒上土,用一个石砘子压实。工作量是够大的了,但好就好在只让他一个人做这个事,做多做少都随便。更令他欣喜的是,这儿没有监工。路吟心里纳闷,不过仍然干得起劲。他觉得这个活儿倒合心意,他可以一边做活一边想些心事。而在工地上,在那种喧嚣危险之地,他总要四处留神,而且各种各样的吵闹声一天到晚弄得人昏胀胀的。与所有农场犯人不同的是,他觉得自己没有任何抱怨的情绪——只要能够忍受,他就会忍受下来。他觉得这完全是自己的一种选择。因为很早以前红双子就对"背叛者"有言在先。"是的,我承认自己是一个背叛者。既然我选择了背叛,那么我就应该接受惩罚。"

在很长一段时间里,他心中的第一号敌人绝不是红双子,也不是蓝玉,而是那个瘦小的、佝偻的、时不时就要呻吟的曲浼。看着他被吆来喝去、匍匐在石头上的样子,路吟多少感到了一点快意。但这种情绪后来就消失了。紧接而来的是一种更深的关切、同情和爱抚。路吟是那么爱淳于云嘉,这一点他比那个老人有过之而无不及。既然他们所爱相同,既然那个老人被自己的至爱视为亲人,那么我为什么要怨恨他呢?他是一个老人,更是我的导师,是与我一生为之迷恋的人血肉相连的人。我可能一辈子都没有机会去接近那个女人了,于是神灵就派我来照料她的另一半……当然,这真是不幸到了极点、糟糕到了极点。可是没有办法,一切只能如此,我只能将这个老人视为至亲。没有办法,我命定了要在这个囚徒的队伍里有一个亲人。奇怪的是长此以往,我们真的越来越像是有血缘关系似的,像父与子。我们互相牵挂,悉心照料,彼此关切到不能再细微的地步。

　　我多么渴望,多么思念,我只想为那个远方的人一死。可是这里的一个老人却为那个人而顽强地活着。一个没有经历过这种人生的人永远也不会理解,不会懂得这儿的思念与欲望、友谊与怜悯、韧性与恒心;也不会知道跃跃欲试的念头和可怜巴巴的乞求——这一切之间的奇妙联系。无论曲涴在与不在,我都是淳于云嘉永久的守护者。我在心里守护她,追逐她,照料她,永远永远,直到死亡。我已经为她背叛了一次——一个人既然选择了背叛的自由,就会选择死亡的自由。真是这样,背叛与死亡在我这儿几乎是同等分量。

　　一块大石的下半部深埋土里,他搬了两下没有搬动,就起身到旁边去取镐头。他走了几步,一边走一边喃喃。可是有一个人挡住了他的去路。他马上闻到了淡淡的脂粉香味。抬起头,首先看到的是花布衫。一股热血涌到了喉头那儿。他睁大眼睛去看她的脸,"啊"了一声。尽管已经好久没有见面,尽管她已经改变了这么多,可是那一对吊眼,那股奇怪的神气,只轻轻一瞥就像被电击了一样。对方在笑,笑眯了眼睛。路吟知道红双子多年来还是第一次涂抹脂粉。他下巴颤抖,后来索性闭上眼睛。

　　她往前走了一步。他赶忙往后退。他蹲下来。

　　"你以为我赶来这儿是为了惩罚你吧?"

　　路吟没有回答。

　　她哼哼笑:"你错了,我不过是嗅着你的气味追踪过来,就像追踪一个逃犯一样。我在追踪我的'小丈夫'。我们之间的事情是一个家庭内部的事情。你可能会说,我们并没有结婚。是的,那只是形式上的事儿,事实上我们早就彼此拥有了——当然我不是指肉体。"

　　路吟站起来跑开了几步。

"站住!"红双子喊。

他只得站住。她走过去,转到他的对面:"小丈夫,睁开眼看着我,让我看看你瘦了没有。"

路吟抬起头,目光落在对方脸上。他不由得端量起来,想寻找一丝当年的感觉。一切都应该裸露在这张脸上。可奇怪的是他怎么也找不到当年的那种神气了。他心里感到惊讶的是:当年自己究竟对谁发出了那样的誓言?他记得倾听这誓言的,是一个长了一双可爱的吊眼的姑娘;她那香喷喷的小嘴曾经在他耳边像春风一样吹拂。那些温柔的私语真的让他难忘。如果这一切不是被后来的淳于云嘉轻而易举地摧毁,那么眼下又该是另一番境遇了。

这时,一顷刻,他突然发现她微微重翻一点的下唇仍然那么柔嫩,还看到了她唇上那一道道玫瑰花瓣似的竖纹。他记起一次又一次亲吻她的那种感觉。他闭上了眼睛。当他再一次睁开眼睛时,又发现了她像往昔一样的微笑。三十多岁了,尽管她的脸比过去瘦削了一些,可是身体却变得更加丰盈。他活动了一下双脚,像站在冰块上一样不停地滑动。他使劲跺脚,脚尖在泥土上踢踏。他的牙齿也像害冷一样抖动。

红双子的微笑收敛了:"你知道吗?你有一段时间失踪了,我是说从我的视野里消失了。接着我就告诉自己:我要向你发出一个通缉令,你跑得再远我都会把你找到。你不要以为我已经失去了希望,不会的,一辈子也不会。你可能觉得我这个人太拗、太可怕;那你爱怎么想就怎么想吧,反正我要告诉你,我这个人就是不会背叛自己的誓言。"

路吟剧烈一抖。

红双子又笑了:"你不要害怕,从现在开始你有了一个最可靠的保护人。不过你的这个保护人也可能亲手把你打得皮开肉绽。我真不想做自己不情愿做的事,不过我们的年纪都不小了,很快两个人都老了,时间快来不及了……"

路吟嗫嚅着:"双子,你现在是这里的领导了,你不该和我这样谈话。我求求你,求求你把我忘掉,我会永远尊重你,永远把你当成……"

红双子哼一声:"瞧你多么正派,你就不想一想,你这样不仅背叛了我,而且还侮辱了我!"

"我怎么侮辱了你?"

"怎么?你在那个女妖面前竟然争不过一个糟老头子,真是一个窝囊废!"

路吟"啊啊"叫了几声,他实在受不了,他要跑了。这一次红双子没有喝停他,就任他跑去……

红双子看见路吟在一丛柳棵那儿蹲下了。

四

有人报告说路吟不见了。

夜深了,到处都寻遍了。农场四周站岗的人说谁也别想溜到农场范围之外,这个人很可能钻到了山隙里。蓝玉告诉了红双子,红双子马上火起来。所有人都集中起来去寻路吟。

到了后半夜,有人发现一个角落的铁丝网上有个很大的通洞,显然有人从这儿搞断了铁丝逃了出去。农场马上与邻近的矿区联手:矿区有一支队伍,还有狼狗。这支队伍迅速搜索了附近十几公里的范围,很快把路吟逮到了。他被捆绑着,一路推搡着押回了农场。

蓝玉请示红双子怎么处置,红双子说:"先禁起来。"

路吟被扔在一个镶了铁窗的青砖小房里。那里有两个人日夜持枪站岗。小房里有一个地铺,一张小桌,吃饭都从窗户的小方洞往里递。这个囚禁室好像很长时间一直有人住,因为墙壁和地上都沾了很脏的东西。路吟怀疑那是呕吐的痕迹,有一些则明显是干结的血块。由于要经常抽打被囚禁的人,为了使呻吟呼叫声不让他人听见,所以这间禁闭室就孤零零建在了稍远一点的地方。路吟觉得奇怪的是:他被单独囚禁,可就是一直没人来提审他,而且伙食还得到了稍稍改善。小窗上递进来的有白馒头。多久没有吃过这种香喷喷的馒头了!他大口地吞食,噎出了眼泪。后来他又吃到了炒咸菜,甚至从中嚼出了肉丝的滋味。他一口气就把所有的饭菜都吞下去了,最后才想起喝一口汤。汤里有青菜丝,还有一点肉。他喝下去,直喝得大汗淋漓。外面有一条狗在哼哼叫着。他想大概是那条狗闻到了饭菜的香味。

两个站岗的人笑着把他递出的空食盒拿走。他们咕哝着,不知在说什么。一会儿外面响起了一个女声,路吟赶忙伏到小窗洞上。红双子来了。

那两个站岗的人被打发了,红双子只让他们把住路口,说:"我要亲自审他,不准任何人靠近这个地方。"

路吟坐在一摊茅草上。门"哐"的一声被打开,接着又被反手关上。她的脸色变得发青,没有一丝笑容:

"怎么样?"

路吟不答。

"你不是逃离农场,不是逃离惩罚,你是要逃离我,是不是?"

路吟很想说一声"是",但话一吐到嘴边又咽下去了。

"你跑不掉的。前几天我就给你讲过,我已经发出了关于你的通缉令,我是在心里通缉你!就是这样!"

路吟把脸转过去。红双子走上前来,突然一伸手抓住了他的衣领。路吟觉得这双手像铁钩一样。他觉得在她面前没有任何还手之力,只任她揉动、摇拉,骨架快被弄散了。后来这手又在他脸上狠狠地抽起来。他的嘴角和鼻子一会儿就流出了血。最后红双子猛地一搡,他跌倒在地铺上。

路吟好几次要伸手扼住这个女人,可是几次都没有那样做。他心里明白:对方是在对背叛者施与惩罚。他知道任何惩罚自己都将接受,他也不愿再一次背叛誓言了。就这样,他任她推搡,抽打,听一声连一声恶狠狠的咒骂。后来他觉得这双手又扼住了他的颈部。天哪,她要把我扼死吗?可是扼了一会儿,这手就渐渐松脱了。她一下把他拥在怀里。他开始挣脱,她就把那张冰凉的脸紧靠过来。他闻到了女性特有的气息。他觉得脸颊被弄湿了,那是因为红双子哗哗流出的眼泪。这泪水从脸颊滑到了颈部。她在他耳边喃喃叙说,伴着阵阵呵气声:"你是我的'小丈夫',你是一个起了黑心的'小丈夫'……"

他听她这样诉说,只觉得那双手又一次狠力揪住了自己,并逐渐加力。他的头发快被揪掉了。不知是疼痛还是怎么,他这时挣脱的力量也加大了许多。他们两人像在角力。相持了几分钟,红双子一下把他扑倒在草堆上。他双脚用力地蹬踏,直到两人全都精疲力竭。他们坐在了那儿。不过只停了片刻,红双子又一次扼住了他的颈部,吼叫:

"你跑不掉!你别想跑得掉!我早就讲过,你是攥在我手心里的一团雪,它尽管透心凉,可我也要把它攥成水——我要把你攥成水啊!"

她推搡、摇晃,路吟觉得他已远远没有抵挡的力气了。他的体能在长期劳作中已经耗损得差不多了……红双子又一次把他的脖颈和脸颊给弄湿了。她在吻他,吻他的头顶。他又闻到了那种熟悉的女性气息。她的胸部摩擦他,让他阵阵颤栗。他这会儿好像是生来第一次接触女人似的。这个时刻他觉得身上颤抖得厉害。红双子继续拥他,双唇在急急地寻找,后来她铁定地吻住了他。路吟哭了。他哭着,觉得自己的嘴唇完全让对方给咬住了。他没有摇摆，没有移动。他觉得自己的泪水全被吮干了。红双子也在哭。路吟不知不觉间两手插进了她长长的头发里。他尽量让自己的身体与之贴在一块儿，明显地感到自己身体的各个部位都在发生急遽的变化。他觉得浑身胀痛，烫得烤人。对方的手把他拥紧了，他不停地呼喊一些奇怪的话语。他也弄不明白两人到底是谁在把对方拉到自己身上。她在咕哝：

"路吟，你不要怕，什么也不要怕，我把一切都安排好了。这个夜晚也许是我们的第一个夜晚。你看，这是你的过错，本来用不着这样。我的'小丈夫'，我的好孩子。也许你不知道，我躲过了多少关头，我为你才守身如玉的。也许你不信，不过我至今还是一个干干净净的人。我想让你明白，我永远没有违背自己的誓言。我也想让你明白，你跑不掉的，你一生一世都是我的人。"

就在她胡乱推搡、呼叫和叙说的时候，路吟突然想起了一双眼睛。此刻那双眼睛好像正在看着他。他又看到了她的面庞、她的微笑。最后，他看到的是在半空里挥舞着的皮带，那个穿着黄衣服、眼睛上吊的人在台上蹿跳，跳着脚去击打一位老人的脸……路吟狠推一下，对方被推了个趔趄。他从地上爬起来，可是还没容站定，就挨了一个狠狠的耳光。她一下蹿上来……

"不，不，你这个混蛋，你这个混蛋……"他退着，低头躲避。

他不敢厮打，只是挣脱，挣脱。在这个时刻，他完全明白自己处于一种什么处境。他挣扎，只顾用手护住自己身体的一些部位，护着胸膛和脸。对方的拳头像雨点一样。他再也忍不住了，小腹挨了好几脚，最后他躺下来……对方像一只母狼一样撕咬。她紧紧抓住他胸部很薄的衣服用力一扯。他觉得自己的皮肤连同衣服一起给撕破了，鲜血汩汩流出。对方的指甲又硬又尖，正发疯地掐他。他没有一点反抗的力气了。他眼睁睁看着她扑上来，她的头发不知什么时候乱成了这样，有几缕缠在了他的手上。他不记得用力地拽过她的头发,可她脸上好像还带着一点红伤。她扯破他上身的衣服又开始扯他下身的衣服,只一下就把他破了几个洞眼的衣裤给拽下来。他紧紧护住身体。

"呸!呸!呸!你这个臭流氓,阴阳人,你这个穷凶极恶的东西,你这个叛逃犯,你这个妄图谋杀领导的穷凶极恶的家伙……"她胡乱骂着,完全疯了。

他的护着身体的手被狠狠地拨开,食指差一点给折断。他"哎呀"一声把手缩回。与此同时,他的下身变得赤裸无遮了。他跳起来,在屋里蹦跳,四处躲闪,可是对方追逐着。那一刻他简直不知她要干什么。他像一个被宰杀前的狗那样趴在地上,用绝望的眼睛盯住她……他的身体被她的一双手抓烂了。她的指甲就像刮脸刀片那样锋利。他疼得蜷成了一团。他闭上了眼睛,像一条蚯蚓一样,带着一身黏液钻到了一丛茅草里。

屋里一点声音也没有,天色黑极了。窗上不知什么时候被拉上了帘子。后来亮起了一支蜡烛,再后来他觉得一双手在抚摸他。他仍然不动。这双手尽情地抚摸他赤裸的躯体、受伤的躯体。她在他的眼睛上吻着,一声连一声地呼叫。他一声不吭。有好长时间,她骑在了他的身上,压住了他的头颅。他觉得自己就要被闷死了。他想:完了,最后的时刻来到了,她是想把我杀掉。他憋得脸都紫了。就在最后的危急时刻,他的身体拼足所有力量猛地一扭;她仍然骑住了他的头上,可是他的鼻子终于可以吸气了。他大口地呼吸。啊,多么好的空气啊。

后来他寻一个机会终于跳起来。他拍着手,把身上的脏东西——土末、口水、她的散发,全部扑打下来。她一声连一声骂,骂人的时候牙齿也在响,好像在咀嚼恶毒的词句。他这期间一直闭着眼,不敢睁眼。许久了,他才想睁开眼看看这个时刻她是一副什么样子。他第一眼看到的是她胸前的衣服不知怎么撕破了,雪白高凸的乳房在烛光下闪亮。他一阵眩晕,用力地咬紧嘴唇。他的嘴唇都给咬破了……不知什么时候,红双子跪在了他的面前。她往前挪动。那种气味越来越浓,越来越浓。他的手扬起来,想推开她,可是这手还是无力地落在她的乳房上。他往前推拥一下,红双子没有防备,跌在地上。她很快麻利地跳起,低嚎了一声:

"起来!立正!低下头!"

路吟就在这熟悉的口令里机械地活动——站起来,挺胸,昂首,然后又低下头。他像个罪犯等待宣判似的,听对方说道:

"你永远也不要忘记你是一个在逃犯。你想偷越国境线,想伙同另一个人谋杀领导。"

这句话之后,他听见了哗啦啦的开门声,接着"哐"一声,门又合上了。她走掉了。

天已经亮了。

他等待着什么。他知道接下去不会再有睡觉的机会了。他想得对。咚咚的脚步声越来越近,接着是那条狼狗一声接一声吠叫。一个踢门,另一个骂着。又是哗啦啦的开门声,门打开了,一支手电在屋子里晃来晃去。后面的人提着一盏桅灯。桅灯近了,又是几个人。

"臭流氓,敢动首长,我给你剃剃头!"

说着那个高个子走过来,一伸手捏住了他腮帮上的肉,使劲一扯。他觉得那人的大拇指把他的腮肉给掐破了。接着另一个方向又伸出一只拳头、一只脚。有一脚踢在他的下部,他痛得蜷在了那儿。

"别跟他来这个,吊起来,吊起来。"

他的两只手被绑在了一块儿,接着手腕之间又拴了一条很粗的绳子。屋子上方是一道钢筋铁梁,绳子搭在了上面,用力地拉拽。拉绳子的人是个瘦子,他费了好大劲儿才把他吊到了半空。

他觉得血液都升到了脑门。他觉得就快完了。

一个人说:"放下一点,放下一点,让他的两个大拇指沾地,这样吊上一天一夜都不会死人,让他干遭罪。"

他被放下一截,腿弓着,大拇指终于着地了。绳子固定之后,一边的人往手上吐了口吐沫,拿过一根鞭子。他的动作真快,好像那鞭杆刚刚沾手,路吟的肋骨那儿就挨了一鞭。像烙铁烙过的感觉。又是一下。

"妈呀!哎呀!"

他先是忍着,后来忍不住还是嚎叫起来。他想着那双眼睛,想着那张面庞。他仰起脸寻找那对眼睛,使劲仰脸。他的脸实际上在看黑漆漆的屋顶。他觉得看到了那双眼睛……劈劈啪啪的鞭子像抽在别的什么物体上。他的身体在抽搐,摇晃。一边的人在抽烟,火头一明一灭。

从囚室到死谷

一

曲涴的脚伤完全好了,他可以像往常一样在屋子里踱步。这个草庵对他来说已经是奢华之所了。他躺在干干净净的小床上,不由得恍惚迷离。这真是一个奇怪的所在。它在农场的一个角落,它是一间特殊的囚室?这个小屋很像他在那个校园里过独身生活的小屋。他仰躺那儿,看着屋顶,发现两者之间的面积差不多,屋内陈设也差不多。自己那些年有一段时间非常喜欢干净,噢,那是为了迎接自己的女弟子。他把那些脏被单和脏衣服都藏在了一个纸箱里。那儿有着浓浓的单身汉的气味。他不抽烟,不喝酒,惟一的嗜好是喝一点茶。单身汉的气味何等怪异,他对这个概念还没有掌握。这种气味只有后来的淳于云嘉才算给他从根上去除了。

那也是一间"囚室",里面有书籍,有各种各样的卡片盒。他可以走出"囚室",在校园里踌躇,甚至到野外,到山岭下,到果园里。春天,他看着刚刚苏醒过来的小蜥蜴怎样在土块上奔波,拄着拐杖一看就是十几分钟。苏醒的春天里特有的气息总是让他兴奋。他在春天里走来走去,乐不知返。但他总还要回到那个"囚室"。他发觉即便离开那儿很远,他的思绪也还是要转回去。那些资料和卡片一天到晚在他的脑子里打旋。他的思绪被囚禁了。后来他发现,他不停地填格子、读书,目的就是为了把这间"囚室"开大一些。它扩展到多大范围,他也就获得了多大的自由。那实际上也是一场可怕的、以生命作抵押的游戏,尽管玩得兴味盎然。他知道:他只是从一个"囚室"移到另一个"囚室"里去,彻底的自由是不可能的。奇怪的是有人就自愿投到这一间间"囚室"里来:这些人还多么年轻,脸上闪着光泽,眸子清如春水。像一切处于囚禁中的人物一样,他也曾经怀疑过被囚禁的价值——或者说一生为之痴迷的这个事业本身的价值。他发觉自己没法摆脱的,是自己业已认可了的那种价值体系。"关键在于你自己的认可。"当然这需要有一个条件。很好,他获得了一切条件。正因为如此,他才能身处樊笼而又乐此不疲。自己简直就像一只勤奋的鼹鼠,在黑暗里穿行和发掘。"这是他妈的什么苦役啊!这是谁交给我的啊!"有时候他真想举起拐杖把那些立在书架上的典籍统统敲下来,让它们翻滚着跌在自己脚背上。也许脚背被砸痛了的那一刻他才会清醒一点点。他的拐杖挥舞着,可是终于没有迎着它们扬起来。那只是一阵愉快的挥舞,类似于体育活动。很好,他的拐杖抡成了花——他很早就学会了这种奇妙的、有趣的体育活动。他抡了几下,又转过后背把拐杖倒入另一只手里。最后,这拐杖又愉快地在地板上捣来捣去。他从四十多岁时就想玩一支手杖,这当然是很不好的倾向。结果后来,又是这支手杖招来了那么多祸患。有人给他画了一幅漫画,那漫画晦涩而又性感——那支拐杖——严格来讲是从他的两腿之间长出来的,打了一个弯曲,一直顶到了地板上;他用两手按在上面,像是一个行路艰难的老公。那种讽刺和挖苦意味是非常明显的,那好像在嘲笑他:既然从很早起就用一根拐杖支起了可怜巴巴又瘦又小的身躯,哪里还会有力量去征服一个年轻美丽、才华横溢的女弟子呢?显然那是一根诱惑的拐杖,可耻!可怜!多么肮脏,道貌岸然,银发灿亮,想不到一肚子男盗女娼……他差不多能够同意那个漫画作者的看法。他认为在某些问题上,那个人才更像一针见血的智者。不过,这个邪恶的天才画家只是给他的"囚室"打开了一个小小的天窗而已,还远不足以把它给捣毁。他私下里、他的心底,正在盼望一次更猛烈的攻击,可惜没有。那些人对他不可告人的某些隐秘一无所知,这些隐秘才是他一生的痛,这些痛,他也许终生都没有勇气对另一个人提起,包括最亲近的人……毫无疑问,美丽的女弟子正与他处于同一个价值体系,他们都忙于寻找同一些东西。如果没有这种趋同性,那么一切都将不复存在。可见他的那支拐杖实际上意味着什么、象征着什么。他记起了一个叫尼采的神经兮兮的哲学家说了一句很尖刻的话,他说"哲学家只是一些价值立法者"——他奇怪地发现自己并没有参与立法,却不失时机地抓住了立法者们的拐杖。他第一次拾起拐杖的年纪还不到五十岁,也就是说,四十岁之后他开始"不惑",接近五十岁的时候才知道了"立法"的重要。他更知道了"拐杖"有多么重要。没有"拐杖"他简直不能走路,要走路也只能步履蹒跚。在这儿,自己是作为某一类人而存在的。就是说,这一类人有自己的利益,自己的价值观。一句话,有自己的"拐杖"。可是那些没有

"拐杖"的家伙又真的那么聪慧,是利利落落、无牵无挂的"智者"吗?他不断地在心底质询,频频摇头。因为他还不至于那么天真。没有拐杖就不像个教授,没有白发就不像个老人,没有著作就不像个学者,没有女人就不像个男人。在批斗会上,他耐住性子,不止一次听到那些黄口小儿把自己所拥有的一切说得一钱不值,他们把他,还有前人、周围的一切、高耸入云的丰碑,全部哗啦啦推倒了,再踏上一只脚。他们说要把它们折腾得比狗屎还臭。他们说他的那一套甚至不如一个憨厚的老农"小脚拇指甲里的一点点灰尘";不如乡间老太太怀抱里的那只"大狸花猫的一根胡子";不如"驴鞭狗宝";不如那些辛劳一生的"雇农在一天清晨里放的一个屁"。说到"驴鞭",那些来自农村的小将们笑嘻嘻地问他:

"知道什么叫'鞭'吗?"

一旁的人有的惊愕,有的跟上嘻嘻笑。

"知道不知道?嗯?"问的声音提高了。

他只得如实回答:"不知道。"

"你看,还什么教授,鸟学问也没有。告诉你,听好了,你的那个'玩艺儿'就是'鞭'!"

一旁的人又是一阵大笑。后来连女学生都听明白了,他还是没明白。他抬起询问的眼睛看着那些幸灾乐祸的人。那些人就启发他:"你喝过'三鞭酒'吗?"

那个家伙问得很认真。

没等他回答,旁边的人就接上说:"他肯定天天喝'三鞭酒'。不然的话他将一事无成。"

旁边的人觉得这是一句妙语,连连击掌。

那一天直到深夜他才被一帮人送回家来。他躺在那儿,琢磨着"一事无成"四个字,认为用得甚妙。记得在台上时还有人不停地推搡,在他的脑壳那儿戳来戳去,问他是不是一个流氓?搞过多少女学生？猥亵过多少妇女？他紧咬牙关,没有回答。有人上来拧他的耳朵,让他趴在地上,让他学狗叫。他忍受不了这种侮辱,后来终于回答了——但并未如实回答,他答的是:"没有。"

那个夜晚他回忆白天的事情,阵阵惊愕。奇怪的是,那些家伙不像是受过高等教育的人。他不知道这些人读了那么多东西,竟然会借着某种机缘一下回返到野蛮时代。他记得自己回答之后,有人立刻藐视地撇起了嘴巴;有人于十二分的激愤中还想给他一巴掌。他们骂着。其中的一个激动万分,两个手指在他面前点划着,由于过分冲动和恼怒都变得口吃了。不过这副模样也说明对方非常真诚。"他手中可能有真理。"他刚想到了这句话,那个人就开口了,他是面向更多的人说:

"这个老东西死不交待他的罪、罪行。你们知道,外系的一个女教师揭、揭发他,说打从她年轻的时候起,这个老家伙就尾随她。他曾经偷看过人家洗澡,还像狗一样嗅、嗅人家的乳罩……"

他的话刚落,旁边就是一阵喧哗。他们马上逼着他从头复述。他怎么也想不起。有人又给他提示。终于想起来了:说这话的肯定是那个胸脯扁平的女教师!他努力回忆着事情的来龙去脉:有一次他去她那儿敲门——这都怪自己不好,那个年纪的梦啊——好不容易敲开了门,女教师原来正在洗头。她用手巾把长长的头发束起来。她那天只穿了一件衬衫,领口那儿弄湿了一截。当时她说:"对不起,我在洗澡。"意思是开门迟了……只是这么一个过程而已。乳罩的事情他怎么也想不起来。他用力地想,他们就一再催促。记起来了,大约还是那一次:女教师宿舍里搭了很多长长短短的衣服。由于搭衣服的铁丝很低,他站在那儿,晾洗的东西有时候就要碰他的脸,他正躲闪一条花裙子的时候,一转脸又被几个袋状物勒住了鼻子和额头。他伸手把它们取下来,将其重新挂到另一边去。事后他才反应过来,那就是乳罩吧……

他把那一天的批斗、自己的回忆和交待仔细告诉了淳于云嘉。她吻着他,不停地哭。这一切对于曲涴来说都不难,因为身边有她。那些夜晚他紧紧地拥着她。云嘉知道他心里难过,可是曲涴想的实在是另一些问题。他缜密的头脑已经在剧烈运转。他在想:我所信奉的价值也许根本就不存在,也许它完全是虚假的。实践给了我最好的证明,除去那些过激的、尖刻的、不怀好意的恶攻之外,那么有一点也许真的是清晰明了和令人沉思的,那就是:他一生为之献身的这一切对于此时此地、对于他置身的这个世界毫无用处。想到这里不由得浑身打颤。了得!不过,各种各样的辱骂,举起的拳头,血和泪,一个又一个自杀者,可怕的叫嚣……这一切又把他唤回了很远的从前。真的,那是一个蛮荒时代。这几十年、上百年、几千年,好像都在这一瞬间刷成了一片空白。文明的缺席。这儿的一切等于零。一切要从头开始,只能如此。他想着求学的日子,还有国外的苦读。他的所有努力真的就像手中的拐杖一样,一度只是某种标志和口实,是获取或诱惑的象征和凭借?一种事物实质上只是一种虚幻的存在,就像海市蜃楼的幻影,它可以诱人,可以使人赏心悦目,让人欢呼激动,但最终还是要消失。无论多么炫目都要消失,就像消散的云气。只可惜,那些身在其中的人从来感觉不到这一点……

那个夜晚他流着眼泪。很久没有流泪了。那个夜晚他为之泣哭的,是突然在他心中垮掉的巍峨碑石。那个夜晚他暗暗下了决心:剩下的时光里他将放弃一切无谓的劳作,转而寻找一些最基本的东西,这些东西也许可以作为联合全人类的基础。它可以受到各行各业、各个阶级,受到一切人的推崇和尊重。它会是什么?他在这个夜晚里宁可相信人们的指认:它仅仅存在于一些红色的书籍之中——那里面有真理,有人生的艺术,有真正的伦理学。在那里他也许很快就可以找到不被颠覆的价值。那个夜晚他第一次觉得自己有可能获得再生。他多么兴奋,只有再生之后他才敢于去亲吻自己美丽的妻子。在黑夜里,他感到了莫大的幸福。

可是接下来,他万万没有想到生活并没有留给他充裕的时光。他寻找的机会也许一去不再复返。他刚刚醒悟并准备尝试时,就进了干校,后来又被拖到了一个小屋子里。他要经受一场又一场的折磨、审问。有人拍打着桌子,一次又一次问他的学生时期、特别是国外求学那一段历史。那些可怕的罪名,足以毁灭他一万次的罪名,都堆积到了身上。而且这场磨难很快牵扯到了他的学生、他的爱妻。最后可怜的路吟,那个因为自己的缘故而毁掉了一生的路吟也牵进来了。他和自己的弟子都没有被宣判,却糊糊涂涂进了劳改农场。不过打从进了干校的那一天他就认为,适当的体力劳动还是有助于健康思维的;而且,当一个人的思想即将腐朽的时候,没有任何办法任何东西可以取代艰难困苦的劳作——它的治疗功用。它可以使一个人在这种频繁动作之间感悟和奋发,还可以用汗水洗刷身上的罪孽。那种忏悔就在劳其筋骨的一天又一天的汗水之中发生。也许自己的罪孽太深了,他要经受的是比想象还要多出十倍的沉重折磨、损坏、侮辱。他终于明白了什么才是猪狗一样的生活,但他并不惧怕,而是准备把一切都接受下来。那个时刻他多么真诚,他的决心丝毫不比任何一个年轻人差,甚至比那些激进的、动不动就因冲动而挥拳动脚的年轻人还要赤诚。

可惜这一切都没有奏效。他渐渐明白这一切来得太晚,下药又太猛,以至于远远突破了他所能接受下来的生理和心理方面的极限。他明白自己即将在求生求智之路上画一个句号。

而今又陷入了绝望的时刻:当他从一种"囚室"来到另一种"囚室"的时候,他才发觉走到了多么尴尬的地方。有人竟然在这个农场重新设置了与原来相同的"囚室"——他的自投罗网却完全是因为思念自己的妻与子,为了换来一口喘息……也许蓝玉误解了他,以为他还深深留恋着原来的"囚室"。这真是大错而特错了。有人竟能在如此严酷的环境下把他重新拖回那一段虚幻之中。这个人完全搞错了。这个人还年轻,是一个邪恶的、野心勃勃的名利客。他根本不了解生活,不明白时光不能倒转的原理:原有的价值体系正在纷纷崩溃,我们大家都开始了一场重新寻找。我们都在拷问生活,就像拷问一个赤裸裸的犯人一样,鞭打,烙刑,粗暴的踢踏。时代已经发展到了今天,我们可以动用一切手段和技法,其目的就为了挤出一点真谛。谁说为了达到最高的目标不可以动用暴力?完全可以。你看暴力创造了多么辉煌的奇迹。我,我们所有的人,只不过是为了一个伟大的目的而做出了小小牺牲的个体,如此而已,一粒尘埃而已。在巨大的辉煌面前,在历史的长河中,一己的损失简直不值一提。

但即便是这样,即便是今天,我也仍然看不出与淳于云嘉生生分离的理由——这是另一种痛苦,它违背了一些最最基本的东西——而我们要寻找的东西恰恰也是最最基本的东西。当然了,这也许同样是微不足道的;可是我的爱妻,我的儿女之情,我的需要温暖和滋润的肌体,我那即将诀别人世之前的一点小小的请求,全部被残忍地搁置了,他们视而不见……

二

走廊里的脚步声一响起来,曲涴就知道来的是蓝玉。一直到人进来,他都躺在床上。他睁开了眼睛。蓝玉搬一把椅子坐在床边,待了一会儿又站起,到写字台前翻那一沓稿子了。他翻了翻,直皱眉头。还好,这一沓稿子总算在不断地增加。他走到床边,握住曲涴的手,给他试试脉搏。这脉搏跳得强劲有力,简直不像一个老人。

"我担心你生病了……"

"不用担心,只要一个事情没有结束,我大概还不会死。"

蓝玉点点头。

"老师,事情总是那么出人意料。我以前给你讲过,你将信将疑。你大概怎么也想不到在这个时候,在你们这一类人给扔到了山郊野外的时候,还有人对你们这样。那是因为崇拜。不过我只把它压在心底,让它藏在别人看不见的地方。我知道为什么。你看人和人喜欢的东西多么不同,比如说你现在吧,日思夜想的一件事就是重新回到年轻的老婆身边——不错,我见过她,也怨不得你抠心挖胆地想,那算个尤物;不过也许你毁就毁在她身上。因为你叫人嫉妒的东西太多了,这怎么行呢?这当然不行。不行怎么办?有人就得为你想想办法了,于是你也就落到了眼下这个地步。不用说,你的遭遇还有别的原因,其他一些原因这里我们暂不讨论。我只接着刚才的话说:人都是各种各样的,他们原本喜好不同,所以嫉妒的东西也不同。我对你讨那样一个老婆从来没有特别嫉妒过。我这人不走这一经,不喜好女色。在我眼里女人就好比是一种饮食,粗劣一点也不要紧,聊充饥腹而已。我嫉妒的倒是另一些东西。你想到了吗?你知道吗?"

曲浼"哼哼"一笑,含糊不清却是语气坚定地说了一句:"年轻人,你又错了,哪有这样的东西?"

蓝玉恶狠狠盯过来:"有!我敢说有!你可能说它们在这一代手里被毁掉了、打碎了;可是我要告诉你,毁掉的可以使它再生,打碎的也可以把它们重新拼到一块儿。我是说,我要让你这根断芽嫁接在一棵崭新的枝条上——由于你的根脉坏了,你要活下去就要长成另外一株。这不过只是一种嫁接法,从根上讲它已经不是原来的你了,这就是我要做的工作。我希望这棵新树快点长,长得越粗越大越好。也许你要嘲笑我的名利之心,那么我告诉你吧,在这样的年头,目光能够如此长远地追逐这种名利的人已经不多了,我嘛,真可以说是凤毛麟角。你应该为这个事儿高兴才是,高兴在这样的时候还有我这样一个人。"

"你不过是想让我当一个知识苦力……"

"你可以那样看。不过不这样做,你就彻头彻尾变成了一个采石工,一个真正的苦力,那时你就会流尽最后一滴血,死在这个谁也不知道的地方。"

曲涴猛地坐起,目光空空洞洞。他望望窗户,最后又落在蓝玉身上。他闭上了眼睛,像说给自己听:"我知道你要把这些拿去做什么。你要把它们弄得残缺不全,你要把它们造成一个怪胎。我不能眼瞅着你通过我的手去做这些,我是由一个'新我'和一个'旧我'合成的,而你的这个怪胎真是非驴非马。可怕,太可怕了。年轻人,你饶了一个老头子吧,他这个时候没有任何奢望了,他只不过想在最后见上老婆孩子一面。"

"你还说没有幻想,这不是最大的幻想吗?"

曲涴拍打自己的膝盖:"我要求的并不过分,这不过是最最基本的伦理纲常。"

蓝玉嘴角一缩:"好吧,就让我告诉你一个坏消息,你听了不要太绝望。因为你总算有我这么个学生在身边嘛。"

曲涴睁开了眼睛。

蓝玉说:"你们的阴谋已经败露,你的学生——就是那个同谋者路吟,已经招供了。"

"他说了什么?"

"他说你们绘制了逃跑、偷越国境的路线图,而且准备好了武器……"

"这……这完全是无中生有。这是陷害!"

蓝玉磕碰着牙齿:"你否认也没有用,因为你的同伙已经交待了。"

曲涴定定地站着,后来提起一对拳头,又缓缓地放下。老人笑了。他笑着走到窗前,两手一下子抓住了那沓稿子,越抓越紧。蓝玉想夺下来,已经再也不能了。

曲涴说:"你们可以毁掉我,可是你们不能毁掉路吟。这种编造太可怕了,你们自己也明白这是编造。也许你们把他打得受不住,他顺从了你们;也许他压根儿就没讲什么……"

蓝玉怔怔地望过来。老人像自语一样:"该是走出'囚室'的时候了,该是和我的学生在一起的时候了……"

说着他就动手撕那沓稿子。蓝玉抱住了他,费了好大劲儿才把那沓稿子抢下,可是有好多地方已经撕破了。

曲涴说:"我立刻走,让我明天就到工地上去吧!"

"你以为能回到工地上吗?"

"……"

"你现在已经变成了一个地地道道的要犯,你知道吗?你已经是我们最危险最凶恶的敌人。这里没有囚室,不过从今以后你就真的要到最可怕的地方去了!"

第二天有人把曲涴押出了农场。他要带上自己的洗漱用具,马上被拒绝了。押他的人告诉:"放心吧,送你去一个好地方,那里什么都有哩。"

与他一起的还有好几个人,有的熟悉,有的不熟悉。他终于明白这是要把他们押到矿山上。他心里纳闷的是:同是囚禁,两地又会有什么不同呢?他很想问一问,但知道没有一个人会回答这个问题。同行的几个人垂着头一声不吭,几个人都没有绑,也没有戴手铐,就像平平常常的一次转移,从一个工地到另一个工地。他觉得事情有些奇怪。

那些持枪的人让他们排成一队,一直向西,顺着通往矿区的那条小路往前。拐过两道铁丝网编成的大门,就看到了高高的岗楼。

岗楼上有探照灯,凉台上有来回踱步的看守。他们都背着枪,枪上的刺刀闪闪有光。

踏入这个大门,他一点紧张的感觉都没有。最挂记的是学生路吟。刚开始他怎么也不信蓝玉的话,直到他被吆吆喝喝地领出那个窝棚,这才明白一切都是真的。他觉得这里面一定有什么缘故,事情很可能真的出在路吟身上。他觉得最大的遗憾就是临行前没有看到自己的学生。他担心他们就此永别了。

三

他明白自己是一个真正的重犯了。这里的气氛与那个农场大为不同,三步一岗、五步一哨。在临近边门的地方,那些持枪的人来来往往,总是瞪着一双警觉的眼睛。还有,穿黄衣服的人也多起来,手持武器的人比农场多了一倍。这里完全是一种临战气氛。很明显的是,这里绝对不会发生暴乱之类,因为一眼看去就能明白,另一方是完全不具备还击能力的老弱病残者。那些人不仅标记明显,都穿了一种灰衣服,而且还一律剃了光头。他们精神沮丧,差不多没有一个不是弓着腰走路,而且都迈着小碎步,频频挪动双脚,但走得很慢。曲涴想:如果这些人奔跑起来,稍稍越过边界,那么一定会马上打过去一颗子弹。

完了。他咬了咬牙。从没有像现在这样绝望也从没有像今天这样不甘。他看了看那些剃了秃头、穿了灰衣服的身影在一溜上坡土路上低头行走的样子,觉得生活简直是在变一种残酷的戏法。

他们这些新来的人第一件事就是被领到广场上重新排队,然后登记,编到一个队里,并且立刻委派了一个牢头。那个牢头也是一个穿灰衣服的人,显然是个犯人。可是不知为什么他在这里神气得很,背着手走路,简直像一个首长。他最显著的特征是左腮上有一道粉红色的疤;人长得很白,即便被太阳晒这么久,一张脸还是比普通人白得多,因而那道疤就显得特别刺眼。他在新来的人面前踱着步,一会儿抬一下头,说不定猛地瞪谁一眼,让人打个哆嗦。曲浼想:他的这些派头肯定是跟那些看守学来的。不过让人奇怪的是:这样的一个人怎么配做头儿呢?他让这一帮人长时间挺胸昂首站着。有的人年纪大了挺不直腰,他就过去生硬地纠正几下,然后又退到一旁看。他好像在故意拖延时间,以显示威风。

正在这时一旁的持枪人喊:"老疤!"

他"哎"了一声,赶紧迈动小碎步跑了过去。

持枪人对他咕哝了几句什么,他连连点头:"好了,好了,是啦,是啦。"

当他再一次转回这帮人面前时,立刻又挺起了胸脯。

正在这时,同来的一个五十多岁的人突然"哎哟"了一声,接着就嚷:"头儿,我的肚子……我想去方便一下。"

"老疤"好像什么也没听见,故意不往那个方向看。那人一声连一声"哎哟","老疤"就喊起了跑步的口令,接着领头跑了起来。那个弓腰的人疼得更厉害了,他按着肚子跟上,到后来不得不蹲下来。"老疤"厉声吆喝,叫着"跟上跟上"。蹲在地上的人只得站起,不过这会儿他的脸都歪了,当然跟不上队伍。这样跑了十几分钟队伍停下时,那个人勉强回到他原来的位置,已经浑身哆嗦、散着恶臭。"老疤"脸上露出了笑容。

居住的地方只是一些矮矮的平顶石房,好像是仓库改成的,里面所有的小床都窄得不能再窄,上下两层。这让人想起拥挤的学生宿舍。他们这一帮人整整占据了两大间屋子。进屋后却并不让他们歇息,只是领了铺号就被赶开了。

"铺号"同时也是他们这些新囚犯的代号。曲浼的代号是"六六"。以后的日子里他总是被喊成"六六"。从此他的名字消失了。

领了铺号后被带去洗澡。一大帮子人都到一个宽敞的水泥屋里,里面有一溜莲蓬头,莲蓬头之间只有一尺多宽的间隙。所有人进屋后先要把衣服脱下,用皮带捆成一球,扔在角落的木条箱里。这样那个腹泻者的衣服和大家的都混在了一块儿。曲浼的衣服和他靠在一起,刚开始他还犹豫,可是旁边的人不由分说,抓起来就投到了木条箱里。曲浼看了看这一溜高高矮矮、胖胖瘦瘦的裸体,觉得世界上再也没有比他们这一伙再丑陋的动物了。他特别注意了自己,发现胸腔瘪下去,后部却凸出来,小腹也可笑地瘪着。他相信,在这种生活环境下却仍然白胖的那些人肯定是浮肿。他觉得自己的样子很像刻成的滑石猴——他的一个学生在放假归来的时候曾赠给他一件家乡特产,就是一个像他这样瘦削的"滑石猴"。

  他们在莲蓬头下站成一排,让热乎乎的水流喷洒冲刷。屋里发出一种嗞嗞的声音,还有他们舒服的叫声,"啊啊啊,呀呀,啊呀呀……"这叫声渐渐变成了呻吟——一种细小的若有若无的呻吟。谁发出这么好听的呻吟?曲浼听了一会儿才明白,是他自己在呻吟。不知多久没有洗澡了,好像来过农场之后再也没有正经洗过澡。他觉得还是这儿好,一来就可以洗这么好的热水澡。渐渐水蒸气吞没了一切,他看不见同伴,只听见他们扑哧扑哧双脚溅水的声音,听到水蒸气从莲蓬头里喷射而出的吱吱声。水雾里好像有人在泣哭,当然那不可能——太舒服了。他用力搓洗周身,搓洗所有藏污纳垢之处,他要把浑身都弄得干干净净。太好了,他大张着嘴巴,让热水把嘴巴盛满,然后再向上,迎着莲蓬头喷出。

  这样大约有十几分钟,铁哨子又响起来了,那是要他们赶紧离开的命令。才刚刚开个头呢,他真舍不得这些热水。就这样,他们被人驱赶着从另一个边门走出,就像机械作业似的,从一个车间到另一个车间。走过那个边门时,他突然想起以前参观过的一个屠宰场,那儿与这儿的情形倒很相似——那些被除了毛的猪就在一个机械装置上吊起,从一个程序再移动到下一个程序。进了另一个边门他们立刻冻得哆嗦起来,那儿扔着几条像破麻袋似的又脏又臭的粗布巾,他们一个擦完再传给下一个。擦净身体之后就有人给他们分发服装。

"俺原来的衣服呢?"他们当中的一个可怜巴巴问了一句。

没人理。

发下来的服装就像他们看到的那些服装一样,一律灰色,帽子也是灰色。发服装的人是一个五十多岁的老人,他没有穿灰衣服,看得出他是一个"自由人"。发着发着衣服没了,他吆喝一声,就从里面走出一个五十多岁的女人。奇怪的是这个女人看了这些赤身裸体的人从面前走来走去,好像一点也不在乎。有时她还抬起眼睛打量面前这些裸体人。他们不由得把身子背过去。

接衣服之前要先报自己的"铺号"。

"六六。"曲涴说。

那个发衣服的人就从桌上抓起一个印章,在衣服上用力地盖一下。他赶紧把衣服穿上了。他嘴里咕哝着:"六六……"

他们穿上衣服后又进入了下一个程序,就是理发。理发的人是两男一女,从打扮上很难判断他们是什么人。他们绷着脸不说话。一个人走过去,他们就把手在他的肩膀上一按,让其坐在一个方凳上……刚洗过澡,头发还是润湿的,冒着热气。这把刀子用得可真熟练,只听到哧哧啦啦的声音,一阵火辣辣的感觉,头发就从前前后后刷刷滚落下来。

曲涴在没挨到自己的那一会儿里,希望让那个女的来给他理。他这会儿已经端量清楚了,女的有四十多岁。"年龄和她差不多。"他在心里说。她长得不难看,不过脸上有不少皱纹,这些早生的皱纹使她看上去无限愁楚。不过她的一对眼睛还好,一对眉毛又细又弯,简直像画出来的一样。她握着那个剃刀,小拇指跷起,那姿势让曲涴觉得漂亮极了。

男理发员很快把跟前的人给打发了,接下去就轮到了曲浼。曲浼那会儿故意蹲下来,去摸自己的鞋子,鞋子里面的一个垫子不知怎么钻了出来。他脱下,小心地把垫子舒平,重新把脚插进去。这时凳子上就坐了另一个人了。终于,他坐到了那个女理发员的凳子上……她的手碰到了他的额头,剃刀从额角那儿刮起,咻咻的,火辣辣的感觉。他闭上眼睛,只想让这理发的时间再长一点,再长一点,尽管刀子刮在头皮上的滋味并不好受。女人的那种奇怪气息环绕着他,他想的全是淳于云嘉。"我那过不完的黑夜!我看见了你伸出的手。"他喃喃着,不知怎么发出了轻微的呻吟。他觉得头上的刀子突然停住了。女人把头歪了歪,发出一句:"唔?""唔!"他应了一声,刚刚醒过神来。

理过发之后,他们又每人领取了一个小木凳。从此以后,他们除了劳动和睡眠的时间,差不多再也离不开这个小木凳了。

吃饭时,一溜儿被拉到了一个广场上。好大的一个广场,他们以小队为单位站成一行一行。接着坐在小木凳上,正襟危坐。每个队里只有队长站着。驮着一个大铁桶的地排车在队伍之间活动,冒着热气,一个桶里盛了干食,一个桶里盛了菜汤。拉地排车的和分饭的也是犯人,也穿着灰衣服,只不过腰上比他们多了一块白布围裙。接着就是小队长呼喊铺号,一个一个走上去。"咣咣"一勺子干饭,一勺子稀汤。他们小心翼翼吹着热气,走到自己的小木凳跟前坐下。一片咀嚼声,吱吱的喝汤声。这里的食物比那个农场差不了多少,不同的是数量太少。一个粗窝窝、一碗稀汤,再不就是一碗粗米饭、一碗菠菜汤,或者是淀粉做成的咸汤。如果不劳动还勉强凑合过去,可是这里的活计比农场要重得多,常常是吃过饭半个多钟头就受不住了,肚子咕咕响,老要弓腰,一遍又一遍紧腰带。

四周是一片肃杀的空气。所有来这里的人都做好了迎接一切的准备。从环境到心理,再到服装和食物,都必须和谐统一。队长"老疤"成了无所不在的凶神恶煞。睡觉、熄灯、站队、跑操——新来的这几个人与其他犯人不同的是多了一项跑操,而劳动却与别人没有什么区别。

"老疤"负责监工,他很少做活,眼睛直勾勾地盯着每一个人,如果有人动作慢了或者是停下来喘息,他就走过去——那个人刚要解释,他就扬起巴掌,说一句"日你妈",一掌推过去,那人的下巴就流出血来。曲浼很想用钢钎把这家伙的脑壳捅碎:自己实在忍不下去的时候,就会冒死给他来那么一下。他并不怎么恨那些持枪的看守,而最恨的就是这个穿着灰衣服的特殊犯人。

日子久了他才明白,所有当了队长可以领人干活的家伙,十有八九都是一个告密者。在这儿,告密可是一项了不起的工作。所有的犯人都瞪着眼睛瞅着左右,看看有什么可资利用的地方。如果能够及时地捕捉到同伙的毛病并且汇报上去,就有人在一个记功本上给画一道红杠。还有拼命做活、超额完成工作,或是到最危险的地方排过哑炮,都能在记功簿上留下红色的痕迹。这些红杠多到一定数量,就可以减刑。如果一个犯人做了队长,那么他所统辖的这个队在完成定额方面出现了奇迹,这个头儿也可以上功劳簿。老疤原来是工厂里的一个仓库保管员,偷盗、耍流氓,几乎什么坏事都干过。他被捕的原因是有一次把进仓库领料的一个十六岁的女工给强奸了。

他们这一伙的任务是修一条铁路。因为这里要打山洞,那些铁轨就要从山的下坡沿着山路一直转到对面那个洞口。那些陡坡都要用石块砌起来,这样路基才能稳固。架铁轨的是一些专门的技术人员,而这一伙犯人只能干些粗活:搬铁轨和扛枕木。最主要的工作还是开石头,把石头开成一方一方,然后在陡坡上砌起。有一个地段坡太陡,他们要用很长时间在陡坡上砌一道宽石堰,这样即便在雨天也不至于发生什么意外。陡坡下部要打几个水泥桩,水泥桩要深入山坡土层下部好几米深,就像几颗大水泥钉一样把整个陡坡上的岩石和泥土钉牢在那儿。打水泥桩的工作显而易见是最危险的,因为这儿连起码的安全设施都没有,比如说没有一条安全索系上那些打桩人的腰。他们在陡坡半腰上操作,稍有闪失就会滚下陡坡。陡坡有一些凸起的石块,那些尖刃像刀子一样向上仰着;还有一些被滚石砸断了的小树桩,它们的断碴也像刺刀一样仰着。一个人滚下去也就没命了,最轻也是一个伤残人。而且陡坡上部就是曲涴这一伙砌路基的人,他们脚下的石头难免要滚落下去,冲着陡坡上施工的人射去。有人提议在陡坡上部系一道防护网,被监工的严厉拒绝了。

曲涴他们这一伙砌路基,不光要自己小心得不能再小心,还要防止手边的石头滚落下去。打水泥桩的人都是一些施工老手,而且都是这所监狱里的重犯。

由于任务抓得紧,打桩的人要分三班倒换。有一天他们清早来到工地,见下面的气氛不大对劲,后来才知道是半夜里有一个年轻人滚落到下边,死在深深的沟壑里了。天亮了他的尸首还在下边,有关方面正组织人往上弄呢。

四周常常响起隆隆的炮声,他们来到这儿只是半个月的工夫,就听说哑炮炸死了三个人。奇怪的是死人这种事也没什么可隐瞒的,"老疤"总是笑嘻嘻地通报说:"哼,又干掉一个家伙。"

一天下午他们正在砸石头,突然有人喊了一声:原来有一块圆溜溜的石头从"老疤"不远的地方一直往下滚去。他们一齐呼喊:那块石头正好冲着下边施工的人射去。尽管这样喊叫,那石头还是飞驰而去,快得不能再快,下边的人要躲已经完全来不及了。正在那儿弓身干活的是一个五十多岁的人,他吭吭哧哧干活,耳朵可能不好使。正好在他一抬头的时候,那个石头"砰"一下击在了他的胸部。大家眼瞅着他"啊"一声往后仰去……他几乎没来得及好好看一眼,甚至还没明白是怎么一回事就完了。向上仰着的石块和断掉的小树杈捅破了他的躯体,鲜血涌出来,他很快停止了抽动。血从上衣渗出,从裤脚那儿流出,冒着粉红色的泡沫。

他就死在大家眼皮底下,离打桩的地方不过一百多米。

几个打桩的人惶惶跑开,这边砌石头的人也乱了,丢了手里的锤子,站起来呼叫,一时不知要做什么。"老疤"说:"都给我稳住,喊什么喊,你妈的,就是你!"

他伸手指了指离他最近的一个中年人:"就是你把石头推下去的。"

那个中年人说:"我……我……"

"你什么,你这个混蛋!"

可是曲涴看得清楚:恰恰就是"老疤"在那儿胡乱走动时把脚下的一块石头碰掉了。

一会儿过来几个人,还有几个背枪的,一个脖子上挂着听诊器的人。"老疤"吼叫着指住中年人,中年人无力辩解,向上伸出两手,就像投降那样。但没由他分说就被扭走了。

从那儿以后,中年人再也没有出现在工地上。他们都不敢打听,只知那个人的代号叫"六五",铺号紧挨着曲涴,是曲涴的上铺。以前"六五"睡眠不好,半夜老要翻身,曲涴常常被扰醒。

接下去他们的这个小队承担了打桩的任务,这肯定是"老疤"主动要求来的。"老疤"说:"别看这儿危险,谁嫌危险,谁就去排哑炮,那里哪个月还不得死个仨俩的。"

他们队开始和另一队换班打桩了。前不久死去的那个人已经拉走了,可是那褐色的血迹在阳光下仍然可以看得清清楚楚。所有做活的人都不时地闭闭眼睛,忍受着等待。

"老疤"议论说:"那个家伙死了还算便宜。他被判了十年,刚来了三年,你看凭空免了七年刑。妈的,臭东西,找死,还想拉杆子,臭东西!"

他们听了都惊讶得合不拢嘴,谁也听不明白什么叫"拉杆子"。曲涴知道,如果按照过去的习惯说法,"拉杆子"就是拉队伍。天哪,一个读书人会起来"拉队伍"吗?他决不相信。不过可能"老疤"根本就不是这个意思。要知道在这个年头,语言已经变得混乱不堪了,很多概念都得重新界定。这里有很多方言土语,又混合着可怕的黑话……那个死去的人被判了十年,我们这一伙被判了多少年呢?曲涴关心的是这个。

有一次他终于鼓起勇气凑近了"老疤",提出了这个问题。

"老疤"不知为什么把一个嘴角缩起来,害冷地吸着,又用手招了招,那是示意他凑近来。他就把耳朵凑近了。

老疤故意把嘴巴对在他的耳根上,炸雷似的喊了一声:

"你们被判了一亿年!"

四

打桩的工作紧张而又凶险,所有的人必须全部上阵,连最年老的、腿脚不便的也不能例外。

曲涴有一天轮到了一个夜班。他实在困得很,肚子里咕噜噜响,一点劲儿也没有。不过夜班虽然瞌睡,在微弱的灯光下也不太得眼,可是毕竟安全多了。因为在白天还要提防上面施工的人碰下石块。他苦做了一夜,后来简直是搂定了跟前凸出的一块石头才算没有掉下去。天露出了鱼肚白,一个监工的人——他不是"老疤",也没有多少权力来指挥这里的工作,可他是一个爱管闲事的人——见到了正在那里打瞌睡的曲涴,就拉开嗓子吆喝了一声。曲涴睡着了,打着呼噜,突然一阵寒冷,在那声吆喝里醒过来,身子使劲一抖。他忘记正抓紧了一块岩石,一抬手,脖子一仰就倒了下去。

　　第一下他磕在一块石头上,头立刻磕破了。他还没有来得及去感觉,又是一个树杈绊住了他的脚。他闭着眼睛说:"完了,这回是自己。"可正在这会儿,他觉得手被什么"呼啦"扫了一下,他紧接着一抓,抓住了什么,可是下半身已经悠下去了。他紧紧地抓着,睁眼一看,那是一条粗树根。他抓着它决不松手,咬着牙。旁边都是呼喊的声音,是和他一块儿换班的那三个人。他们吆吆喝喝,后来终于找来了一根绳子。

　　这时曲涴已经没有一点力气了,他知道自己只要稍稍松一口气也就完了。

　　上边的人喊:"快睁眼,快抓绳子!"

　　他在喊声里睁开眼睛,觉得右眼看不见了。一片发红的东西糊住了眼睛,原来额角的血流进了眼里。他费力分辨,终于看见有一个绳头在左肩那儿扫来扫去,悠动着,他要赶在它悠过来的瞬间伸手攥住。天哪,它悠过来了,他使出了全身力气,猛地把它攥住……

　　两个多月之后他们突然得到通知,离岗重回农场。

　　没人敢相信这个消息是真的,可是紧接着他们就被集合起来。报数,换衣服——那个装在木条箱子里的衣服又被归还了。

　　当抓到自己脏臭衣服的那一刻,他感到多么幸福啊。劳改农场真的来人了。他们都认识农场的人——这些人脸色冰冷,不管别人脸上露出多么感激的微笑,他们只是站在那儿一个一个清点,就像清点一群羊或牛似的。

　　当然,那个中年人再也见不到了。

　　他们排好队伍,在口令声里往外走去。刚刚走了不远,又看到迎面来了十几个人;走近了,这十几个人的轮廓看得更清了。曲涴认出,那是刚刚从农场开进来的。

他明白了,原来就是这些人把我们换回去的。他仔仔细细看着,后来他从前面第四个身影上辨认出那是路吟!他的左腿好像残废了,一拐一拐多么厉害——整个队伍中只有他一个人是拐子……领队的人推搡了曲浼一下:"走吧!"

你在高原

曙光与暮色

卷二

第 四 章

人在寂处

一

　　我们常常听到类似的表述：他们是如此向往孤寂的生活。我也由衷地钦羡那种简单清明的人生境界和生活情致。现代的喧嚣和侵扰将会涤荡一切销蚀一切，这是不必争执的一个事实。可是人生的另一面呢？孤寂的另一面呢？今天我对所有过分的、极端化的表白都不由得要生出几分怀疑。因为我发现孤寂总是包含了不同的内容，它在大多数时候并不能给人带来长久的安逸和自信。一位哲人在长长的寂寥中留下了一部遐想的记录，它读起来是蛮有意思的，可是谁又会鼓足勇气去亲自体验一下那种处境呢。那是一种不可假设和模拟的生活。就像当年的那位哲人一样，所有完成了那种遐想的人，大部分都是被迫排除在整个人类的社会生活之外，像个四处漂泊的幽灵。一个人总是要经受冷酷无情的世俗生活的煨煎、经历了漫长艰辛的逃亡之后，才能真正潜藏于内心，那是他自己的角落。

　　反过来，一个人太热情了也可能走入厌倦；在那种折磨人的厌倦中，他或许会悄悄温习一下往昔，安静下来沉默下来。好像谁说过一句话：一个人只要活着，他就是热情的。有谁呼吸着眼前活泼的空气,却能彻底地走入内心的冷却?即便是一个历尽沧桑九死一生的老翁,只要活着,生命的热情就仍然没有丧失殆尽。承认这一点也许会令人尴尬,可这偏偏是一个事实。

我一遍又一遍回忆自己备受摧残的父亲。

他在去世的前几年遇到了一个千载难逢的机会:许多年来念念不忘的惟一证人、那个可以挽救他走出炼狱的首长突然出现了。当那个人的行踪被母亲打听出来之后,全家人都震动了。连外祖母也是一样。她整天忙着晒干菜、捡除粮食里的沙粒,那会儿听了这个消息马上放下手边的一切,仔细询问起事情的头尾。我当时什么也不明白,但我知道这事儿对于我们全家肯定是极不寻常的。后来我就看到妈妈去找父亲了,她俯到他身边,商量怎样去找那个首长,脸色冷峻而冲动。

当时父亲躺在炕上,他病得很重。已经有好长时间了,他已经不再搭理那些催他去拉鱼或到田里做活的人了,而在往常他绝对不敢这样。那些人看看他的脸色,觉得大势已去,也就骂一句离开了。其实是他们错了,我知道他们肯定会错的,他们太不了解父亲这样的人。死亡是轻易不会降临到他的身上的。这真是一个奇怪的人。我想我一辈子都不会理解这个奇怪的人。

他呻吟着,眼睛都不睁一下。母亲的诉说他好像一句也没听进去。后来我听到母亲稍稍提高了声音,仍然在说那个人,她让父亲去求他,因为活着的证人只有他一个了。

父亲闭着眼睛,一声不吭。母亲哭了。

就这样,一连好多天过去了,再没人提起那个救命的首长。但我们都知道了,原来那个能够把我们救出深渊的首长仍然活在这个世界上,他就在那个大城市里好好地活着。而当年和他一起奔波、出生入死的战友却蒙受了这么多的苦难,九死一生——一个人躺在炕上呻吟,挨着生命的最后一段时光。

一个多月之后,父亲好一点了,他可以站起来走动了。外祖母小声说:一般的人十个八个也死了,可你爸还是一次次地挺过来。真的,我看到父亲尽管脸色很黄、很瘦,样子难看,但他还是能爬下炕来,在小茅屋四周活动。母亲扶着他去晒太阳,两个人偶尔说一句话。

后来父亲就去世了。

他死后母亲对我说过这样的话:你爸这条命可真耐折腾啊!我知道母亲在说什么。父亲是怎样的人哪,他这一辈子有过多少坎,都过来了。在战争年代他受过伤,中过流弹;还有人千方百计要把他杀掉,他还是逃脱了。接着是关进自己人的监狱,在大山里开石头,死过不知多少回。后来又是一次次被游斗、殴打,折断了好几根肋骨。他总是死过去又活过来。"这个苦命人哪,活着真不如死去好,那样他就可以少遭些罪了。"

妈妈哭着说不下去。我不知该怎样说,我只知道,那样我们大家也该松一口气了。

可是不行,一切还像过去一样,父亲像移不开的巨石一样压在原地。我们怎么也忘不掉他,仿佛他还是躺在那儿,他就在炕上呻吟……

许久许久之后我还在琢磨父亲,想弄明白他顽强的生命力来自何方。最后我得出的结论是:因为父亲太热情了,直到最后,他内心深处也仍然是一个热情的人!所以他才活着,他身上的热力久久不能消散。一个丝毫没有希望的人是不会拥有这种顽强,也不会活下来的。这在我后来长大了的时候,在生活中不断遭遇苦难的时候,才逐渐有了这些认识。

热情与冷漠又是一对矛盾。当洗刷自己一生冤屈的机会出现时,他竟然把后背转过去了。多么冷酷!这还能说他是一个热情的人吗?这真像是两个完全不同的生命:一个在冰冷决绝,而另一个还有着那么高涨的求生热情。他活下来,却要用另一副冰冷彻骨的目光去注视。可是我不禁要问:这种长久不懈的注视不也需要一种热情吗?

原来热情可以有完全不同的表达,完全不同的方式。

热情恰恰也可以表现为决绝、沉默和静思。父亲刚由大山回到那个小茅屋的时候,真正是走入了一种静思。它伴随着冷漠的父亲。大山—茅屋—静思,这就是父亲最后一段生命的轨迹。

而他的儿子也曾经从一场折磨中逃脱出来——尽管这种折磨比起上一代而言是微不足道的。我仅仅是从一座不堪忍受的城市返回了东部的那座茅屋——这真像对前辈的某种拙劣模仿。

而今,在这个城市西郊的"静思庵"里,我正努力地走入"静思"。

我的静思包括了一些无所不在的大问题,是它们纠缠得我不得安生。我处在了人生的一个十字路口,我必得回答和解决何去何从的问题。比如我有没有勇气像过去一样行走?是否要像某一类人那样躬身行乞?我内心的那团火在未来的冰雪之日是否够用?我可否经受苛刻的、正被这个人间世道反复嘲弄着的道德质询?

这些要滑脱过去太容易了,多少人已经巧妙地做过了。有人可以堂而皇之地模仿,并设法逃脱指责。他们恰是坏的榜样。他们有时想得过于简单:索性做一个当代中国的"达达"或"痞子"。他们认为那样一切也就迎刃而解了,既轻捷又便当。可惜别人还没有那么蠢,那么容易就被骗过去。

"达达"据说是很久以前在苏黎世的一个小酒馆里诞生的。照例是这样一群:无意识和无意思、狂呼乱舞和胡涂乱抹……命名则是一种偶然。放纵、摒弃,模仿来的中产阶级情结和真正的中产阶级的冷漠,随便都可以做成一把把现代主义的鱼钩,一垂下去就可以钓到各种各样的鱼。

1916年2月18日,大概是很随意的一天,几个百无聊赖的人,或者说是精神上的突围者,正胡乱翻着一本字典。他们发现了"达达"(dada)这个词儿。一句孩子话,本来的意思是"马"或是其他,反正这不重要。他们不过想借它来表达一种"无所谓"和"没意思",兴之所至,就拿它来命名好了。鱼钩钓到了大鱼,它的名字叫"达达"。"达达"是有趣的,尽管后来许多人不求甚解,以至于反感。其实今天呢,我们至少应该有人来学一点"达达"。我们走上街巷,走在眼前的这座城市,满可以把它当成当年的苏黎世,这样我们就会忍不住到处伸手摸索那个小酒馆。真的,在一片浮华和糜烂之中,你除了赞成"达达主义"也别无他法。我们真的发现,今天除了用"达达主义"好好收拾他们一下,再也没有别的更好的办法。至于"达达"本身嘛,那要等到它自己活腻了的一天,那时再来点别的——办法总会有的。贪玩和胡闹的孩子总是可爱,树大自直,因为所有的孩子将来都要拉家带口,那时候不由得他们不痛苦不深沉。总之每个人最后都能搞出自己的一点名堂——中国和外国,"达达"和"后现代",鼻涕虫和泥娃娃。每个人最后还是要经历疼和死,还是没法使自己活得轻松。

很可惜,我仍然有点害怕。因为我还是担心,在我们这儿,那些"达达"们可能仅仅是庙堂里的顽鬼,而不是世俗的孩子。他们不是中产阶级的后代,而是得意的奴隶,是野蛮的继子和私生子……

二

我一直在回避那些嘈杂,生怕它把我再次吵醒。疲倦,从未有过的倦怠,只希望自己一直沉睡下去。沉睡可以产生一些梦幻。心被焦躁的风吹干了,我看见了它苍白的颜色和像糊窗纸一样脆弱的膜瓣。只有沉睡才会将它润湿,让其恢复到原来的活鲜。

这个世界到处都那么吵,竟然找不到一个安睡之地。

我们永远都在面对世俗的忙碌与神奇——它们会让人忘掉一切,令人感到羡慕和有趣:那个黄科长安静下来就像动画片里那只打败了的老鼠,可谁能想到就是这个人兴味盎然地写了一部"自传"。看着他那对胖乎乎的小手,你会想到这是一个与忧愁从不沾边的奇特动物。他那两只小胖手在尘埃中不停地抓挠忙碌,收获的全是喜悦的果实。

我如果上班早一点,就能看到他怎样吃早饭:两手捧着大块剥了皮的粽子,竹叶扔在一边;大枣把粽米染红了,他快乐地吸吮,还要频频地蘸着白糖。他吃粽子的模样专注,欢快,好像对这取之不尽的人间美味发出了由衷的赞叹……他吃过了一个大粽子,一边舔着手指上的黏米一边说:"哎,前几天一个老朋友又结婚了,这是第三任了,啧啧……"这个疯狂的年头有不少人玩起了"耗子娶妻"的游戏。年纪一大把,肚子像口锅。与此同时,那些应运而生的"小贱人"一个个披红挂彩,笑嘻嘻做起了新娘。她们还对往昔的同学和朋友吹嘘说:"真幸福呀,想不到这就是'老少配'!"她们不知道来日苦多,要一天到晚饲喂一只肥肥胖胖、后背上长了黑斑的硕鼠……

他的这部"自传"也并非是一种很好的催眠读物。因为我睡前偶尔一翻,总是能够发现它们的有趣——整个故事既破破烂烂又曲曲折折,大言不惭,真是这个世界上最奇妙的一种文字。由于得意忘形,传主会在不知不觉间透露出许多隐秘。从《我的放牧生涯》到《学医大事记》,可以清楚地看出一个乡间泥娃怎样成长为一个山野恶少——这个人如今又迷恋起长生不老之术,搞起了一个"营养协会",迷醉于稀奇古怪的滋养,什么壮阳滋阴、药补食补,最后果真把自己弄得满面红光。

静思庵主有一次对我说过这样的意思:"这些文字不仅对世人有益,难得、珍贵,是一笔重要的财富;而且即便从文学的角度看,也不失为⋯⋯"

我忍不住打断:"如果从诗的角度看呢?"

他皱皱眉头:"那应该属于散文诗吧。"

我在心里骂了一句粗话。

他一夸起黄科长就失去了节制。我故意提出了一个尖锐的问题:"黄科长革命这么多年,仅仅是一位科长,可见他离休以前的工作并不出色⋯⋯"

庵主听了瞪大眼睛直盯过来,最后摇头:"不然!不然⋯⋯"

"那为什么?"这回该我瞪大眼睛了。

庵主像追溯一件沉重的往事:"人哪,都是有缺点的。当然这会儿谈起来也许并不算太大的缺点⋯⋯怎么说呢,黄科长那时候很年轻,他的前途也许是毁于一份真挚的情感⋯⋯"

我迷惑中又觉得好笑,忍不住笑出来。

"你不要笑,真的,那时候他早就是一个副科长了。你想一想,他当时多么年轻!按正常情况推算,他到现在至少也该是一位正厅级干部。就因为当时他的顶头上司,就是说那个处长——是个女的!"

我"哦"了一声。

"女处长细讲起来长得也不算太好,不过是个子高,比较白,严肃干练;已经结过两次婚了。你想,一般的人怎么会对这样一个女人产生爱情呢?而且年龄也偏大。可你知道,黄老不是一般的人哪,他这个人热情太高了,来了感情什么也不管不顾。他把什么都忘了,忘了自己的身份,忘了自己是一个下级。领导布置工作的时候,他也听不进去,直盯盯地看领导。这样他在具体执行当中就常常出错,难免引起上司的不满。后来他大概是实在忍不住了,就公开地追求起来。谁知对方压根儿就不爱好这种事儿,于是他遭到了严厉批评。领导指出他的思想不健康,还让他好好反省呢,让其读一些相应的大部头的政治著作,以提高觉悟。照理说黄老在这个时候悬崖勒马也还来得及,谁知他过于一往情深了,一边读那些著作,一边在空白地方写下了一些小句子。这难保不是为了给她看的。有一首这样写道:'我爱领导,心如刀绞;看你走路,婷婷袅袅;永生追随,人间一宝……'"

我让静思庵主慢些复述。我认为这不失为一首好的滑稽歌谣,甚至因此对黄科长另眼相看了。

人的情感真是奇怪,只是一转眼的工夫,我就有点喜欢这个奇特的人物了。

庵主说下去:"本来黄科长与更高的首长在战争中认识,他们关系不错。可是由于他写的这首情诗被女处长装进了档案材料里,仕途从此也就算没指望了。这是让他一辈子懊悔的事。可是他至今也不明白:为什么领导就不能追求……"

"领导也是人哪。"

庵主点点头:"对此我们三个人的见解是一致的。"

寂寥的时刻,我一次又一次打开了他的自传。静思庵四周静静的,没有一丝风。在这个极其适合沉思和缅怀的时刻,我愿把自己沉浸到这样一些文字中。接下去该看《游击考》了。应该说这个学术色彩很浓的名字对我倒有点吸引力。我发现它是记载战争年代他怎样投入一支武工队、经历了哪些战斗、周旋在平原和山区……其中沿哪个路线行军、每一场战斗的前后经过以及所思所想、所闻所见,一一予以详记。像前两章一样,最重要的事情往往几笔带过,而到了一些细枝末节,反要不厌其烦地叙写,制造成一个个重点。不过这也许是让人产生兴趣的缘故。

"参加队伍的整个过程细加考证颇难,在此恕不一一赘述。"他尽管这样说了,下边还是提到了一些繁琐的细节。他说在万恶的旧社会行医做人并非易事,一个医生整天走街串巷为人解除病苦,可治不好的是人的心病,拔不掉的是痛苦的老根。"逢遇大旱之年,饥民遍地,蝗虫遮天,那真是'长太息以掩涕兮,哀民生之多艰',许多人于疗救之中眼瞅着死去"。"仅仅以死在吾怀之人为例:老翁十人;老妇八人;中年女人及少女不计其数……吾自幼长了一副柔软心肠,看不得这般苦难,于是毅然抛弃药箱参加革命。打那以后,跟随队伍走遍山岭平原。领导见我双腿有力,健步如飞,就让我发挥一技之长。我深知那是早年放牧生涯练就之本领,也是行医生活养成之技能。本人不仅行走如飞,而且喜欢打听乡间趣事。政委遂让我做交通员、侦察员,来往于高山平野、海港城镇,出没敌穴,寻找内奸,难矣险矣!好几次刀剑逼身,子弹上膛。有一次流弹从我脑壳上方掠过,结果打掉礼帽一只,至今想来还要遍体冷汗,哆嗦不已……"

我看到这儿身上一动,接着又从头看了一遍。我忍不住用笔把这一段话画下来。"打掉礼帽""交通员""健步如飞"等句子,马上让我想起了母亲口中的"飞脚"。

我站起来,一颗心咚咚乱跳。

难道这个人就是当年那个出卖外祖父、被父亲追踪半生的"飞脚"吗?我手心里渗出了冷汗,随之握起了拳头——果真如此的话,那可真是老天有眼。

我急急地回到写字台旁,更加仔细地翻看。这份《游击考》有三万多字,上面记载的大多数战斗都没有听说过。而回到一些琐屑的记载,作者却兴致倍增。比如说写到有一次队伍驻扎在一个小村里,村长热情好客,给他们炖了大锅牛肉:喝了什么酒、吃肉时因碗大碗小发生了怎样的争执等等,都写得一清二楚。我想从中发现攻打海港那一场战事:母亲说就是那一场战争决定了父亲的命运。我急于知道"飞脚"在那场战事中扮演了什么角色。

可惜直看到最后,心中仍旧茫然。因为"飞脚"语焉不详,关键之处一笔带过。不过他总算还是写到了那场战斗:"枪炮齐鸣,硝烟弥漫,然损失惨重耳……""这个王八蛋!"我在心里骂了一句。

有一处记载引起了我的特别注意和愤怒。它是这样写的:

"有一绅士与我已是至交,该绅士生有一女,美貌异常,可惜早已嫁人,令我悻悻然。少女之婿本是上级派遣,非本地嬉童,且与当地组织有隙。然由于工作关系,我们过从甚密。这时节出于各种考虑,我与其虚与委蛇。及至秋天事变发生,我已逃之夭夭……"

我怀疑那个"绅士"就是我的外祖父。如果这一点得以证实,那么黄科长的身份也就不言自明了。我的手不知不觉把这一沓纸抓得紧紧。我克制着把它重读一遍,从中梳理可能存在的隐秘。人人都有的那种复仇心理使我浑身振作,两眼放光。我的眼睛不知不觉离这一沓纸越来越近,身子差不多都伏在了上边。

下面的一段文字再次引起了我的注意:"当时,我大抵以罗镇(又名'黑马镇')为活动中心。该镇物产丰富,人烟稠密,为南北来往之要道,消息灵通,且与海滨小城互为'双璧'。吾行医之初就在罗镇拜师,吾师也借罗镇名声大噪。说来事有凑巧,那绅士也在罗镇,且为首富。我曾经为其少女割过鸡眼。那真是纤足一双,不忍下手,惶惶然汗流满面。"

这段文字让人费解。因为我对罗镇是太熟悉了,它是离开海滨小城十五华里的一处重镇,但文中却明明白白指出那个绅士是罗镇人,这就有点矛盾了。我不知是黄科长故意将其搞得互相抵触,还是如实记录。我只知他的这部传记中情感渲染比比皆是,但大的关节却不可能作假,因为上面所涉及的地名、地理特征,在我看来仍不失其逼真。比如说在整个这一章里,没有一处地名是虚拟的。可见人名也不会伪造。一些大的事件，从我熟知的部分中可以看出，也都是切实发生过的。如果涉及具体的人，有时可能出于其他考虑，提到时都写："宋某某""李某某"等。除了地点有异，其余所有涉及的那个绅士的情况，都与我铭心刻骨的一切极为接近，甚至完全相似。

三

这一天黄科长来到了静思庵。他一下车子就热情地伸过手来："啊呀宁同志，连日来辛苦了吧？"

他从下车到进屋，一直扯着我的手。

他一眼看到的就是桌上画了红色笔迹、翻得很乱的那一沓文稿，脸上立刻有了笑容："瞧干得多起劲！好么，好么！不过也别太累了呀。"

他这样说着，却飞快地伏到写字台前看起来。"你看，哪一段写得好，你就画了哪一段，真不愧是个行家里手啊，不愧是个专家。好，我算找对人了……"他兴奋得不能自已。

正在他高兴得不知如何是好的时候，我在旁边问了一句：

"你听说过'飞脚'这个人吗？一个人的外号叫'飞脚'——听说过吗？！"

我原想他一定会变了脸色呆坐在那儿，或者茫然不知所措。可是我估计错了。

他听了我的问话，两只胖胖的短爪不停地拍着膝盖，哈哈大笑："'飞脚'么，听说过听说过，那里的人谁不知道'飞脚'啊。他跑得快，人家都叫他'飞毛腿'。从山上跑到海边用不了一夜的工夫，刷刷就来了……这个人可能是兔子变的。"

我冷着脸："你见过他吗？"

他摇摇头："没……没……我上哪见去？人家是跑大地方的，

我不过是在罗镇那儿活动。"

"你听说'飞脚'这个人后来到哪里去了吗？"

他搓一搓脑瓜，一会儿竟搓成了朱红色的一小片。他的食指按在变红的皮肤上说："后来这个人……我就不大清楚了。有人说他随军南下了，还有人说出了事被关起来了。反正这个人要在，大概也有八九十岁了。反正是胜利了，他不中用了。你想想，一解放，他这样的人还能派上什么大用场不成！"

我一声不吭，只是暗暗观察。我发觉他举止自然妥帖，好像没有什么刻意伪装的痕迹。停了一会儿我又从罗镇问起："你上面写的那个'绅士'是怎么回事？"

黄科长的双眼一愣怔："别提这个人好不好？"

"怎么？！"

"关于这个人，我是不能多写的。因为他的后人还在。他的后人有的参加了革命，现在还是不小的干部哩。关于他的情况只得虚虚带过啦。"

我细心倾听。

"这个人严格讲起来，是一位功臣哪……直到抗美援朝，他还在捐飞机大炮哪……"

我明白了这是一个真正的富绅。但我仍不甘心，问起了"自传"中写到的绅士家小姐的情况……黄科长仰脸叹息，像是有些倦怠："上面写着嘛。我行医的时候为她治过病。不瞒你说，眉来眼去的事儿也有，别的事嘛，那是胡传。不过人往高处走，水往低处流。人家后来接触的队伍上的、机关上的人可就多了。她后来嫁的人也比我的职位高，那人一进城就是处长，好家伙，他和那个小姐真能整，第一胎就生了两个孩子，一男一女。你瞧瞧人家干得漂亮。不管怎么说我也对得起他们。她爸，就是那个绅士，死的时候首长给她拍了一个唁电，我也给她拍过一个。我亲自跑到邮局，一笔一笔写下几个大字。写着写着眼泪就出来了……想起了当年在她家里吃八宝粥的情景。那是小姐亲手熬的,有绿豆、豇豆、红豆和桂圆……你不知道老宁,八宝粥可是一种营养食品哪,脾胃虚弱的人该重视这种粥啦……"

这样他的话题又转到了"营养协会",转到了"首长"和中药"大黄"上了……"首长这个人上焦火大。我只送给他一味平平常常的药:大黄。"

他捏弄着自己的手大笑。我大失所望。后来他却突然严肃起来,把三沓文稿捧在手里,一份一份抚平说:"你是书蛀虫,你是书蛀虫。"我以为这是一种赞扬呢,后来才明白他嫌我把他的稿子给搓坏了。

他站起来,"这么着吧,你不要回去,继续住在庵里,好好干。这一段你的工作就是:在熟悉它们的基础上,将它们扩展到二十五六万字吧,咱争取在年内出版。出版社也等米下锅呢。"

"天哪,"我叫出了声音,"再搞成二十五六万?"

"是的。"他双手插在裤兜里,笑眯眯地看我。他好像对自己亲手安排的这一切都非常满意。

可现在我又一次估计了一下那沓材料,它们至多才有七八万字。也就是说,差不多他的整本"自传"都要由我来替他写。我忍着,吐出几个字:"让我考虑考虑再说吧……"

他由于过分得意,一时竟没能理解我的意思,连连点头说:"是啊,要考虑成熟了再下笔。"

我说了一句粗话。黄科长笑了:"我一高兴了也是这样。我也是这样。在工作当中我随口就说出来了,有些女同志不太习惯——真是少见多怪。"

好像为了证明似的,他接上也骂了一句粗话。他又想起了什么,拍拍脑瓜:"对了,我把司机叫进来坐一会儿,中午咱就在这儿吃饭,熬一锅'八宝粥'——最好的'八宝粥'里面应该有薏仁米啦,我也带来啦。"

静思庵开始了对我的折磨。渐渐让我变得不能支持。

桌上是黄科长的一沓"自传"。

这期间静思庵主又来了,他一来就谈到了小冷,叫着:"这一段她可急坏了。"

我问:"'鳗鱼'那一伙怎样了?"

"他们向她发出了最后通牒。弄不好真要'数点'了。小冷急着把那几只'虾'出手。你原来答应找人鉴定啦?"

我点点头:"你告诉小冷我在这儿吗?"

"黄科长不让我告诉。小冷不知道,要知道早就跑来了。"

庵主的话让我颇为不安。我真的为那幅画担心起来。当然,如果仅仅是一个小冷倒无所谓,使我难过的是她的一家,那对贫穷无告的老人。我不忍心让他们在那儿空等,自己却把承诺扔到一边。

我在想该不该去找一次滨?

城市和滨

一

梅子见我回城十分高兴,见面第一句话就问:"工作还顺利吗?"

"非常顺利!"

她询问一些工作细节,我开始胡乱应付。梅子似乎很满足。不知怎么这一来我也有点满足了。真的,时光流逝,我终于有了度日良方:一个人奔波起来忙碌起来也就忘了其他。这一段我好像真的有了那种匆忙感,这种感觉是走入黄科长的那座小院之后才有的……

有多长时间没有看到滨了?我至今还记得第一次见到她的那种感觉。那时的她真是光彩照人,美得让人不敢正视。当时我费了好大劲儿才安静下来,却很难与之坦然相处。她说一口标准的普通话,嗓音稍微有些粗,却带有那种极其迷人的属于她自己的东西。这声音初听起来不够圆润,可是听长了又觉得充满魅力。那是一种宽厚爽朗的声音,一种击中男性的声音。

几年过去了,长时间以来我一直为滨的友谊而欣慰。

进城第三天,我去找了她。两人见面时很高兴,她称我为"失踪者"。我微笑不语,心中充满了一种暖融融的感觉。我带来了小冷一家珍藏的那幅"虾"。

我们一块儿欣赏这幅画。滨说:"我当然看不懂了。在我看来这是地地道道的真品,还能有什么问题吗?"

滨脸上搽了淡淡的脂粉,穿了一件没有纽扣的棕色宽领绒衣。她抬起胳膊时我才看到,拐肘下面的绒衣袖子很肥,原来是一件蝙蝠衫。她一抬手显得那么可笑。大概她如今也渐渐明白了,自己是大半个城市里最美丽的一位少妇,所以能够若无其事地、宽宽松松地打扮自己。很长时间没见了,她仍然微笑如初。好像在她这儿一切都按原来的节奏进行着:上班下班、照顾爱人、按时接待聂老……我过去曾经跟她开玩笑说:"聂老就是一门心思喜欢你了。"滨呷呷嘴:"我没什么好的,不过能让一位老人真心实意地喜欢,也很感动的。"我也很感动,我相信她说的是真话。她还说:"老人多么孤单,我帮不了他什么;不过只要他高兴就行。你知道,他是我们这个城市里剩下的为数不多的老艺术家了,活得像个孩子。"

我没有回答。当时我心里想的是:那当然是一位"老艺术家",

不过他未必就"像个孩子"。因为我亲眼看到他怎样抚摸她的手。是的,我发现了自己的嫉妒。于是我叹了一声。

那时滨明亮的大眼睛抬起来,飞快地瞥了我一下。可爱的滨。不过你仅仅是自己可爱着而已。我承认自己有时候是在故意躲避。当然了,它并非危险,它本来就没有什么危险。问题是我在自己遵行的某些原则中还没有来得及界定它们,它们——有些东西——会突然涌上心头,使人不知所措……我想做一个诚实质朴的人,那么就应该用一种清晰的声音告诉自己:我喜欢滨,我喜欢一切美好的事物。她只是千千万万美好中的一个。比如说她像美丽的鲜花、清澈的河水,像善良和真理本身,让人钟爱难舍。

作为一个执拗而含蓄的男性,我这些年里一次次出现在她面前,谈笑风生,尽可能身心放松。可是我没法不注意她的那双美丽的眼睛、她的完美无缺的形体。我想那个"孩子"一样的聂老也未必不是如此。有时我真想把滨拥住——这个念头时不时变得那么强烈。

有一次梅子跟我开玩笑说:"你喜欢滨,我看出来了。"我说:"真的是这样。"可是梅子长时间没有理我。是的,每个人都应该有一点必要的伪饰。人们要依赖它来维持什么。这很重要。它比我心中的那种界定还要重要,也合理得多。

我问滨最近见到聂老了吗?

"见过。上个礼拜天他还到这儿待了十几分钟。"

这个聂老每次来这儿只待十分二十分,而且这段时间里什么也不干,甚至很少说话,就那么尽情地端量着滨,抚摸一会儿她的手,然后就挂着拐杖、咳嗽着回去了。那个衰老的身影真是让人迷茫和同情……然而他现在对我重要起来了,我现在有求于这位老人。我要求滨一起到聂老那儿去一次。滨痛快地答应了。

她拍拍手掌,又拍拍衣襟,好像上面有什么尘土似的。接着她把门锁了。

隐去了心底的歌声／多少神秘溶入浅水／直等到蜀葵花片片跌落／你在角落里悄悄拾起……滨走在前边。我眼里只是她的背影,她绾起的漆黑油亮的头发。她的发型在不断提醒你:这是一位少妇。是啊,你得赶紧生个孩子了;你手扯一个小孩晃晃荡荡走在街上的时候,那情形看上去也许会更好一些……

聂老也住在一个小四合院里。这个小四合院与黄科长那个多少有点相似。不过他这儿没有枣树之类,也不像黄科长的小院那么光秃秃的。这儿才真正迷人。它不像一个老人的院落,因为这里到处生气勃勃。院里有一条细径,旁边是用青砖围起的一个小花坛,上面长满了金盏草;靠近正屋大门的是一簇浓密的蜀葵花。金盏草的气味怪极了,一种说不清的香气在空气中弥漫,不知怎么这气味会让人变得两眼贼亮。这不是一种好闻的气味,但我想可能正是这种古怪的气味才讨老人喜欢。滨曾经告诉我:聂老的院子里总是栽满了金盏草,还有就是蜀葵,从过去到现在,一直如此。蜀葵有点像竹子,细细高高,没完没了地结蒂,就像一个生育能力极强的妇人。这些蜀葵简直成林成簇,人在里面完全可以捉迷藏……

滨轻轻敲了一下门,老人还不一定听到呢,她就拥门而入。

老人正戴着眼镜凑在光亮处,看一本污迹斑斑的书。滨叫了一声"聂老",他赶紧抬起头。他一眼就看清了是谁,立刻把手里的书扔在了一个角落,摇摇晃晃上来扯住滨的手:"啊唷唷,啊唷唷,好闺女!啊唷唷,啊唷唷……"

滨扶着他的胳膊,安慰拍打,让他坐在一把破藤椅里。屋里一时静极了。聂老的目光再也没有离开滨,他一直扯着她的手直盯盯地看,嘴里发出若有若无的叹息。他似乎完全忽略了我的存在。

滨不得不提醒他:"你看聂老,谁来了?"

聂老这才转脸看了我一眼,发出"哦"的一声。但他还是转而细细端量面前的滨。

"孩子,咱多少天没见了呢?"

"上个周末刚刚见面嘛。"

"啊唷唷,我的好闺女……"

二

很长一段时间里聂老都在抚摸滨的手。这样不知过了多久,老人又摘下眼镜去擦眼角。看得出他激动了。

这样待了一会儿,聂老站起来,弓着腰到一旁的纸盒子里翻找什么。后来他又从腰带上取下一枚钥匙,打开了另一个锁得紧紧的小铁盒子。我一直注视着,不知盒子里盛了什么隐秘宝贝。"啪"的一声锁开了。聂老从小铁盒子里捏出了两块蛋糕、一枚黑硬的糖果,看我一眼,放在滨的手里。滨在手里团弄着,最后捏一点放进那个红红的小嘴巴里无声地咀嚼。

聂老鼓励说:"孩子,吃啊,尽吃!"

滨说:"聂老,你不给客人一点啊?"

聂老瞥我一眼,说:"吃吧吃吧吃吧……"尽管这样,却没有起身取给我什么。

我一个人在屋里徘徊,发现这儿有一种不太好的气味,就是那种不常通风的房间特有的气味。回头看看滨,发现她竟然能够泰然处之。屋子里乱得很。聂老喜欢睡炕而不喜欢睡床,这是他从年轻时养成的习惯,所以一面特大的炕上是乱七八糟的、没有好好叠过的被褥。听滨说聂老邻居家的一个女孩子在做聂老的保姆,她要好几天才来收拾一次,有时给聂老做做饭,有时就由老人自己随便熬点粥喝。他的主要生活就是读书看画,不过已经很少作画了,笔墨已经干涸。屋里到处是灰,只有墙上的画非常干净:这里的每一幅画都价值连城。

滨开始对聂老说明我的来意。聂老"噢"了一声,似乎并不放在心上。

我把带来的那卷东西打开来——聂老才倏地站起,好像突然忘掉了滨。

我往前凑一步。他伸出弯弯的食指点在古画上,摘下眼镜看了一会儿,又戴上眼镜。老人上上下下地瞅,摇头又点头。他每一个动作都牵动着我的心。

我问:"怎么样?聂老,真的还是假的?"

我在心里祷告:千万不要是假的,千万不要让那一家人失望……老人仍然摇头,只不答话。我想坏了,大概是一幅假画。滨在他耳旁叫了一声:"聂老,你看出来了吗?"

聂老点点头:"像是真迹……"

我的心里开了一朵花。

"不过你先留下,我还得再看看。"老人说着就把它卷起来,小心地放到了柜子里。

滨看到炕上摆的一个画册,就拿过来。原来那是一个大开本的印刷品。上面有题签,一看就知道是那些外地老朋友寄给聂老的。聂老打开这个画册时两眼闪光,"……你看,这就是他的全部东西了,一下摊在你的跟前了。他画了好多,顶尖的都在这里了。你得从头往下看,孩子,不要急!你得一点一点看,孩子。你看看,这就是一个人一辈子的心血了啊。他的一辈子就这么活生生地摆在这儿了。我的好孩子!你看看,他小小年纪就才能过人,多么聪颖!人哪,总是一点一点成熟,只有到了三四十岁、四五十岁的时候,手里的活儿才能登峰造极。我的孩子,你看最好的东西都是他在这个时期画出来的。看清了吗?好孩子,你得反复玩味、琢磨,前前后后地比照端量……你从头至尾看过了,会承认中间这一部分才是最好的东西。不过一个人行路至此,他这一辈子才刚过了一半儿哩;接下去他还要继续干,雄心倒是越来越大哩。这叫豪情万丈啊,胆量也大了。就像一个人跨过了千山万水,什么都经过了,什么还不明白?热闹,孤单,什么也不在乎了。一个人就是这样得了大道,自满自足起来。我的孩子!你看,这时候他弄出来的东西就是另一个味儿了。我是说他下手老到,洋洋洒洒。不过他再也不像初出茅庐时那样小心了。那时候不是后来,那时候他可是笔笔求工啊;也不像他的鼎盛时期那么气韵饱满、那么扎实敦厚了。孩子,你仔细些看,你在钦佩他的时候,也许能看出一丝浮气罩住了他哩。嗯,就是这样。我的好孩子!你道这是怎的?时间大限逼近了呀,谁也逃不脱那个结局呀。他知道这些,于是乎也就露出些儿匆忙痕迹。最后呢,暮年要来了,他眼看着辛劳一生,也该画个句号了——一般人可不就是这样了,可是,可是我的好孩子!你可不要忘了眼前这是个什么人!这个人胆气忒大,豪气忒壮,临死之前已经变成个老精灵了。你该知道,我的孩子,世上各个行道都有自己的规矩,画画嘛也是一样。可是这些规矩在他这儿就是不作数;他又怎么了?他敢牵着规矩的鼻子走,把规矩弄得团团打转哩。你看我的孩子,他年纪一大把了,还成心跟那些规矩开起了玩笑,他怪蛮横哩!不过你得钦佩他,你得赞同他。这个老家伙临死前还把手里的那支大刷子抡了几抡,玩了个好花样儿!天哩,我的好孩子,我常常不由得想:老天爷啊,再给他一些工夫吧,那时看看他还要怎样?他就是这样一个了不起的怪人哪。我的孩子,你看明白了没有啊?嗯?"

滨连连点着头,说"看明白了看明白了"……只有在这时候,我才看清了聂老的一脸肃穆,看到他的目光似乎穿过了这部厚厚的画集,望向了邈远的彼岸。

我的心中不由得一阵悸动。

三

　　滨还要在聂老那儿待一会儿,我告辞后一个人走了出来……由于屋内光线太暗,一出门就被阳光耀出了眼泪。踏上城街,心中一阵凄冷。我好像不愿离开他们,可有时又想飞快地逃离……这是谁的城?这是谁的街巷?

　　阳光在头上闪烁,放眼一望到处都发出跳动的火焰,是银色的火舌,晃来晃去白花花的。这使我想起那片平原正午下的白茅花,它们在风中吹拂的样子。大街上的人哪,这么多的人,他们身背肩扛,手里拖着怀里抱着。他们前后呼喊,手掌拢在嘴边。一条大街好像就是一艘足以载起所有人的轮船。这是一条永远航行的、从不停息的船……当我在那片平原或山区看到一个或一群流浪汉、打工者时,总是觉得那么熟悉,一切都自然而然。而在这座城市的街道上,我有时不由得要生出长长的惊惧……那些进城打工的人涌进了大街,他们像初登一片大陆,像发现者,很快一传十十传百地引来成千上万的人。

　　对我来说,这座城市却像是自己独来独往的最后一片荒原。

　　可能是刚刚从聂老和滨的身边走开的缘故,我走进这片银光闪烁的城街,荒原感陡然增强。当这群陌生而又熟悉的打工者闯入城街时,仿佛到处都响起了风吹茅草的声音。

　　我想走近他们——可他们总是用怀疑的目光看着我,尽可能地保持一段距离——而在东部山区和平原,我随时都能与他们交友攀谈。问题出在了哪里?是我染上了这座城市的气味,还是这些进城打工者本来就与我格格不入?这些人神情怪异,比起我在东部看到的那些流浪汉多了一点什么又少了一点什么。他们脸上挂带了城市流浪汉的一些显著特征。他们的打扮也与山区和平原的那些流浪汉大不相同。总之他们在城街上显得如此怪异——而在东部,打工的人很容易就能够混同在当地百姓中间。

这个城市的流浪汉最喜欢去的地方就是车站、垃圾场四周,还有自由贸易市场附近那些偏僻的窄巷。他们当中的许多人满脸污垢,头发脏臭,但一张嘴就露出雪白的牙齿,一睁眼就闪出黑白分明的眼睛。他们大多比实际年龄显得大一些,走起路来不是慢吞吞的就是急匆匆的。他们的形貌不能不让我想起那个不幸的朋友庄周——他遭难以前,有很长一段时间就混迹在这样一帮城市流浪汉中,而且打扮也与他们完全相同。我的一个朋友曾在类似的一群人中见过他,当时立刻表示了自己的深恶痛绝:朋友认为这同样是部分知识分子的一种矫情,一种时髦。我不明白,我们的城市和我们的朋友当中什么时候有了流浪的时髦?我真的不知道。

记得就在那段时间,可能庄周实在是疲倦了,有一次竟出人意料地一头闯进了我们家里。我一点准备都没有,一见面相互兴奋得很。他进门时手里拎着一个很大的包裹,打开一看才知道全是一些杂乱东西。我真想把这些东西给他扔到门外去。许久没有见面了,我们一天到晚神聊,他给我讲了那么多城乡见闻。原来他当时常随一些建筑包工队进城,频繁来往于城乡之间。

也就是那次见面不久,出了那个凶杀案。庄周开始了没有尽头的躲避和逃亡……

我时常追忆这个谜一样的朋友,从头寻索关于他的一切。的确,从他最初离开自己的家和自己的城市那一刻,就让所有人感到不可思议。他的家人对他的出走惊得目瞪口呆,都以为他疯了。是的,连平时最要好的一些朋友也感到不可理解,难以置信。他最密切的朋友从此不再是我们这些人了,而是那些流浪在山冈平原、在城市街巷的面色苍黑的流浪汉了。很长时间以来,我们大家差不多都养成了这个习惯:只要一见到流浪汉、见到进城打工的农民,就不由自主地问一句:你们认识那个叫庄周的人吗?这些人听

了大多漠然,或者所答非所问,骂骂咧咧回一句:

"那是一个什么鸟物!"

流浪汉大半都有一种拒人于千里之外的神气。他们拒绝一些人,信任一些人。他们敌视的东西很多,通常不会喜欢衣冠楚楚者,而宁可亲近那些破衣烂衫的人。他们一路打工,各种活儿都做,从来不惜力气。没工可打时就寻找别人丢弃的东西,碎玻璃、铁片、破纸板等。一截尼龙绳会让他们高兴得手舞足蹈。我看见一个瘦长个子,他从一个垃圾箱里摸索出一根苘绳,高兴得在眼前抖动不停,后来又把它束到了腰上。我走过去跟他攀谈,他就笑嘻嘻地看我。他的牙齿多白,真不明白他用什么办法保持了这么好的一口牙齿?还有他的眼睛,水灵灵的,清澈见底;只是脸上沾了油灰,头发像个老鸦窝;这旺盛的长发由于汗水和脏土的搅拌,就像剧烈燃烧的火苗那样绞扭着伸向四方,让人不由得想起西方街头的那些"朋克"。我与他交谈,他嘻嘻笑,一边笑一边伸手到袋子里摸出了黑乎乎的东西,看也不看就填到了嘴里。我知道他们对付食物总是有特殊的本领,轻易不会发生食物中毒之类的事故。他嘴里发出了咯吱咯吱的声音,吃得好香,只咀嚼不吞咽。他对所有的问话都不作答,只是笑,装出一副善解人意的样子。这样笑了一会儿,他突然说出了一段顺口溜:"走到东,走到西,见了闺女笑嘻嘻;生产队里开大会,万岁万岁毛主席……"凌乱的意象,模糊不清的话语,宛若一首现代民谣。

我多么希望他一直说下去,可惜他旁若无人地把脖子一拧,步态僵硬地向前走去了。

我发现他一直向着郊区走去,走到了一片杨树林里,然后又拐到了一个旧货场那儿。

那个旧货场是用铁丝围起来的,里面堆着很多破破烂烂的东西。许多流浪汉就是捡了东西到这里卖掉,他们的"住处"都离这儿不远……旧货场一侧有一段废弃的砖墙,它旁边有一溜草棚子,里面住了很多人。我眼看着他钻进了其中的一间,不见了。

这是一群流浪汉的老窝。我因为好奇,就走了过去。刚刚挨到近前,一个窝棚的人就伸出手要钱。我摸了摸衣兜,只有几块钱了。谁知刚才见过我的那个高个子一下从窝棚里扑出来,张大嘴巴对我喊:"啊啊啊啊……"

他刚才那一会儿还在流利地唱出歌谣,这时一着急却发生了口吃。我寻出几分硬币给了他。他在手里搓了一下,很不情愿地把它溜到了衣兜里。他站在那儿看着我,满脸悲怆。我身上还有一支钢笔,自己都不明白为什么也摸了出来。他抓过钢笔翻来覆去地看,把笔帽揪掉,迎着太阳看笔尖的闪亮……他竟把钢笔放进自己兜里,满意地回到了窝棚——这时我才发现窝棚里还有一个女人。那个女人的年龄比他要小得多,也像他一样脏,两只手油亮油亮,全被油泥包住了。女人怀里有一个塑料包,包里塞着各种各样的食物:青菜,咬了一半的油饼,还有软软的煮地瓜。这时她伸手到塑料包里抓出一块地瓜,让男人咬一口,自己再咬一口。她见我在看,就嫌冷似的把手伸到了男人的胸脯那儿。过了一会儿她的目光渐渐柔和起来。男人抽出钢笔,她接过,像看一块糖果一样在手里转来转去,"嘿嘿,"她笑了,"老总,身上还有好玩艺儿吧?"我赶紧摇头。她看看男人,伏在他耳朵旁"咯咯"一笑。他们两个很有几分得意的样子。这样待了一会儿,女的突然问一句:"听不听歌?"

我未置可否,那个男子就拍起了巴掌。

原来他是为她打拍子。女的开始唱了。她一张口竟能发出那么尖利的声音,简直是从钢管里吹出来的。"天上布满星,月牙儿亮晶晶,生产队里开大会,诉苦把冤伸……"是很久以前的一支歌,此刻让她唱得那样凄凉。她唱着唱着竟然流出了泪水。我心里一阵发酸。

　　她停止了歌唱。这时候我才看出,面前这个女人顶多有二十二三岁,由于刚刚泣哭过,鼻子有些发红,那软软的鼻头好像也在诉说着不幸。

　　男的这时候磕磕巴巴问了一句:"白白、白白听歌呀?"

　　一句话提醒我,他们在用这种办法讨要。我后悔这一下真的欠了他们。我为难起来。没有任何准备,身上实在没带其他东西。我总不能脱下自己的衣服和鞋子交给他们吧。实在没有办法,急得抓起了头发。女的"咯咯"笑起来,笑得何等纯真!她一笑就露出了通红的小舌头、白牙,让人想到原野上一只刚刚长成的可爱野物。

　　他俩一块儿看着我的窘态。我不知怎么就来了一个机灵,接着脱口而出:

　　"我没有东西了,也唱一支歌吧。"

　　我照例没等他们同意就唱了起来。我也在唱一首旧歌,嗓子很粗,旁若无人……一开始他们还笑,到后来就神情肃穆地看我。旁边的那些流浪汉也一齐从窝棚里钻出,有的探出半个身子,有的干脆跑到了跟前。我还在唱。正午的阳光下,身上被晒得热乎乎的。我突然发觉自己原来这么需要大声地喊叫和歌唱——一种倾诉的欲望这时候竟然变得那么强烈。

　　我唱了一遍又一遍,一直重复着那几句。我发现这些贫穷的、见多识广的听众并没有失望,他们都略带惊讶地看着我。他们大概从来也没有看到一个衣冠楚楚的城里人也会这样放声嚎唱。

四

　　往回走时我脚步轻松。很久没有这样痛快了。一种自由的气息感染了我,让我获得了别样的愉快和满足……

一进入高大建筑分隔的区间,光线立刻就暗淡下来。这是一座城市的内在部分,在这儿可以想到城市巨大躯体的内脏:弯弯曲曲的肠道,硕大的胃部,形状朦胧的黑色心脏。一团团发酵物正在这儿日夜分解、释放和转移,同时也在蠕动中被不断地吸收和扬弃。活的种子和肌体,一切的一切,都会在一座城市的巨躯之内给生吞活剥、消化和磨碎。每个人都是这座城市的食物。

我漫无目的走出了窄巷,踏上了宽阔的柏油路。过了一个高高隆起的桥,看到了桥头系起的长索,又转下桥去,踏上一个三角形的广场。广场上摆了很多盆花,它们当中是一座白色大理石雕塑:一个晨读少女。少女巨臀粗臂、双眼凸出、颈部粗壮。雕塑者显然是个男性,他憋着一股劲儿给少女雕了一个不近情理的、过分蓬松和高大的胸部。几只土蜂衔来泥巴,在她的眼窝那儿做了一个窝。我的目光从这个雕塑上移开时,突然有点迷失,竟然忘记了再往哪里走——这会儿就搭乘郊区班车回静思庵吗?回自己的家吗?

站在广场上的一会儿,我想起了挂在岳父嘴角的笑容。

在他眼里我大概是一个走投无路的人,一个一无所有的失败者,就像南郊窝棚里的那些人差不多吧——一个体面之家,却找了一个如此倒霉的女婿:竟然要在四十多岁上再次寻找就业机会。岳父在内心里其实早就后悔自己的女儿嫁了这样一个人。从最初女儿选择时他就阻挡过,只是没有成功罢了。我不愿回忆那些年的事。我不过是在中午的城街上偶然想起一些事情,琢磨着一位老人嘴角上的笑容。当然,就因为受不了这种笑容,我才会可怜巴巴地到"人才交流中心"去登记。

阳光刺目,喧嚣如潮。我实在觉得这是一个与我无关的、非常奇怪的地方。我惊异的是自己竟在这里生活了这么久——这对我来说真是扯淡。我是一个外地人,一个永远也不属于这里的流浪汉。这里嗅不到我所需要的那种气味。刺目的阳光啊,遍地喧哗像海浪一样涌流的人群,一切都那么陌生……

我开始慢吞吞地往前走,目光搜索着周围的一切,像要找一个熟人。是的,我在这座城市里生活了许久,好像真的不乏朋友,有时一走上街头就有人与我打招呼。我想看看那些楼房、桥梁,看到一个个熟悉的牌子和名称。没有,一点陈旧的痕迹也看不到。这使我意识到:我走入了一个新区。

我马上记起阳子在几个月前搬进了这个新区——前面一个胡同连接着一幢灰白塔楼,那儿就是阳子的家……我几乎是一路小跑找到了那个单元,然后直奔三楼。

笃笃敲门。传来了熟悉的脚步声,开门的果然是阳子。这家伙正在吃饭,见了我赶紧放下手里的东西。

"哎呀你呀,你真行!"

他向屋里歪头喊着,喊他的爱人小涓。小涓这一会儿又留起了男人头。她比阳子小好多,刚刚结婚不久,还是一个地地道道的小媳妇。她不知怎么打扮自己才好,不断地改变自己的发型,但无论如何也不能去除那种稚嫩的、自以为是和感觉良好的儿童般的神气。她善良而又纯洁,不过在家里是教训阳子的一把好手。她一见面就说阳子"怎么怎么"、"你看你看",她指着阳子的鼻子,啰啰嗦嗦说一些莫名其妙的话。这些我太熟悉了。

阳子搓着手:"我们到处找你,你怎么老是失踪呢?你这个人就是神神秘秘。你这一阵又去哪了?"

我摊摊手,不知说什么才好。我不想把那个静思庵交出来,就说:"我回老地方去了,到平原和山区走了一圈。"

"刚刚回来吗?"阳子的眼睛瞪得溜圆。

我点点头。

阳子拍拍膝盖:"天哪,有一个大事我正急着告诉你呢,如果你在这之前知道了多好,你会顺路去看一看,找一找……"

"找什么?"

他瞥一眼小涓:"一边去吧!"

小涓很不情愿地走开。他把我领到里屋。这个神秘的举动引起了我的好奇,我急着问:"到底是怎么回事?"

"听一个朋友讲,庄周这会儿正藏在东部山区……"

"真的?!"我的心头一沉,心脏立刻"噗噗"跳起来。

"真的,这都是口耳相传的消息,非常确切:庄周在山区的包工队打工。你知道他也只有这个办法了。你这次没到山区去吗?"

我没有回答。心里一盘算起庄周的处境,接下去对什么都没有兴味了。我们比任何时候都更加挂记这个人,他让人心上疼痛。

他一直是压在我心底的一块石头。

开 始

一

坐上通往市郊的汽车匆匆赶回静思庵。我这会儿好像已没有任何去处,只有立刻回到那个孤独的窝里,蜷着。

整整一天我什么都没有做,真的陷入了静思。我把院门和屋门都关紧了,长时间歪在一张破藤椅上。我常常要想到一个可怕的事实:当我在这个角落里闭目冥思时,一位无辜的挚友却挣扎在逃亡路上;他不仅要忍受异常沉重的劳动,而且还要担惊受怕。或者他已经遭遇了不测——这个谁也不知道。

我站起来,藤椅被碰翻了。

我在屋里走来走去,后来又出了屋子。夏天好像提前开始了,太阳热乎乎的。一股热风从市郊长驱直入。远处一片浓绿,它们在风中浮动。绿色在悄悄地、同时又是迅猛地涌动和逼近。以前我似乎对这一切还毫无察觉,但这一刻听到了它的脚步声。

我在门前伫立了一会儿,然后顺着那个梦游者曾经踏过的小路往前走。脚下的地势在明显增高,我一口气登上了一个小山的慢坡。这个季节水汽正盛,远远望去,好像一切都在水汽中跳跃。往西就是那片苍苍茫茫的山地了,它笼罩在一架架大山的阴影里。山的褶缝里遗散着一些小小的村庄:或者黝黑,或者苍黄,或者是一片可爱的蔚蓝。全部的具体都消融在迷离之中,让人远远遥望,缄口不语。我们无法设想那里隐藏了什么,只感到一个完全不同的世界在诱惑。

我曾经在进入03所的前一年这样描述过这座城市:它位于新华夏第一隆起带的次级构造——西部台凸的东部,整个城市处于断陷盆地。它的西部隆起在远古末期的地槽发展阶段皱褶成山,从此整体抬升,长期处于风化和剥蚀的过程。进入中生代之后,构造运动表现得强烈而频繁,西部台凸继续抬升,而东部凹陷却继续下降,接受沉积……整个地势西高东低,由山地而丘陵而低地——我们这个城市就是在低山丘陵区的周边繁衍起来的。

西部的大量农田都开垦在平缓的坡地上。这儿的土质属于棕壤类,它们分布在花岗片麻岩、非碳性砂页岩的风化物上,属于薄层粗骨棕壤性土,顶多只能栽种一些树木或耐贫瘠的农作物。我站立的这个坡地上,离我不远处有一些宽叶小蓟,它们挺着多刺的茎,开满了紫色小花。这是一些内向的、怕羞的、洁身自好的植物。不远处还有华东山柳,它属于灌木中最高的一种,已经开始结出圆球形的小果。山柳之间长满了心叶报春,它们当中还偶尔夹杂一棵美丽的迎红杜鹃。区域植物的分布真是奇怪,比如说这一带的狼尾花有着根状地下茎,全株披满了密密柔毛;而那片平原上的狼尾花枝茎却呈蔓状,叶片也比这边的细长。同一科属的植物只要长在不同的土地上,总会发现或大或小的差异。一片土地有一种气息,它们在逐渐地、极有耐心地改变着一些生命的性质。

　　我已经许久没有投注如此欣喜的目光了。回想背着行囊到处奔走的日子,那时候我还多么年轻,总是兴致勃勃,不知疲倦;我喜欢戴一顶长舌工作帽,背囊里装满了旅行用品:从锤子到罗盘到定向仪,还有一个小小的望远镜;随身携带的小本子上总是记满了各种各样的故事——在平原和山区,在河边和海滨所见到的一切,连同一些奇遇和感触,都悉数记入。那时的我两颊彤红,头发蓬乱,风尘仆仆,为了一个冲动马上就能出发。那种自然流畅的生活啊,真的一去不再复返?

　　我从何时起让忧愁攫住?我的心中又为何堆积了那么多的焦躁和愤懑?

　　望着苍茫的西部,我觉得自己的心比它还要荒凉。我此时此刻究竟要做什么?我将走向何方?这会儿我真的有点害怕了,因为我知道一个中年人不能僵持于十字路口。

二

　　我怎么能忘记那个平原!那儿的茅屋、一起操劳的朋友……它们再次让我翘首遥望。时光啊,就是这样一闪而过,所有的懊悔与痛楚都隔在了帷幕的另一面。它们看上去近在咫尺,实际上却远在天涯。

　　我现在仍旧惦念的,是那个小茅屋是否已经坍塌……在午夜无眠之时,一阵冲动泛起,真想一头扑进那个残破的故地,和它同归于尽。我不知道自己离开了与之血肉相连的海滩平原,离开了在其中奔波成长的那片大山,还会安然无恙地活着。因为我知道这对于自己有多么危险。

我去哪里倾听自己的声音,去寻找一个生气勃勃的、遗失了的我……

这天傍晚静思庵主来了。他带来了一个不好的消息:小冷的斜眼弟弟终于招来了祸患,"鳗鱼"一帮由于得不到那张古画,终于在一个晚上动了手。他们把两个老人绑起来折磨,那个斜眼弟弟却趁乱跑掉了。小冷当时正在黄科长那儿。结果整整一夜两个老人就给绑在椅子上一动不动。"鳗鱼"一伙动手翻找,当然什么也没有找到。他们恼羞成怒,就把能砸的东西全都砸了。还有一个家伙掏出刀子,说要在小冷的老父亲脸上留个记号。他们把所有可以吃的东西都找出来,焖了一锅东西慢慢嚼着,说要等那个小斜眼回来。他们说如果逮到小冷的弟弟,一定要把他废了。

庵主叹息着:"你看,值钱的东西不能留啊,留在手里就是祸害!"

我非常内疚。我为小冷一家做得太少。在这个城市乱哄哄的人群里,弯弯的街巷里隐藏了多少是非曲折。我想到了滨和聂老,想到了那个胖乎乎的黄科长,还有唠叨不停的小冷。这是一座藏污纳垢的城市,日夜躁动的城市,也是一座鲜花怒放的城市。这一切纵横交织,悉数堆积一起,令人恐惧。我帮不了那两个老人,也帮不了他人。这座城市不需要我,我也不需要它。只有那个平原和山区才连接着我的血脉,它们的每一次抽动都能让我感知。

可是我在那儿已经毁掉了最后的窝,也没有了一个亲人。我成了一个真正的孤儿——到底是什么让我日夜思念日夜留恋?

三

这个夜晚我想到了离开。像过去一样,我实在没法在这座城市里安顿自己。

有一个声音在心底执拗地提醒:该走了,该再次捎起你的背囊了。我仿佛看到一个流浪汉的背影在地平线上移动,它渐渐凝成了一个黑点,摇晃着,消失了……

我如果告诉梅子即将再一次负囊远行,她一定会倍感失望。

我不得不想出一个非常现实的、可信而具体的理由——我的这次行走也许真的与黄科长有关。他让我看一份"自传",这就是他安排给我的工作!他让我把"自传"扩成一本书,这是多么繁重的工作。为了这个工作,我需要做许多实地勘察。而且那里面的一个细节引起了我的注意——我从中看到了"飞脚"的身影……我要告诉梅子:这个事件的意义怎么估计都不过分,因为它涉及我被羞辱过的父亲,还有我惨死的外祖父。

你知道吗?这是一段家族沉冤。

即便黄科长阻碍我的远行也无济于事。他不知道我翻动这本"自传"时,那种突然涌起的复仇心一瞬间曾使我浑身颤栗。还有,因为我亏欠了一个人,这个人正在逃亡,正是他使我日夜不宁。这个人时下就在大山里劳作,那儿正是当年囚禁父亲的地方。我怕他在那里榨完了身上最后的一滴水,变成冰凉的石头。

我在无眠之夜点起蜡烛,一遍又一遍翻着《游击考》。我开始用另一种眼光打量它了。我咀嚼着那些关键的字眼,地名人名、行动路线,几场依稀可辨的战事。这些战争在外祖母和母亲的嘴里已经说过不知多少次了,因为所有的战争几乎都与我的父亲有关。他是一个真正的参与者。与这些战争紧密相连的,当然还有我的外祖父。

最后一仗是攻打海港。港长是父亲的朋友,他们是莫逆之交。在那些宴饮的日子里,那个港长怎么也想不到,我父亲正和自己的一伙人打这个海港的主意。没有办法,战争进行到了关键时刻,海港的战略地位太重要了。部队的转移撤退,还有大批战争物资的集散,都要通过它。整个战斗做了周详准备,而且已得到上级批准。可是在具体执行这些计划时,在一些细枝末节上,父亲与队伍的头儿闹得很僵。父亲骂对方是个"愚蠢的胆小鬼"。而后来,胜利了,不用说就是那个"愚蠢的胆小鬼"把父亲送进了监狱。

外祖父是整个海滨小城和山区平原胜利的奠基者。他的命运呢?也不比父亲好上多少——甚至可以说更为悲惨。他后来死于敌人的谋杀。他和父亲生前围绕一个"飞脚"产生了难以挽回的误解和怨恨。去世前几年两人的关系极不融洽,甚至产生了敌意——这敌意埋藏得太深了,以至于外祖父再也不相信父亲了。这恰恰加速了他的死亡。

我记得母亲和外祖母生前说起他们总是叹息:"他们哪,坐不到一起了。你父亲被外祖父说成是一个'二流子',说这个人就是喜欢到处走来走去,搬弄是非,并没有什么真正的理想。他说你父亲是一个只有'嗜好'而没有'理想'的人。"

当时我问:对于一个人而言,到底"嗜好"重要还是"理想"重要?

母亲和外祖母相视良久,最后还是没有给我一个确切的回答。而我后来倒是认为,这个问号也许包含了人生的全部秘密。我也许会用自己的一生去寻找这个答案。

后一代已经无权放弃对那段历史的追溯。上一代的遭遇与我们的关系、我们正经历的这个时代与历史的交叉和重复——他们和我们,究竟哪些是"嗜好"、哪些是"理想"?"理想"和"嗜好"真的互不相容吗?

我想得最多的还有那棵大李子树——那棵巨大的李子树啊,枝叶繁茂,每到了春天,银色的李子花像浓雾一样,香味迅速笼罩了整个原野。多么奇怪的神灵啊,它用左手把我们赶出了那座小城,又用右手交给我们一个茅屋、一棵无比巨大的李子树。而我们一家失去的那座大宅院尽管历史悠久,有着奇怪的贮藏,奇怪的故事；但也像人世间所有足够大的宅院一样，也是一个藏污纳垢的地方——最后连高高的玉兰树也不能将那种腐臭气味彻底祛除。我想外祖父和外祖母愤然出走的原因，就源于深深的厌弃和拒绝。

最后，外祖父为这座小城献出了生命。

他是一个真正的不幸者，因为这儿至今没人承认：他是这个小城、这个平原上最优秀的儿子。他被这块古老的土地吞噬了生命，可是竟然没人怀念和记忆——那一天他已经没有了呻吟，血流满地，伏在心爱的红马背上。玉兰花树目睹了它最后一个主人死去的情景。

从此只有荒原上那棵巨大的李子树照顾不幸的一家了。

四

每到春天，大李子树上就变得蜂蝶无数。它们嗡嗡鸣叫，一天到晚不知疲累。它们在采集什么？

这棵神秘的大李子树啊，你让我从小依偎在你的身边，这到底是为什么？我们是偶然相遇还是必然遭逢？你庇护了我，让我一生都环绕你奔走、远行。我总是在你的面前承认自己的过失、怀念爱情、寻找未来。我将在你的面前把一生从头总结。

你知道吗？我在异地他乡浑身疲惫、举棋不定、从来也没有过的踌躇和犹豫之时，总是一再地想到了你。我现在多么急于跑到你的面前。

大李子树啊，你伫立荒野，整整一片土地都在你的气息之中，你的目光之下。我一旦离开了你，就开始了真正的颠沛流离。

我想告诉你，我永远不会背叛。因为这个字眼让我涌起可怕的复仇之心。我想起了先人被出卖的那种残酷结局——今天，我真的与那个可恶的背叛者狭路相逢了？

一种使命感让我在今天伸手抓住了。我将不再失去这个机会。我现在已经四十多岁，成熟而又有力。我不会被其他东西所迷惑。

一遍遍翻动这些"自传",拷问这些情节。

我也曾面对传主巧妙询问,默默观察。我从他翘翘的牙齿、发黄的胡须,甚至是肉滚滚的一双小手上,去寻找可能隐藏的秘密。每次都令人失望。他从来都很放松,若无其事。我想假使不是自己的误解和过分的猜疑,那么就一定是遇到了一个真正强大的对手——他极有可能在残酷的斗争中、在漫长的经历中、在一次又一次的背叛和欺骗中,养成了超人的经验和忍耐力。

后来我开始怀疑自己的判断了。也许事情本来就平平常常,不值得大惊小怪;也许是我自己过于敏感……这家伙总是对答如流,面带微笑;他说出的与我所认定的完全是南辕北辙,毫无干系。

在一次次的较智之中,我特别想到了与父亲共事的那位首长。这个人什么都获取了:荣誉和功名,晚年的幸福以及其他。而父亲生前受尽痛苦,对方却睁着一只眼闭着一只眼,在战友苦苦挣扎之地摇摇摆摆地视察,身穿大氅,乘坐着油光锃亮的轿车,被一些人簇拥着,像刮了一阵风似的来了又走。

我曾在很长的一段时间里对父亲有点怨恨,更多的是不解。我一直在想:怎么能够容忍背叛?怎么能够不去复仇?

待我长得更大了,才知道世界上本来就充满了各种各样的背叛,它每时每刻都在发生,简直是无时不在无处不在。没有背叛就没有生活。在今天,对背叛耿耿于怀已经显得有点不合时宜了。

这是一个相信"嗜好"的年头,"嗜好"比"理想"重要百倍……

可是我的父亲、外祖父呢?他们呢?他们流的血?

我坐看黑漆漆的天色,从窗户上辨析星斗。一天的黎明就快来了——不知不觉,我在这静思庵里度过了又一个夜晚。

我将在黎明中准备背囊了。是的:到处奔走的日子又来了,一切又将开始了……

第 五 章

旅 途 上

一

路上的行人都仰着笑脸。那是一张张被太阳照亮的新鲜的脸。多么温和的笑容。他们在笑什么？大概他们觉得我这个瘦长个子、走起路来跟跟跄跄、后背上还驮着一个大背囊的家伙特别让人发笑吧。也许我形如蜗牛，真的可笑。

我像过去一样先乘一整天的火车，然后改换汽车。我在半路下了火车之后，再乘汽车进入半岛山地，开始我的徒步行走。我将沿着砣山山脉向北，一直奔向它的北麓。北风吹拂着脸颊和头发，让已经芜乱变长的头发一律向后拂去，真像留了一个背头。

我知道北风就来自大海，我甚至能够嗅到它穿行了千山万壑还仍旧留存的腥鲜气息。我大口吸入，让它涨满肺叶。脚步匆匆，大背囊就像我的孩子一样紧紧伏在背上，一路给我特别的安慰。我匆促的脚步就像一个儿子前去寻找母亲，那种莫名的急切是别人难以体会的。对于我这个孤儿来说，我的永生之母只能是这片山区和平原了。

在窄窄的山路上行走的人也像我一样匆促。刚能跑开一辆拖拉机的路上只要过来一辆车子，所有的人都要站在路边。车辆好像突然多起来,田野和山隙发出它们的阵阵回响。一踏上这些山岭,往日的焦虑立刻消失得无影无踪,那些琐屑的牵挂也开始消隐。迎面而来的是葱绿的山脉和各种各样的声息。鸟雀在蹦跳,小野物在脚下树丛中奔跑打闹。风搅弄着山中稀疏的林子,可是掩不去从远处山谷传来的潺潺流水。

就在那蜿蜒漫长的水流旁,我曾度过了多少欢畅的时光。在地质学院暑假的东部考察中,我一有机会就跳到溪水里痛快地洗濯。我总是寻找一个有白沙的地方支起帐篷,开始美妙的野餐。那是多么幸福的记忆……但这会儿在山路上,我仍然觉得自己还像当年那么健壮、年轻,好像一转眼就没有了疲惫感。山地阳坡上不断能看到劳作的山民,他们高高扬起镢头,赤着上身,汗水在阳光下闪亮。如果赶路者停下来注视他们的劳动,他们也会停住镢头,笑吟吟地看过来。有时候他们还会放大嗓门问一句:"老哥你从哪里来?"

我把双手做成一个喇叭,迎着他们喊:"老哥俺从城里来。"

我一边回答一边继续往前。远处的人并没有马上弯腰做活,还在那儿微笑看人。他们为什么这么高兴?他们觉得我这个赶路的人有趣吗?他们在我的身后发出了哈哈大笑。这笑声何等动人,在温暖的山野里竟然有那么大的感染力,使我站了好长时间,一时竟不愿挪步。我不时地回头看着,直到再也看不清晰。

穿着花衣服的姑娘在绿野里显得特别耀眼,还有她们的头巾。做活的人往往把羊牵在身边,让它在地头和谷畔吃草。这些白羊见到生人就抬头注视,嘴里却飞快地咀嚼。它们发出咩咩叫声,摇着尾巴,像是一个好客的山里娃娃。我常常想它们在操着一口什么样的方言?表达了什么样的情绪?是回告还是问候?有一点是肯定的:这是一个生灵在尝试向不知何处而来的另一个生命沟通——尽管二者之间很难沟通。羊们没有惧怕,它们竟然在陌生人面前毫无慌促,没有拘谨,落落大方,一边吃草一边发出咩咩呼唤……

太阳升起来了,它把东边的山垭照得彤红。太阳刚刚跃出垭口的那一霎简直令人目瞪口呆。一霎时万籁俱寂。松树、山峦、枝桠上凝住的小鸟、田野里劳作的人,还有牛羊,它们一块儿被烧得彤红,又飞快地溶化……接着一只大鸟"噢——噢——"地叫着,在远处拍翅而去。树木枝条被群鸟翅膀扫动了,发出一阵嘈杂之声。这一声呼唤带出了各种各样的声音。兔子在奔跑、游蛇在出动,鹰鹫升上高空,云雀忘情歌唱。而山的另一面,渐渐传来的是流浪汉沙哑的呼号。

走在这片山岭里,总能见到那无所不在的流浪汉留下的踪迹。弯弯的小道上一只破烂的鞋子、一件破得不能再破的小布包,都是他们走过的标记。只有他们才有这么破的东西,也只有他们会随手把这些实在不能再用的东西扔在山地上。只要是流浪汉扔掉的东西,就没有一个人可以捡起来再用了。我在野地里奔波时,背囊里的东西哪怕还有一点点用处,我就要好好地收起;因为我知道,一拃长的小尼龙绳也会在某一刻派上用场——有一个夜晚我在河边两棵松树间搭起帐篷,想不到半夜起了大风,河谷里的沙子在风中噼噼啪啪扬撒过来,打在脸上真像铁砂子一样。我走出来,估摸着这场大风可能带来什么。我怕半夜的风雨把我的帐篷掀翻。果然,后来的大风中夹杂着雨,一会儿又旋成一场很大的风暴。帐篷一角给掀起来了。天冷得让人实在受不住。就在我急得不知如何是好的时候,我的手碰到了拴在手电铁环上的一小段皮条。就用这段皮条,我把那个掀翻的帐篷角给牢牢地捆住了……旅途中一根火柴、一把小刀、一口水、一个苹果,都能帮上大忙,让人留下长久不忘的感激。

二

  我向鼋山山脉的分水岭登去。我选择了山脉东端山势平缓的那一截路，从这里寻找那些熟悉的山谷。我要顺着山谷一直往北——走出十几华里之后，就会看到山隙里的那些村庄了。在那里我可以很容易地找到过夜的地方；就是不进村子，也可以在河边支起自己的简易帐篷。在那所地质学院读书时，暑假里我就是带着这顶帐篷走遍了大河两岸的。所有这些地方在我的少年时代就已经烂熟于心了。那些日子里我记下了多少笔记——后来把它们一块儿交给了我在03所的导师。他是我永生不忘的恩人。

  那是一些多么愉快的日子，又是一些多么不幸的日子。

  当我去了那个杂志社时，只要一有机会，还仍然会重复这种足踏大地的漫游生活。我频频出发到东部半岛，如果时间充裕，就一定要甩开那些大大小小的城市，回到我熟悉的山地。我来这儿与其说是为了重温自己的"地质之梦"，还不如说是追寻少年的足迹。

  那时常常与我结伴同行的是一个从事古航运史研究的人，一个极为优秀的年轻学者。夜里我们有时宿在老乡家里，有时就干脆自己动手支起帐篷。我们在谷地、在大山的避风处过夜，有着他人无法体味的特殊的安逸和幸福。那时听着各种各样的夜声，燃起篝火，相互讲一些稀奇古怪的故事……有些时刻是很难忘记的。那个年轻学者当时还是独身，他赞扬我说："一个人成了家，年纪一过了三十五六岁，就很难再有你这样的激情。"我笑笑说："这算不上激情——我没有什么激情。我不过喜欢一个人走来走去的。你不知道，我从十几岁就在大山里转，那时连个帐篷也没有，不得不钻在草窝树丛里，再不就钻进山里人的草垛过夜。"

  可是今天回顾一下我才明白，他的话是对的：我怎么能够否认，一个人千里迢迢来寻篝火之夜不是一种激情呢？

这天中午时分终于登上了鼋山的分水岭。每次踏上这个高点的时刻总有一些异样的感觉。站在这儿向北望去,看到熟悉的谷地和河流,看着上一个雨季在河谷里留下的痕迹,一种异常复杂的滋味就会泛上心头。你会在心里盘算离开了这里多久。如今这里正以它自己的节奏和速度改变着什么,而且从未停息。芦青河、界河这些有名的河流就从这里发育——一开始有无数细小水流缓缓向北,它们一会儿分开一会儿合拢,两旁的林木和水草相当茂密。站在分水岭看鼋山山脉,一直可以望到很远——所有在阳光下变换颜色的山岭、那些黑苍苍的树木以及凸起的山峰上裸露的黄色和青色岩石、在阳光下闪着明亮光点的石英斑,都让人觉得那么亲切和神奇。山脉一直向西蜿蜒,它在那里将与另一道山脉——砧山山脉交汇。砧山山脉的西边就是那座举世闻名的金矿了。

金矿矿脉一直延伸到砧山主峰附近,所以这些年来那里的开采已经搞得轰轰烈烈。随着对黄金的迷恋,一场真正的掠夺开始了。那些惊心动魄的、痴癫和疯狂的故事都发生在那一片大山里。

随着往前,顺着河谷刚刚开凿的山路上涌出了许多车辆和人流。这比记忆中的任何时候都多,而且都向着同一个方向涌去。已是中午时分了,赶路的人没有一个停下来吃东西,而是一直向前。我随上这些人流,不由自主地加快了脚步。

这样直到下山的半坡才知道,在山左五六华里的地方有一条新辟的大路——四面八方的人都汇到了大路上。我知道这么多的人都是来自山隙的那些数不清的小小村庄。大山里的所有村庄都小得可怜,有的不过是三五户簇在一块儿。他们看上去只是过着默默无闻的生活,可是突然间一个早晨或者晚上,这些人会借某个由头、因为某一种原因汇集起来,汇成眼前的人流……这很像山岭阴坡上那几条大河的形成:一开始是涓涓细流,是散落在沟汊谷底的小溪,它们一齐随着一个大势汇拢而去——终于在某一天变得势不可挡,浩浩荡荡,成为一条名闻遐迩的季节河。

是河流改变了山地,造出了平原。

我汇入了人流。旁边一个挑着担子、热汗涔涔,兴致特别高的小老头一边走一边颤动着扁担打量我。我觉得他一定是特别累了,就说要替他挑一段路。他马上谢绝了。我问:这么多的人都是到哪里去的? 老头说:"这你还不知道吗? 开'交流大会'去呀!"

"到哪里开'交流大会'? 到县城吗? 这里离城里很远哪。"

我知道去县城该走另一个方向;而从这儿往北,到我熟悉的那个海边小城也足足有几百里。从人流的走势上看,这显然是去参加一个非常盛大的集市。正在疑惑时,老头用手比划了一下:"到大河套子里去呀!"

我还是不太明白,但没有再问。可是走了一个多钟头我终于看到了一大奇观:在一个干涸的大沙河里有黑压压的一片人。那里停着各种各样的车辆,还有呼啦啦飘动的一些旗帜。那儿现在已经聚集起足足有好几万人。我惊呆了。

有人告诉:这个大沙河里汇集起来的人不仅有本县的,还有周围三四个县的人。这种大会每年都要开几次,渐渐声名远播。结果近一二年来河套子里还迎来了隔海相望的那个城市的人。至于那个海滨小城的布贩子、木柴商、服装和电器厂家,就来得更多了。不用说这里的成交额一定大得吓人。

我急匆匆地赶过去。

我发现在这个交流大会上几乎没有什么不可以买卖。在密密麻麻挤满了人的河套子里,吆喝声震人耳膜,各种各样的交易在路上、在商品的移动中就已经开始了。来这儿的人都是五花八门的、各式各样的。有的姑娘浓妆艳抹,打扮怪异;有的男子留了奇怪的发型,描着眉毛戴着耳环,还叼着雪茄……敞篷车上堆满了蔬菜、布匹、自行车,还有录放机之类的家用电器。那些戴着金戒指的家伙站在车后斗上吃吃喝喝,像分发传单一样向下兜售着鸭绒服、乳罩、内衣、雨伞,和不知什么年头出产的老式军靴。

离我不远处有一个脖颈上挂了大木箱的贼头贼脑的人。这个人好像害着很重的肝病,面色蜡黄皮包骨头,让人觉得已经气息奄奄了。可是他吆喝的嗓门却是出奇地大,原来木箱子里装满了手表。我走过去一看,电子表、自动机械表、那些在电视上不断打出广告的名牌手表在这里一应俱全。价格浮动的余地很大,他要二百元,顾客经过讨价还价,结果只花四十块就可以到手。

河套子里各种场地标划清楚,粮市、木柴市,还有饮食区——连成一片的白布篷下是翻滚的油锅,是屠宰场。他们直接从交流会场收购一些牲畜,然后当场宰杀下锅。那凄惨的叫声让人心惊肉跳。一些戴着镀金耳环的姑娘手里拿着炸油糕,兴高采烈、满面欢欣,一边走一边吃,迎着每一个男性微笑。我亲眼看到一个十几岁的小姑娘把油滋滋的手按在一个小伙子雪白的衬衫上,两人不长时间就当众搂抱亲吻——旁边没有一个人驻足观看,大概人们对这一切早就习以为常了。

大功率录音机发出"嗡咚嗡咚"的响声,一个卷毛小伙子扛着一根木头,竟然在这音乐声里一边扭动一边往前走,正合节拍。这个小伙子走过身旁时,我看到他长了一双羊眼……在人喧马叫的地方竟然还有席子搭起的照相馆,它的四周到处都有放大的女性照片——这些女性一律大眼大嘴、牙齿凸出、发出媚笑。有一幅照片跟前围了好几个人,我看了看,原来照片上的姑娘只穿了一件薄薄的纱裙,一对乳房和下体都清晰可辨。反正所有悬挂出来的彩色照片都有点惊世骇俗。门口一个拿着扬声器、戴着卷毛黑帽的四十多岁的男人不断地吆喝,招徕顾客。一个老太太手扯一个姑娘的手往这儿走,他赶紧把扬声器转过去说:

"照个吧,照个吧,进口胶卷儿电脑制作,随便换头、换胳膊腿儿……"

这听起来多么吓人。可那个姑娘已经习以为常,在叫喊声里不慌不忙伸长了脖子去看挂出的那些样板照。老太太用力揪一下她的手,眼角奋着说:"咱不照这些鳖玩艺儿!"

拿扬声器的人不仅要招徕顾客,还要把一些黑白和彩色的半裸或全裸的女人照片卖出去。他对我伸出一张照片说:"伙计,买一个吧,一块五一张,酸溜溜的小娘儿们,保你一搭眼就酥,跟她亲嘴儿又不犯法……"

再往前是集中划出的特别地带,这儿聚起了一大批算命先生。这些人有男有女,都是中老年人,跟前一律摆了一个白布单,边角用石块压住;布上画了一些奇怪的图形,还有一本本散发着臭气的古书。摆摊者在那儿念念有词,伸出手指对眼前的人数叨着。他们当中有的是盲人,这使我充满同情。盲人抄着手,生意清淡。一个穿着大裤衩、光着上身的满脸横肉的家伙大概被一个老者算出了什么毛病,急得脖子上的青筋鼓成一团,连连问:

"有无解法?有无解法?"

老者伸出手来。他从口袋里又摸出几块钱。老者接了,掐弄一下手指,说:"去北坡里烧一炷香;还有就是,再也不要迎着风撒尿了……"

满脸横肉的家伙点点头,有些轻松地走开了。

整个河套子里最让人注意的就是那些流浪汉了。正像我以前看到的每一处集市一样,这个河套子里的流浪汉同样是各式各样的,只是数量多得让人吃惊。我发现他们像我一样在人空里钻来挤去,时不时伸手讨要,而且还询问货物,有时也真的能大大方方掏钱购物。我亲眼看到一个领了小孩的流浪汉从脏得不能再脏的破包里摸出了一把零钱,买走了一只胖胖的母鸡。

我出于好奇,直跟上他走了一截路。我发现那只母鸡就由旁边的那个黑脸小孩怀抱着——小孩得到了一只鸡心满意足,一路上听着它哼哼的声音。我问这个流浪汉:买这只鸡做什么用?他不耐烦地瞥我一眼:"下蛋吃呗!"

我想他在流浪的路上没有定居之地,养一只鸡该有多么别扭。

一个卖猪皮冻的小木桌旁围坐了五六个流浪汉,大概他们是一伙儿。每人面前摆了一小碟便宜的猪皮冻,个个都捏着一个小酒盅,喝得面红耳赤。那个年纪最大的可能喝得最多,这时不停地笑,像一个辩才出众的演讲者,一边讲一边有力地挥动右手。那右手在空中飞快地翻舞。他吐出的话语有些含混,但只要听懂就会吓上一跳。原来从古到今,他骂遍了所有令人尊敬的人物。他骂一句,一边的流浪汉就为他叫一声好,不断地拍巴掌、笑。做皮冻生意的那个老头高兴极了,大概这会儿也被他的辩才所吸引,虎口按在下巴上,头往前探着,认真地听起来。

天色有点晚了,我不想在这个交流大会上过夜,只得快点离开。可是我一直往前走去时才发觉,这个大会的会址简直大极了:我足足走了半个多小时还没有望到边缘。

我一直走出了十几里远,似乎还能听到身后嗡嗡的人声,各种各样的喊叫和欢笑。我的脑子有些发胀,心想这么盛大的、混乱的场面大概一辈子也不会见到几次吧。我感到有点饿,后悔没有在交流大会上买点吃的东西。记得口袋里有一点钱,摸了一下,空空的。原来我在那个热闹地方被人掏了兜。我丝毫没有吃惊,因为我知道在那种场合是并不罕见的事情。

山区平原的一切都在迅速变化。大河套子里的情景很像那个城市,只不过更加喧闹。过去的岁月一去不再复返。这是一个苏醒的时代,大迁徙的时代;这是一个属于流浪汉的时代,梦想者的时代;这是一个大把花钱的时代;这是一个黄口小儿出言不逊的时代;这也是一个不懂得疼爱姑娘的时代……

三

　　一会儿迎接一会儿告别,不断结识又不断遗忘,这就是一个流浪汉的行迹。从童年的平原到少年的山地,再到青年的长旅,我不知经历了多少故事。可是这些人和事大半都在记忆中没有结尾。那些路人,我几乎还没有来得及深入他们的内心就不得不匆匆分手。

　　这些年来我旅途上的真正幸运,就是找到了东部平原上的那个茅屋。

　　那儿不是滞留地,不是驿站,而是百求不得的一个归宿。很长时间我都不敢想象未来的一天会失去它……那终究来临的告别啊,那使人肠断的分离啊。我在最需要它的时候丢失了它,在最依恋它的时候痛别了它。它的一切都与我筋脉相连,无论是那里的挚友还是树木……

　　随着向北,地势渐渐开始平缓。跨越了浅丘坡状地带,走进了开阔的冲积平原。这里的土地肥沃多了,土层很厚,几乎全是适宜耕作的潮棕壤。庄稼、树木、野草,一切一切都饱含水分,油亮亮的。从丘陵北端一直到海边的蚬子湾,整个生机勃勃。田野里有分隔均匀的沟渠,是一条条乡间泥路。泥路上,雨天里牛蹄踏上的印痕极为清晰,有时还可以看到脱落的、磨光了一半的牛蹄铁。道路两旁长满了我熟悉的那些灌木或小乔木:已经谢花的紫丁香、小叶女贞,黄牛奶树:它的刚刚长成不大的球形小果被叶片遮掩着,油汪汪的树冠和挺拔的躯干让人想起一个小伙子。黄牛奶树下有一棵棵北清香藤依偎和守护着它。水沟低洼处是一些蓼科植物、蕨类和百金花。这里最多的植物是罗布麻,它们紫红色的枝条对生,几乎总是开着粉红色的小花;如果揪下一个叶梗,就会看到它们流出生旺的乳汁。这个平原上的许多老人都喜欢用罗布麻的叶子当茶喝,据说它们能使头脑清爽。那些蔓性灌木、样子多少有点像罗布麻的杠柳,如今也蓬蓬生长,遮去了很大一片泥土。这儿的河渠沟边,到处都可以找到蔓科植物,像蔓俞草、隔山消、普吉藤、白薇、徐长卿等。一只小野兔只有刺猬那么大,它一开始没有发现我,蹲在一丛罗布麻下面啃咬什么,后来被我的脚步惊动了,两只漂亮的长耳像两根手指一样摆动。我看到它那方方的、可爱的嘴巴停止了嚅动,不急不慢地跑走了。

从这儿往西十几华里就是芦青河了。随着进入河流下游地区,我被眼前的一切惊呆了。这片地区的污染严重到了超出想象,几年不见已是面目全非。不仅是周边那几个煤矿在加紧开采,大片粮田沦陷,平原上生出处处水洼,到处都是芦苇;就连海滨小城以及小城附近的村落兴办的稀奇古怪的大小工业,都往河里倾注废水。越往下游河水的颜色越深,气味越浓。由于地下水被过分抽取,水位越来越低,海水倒灌已经相当严重了——在我离开海边茅屋时,北部那些杂树林子的梢头开始变色,出现了一点点死去的槐树和杨树;就连最泼辣的加拿大杨也开始脱落叶片。秋天,往往是天气还很温暖的时候,那些杨树、合欢树、小叶杨和柳树就相继开始脱落叶片。地上斑驳繁杂的植物品种相继消失,如今长得最旺的就是木天蓼、粟米草、马齿苋等几种泼辣东西了——如果再往北,在海水倒灌最严重的地段,那些潮湿的盐碱洼地,连这些植物也变得罕见了。那儿长得黑乌乌水汪汪的都是盐角草或灰绿碱蓬。爬着长蔓、像绿色的火焰燃烧在田野上的成片成片的荤草,也开始在濒临海边的洼地和沟边消失了。

渐渐,我的眼前出现了漫洼坡地——这在过去是一望无边的平展展的原野——又一片挺好的土地开始发生凹陷了。顺着慢坡往前,很快看到了一片片蒲苇。它们一处处排列并不规则,好像是分别地、突兀地塌陷的。这儿的道路因此而被阻隔,要不断地绕过一处处的水洼和蒲苇才能走通。

随着往北,这种凹陷就越来越多了,终于连成了一大片。

蒲草稀落的地方水就深了,那儿成了一片开阔的小湖。湖水里竟然招来了各种各样的水鸟,而水鸟又招来了猎人。那些持枪者沿着水洼边缘慢吞吞地走,生怕惊动了猎物。不时响起"轰"的一声,冒起一阵白烟,湖面上的水鸟一掠而起。

水洼旁长了一些梢头发红的柳树,它们大半截泡在水里,竟然还能长那么旺……这些塌陷的土地和浸在水中的树木让我想起了海边故地——那里如今也是一片凋零。不过我仍然不希望它泡在了水里。这会儿我恨不得一步就跨到那儿……

田园故地

一

我那片魂牵梦绕的田园……你被毁过的容颜让我不敢正视。是的,当年就为了躲避这个时刻,我才不得不背过身去。

然而你今生再也不会从我心灵的版图上抹掉了。我一路踉跄而来,绕过那些地裂和水湾,一直扑到你的怀中……我弓腰寻觅原来的一切。是的,我的园子,此刻我仍能听到你若有若无的呼吸。我抚摸这一处处塌陷——没有塌陷的地方也有了深深的裂缝,那些还在支撑和挣扎的树木,它的根须被生生扯断。一根根篱笆支架有的直立、有的横卧,断成了两截。我蹲在一棵奋力伸展枝叶的山楂树下,抚摸着它,又一次感到了灼手的体温。它在我手下瑟瑟抖动。我不知如何是好。这就是被我抛弃的大树吗?我这个沮丧而胆怯的人,还怎么配来这片平原呢?也许你们从一开始就该看出我这个城里人有多么可疑。

　　抬头寻找那个塌了半边的茅屋,看到它的残壁仍旧矗在那儿。我走过去。茅屋原来是东西四大间,旁边还有加盖的耳房,这时候也大部分塌掉了,只留下了正面的两间。西边两间的地基都陷下去,连带着一半的屋顶也毁掉了。这里已没人看管,芜草齐腰。我的操劳不息的兄长,那个拐子四哥现在也不知到哪里去了。我想在地上看见一些新鲜的痕迹,如人的脚印,还有狗的蹄印——我在想象那个老人可能牵着那条猎狗到这儿转悠——他会像我一样来这儿寻找什么。

　　站在深深的芜草中,没法阻止那么多的往事一块儿涌来。我是把魂魄丢在了这儿。

　　就是这块脚踏之地,最热闹的时候曾经笑语喧天,屋里屋外、连同小院都站满了朋友。他们简直来自四面八方,有海边的打鱼人,从省城或更远处赶来的朋友,还有海边小城里的人,有我们西邻那个国营园艺场的年轻人。那是何等的热闹,那真是最激动人心的欢聚。那些夜晚啊,篝火一烧起来,那条护园狗就把胖胖的两爪搭在我的身上,把我的衣服弄得满是沙土。

　　那样的岁月就在某一个黄昏沉寂了,无影无踪。

　　我今夜就在塌了半边的茅屋里过夜。从西间走进东间,不断有什么野物被惊飞,还有什么东西刷刷钻进屋角那堆乱草里。还好,灶上还有大半块锅铁;最令人感激的是那个大土炕还没有坍塌。我想肯定是那些光顾此地的人不忍毁坏,他们仍然还需要它。半截炕席子油光光的,竟没有被灰尘蒙住。这使我明白了,这里正是那些无家可归的流浪汉最好的庇护所。我蹲在扑满烟气的锅灶跟前,把背囊摘下,像过去一样把它扔到大土炕上。真像回家了,心上涌过一阵凄凉的轻松感。我把鞋子里的沙土倒出,然后就坐到炕上。先倚着背囊歇息一会儿,打量着四周。窗和门都被人取走了,四处除了风声什么也没有。西边的那个园艺场静悄悄的,没有一点人声传过来——他们最后的一拨人马大概也搬得差不多了,顶多会遗下几个人留守。海边上由于污染严重,日夜呼喊的打鱼号子再无声息。

这个夜晚的情景倒很像许久以前的时候。还记得那个春天,入夜后刮着大风,我第一次到这个残破的小屋里来。当时的土地刚刚被人丢弃,茅屋破败不堪,没有窗扇也没有门板,风沙旋进了屋里,炕上也是这半截席子,锅灶上也是破了一半的铁锅——不同的是那时候我浑身都是力量,躺在半边席子上,满脑子都在琢磨怎样使这里新生。

而现在,我是千里迢迢赶来祭奠……

我一直坐到四处变得漆黑一片才试着躺下。这一夜不记得好好睡过一次;总是坐起,找到半截烟头点上吸了,看着窗户。天不冷,有什么在外面活动,刷刷奔跑。那是还没有来得及迁移的野物。能离开的都离开了,只有一些胆大的小野物才喜欢在废墟和瓦砾中寻找什么……窗口那儿闪动着一片繁星。一阵饥饿袭来,我记起还没有吃晚饭呢。从背囊里翻找出一小块蜡烛点上,开始动手做饭。没有取随身携带的那个小铁锅,因为我只想重新启用一下这个又大又破的锅灶。这样就可以把大炕烧暖,让我再饱饱地嗅一顿那种烟火味儿。这个铁锅只剩下了大半块,锈得很厉害。我用沙子擦,用水冲洗。直弄了好久,那铁锈的颜色还像血一样红。我在破了半边的锅子上随便煮了一点粥。

睡不着,一直琢磨那些和我一起料理这片土地的人,一个一个想着,想他们现在都散在了哪里?从城里来的又回到了城里,其他人则回到了这个平原和南部山区。他们在一些谁也不知道的角落里忙生活了。这就是人生:聚散无常,从来如此……

我在此地前后有过多少朋友,每次走到这里都寻找过他们——可是能够找到的熟人已寥寥无几。

吃过东西后站在院子里——其实这里已不能称其为院子了。原来围起的灌木篱笆已经被毁掉,四下光秃秃的。稍不小心两脚就要陷到一处地裂里。风增大了,可是除了风声,任何其他的喧闹都减弱以至于没有。能清晰地听到不远处的大海——蚬子湾里扑动的浪头。而往日从这儿望去,一抬眼就可以看到无边的葱绿。西边是国营园艺场,眼下那儿只有一些黑乎乎的影子,连个轮廓都没有了。我在园艺场里有过多少好友,那些年轻的姑娘和小伙子都是我们屋里的客人。没有他们,我的田园就会失掉一大半美好的回忆。

我此刻对这个平原的命运万分惊异:它竟然凋落得如此之快。

黎明前我在大炕上睡了香甜的一觉。最后是被吵醒的。因为海边荒原上的野物已经有好长时间把这个塌了半边的茅屋当成它们的家了,一个个都赶在黎明前回来。它们大概发现了我之后,又一传十十传百引来了许多同伴。可能有好长时间它们都不敢惊动我,只在旁边注视着,眨动着一片惊讶的眼睛。后来它们当中有谁终于愤愤不平了,由一个小家伙领头发起了进攻。它吱吱尖叫,接着另一些野物也跟着呼喊——我猛地醒了,一抬头发现土炕下边那个角落里有一片眼睛。

我没有害怕,因为知道它们是一些不会伤害我的生灵。奇怪的是它们见我坐起来也并不退却,只是身子摇晃了一会儿,移动一下。我与它们对视了片刻。我想这些野物再有不久就要无家可归了。它们祖祖辈辈的故园就是这片荒原,这儿很快就要遭到更大的磨难。我知道临近芦青河湾的地方风景如画,可是自从有一个港商与当地政府签订了大型化工厂的合资项目之后,就再也不会安宁。其他一些重污染项目也逐渐在向蚬子湾靠拢。无论是动物植物,还有人们亲手开垦的一片片田园,都在一块儿走向末路。

我站起来时,它们跳腾着呼啦啦蹿出了空荡荡的屋子。我四处看着。后来我在角落里竟然发现了一只瑟瑟发抖的小猫。它只有半尺长,看得出它是从园艺场或者附近村里跑出的一只小猫。我凭经验得知,家猫是不会和那些野物混在一块儿的。可能这就是它留下来的原因。它在这个角落里仍然比在野地上奔跑要安全得多,我不明白的只是刚才那群野物为什么没有伤害它?可见那些野物大半都不是食肉动物。小猫皮毛脏臭,瘦骨嶙峋,它大概饿坏了。我觉得这是一个流浪的孤儿,就像我遇到的那些流浪汉差不多。

我把它捧到手里,它竟然一点儿也不害怕,呀呀叫,还舔起了我的手掌。我赶紧从锅灶里盛出一点残粥。小家伙马上伸出舌头舔起来。它吃东西的声音那么甜美。我在角落里给它整了软和和的草,把它放在那儿。我又躺在了炕上。刚闭上眼睛没有多久,觉得脸旁有什么在拱动,伸手一摸,又是那只小猫。我把它搂在怀里继续睡去。它甜蜜的鼾声在黎明时分打得更响。

我不再孤单了。

二

白天,我背起背囊向大海走去,把那只小猫放在了身上。它如果愿意,我会一直携带着它。靠近大海这一带过去满是绿色,那时从上面走过,双脚一直要踏在草棵上,还要在密密的灌木棵子间绕来绕去。可现在,旋起的沙丘把灌木和草地都覆盖了。只要是灌木没有连根拔起的地方,一个沙丘就会逐渐形成,最后连高达十余米的树木也只露出一个小小的梢头。有时沙丘大得像座小山,登上顶部可以看到:一片大大小小的沙丘一直连到蚬子湾。那里黑乎乎一片,翻滚的浪花在海面上簇动着,显得特别白。没有一个渔人,岸上冷冷清清。

这就是蚬子湾！父亲从南山归来后，有一段时间就在蚬子湾打鱼采螺。那时这里是多么热闹的地方，打鱼的人和四处涌来的鱼贩子站满了一片沙滩，火把通宵燃着，海上老大的粗嗓门人人惧怕……我一步一步靠近它。如今的蚬子湾不仅死寂，而且已经变得脏乱不堪。造纸厂排泄出来的碱水和各种屑末覆盖了很大一片海域，富含碱性的水浪飞溅起来，简直像肥皂沫一样黏稠，堆积起来像一道道雪岭。海浪不断把一些原油凝块推上来，一不小心粘在脚上就很难揩掉。记得前些年走在这里，时不时发现被海浪推上来的鱼和螺，可现在已经再也看不到它们了。这里大概变成了世界上最可怜的一个海湾。一切变得太快了，快得让人无法提防。仅仅是五六年前，这里的海水还是蓝的，沙滩上一眼望去还是郁郁葱葱；往西十几华里就是芦青河入海口，那里有一个更美的蓝色河湾：河湾上总是盘旋着成群的水鸟，一些手持旋网、足蹬长筒胶靴的渔人在水缘上走来走去……如果前推几十年，那么这里则是高大翁郁的林木，密不透风的林子里奔跑着各种各样的动物，据老人讲有狼、狍子，甚至还有银狐和梅花鹿。当年这里也是那支有名的队伍活动的地方，他们当中产生过真正的英雄。如今不仅丛林消失了，而且再也找不到英雄，如今活动在这片沦落荒原上的只有草匪和恶棍。

我不能不想起父亲和外祖父——黄科长交给我的那篇《游击考》就写了很多这一带的事情。这儿就是一部传奇的滋生之地了，谁能相信呢？我站在不断涌起雪白的碱性泡沫跟前，恍若走到了一个极为陌生和恐怖的世界。我必须尽快离开这里。

从蚬子湾回返时，原想直接顺着芦青河左岸往前。可是走了一会儿才发现，我的两脚正不由自主地迈向另一个方向——后来终于明白是在寻那棵大李子树。我惊讶地收住了脚步——因为我知道前边什么也没有了，那里所处的位置正好是矿区最先扩大开采的地方,它早就成了一片荒凉的水洼,已经杂草丛生惨不忍睹了……

可是我究竟要走向哪里?究竟要寻找什么?故园毁了,一切面目全非——我一路急匆匆地赶来,难道就为了面对这满目苍凉,让一种空荡荡的感觉把人弄得浑身凉彻吗?我好像只为了印证一个事实:我的出生地、这片平原,如今真正是一贫如洗,她再也无力收留我了,尽管我是她流落他乡的儿子……荒原上垂落了沉沉甸甸的目光/头顶上再没有云雀的歌唱/沙丘链正把我锁住/我踟蹰,挣脱,想确定一个方向/何处是故地香茅/那一滴萱草的眼泪/我向苍茫之夜伸出讨要的茶缸/里面落下了寒鸦脱下的羽毛和/贝壳碎成的屑末,一些沙粒/我把它们一块儿装进背囊……

我想到那个园艺场的留守处去打听一些熟人,后来又打消了念头。好像如今全都没有必要了。我不想再看到沮丧疲惫的面孔,那只会使我更加难过。还是让我自己一路向南吧。

再到哪里去呢?我问着自己,直到一切渐渐变得清晰:到南部山区去,去那里寻找庄周。而且这一路正好可以路过罗镇——罗镇里有"飞脚"的故事。

如果我真的踏到了那根隐秘之弦,就会听到它震耳欲聋的鸣响。

三

罗镇是整个平原上一枚闪亮的珠子。它与那个著名的海滨小城遥遥相对,算得上一处重镇。在这几十年的历史上,关于罗镇的传说太多了,那些惊奇险怪的故事多得不可胜数。多少陈迹都隐入了历史的烟尘,可是罗镇依然不能让人遗忘。它今天还像当年一样混乱繁荣斑驳陆离,好像一定要在新的闹剧中扮演一个角色。

罗镇的名字在《游击考》中不断出现,显而易见当年那个黄科长就是以罗镇为中心展开活动的。他的出生地就在离罗镇几公里远的一个小村落,从那儿开始了他的"放牧生涯"——直到所谓的"学医大事记"阶段,才算正式走入了罗镇。我估计他就是在学医的时候接近了罗镇的首富:那个有名的"革命士绅"。要了解罗镇的过去,无论如何也不能放弃对那个大家族的考察。我听外祖母和母亲说过,大家族里的好几代人都与官府联系密切,同一座大宅院里出过清朝的高官、国民政府的要员,还有声名显赫的革命者。上一个世纪的故事是:主宰深宅大院的那个老人死了,从外面大城市回来的少爷身居罗镇,成为多种政治势力的争夺对象。他在罗镇和海滨小城投资兴办了很多公益事业,一时传为美谈。这个人与外祖父交往颇多,他们彼此钦敬。我相信,如果黄科长就是那个所谓的"飞脚",那么前后情节也当成立。因为他可以沿着这条线索把触角伸到海滨小城,从而结交我的外祖父。罗镇这个家族与外祖父城里的大宅相比,最大的差异就是:外祖父一家在三四十年代已开始衰落,而这个大院却一直兴盛发展。它除了在远近几个大城市有商业经营之外,在山区和平原上还拥有好多土地。而外祖父一家早在上个世纪初就放弃了土地经营,而转向设立钱庄、兴办民族工业。罗镇大家族的后人参加革命已经是很晚的事情了,其后人在两个敌对的政府里都有高官,名字也都同样的响亮,所以有很长一段时间罗镇人不知该憎恨他们还是敬仰他们。

走在罗镇大街上,我满脑子都是过去的故事。我总是想从街头上的老一代人满脸的深皱间,解读往昔的隐秘。

当我询问起那个频频出入大院的姓黄的医生——一个不安分的跑得很快的年轻人时,罗镇人全都茫然。那些胡须很长、叼着烟斗的人搓着膝盖说:

"这咋能记得呢。古时候那种人多得是。"

我说:"不是古时候,就是解放前。"

老者不停地咳嗽,摇头:"医生嘛,背药包子的人,哪天不在这里来来去去?"

提起与大院年轻老爷过从甚密的医生,老头子们就努力回忆。有个老头想起来了,说:"他家里是供养了一个医生,五十多岁,不过那是上一茬老爷留下来的。这人的医道原来不错,谁知他给一个小姐治病时下药狠毒,'八角',就是'大茴香',不知怎么下得多了,小姐差一点给毒死。就这样他害怕了,半夜收拾起东西跑了。还有一个更老一点的,是个拐子,两眼像鹰:要讲医术他在这一带也算拔尖的人物了。可是人哪,都有毛病……"

老人接上说起拐子医生的毛病,拍一下膝盖说:"偷。"

老头子们互相议论,一个个补充着。又有人说:"那个老医生偷东西的本事才叫高。偷钱,偷珠子门帘;最后说起来没人信,他连小姐小时候用过的小红肚兜都偷了出来。你看看,了得!"

另一个老人回忆说:"因为他手不老实,就只好卷铺盖走了。不过那时候队伍上还缺这样的人,他就让人介绍到队伍上去了。物尽其用嘛。他在队伍上不光能给人看病,还能到敌人那一方里去偷些情报。"

我听到这里心上一动:这个人是不是那个黄科长呢?可是后来又很快否定了。因为他们在年龄上相差甚远……时至今日,别说那个默默无闻的黄科长,就是"飞脚"这个响当当的名字镇子上人也不记得了。说起队伍的事情,他们往往说得玄天玄地,有时弄得驴唇不对马嘴,一会儿把那支队伍说成可怜巴巴的光棍汉凑起来的乌合之众,说他们都是饿出来的孩子,出来找食儿——只等上边来人领教他们,他们才能打打鬼子和"二鬼子"什么的;一会儿又把队伍说成了一些神人,说他们个个武艺高强、刀枪不入,有人伸手一挥,就能把对方远远地劈死。"那是因为他们有'张手雷'呀!"

一个老头子神秘地看着我,浑浊的眼睛久久盯过来,嘴巴包得很紧。他见我不做声就叹息起来:"可惜这些神招都失传了……"

我想告诉他现在有比"张手雷"更厉害的武器,告诉他现代科技与现代战争。但我最关心的只有"飞脚",关心黄科长当年的真实身份和那个大院的主人,关心他们与那个小城各种各样的关系。

可惜就连海滨小城里的外祖父,那个远近闻名的曲府,谈起来他们也不甚了然。

就这样,我在罗镇听到的一切不仅没有增添新的线索,而且把原来的思路完全搞得混乱了。这使我想起了朋友的一段话,大意是:没有记忆和关于记忆的叙说,就没有历史。当时我与之争论,指出"历史"是一种客观存在,就像一块石头一座房屋,它真实地存在过。朋友笑着说:"石头可以风化成粉末,房子也可以坍塌成泥,任何人都可以把它忘记、它会在记忆中变形——那时候你还能说它是'自己'吗?它'存在'吗?"

"我是说它'存在过'。"

"谁能证明它'存在过'呢?"

我不能回答。我想说:神灵证明它存在过……

对于眼前的罗镇、黄科长、"飞脚"、外祖父和父亲,那纠缠在一块儿怎么也理不清的一截历史,离我们并不遥远。可是我这会儿发现它们已被遗忘得何等彻底,回忆中是如此的错漏百出,它已经不再是"它自己"了。我所要追索的这段刻骨铭心的往事,即便花费一生也不可能搞得清楚。黄科长的《游击考》之类的东西尽管荒诞不经,令人厌恶,但我还是不得不承认:它仍然是我眼前所能看到的关于那段历史的最清晰的一段文字记录——同时也有一种可怕的危险向我预警:他记载的这一切将变成"历史"本身。

我在罗镇的街道上游荡,极力想从中看出很久以前的固有面貌。那些残破曲折、掩盖在比较宽敞一点的街道后面的巷子使人看起来更为真实。走在残破的旧巷中让我有一种更安全更踏实的感觉。这里才是那个"存在过"的罗镇。可是问了一下居住在这些小巷里的人,他们说这些巷子也变动过好几次了,有的是前清和民国传下来的,有的是解放初刚垒的;每换一个主人就拾掇一次小院,谁也分不清这些巷子是什么时候、经过了多少人的手才变成现在这模样的。我不得不沮丧地承认:一切都在不停地变化,没有人顽强地记忆,更没有人去为你的那种"历史"负责。生活是流动的、现实的,人人都有自己的事情要做:他们要活在今天。

这不由得使我想到,我毕竟是一个常常沉湎于精神生活的人,要不断地想象、回忆、思索;比较起来,我不是一个长于行动的人。这大概是一个可悲的结论。如果真是这样,那么也正是这一特征才决定了我要一次又一次追溯家族的历史,试图从中梳理推导出极有意义的东西;我只想寻一个"为什么"。同时我也在不停地奔跑;我在经历心灵的周游的同时,也在经受肉体的劳顿。我因此而不能待在同一个地方——我不可能在任何一个地方扎下自己的根。

我以前说过,作为一个生命,我宁可是一棵树;可是一棵没有根的树到底能活多久?

也许我那种匆匆奔走的欲望就源于一种恐惧,我想找到一块能够扎下根的泥土。它不需要太大,它只需要一二平方尺,只要能够让我立足、能够伸下根须就行。我那时就真的像一棵植物了,汲取大地的水分和养分,伸出叶片接受阳光,开始生长。我只想做一棵树,我真的没有太大的奢望。

也许就因为这个意念的驱使,我再不能像周围的人一样安居乐业。那些琐屑的、有滋有味的生活从此与我无干。我无论如何不愿承认自己走入了一种乖谬。我实在只是向往一种淳朴,因为我内心乞求的只是一种极其质朴的东西:友谊、爱情、劳动。这才是一份并非虚妄的生活。我心中不断吟出的歌唱就是我灵魂的呼吸。我常常警觉不安,像被什么东西急急地追赶。我没有掩藏这不安,而是把这一切大声地告诉周围。如果我经历了友谊,我就要咀嚼它的甜美;如果我经历了爱情,我就会记住神灵的恩赐。我有过外祖父、父亲、外祖母和母亲,我更像对待友谊和爱情一样,紧紧地把亲人珍藏心间。我没法忘记,因为我觉得这个世界上被遗忘的东西太多了——是遗忘毁掉了世界,毁掉了我们的现在,还要毁掉我们赖以生存的一切,毁掉将来。恰恰是因为人有遗忘的本能,我们才要不断地重复——重复那些往事。我发现人类即便是不断地重复,也还是可以轻易地失掉,失掉记忆。于是一切再从头开始,危难接踵而至。比如说征战、可怕的争斗、强悍的暴政、昏庸的管理,它们会一次又一次地降临人间。贫困和灾变会在遗忘的间隙里乘虚而入。我们的人类社会,真正能够得到积累和继承的、不被人遗忘的,大概就是科技了。人类总是小心翼翼地将自己技术上的一点可怜巴巴的发现记住,所以几千年前的黑色火药和刀剑之类可以发展衍生出各种各样的、最现代最致命的武器,可以变成今天的核弹中子弹氢弹。人类从可以准确地计算出圆周率的那天起,到现在几千年过去了,我们不仅没有忘记这种计算的方法,而且还使计算变得越来越精确。在所有的科技领域里,我们几乎都能够做到有效的、不间断的积累,我们会将无谓的重复和消耗降低到最低限度。因为这种种积累所带来的好处是切近的、伸手可以触摸的、很容易变为世俗物质的。而在另一方面,在属于心灵的质地、属于道德和伦理范畴的东西却很难得以积累。它们总是那么模糊、遥远、费解;关于它们的种种经验总是令人生疑,让一代代人在不断争执和推诿中遗忘;关于它的无数的见解纠缠难辨,谁都可以宣称自己拥有了否决权。真的,在这些方面我们实在无法做到有效的积累。我们甚至花费了几千年上万年的时间也无法使其增多哪怕一点点。

像科技的有效积累一样,人类对于积累财富的欲望也是强大的、自然而然的,它是如此的长盛不衰、难以遏止。我们不断地成功。我们可以列举盛唐的繁荣,古希腊和印度的昌盛。但是,很可惜,这一切的繁荣都未能持久下去。不仅它们,任何民族任何帝国的财富都不能永久地保持。因为我们不仅会创造,我们还更会毁灭。因为心灵的质地没有改变,心灵永远是脆弱的危险的——没有心灵的保证,其他的一切都难以长久。它们——物质世界里的一切奇迹,最终仍然还是要走向衰落和荒凉,要归于消失。这真是残酷无情,但这是一个事实。

一位朋友对此曾大不以为然——他认为专心于科技、财富等等积累的同时,也会促进和改变其他——比如精神——他说到此竖起一根手指,像要除掉上面的灰尘似的吹了两下:

"你要明白,道德、伦理之类的东西都是历史的概念,它们是属于历史的,并非凝固不动,它们也要不断地变化呢。"

"是的,所以我们要积累。积累的目的就是为了使之变化。我们要寻找出人类最普遍最基本,也是最有效最重要的那些东西,发展并加以提炼,使之生长和延续。我们积累的目的就是为了这个。如果仅仅是注重于科技和财富的积累,那么无论这积累多么快多么好,要失去它们也是一夜间的事情。要害是能够控制这灾变的瞬间,是具有这样的能力——这种能力不存在于任何地方,而只能是心灵。但是——"我凝视着朋友,"但是今天又有谁不是虚情假意地、真正地关心过人的心灵呢?"

朋友不语,他用陌生的眼光打量我。

"看看我们这个世界吧,看看我们周围的生活吧,真像一出戏:布景不断撤换,老戏却在上演。你总能从那些貌似新鲜的东西中看出它们只是一种不断的重复。这种重复带给我们的痛苦太多了,这种痛苦是我们每个人都经受过并且还要经受的东西。我们要离开这一切、拒绝这一切,不再从一场苦难跌入另一场苦难,难道不是最正常最简单、最质朴最基本的要求吗?难道连这种要求也会成为一种过错?"

朋友仍然用陌生的眼光打量着我。

大山深处

一

在山里,提起金矿附近的包工队没有一个人不伸舌头的。他们说:那是一些要钱不要命的主儿,来自全国四面八方。刚来时主要的行当是钻山洞挖金子,再后来干什么都行,给钱就干,有搞水利工程、搞建筑的,还有开采各种矿石的;做大理石买卖、装修楼房、为工厂搞防腐工程、拆船、闯煤码头……反正四处涌来的人多得不得了,只要能挣大钱,拼命也行。那些人都是有帮有伙的,别人雇了他们,他们再回头雇另一些人。到他们那里做活都是先开价,讲好了条件就干,不问来历,有吃有住,也有出大力气的地方……

山里人以为我也是找包工队干活的人,就好奇地端量我,摇摇头——他们觉得我这瘦干干的高个子不像做那种活的人。我笑了,我想也许自己真的会吃不消,不过一开始谁又吃得消?庄周就吃得消吗?人遇到像对待牲口一样对待他们的人,就会接受一切,直到死亡。在死亡的深谷面前,人会选择牲口一般的生活……

在砧山山脉以西、在砧山和鼋山之间的那道谷地里,散布着各种各样的人。这些人都是这三五年里从各地蜂拥而来的失业者,他们来碰运气。一开始这儿聚集的大半是山里的人,再后来又有了海边小城和平原上的人,最后又吸引了南方人,甚至有大西北的人。砧山以西的那个金矿从明清时期就开始采掘,到了日本人的时候规模已经大大扩展。这些年它的规模比日本人经营的时期又扩大了十几倍,其开采允许范围已经从国家降至地方,连当地的村庄也可以动手干。村庄经营的金矿以及地方经营的金矿都大力收购矿石,无论是谁都可以把采到的矿石卖掉,所以实际上是人人都可以采掘金矿。至于直接提炼金子,由于需要一定的设备和技术,特别是化学炼金术需要使用氰化物,于是政府明令禁止村民个体经营炼金。可是一部分胆大包天的山里人,还有外地涌来的包工队、散在山里的游民,都毫不在乎地搞化学提炼。大山里的人员组合非常复杂,天南海北无所不包。流浪汉、扒手、山民、失业工人、停薪留职的城里人,都搅在了一块儿。每个包工队的头儿都是一些多年来拼搏出来的好汉,是一些不折不扣的亡命之徒,他们有钱有胆,更有各种关系靠山,所以只有他们才敢放手招兵买马,队伍越拉越大;而队伍越大越敢干大事情。这情景很像战争年代:当时这个地方一夜之间就涌出了八个"司令"拉"杆子"。

除了开采金子之外,这一带还有滑石矿、云母矿、大理石矿以及一些大大小小的采石场。每一种矿物都由一些包工队把持,而这些包工队还要按时向那些莫名其妙的主管局和公司之类交纳费用。如今那些规模较大的山区水利工程,比如说穿山的涵洞、地下灌渠等等,只要施工难度大,特别危险,就全交与各种包工队了。大型采石场如今也分属不同的包工队。

我一连多天在砧山西部跋涉。我对这些金矿非常熟悉,从十几年前到现在,已经记不清来过这一带多少次了。上一次来这里距现在不过两年多,变化竟如此之大。山里的人员更复杂了,包工队也比过去多了几倍。每一个开采矿石的井口附近都有一个临时搭起的"生活区",即一溜破帐篷,或用秫秸之类架起的草棚子。这里的一切都简陋得很:冬天有个取暖兼做饭的火炉,夏天只有一个个地铺,连一架蚊帐也没有。而那些包工头大半都住在离生活区较远的砖房里,有的干脆长期住在城里一套讲究的公寓或别墅中,时不时地驱车来一次工地。准备定居的发了财的人则在海滨小城购置了更大的产业。但第一线的工头总是靠在工地上,他要对开矿工人作扎扎实实的管束。每一个包工队大致都有两种工作:一是下井采矿的矿工,这工作既险又累,俗称"卖命汉";还有一种也不轻松,就是服务工。服务工负责洗衣买饭,以及除了下井之外什么都要承担的拉拉杂杂的一些事情。服务工主要由女人和老弱病残者组成。

我一开始试图在采金队里寻找庄周,后来才发现这希望是多么微小。我又去滑石矿和云母矿,甚至去了采石场和穿凿大山的一些施工队。

在最后一个施工队,我终于把急匆匆的寻找放下来。因为我明白这不是一急之下可以完成的。一处施工现场让我产生了兴趣,不由得在这儿耽搁了好几天。我心里从小就有一个谜,总觉父亲他们把一座大山凿穿是不可思议的事情。我从母亲和外祖母嘴里不知听了多少大山的故事;而今我真的来到了父亲当年的这片大山里。那时候正因为父亲他们在大山里做苦役,所以得了个"穿山甲"的蔑称。

眼下我看到了这么多"穿山甲":他们一个个头戴柳条护帽,衣衫破烂,手里的工具极其简陋。他们只用地排车和小推车从山洞里往外推石块,连一个有轨翻斗车都没有。他们要做的工作也非常简单:用锤子和钢钎在石头上打眼,然后装上炸药把石头轰碎。

我在这一带徘徊时,一个四十多岁的女服务工问我:

"你这个喝'流锅水'的汉子,哪来的?"

这里把流浪汉和一些手艺人叫"喝流锅水的人"。我觉得这种叫法费解而又有趣。我说:"我是从平原上来的……"

"咦嚅!干吗不弯下腰做活儿?你背着个大包走来走去的,饿不死呀?"

"饿不死。"

"日子久了,看你还有东西吃!"

她这样说笑。我觉得这个女人很憨厚,也很实在。她端量我半天,说:"趁着身子骨还算结实,不大把抓挠几个钱,找个地方安个家,怎么娶媳妇?你一天到晚打溜溜也不是个办法吧。你到底打谱做什么?"

我觉得她那非常切实可行的打算对于大多数流浪汉来讲倒也不错。不过她凭什么断定我是一个独身的流浪汉呢?我感谢这种朴实的心肠,但还没有加入他们包工队的打算。原来这个女人也是个流浪人,这从她说话时怪异的外地口音上就可以判断。她说老家离这里很远,说着站起来往西南方的大山指了指:"翻过它才能到俺老家。"她的名字叫"小怀"。我不知以前是否听说过重名的人,反正我一听就觉得不算陌生。

小怀由于承担了好多人吃饭的任务,总要不停地刷碗、洗菜。她手上的皮肤粗糙得很。她做活的间隙还要一溜小跑到一个窝棚里去,只是一会儿的工夫又转回来。她说:"俺在那儿有个娃儿,我得给他吃奶哩。"原来她带着孩子做工。我问她们一家都在做这个工作吗?我原想她的男人一定是在包工队里打石头。她摇摇头说:"没,谁知道他爹是谁!"这话把我吓了一跳。她却一点也没有不好意思,说:"这是俺的第三个娃儿。前两个死了,都扔在了路上。"

我仔细端量了一下,觉得这个小怀脸色红润,很健康的样子。从她的神色看,这是一个非常厚道的女人。

我们在一块儿闲扯时她又一次追问:"我看你像有什么心事,

你到底在这大山里转悠什么?"我想这是一个有心人。我不想完全瞒她,就说:"我是来这里找一个亲戚的。"

小怀拍拍手说:"你看,我一下就猜对了!你肯定有个兄弟,再不就是有个姊妹让人给拐到山里了,是不?"

"拐到山里?"

"就是呀!你还不知道?这大山里什么人都有,哪来的都有。有的是自愿在山里卖力气的,还有的就是那些人贩子拐进来的……"

"人贩子一般都拐女人,他们还能拐男人到这里做苦力吗?"

小怀拍着腿:"咳!你真不知道?女人?再说你真以为那些姑娘就是为了找个婆家?说到底她们是穷得没有钱,只要有地方挣大钱就成。咱这个包工队里好几个姑娘都是那些人贩子送来的。有的直接送来,有的卖给村里。人贩子一走她们就逃出来——没地方去,再不就是经人转了手,就落到了咱包工队……"

我感到可怕:"她们都在这儿做什么?"

"还能做什么?洗衣做饭、伺候人,都是她们了。一开始是大掌柜碗里的菜,大掌柜吃烦了,剩下来的大伙儿就伸嘴了。"

我看看这片苍苍大山,再不言语。

小怀问:"你找的那个人什么模样?"

我告诉他的名字叫庄周,多高的个子、多大的年纪,还有行为特征等等。

"你说的这样的人多了,那些到处窜来窜去的流浪汉哪里没有……他是你的什么人啦?"

"他是我的兄弟。"

"亲兄弟吗?"

"亲兄弟。"

小怀叹一口气:"这个年头啊,钱是好挣了,不过担惊受怕的事也太多了。你到砧山西边淘金子的那些人里看过没？"

"我在那里转过好久了，没有。"

小怀一声连一声叹气，最后劝我："还是先弯下身子干点活吧，这样转来转去，盘缠得多少？还不如挣下一些钱留做盘缠，再到别处去找你兄弟。如果找不到，也能带些钱走啊。现在的人只要瞅准了挣钱的机会，千万不能放过啊。"

我真想随这些人钻进山洞里去开石头。当然我不是为了去挣几个钱。我的心里有一股日夜烧灼的火焰，它需要有冰凉的血汗来浇灭。这是无名的火焰，是焦灼之火，怨恨之火，是闷在心底一万年的暗火……总之我渴望磨损，渴望折腾，渴望瓢泼一样的汗水洗得头发枯黄，洗去内心的全部淤积，最终它也许能洗去我那隐隐的哀伤……哀伤啊，它总是在折磨我。是的，我不敢像父亲一样开凿大山，就算不得父亲的儿子。

好长时间了，小怀一声不吭。这个四十多岁的女人只顾低头做活，长时间没有说话。她本来是个快言快语的人，很容易就和陌生人攀谈起来。可是她这会儿不说话了。后来，不知怎么她用那双眼睛瞥了我一下。我立刻发觉她的眼睛清澈如同少女。这样的眼睛在流浪女人中是极其罕见的。她像是呵气似的对我说：

"老哥，你如果愿意留下，我跟大掌柜说去……"

"大掌柜是谁？"

"周子呀……"

二

这儿有一溜密挤的草棚，有帆布搭起的帐篷，还有一两个安了绿色门窗的小石屋子。石屋有彤红的瓦顶，在山野的衬托下非常醒目。我正看着那个小石屋子，门突然打开了，接着走出一位四十多岁的瘦高个子。这个人很黑，颧骨高高，嘴唇是紫的，用力地往外翻着,面貌特异。只有眼睛很好看,那是一对大大的、像儿童一样的眼睛。那眼睛流露着无比的天真,看上去总是带着三分笑意,而且还有或多或少的羞涩感。我觉得这个人尽管浑身流露着粗鲁,但还不像是一个粗人。

小怀在一旁轻轻咳嗽一声,小声说:"看见了吧,这就是大掌柜。"

我正想站起来,那人就走过来了。他走起路来两腿奇怪地向外撇,就这样一直走到我面前。还没等我说话,小怀就搓搓手说:

"大掌柜的,他是来山里找亲戚的,找不着,想留下来中不?"

周子用那双好看的眼睛看了看我,抽出一支烟叼上:"哪儿的?"

"山那边的人。"

"做什么的?"

"种地。还做了几天买卖。俺兄弟跑出来打工,我想把他找回去。"

周子点上火,"嗯"了一声,问:"吃得住苦活吗?"

我点点头。他往前移动了一下,抓住我的手,轻轻地翻开,看了看没有吭声。还好,我的手在回城之前那会儿已经磨得满是茧壳了,粗糙得很。我这双手是无可挑剔的。还有我的头发、我的脸,都被一路的风沙弄得脏脏的。我真的希望他们把我留下来,这有点像报名当兵或上大学经受体检的那个场面。一种渴望加入的念头这时候真的出现了。

周子看完我的手又端量我的脸、我的全身。后来他竟然令人难以置信地朝我的嘴巴伸出手指。刚开始我不明白,后来就知道这是干什么了:他把我的嘴唇翻过来,看我的牙齿。"这个混蛋!"我在心里骂道。他简直把我当成了牲口。他说:"你要愿意就来签约。"

他往小石屋走去。他走的步子很快。我蹲在那里没有动,小怀催促我一句:"还不快去。"

我把背囊扔在那儿,跟他进了小石头屋子。原来这个小屋子里有一桌一床。墙壁只用石灰胡乱抹过一遍。靠近桌旁钉了一溜钉子,上面挂了一些账本名册之类。

周子从抽屉里抽出几张表格推到我面前。我看了看,那上面写了"用工合同表",分短期长期两种。我取了短期那一种。周子说:"把上面的项目填完就成了,按个指头印。"说着把红色印泥推过来。

多么可笑。在我眼里所有表格大约都是一副模子套下来。什么性别、出身、年龄、政治面貌、籍贯等等。我一一填好。下面的一个条款让我稍稍犹豫了一会儿,因为上面写了医药费自付以及有了重大工伤事故的一些责任等等。惟有这一栏订得很细,但一看就能明白雇主的用意。这儿规定:如果是因违章作业负伤乃至死亡等重大事故,那么一切责任都在打工者自身,用工一方出于人道主义可以考虑给少量抚恤等。我想在这土法上马的包工队里,每一个打工者在采矿过程中都要冒巨大危险。我感到握笔的手有些沉重,但我此刻想到的不是我自己要承担怎样的风险,而是在想庄周。我明白:庄周一直在冒着这样的风险。那几乎是没有尽头的一场拼搏。那么此地再险再累,再大的不公和委屈,都让我与你一同忍受吧。我今天来和你一起钻这座大山了;还有,我的父亲也在这座大山里——我这时候只想告诉庄周,当年我的父亲也在这里劳作,他九死一生……

一种赎的感觉缠住了我。赎什么我不知道,可能是赎回父亲、挚友——所有这些人的苦难吧。我只是用力捏着笔,飞快地在表格上签了我的名字,然后又伸出右手食指使劲在印泥上按了一下。合同纸上那两个大大的红印像两只熬红了的眼睛,直直地盯着我。

周子把嘴里的烟蒂吐出来：

"走吧,这就行了。收拾收拾,叫小怀找个地方住下。明天你就可以上工了。"

我走出来觉得一阵轻松。马上就要加入这一伙开凿大山的人,想想真是痛快。这个手续也简便。这个世界上有多少地方在等着人去卖命。那些家伙张开血盆大口,一个个都是敲骨吸髓的好手,他们直到最后把你嚼成一口渣吐出的时候,连一点点怜悯都没有。

我发现这会儿最高兴的就是小怀。她给我提着背囊——我怎么拒绝都不行,她非要替我拿不可。我发现她的力量很大,一只手就把那只大背囊提牢了。她领我到一个窝棚那儿。

每个窝棚里都是一溜大地铺,铺了厚厚的秫秸和茅草,上面卷着黑乎乎的一些行李。窝棚都是由秫秸和树木枝条做成的隔断,里面大多是通铺;有一两个所谓的单间也不过是隔成的一块窄地,里面只能睡一个人。小怀告诉我:"你本该睡通铺,那些小间是女人住的。这里有一个空着,就给你吧。"

我很感激。我有失眠的毛病,一个人睡也许是重要的。

离天黑还有一段时间,我把背囊放好就出来溜达了。我发现有一些二十多岁的小伙子在大掌柜的办公室里进进出出,吆吆喝喝,有的手里还拿着一根皮带。他们每一个人的样子都有些凶。我知道这就是包工队里的督工。这些督工有时也随民工钻洞子,可是更多的时间要在洞子外面转,在窝棚四周瞪着眼睛。小怀告诉我:这些督工是负责治安保卫的,他们不做什么事情,都是大掌柜的嘴和腿。他们分成三班,工地上日夜都有他们在值班。我明白,实际上这是一些准武装力量。他们没有正规武器,但他们背了猎枪,还是双筒的。这些家伙一律抽洋烟,哼下流小调。小怀说:这几个年轻人都是周子带进山里的,他们是一伙儿。

我觉得周子的口音有些耳熟,问了小怀才知道他也是平原上的人。他们那个村子的土地很少,村里一多半人都出来做工、经商,或搞其他事情。周子一起手就搞起了地下包工队,刚开始没有经营执照,再后来不知跟一个什么开发公司套上了关系,包工队也就可以挂牌营业了。这里的工资像城里那些工厂一样,每月发一次。不过每月工资并不固定,"他说给多少就给多少,他自己又是会计又是队长又是公安局又是法院,他一个人什么都是哩。这儿全是他一个人说了算。"

三

开山洞的工作要两班倒。这里的工作不是三八制,而是每班工作十个小时,中间空下的四个小时还要留下人打扫场子。那些不上班的民工大多躺在自己的窝棚里休息,睡觉连衣服也不脱,只把头上的柳条帽一摘就打起鼾来。这些民工大多只有二三十岁,最大的也不过五十岁;这些人无论多么累,睡一觉起来仍能活蹦乱跳。他们都很瘦,但每一个人都结实有力。这儿的工资很高,就连服务工也比一般城里人挣得多。小怀说:"像你这样的,一个月就能拿走一千元。"我问小怀拿多少?她说拿七百元,最多时还能拿到八百。"反正大掌柜高兴了,给多少都是哩。"

开饭时好多人走出了窝棚。他们见了我这个生人几乎不怎么注意。这里的人员流动很厉害,不管什么人,只要填一个表格就可以加入,挣上一笔钱再走掉。听他们说话的声音就知道,大家来自天南海北。

四五个女工不知从哪里钻出来,年纪都比小怀小,但没有一个比得上小怀健壮。她们帮着小怀搅弄大铁锅里的粥,掀蒸馒头的笼屉,然后用一个大铁盆盛菜。她们围上围裙给领饭的人往碗里盛东西。有一个姑娘二十岁左右,辫子油黑油黑,穿得比所有人都

鲜艳,神态安详,脸上还搽了很少一点胭脂。她人有点黑,但皮肤细腻。小怀喊她:

"加友,你来给大掌柜的送去。"

穿花衣服的姑娘立刻放下手里的活儿,到小怀那儿。小怀不知从什么地方捧出了一个木盘子,又把盘子里的饭菜收拾到一个圆圆的木盒里,就让加友提上送到周子的办公室里去了。

我看着她的背影。她走路的姿势非常奇特。我听见离开不远的一个打饭的民工对旁边一个民工咕哝了几句什么。他们原来在议论那个提着木头饭盒的姑娘。有一个说:

"馋死俺了……"

这儿的菜是定量的,只有馒头和稀饭随便取。我拿了两个馒头,然后伸出饭盒让姑娘盛菜。一个姑娘舀给我一勺煮白菜。我发现虽然菜做得简单,但里面的肉很多,而且都是大块的。肉块上白肉红肉各占一半,那种浓浓的肉香和白菜鲜味引起了强烈的食欲。我端着饭菜往外走时,正好加友回来了。她两手空空,大概把饭盒放下就回来了。我离她很近,看得更加清楚。我发现这张黑黝黝的曼长脸极其动人,与其他人不同的是,她身上没有一点被沉重的劳动磨损过的痕迹。但她的神色却比大多数人压抑得多。她的嘴唇有点儿厚,红润润的。这会儿她看到了我,轻轻瞥来一眼。她的眼睛真亮。

小怀问:"加友,大掌柜的没说再添点什么?"

加友摇摇头。

原来我窝棚的隔壁就是小怀的住处。她的孩子半夜呀呀哭,闹得我休息不好。隔壁的另一面就是那些睡通铺的民工了。他们打着呼噜,有时候半夜起来解溲,发出重重的脚步声。可是另一些睡着的人丝毫不受影响。我真羡慕他们。我想起了在海边茅屋时的那些香甜的夜晚。

清晨,出工的铃声响起来。我差不多还没有把早饭吃完,就有一个督工的手提一个又黑又沉的柳条帽子往我的头上一扣,说:

"伙计,进去吧!"

他同时把一个皮包挂到我的肩膀上。那个很破的皮包里是一把锤子、两三根不长的钎子。我没有做声。一边的人早就吃饱了饭,然后套上一件脏衣服就准备动身了。我承认自己以前从来没有干过这活儿,心里没底。不过我并不害怕。

我随着他们进去。洞子原来刚刚打了十几米深,里面非常干燥,好像也不太危险。我认真地察看着刚刚凿出的石壁,看得非常认真。旁边的几个民工觉得奇怪,有一个人指着我说:"嘿,古怪的东西!"

这儿属鼋山山脉的低山丘陵区,刚刚凿开的石壁一律是浅肉红色,属于中粗粒花岗岩结构。块状构造岩石的局部有轻度变质现象。我想如果继续开下去也许会有些变化。因为在同一地段过去曾经发现过片麻状结构,主要矿物成分为钾长石石英,暗色矿物为黑云母等。这类岩石风化强烈,破坏严重。从上面看由于强烈剥蚀,地貌呈现缓缓的丘陵和台地。下游河流的主要物质来源都来自这些丘陵。这种石头无比坚硬,我想在这儿开凿可真是一场硬仗啊。不过我知道,在这样的地段冒顶的危险性倒也很少。如果山洞开到酥石地段,再遇上黏土夹层,那就要麻烦多了。好像这里的施工队伍从来就没有考虑到支护,好像头顶的那个柳条帽就是全部的安全保障了。听说民工中的负伤事件每个月都有发生,好在尚无大的事故。受伤的人只要稍微能动,就要坚持出工。因为督工是根据出工的次数来记账的,最后由大掌柜把钱拨下来。民工中那些老一点的人帮着督工指手画脚,好像只有他们才有发言资格。好多新手像我一样,到了现场也不知道从哪里下家伙。

我给安排到一个地方,就乒乒乓乓砸起来。砸钎子的深浅和角度都有具体要求,稍稍偏斜一点就是一个废孔。督工动不动就骂人,有时还伸脚在屁股上踹两下。

"你这个嫩毛,你的腚撅撅着,让叫驴干了似的。"

督工不止一次用这种侮辱性的话来骂我。一开始我真想挥起凿子照他的嘴巴来一下,敲掉他几颗牙。但我知道这种想法并不现实。

我投入的就是这样一种劳动,这必须忍受。我的愤怒毫无道理。

那个领工的人干一手好活。他的个子最高,所以他做活时腰弓得厉害。他几乎只用别人一半的时间就可以把一个孔打好。这个人长了两撇很黄的胡子,可能因为排行老五吧,人们都叫他"老五"。整个的过程中我丝毫不敢分神,因为怕不小心把手砸坏。结果我的锤子挥得既慢又没有分量,砸上去就是叮叮当当的。老五走过来说:"那还行?一听动静就知道你不肯卖力。"后来我才明白:真正有劲的锤子打下去不是"叮当"声,而是"砰砰"声。

"没劲,不知从哪来了一头瘦裆骡子。"

他指着我对大伙说。那些人哈哈笑。老五又说:"你这样的东西,给你个大闺女你也搂不住。"

各种各样的脏字被他串起,竟然说得那么流利自如。到后来他教给我握锤子钎子的方法。有一次我没有学会,他竟然拧着我的耳朵一拨,让我在当地打了个旋。我的脸涨得通红。那一刻我哗地一下把锤子和钎子扔在了地下。老五愣了,去看旁边的督工。督工不知转到哪里去了。老五像公鸡一样尖尖一哼:

"我日你妈的,犟驴,我日你妈……"

他骂一句就用拳头照着我左肩骨那儿捣一下。他的拳头可真厉害。我忍着,疼得蹲下来。他揪着耳朵把我提起,我终于忍不住了——看上去仍旧不动声色。我把两只手拧到了一块儿,看上去好像疼得不能忍受。他不知我是在憋着一股力气。趁他没有防备，我把两只拳头并起，"砰"地一下击在了他的鼻子那儿。他的鼻梁立刻给打变了颜色，昏黄的灯光下，我看到他的鼻子哗哗流血。我弄不准他的上唇是否给打裂了，反正他嗷嗷大叫，一边叫一边往上蹿着。接上他就从旁边抓起了一个铁钻子，直迎着我的小腹和脸胡乱捅过来。我躲闪着，眼看就要给逼得趴下。我知道这一下非完不可……正在这时那个督工赶来了，他把老五拉开。

老五站在那儿呼呼喘，扠着腰，揩着脸上的血说："这个臭狗，想脱下裤子干我呢。"

一句话惹得旁边的人哈哈大笑。谁知这一笑老五自己也轻松好多。他摸了摸鼻子上的血，大概伤得并不像我想象的那么严重。他到一边去了。那个督工站在我的旁边，扠着腰。他手里握着一根皮带。我爬起来拍打着身上的土，然后捡起地上的钎子和锤子工作起来。

我不知这长长的十个小时是怎么熬下来的，反正是咬住了牙关才没有倒下。大概我吃的东西太少，肚子不停地叫唤，身上一点力气也没有。往外走的时候，我觉得一个人在狠狠地掐我的肉。我好像对那种痛楚都有点疲沓了。当我觉得痛的时候，发觉身上的某一个地方已经被掐破了。

我转过脸去，才知道掐我的人正是老五。

老五咬着牙在我耳边说："等着看吧，总有一天我要用粪叉把你下边的东西叉掉。"

说完，身子一侧就隐到后边去了。

我琢磨着这几句话。我在想：他为什么不说用刀子或者干脆用锤子和钢钎？粪叉？到哪里去找一柄粪叉来了结这件事呢？我想这个老五很有点幽默感。不过我也确实有点害怕了。

四

我知道任何事情在一开始是最难挨的。从山洞回到工棚,我躺下后几乎一动也不能动了。

第一天过去了,我没受一点伤。可接下去我每天都要磕磕碰碰。身上带点红伤不是最可怕的,我得承认自己还从来没有经受过这么沉重的劳动。我担心的是这样用不了多久,会给敲打零碎。好几个早晨,我听到催促上工的吆喝声,无论如何也不想起来了;无论是谁,哪怕他用脚踹我、踩我,我也不想再出工了。我知道只要人手不紧的时候就会留下来,因为这里按出工次数付钱。

可我不想放过自己,一点也不想。总是在最后一刻,我鼓鼓劲爬起来,戴上那个柳条帽……

这些夜晚太累了,我终于像别人一样打起呼噜。但这期间如果有人把我弄醒,再要入睡就很困难。只要我的精神还稍稍能够支撑,就仍然要失眠。我好像是自然而然地、被一只无形的手推到了这个山洞,抓起了锤子和钢钎不停地击打、击打。我睡不着时常常在想父亲。这样的夜晚哪,我总算知道了他当年在服什么苦役。怪不得他的目光那么沉重,原来里面掺进了石渣。他的一颗心也是石头雕成的。电火与炸药我分不清,父亲与石头我分不清。我今夜能记住的只是他的手,十根手指像十根钢钎。

我试着接受一个人难以接受的那一切。巨大的、突如其来的磨损和侮辱,还有死亡的威胁,汗水和鲜血,以及这一切背后那些让我费解的东西——它们全都如数加到了我的身上。

这样的夜晚我看着自己的一双手。那是黑暗里的手。我一次又一次把它缩回来,缩在胸口上。头发掺进了各种黏稠的肮脏的东西,洗也洗不掉。我把十根手指插进头发里,感知着这个岁月里的全部污秽和肮脏。

在沉沉的深夜,我一遍遍想梅子和孩子。我的妻子从来瞧不起唠唠叨叨的人,她自己最后却不由自主地跌入窠臼。只有当她安静下来注视我时,我才感到了颤栗的幸福。我在想:究竟是什么力量如此紧密地把我们这两个生命捏合在一起?我怎么也想不明白。我曾经扯着她的手到我生活过的这片大山里奔波——那是我刚刚结婚不久。我们一起来寻找一个故人,在当年摩擦过我的脚板和身躯的那些河流、沙子、石块和泥土上走着。我指给她看当年曾经睡过的那些破破乱乱的草窝。也就是那一次山区之行,这个在温暖的摇篮里长大的女人第一次住进帐篷,第一次知道什么才叫大山里的穷人。"穷人"是一个常常出现在嘴边和纸页上的字眼儿,可究竟有多少人知道什么才是"穷人"?

在这黑影里,我盯住看不透的夜色。

那一次我只想让妻子搞明白这两个字。在那儿,我们亲眼看到那些山民贫穷到只剩下了一条裤子,什么欲望都没有了。没有粮食,没有煮东西的草和任何燃料。男人没有女人,女人又不敢去找男人。双目失明的孤老太婆让一个无儿无女的看山老翁日夜搂抱,幸福得泪花闪闪。一辈子没有走出大山、把县城叫成北京、把水库叫成大海;一个辛苦一生的孤老汉为了能亲手抚摸一下女人的乳房而不惜以命相抵……这都是一些平平常常的故事。但就是这些故事让梅子懂得了什么才是"穷人"。

可是我的内心,曾经有过更为贫穷的时刻。它那儿空无一物。那是一种可怕的空荡荡的感觉,荒漠,赤贫,没有一滴水一粒粮。我为这种贫瘠而惶恐。一次又一次地求助于你,一个像姊妹一样亲昵的、突然走到身边的姑娘。我们在这个世界上相伴的同时,贫穷却紧紧跟随着我、追踪着我。这是一种往死里追逼的绝境。无助的孤旅——你近在咫尺,但只能无望地注视。

在这个荒山野泊里,梅子无论如何也想象不到的黑暗角落,我一次又一次小声呼唤着她。我很快就会回去。这不仅仅是一种对苦难、对艰辛生活毫无来由的寻觅,甚至也不是一种体验。我将无法对梅子解释这里的一切。我已经四十多岁了,再也不会玩毛孩子的那种把戏了。我只能说这是内心里的一种需要,需要急切地获得,就像一个因饥饿而绝望的人睁眼望着树上的一枚枣子。

眼下我就咬住了这颗冬野山地的活命之粮。尽管我牙齿脱落,每咬一下就钻心地疼痛,可我还是要把它吞咽下去。尽管它苦涩无比,我还是要用它果腹。

我在这个夜晚还想到了那棵大李子树、树下的茅屋;想到了外祖母像银色的李子花一样的头发;想到了她在树下用破了半边的木盆搓洗衣服……父亲归来的那一天,外祖母就在那儿洗啊洗啊。那天我首先看到的是小院里走进来一个黄瘦的男人,他的脸上是没法遮掩的失望和惶悚,还有厌恶。外祖母扔了洗衣盆。再晚一些母亲也得知了消息,她捂着肚子跑回来,像疼痛似的。她第一眼看到父亲的那种复杂表情让我再也没有忘记。

我今夜在回忆父亲那木木的神色,还有他瘦长的、打了细小皱褶的脚背……父亲的形象就这样永远地凝固了。这个夜晚我终于明白:从这座大山里走出的,也只能是那样的一个父亲。

五

一躺下就打起了呼噜,我终于不再羡慕别人的睡眠了。

这天半夜我正在酣睡,突然觉得身上一阵刺疼。好像被什么咬住了一样。我坐起来才发现,秫秸做成的隔壁上活动着一根细小的枝条,它一动一动往这边捅。我好不容易才明白这是隔壁的小怀搞的把戏。我轻声但是十分严厉地说:"停!"那边是压低了的笑声。一会儿终于没有动静了。

可是这一折腾我很难再入睡。在我频频翻身时,小怀趴在了隔壁上说：

"老哥,反正睡不着,咱就拉个小呱儿吧。"

小怀这样的女人并不坏,但长期的漂泊生活使她养成了随便的习性。我对她极其谨慎,虽然也有些感激。因为在这个苦地方幸亏她想方设法照顾我:短短的几天里她已经暗暗给我送来很多好吃的东西。大块的肉、鱼。有一天她甚至笑模笑样对我说:"你知道我为什么把你留下来吗？俺看着你是个正经人哩。"

我说:"你看错了,我是个土匪,我杀过人。"

谁知小怀一点也不害怕,笑笑说:"杀了人怕什么？只要别杀女人就行。"

这回轮到我吃惊了。不过我说:"我杀的就是一个女人。"

她瞥我一眼:"那也中。有些女人,哼,就得杀……"

真是拿她没办法。

一个中午我没有上工。她在窝棚里说起了老五,我就告诉了老五对我的威胁以及我们那场可怕的搏斗。小怀板着脸埋怨:"你不该跟他较劲儿。"

"为什么？"

小怀咂咂嘴:"老五这个人哪,脾气不好心眼不坏。有一回他还亲手救下了一个南方娃儿。"接着就告诉了事情的原委:"有一年上,从西边淘金的那伙人里来了一个姑娘,才十七八岁,南方人,小嘴噘噘着,模样怪俊,脑瓜也鼓鼓着。周子看好了,让她给他送饭,就像如今让加友送饭一样。小姑娘把饭盒往那儿一放,他就不让人家走了。小姑娘刚开始哭哭啼啼,再后来就高兴了。周子给她钱,反正他就是用钱打发人呗。这样日子久了,周子又让别人送饭了。他的那些哥们兄弟——就是那些督工的,一看就明白大掌柜使腻了,想把人弃了。他们好几次把她逼到一个石坑里,一块儿欺负人家。你想想,伤天害理哩！不过这种事儿在这里都见怪不怪了。还有一回,讲好了雇来一个大老婆在这儿洗衣服,就像我做的这种活儿。那个大老婆比我高出一大截,身子也比我粗。那大腚啊,像磨盘一样,走起路来一晃一晃。"小怀说着就晃给我看。我打断她的话:

"你刚才说老五救下那姑娘是谁?"

小怀拍拍脑瓜:"你看我这个脑子,到底没有书底子,说着说着就走题了。就是那个南方小丫头。她叫什么'瓜妞'。瓜妞那些日子里天天哭,我亲眼见她从石坑出来都是爬。那一段她路都走不成了,那些畜牲还不让她歇息。有人说:'瓜妞病了,瓜妞病了。'这孩子脸色蜡黄蜡黄,我做了疙瘩汤喂她,她哭着跟俺叫妈,往俺怀里扎。俺说:'南方娃儿,北方人蛮气大哩。'瓜妞笑笑,小嘴菊花瓣一样甜。这孩儿嘴巧。原来她是被人贩子拐过来的,后来就转到了咱这个地方。我细心照料她,等她病一好,督工的又逼她往工地上送饭,你想想这还有个好?都知道她是大掌柜搂过的人,不少人想动手动脚。有一回她刚把饭筐放下,就有个不是人养的东西——听说是从东北跑过来的盲流,一把将她抱住。那时候来的都是生人,谁也不知谁的底细,也没人敢管。那个东北人刚刚做完事儿,又一个人扑上来。瓜妞哭,连腿也不敢蹬一下。要是我呀,我非把他们的身子咬下来不可。瓜妞闭着眼,眼看就快死了,没有一点活气儿了,那个家伙还不放过。就这时候老五在一边吃饼,一个饼快吃完时,终于来了火气。他一脚把那个家伙给踢翻了,那个家伙起来还想扑,老五又一脚踢在那个家伙正中。那个人昏死了两天两夜,爬起来就要找老五捅刀子。老五脱得只剩了一个短裤,后来把短裤也脱了,光着身子跟那个人打。"

我不明白。

小怀就说:"拼死打架的时候,你只要穿了衣服对手就能抓住。你要光着身子,不过伤伤皮肉,他扭不住你。"

我惊叹一声。

"女人都躲起来不敢看。俺不怕,俺就站在民工堆里一块儿看。俺眼瞅着老五把那个人的头发给揪得差不多了,接着那个家伙血淋淋地跑了。这一跑再也没有回来。记得老五最后指着那个人的鼻子嚷:'你要再敢来山里,我就把你阉了。'"

我对老五有了好感。我问:"那个瓜妞为什么不跑呢?"

"咳,还不是为了钱!他们对这样的小姑娘就是变着法儿欺负。那些督工的故意不把工资给她,一压就是两个月。你想一想,这为了什么?就为了拴住她。后来不知怎么凑足了钱,瓜妞一扭身跑了,再也没见人影儿。"

钱竟然可以让人忍受这样的侮辱,这是钱的力量。

"老哥,我刚才讲到了哪一搭儿上?"

"你不是讲了大个子女人的事情吗?"

"是呀是呀,就是她了。当时讲好了让人家来做饭、买菜、洗衣服。来了以后,日子久了你猜咋哩?"

"咋哩?"

"做起买卖来了!"

我还是不明白。

"这个你还不懂?督工的给她找了个单间屋,结果就让她接起客来了!一天到晚接客,你想想开山的人挣点钱容易吗?都让她一千两千的给弄走了,真是个吸血鬼。结果出工的人做活也不来劲儿了,三天干不了一天的活。最后大掌柜火了,让督工的把她赶开。那个大老婆倒蛮气,说是'买卖公平'。你看看这个世道什么人没有!最后几个督工的把她绑起,脱光了衣服在树杈子上挂了一夜。我心想:这一下她该求饶了吧?谁知道第二天天一亮,她挂在那儿,还跟从树下走过的人要东西吃呢。有人心软,就弄一块生地瓜放到她嘴边,她一口咬上去,咯吱咯吱吃了。看来是没法治她了。她嚼着地瓜说:'俄从树上一下来,俄还是俄,你还是你,你又不能把我杀了!'她这话饯得大伙儿直瞪眼。谁知道就在那天夜里,她没好声地叫,一声连一声,就像山里的老狼中了枪子儿一样……"

小怀对我扮个吓人的鬼脸:"一开始谁也不明白,后来见大掌柜屋里亮着灯,都知道他半夜出来,不知用什么法儿把树上的母狼调弄了一下。结果她就喊:'再也不敢了,再也不敢了,快放俄走吧,放俄走吧……'督工连夜把她解下来,她就一溜烟跑得没了影儿,再也没有回来……"

小怀在我这儿磨磨蹭蹭,总是不愿离去。到后来她抹起了眼泪,一边抹一边说:"老哥呀,说起来不怕你笑话,俺吃百家饭、串百家门的时候,饥一顿饱一顿,累了就在地里一躺。那日子苦不?苦死哩苦死哩。可是那时候俄琢磨着也比现在强。那时候俄还有个贴心的伴,哪像现在这会儿,死猫烂狗的都想占俄便宜。俄可不是那号女人。俄想个贴心的伴儿。你知道,那个人啊就长得像你这么高的个儿,也长你这么一头好头发。不过他的鼻子没你高。你那天一来啊,俄一眼看上去还以为是俄一路上贴心的伴儿跟来了。我心里那个高兴,两只巴掌都抖。抖啊抖啊,又怕你老哥看了笑话,就用这只手按住那只手,结果两手一块儿抖。我端量你半晌,你没见俄泪眼潸潸、扭过头咬住衣领打颤颤吗?俄那会儿就说:'这个老哥啊,早晚俄这怀里要抱住你哩!'说是说做是做,俄是个女人家,不敢先吐口先伸手哩。你倒好,一点脸面也不给啊……"

在这一声声叙说里,我一点也不感到难堪,反而觉得她那么可亲可敬。我说:"小怀,我是个有家有口的人,我的家口在大山那边。你刚才说也在盼原来的伴儿不是?"

小怀抹抹眼:"理倒是这个理,不过俄夜夜想得慌哩!"

"谁不想得慌?要紧是挺住。要挺住哩!"

小怀咕哝:"规矩人,规矩人。"长长叹息一声,一下抓住了我的手。我挣脱,她就用力往怀里拉。她把我的左手使劲按在了她的胸口上。她是让我试试狂跳不止的心。我感到那心脏果然跳得厉害。我心里想:这是一个不错的好女人,能做喷香的饭菜,能把一个男人的屋子料理得干干净净、泼辣、野性、勤劳、心肠绵软。可是她完全误解了我,她对我什么也不了解。她把我看成一个人钻到山里卖命、抓一把就走的流浪人了。可惜我毕竟还不是那样的人。我与真正的流浪汉真的隔了一层——也许我们终究处在了两个世界……

她说:"你不要以为我是一个烂女人,你别看我年纪大了,廉耻倒也没老。不要说那些打洞子的人,就是那些督工的也怕我三分。我对你有一说一有二说二,除了周子,谁也别想碰我一下!"

我退开了一步:"你也是周子的人?"

小怀低低头:"你别嫌弃我,别看不起我,我是个实在人。我不告诉你你能知道吗?你想他是大掌柜呀。大掌柜要做的事儿你能躲得开?你就是不知道什么是大掌柜……"

小怀离开后,我一直琢磨她的话……走出屋子,看着在一片水蒸气后面跳动的山峦、各种各样的树木。碧绿的山谷在中午时分懒洋洋的,一片死寂;偶尔有一声鸟鸣显得那么孤单。那个瓜妞受尽欺辱后,带着好不容易挣来的一点钱,就顺着这道死寂的山谷逃去了……我听到了,看到了,我正在经历。可是我却必须忍受。面对这死寂的正午的山谷,迎着热辣辣的太阳,我真想做点什么。可惜这时我连一点力气都没有了。我身上如同披挂了千斤锁链。全身的肌肉和韧带都被一种强力给拉伤,需要我趴在地上好好缓气,慢慢让携带着新鲜氧气的血流去滋润,让它一点点恢复。我在海边经受的那些繁忙季节、沉重的劳动,比起眼下又算得了什么。那时常常累得连炕都爬不上去,窗外有人看了哧哧笑。可是在这儿,我从山洞里走出,一头栽到铺子上时就像一摊破棉絮。这时候有人过来喊我吃饭,摇晃我的肩膀,拉我,我一动不想动……

石 与 血

一

那些一有工夫就伏在地上喘息、一旦躺下爬都爬不起来的人,大半都是刚刚来包工队的新手。手持皮带的督工一般情况下并不催促这些人上工。可是当洞子里的活儿急了,督工就要连推带搡把所有人都赶到洞子里去。他们一吆喝,粗咧咧的嗓门一喊,躺在地上那些人的疲惫就跑光了一半,剩下的一半等着别人来赶跑。督工走过来,见人还趴在那儿,就狠狠一脚踢在屁股上。这时候趴着的人才会记起来,这辈子还从来没人这样对待过他。难以遏制的羞辱和愤怒刺激得人面红耳赤,他会觉得头发根部一阵阵发痒发热。他怒目圆睁,不由得握起了拳头。这样他身上就充满了力气,站起来,摇摇晃晃往前走……这时候的督工反而要笑嘻嘻地躲开,只在旁边骂着:"日你奶奶,想挣大钱还想装少爷,吃饱了狗蛋撑的……"

这儿的人总能骂出一些奇怪的脏话,让人无论如何也想不明白它到底是什么意思、为什么要那样讲。这里的所有脏话都骂得耳熟,所以无论听起来怎么狠怎么粗,也都变得轻松平常了。这就逼着他们去寻找和开拓新的脏话。我注意到:只有大掌柜一个人很少说脏话,而且也很少发火。他那个样子让人无论如何也想不到实际上会可怕到什么程度。那些刚刚来包工队里的人就常常被这样一副面孔所迷惑。

有一个人不知深浅,有一次为督工和工头吵起来,一直吵到大掌柜那儿。大掌柜摆摆手,旁边的人就把他放开。他一被松开就骂起了大掌柜。

大掌柜那会儿看着他只是笑,笑得很开心。笑了一会儿,把门关上了。

那个人刚二十多岁,长得身架很大,面色红润,很有力气。他大概打斗起来从没吃过亏,所以性子暴躁。

大掌柜关了门,那个人以为大掌柜胆怯了,指着他大骂,还说:"你们欺负人,敢骑在我头上撒尿!"

他想不到自己的话正好做了一个巧妙的提示。

就在他的话刚一落地,几个人一块儿拥上来,把他死死地按在地上。无论他怎样嚎叫,那些粗胳膊还是一齐伸出来,把他按个铁定。接上就有人解了裤子,迎着他的头和脸哗哗地撒起尿来。他在下边说:"妈呀,哎呀……"那个撒尿的人慢腾腾说:"说过的事咱就要办。男子汉说话不算数还行?你说了俺又不办,对得起你吗?"

那个年轻人全身都给撒上了尿。旁边的人一松手,他站起又跌倒在地上。奇怪的是他再次爬起来,一声也不吭了。

从那回以后他整天木着脸不说一句话,按时上工下工,成了一个最有力气的好劳力。

太阳好的时候,饭后那一段空闲时间,小怀就把她的孩子抱出来,在窝棚前边的工地上一边晒太阳一边喂奶。她那对很大的乳房袒露着,让孩子尽情吸吮。不少人站着观看,议论横生,小怀一点也不难为情。那两个乳房汁水旺盛,孩子吸一口它就汩汩冒出,溅在孩子的脸上。一旁有人叹息:"嚙!好家伙!"

一股浓浓的青草气息在空气中播撒。小怀的孩子发出了舒服的嗯嗯啊啊的声音,掺杂着咕嘟咕嘟吞咽奶水的响声。一些人看得失了兴趣,就走开了。

我蹲在窝棚门口,看见那个穿花衣服、留着黑黝黝辫子的加友沿着山谷下坡的一条小路走去了。她手里似乎还带着什么东西。没有一个人去注视她。她在那条小路上越走越远,后来弯过一个小山包就不见了。

小怀抱着孩子走过来,盯了我两眼说:"别招祸啊。"

我不明白,又抬起眼睛向那条小路望了几眼。小怀说:"看什么,去找她男人去了。"

"她有男人?"

小怀把溅到孩子腮上的奶水抹一下,抹到孩子嘴里,说:"死了。去年这时候塌了洞子,压在了里边。那一回压死了三个。"

我这才明白那个姑娘是到男友坟上去的。

"小两口还没成家哩,原先他们在一个富人家种地打工,后来听说山里挣大钱,就结上伴来了。入了大掌柜手下还有个好?大掌柜也巴不得那男的快死。真是人为财死,鸟为食亡……"

我不明白加友为什么还不快点离开这儿。小怀好像猜透了我的心思:"一个男人都搭上了,抬腿一走也太便宜了那个人!"

我想小怀是指大掌柜。可是大掌柜已经把加友据为己有了。我觉得这才是真正的不幸。我为这一对不幸的人哀叹。小怀说:"你不明白老哥,她男人死了,周子给了她一万块钱。后来周子又把她的工钱加了一倍。她什么时候也没有便宜了周子。"

我说:"周子在榨干她最后的一滴血。她如果是个有心计的人,还是应该早早逃出这架大山。"

小怀摇摇头,"她和别人不一样。她是上了周子手的人。只要上了他的手,他不说'撒手',谁也别想逃。"

我说:"她刚刚从这条小路上走开,趁这会儿跑了谁又能把她怎么样?"

小怀抬头看看四周,压低了声音:"早有人盯上她了。前一年有个南边来的人想把周子手上的一个女人拐走,也是趁了中午——两个人先分开,一个向东一个向西,装着出来闲逛的样子。转过山包他们就会合到一块儿,顺着山路往前跑。谁知道刚跑开没有一里远就给逮住了,双双用绳子捆起来。两个人被打得皮开肉绽,周子反咬一口说那个男的偷了这里的东西。男的没好腔叫唤,问大掌柜偷了什么?大掌柜说:'你什么都偷,还敢嘴硬!'那一回他生生给打断了一条腿。"

我仍不明白:"他们到底怎样给逮到的?"

"你看到山里一个个的包工队了吧?所有那些领头的都是拜把兄弟。他们要争斗起来人脑子打成狗脑子,好起来就像一个人似的。要对付跟他们捣蛋的民工就变成一个心眼了。他们对民工下手最狠。"

"我如果现在逃开,难道不行吗?"

"你逃开没人管;加友可不行,她是大掌柜上了手的人。"

"你呢?"

小怀抬起头望了望那个小石屋,"谁知道呢?俺也说不准。不过俺在哪儿都是苦做。俺要真跑倒也跑得开……"

这天夜里我做了个噩梦,发现自己在没命地奔跑,头发蓬乱,破衣烂衫。我在挣命之路上一会儿是自己,一会儿又和庄周一起。我在一条山路上奔跑,跑不稳,老要跌倒。小路在摇晃,原来整架大山都开始疯狂地舞动。山坡上的树木咔嚓嚓全部折断了……

二

我真不敢相信就是这片大山,当年曾活动着那支英武的队伍;更不敢相信这儿埋葬了父亲最好的年华。我静下来一个人时,真想听到父亲一下下的敲击之声……他生前对开凿大山的事情、对那支队伍的事情不发一言……人与人之间就是如此地隔膜。父亲可以对儿子守密,也可以对母亲隐瞒。还有夫妻之间、兄弟之间的藏匿。有些隐秘属于个人,有些隐秘却属于整个家族。在那个大李子树下的小茅屋里有一个话题是不允许提起的,就是父亲在山里的生活。我只知道他在南面的大山里不停地用锤子和钢钎击打——为什么要那样?他在山里的具体生活细节又是怎样?一切都不得而知。小时候,我隐约觉得那是家里最为奇特的一个故事,它由屈辱、罪孽、背叛、惩罚等等一切糅合而成,让我们既羞于提起又充满好奇。每一次提到父亲和大山,外祖母都要责备地看我一眼,妈妈也立刻沉下脸来。我知道触犯了禁忌。

这种小心惧怕的感觉差不多保留了一生。

就为了回避父亲和他的命运,我一个人离开了平原,离开了大李子树下的小茅屋。家里人给我在大山里找了个"养父"。他们是迫不得已,他们不愿把后一代的希望全部埋葬在这个平原上。我一直记得分手时妈妈的严厉叮嘱:

"记住,永远也不要跟人谈起你的父亲。"

我点点头。

"不要说你有这样一个父亲。"

我点点头。

我记住了有关父亲的隐秘。父亲的经历是隐秘;父亲的大山是隐秘;父亲的一切都是隐秘。我真想为这么多的隐秘而流泪。当一个人要拼死遮掩永远也没法遮掩的隐秘,那是何等悲苦。那种沉重本身就像一架大山。后来谈起父亲,我只说"养父"的名字,虽然自己与他从未谋面——我在见他的半路上跑掉了。这样直到结婚以后很久,直到面对着妻子清澈无欺的眼睛,我才感到了自责。我欺骗她也欺骗了自己;尤其不能容忍的是,我伤害了那样一位深山里的老人——他也许一直在盼望我的到来。一个人孤单一生,正等待一个天外飞来的儿子。他蹲在大山的旮旯里等我,等了一辈子。这位老人如今还活着吗?正是这个实际上对我并不存在的父亲改变了我的命运——因为无论是当时和以后,我的名字都不能与真正的父亲连在一起。我模模糊糊觉得大山里有一个老人,他沉默无语且从来没有笑容,这个人就是我的父亲。我站在大山下就是站在他的面前,他挡住了我继续深入的道路,使我既不能进入他的今天,又不能进入他的过去。他一生步履匆匆,行迹怪异,像是一个编出来的故事。他永远停留在传说中、回忆中,停留在矛盾和质疑之中。

这片大山仍旧像过去一样挺立着。当然,它被当代人戳上了几个窟窿。因为人们要挖掘、要窥视。我日夜不停地击打,也正是为了所有的隐秘而来……

据说领工的老五是一个说到做到的人,所以我一直担心他瞅机会下手。对于这个在大山里干了很久的老手,他对付我的机会和办法肯定是太多了。在洞子里,所有的分工都要老五负责。他让谁到哪里做什么,谁就得去。我渐渐明白自己得罪了一个多么可怕的角色。

好多日子过去了。我握锤拿钎的姿势总算像个样子了。我懂得了挥动锤子的那一瞬怎样去转动钢钎、怎样借用惯性发挥腕力。这一来会省下很多力气,手里的活儿也做得漂亮多了。我绷紧了嘴唇,没有向任何人请教。我发现这些与石头对命的人没有一个是好惹的,他们都生冷、执拗,不到万不得已就一声不吭。除了老五在洞子里吆吆喝喝,其他人都不怎么讲话。谁也难以得知这一伙人的心事,他们的想法和企图。这一切的特征和性格就像石头,石头最会忍耐和沉默。工地上有人韧带拉伤、肌肉撕裂,他们都能忍。

我觉得一切都开始了——老五瞪着牛眼发了疯地报复。哪里有了松动的石块,他就让我去清除。低垂的尖棱花岗岩下弓腰都难,老五硬把我指派到那里凿炮眼。我一声不吭,仰着爬到作业面。我躺在那儿挥动锤子,石渣溅在脸上,而且随时有可能让震落的石头戳下来——那时我的脸就会像斧子剁过一样裂开一道大口子。我差不多看到父亲在一旁指点,冥冥中的一只大手把我抬得有点高的腕子往下按了按,又不断地替我转动钎子。一块碗口大的石头落下,直迎着我的脑门落下——正这时我看见一只无形的冥界大手飞快地推了一下,结果石头就在耳旁坠下,发出"砰"的一声。这石头没有让我的脑瓜开花。

放过炮之后,炮烟还没散,老五就吆喝着推车。两个人一辆小铁车,三个人一辆地排车。我被老五指派与一个身架瘦小的南方人推一辆铁车。一开始南方人推车,我拉车。后来又是我推车,他拉车。车子摇摇晃晃,让我使出了全身的力气,因为我以前从没驾过这种独轮小车。小车上面堆的石块已经远远超出了正常负荷,但老五见到谁的车斗没有装尖,就吆喝一句:

"日你祖宗!"

吆喝声里要赶紧把大石块往车斗上搬。瘦小的南方人拖着车子,脱了上衣,露出了清晰的肋骨。我知道老五是故意把这个没有力气的角色分给我做搭档。我推着车子三扭两扭,后来车子猛地往地上一扎,我被车把挑了起来:原来前面有一块大石块落在了那儿,可能是突然从旁边滚来的,拉车人绕过去了,却把独轮车撞上了。车子往前一冲,所有的石头都甩出去,滚到车斗前边。我的身子随即弯倒在旁边,石块"轰"一下从车斗里冲出。因为那股惯性实在太大了,有几块甚至落在了拉车的南方人身上。他的脚跟一下迸出了鲜血。这一切都是在瞬间完成的。我还来不及多想,就听前边的人一连声吆喝:

"疼死了,疼死了……"

老五跑过去,一把将南方人抓到怀里。在他手里那个南方人就像一只鸡。他翻弄着看那个人的伤口。我也看见了:伤口像小孩嘴那么大,肉翻着,泛着沫的血往外涌。老五扒了扒,那个人就尖叫。老五说:

"不用喊,不要紧,瘸不了,老筋没断。"

老五把他扔到空车斗里,让人把他推出去。眼前只留下一堆石头一摊血。大伙各自忙自己的去了。老五不走,扦着腰看我。这个事故我摆脱不了干系,心里很为那个南方人难过。我只不吭声,却蹲在那儿攥紧了一块石头。我明白在提防什么。老五盯了一会儿,也许看到了我手里的石块,吐一口走开了。我觉得他正把一个可怕的惩罚藏起,不知什么时候会拿出来。那更可怕。

我很难过,因为那个南方人伤了,他真的不能出工了。不知谁给他包扎了一下,他就躺在窝棚里,一口一口抽烟喝水,好像并不痛苦。我去看他,说:"真对不住,你歇工的这些天就由我的工钱补上吧。"

南方人一直不看我。他喝了一口水,吸一口烟,淡淡地说一句:"日你祖宗。"

三

洞子越打越难了。终于出现了酥石带。每个人的脸色一天到晚沉着。酥石带意味着什么,谁都明白。

"妈的,玩上了!"老五挢着双手骂。我知道他的"玩上了"是指玩上了命。我想提出一个建议:在这里马上使用支护,因为这是必需的,哪怕最简单的支护也好。山里就有各种各样的树木。那些榆树、杨树都可以伐来做支护。而且我判断,这种酥石地段并不会多。但我只是这样想,没有提出来。我知道这个建议如果老五和我们大家一块儿坚持就不难做到:周子在很多事情上可能不理某一个人,但大家齐了心,他也没有办法。那些督工平常也是"带班的人",他们"带班"却很少到工作面上去,总是待在安全地带抽烟。跑在前头咋咋呼呼的就只有老五了。我暗中琢磨过,这个老五恐怕要比我们多拿很多钱。领工资时都是一个一个进去,哪个人得了多少别人不会知道的。我曾经与小怀议论过,小怀说:"那些老工人拿钱最多,就是手脚不灵便的,也比一般新手拿得多。"

"为什么?"

"因为他们干的时间长了,总要给他们一点'封口钱'。"

原来大掌柜害怕这些人把内部的事情到处讲,也怕他们在背后煽动。那个看起来黑乎乎甚至有几分羞涩的周子,是个极难对付的角色。我现在既没有办法,也没有想过怎样惩罚他。但我似乎在短短的一段时间内就把仇恨积累起来了。

我在琢磨自己的建议是否得当。我并不怕什么,但我好像听到了轰隆隆的冒顶声。真是玩上了,父亲他们当年也玩上了。谁给他们安一个"支护"?我不知道。只要来到这儿,只要把背囊撂下,就得打谱"玩上"。既然来了,要摆脱这个命运就是极其可笑的。我觉得身上那股书生味儿一下子变得刺鼻,我狠了狠心,像吐掉半截烟头一样把"支护"这个念头吐掉了。我未吭一声。

每天,我大睁着一双眼睛,看着脚下,看着不断从旁边滚落下来的石块,嘴唇绷得铁紧。老五做什么我做什么;老五抓车子我抓车子;老五去打孔,我就去打孔。炮响以后总有一些石头从旁边、从头顶凸出,有的摇摇欲坠,就是不落下来。老五总要拿一支长长的钢钎去捅。他像个老猴子一样灵巧,捅一下哗啦一声。酥石落得最多,有时候冒上半天,头顶竟然出现一个尖形的空洞。清除头顶酥石的工作也许没有任何人能够取代老五。他经验丰富,胆子也大。有时候他瞥一眼心里就有了数:该捅哪里、下手轻重,哪一些可以除掉、哪一些暂时可以不理,他简直从未错过。我知道这是个恶毒的好汉,而不是一个孬种。

在这个场合里,在"玩上"的年月里,只要不是孬种就得敬佩他,即便他是我的仇人。

我当时还担心老五让我去除那些多余的酥石,现在看这个担心是多余了。而且他并没有把这个凶险的工作交给任何人。他完全明白:只有他自己胜任。有一次他用钢钎一捅,要捅掉的那块石头没有掉,旁边却掉下一个:只有这一下他没有估计到,结果石头一下砸在他的小拇指上。真准,正好砸去了半个脚趾。血一下从帆布靴子的破洞里涌出。老五疼得大跳大叫,他一边跳一边叫骂,所有的脏字都汹涌而出。他并不骂谁,他是靠骂止痛:

"哎呀,我日一千遍他姥姥。哎呀呀——"

他这样喊着,高声叫骂,一跳很高。因为他两手在钢钎上用力,所以他跳起来很像往钢钎顶端爬去,像演杂技。有人想去搀扶,他把那个人的腮帮打了一拳。后来再没有一个人敢上前。我想这个老五大概会有好多天不再出工。我倒盼着这个家伙从视野里消失,因为我总觉得只要他在,一种厄运就会跟随而来……老五那一会儿不跳不叫了,蹲在那儿,从旁边找一些细细的土末一下捂在了半截小脚趾上,又从衣襟上撕一块破布缠裹起来。我想这一下非感染不可,等着看吧。如果换一个人我一定会阻止他的。他包上了,却不离去,挂着钢钎站在那儿,恶毒地盯视每一个做活的人。谁稍微闲一会儿他就骂一句。谁都能自觉地、准确地在他的骂声里飞快做活。汗水很快湿透了衣衫。监工的人在洞口一端喊老五,老五就走过去了。

隔了两天,当老五再次出现的时候,脚上仍然是他自己包裹的那块破布。可是他看上去若无其事,只是走路有点拐。这家伙真是一个"用特殊材料制成的人"。

第四天,第五天,他总是到工地来,而且总是挂着钢钎。看起来他的脚并没有发炎。这是一个奇迹。断去了半截脚趾,竟然抓一把土面糊上去,用又脏又臭的破布缠裹起来。不可思议。眼前的人简直是一个野兽。我仔细端量,发现他的样子也像野兽。那双眼原来那么细长,一直向额角延伸过去。这种奇怪的吊眼让我想起了一种凶恶的隼形目猛禽,就像大雕或兀鹫。

碰巧这些天一直没有需要处理的悬石,我不知道一旦出现,他会让谁来做这个工作。他这时已经完全像一个监工了,那双斜吊眼盯着每一个人。我发现他的鼻梁也有点像鹰。那不仅是一个鹰钩鼻,而且真正像鹰鼻那样有着一层闪亮的甲骨硬壳。当然这只是一种幻觉。那不过是一个黝黑苍老的鼻子。再看他的耳朵,就像鸡蛋那么小,而且隐在脏发之中。那耳朵不知怎么让人想起蝙蝠,想起某种翼手目动物。他的胳膊、手,拎着钢钎的模样,又有点像狒狒。总之这家伙越端量越像动物,而且丑陋。他对工友何等严厉。施工中只要有一点粗糙,不合规矩,他就要满口怒骂,丝毫不会放过。我常常想:这个人真正称得上一条走狗或是奴才吧;但同时觉得他那种执拗和专注又多少有点职业化的严格。他已经来这里很久了,听别人讲他以前也在干开山、砌渠一类活儿。总之他跟石头差不多打了一辈子交道,懂得石头的性格,也知道怎么对付石头。他干出了趣味。我还听人讲:这个人一辈子没有老婆,对男女之类的事情很感兴趣,却从不尝试。小怀悄悄说过:"这个人有那方面的毛病……"

到底是什么毛病她没有讲。后来说起他那粗野暴怒的喊叫,小怀才说:"他十几岁时给一个大户人家做事,可能是伤了大户人家的闺女或太太,大户人家就雇人整了他。他现在下边缺点东西。"

原来这是个令人同情的人。这个人眼下只是光棍一条,没有任何亲人。他的先人也早就去世了。使我不解的是:这样一个人拼上命挣钱到底为了什么？他平时挣那些钱又派了什么用场？他站在那儿挂着钢钎——一看到这副凶狠怪相，就让人仇恨和恐惧。这是一个让仇人感到手足无措的人。出了洞子，他是一个生活在社会最底层的人；可是在洞子里，他却高于一切。他可以轻而易举做成任何事情；可以不露痕迹地让一个人死掉。他几句话就能煽动起一伙人的仇恨，可以把这仇恨引导到任何一个人身上。他挥动锤子和钢钎的时候，简直是用一种本能来做活，而不需花费什么力气。

这个洞子里的人每天汇在一起，却有驱除不掉的陌生感。大家都互相警觉、猜疑，像搂紧自己的钱袋一样护住了自己的经历和来路。他们当中也有人主动攀谈，讲出一点什么，不过那是绝对不可信的。这些人来自四面八方，不仅口音相差很大，就是职业和脾气也相差很大。这里面肯定有扒手、罪犯，有杀人越货的家伙。他们在这里挣的是大把的血汗钱，那么就得好好地看护和隐藏，藏到别人无论如何也想不到的地方——这是小怀向我叮嘱的。在这里，她是惟一一个心胸敞亮的人。

她告诉我：有一年来了一个鼻子尖尖、短下巴的人，这个家伙在这里干了一个月，然后把窝棚里所有人的脾气、毛病，还有钱财，都摸得一清二楚。有一天早上，大伙起来一看，他的铺位那儿空了，可是破衣烂包还在，就没有在意。大家出工回来见那个铺子还是空着，这才起了疑心。接着有人嚷钱丢了，一个一个都嚷：盛钱的皮夹子没了。老五气得差一点昏过去。从那以后，所有新来的人他都要留意盯视，找个机会还要给他一点麻烦——直到把对方琢磨透了，这才松一口气。

我不知这时候在老五眼里自己是怎样一个人，他是否对我放松了一点？我感激小怀，觉得她对我太好了。我会在心里记住她的，只是无以报答。也许我在离开之前会把挣得的这点血汗钱分一些给她。

小怀永远是精神十足的样子。她不停地忙碌,像是整个工地上的一个管家婆。她支使那些比她年轻的女人做这做那,是服务工的小头目。这使我想到她可能也是一个被大掌柜特殊优惠的人。这个环境太可怕了,各种各样的怪人怪事,层层交错重叠,使人防不胜防。也许我对小怀的担心是多余的,可是她并没有让我产生过分相信的理由。有一次我在一旁看着她,端量她的神气,想从中发现点什么。小怀一抬眼看到了我的目光,脸立刻红了。她说:"老哥,你知道吗?俺什么也不缺,有了娃也有了钱。"

我点点头。我想说:你还有了大掌柜的器重。可是我没有说出这句话。她说:"俺现在就缺你这样一个好男人抱抱。"

她的语气极其自然质朴,一点也没有什么扭捏。倒是我的脸红了。我赶紧离开了她。

四

又有人受伤了。这次受伤的是一个生手。他被一堆碎石打倒了,头、脖子、背部,整个上半身都戳得满是血口。幸好那一刻他是伏在地上,要不他的脸就会像一个掰开的无花果;也亏了落下的石头都不大,他没有受什么致命伤。大家把他拉起来,他竟然还能自己往前挪动。他走到挂着钢钎的老五旁边,却被老五狠狠地骂了一通。

接下去的日子不断有人受伤。有人伤了手指,有人把鼻子砸破了,有的把膀子砸坏了,还有人失去了半个耳朵。受伤人的尖叫令人心颤。眼瞅着鲜血从割开的伤口冒出来,觉得我们像一群动物而不像人。我有一种预感,觉得自己作为异常残酷的旁观者的身份就要结束了。我会随时离开。

夜里我想了很多,怎么也睡不着,好像巨大的危险肯定留在了第二天似的。当然这毫无根据。是的,生活中有时候就是毫无根据,可是它会发生。比如说我钻进这架大山,真正的根据又是什么?我可以说来寻一个人,或者说要拨开一段历史烟云;不过稍稍推敲一下就会明白:它与我此行的深层动因相去甚远。其实是一种我自己也无法阻挡的力量在推拥我,是一根看不见的线拽住了我——它把我从平原拽到山区,又轻轻一扯,把我引入了一个不可思议的险境。只有在这长长的山洞里,我才感到自己暗暗吻合着先人的脚印。我没有说过相信宿命,但这次却感到了它的存在,摸到了它温热的肌肤。宿命是一种力量,是一种人人都想极力摆脱的力量:只要用上力量去摆脱,那么宿命也就逼近了。

我为什么要去忍受、为什么要走入厄运,是自己不能够解释的。我不是一个制造悲剧和寻找悲剧的人,我只是一个顺着时光的指引自觉走入悲剧的人。我不是一个愿意扮演那种角色的人,因为我本身就是那样一个角色。

天亮了。大家吃过饭,摇摇晃晃往黑漆漆的洞子走去。让我想不到的是老五已经提前来到了那里。而往常,所有上工的人都一起走、一起撤出洞子。今天他好像肩负了更为重要的使命,这么早就来到了酥石下,正拄着钢钎到处看。一个角落在流水。仅是十几小时的空隙,这里就流出了这么多水,冲刷出一些红色泥浆,所以水洼显得像一汪血似的。我甚至闻到了某种血腥气味。

这一天的工作别扭极了。不断有一些零星石头掉下来。开工一个多小时即有人受了轻伤。后来终于出现了悬石,它们像老人嘴里最后屹立的牙齿,钝钝的刃儿像斧子一样指向施工的人。我知道酥石中间的夹层是一些坚硬的花岗岩石板,它们如果出现在河谷里,那么就会在河水的冲刷下显出一道道石坎。而眼下没有被炸药除去的部分却悬在头顶上,望去简直像一道又一道死亡的闸门。

"把它们清了,把它们清了!"老五喊着。

这个家伙今天说话这么凶,嗓门含混不清。大概那个断了半截的小拇脚趾还在折腾他。在这喊声里,我不知为什么拾起竖在一旁的那个钢钎就走向前去。刚要挥动钢钎去捅头顶的石坎,只听老五暴怒地大喝一声:

"滚你妈个蛋!"

我打个愣怔。接着他又指着旁边那个大胡子说:

"你去弄。他懂个狗屁,他娘的蛋!"

大胡子不敢耽搁,从我手里怯生生地拿过钢钎。

我们大伙儿都退到一边去。

大胡子瞄着,下唇发抖,胡子上总有什么滴下来。他小心翼翼地往石坎上面戳。戳一下,哗啦一声掉下一点儿……就那么戳戳点点。

老五火了。他一拐一拐走过去,大骂起来。他嫌大胡子太小心了。他往手上吐了口唾沫对大伙说:

"狗蛋,都闪开!"

大伙继续后退,退,直退到一个角落里。就在这时候,在大家的一齐注视下,老五像举一杆矛枪一样,照准那些石坎猛地捅过去。"啪啪"两声,他一拐一拐往后退;又有东西掉下来,"呼通"一声,又一声,两块大石头落地了。老五歪着头瞄了瞄,又往前走。就在他刚刚迈过地上那一块大石头的时候,一阵沙土从头顶扬下来。老五喊了一声,我们大伙也喊了一声。我们都看到了:他的一只脚伤了,可是竟然能用钢钎拄地,利用它的反作用力猛地一下跳开老远——可惜他这一跳碰在旁边掉下来的另一块石头上,结果给绊倒了!还没等爬起来,只听得呼隆隆一声巨响,一阵沙石混起的巨流"呼"地一泻而下。

什么都不见了,什么都没有了,整整十几米长的洞子淤塞了。

所有的人都蒙了。完了,什么都没有了,结局就摆在眼前。

大概是我第一个呼喊起来。我发疯地去扒那些石块,只几下指甲就脱落了。鲜血流出来,我像不知道。那些领工的人在外面喊,接着响起了哨子声,下一班的人也拥进来。他们从洞子外面干,我们从洞子里面扒……只用了一个多钟头就把石块扒掉了。可怜的老五衣服全被石块戳破了,有的地方被砸出了骨头。他的头骨被砸碎了。奇怪的是惟有那只失去了半个小拇指头的脚还像原来一样,他亲手包上的那块破布还完好地缠在上面。钢钎倒在一旁,钢钎也被砸弯了。所有的人都坐在那儿,大家围拢着他。

大概以前类似的事情也发生过,所以大家既不惊慌,也没有过多的眼泪。干脆就没有人泣哭,都安安静静地守着。我忍着,后来终于忍不住。我一下扑在了他残破的躯体上……

老五被埋掉了。他由一些人抬着,顺着山谷下面一条弯弯曲曲的小路被抬走了。我知道他也要被埋在那个穿花衣服的姑娘死去的丈夫身边。

一切如旧,上工下工,领饭,带着一身疲倦伏在自己的窝棚里呼呼大睡……一眨眼就没了一个嗓门粗犷的石洞巨人,没有了他的身影,没有了他的凶暴。我差不多没有听到一个人去议论他。大家在洞子里做活,不吭一声,只有一片锤子声,车轮的吱扭声。我也不提那个名字,我甚至为那一天哭出的声音感到羞愧——一切都在指向一个方向,那就是遗忘。

遗忘本身是有意义的。有人曾经无数次地议论过遗忘的罪过、它所带来的苦难,可是就没有人去想一下,遗忘使我们免除了多少苦难。人们应该重新看待遗忘。既然苦难是不可避免的,那么我们为什么要谴责遗忘呢?

有一刻我的手竟然到背囊里寻找什么,是一支笔。我找到了,接着又找到一块包馒头用的黑纸片……我今夜第一次歌唱遗忘/

像看到生命中的第一缕阳光/白了胡须,浑了眼睛/打发了老伴的第二天/摸起了烟斗,我要细心品尝……

可惜我还是不能遗忘。心里涩涩的,最后不得不把笔扔掉。我走到了窝棚外边,重新看那片绿色的山谷,看顺着斜坡弯弯曲曲的那条小路。我在想:那条小路上走过两个人,一老一少,他们都死在洞子里。那个年轻人离去了,留下他的未婚妻——那个两眼漆黑明亮却总是一声不吭的送饭姑娘。我还想到了父亲……每个人都游动在死亡的海洋里,厄运大张着它的网……

正站着,突然肩膀被人拍了一下。回头一看,是一个督工。他鼻子奇怪地往上蹙着说:"大掌柜叫你去一趟!"

我有些慌,但很快平静下来。我走进小石屋。

大掌柜正在那儿喝着一杯热气腾腾的咖啡。我故作惊讶和轻松地问:"大掌柜这是在喝什么东西?黑咕咚咚的?"

周子笑了。他一笑一只眼睛就往旁斜着。这个家伙的眼睛原来多少有点毛病。笑过之后他突然站起,在屋内踱起了步子。他背着手。我想他这个动作大概是从电影上学来的。他正把自己看成一个了不起的人。他这样踱了几步,踱到我面前猛地停住,伸手指着我的鼻梁说:

"你到底是干什么的?"

我被他这一手给弄了个愣怔。我很快就笑了:

"大掌柜,俺外地人来这里挣个血汗钱不易哩!"

我模仿着小怀的口气说话。

他哼哼笑:"你到底是哪里人?"

我伸手指了指那架大山的西南方向:"十八里铺子。"说完这句话我心里也有点好笑,因为那是我顺口胡编的名字,编得迅速而准确。准确就是因为我知道"十八里铺"这样的村名在南南北北可算不止一处。他哼一声,抬起眼皮看看我:

"你原来在村里是做什么的?"

"没做什么,种种地,零零碎碎干点活计,糊口吃饭吧。"

周子在衣服的夹层摸索着,把一张黑乎乎的纸片掏出来,在桌子上一拍:"种地的能写出这东西吗?"

我一看吓了一跳,原来它就是我随手涂抹的东西。我的心"噗噗"跳了两下,接上说:"这不过是……"

周子哼哼着:"你敢玩我?"

我立刻说:"大掌柜,我不是玩你,我不过是玩玩这东西。早年我是个民办教师,那时候我见了这些长短句就要抄下。这是我抄来的呀!"

"那你为什么不做教师了?"

"俺不好意思说哩。"

这样慢吞吞回答,实际上是在心里编造理由。周子发出一声:"嗯?"

我终于编造出来了:"是这样,大掌柜。有一年上,那时俺更年轻哩,心里一热,和村头儿的闺女……就这么着,村头儿把俺赶出了学校。俺就摸起了锄头镢头……"

周子哈哈大笑,一边笑一边伸手捏弄我的肩膀:"不错,你小子有两下子呀。不错,你还算说了实话,你娘的狗蛋。在这里做活可不兴玩那一套。我这里有一把小刀,锋快锋快——知道什么意思吗?"

我摇摇头。

"我是说起了性的人,我们就给他划上一刀——阉了算完。"

"大掌柜,俺是冲着钱来的,钱才是好东西啊。俺那口子在山那边领着孩子送俺说:'娃他爹,衣兜里装满票子就往回跑,切莫耽搁啊!'"

周子问:"装满没?"

"没。"

周子笑着:"那要看你的衣兜大小了。力气大,心眼儿活,就得多准备几个兜子。"

我连连点头:"我还有个大背囊,到时候也能用上。"

周子哈哈大笑了。他笑得真开心。他大概觉得我没有说谎。

你在高原

曙光与暮色

卷三

第 六 章

爱情简史

一

　　农场生活日趋紧张,所谓的军事化管理正越来越严。几乎一切指令都用号声传达。白天累了一天,早晨天不亮号子又响了。大家对那个吹号的人恨得咬牙切齿,他倒总是准时。曲涴在第一声号子里一个翻身爬起,闭着眼睛摸到鞋子衣服,有时候穿好了鞋子才发现裤子还没有穿,于是再把鞋子脱掉。他有时觉得自己敏捷得简直像个年轻人。接近凌晨时分他总是侧着身睡,这样号声一响,身子弓着滚动一下就爬起来了。他穿衣服时闭着眼睛,听旁边响起一片窸窸窣窣的穿衣声。路吟一边穿衣服一边呻吟,他先是在工地上把脚扭伤了,后来又碰破了膝骨,伤口久久不能愈合。可他即便这样也仍然逃不脱军事化管理。令人惧怕的号声,逼人的号声,除了催人上工和跑操、下令熄灯之外,连吃饭和工间休息也要吹号。

　　这使人想起在干校的日子。那时的管理人员说:"我们这儿是一座大学校,要讲究德智体全面发展。"

　　"不是监狱,胜似监狱,无罪者个个是要犯。"曲涴当时曾暗自总结过。

曲涴特别忘不掉的是当年干校筹划的那个运动会。

从一开始就蛮认真的。上边号召大家积极参加,没有特殊情况不得例外,并且都要争取好成绩。据说运动会上的纪录也要载入档案。工作人员真的布置起运动会了。他们让人整理场地,弄平跑道,挖跳高用的沙坑等等。大多数干校"战士"都往六十岁上数了,三四十岁的人只占五分之一,所有人都要一块儿报名,并且每人都要承担一两个项目。只有那些身体实在虚弱,甚至是带着残疾的人才被允许做大会服务工作。运动会共分两个组:老年组和中青年组。

曲涴当然分在了老年组。设立项目有中长跑、短跑;铅球、铁饼、标枪;跳高、跳远;接力、跨栏,等等。不知为什么没有球类比赛。曲涴觉得惋惜。"我曾经踢过足球,这使人难以置信。"他咕哝着。报项目时,工作人员用笔戳着一张纸说:

"你选一项。"

他看了看,摇摇头。

"总要选一项呀。"那个人笑了。

曲涴抓着铅笔,笔尖在那些栏目里移动着,因为没有一个项目可供选择。旁边一个年轻人说:

"跨栏怎样?我看你的小腿挺灵便,屁股也不大,跨栏吧!"

还没等他反应过来,那个人就在纸上勾了一下。曲涴点点头,又自己动手在铁饼那个栏目里勾了一下。

艰苦的训练开始了。每个人都尽力准备自己的项目,像迎接一个沉重而艰难的节日。但节日毕竟是节日,大家脸上有了笑容。可是工地上的定额却并不因此而减少,学习时间似乎也抓得更紧了。尽管节奏急促得让人喘不过气来,但仍然有什么值得让人兴奋的东西。看不完的材料,读不完的红皮书。有人率领一个中青年组搞起了"背宝书比赛",结果在其影响下曲涴他们这些上年纪的人也要参加比赛。可惜他们当中几乎没有一个人能够顺畅地、一字不差地背下一篇宝书。除了背诵,还要抓紧一切时间集中讨论,谈体会、写心得。学习专栏就立在宿舍旁边,上面还有诗和其他形式的"文艺作品"等等。受人鼓动,曲涴在宣传栏上写了一幅书法作品:博大精深。大伙儿围在宣传栏下相互欣赏杰作,那真是最愉快最幸福的时刻。有的格律诗尽管写得晦涩拗口,但时时闪烁出掩藏不住的机智。有的却是过分地通畅了,真让人怀疑它会出自一个老教授之手:"宝书是个宝,人民离不了;两天不学习,平地就摔跤;一步三摇晃,无风也折腰。"

离运动会的召开还有一个多星期,头头发布命令:上工时间缩减一半,剩下的时间专门参加训练,没有报项目的人要照常上工。

大家一律穿上公家发下的服装:运动衫和小短裤,红红绿绿簇新簇新。当这些鲜艳的服装被人用紫穗槐编成的大筐抬到运动场上时,一对对呆滞的目光一下变亮了。他们迅速围上。旁边有人拿着花名册,点名让人上前领取自己的服装。曲涴套上了一条红背心,还穿了一条湖绿色的针织短裤。时值中秋,天气还有点热,大家都遵照指示立即换装。本来这些运动服要在比赛时才穿,可是有人硬要他们提前穿上,说这样一方面可以适应,另一方面穿久了辨认起来也方便。红色背心有点宽大,可短裤又太小,而且像是女式的。曲涴觉得整个下半身都像被绳子勒起来了。

他要求再换一件。

工作人员过来看看,认真端量一番,前前后后看,笑嘻嘻的:"紧是紧了一些,不过……"

正好几个头头走过来,问是怎么回事?工作人员就指一指曲涴。他们说:"这样挺好,就这样穿去吧。"

曲涴试着往上跳了跳,走开了。

他的项目是铁饼和跨栏,可是训练时好几个人合用一个铁饼,好长时间他只能扔一两下。不过他发现谁也不能把铁饼掷远,所以到时候竞争不会激烈。参加这个项目的几个老年人要两手抱着铁饼走来走去,每扔一下都要憋足力气。有的奋力一扔,也只是扔出十几米而已。跨栏却无栏可跨,只得用棍子横在地上,每跑到棍子前就要想象那个横栏,往上蹦跳一下,再接着往前。那时工作人员在一旁看着,腰都笑弓了。头头们背着手检查训练情况,惟有他们一点不笑,嘴角紧绷。曲浼明白自己这时候更像一个猴子,皱巴巴的身体大部分袒露在外;特别是两条腿,简直像年轻人的胳膊一样细,右腿踝骨上边还有一个大疤——这条腿在空中一扬,很像当年在足球场传球的动作。

二

不错,那是在大学一年级的时候踢伤的。当时踝骨那儿有了一处囊肿,医生说非做手术不可。只因为他踢球心切,有人说不上麻药伤口愈合得更快,于是他无论如何也不上麻药。那个疼痛!几个人按住他,一刀一刀他都知道。他咬着牙,没有喊出来。可他在心里一个劲儿地喊着"胖子"。"胖子"是体育系刚招来的一个女生,身体有点胖,眼睛又大又亮,头发乌黑。曲浼他们举行正式比赛时,好多人围上看。有一回他正踢着球,觉得身上沉甸甸压得发慌。后来他才发现:"胖子"在看他。他踢得更来劲了,浑身灼热。他当时是六号。下边有人指指点点:

"你看那个六号,个子不大,多凶。嘿!这家伙,铲球真棒!"

他觉得脚底下的球像系在"胖子"眼上似的,"胖子"的目光到哪,球就滚到哪。他小声咕哝:"胖子,胖子……"对方正加紧对付这个六号,他却格外刁钻,身体瘦小,机灵无比,简直像在草地上打滚。他的带球路线捉摸不定,像一些大明星一样学会了用脚后跟磕球。对方球队里有一个黑乎乎的、像半截铁塔似的家伙盯上了他。他觉得对方在做鬼脸,还龇出牙来。这个人身体很好,然而修养很差,也许是个粗野的强盗弟子,龇着牙,在一旁跳跳跃跃,寻找机会下脚。曲涴就把牙齿咬得咯咯响,在心里骂:"你妈的,你敢堵我的'胖子',你妈的!"那时候他想用粗野的办法给自己鼓鼓劲儿。很漂亮,过了他。好,又过了一个。球进门了。他只觉得"胖子"在那儿为他欢呼——第一件事就是把头扭向她。

真的,他看见了呼喊的"胖子"。她周围的人都随着她呼喊。有两个瘦瘦的姑娘把手搭在她的肩上,她们三个似乎正一块儿往上跳蹿。泪花在曲涴眼里旋转,他拥抱着队友。他大概流出了眼泪。

那一回因为腿伤他在床上躺了七天,然后就试着下床,腿上缠裹了纱布,拄着拐杖到课堂听课。在床上躺着寂寞,同学搬来许多书他都读不下去。他闭上眼睛想"胖子",想得很专心,有时还要念出声音。那时候他想:真怪,怎么还有这么好的东西?他用力琢磨着"胖子"的模样,她的肩膀、走路、笑,以及她吃饭的样子。她们体育系的学生就是随便,穿着运动衫就到食堂去了。雪白的运动鞋,红色的运动服。"胖子"扎了一对毛刷小辫,咀嚼食物的样子很好看。毛刷小辫在颤抖,像两只角。"小羊咩咩叫,样子实在好;小羊快过来,我要把你抱……"

由于要养伤,他好长时间没有到体育场去了。又过了几个星期,他终于可以重新踢球了。那时他又看到那些泼辣的、愿意高声喊叫的女生了。可惜她们当中没有"胖子"。有一次他实在忍不住,就打听起来。她们都听不明白。

"就是那个胖……挺胖的一个……女生!"

他比比画画,脸都红了。后来体育系的几个学生对视了一下,一个拍拍手说:

"她不就是谁、谁……吗?"

旁边的人拍着手："噢,是她是她。她是印尼人,出国了,她跟上轮船公司的本家叔叔走了,前不久走了——你是她什么人?"

他觉得全身都凉了,嘴唇活动几下,往后退着离开了。他小声说:"什么人,什么人,什么人也不是……"

接上他就病倒了。到底是不是为"胖子"病的,说不准。不过在病中他可真是想她呀。有一段时间他简直觉得活不下去了。"我想'胖子',那个印尼姑娘,"他自言自语,"其实'胖子'一点也不知道。可是……可是……"他寻找想念"胖子"的理由。没有多少理由。他只是想。接下去他还是想着,却眼瞅着同寝室的同学都有了自己的女朋友。她们或漂亮或不那么漂亮,或胖或瘦,一个个结伴而行,进进出出,一次又一次进来打扰。他最好的同学也是足球队的,有一次问他恋没恋爱过?他肯定地说:"嗯!"

"讲一讲吧,伙计!"

他又说:"嗯!"

接上他就告诉这位挚友:他爱一个人,她叫"胖子"。

就是这样的经历。似乎没有什么,可是直用了好长时间他才冷静下来。他感到羞愧,知道自己说谎了,对别人编造了一个爱的故事。可是这个故事原本应该发生的。"它本来就应该发生。"他在心里辩解说。

一直到大学毕业,他都想试着爱上一个人。做了很多努力,不行。他发现她们一个个都不如"胖子"。他想,既然爱得太勉强,也就算了。就这样,他带着右腿的伤疤和没有回应的深爱,离开了大学校门。

不久他就出国了。这是一段异常辛苦、同时又是极其重要的经历。那是一所著名学府,他与导师的关系并不和睦,这也间接成为他早日归来的理由。主要是祖国的吸引,归国前有点迫不及待了。回国前后,他大约有两三次对那些可以推心置腹的朋友讲述过并不存在的"胖子"的故事。他的所有激情也许都在这种讲述中耗尽了,以至于面临实实在在的姑娘时,却没有了一点勇气。他那时嘴唇颤抖,个子愈发矮小,也更加瘦削,额上的青筋都凸现出来。显然,在很多人的眼里他是不可爱的。在国外由于怀念、寻找和急着要做点什么,一个个长夜他都睡不着。他在纸上胡乱涂抹。有时他一夜一夜读书,拼死拼活地钻研,以稍稍压制那些莫名其妙的冲动。

渐渐,他变得喜欢自言自语,喜欢在夜间工作了。这个习惯直带到国内来,结果惹得同寝室的两个人给他提意见,后来连他自己也觉得该拥有一个单身宿舍了。反复请求,终于应允。打那以后他就成了一个实实在在的王子、孤独者和梦游症患者。他在自己小小的空间里走动不停。深夜打开窗户,遥望黑漆漆的夜色,或倾听校园里奇妙的小猫奔走的声音、那种若有若无的喘息。他的宿舍离一丛丁香树不远,有一次半夜打开窗户,似乎听到了有人在那儿窃窃私语。什么也听不见,不过他凭想象把握了一男一女的形象:他们分开复又搂住,后来紧紧搂住。两个人正在仔仔细细抚摸对方,抚摸、抚摸,终于——砰嚓一声出事了……

那一夜他哭了。他在日记里写道:"我是一个正派的男人。"就在这样的日月,他一口气读掉了一般人几年时间才能读完的艰深晦涩的学术专著。

回国后的第三年,终于有人来关心他了。那是系办公室负责资料和接待工作的一位年长的女同志,和善、胖乎乎的,四十多岁。她询问了他的情况,几天后几乎没有征得他的同意,就领来了一个尖头鼠脑的姑娘,借口是:来这儿借书、请教。曲涴一见面就在心里说:"你让我产生了抗斥心理。"

尽管这样讲,他还是很热情很礼貌地给她们端水让座。中年妇女客气了几句故意先走了,姑娘就沉默起来。他们在屋里翻书。

最后姑娘取了一本无关紧要的书,而且答应还要经常来请教,走了。

曲涴感到了一点点惆怅和激动。它们掺在一块儿,分不太清。那一天他在纸上写道:"接下来的将是什么?"一个大大的问号攫住了他。

姑娘来了,他们真的一起讨论问题了。他发现这个姑娘懂得很少,却故作高深,故意说一些含含糊糊的话,让他澄清。当他从头开始分析什么的时候,她又赶紧点头,好像对这一切早就有所预料。"这不是老实的态度。"他在心里说。姑娘矜持了一会儿就夸起了他,不停地夸,说他真有才华、聪明绝顶、人群中少见,然后又看看窗户外面很遥远的地方,说:

"到哪儿寻找这样的人呢?"

曲涴一颗心噗噗跳起来,心里说:"到哪儿寻找?这个人不就坐在小屋里,坐在小床上吗?多么奇怪的姑娘啊!"他在心里感叹,用眼睛去捕捉她。正在这时,姑娘也转过身,那双空洞的大眼突然闪出了火辣辣的光。两双眼睛相互一碰,曲涴差不多清楚地听到了"咔嚓"声,就像电火似的。他赶紧把脸转到旁边,可是那个姑娘的眼睛却直盯过来。她比他成熟多了也老练多了。实际上她早有准备,像在专心等待这个即将落网的猎物。曲涴的眼睛一直看着旁边,再也不敢转过来。

姑娘却发出了自语般的赞叹:"你多么内向!"

只一句就把他的目光召唤回来。他平静坦然地看着姑娘。姑娘那么深沉,眼睛里渗出了点点泪花,说:"你的内心世界是那样地丰富!"

那会儿曲涴被一句一句赞扬着,老想泣哭。最后他真的两手蒙脸,小声咕哝:"'胖子',你现在到底在哪儿?"

对方什么也没有听清。最后曲涴站起来在屋里走动。他眼圈红了。走着走着,那个姑娘也站起来。也许这空间太小了,他们竟然撞到了一块儿,接着两人同时伸手……他们热烈地拥吻起来。

"哎呀,这真好。"他在心里说。

他们竟然那么快地拥抱、亲吻,好像已经操作了几十遍,演练了几十遍,一下子就进入了规定的程序。

姑娘经常来了。姑娘说:"我非常爱学习。"尽管这样讲,她做得却恰恰相反。后来她很少谈论书籍,也不愿在这个满是书籍的小屋里待下去了。她总是要引他走开,到校园花坛旁,到丁香树下;再不就走出学校大门到野外。奇怪的是,她总想把曲浼拉到那些陌生的目光下。有一次曲浼终于被引出来了。她刚走了几步就想挽他的胳膊,曲浼赶紧退开了。他发现自己总想离开她,总是羞于公布这种关系:永远把这种关系闭锁在自己那间小屋里。

他不往前走了。他怎么也不往前走了。他回到了自己的宿舍。从窗户上,他看到那个姑娘迟疑了一下,捏弄着手里的一个红布包,然后又返回来。姑娘敲门。他犹豫了一下,打开门。姑娘叹息着,眼睛里全无光彩。她低头说:

"你是一个多么害羞的人哪……"

曲浼喉头终于有点发热发胀。他抚摸着她那稀疏的头发安慰她。这头发有点黄,而且真的太稀疏了。他想:这个人并非健康,然而,却有着青春的力量……他突然想起要问她多大年纪了。女的回答了,他发现比自己小五岁。当然了,作为一个女孩,这年龄似乎已经不小了。那一回他们像过去一样热烈亲吻和抚摸。为了表达说不出的爱,姑娘甚至同意了他接触她的身体,但只限于上部。她把他的手拉到自己衣服下面。曲浼不知自己在咕哝什么。他觉得全身都失去了控制,不停地颤抖。他相信头发梢都被一种火焰烧成了白灰。他小心翼翼地撸开了她的袖管:天哪!这是一截没有血色的胳膊,而且还莫名其妙地生了一些过长的汗毛。这胳膊使他不再愉快。可是这种不愉快还不足以熄灭自己身上的火焰。他继续抚摸。最后他的手在姑娘瘦削到不能再瘦削的锁骨上滑过,落在了又尖又小的乳房上。他用食指轻轻按了按。姑娘立刻抱紧了膀子,惊慌失措地呼叫,呼叫之后却极为平静,说:"你多么坏,多么坏呀,你!"

姑娘走了。那一夜他极为痛苦。他在日记上写道:"我很痛苦,这可不是爱情啊。"他一夜没有睡好,疲倦得很。想晚点起来,一早却有人敲门。听敲门声他知道不是那个姑娘,就放心地打开。进来的是那位中年妇女,她一进门就说:"你们一幸福,就忘了我这个大媒人了。"

曲涴听了这句话真想哭。

中年女人坐了一会儿,要了杯水喝,然后就提出让他们快些结婚。她大概没有发现曲涴一直没有做声。最后她要离去了,离开前再次叮嘱:

"早早办了吧!"

就在她要出门的那一刻,曲涴急急地大声说:"这事我还……"

"怎么?"

"我想结束!"

无论那个女人说什么,他总是这样一种态度。女人又气愤又慌张地走了。她刚走半天,那个姑娘又来到了他的宿舍。她一进门就哭,哭了一会儿想伏到他的肩上,他躲开了。倒不是冷酷无情,主要是怕被她抱住,那时连他也不会松开了。

姑娘哭着,最后抬起泪眼:"你对她不是说的真话,是吗?"

曲涴点头:"是真话。"

无论她怎样讲,曲涴都同样坚定。姑娘终于觉得无望了,一抹眼睛站起,骂道:"流氓!书都念到驴肚子里了!就知道赚女人便宜!也不撒泡尿照照你的影子,俺可是黄花闺女……"

这一下曲浼凉透了。他没有动,只看着自己的一对脚尖。姑娘一扭身走了。出门那一刻,她把头探在门缝那儿,恶狠狠扔下一句:"你这个白骨精!"

曲浼被这句话给弄愣了。可他同时也觉得有什么不对劲儿。他琢磨着。

脚步声渐渐远了。这时候他才明白那句凶狠的叫骂毛病到底出在哪儿——他想追上去,但知道来不及了,于是打开窗子,喊她:"喂!"

她转过脸来。

他说:"我告诉你,'白骨精'是个女的……"

从这天起他才冷静下来。他在日记上写道:"印尼'胖子',世上惟有你好!"接着把日记一合,再也不想动它了。

他把全副精力都投在学术上,事业开始突飞猛进。他在全无预料的情形下成了学术界的一颗明星;这期间,就有了那一次西郊之行。在这苍茫的大山里,他等来了再一次爱的萌发。这同样是一场惨败。不过有了第一次之后,第二次就平静多了。他在心里说:"我这辈子如果没有特殊的情况,大概也就只能独身了。"

后来,"特殊的情况"终于发生了。他遇到了世上独一无二的淳于云嘉。他在心里承认:她不仅远远超越了那两位古怪的东西(他总是把那两个姑娘叫成"古怪的东西"),而且还远远超过了那个"胖子"。令人痛苦和不敢去想的是在那两位古怪东西之后发生的事情,那也是在郊区……

"云嘉,我多么渴望你,我原来在等待啊。是你使我返老还童,使我再生。从那一刻到现在,我还是个年轻人。你看我扔铁饼,跨低栏,就要做个冠军了。"

三

他在心里这样呼喊,生气勃勃地进行赛前的准备。他真像一个老小孩,嘻嘻哈哈,比所有人都积极地投入了训练。他在回顾自己的体育生涯,"谁能想到我当年是个足球前锋?"这样自问着,咬紧牙关往前奋勇跨越和蹦跳。他不知自己在旁边那些工作人员的眼里有多么可怜:屁股瘦削、满脸皱褶,一个白发老头。

他把一切都忘掉了。他只觉得有一双温情的目光在注视自己。

赛期终于到了。简陋的赛场拉起了一溜红布,主席台上坐着几个领导,还有从邻近单位请来的什么人。大喇叭放送着欢快的乐曲。有人宣布比赛开始。曲涴两手抱拳在原地踏步活动。有人喊:

"各就位——"

曲涴做出一个标准姿势:双手按地,翘臀。他等待着,抬眼搜索前面那一溜低栏。枪声响了,开始奔跑。他在第三跑道。那双满含深情的目光。"我沐浴着真正的阳光,云嘉……"横栏立在面前,他猛地一跨,可惜跨得太低,他被绊倒了。踝骨上面动过手术的那一块伤疤正好被磕中了。疼痛钻心。他不管不顾爬起,又向前冲去。可是横栏又一次把他绊倒。只有一次他成功地用脚掌把横栏踢翻。再看看旁边的人,他们也没有几个能跨越横栏。他咬牙拼力,觉得自己像飞一样。实际上他跑动的样子再可笑也没有——他只是扭动得快,那要挣扎好长时间才跑出一截路。终于跑到了尽头。终点上那条红布条在腰上一挡,他就倒下了。他没有发现腿的下半截正在流血……

运动会进行了一天。下半天他要完成另一个项目:掷铁饼。当他向着那儿走去的时候,才发觉两条腿疼得难忍。他一步一步挪到那儿,抓起铁饼,嘴里发出"呀"的一声,将它掷出。

可惜它只被扔出了十余米。一边的人鼓掌大笑。

运动会结束时要发奖。令人难以置信的是曲涴在跨栏比赛中获得了第二名。第一名是一个比他壮实得多的数学教师。

乐声里他们一同上台领奖。给他们发奖的是平时那个严厉的头头,奖品是一张奖状和一双模样奇怪的运动鞋。那人握着他的手耸动两下,冷冰冰地说:"祝贺!"

整个干校变得怪模怪样。当时连最迟钝的人也察觉了这一点。工地上的定额有增无减,却同时在频频举办一些活动、各种奇奇怪怪的项目。运动会和背宝书比赛之后又是队列比赛和革命歌曲比赛。群唱、独唱、轮唱,花样翻新,忙个不完。那种单调乏味的上工收工,没完没了的呵斥,已经让人不能忍受;而这些刚刚开展的项目却带来了一点清新气,让人有点晕乎乎的。但可惜的是,所有活动并没占用劳动时间,而是把本来就少得可怜的一点空闲给占用了。有些项目似乎令这些农场"战士"难以承担。比如说队列,正步走和跑步,在口令下不断地改变队形等等,完全是对军人的要求。这些年龄不一、一辈子伏案工作的人,这会儿却要努力挺起怎么也挺不直的腰身,那模样既可怜又滑稽。后来他们终于明白:这是一种折磨,有人需要从中取乐。所有高喝口令的人都是工作人员,而干校的头儿就担任了队列比赛的"总指挥"。每个排编成一队,"排长"指挥自己的队列,再由那些穿黄衣服的人喊出一连串的口令。这支队伍就在高声吆喝下不停地改变队形、忽而停下忽而奔走,不断花样翻新。点名、报数——所有五六十岁的人,一张张满是皱纹的脸,都在口令声里甩来甩去。

大概由于过分紧张的缘故,曲㳠有好几次迈错了步子,在口令下做出了相反的动作。报数的时候他又报错了,结果引起一阵哄然大笑。可能他跑步的姿势不对,因为当他们这个排握起拳头绕场一周的时候,又引起了笑声。他觉得所有哄笑都是冲他来的——实际上却并非如此,他们当中动作可笑的人太多了。

队列比赛之后又是大唱革命歌曲比赛。比赛仍然以排为单位。在正式比赛之前搞了好几次集中训练,训练时曲涴一次都没有唱错;可是正式比赛时、轮唱时,他却好几次抢了半拍。指挥不断地瞪他。每瞪一下他都觉得像挨了针刺。后来他把声音放得很低,怕给自己的队伍抹黑。后来指挥发现了什么,可能是他张开的口型露出了破绽吧,照例被狠狠地盯过来。

最难逃脱的是轮唱之后的独唱:本来每个排只可选出五六个代表,可是不知指挥故意出他的洋相还是上边有指示,他被第一个挑出来。面对那么多熟悉和不熟悉的人,他怎么也张不开嘴。旁边有人咪咪笑。他不敢抬头看谁在笑,只尽量把身子站直,使周身放松。可越是这样,身子越是抖得厉害。他闭了闭眼睛,重新睁开时觉得一切好多了。可是他再也没法使自己颤抖的双手安静下来了。这到底是怎么了?他转脸寻找指挥,发现指挥正在直盯盯地望着他。

他要唱的是一首革命歌曲:《三大纪律八项注意》。终于开始了。这声音连他自己都觉得陌生和难为情。听起来怪极了,简直不是在唱,而是用一种特殊的节奏和声调朗诵。他相信全世界再也找不到一个比他更拙劣的歌手了。他一开口满场里都肃静下来。唱不对节拍,真的不行……越唱越慢,越唱越低,到后来简直变成了喃喃自语。

"大一点声音,大一点声音。"身前身后响起一片吆喝。

他陡然提高了嗓门。当唱到"……不许调戏妇女们"时,场上立刻爆发了大笑。他觉得每一段开头都要花费双倍力气,于是不得不把下巴扬起来,把脖子挺直。他觉得自己像一只老公鸡。他的嗓子是沙哑的,可是有些音节却要发出尖尖的声音。"我是一只多么丑陋的老鸡。"他在心里说一句,垂头退下。

他那副模样自己一辈子也不愿回想。退到队伍里,指挥不停地盯他,那是憎恶的目光……直到另一个人站到台子上,他才算避开那道目光。下面的人唱得怎样他一点儿也没有注意。直盯盯望着台子,心里却在想另一回事。他在想:我的自尊和廉耻还没有完全丧失,天哪,它要伴我一生吗?它在今天究竟还有何用?

他觉得周身都火烫烫的。他知道那是因为自己仍在为台上的表现而羞愧。

歌唱比赛之后,那位老教授在宣传栏上又贴出了一首新歌词。曲浼见很多人一边吃饭一边围上看,就凑到跟前瞥了一眼:"白天去工作,晚上来唱歌,汗水浇开幸福花,革命战士多欢乐。咳,多呀么多欢乐……"不知为什么,读着这首歌,心上有一种奇怪的感觉,咽到肚里的稀粥一个劲儿往上翻。他赶紧转过身,正好看到了这首歌的作者。

对方六十多岁,一副得意洋洋的神色。他看到曲浼,嘴里立刻发出一声愉快的"嘿!"曲浼到一边蹲下了。他想趁着这阵暖融融的阳光把粥喝下去。谁知那个老教授一直跟在旁边——他们是老熟人了,以前都以"先生"相称;这会儿老教授却称他为"同志":

"曲同志,你觉得怎么样?"

"什么怎么样?"

"我写的啊,请多提宝贵意见。"

曲浼说:"像没洗好的猪下水。"

"嗯?"

"凑合着吃吧,臭烘烘的。"

四

就在那个胸脯平平的姑娘与老讲师结婚不久,曲浼在小屋里待不下去了。他觉得两手又痒又胀,脚板灼热;有时一边出神,一边用那根拐杖节奏分明地敲击着水泥地面。后来他就走出门去,一直穿过了那片果林,坐在了水库边上。他从头想一遍那个印尼姑娘"胖子",想记起她的眼睛。"我们成婚真是再好也没有;如果这样也就不会发生后来的麻烦——所有的麻烦……"那个高个子平胸的女人总要从脑海里闪过,"让我们看吧,这是世界上最平庸的婚姻。"他记得最清楚的是集体郊游时,她的尖叫和欢闹。他还注意过她在校园白杨树路上的走姿——是那种走姿打动了他,让人在深夜无眠时想入非非。于是去她的宿舍找她,于是就自取其辱。很快,接下去是尖头鼠脑的那一位了。没有感动和情分,只有聊胜于无的纠缠。欲望的火苗点着了几次,使他平生第一次真实无误地按住了一位姑娘——上部,胸窝凉凉的;只有小小的乳尖生出了灼人的电流,顺着臂弯往下,狠狠地击打了自己。一次,只一次吧,他想继续做点什么,对方黄黄的额头上立刻皱起三道竖纹,接着嘴里发出一声严厉的"哞!"瘦弱女子竟有牛哞。他当时完全给吓呆了。

思绪总是停留在不快,甚至是蒙羞的最后一次。两人总算有了肉体接触,即那个尖头鼠脑的她后来如实描述的——"他摸了我"。胴体的质感,手臂上一层浅黄的毛,像一棵洋金花被晒了一天的气味,是这些,让他整夜无眠。"这种事儿,神秘的诱惑;然而继续下去是困难的。"他总要设法在"胖子"那儿打住,因为这样才会高兴起来。

这样的日子里他一次次呆坐水库边上——最终觉得十分不宜——这会使他联想起老年维特,他的烦恼和绝望。于是他重新站起来往前走了。不到两公里远就是城郊西边的那个小村,有一户人家独居在稀疏的树林里,是一座茅顶小屋。他出于好奇访问了他们——这儿只有母女两人,母亲五十多岁,女儿可能快到三十了,她让他有点吃惊:肥硕,红皮肤,一头浓发,大眼,只会迎着人傻笑!"唔,一个弱智呀。"他心里叹道。母亲知道了他是大学校园出来的,尊敬地叫着"老师",为他倒水。他两眼一直看着肥胖的姑娘。"这是'大俊儿',嗯,一边去吧。"母亲把她赶开了。大俊儿却在一边盯他,捂着一只眼笑。

后来他又接连去了几次茅屋。与主人相熟了,有一次对方还留下他吃了饭:那是从篱笆上刚摘下的豆角,拌了盐放在一片玉米皮上蒸熟了,有一股特别的清鲜。他从未吃过这么好的食物。大俊儿吃饭时一边大口咀嚼一边瞥着他,让他不好意思。母亲就说:"大俊儿,还不好生吃饭!"他闲下来就帮女主人在门口的菜地上做点什么,女主人说:"大学问人也这么勤苦,真是的。"离院落远一点还有一片地,女主人去那里做活时他就留在屋里了。这时的大俊儿活泼起来,嘎嘎笑。他发现这个姑娘顶多有两岁小孩的智力水平,不懂避羞,有时去厕所解溲只提上半截裤子就往回走。他发现她有一对极大的、轮廓清晰的乳房。她的肌肤呈现婴儿那样的杏红色,也像婴儿一样,关节处有深深的肉褶儿。她见他在看自己,索性走到近前,嘴里发出"啊嗯啊嗯"的声音。他想与之交谈,对方只是笑,少顷用洁白的牙齿咬住下唇说:"俺妈!""你妈怎么了?"她再次重复:"俺妈!""你没上过学吗?"她凝住了神,又伸伸舌头笑了。她后来好像试图要度量一下他的脑壳,一拃一拃在他的头上挪动着。有一刻她的乳房碰着了他,他赶紧躲了,她却一次次挨上他。一种气味让他流出了泪水。她发现了,一下跳开:"哭?你?"

他有些害怕:自己一抬腿就要往那个茅屋走。女主人高兴他的到来。她有时要忙活儿,倒一碗水就离开了。他和大俊儿单独相处时,他长时间一声不吭。她有时要贴近了看他。有一次他紧紧闭上眼睛,因为那股浓烈无比的气味铺天盖地涌来。她发觉他在打颤,就拍拍他的脸。突然他一下偎到她的胸前,一双手不顾一切地按住……大俊儿没躲,只是两手垂下。他有些憋气,但开始蛮横无比地寻觅她的周身,嘴里急急咕哝:"啊,我不能还是不能……你忍一会儿,一会儿、一会儿……"

他今生都不会忘记接下去发生的事情:大俊儿不仅没有跑开,反而箍紧了他,笑着看他吻自己的胸部;他去解她的衣服,她竟亲手揿开了。那丰腴的泛着杏红的身体让他泪水纵横,呼吸急促。他差不多弄湿了她的全身。不知怎么就到了最后的时刻,她还一直笑盈盈的……突然她眉头一缩,捂着下体就跳起来,嘴里发出"嗷嗷"大喊,就像野物中了子弹似的。他赶紧去堵她的嘴巴,可是哪里堵得住,她捂着受了创伤的部位"嗷嗷"大叫,想夺门而去。他先一步堵住了屋门。大俊儿的叫声越来越小,最后变成了泣哭。他过来安慰她,想抚摸她的头发,可是她再也不让他靠身了——就在这时,母亲回来了。

接下去是让他一生恐惧的斥责。母亲那会儿马上明白发生了什么,一手护住孩子骂道:"丧尽天良的人啊!你欺负了一个傻孩子啊!你得给送到局子里去!怪不得人家说'十个老师九个驴'啊,我做梦也想不到……我可怜的孩子啊……"他跪下了,在心里叫了一声"妈妈"。他觉得自己罪恶滔天。

事情是这样结束的:母亲让他选择——或娶了大俊儿,或进局子告发他。他只得应下前者……再后来他并没有践诺,而是先后送去了几沓钱,几乎拿出了所有的积蓄。茅屋的女主人总算没有追究下去。

心　诉

一

这天出工号子响起后,曲浼刚要往外跑,有人喊住了他:"到办公室去一趟吧。"

一到那排茅屋跟前他的心就狂跳。伸手敲门,里面静静的。又敲一遍,才听到一声:"请进!"

推门一看,宽敞的屋子里只有一个人。那人两手捧脸,低头坐在写字台前。他按规定上前一步说:

"报告首长,曲涴到!"

首长抬起头。原来是红双子。她一见他就笑出声来,让他坐在旁边一把椅子上,倒水给他:

"老师,听人说你在干校时还是出色的歌唱家!"

曲涴在心里骂了一句。

红双子那双吊眼仍然像做学生时一样,别有风味。可是几年过去,她显得有点老了,像以前在某处见过的一个冷面寡妇。他心里说:"她这人可能一辈子也没有接触过男人,但她对男人并不友好——当然了,我这样说很武断。"

红双子用一个又细又长的玻璃瓶喝水。这种瓶子他从未见过。她一边喝水,一边用瓶口冒出的蒸汽熏一下鼻子。大概她的鼻子不舒服,"用手摩擦鼻子两侧可以减轻症状",他想着,却不由自主咕哝出声音。红双子反问一句:

"什么?"

曲涴只好大声重复一遍。红双子笑了,很快变成了冷笑。她背着手在他面前踱着。

"你以为当时干校的一切都是臭烘烘的,是吗?"

曲涴"腾"一下从椅子上站起:"这从何说起?"

"你敢否认吗?"

"我敢否认!"

"你再说一遍!"

曲涴的脸涨得通红:"我再说一遍。不过,当然,我说过'臭烘烘'这个词儿,不过我不是说农场的一切,我是说那个老教授……

他写的那些东西。"

"就是这首诗吗?"她说着从衣兜里掏出一个纸头。

曲浼接过一看,正是那首诗的抄件。他终于明白了,那个老教授又把干校时的陈芝麻烂谷子抖搂出来了。他把它放到桌前,伸出食指用力点住:"就是它。这严格讲不是诗。凭他古典文学的底子啊,完全可以作得更好——他不够认真,所以我才那样讲……"

红双子笑着。这一次笑得很奇怪,牙齿渐渐咬紧了。笑过之后说:

"看起来你当时不过是诋毁别人的墙报,实际上态度顽劣,而且性质严重。你嘲笑的不是什么诗,不是什么老教授,你嘲笑的是干校对你们的全面改造。"

曲浼缓缓坐下。红双子走到窗前,又转过来:

"老师,我刚才是公事公办,是桌面上的话,也就是说我给你定了一个不轻不重的罪名。任何人都会这样处理,像我一样。不过眼下在这个办公室里,与你谈话的是我,不是别人。这样我们俩就可以开诚布公,谈一点实实在在的话。"

"是啊,你……"曲浼吐出一句又马上后悔了,赶紧抬起头。

"是的,我们可以谈点更切实的东西了。比如从我的角度,我想问你一句:你是否觉得自己有罪呢?"

"我——"

"你回答,回答错了也不要紧,我只不过要求你说实话。不用担心,我们这次说过就完,你不必害怕。"

"我觉得——"

他在这一刻闪过的是脑海里演练了不知多少次的那个场景:他坐在被告席上,对面是严厉的法官。"你知道犯了什么罪吗?""知道。""什么罪?""奸污妇女……""是弱智女子!""是的,是。""该当何罪?""判、判……"他不懂得该怎样量刑。"判你二十年!

伪君子,披着羊皮的狼!""是,是的……"

如上场景是他虚拟的,一次次上演,算是一种自我审判。

红双子喊叫:"干脆一点讲吧,你觉得自己还谈不上是个'罪人',不该到这里来是吧?"

"哦,我觉得自己有很多罪行……唔,错误;有一些不健康的思想。旧社会过来的人嘛,国外回来的人嘛,思想深处也许还有一些……嗯,不好的方面。但我力求进步,努力向上……"

"现在你终于讲明白了:你否认自己是一个'罪人',是不是这样?"

曲涴"哦哦"两声,但什么也没有说出。

红双子叉开腿站好:"我替你说了吧。你觉得自己这一套本钱都是过去、是外国给你的,我们还欠你呢。所以你才能养尊处优几十年,胆子越来越大,到后来差不多是肆意妄为。你这一辈子究竟作了多少恶,连你自己也不知道。不要辩解,你听我讲。我们从你那儿可以找到各种各样的证据,你是无法驳辩的。这都显而易见,也是冷酷无情的。因为这是事实。这既是你的思想,也是你的行为。而且你还有其他方面的问题,比如在国外的情况,那也不会是一笔糊涂账。这个我不说你也明白。你起码不会否认自己腐臭糜烂的生活方式吧?"

曲涴终于忍不住:"国外的事情是早有结论的呀!"他站起又坐下,脸变了颜色,身上开始颤抖。

"击中了要害。不要紧,屋子里只有我们两个,我只是说说而已。有些事情你心里完全清楚。前些年揪斗你的时候,许多方面只是涉及,还未能讲清。现在时间充裕了,我们可以从头来。比如有人揭发,你曾经对一位女教师有过非分之想,有过很多极其可怕和丑恶的举止,这个你是无法否认的。随着形势的发展,我们对你的了解也更加深入。我们还了解到:你还曾经对一位更年轻的女同志实施过暴力手段,进行猥亵,险些造成严重后果……"

曲涴浑身打颤:"她……是谁?教师?"

红双子摆手:"你自己心里知道。请不要故作激愤。为了那位同志的声誉问题,我们不得不暂时隐去她的名字。她现在也可以说是一位首长同志的贤内助了……"

曲涴终于想到了那位尖头鼠脑的、不太道德的女子。他闭上了眼睛,再没说话。脑门上一层冷汗。他在心里想的是:天哪!破锅偏要遇上漏屋,怎么突然间这一切都集中到了一起?

"为了消灭敌人,我们就是要发动一切可以发动的人,打一场人民战争!"

曲涴在心里呼叫:老天,我真的害怕"人民战争"……他再也没有睁开眼睛看对方,只忍下去,听下去。

"你既然有一个丑恶肮脏的灵魂,就一定会表演的。想让你这一类人不表现自己是做不到的!"

曲涴想:是的,我做不到。

"你在指导研究生期间竟然与一个比你小许多的女学生勾搭成奸,遂造成恶劣影响,后果不堪设想。这一切已经不可挽回。当然了,对方也是一个污烂货……"

曲涴大叫:"住口,你不能侮辱云嘉!"

红双子笑了:"待会儿我再给你讲她的一些情况。我先接着刚才的话分析下去。略过她不谈,先谈谈你丑陋又腐朽的灵魂……"

"丑陋我承认,但我……"

"形式和内容是一致的。你的形貌还远不及你的灵魂丑。你的形貌当然令人厌恶——我一看到你这副瘦干干的模样就生气……"

"我年轻的时候并不是这样子……"

"据群众反映,你年轻时候也好不到哪里去!"

曲涴大声叹息:"呜呼!"

"你自不量力,色胆包天,竟然向自己的学生伸出了魔爪,不管对方死活……在你的影响下连路吟也起了邪念。他背叛家庭,背叛爱情,背叛战友,竟然堕入了一场可耻的、耸人听闻的肮脏游戏。当然了,你们如今都成了不齿于人类的狗屎堆。这是人民,也是历史对你们做出的判决。我今天想问的是:如果你对这一切还不能完全否认的话,如果你承认它是最基本的事实的话,那么你就给自己指一条出路吧!你的出路在哪里?你如果要接受惩罚,那么怎样的惩罚才是恰如其分的呢?"

曲涴痛苦到了极点。他痛苦的是对方论述问题的方法。是的,首先是方法。他认为许多问题不仅是因为情感上的偏颇才导致误判,重要的是其他;怎样将这一切梳理清楚并回到科学的逻辑?这真是一个难题。就在这种可怕的混淆、纠缠、小题大做以及将一个简单问题复杂化——最终使事物的性质发生了变化——的过程中,一切都搞糟了。这在一般的人那儿还可以原谅,对于一个受过高等教育并担当了一定职务的人来讲就不可理解了。他摇摇头:"很可惜,很不应该的。"

"你认为自己仅仅是可惜、是不应该吗?"

曲涴摇头。他觉得他们之间已没法交谈了。

红双子说:"是毒草就要锄掉,让它作为香花的肥料。而锄掉的方法,我看最简便的就是把你的一切——从精神到肉体干干净净地消灭。"

曲涴打了个哆嗦。

"你可能想,这种办法莽撞了一点,可是简便啊!你知道现在大家都很忙,为什么不采用简便的方法。事实上我们经常采用,这个你也知道。我的意思是说:你目前的情况已经完全发展到了这种地步,除了干校,你在农场期间又有言行。时间、场合、地点、人证,一切俱在。我们有处治你的全部根据。假使我们还可以对你继续宽大的话,那只是我们的事。你今天必须对事情的严重性有所认识。我们可以立即把你投入对面那个矿山。我们也可以把你转移到其他地方——你认为怎么样?"

曲涴闭着眼睛:"我认为这完全不成问题。"

"行啊,还有点自知之明。那么你不希望宽大处理吗?"

曲涴抬起头。

她盯着他:"这也完全做得到,就看你是否聪明了!"

曲涴看着这个越来越瘦的女人。

"你必须做到绝对的服从。领导安排你做什么,你必须完成。这也是改造的一部分。你如果拒绝,那么接替这份工作的人还有很多,那时候后悔也就晚了。"

曲涴终于听明白:她正替蓝玉催逼。他们在这里联合起来榨取。

"还有,你应该从正面影响路吟,他对你不是百依百顺吗?当然,他也曾经对你构成过损害。"

曲涴知道她仍然对路吟抱有幻想。这真使他觉得不可思议。他望了她有四五分钟,说:"婚姻之类事情,你如果有兴趣,不妨听我一句。"

红双子的目光变得柔和起来。

他咳了一声,"爱嘛,是一种很奇怪的东西,它必须从心里生出。如果心里那颗种子已经发霉、死了,无论如何我们也没法让它重新发芽。"

红双子咬着牙。大约足足有十几分钟,她一声不吭。后来她才勉强笑出来:"老东西,跟你实讲了吧,你不要以为我会死缠那个路吟。不会的。他眼前这种局面只会把我拽进地狱。我还没有那么傻。"

曲涴愣住了。

"告诉你吧,我只想证明、只想征服。我想证明我的意志——超常的意志。我是通过他来证明这一点。我想做到的,就一定要做到! 也一定能够做到!"

她伸出拳头捣着桌子。曲涴觉得这一刻是那么可怕。

红双子捶完桌子,又走到窗前。她在看着外面一棵树木自语:"我知道该做些什么,我一定要做到。我心里有个声音在催促:你一定要做到,你一定能够做到。逃吧,跑吧,你跑到了荒山野地我也要把你抓回来。我要把你握在手心里……"

曲涴想到了淳于云嘉——他记起刚才曾打断了红双子一句话,这会儿问:

"你刚才,我是说在这之前,你提到了云嘉的事情?请你告诉我!"

红双子转过脸,一副淡淡的口气:"没什么,我是想告诉你,如今她也完了。"

"什么?她怎么了?"

"没怎么,像你一样……"

"你这个恶女!"曲涴跺了一下脚。

红双子的语气仍然淡淡的:"好吧,我是恶女。那么就让我告诉你,她如今的处境还不如你呢,她从林场给直接送进了盐场。那里关了一些刑事犯,云嘉这会儿就和他们在一起……"

红双子说完"哼"了一声,猛一下带门出去。

二

他自己也记不清是怎样回到了铺子上,一直昏睡,直到半夜才苏醒。口渴得要命,没吃一口东西。路吟在旁边守了一天一夜,这时见他极力想坐起,就扶住了他。"老师,您喝水吧?"

他点点头。

路吟端来一杯水,试了试,又兑了点热水。他喝去了大半杯。路吟又端来半碗稀粥,他推开了。

"老师……"

曲涴握住了路吟的手,一直看着他。"你可比我年轻多了……"

路吟一声不吭。

"我可能真的要死了,路吟……"

"老师!"

曲涴点点头:"孩子,你还年轻,要好好活着。你如果将来见到云嘉,不要告诉她我这个可怜样子……"

"老师,"路吟呼唤着,直到流出了眼泪,"你怎么了老师?"

"很可惜,我恐怕等不到那一天了!"他望着外面浓浓的月色,"我没有一天不在想她,可是我不知道她现在怎样了,一点也不知道。"

曲涴闭着眼睛,路吟的呼唤他闭口不答。后来他们紧紧相拥,再没说话。

上工的号子又吹响了。有人一声连一声点曲涴的名。路吟出门哀求,监工的决不通融。曲涴硬撑着站起:"让我去吧!"

他已经没法完成自己的定额了。他拿起锤子,两眼昏花,一下一下都砸偏了。有一次砸得很准,只一下就把自己的手砸出血来。旁边的人一见就夺下他的锤子。监工的走过来吆喝,曲涴一句也没听。他被监工的推搡着,推到一个地板车旁。地板车上有一个套绳,监工的给他套在身上。一会儿又过来一个人和他一起拉车。车上装满了石块,他们要拉车上坡下坡,最后才到达卸车地点。他们卸车时已没有力气把车杆顶起来,要一块块把石头搬下。曲涴的手在流血,血一滴滴沾在石头上。

旁边那个人比他要年轻一两岁,他们一块儿搬石头,对方好像一点也没有看到那些血迹似的。他们每个人都在专心做事,互相没有搭腔。早晨,曲涴在路吟的劝导下喝了一碗稀粥。他的食欲从来没有像现在这样差。食堂配给的东西越来越粗糙,也越来越少,饥饿成了大问题。他们这会儿不仅要与石块搏斗,而且还要与自己咕咕作响的肚子搏斗。肚子一天到晚都在发出诅咒。

上坡时无论他俩怎样用力,那车子还是爬不上去。幸亏有一个人看到了去帮他们。下坡时要用力弓身顶住,使下滑的车子能够缓行,不然车子就要冲下来,那样就危险了。可是这回车子怎么也顶不住了,它一直往下冲去。他们死命地弓腰顶住……

两个人满头大汗,使出了全身力气,那车子还在往前猛冲。正这时车杆往上一扬,跑到车尾用力拖车的曲涴被一下撞翻在那儿。车子正好磕到了他的下巴,稀疏的牙齿又碰掉了一颗。鲜血哗哗流下来,下巴也撕破了一块。他痛得蜷在了地上。

前面的人慌了,呼叫着把车子扔下,把他搂抱起来。监工的在一旁看见了,不停地吆喝:"车子怎么能放在那儿?弄开弄开,别挡路!"

那个人只把曲涴抱到了胸前。曲涴的身子简直像一个娃娃那么小。

监工的跑过来:"你他妈的混蛋,没听见我喊吗?"

"他……他……"那人抖着怀里的曲涴。

"人死了吗?"

"没……没……不过也许就不行了。"

"只要没死,你就给我把他放下,先把车子弄开!"

他犹豫着,最后还是小心翼翼地把曲涴放在了一个有草的地方,然后转过身。他看一眼监工,又看一眼车子:"我一个人?"

"快去,你这个王八蛋!"

他打量着车子。那边又是吆喝。他挤进车杆中间,并不把车杆压下去,而是一点一点往前挪蹭。车尾发出了"吱吱"刮地的声音……他用了很长时间才把车子挪开,把石块卸掉。

他拖着车子飞跑过来,一把抱起曲涴。

曲涴仍然闭着眼睛。

三

死亡对人如此不公:有人死起来多么容易,有人死起来却很难。我试了试,它对我就不太容易。我活得多么牵强。我得到了关于你的不幸消息,它极可能是真的。从那时起我就绝望了。我只盼着走到尽头,我在等待。总算听见了它的脚步声。可惜,只闻脚步响,不见它过来。长夜里睁开眼一片漆黑。我仍然看不到死神的影子。我期望着与你在冥府相会。我们要等到那一天,并等到一块儿重生。我不知道孩子在哪里,不知道你能不能挺住。我这时候只想最后握一下你的手,触摸你一下。你的这个老家伙如今嘴里已经没有几颗牙齿了,头发全白,腰也弓了。也许男人早晚都有这一天,要不女人怎么都叫男人"老头子"呢?她们从年轻的时候就这样唤他,一直把他唤成一个真正的"老头子"。

我们分手的时候是哪一年?一块儿想想吧。想不起来?是的,我也糊涂了。我已经麻木了,身上所有的神经都变成了冬天的葛藤,焦干发脆,一碰就折。我是说,我们分手的时候,我的那个模样你会记得——对比一下今天的我,你不要害怕。一个多么丑陋的人。是的,有一个女人就这样说我,也许她说对了;不过她只说对了一半儿,我的另一半儿未必丑陋。我想告诉你,我还是那样爱你!我还有一颗孩子般的心,彤红鲜亮。我爱你爱得没有一丝虚假。我盼望你,只想为你而活;没有你,我宁可抛弃一切。是的,我爱得不可救药,爱得疯疯癫癫,是爱把我变成了一个反动的东西和丑陋的东西。但我还是爱。我只想伸手去抓住这爱。我躺在病床上呻吟,一次次昏厥又苏醒。就在这穷折腾的时刻,我心里还有不熄的爱的火苗。我不知那些蓬蓬勃勃、令人嫉妒的脸上放光的小家伙们,他们在生命受到威胁的时刻是否在声声呼唤?我不知道。当然了,那种时刻对于他们总是很少的。他们总是笑啊跳啊,他们有用不完的青春。

我不知昏过去几次,无知觉无痛苦也无思念。可惜,没有了思念就什么都没有了。我想最后看一眼你顽皮的笑——你为什么那么顽皮?那么年轻又那么宽容?宽容难道不是专属于一些老年人的吗?我明白,你太美丽了,而且是一个女性,所以就会宽容。刁钻、凶狠、苛刻的女人、尖酸刻薄的女人,都不会有你那样温厚贤淑的容颜。让我再做一次关于你的梦吧,想一想我们的往事。你搀扶我,我手提那个故弄玄虚的拐杖,一块儿往果林里散步、看青青的果子。那也是我展开自己痴心妄想的时候。我知道,我那时候把事情做得太过了。一切做得太过的事情,神灵就会出来平衡一下。

它这一平衡不要紧,新账老账一块儿算了。

我的苦路风程开始了。我现在疼得要死。有人说"长痛不如短痛",可是短痛会将人疼煞。再也没有比这个时刻更适合总结自己一生的了。我的苦难不是因为回国,我这样的人在哪里都不会有更好的命运。我不愿像有些人那样在私下抱怨和懊悔。冷酷无情的面孔、粗糙的食物、让人喘不过气来的苦役,这一切都能去掉我的矫饰,把那些不值一提的斤斤两两抛掉。我面对的全是实实在在的道理,就像简单的数学题,像一加一等于二似的。平心而论,我那时在用全部的智慧编织起一种虚幻之物,它们像海市蜃楼一样招惹了一个少不更事的姑娘。她那时还不明白,不明白她只要从自己的美丽纯洁、从自己的年华上抖下一点点屑末,也抵得上整整一座虚幻的宫殿。那宫殿既是虚幻,倒塌起来也就容易。真的,我的爱人,知道吗?你给予的是一个活鲜的生命,而我交付的却是一座没有质感的虚幻的宫殿。它是我扎制起来的一棵巍峨大树,足够堂皇,只可惜没有血脉和汁水……那是不中用的,那多少都是用来骗人的。

尽管我很真诚。真诚掩盖之下的是一个老年人的狡诈和奢望:我用它骗取了世俗的婚姻。这是一个事实,是我直到今天才发现的一个真实。我究竟做过了什么,你还一无所知。我不知自己在未来的一天有没有勇气告诉你:我是一个罪犯。

你那时是一个彻头彻尾的、表里一致的少女。有的人可能徒有一副少女的外表,却长了奸雄的心脏、泼妇的头脑,或者还有马车夫一样的筋脉和胆魄。也有的女人长出了狼眼、猪脑和狐狸心……少女和少女多么不同。我曾经接触过一个女人,她从少女时期就长出了一副吊眼,脸上有着光泽,头发乌黑闪亮。她也像其他少女一样,可以迷惑很多人;她能够爱上一个人,那也不全是她生活中的小窍门。她爱他。我说过,有人徒有少女的外表,却长了一副狐狸的心肠。她的双手像鹰爪,能够把人抓得鲜血淋漓;她的双脚像狼蹄,可以在荒山野坡里追踪猎物。不谈她了……因为我害怕。

在这个时候我要尽力安慰自己。我是一个聪明的老人。我只聪明,不邪恶,邪恶的年纪已经过去了。那是我在千方百计得到你的那些年月。那时候我是一个邪恶的老家伙。我多少次说过,我手里提的是一支虚荣的拐杖:当我想表达一些不愿直接说出的事情,就用那根拐杖狠狠捣地;我表示愤怒、表示激动、表示一种非如此不可的时候,就用它捣地。第一次我用拐杖捣着地板、在你面前表现出的那种急切的样子,至今还记得。那年春天——请注意,春天总是不祥的;在那样的天气里,万物萌发,鲜花烂漫,即所谓春色满园矣。满园春色之中,只应该有跳跳跃跃的女学生,不要有手提拐杖的老狂翁。可是在我这儿却翻了个儿,事情给弄颠倒了。你在那个春天里娴淑安静,小嘴红红的,规规矩矩,如刚刚绽开的玫瑰花瓣。请原谅我这蹩脚庸俗的比喻。我想起了你的嘴唇上那些润湿的、小小的皱褶。我现在老眼昏花,可是在当年却能看得清楚,眼镜都不用戴。我只是不经意地瞥一下,就看到了那一切。你那时一点也不知道一个老男人是多么善于掩饰自己的渴望和欲念。我的手翻弄书页颤颤抖抖,有学问的人两手往往会如此颤抖。你曾经说那也是一种美,成熟的美,谨慎的美,不可思议的朦胧美。你错了,那是一种慌乱的、难以掩饰的、被欲望折磨得失去了准头的一双手。你记得吗?这双翻动书页的手几个月之后就撩动起你的乌发。它在你的头发上摸来摸去,颤抖得更加厉害。他终于露出了那副可怜巴巴、急不可耐、痴心妄想的模样。春天,我们站在夜晚的田野上,风有些冷。所有的山风都是从西郊那个山坳里吹来的。你告诉我你很不喜欢那个山坳。是的,我也是。我的年纪毕竟大了,穿的衣服比你多。那个夜晚我除了拐杖之外,还带了一件毛呢短大衣。你却穿得那么单薄。噢,单薄的小姑娘,搂抱起来更为熨帖。你如果穿了棉衣,那就很不方便了。你记得吗?你给我亲手披上毛呢大衣。后来你把我的手抬起插进衣袖,像伺候一个不懂事的孩子。我穿上了毛呢大衣,又把衣襟扯开,于是拐杖倒地。你去拾拐杖,我说不用了,真够繁琐。我用衣襟将你包裹起来,把你紧紧裹在我的胸脯上。那时候我的体型就不太好,肉也不多,已经是一个全校公认的瘦削老人了。你的额头紧抵我的胸口,我的心跳你定然感到,你额头的温热我也感到了;连你细小的鼻息我也听到了。好姑娘,很好,全身的气息我都闻到了。很好的一个姑娘。那时候我故作镇静,表现得柔情而又斯文。就是那天晚上,我从你的身上真切地嗅到了丁香花的气味。就是这种气味,不是任何气味。丁香花,我要记住,即便到了生命的最后一刻也将记住:你有丁香花的气味。最美好的日子来临了,我们之间平静下来是多么艰难,我们在一起度过了多少时光,这些时光一闪而过,快得要命。从那以后,当我一人独处时,真是度日如年。

爱是多么奇妙的东西。它一直被重复着,不尽相同又似曾相识。我爱过谁?我冲动过吗?我这个足球先锋,不打麻药就让人在小腿上划了一刀又一刀。就是那时候我有个冲动,这冲动啊,就像那刀子一下下划在腿上,给我留下了永生难忘的印痕。可那毕竟是冲动,它没有得到呼应,单调而凄凉。只有后来,只有你——得来全不费工夫地投入了一个老头子的怀抱时,他才清清楚楚地看到了一双处女的眼睛。它是多么美丽。在那个春天,我不禁估摸起将要来临的恐惧。我浑身打抖,幸福得痛不欲生。"好东西呀!"我不由得发出了一声世俗的感叹。那个夜晚我好不容易才平静下来。我曾经问你:我的年龄可真够大了,很可能更像你的父亲。这真是很严重的问题。我觉得我的手在说完这句话时,在你的肩头猛烈一抖。你呢?抬起头,月光下让我看到了那对水汪汪的大眼。你看着我,细声细气:"也许是这样。不过,我要伺候你一辈子,我要爱你一辈子!""伺候"和"爱",这两个字眼一旦贴到了一块儿,不由得就有些别扭,可是价抵千金!我一下抱起了你。不错,我进行过一些体育锻炼,但上了年纪仍感底气不足;而你这个小家伙正在泼吃泼喝的年纪,美丽,也多少有点肥胖,肌肉结实,脂肪不少。我抱着你,脚步踉跄。毕竟是一个曾经摔伤过的人哪,刚刚丢下拐杖,尽管那拐杖没有多少必要。我抱着你走了十几米,后来你听到了喘息就跳下来了。事后你告诉我:你无比幸福。是啊,你眼中有了泪水嘛。

接下去的那个夏天我们都疯了。我对你真是无所不用其极。我们提前有了一个小孩儿。我那时候照着镜子端量老而弥坚的、被突如其来的幸福弄得不三不四的脸。我琢磨起自己来。我在想:我还真行。

接下去你成了一位小母亲。有人嗤笑你和我,俗气难当。你就像所有年轻健康且又漂亮的小媳妇一样,洗衣做饭,熬喷香的小米粥了。小米粥的那种香味啊,那才是过日子的气味。到后来,小娃娃牙牙学语、哭和唱。你想一想,我们的人生多么完整。我们没有一次吵嘴。你延长了我的生命,也使我招来了万千嫉妒。我在这儿遥想、挣扎、苦斗,一闭上眼就想你,一睁开眼就看你。我想把你看个清楚,想亲手抹去他们往你身上泼去的污水。这是丈夫最后的责任了。

也许就为了这责任,我还能够从地上爬起,还能够睁开眼睛。我跟死神握过了好几次手,可是我还得告诉它:我有个做丈夫的最后责任;我有一个娴淑的妻子,她曾是我的学生。她一辈子都是我的新娘,我们一辈子都在一起。幸福、新鲜、思念。好个淳于云嘉,你们淳于家族出了你这样一个宝物,天地为之变色。就为了你的恩泽,我将试着对付下去,我想要耍一个老头子的高招儿。

你不知道,世上凡是老家伙们,到时候大半有点高招儿。嗯,我在琢磨我的高招儿,不为别的,只为了我的爱。我爱啊!

四

一连几天的昏睡和谁也听不明白的呓语……所有人都知道,这一回曲㴠病得严重了。刚开始医务人员为他打打针,再后来让他试着喝一点稀粥。他们把针撤掉了。路吟被指派做护理,可以不出工。

路吟一直坐在床边看着曲㴠张大嘴巴呼吸。他觉得老人的口腔像一个很大的黑洞,肌肉皮肤紧贴骨骼,使他的脑部显得很大。

导师躺在那儿,一个干瘦的、有气无力的智者,眼窝深陷,一动不动,像岩石雕出来的头像。他相信这个人即将把所有的能量全部耗尽,这会儿连说话的力气也没有了。这个人不可能再到工地上去了,即便在将来可以伏案工作的那天,也不可能再做什么了。这个人完全枯竭了。也许枯竭才是一种幸福。面对这个神奇的老人,他觉得有一种极其复杂的情绪:悲哀、迷茫、无所作为。他甚至不敢回忆往昔,回忆那种极为短暂的求学生涯。那时候他在这个人身上真正领略了一种智慧,一种莫名其妙的力量,它笼罩和环绕了你,却使你无法捕捉。你极力要进入的就是这个矮小的人亲手设置和构架的一座宫殿,想登堂入室;可是你很快又发现,这个宫殿里的所有陈设、所有的辉煌几乎都由它的主人主宰。你费尽心力进入之后,只不过是化为了这座宫殿的一个无望的看客。你如果想成为这座宫殿的共同构筑者,想用稚嫩的手、年轻的手擎起一块砖瓦——那你就算错了,因为它早已完工了;如果说仍有可做的事情,比如说在细枝末节上雕琢一点什么,使之更加完美,那也只能由主人自己来做。这儿只需要大匠的气度和工艺,换了任何一个人,都是可望而不可即的事情,是一句空话。其他人只能在这座巨大宫殿的游廊里行走、欣赏、熟悉,背诵和记忆。这多少让人有点绝望和痛苦。不过代之而来的却是那种渴望被征服的、进入另一种境界的巨大喜悦。

这个老人从很早的时候起就有一颗冰冷而崇高的灵魂,他走入的是另一个世界,而我们所追逐和投向的就是那样一种至境。由于他的缘故,才出现了这样一座大厦:它建筑在一片辽远的荒漠之上而不显得寂寞,也不会倒塌。是的,你走向它时等于是进入了一片大漠,而不是进入了一片海洋,像通常所说的"海上泛舟"。经过了这个可怕的孤寂和干渴之后,才有一生难忘的仰望。不错,我们的主人衰老得可怜,但更多的时候还令人嫉妒。嫉妒这个东西无孔不入,即便对这样一位老人也是一样。路吟嫉妒他那狭窄的单身宿舍;嫉妒他手持拐杖走路的姿势……有很长一个阶段路吟完全绝望了,绝望于爱情,也绝望于事业。事业和爱情都抛弃了他,他还有什么指望!在那些日子里,他觉得自己也在飞快地苍老。他明白自己惟一的骄傲、惟一的资本就是自己的青春年华。他有点害怕了,极想求助于一个人。求助于导师吗?这不可能。能够帮助他的只有淳于云嘉。在无比绝望之时,路吟尝试着把那种铭心刻骨的爱恋化为真正的友谊,哪怕是淡淡的友谊也好。他努力去做,很难。他那被内火烘烤得变了颜色的双眼和没有光泽的头发,使淳于云嘉越来越难以与之坦然相处。他发现就是这可恨的目光总是把一切都破坏掉,使对方处于一种拘谨的、小心翼翼的情状之下。淳于云嘉对他曾经那么热情,关怀备至,嘘寒问暖,周到得无可挑剔。可是这一切现在看来只缺少一种坦然。"我多么让人同情,我多么可怜!"他这样长叹。导师说:"路吟,你这个年纪里应该加强一下体育活动,喜欢踢足球吗?年轻时我就踢过,腿都踢伤了。"路吟怀疑地看看这个短小的身材。可是后来他发现这个小老头的臀部肌肉十分发达,两腿和别人也不一样。

路吟不会踢足球,他试着去打篮球。有一段他是那么努力和投入。他想参加系篮球队,起码做一个主力队员。他按时参加训练,而且用甜言蜜语买通了领队。经过一周的试用,最后才勉强没有被淘汰。他成了正式队员。有时他上课也穿着系篮球队队服,上面印了两个红色的大字。他想用这种打扮遮去内心的凄苦。他和淳于云嘉一起去看外系的比赛、看电影、去阅览室。他真想找机会为她做点什么。做点什么呢?她什么也不需要。有一段他真的相信他们之间有了一种友谊。他使出了全身的力气来维护这种友谊,惧怕这种友谊稍稍变质。这时候他的非分之想已经消失净尽了,因为他开始从绝望中走出来。他不再滋生那么多奇怪的念头:希望这个小老头在一天晚上突然不再起来,或者得了一种奇怪的毛病死掉——当然那种疾患最好使人毫无痛苦——他将和淳于云嘉一块儿泣哭,而且流出的全是真诚的眼泪。他会感激老人的死亡,这巨大的感激才使人涕泪滂沱。

这当然只是想象,什么也没有发生,什么也不会发生。他看得出,这位老人在小心翼翼地维护自己的躯体,稍有一点寒气就给自己加一点衣服。而且这人也开始注意自己的饮食了。路吟经常看到他的小厨房里有一些新鲜的蔬菜和一些高蛋白食物。老人特别喜欢吃豆荚,每年初秋毛豆下来时他都买个不停。同时路吟也注意到:他越来越注重自己的打扮了,有一段甚至系上了领带。他怎么也不知道老人从哪里搞来一条紫红色领带,而且一眼就看出它是真丝的。这条领带大概在整个校园里也是数一数二的。他觉得一切都在预料之中,不,比预料的更为可怕地发展着。这之前他曾经幻想过,想这个老人会更加知趣些。理由是老人既然一生与书为伴,那么只有书籍才会使他获得无比美妙的享受;它们对他而言有生命、有体温,是何等精美的生命的食物——老人完全应该主动地放弃这次荒唐的、迟来的、世俗的爱情。有时路吟也真的从他的目光中领略到一点过来人的怨艾和平淡。那是一种成熟的寂寞和登上山巅之后举目四望的安然神态。他知道,自己的导师就此死去也不会再抱怨什么了。此人已经成了他们这一类中最出色的人物。他早已从一般的竞争、嫉妒和倾轧颠覆的海洋里驾着自己的小船驶出来了。更多的人对于他只是一种无可奈何、惆怅或自然而然的景仰。尽管这种景仰大多是不动声色的。"那个人哪,噢,那个人了不起呢。"提起曲涴来许多人只是这么简单的、淡淡的一句,是没有温度的赞誉而已。

可是淳于云嘉走到了老人的身边就将改变一切。老人也许明白这一点,也许压根儿就没有想过。这个人会怀着一丝侥幸,认为这仅仅是自己的事情。错了!路吟认为那是一桩极不得当的婚姻,是一次过分的攫取。当老人得到那一份报偿之后,刚刚抓住还没有多久,说不定很快又会从那双颤颤抖抖的指缝里溜掉。老头子得到的太多了,他应该早日悔悟。现在悔悟还来得及——路吟想向他指出这一点,可惜没有勇气。因为再准确的判断和一己的私欲缠在了一块儿,那就讲不清了。而且这的确是私欲。这种判断很难说不是在一种不可告人的私欲的推动下做出来的。

不过路吟相信自己不会错,自己的导师的确太过分了。他惟独不想埋怨那个可爱的女人。他觉得她无可指责,她并没有因为昏头昏脑而失去基本判断。她做得对,她崇拜的人也许值得付出。她正在为自己的事业而献身。她向往的事业太庄严了,她愿意让一只同样庄严的手摘取自己这朵生命之花。

路吟在闲谈中得知,淳于云嘉来自美丽的登州海角——那个古代有名的百花齐放之城——思琳城。那里,古代曾经聚拢过一批最为出色的人物。他们是一些真正的不朽者。当时路吟还不知道这意味着什么,后来才明白,这意味着从那里出生的一个女人也理所当然地要追逐不朽:不朽的人、不朽的思想、不朽的故事以及不朽的经历。思琳城的儿女不怕颠簸也能够承受颠簸,这是来自血脉里的一种能力和特征——路吟明白这一点的时候才真正地走入了绝望。他像一个困乏的老年人那样闭上了眼睛。

从那一天开始,他告诉自己:我所能做的就是爱我的导师,还有,爱淳于云嘉。不过这是一种有别于他人的那种爱。但愿我能做得更好……就这样,他忍受着,并且觉得自己能够忍受。只是后来他才发觉:他盼望出现某种奇迹的念头时不时地就要冒出来。什么奇迹呢?那种奇迹对她、对自己、对另一个人,意味着什么?他发现自己有一颗黑暗的心。他同时也发现了自己真挚的、不存虚假的爱,这一切竟然是从同一颗心地里滋生出来……

多么可怕,这到底是为什么?他觉得这简直可怕极了。他想:

就因为这个,我也不会饶恕自己。他对自己的惩罚就是加倍的忍耐、谦恭。他走进自己的工作室就像一个佛教徒走进了自己的禅房。他知道自己这一生也许就要陪伴青灯黄卷了。了不起的孤单!这世上谁在歌颂孤单?他知道自己这一生将不是一般的寂寞,而是走入了一种悲寂。

面对着淳于云嘉,他几次想把这一切都讲个明白,想向她倾吐。"只有她一个人才能听懂我的倾诉。"

他不会向自己的导师说出这一切。他认为自己的倾诉只属于另一个人……

五

曲涴闭着眼睛,坐一会儿又躺下。他坐起的时候,路吟要付出全部力量才能把他扶起。老人总说一些奇奇怪怪的话,这些话无论如何也听不明白。真的病入膏肓了。难道那个久盼不得的"奇迹"就在这时出现了、来临了?路吟在心里问着。他摇摇头:不,这不是什么"奇迹",这只是一次又一次重复的、无边无际的苦难——他人的,也是我自己的。

各种各样的食物已经在窝棚旁的木板上排成了一溜:稀粥、窝窝和仅有的两块粗面馒头、一块干硬的油条。路吟现在极力要做的就是让自己的导师再喝一点稀粥。他不知作了多少次努力,老人总算喝掉了小半碗。他要费力地咀嚼稀粥里的东西,那是路吟动了心眼,把馒头掰成一些小块掺在了里面。他没有牙齿了。这些食物对于这样一个重病的老人意味着什么,那是很清楚的。路吟多次找监管的人,找门诊部医生,去食堂,结果都无济于事。蓝玉那一对眼睛令人惧怕。

有一次他在食堂门口遇到了红双子,只瞥了一眼就赶紧跑掉。两块半干的馒头还是在食堂的筐子里偷偷搞来的。后来他还发现另一个筐子里有几块煮红薯。红薯软软的,皮儿彤红,看上去煞是可爱。他想偷两块红薯,就把馒头藏在了衣襟下往前移动。他想让摞成很高的笼屉挡住自己的身影。眼看就要成功了。离那个筐笼还有五六步远的时候,突然旁边传来哗啦哗啦的水靴踏地声。地上全是水,他赶紧伏下。那个人走过来,把盛煮红薯的筐子端起来,哗一下倒进旁边一个柳木斗里,然后就用这个筐子去装切碎的菠菜。

那一次他就这样失望地回来了。

可是他对食堂里各种各样的食物馋极了,特别希望为老人偷来几块煮红薯。如果有可能的话,再偷一条煎鱼,因为那一次他似乎嗅到了煎鱼的香味。当然那是为监管人员准备的。国家越来越困难,所有下农场的"罪犯"都应该进一步勒紧裤带,尽可能不去浪费人民的粮食。结果活儿越来越重,粥却越来越稀,能吃两块硬窝窝就已经不错。可与此同时,那些监管人员却在吃煎鱼!

路吟对煎鱼的味道想得要命。多久没吃这样的食物了?那种味道简直弄得他睡不着觉。可是他想,如果真能搞来一条煎鱼,也将全部献给自己的老师。如果老师吃过了煎鱼,对红薯不那么喜欢的话,他就可以吃半块红薯。煮红薯的那种甜味也让他入迷。那个夜晚他差不多一直嗅着煎鱼和煮红薯的味道。

半夜里老师呻吟起来,他试着给他喝一点水,又扶他到屋角方便了一下。

天亮了,出工的号声又响了,这号声尖利得让人打颤。他站在门口。班长看了看地铺上的曲浣,又看了看他,终于没有再次催促他们出工。

外面太阳越来越大,多么好的太阳,多么好的一段时光啊。路吟在想,在这段挺好的时光里我也许能做点什么。做点什么?他回头看看只剩下曲浣的大屋子,又看了看冷冷清清的农场大院。角落里的食堂烟囱在冒烟,那烟有气无力,说明灶里的火正在熄掉。那些做饭的工人忙过了,该到一个什么地方去歇息了。

路吟悄悄顺着墙角拐过去,借着一溜矮墙的掩护,弓着腰一溜小跑。抬起头,前边就是几十米的一条过道,穿过这条过道就可以到达食堂的一个角门了。他仔细盘算了一下,然后以冲刺般的速度跑过了那个过道。角门紧紧关着,推了推没有推动。没有办法,只得转到大门那儿了。上一次取馒头就是从大门那儿进去又出来的。他想:有时你装出一副大大方方的样子反而不被人怀疑。于是他就挺了挺身子,尽可能做出十分放松的样子。他警觉地用眼角左右睃了睃,往大门那儿走去。没有一个人,真是好极了。刚到门口,一阵浓浓的煎鱼的香味就让他闻到了。他搓了搓手,咽了口唾沫。

大门内侧码了很高的笼屉,还有堆起来的一些旧饭桌。他从饭桌的旁边绕过去,因为他记得笼屉旁边不远就是那个盛煮红薯的柳条筐。小心翼翼走过去。空荡荡的餐厅,还有餐厅一旁那一溜大锅灶,旁边都没有人。多么好啊,多么棒的机会!接下去他就仔细搜索食物了。那个柳条筐还在,可是里面盛满了烂菜叶子。他想,前一天看到的几个煮红薯大概就盖在菜叶下面了。他挪过去翻找菜叶,把手插到下边,什么也没有。真失望。他嗅着,极力想弄明白煎鱼的香味从哪儿飘来。像一只猫。

他顺着那一溜大锅一直往前摸,发现锅台旁边有一个通道,那儿还有一个小门。这一定是通向工作人员的小餐厅了。可是那个小餐厅的入口到底在哪里,花了很长时间都没有摸到。这只是通向厨房的一个边门,于是他毫不犹豫地钻了进去。短短的通道后面是一扇发黄的木板门,轻轻推一下,发出了可怕的吱扭声。心怦怦跳。好不容易静下来,从开了一道缝隙的小门挪进去。与此同时他在四下搜寻:没有人,一个也没有。

他看到小餐厅靠墙一个桌子上放了几个搪瓷盘,盘里有一摞碟子,它的后面就堆满了黄黄的煎鱼!这些煎鱼个头很大、很扁,像是一些比目鱼。一种不可遏制的奇怪感觉、满口的涎水……他忍着,径直走了过去。他似乎再也看不到别的了,远远就伸出手去。他也不知这带着热气的煎鱼是怎么塞满了衣兜的。两个衣兜全满了,他回头就跑。

万万想不到的是,有人早就待在了边门那儿,像是早把一切都准备好了似的,只等他的脚刚刚踏到门槛上,就有一只铁钳似的大手猛一下扭住了他。另有一个人立刻熟练地用一根绳子套过来。

"我……我……"

他想说什么,但说不出。对方似乎没有丝毫辩论的热情,只将套上的绳子勒紧,勒得他两眼直冒金星,两只胳膊快要折了。可是他强力忍住,没有呼喊。就这样,他被牵到了灿烂的阳光下。

这时候太阳升得很高,老野鸡在不远的林子里一声连一声嘶叫;有一只燕子在他面前旋了一下,再也没有回来。空地上背着枪的监工、值班的人,还有远处工地上回来取工具的,都看到了这一幕。他们只是痴呆呆地看了一眼,就各自忙自己的事情了。

他由两个大汉扭着胳膊,往小草屋那儿走去了。

他原以为要押到办公室,结果估计错了:走到小草房一溜灰色的小门跟前了,他们似乎一点也不愿停留,而是一直推着他往前。他明白这是要直接把他关到门窗上镶满钢筋的禁闭室去。

"我的老师!"他在心里急急呼唤了一声。

诀　别

一

这间禁闭室路吟可算太熟悉了,就是在这儿,他上一次差点给折腾死。这回一走近这里,门口的狼狗就一声连一声狂吠着往前扑。看守禁闭室的那个人用枪托轻轻捣一下地,狼狗就不叫了。到了门口他不敢往前,因为狼狗的锁链是松开的。可是扭他的人用力往前推,戳他的后脑,他只得小心地往前。奇怪的是那只狗厌恶地哼一声,并没有挪窝……"哐当"一声,门锁上了。

大约停了一刻多钟,门重新被打开,几个穿黄衣服和运动衫的人进来了。可能是运动衫汗淋淋地裹在身上的缘故,他们的脾气格外暴躁,只一下就把路吟从地上踢起来,说:"站直!"然后就动手去掏他衣兜里的煎鱼。煎鱼掏出来,经过点数,旁边一个人在小本子上记了。让路吟不能容忍的是,所有的煎鱼都随手扔给了那条狼狗。它毫不客气地几口就吃掉了。

几个人坐到小桌旁审他了,一个人用圆珠笔敲敲桌面:

"今年多大年纪了?"

路吟给搞糊涂了。多大年纪?四十三?四十二?他讲不清。这会儿真的把自己的年纪给忘了。他吞吞吐吐,一个人就用食指狠戳了一下他的脑瓜,皮肤立刻被捅破了。

"你在几班?"

这个他记得很清,立刻答:"三班。"

"来,你背一段儿。"

他知道这是让他背一段宝书,他就背了一段"三大纪律八项注意"。

"来,唱一遍。"

路吟怎么也唱不出。有人过来踢他的脚,一下一下都踢在踝骨上。他想反正踝骨早就被踢坏了,踢吧。后来他不知怎么就唱了起来,嗓音艰涩,到底唱了些什么自己都难以分辨。他只觉得难听。忍着唱完第一段,停住了。旁边的人又拍打他的腮部:

"唱下去!唱下去!"

他知道非唱到底不可了。可他刚刚唱到第三段,桌旁的人就喊:

"停!你的胆子不小啊,看来到底还是跳出来了!"

路吟说:"我不是……"

旁边的人立刻又踢了一下他的踝骨。一阵钻心的疼痛。

"跳出来就好,这说明你急不可耐。"

"我是……"

旁边的人又踢了一下他的踝骨。他想踝骨大概已经给踢得露出来了。太疼了。他忍不住,脖子一扭朝旁边喊道:"疼死我了!我不是为自己……老师病得眼看要死了……"

那人拍着桌子:"什么态度?什么态度?赶紧制止赶紧……"

两边的人呼啦一下拥上,伸出拳头击他的下巴、胸膛,踢他的屁股、腿。他仆倒在地上,他们又把他揪起来,胡乱打嘴巴,命令他站好。

他站好了。

桌子旁的人说:"你还不服?那好,你会服的。这是我们这儿一年来第一次发生的恶性事件。你的胆子真不小。好吧,你在这儿听候处理,别想再滑过去了。"

他们扔下几张纸、一支笔,让他先交待问题……"哐"一声门锁了。

时间还不到中午。

午饭时分,小窗子里送来了热气腾腾的稀粥、香椿炒蛋、几块十分蓬松的馒头。他不顾一切地把它们吞了下去。稀粥的味道比在食堂喝到的强上百倍。以前在禁闭室里也能喝到这样的稀粥,这是蹲禁闭的幸运。他太饿了,饿得狼吞虎咽把食物送到肚里,舒服而又疲惫。踝骨钻心疼痛,这使他想起检查一下伤口。低不下头,下巴肿得厉害,伸手摸了摸,还好,牙齿没掉。他最担心的就是像老师一样,留下一口残牙。费力看了踝骨,白白的骨头并没有从皮肤下边露出,那儿只是给踢破了,踢得稀烂。没流血的地方也肿得发紫。他在铺子上躺下来。

禁闭室蒙了厚厚的窗帘,使屋子越发阴暗潮湿。他把窗帘都打开,让阳光照射到铺子上。极力想把曲浼忘却,因为只有这样才能歇息一会儿。狗在外边发出哼哼唧唧的声音,像奇怪的叹息。他睡着了。不知过了多久,当门被哗啦啦打开的时候,他还在睡着。有一只手过来推拥,他仍然没有醒。这只手抚摸他的头发、脸,还在他的眼睫毛那儿碰了几下。这一下他醒来了。是个女人,红双子。他一下看到了她那双吊眼。

她把厚厚的窗帘又拉上了,到处都是浓浓的阴影。他们彼此都在适应这昏暗的光色。红双子说:

"听说这里关了一个馋猫,我来看看!"

路吟不吭声。

"你终于忍不住了是吧?你这个馋猫!"她本来语气温和地说着话,却突然记起了什么似的,猛地喝了一声:

"站起来!能这样跟首长讲话吗?"

他站起来,立正站着。红双子咬着下唇看着,目光尖利利的。她看一眼对方的踝骨:"你活动一下我看。"

路吟在屋里走了几步,有点跛。

红双子说:"我知道你在恨我,这也不错。恨到了头就是爱,爱到了头也就变成了恨。不过我也对得住你了。我对你没什么可隐瞒的,我是一片真心。你忘记了我是一个女人,我得自卫。他们当然要揍你。可是揍这么狠我也没有料到。我见你一跛一跛走路,也很难过。我想你这会儿不会怀疑我的话……"

路吟说:"是的。"

红双子伸手揪了一下他的耳朵,原来他耳朵上有一个虫子在爬。她把虫子用脚蹍死,说:"你终于没有跑掉。你可能也明白,你是这里最年轻的一个了,真想在这里一直待下去吗?农场和矿上合作施工,他们让你在那里轮换了一个月,感觉怎么样?"

路吟不知怎么回答。那一个月不堪回首。

"你只有到那个环境里待上一段,才知道在农场里的幸福——你就再也不会抱怨我们了。"

路吟定定地看着她。

二

红双子被这盯视的目光弄得不自在。她往旁边看了看,然后目光又落在被踢破的踝骨上。

路吟说:"如果我们曾经做过一段朋友,如果你还愿意承认的话,那么我想求你一件事……"

红双子一愣。

"我的老师快不行了,那么粗劣的食物他吃不下;而且你知道,这里根本谈不上什么治疗。我只想求你帮他一下,立刻把他送到医院!"

红双子没有吭声。

"我在求你!"

红双子涌出了眼泪。路吟来农场后第一次见她流出眼泪。但这泪水很快就干涸了。她无动于衷。

她这会儿真像木头人一样,一动不动。

路吟一声连一声恳求,对方还是不动。路吟两手扳住了她的胳膊,晃了一下。她闭着眼睛。后来她的双臂缚住了路吟。路吟想挣脱,她就用力把他勒住。路吟不动了。

湿湿的嘴唇贴在他的额头上,就像一把冰凉的剑将他刺中了。他真的在忍受刺疼。他听到红双子小声吐出:"我会照办的……"

"那你去告诉他们吧,现在!"

红双子睁开眼睛。后来她真的到外面去了。一刻多钟之后她才回来,一进门就反手把门关紧,"他这会儿正被送到医院,你不必担心了。相信我吧!"

路吟相信了。他蹲在铺子上。红双子也面对面蹲下。她看了一会儿,摇摇头:"我得告诉你,你仍然是个——小家伙。你还很小,你知不知道?"

路吟冷着脸。他记起上一次被吊打时,只有啪啪的皮带抽动声,他全没一声呻吟。"啪"一声,铁扣子打在肋骨上,鲜血流下来,一直流到臀部。脚趾上一滴滴都是血……他背过身去,像在哀求:"红双子,你离开我吧,我什么也不想谈,什么也不愿意想。你知道这是在折磨我,会把我折磨死。只有那样你才会心满意足吗?只有那样你才能过自己的日子吗?我劝你现在就去过自己的日子吧!我是一个囚犯,像你说的,我准备一辈子做这样的人。我真的已经做好了准备。"

红双子气得跺脚:"错了!你现在并不能决定自己做什么,你已经没有这样的权利了!"

路吟站起来,"我不怕做一个囚犯……"

红双子一双手在腿侧抖动,然后又一次揪住了路吟的胳膊。路吟挣脱、挣扎……她不得不大声吆喝:"立正!站直!"

路吟在口令声里全身一抖,立刻站直了。红双子端量他,又抚摸他的额头、喉部。路吟一动不动,只有对方试图去吻他的时候,才把头一甩。

"你这个混蛋!"她使劲打他的脸庞。他每一次甩动脸庞时,她就打。她不断地呵斥,设法抱住他的脖颈。后来她全身的重量都加在了他的身上。路吟摇晃着倒下来。红双子的膝盖挤压他的肩部,两手在他周身不停地搓动,像搓动一团脏衣服。她把脸埋在了

他的胸口上。这样待了一瞬,她突然像哈气一样在他耳旁问:

"你也知道逃不掉,为什么还要逃呢?"

路吟的脸歪向一边。

"为什么?你回答我!你说为什么?难道你是一个石头人?你是一个连热气也没有的死人吗?"

她伸手到他的衣服下边去抚摸肌肤。路吟觉得这只手经过的所有地方都变得发烫。这不是手,这是烧红的烙铁。她抚摸着,周身抚摸。路吟恳求她离开,一声声恳求。他翻扭,碰撞,也许用力过猛,一下把红双子碰倒在地上。可是红双子像巨索一样的手臂再次捆住他的脖子。

他们滚动、挣打,红双子的衣服不知怎么脱落了。路吟在她面前像一个瘦干干的小动物,被冰冷的水给浇泼得水淋淋的。他浑身都是汗水。红双子紧贴在他身上。路吟放开了喉咙嘶叫,红双子就死命地掩住他的嘴巴。随着野狼般的嚎叫,泣哭和绝望的嚎叫,他的双手铁定地搂紧了红双子,觉得自己这会儿按住了一头母狼,而且正开始宰杀这个凶猛雌兽。

他先扼住她的颈部,她就吐出反抗的唾液。他按住了她的乳房,一种丝绸样的滑润使他的两手松软;他复又抓紧,可是触电似的感觉顺着手臂迅速传到周身……他把涌到嘴里的汗水一口口全吐出来,吐到她的脸上。他最后扳定了她的脖颈,奇怪的是对方没有反抗,身体垮下来,死去一样无声无息……他慌了,托住她的脖颈,她的腿,最后把她抱起来。他费力地抱起她,将其球到一块儿,球成一团。太沉了,他不得不摔到铺子上。

她的裸体颤抖着缩成一个球。

路吟扑上去了。他清清楚楚知道自己在宰杀一头凶猛的雌兽。他奋力宰杀,刺穿她的内脏。他深深地刺进去,通红的血流像火焰一样喷涌,染遍了他的全身。那种宰杀的快意使他不能忍受。

他嘶叫,对方也嘶叫。他想摧毁她的一切。

最后的时刻降临了,她的嘴巴咬在了他的肩膀上,牙齿嵌进了他的肌肉,割开了他的脉管。血流下来。他眼瞅着自己通红的血从肩膀流到胸脯,又滴到对方赤裸的身上。他用力摧毁她,喊出了快乐的复仇的声音:

"我把你杀掉!我把你杀掉!"

他把她一次次折起,用尽全身的狠力挤压,让她啊啊大叫,泪与汗与血甩得满墙都是。他们的血混在了一起。不知什么时候,她伸出尖尖的十指抓烂了他的胸部,闭着眼睛嚎叫。当她再次睁开眼睛时,这双眼睛全是红色。路吟感到恐惧了。他的肩膀真的被咬穿了一块儿,鲜血越流越多。那对尖指已把他的胸部抓得鲜血淋漓。钻心的疼痛和从来没有经历过的巨大勇气混合一起,让他今生无法忘却也无法忍受。后来她的两腿两手都蜷起来,就像被宰杀的动物在做最后一刻痉挛。

就在这难以忍受的时刻,路吟伏在了她的身上。他张开嘴巴咬住了她的一个地方。鲜血从他嘴里迸溅而出。他们一声不吭倒在那儿……

这样不知多久,红双子的手从他簇到了一块儿的躯体上抽出,开始细细抚摸他的头发,揩擦身上的鲜血。她一下一下吻他。路吟总是闭着眼睛……

三

路吟昏躺着,但感到了她的抚摸……晚饭送来了,他没有动。他一直蜷在那儿,蜷到了半夜。在午夜死一样的寂静里,他终于明白了自己今天做过的一切有多么可怕……他没能宰杀那个动物,她还活着,她走了;而自己已被这个雌兽的双爪撕烂了,并且被吮得浑身焦干。

他试着坐起,全身剧痛。

淳于云嘉!你听到了我的声音吗?我在最后的时刻里呼唤你。我想告诉你:我们的老师还活着。他会活下去的。因为你使他有了活下去的理由。我已经不行了,虽然我比他年轻许多。我现在才明白,我没有多少活着的理由,没有,一点也没有,真的没有……好了,就这样吧!我们分别吧……

…………

凌晨时分看守跌跌撞撞开了门,一定睛就大叫起来,然后掩着鼻子跑出……狼狗干嚎,有人大喊大叫在院里奔跑……

天大亮后场内开进了几辆车,车上下来一些陌生的面孔。他们直去场部办公室,又去禁闭室……来人只在这儿待了一个小时就走了。

蓝玉发令紧急集合。他一个个盯过队列中的人,猛地一声吆喝:"你们知道昨夜发生的事情吗?你们知道吗?"

没有声音。

"又一个自绝的家伙!"

奇怪的是没有谁觉得惊讶,没有任何人脸上露出哀伤,更没有人泣哭。他们对路吟都熟悉,但不记得彼此说过什么话。

只有到了夜晚,路吟那个板棚里才有些异样。他们一整夜都在不停地翻身。有人在黑影里坐起,一直坐到天亮。

曲涴旁边的那个铺位空着。只是三两天后,这个铺位上又躺了一个新来的人。没人对他讲这个铺位上原来睡过一个什么人,他也不问。

路吟的死不需要通知家属亲人,因为路吟老家没有别的人了。只有他一个人生活在这个世界上……

"他是一个孤儿。"曲涴说。他心里明白,从今以后,一切就全靠自己了。"好像早该如此。"他从那一刻开始就在设法挺住、挺过来。后来他就挺过来了。

他发觉这一切似乎比原来预料的要简单一些。"我们两个好像总该有一个活着吧。你走了,那么我就得留下来了。"一种没法忍受的沉重压住了他。多少次必死无疑的关头路吟都过来了,而今却不能够。这是为什么呢?曲涴长叹,泪水顺着喉咙流到了肚子里……"我将在心里把你看成亲生的儿子,或是最小的一个同胞兄弟。你的死显然与我有关。可你真的是自杀吗?也许。不过谁也没法判断自杀的行为是勇敢还是怯懦。"

埋葬路吟的那一天他不知道消息,好像一切都在秘密进行。直到一个新的坟头长出了青草,他才知道情同手足的人在哪儿安息。那天他不顾一切,设法躲开一些人,绕过一道石崖,然后就奔跑起来。石崖后面原来有那么大的风,他的衣衫都被扬了起来。他跑啊跑啊,看到那个新土上蒙了一层绿色,于是明白:这就是了!"我的孩子!"他在心里急促呼唤,张着两手扑过去。可是到了坟前他又呆住了——原来老眼昏花没有发现,坟头一侧已经先于他来了一个人……

这不是别人,正是红双子。她竟然穿了一件洁白的衣服,白得刺目,一尘不染。

曲涴胆战心惊止住了脚步,蹲下来。他显然已落入红双子的视野,进也不是,退也不是。这样僵持了一会儿,他终于鼓起勇气往前走去。

那个女人根本没有看他。他搓搓眼睛仔细端量,大吃一惊:红双子跪在那儿。这一下他明白了,她身上雪白的衣服原来是给路吟戴孝的。"一个悍妇!一个没法捉摸的女人!"他在心里骂了一句,径直向她走去。到了跟前才看清:红双子已经在那儿摆了一束斑斓的野花,脸上挂着泪痕。这时她丝毫不想掩饰自己的悲哀,只是站起来。她的裤子上沾满了尘土。她从旁边提起一个黄色挎包背到身上,那模样很像一个女大学生。

"老师,我正好在这里看到了你,不然的话我还要找你告别呢!"

曲涴抬起迷茫的眼睛。

"我就要回去了,这里的工作已经完成。我刚接到通知,要立刻赶回去。请你多多保重,好自为之吧。我会嘱咐蓝玉,让他关照你……"

曲涴看着她的眼睛,觉得这双眼睛此刻闪动着并非虚假的目光。她伸出手来,还没等他反应过来就抓住了耸动两下,然后转身走了。

曲涴一直望着那个身影,直到被夕阳下的树影挡住。

往回走时,曲涴登上了一个小丘。他想往远处望一望。首先看到的是那一道道铁丝网后面的苍山。在这儿待得太久了,真是望眼欲穿!重重叠叠的大山挡住了视线,不知该怎样才能把它盯穿……他深知此时此地有两个不同的结局任其选择:一是待下去,与路吟睡在一块儿——我们的卧铺曾紧紧相依,那么在另一个世界里的卧铺也该紧紧相依吧;再一个就是奔到妻子身边,在最后的一刻看她一眼。

曲涴没有想到第三个结局,真的没想。

就在此刻,在他眼望西部苍茫大山的时刻,已在心中作了一个选择。

这个选择需要他做些什么呢?作为一个思维缜密的人,他开始仔细盘算起来。这个选择也许太晚,早一点还有一个伙伴和弟子,他们可以一起去做……如今他已完全忽略了这样一个简单的事实:一个人到了古稀之年,而且身心疲惫,这种选择有多么不明智——可也只有这样一种选择了。

"我将毫不犹豫地迈出这一步,哪怕付出所有的一切……"

就在这天半夜,他刚刚沉入梦乡,外面就传来了一阵喧哗。接着是狗的吠叫。同室的人都被催促穿衣。外面被火把照亮了。走出屋子一看,有人正捎着枪在院子里吆喝:"集合,快快……"

有人手里紧揪着猎犬链子。大家明白:有人逃跑了。乱哄哄的叫骂声,像巨石投水一样,好长时间才散开……

这个夜晚再也没有安静。远处传来了枪声。他们都知道,这可能将邻近矿山的看守也调动起来了。大家已经知道农场和矿山实际上是一家。

天亮了,他们像往常一样被喊起来跑操,接着又是训话。蓝玉在队前一边走一边用锐利的目光扫视,只不开腔。大家心里噗噗跳。曲涴只暗暗为那个勇敢的人祷告,只愿他成功。蓝玉开始讲话了:

"你们大概也都清楚了,我们农场昨夜发生了什么!你们以为这事儿如何呢?"

没人吭声。

他走到队伍最前边的一个老头跟前,笑嘻嘻地问:"你以为如何呢?"

老人抖抖悚悚,抬起头来:"我以为……我以为……我什么也不知道呀……"

蓝玉看了他两眼,转向另一个中年人:"你以为如何呢?"

中年人并拢脚跟答道:"报告首长,我认为如果有人不能服从铁的纪律,那就是错上加错的了……"

蓝玉拍拍他的肩膀,神色一收:"我们的农场实行铁一样的纪律。这就是军事化管制。我想大家都熟悉了,这不过是一个常识。如果给你自由,会告诉你的。企图与铁的纪律对抗,只能是自取灭亡,死路一条。你们知道昨天夜里逃跑的人是谁吗?"

场子里一片肃静。

"把他押上来!"蓝玉吆喝一声。

话音刚落,茅屋后面响起了一阵紊乱的脚步声。有两个监狱看守把一个五花大绑的老头推拥着跑过来。他们因为跑得太快,所以那个被绑的老人几乎是脚不沾地被拖过来了。

立在大家面前的是一个六十左右的人。连日的劳作和逃奔的焦虑疲惫,以及刚刚接受的残酷打击,已经使他彻底垮掉了。他耷拉着眼皮,好像只剩下了呼吸的力气。

"你说,你想跑到哪里去?"蓝玉喝问。

那人眼睛也不睁,哼哼着。一个军人用膝盖猛地一点他的腿弯,他的身子一软就仆倒地上。另一个人猛地一拽,让他重新站住。

"回答我!"

"哼哼……"

蓝玉再不理他,转向大家:"我们这里大多数人都能够遵守纪律。但也有极少数人心怀鬼胎,可谓死心塌地。这样的人在队伍中就有几个,在此不点他们的名字。他们妄图东山再起,总是找空隙探虚实,耍两面派手法,企图最后与我们来一次较量。在此我警告你们,只有老老实实,规规矩矩,要不就是死路一条。把这个人押下去!"

两个士兵应声把那人拖走了。

看着他弓起的脊背、在地上拖出的两道印痕,大家都知道这个人完了。曲涴盯着他,直到最后才突然记起:这不是三班那个老人吗? 不是那个和自己一块儿拖车、把自己抱到草地上的老友吗?

眼泪夺眶而出……曲涴赶紧用袖口掩住了脸。

四

那个老教授再也没有出现,谁也没有在农场里见到他。有人暗地传说他给转到了另一处更为严厉的地方去了；还有的干脆说他已经到那个地方开矿去了。大家都知道：所有企图逃跑的人都会被定一个叛逃罪，成为"叛国者"。尽管这里离国境线不知多么遥远，但只要逃，就是"叛国"！这多么可怕呀！那就是一个死心塌地的罪犯，永不饶恕了。叛逃者竟然把农场看得如此可怕——难道这不是广大劳动人民每天都在过的一种生活吗？可见这些吸血鬼压根儿就不知道丰衣足食的生活如何而来……类似的谴责就在他们的讨论会上不止一次提出，让他们不断寻找思想深处不可告人的一些念头。

曲涴很少开口，因为他真怕在那一刻把某种"见不得人"的东西吐露出来。他将护住它，小心地守护。他知道那是惟一的希望、一点点指望。他看到了那对无所不在的目光，它照耀着自己，"这是，这是对我温柔的叮嘱……"

就在一次小组会上，曲涴竟然突兀地站起。他望向一个角落喃喃着。谁也听不明白他在说什么。有人厉声喝道：

"曲涴！你坐下！"

…………

一切都走入正常。所谓的劳动、学习，甚至还有一些娱乐。曲涴不由得记起宣传栏上贴过的那位老教授的"诗"，于是要来了毛笔和一沓黄纸，说也要模仿那位教授写一写。

他一口气写了五六首，最后总是有一处与那个老教授完全相同。他问对方：

"怎么样？"

对方指点说，有一个地方"平仄不对"。

"狗娘养的，这种臭东西也讲平仄。"曲涴在心里骂了一句。

那个老教授抓过笔来，在看过的几首旁边注上"某年某月阅"等字样。曲涴厌恶至极。他知道工地上所有的轻便活儿都由这个人来做,比如把路边坑洼平一平,到农场花坛除草浇水,或者是办黑板报宣传栏等等。

曲涴终于明白经常作屁诗的妙处。他听人讲:教授的每一首诗张贴前都要送给蓝玉看一下,"请首长多多赐教";蓝玉眯缝着眼,偶尔给他动几个字,并在后边写上:某年某月某日阅。他曾拿出带有蓝玉签字的诗稿向同寝室的人炫耀:

"首长水平就是高啊,你看,这儿也就是简单来一点调整吧,立增神采!有人瞧不起白话诗,总以为还是古气拗口的好,其实错矣——越是平白如话,越是不易写出。这里面有个认识过程!"

他连连感叹,没有人迎合。

这位老教授除了与大家一块儿上工下工,其余时间就是不停地写。与别人不同的是,他有用不完的纸张和笔墨,而且还拥有一个折叠小板凳,叠起来有一尺见方的平面,他坐在铺子上就可以写东西了。

有一次曲涴看了看,见他正在写《两论新探》《两年来灵魂深处之巨变》。他写的这类东西与诗作不同,总是拒绝示人,也从不与他人讨论。他写得很快,可以在半天时间写足十页稿纸,最后又抄得规规矩矩,仔细订起,再做上牛皮纸封面,用毛笔规规矩矩写上篇名,然后再锁到枕头旁的那个小木箱里。小木箱偶尔打开,有人发现里面有一沓沓稿纸,还有三部宝书,一部《赤脚医生必备》。他平时爱采一点草药,扎成一束,附带了说明送到医疗室。而医疗室很少用他采来的草药为人治病。结果这些草药都被堆放在一个角落让老鼠糟蹋。那本《赤脚医生必备》画了图形,他就根据这些图形辨别草药,而且还在纸上记下剂量和性味等等。他的这个举动终于引起了曲涴的注意……曲涴那会儿想到:这本书对于自己也许是十分重要的。他很想把那本书据为己有。用什么办法?偷吗?借用显然不行,那家伙惜物如金……他琢磨着,不知如何是好。

　　秋天深入了,雨水多起来。在这个多雨的季节,最繁重的工作也来到了。除非是倾盆大雨,不然就绝不歇工——歇工也要集中一起开会。雨停了,山坡上却滑得很,车轮会陷入淤泥,做起活来满身都会沾满泥浆,却没有机会洗澡,也没有那么多衣服更换。上一次雨季发生了滑坡,有一大段滑下来的泥土和碎石把他们好不容易开出的石坑给淤住了——碰巧那一会儿大家正在工间歇息,如果当时正在工地上,那么肯定会有好多人遭难。

　　山里的野花凋谢了,野果开始结出。蔬菜在阳光和雨水下长得很旺。西红柿、韭菜、芹菜、茄子都喜获丰收,可是他们的伙食却没有一丝改善。每餐的菜只是用一口大锅煮熟,再放一点盐。吃荤的次数越来越少。农场有饲养场,而且动不动就有宰猪的嚎叫,不过分到大家碗里的肉总是少得可怜。

逃亡之路

一

　　曲涴小心谨慎,然而却是全力地准备一个事情。在他看来自己的一切都为了这一天,一切都取决于这一天。他开始注意节省力气,保持和增加体力,咀嚼东西时尽量把食物磨碎,吃得多一些。可是他仍然觉得快要爬不动了。夜里,那些比他年轻的人都不停地呻吟,脱衣服的时候就喊膀子痛。曲涴叮嘱自己:你可千万不要倒下去,挺住啊!只要坚持到中秋节——那是个最好的季节,那时候山里不冷不热,而且荒野里食物充足。他想,如果能赶在秋天结束之前逃出重重大山,那么也就成功了一半。他计划着:逃出大山之后,可以先在边远村庄或什么地方躲藏一段时间,然后再设法去找淳于云嘉。有可能的话,他们将结伴逃向更远——哪怕是荒无人迹之地。只要两人在一起就什么都不怕了,再大的困苦也能挨过来。孩子呢?他仔细想过孩子。如果在逃奔中难以携带一个孩子,那就先把他寄养在老乡家里——战争年代经常发生这样的事情。

　　一夜一夜,只要睡不着,他就在想整个细节,苦苦盘算动身的时机。如果日子选错了也只会失败。近一二年里农场设法逃跑的人不止一个两个,可大都是失败的结局。大家渐渐明白这是没有指望的事情——往东是那个城市,像他们这副打扮、神情,很容易就被辨认和拦截;往北往南也差不多;往西则是惟一的出路,那儿是苍茫大山。再说西邻有一个守备更加森严的监狱,没人想过怎样才能绕过它……曲涴暗暗总结过前边那些失败者的原因:一是他们没有在这之前做好身体和精神两个方面的准备——要知道长时间的苦役和折磨已让人衰弱不堪,这种身体状况完全不适合长途跋涉,往往是奔跑多半天,让那些身体灵捷而且备有武器和猎犬的人一两个小时就追上了;再就是没有为自己设计一个合理的逃离路线,结果跑了多半天也只是在近山打转,这就被一些非常熟悉地形地貌的监管人员很容易地围捕;最后是逃离危险地带之后,发现重峦叠嶂、进退无路,自己先自妥协了(有两位逃走的人就是自己跑回来的)。曲涴认为:一个重要的问题就是要考虑进山之后的生活。如果赶在中秋季节逃出,那么果腹之物也许不难解决。他甚至想到衣服撕烂了怎么办?生病了怎么办?最后一条他认为是至关重要的。这把年纪如果病倒也就完了。山里还有各种各样的野兽。他相信要活着逃出去,最重要的就是解决疾病的威胁。于是他就想到了那本《赤脚医生必备》,在大山里总能找到治病的草药,问题是要学会辨认。

他暗自做着扎扎实实的准备,而且一旦有了目标和方向,人就轻松了。他的心情好一些了,看上去仿佛快乐了许多。他有一次甚至主动找到蓝玉,说自己想长时间反省,希望对方能够创造条件让他写出深刻的检查。蓝玉喜出望外。

他真的住进了那个洁净的、各种工具书齐备的小工作室。

他重新把自己以前揉破了的稿子接续下去,但进行得很慢。他要把时间拖延下来。

与此同时,他却在更加仔细地盘算每一个细节。他与那个擅长作诗采药的老教授常在一块儿,这使蓝玉很高兴。两人一同采药,曲涴竟然在短时间内认识了几十味草药。那些容易辨认的,像蒲公英益母草徐长卿芦根等等,他很早以前就熟悉,但只有在这时候才知道它们的药性。有些从来没有听说过的,他们也对照那个小书的附图一一辨认出来。曲涴好几次想要来那本书用一下,老教授都板着脸说:"这不行!"

曲涴想:在未来的日子里,也许很重要的就是要有一支笔和一沓纸,最好还要有一两本什么书籍。他将在寂寞愁苦的生活当中做点什么,挨下去。他要把所思所想所见的一切都记下来。日记早已中断了,这有些可惜。他心里一直难过的就是没能把日记接续下来。在未来的大山里,如果条件允许的话,他将一笔一笔把漏记的部分加以补写。他将记下对她的思念以及农场的生活;还有,在邻近那座矿山的经历、他与路吟的生死之谊……他要记下这一切。这种欲望困扰了他,有时真想伏在桌上把这一切全都写出。

在整个"反省"期间,伙食果然得到了改善。他吃的食物可以和监管人员一样。而且蓝玉每次都让人用一个小饭盒把饭菜提到他的屋里。他就在一个角落的茶几上把它们吃得干干净净。除了工作之外就是锻炼身体。曲涴觉得自己的体质明显加强。他得到允许,开始出去散步,有时能够走得很远,一直走到铁丝网附近。

刚开始有人盯梢,再后来他们大概觉得没有那个必要了,只由他走去。他呼吸着新鲜空气,活动着腿、胳膊,拧腰、小步奔跑……以前受过伤的地方这会儿有点隐隐作痛,可是已经无有大碍了。

秋天开始走向最繁盛的季节。在这个季节,他将做最后的尝试。也许他会和这个秋天一起,结下一个丰硕的、安慰一生的巨大果实。他期待着,祈祷着,眺望朦胧的山野,流出了泪水。

二

他的计划开始走入更实际的阶段:打量从哪儿出逃。他选择了一个山的陡坡,因为那儿的铁丝网架在了山半腰。当时可能因为架网困难吧,他发现那里的铁丝网已向一边歪去——常年的风雨已摇动了桩子。如果能推倒两个桩子,或在那儿搞开一个豁口,第一步也就成了。那个地方地势险峻,所以他料定看管也松。从脚下到坡地有一些散落的大石块,他可以借其掩护匍匐向前。而通常那些逃跑的人都是向东,借着高高的柳棵灌木来做掩护。其实那里只是看上去安全,实际上越是那样的地方越是被盯得紧。

他现在琢磨的是开始的时间以及所要带走的东西。

一本医药书,就是那个老教授的宝贝;一些纸张、针线、换洗的衣服。还要带一点食物。可是这些东西要全部携出恐怕是难以做到的:它们不可能集中在一个地方,而且存放在哪里都会引起怀疑。他散步的时候总是注意有没有可以藏东西的地方。如果塞在一个遮风蔽雨的石块下,并且记住方位,那么到时候就可以顺利取走。他勘察得很细,觉得自己差不多像一个地质学家了。真的,他对那些凸出的岩石越来越感兴趣。

他不断寻找一些理想的角落。可以藏些东西的地方似乎很多:灌木丛、石块……问题是怎样避雨。有的东西是绝对不能淋水的。可惜哪里也找不到一个塑料袋。由藏东西的地点又想到了一件器具:烧饭的小锅子、一把铁铲。这些可是绝对用得着的——只可惜它们在农场里搞不到;去那些乡间代销点能够买到,但他出逃后不可能马上去乡村,况且自己身无分文。这一切从头一想就让人头疼。

他知道必须把一切可能出现的艰难全部想过。比如不能总吃生冷的食物,那就应该有煮饭的家什。后来他想到了一个搪瓷缸,一阵兴奋。可惜那个缸子太小了一点。最后他才想起:有人给他送饭时常用一个铝制小钵盛汤,它简直就像一个小锅嘛,那是绝对可用的!于是他决心把那个东西带出来。

他开始留意盛饭的器具了。那个铝钵总也没有再端来。有一次它好不容易出现了,他赶紧洗净放在写字台的抽屉里,可是那个送饭的人要取走上次的餐具,问那个铝钵哪去了,他拉开抽屉说:"在这里,我刚才用它喝水……"怎么获取这个家什成了难题。他想:如果故意留一点饭菜,把它们放在器具里,故意让餐具积多,那样再想法从中留下一两件也许能够成功。

他试着这样做了。送饭的人不高兴。就让他不高兴吧。他终于做成了。

他把那个铝钵藏起,然后让送饭的人把积下的器具带走。那个人噘着嘴很不高兴,胡乱收起来就走了……

一天又一天过去,送饭的人终于没有提及那个铝钵。有一天他装着散步,把那个宝贝放在衣服夹层里。他将其藏入早就寻好的一块岩石下。后来用类似的办法,他又一点点带出了一些东西,如一团线、一根针,还带出了一只半斤装的瓶子,里面是饮用水。接下去就是准备食物。他总是把那些吃剩的馒头和窝头设法晾干,再掰成一小块一小块,放在写字台的一个角落里,用一个纸袋装起。它们都掰成了花生米那么大,然后在散步时谨慎地带出。

他在为那个了不起的时刻祈祷。一切似乎都很顺利。

剩下的事情是搞到那本医书。他想这本书不仅可以在路上消遣,更重要的是将在它的指点下做一个真正的采药人。

他跟那个老教授一次次要求看一下那本书,终于引起了对方的警觉,这人坚拒:"不借不借!"后来他才明白:这家伙是想一人独掌采药技能,这样就可以为人倚重。这也使他明白了,为什么后来约这人出去采药,对方总是推辞。老教授把那本《赤脚医生必备》锁了起来。

曲浠不得不为这本书苦想办法。他后来想到了蓝玉,就说:他的工作中有时候刚好涉及一点植物学方面的内容,可惜这里很少那样的书。有一本书也许可以取代,可惜不能用……蓝玉问什么书,他就说了,还说难就难在那人很吝啬,人家不借的。蓝玉说:"这好办!"

只过了一会儿,那本书就摆在曲浠的面前了。

从那以后他再也没有让这本书离开自己。

他常常散步的山脚下有一株山楂。他知道当山楂变红的时候,就是苍茫大山发出召唤的时刻了。

时间在迫近。他准备了一根布带,那布带是从铺盖上撕下的。他想在那个时刻用它把裤脚束紧,就像打一个裹腿一样。带行李是做不到的,他之所以选择这样一个季节,就是因为气候好,吃物多;等天气真的变冷时,他大概也就走出大山了。

剩下的问题是脱身的具体时间。过去所有离开的人都是选择了夜晚:在夜幕遮掩下当然方便得多,所以每一次追捕逃犯都是夜晚。这给他一个启示:夜晚是最危险的时间。夜幕遮掩了鹰犬的眼睛,可同样也挡住了逃亡之路。大山、石头、茅草、沟谷,这一切都会成为他的对手。而在白天,只要把最初那一刻躲过,就可以放开脚步奔跑,绕过山岭,钻入灌木……天完全黑下来时,最初的危险也就过去了。他可以在出逃的第一夜找个地方睡一觉,第二天积蓄力量再跑……

想来想去,他认为最好的时间就是中午。这时候的监管人员都在午睡;而且有一个更好的理由:这可以获得半天的时间用来赶路;而当他们发觉了,追来时,他会逃得很远——天也黑了。这个夜晚那些人不可能在深山野地里一直待到黎明。

他考虑得很细,并坚信自己会成功。他在心里呼唤:云嘉,你的目光呢?我需要你的目光指引啊……

三

他观测了天气。凭长期农场生活的经验,他料定一连几天天气都会很好,无风、晴和、温暖。他翻了一下日历,发现明天是17号。"就是这一天了!"他一直认为"7"这个数码让人喜欢,为什么?可能因为它的样子很像一支拐杖。"又是拐杖!"他想。

自从定下了那个时刻,他就冲动起来了。他记得那个可恶的混蛋,就是那个想把采草药书据为己有的家伙做过一首劣诗,题目就是《农场啊,我的母亲》——在即将告别"母亲"的这个前夕,他还真的感到了一点点留恋。留恋什么?留恋折磨、困苦和难以忍受的侮辱、一阵阵血腥气吗?当然不是。留恋什么讲不清,可能在这儿生活久了,包括在此目睹的那些血泪,付出的汗水和鲜血……是这些让他不能舍弃。

人哪,舍不得幸福也舍不得苦难。他明白要告别路吟的坟头,要告别那些默默不吭一声的难友了。这些人啊,低着头,一步一步往前,平时很少说话,遇到天大的不幸也只是投过默默的一瞥。可是在这个时刻他才发现,他们之间竟然无所不知:每个人都裸露着一颗心。

坐在这个安静的小屋里,这个蓝玉设下的独特囚笼里,他一阵得意:对方怎么也想不到,猎获物正在把这个囚笼一点一点咬出一个通洞呢！他从来没有过这样的精神体验,这是很奇怪的。他逃离的是不可捉摸的貌似神圣和巨大的一团……是什么？不知道。他只是要逃离它……只有在这个时候他才明白：那些逃亡者在面对这个时刻会下了怎样的决心。他这会儿深深地敬佩他们,这种敬仰之情在此刻达到了顶点。他开始像那些人一样叮嘱自己、坚定自己。

他还想最后总结一下。他简单而又迅速地把自己来这儿的前前后后想了一遍,一个一个关节都作了重新审视……结果他对自己的结局、时下的结局仍感茫然和费解。他是这样的一个人：他的"恶名"因为传得很远,所以人们才知道有一个"邪恶的天才"。他在漫长的干校和劳改农场里多次细细反省咀嚼,直到今天,直到这最后总结的时刻。他认定从今以后,过了这个时刻,他将无力做出这种总结……像过去大大小小的总结一样,他没有把自己的"罪行"推翻——因为他真是有罪的；可是他的那桩大罪至今只由自己审判；而其他的"罪过"尚不足以经受这么严酷的折磨,特别是与妻子的生生分离。这种折磨无论如何是一个人所不能接受的。

整个的一天很像春天。他把窗子打开,看着蓝蓝的天空,看着那个照彻了整个大地的太阳,直看得泪水顺着脸颊流下……就在这时有人敲门。

蓝玉进来了,对方看到了一张泪脸。锥子一样的目光盯过来,曲涴浑身发抖。他完全没法从刚才那种情绪里解脱,"哦哦"着往后退了一步。

"嗯？"蓝玉欠身向前。

曲涴嗫嚅："我想……老婆孩子！"

"那就好好干吧！我们准备给一些人安排一点假期。你在干校歇过假期没有？"

"没有,没有……"

曲浣知道这是绝无希望的事情。这是骗人的,罪犯怎么会有"假期"。有人提出让家里人来探望一下都被拒绝,他们怎么会放人走呢?

蓝玉走到写字台前翻动那几本文稿,皱着眉头。他认为工作进度太慢了!曲浣站在旁边看着,暗暗为自己祈祷。

他好不容易走掉了。接着就是午饭。这是最后一餐了。曲浣双手颤抖捧着碗,吃不下去。但他知道这一顿饭必须吃好。他张开没有牙齿的嘴巴费力咀嚼、吞咽,脖子不断伸长,做着一种奇怪的吞咽动作。旁边没有人看,他吃得很快,一会儿就把所有的食物打扫得干干净净。

他连一粒米也没有留下。他等待着,只要那个取走餐具的人一离开,他就……

他会像平常一样做餐后散步,慢慢悠悠……当他转过那个山崖,就会发疯地奔跑。他将取出藏好的东西,然后再趴下来观望——只要没人,他就按计划向前移动,这样一直挪蹭到铁丝网下。

他等待着,觉得自己的心跳太响了,这会把一切都暴露。他想寻找那对支持的目光,啊,终于寻到了。多么清晰的笑容和目光!他又一次流出了眼泪。他的手平伸出去,伸到她的眼前。他似乎摸到了她的柔发、脸颊……"云嘉,我不知道自己在哪里——哪里呢?噢,这是在我们家,在……我的拐杖呢?你扯着我的手吧!"

他真的感到被一个人扯着手走出了屋子。他的双腿那么轻,往前迈着,像浮在空气中。还好,没有遇到一个人,他正被她一双柔软的手牵着,走啊走啊,一直走到了离场部很远的那个崖下。这时他才想起什么,马上蹲下……到处都像往常一样。他弓起腰寻找,辨别方位。所有的东西都取出了,他用一件旧衣服捆成一个疙瘩缠在了腰上。他向那些巨石一点一点爬过去、爬过去,真像一个大孩子在做游戏。

"你扯紧我的手啊!""我扯紧你的手,我扯紧……""走啊,咱们走,走啊!""你为什么老要流泪?为什么?""因为你的目光太亮了,太亮了!""走啊,走啊,快些,快些,云嘉!我们走啊,走啊……"

第 七 章

卖 锡 壶

一

"有买锡壶的吗?"

庄周一路吆喝着往前走,目不斜视。直到走出街市、村庄,一个人走向野地的时候,他偶尔还是要这样喊上一句:"有买锡壶的吗?"

一个有破洞眼的锡壶挂在脖子上。大概除了收购废金属的以外,没有一个人会来光顾。他大概也从来没有真的打谱把它卖掉。好像这只是他的护身符,一件珍爱之宝,宛如珍珠玛瑙和钻石。卖锡壶的庄周满脸灰污,衣服破烂,一双眼睛无精打采,压根儿就不像一个买卖人。他走起路来摇摇晃晃,像是趿拉着鞋子。只要他一走进村落,街道上的人就看着他,伸手指点说:

"济公……"

他像是没有听见,头也不回。整个人已经疲倦极了,一口气跑了三天三夜,困了就在沟底茅窝睡一觉,渴了就伏上洼地喝点冷水。肚子咕咕响,有时痛得满地打滚,可总能奇迹般地站起来。早晨他揉揉肚子,看看云彩里的太阳,打个哈欠继续往前。

这把又脏又破的锡壶派了一个好用场,它虽然模样不好,可总算使人有个营生可干……那天他急火火沿着一条巷子往城市东南奔跑,因为那里靠近郊区;他本想从立交桥下边钻过,可是离桥很远就看见了排成一列的警车,立刻止住了脚步。他迎着拥挤的市场往前,一直跑向南郊,随人群拥入小山包下的农贸市场。可以松一口气了,他可以化入那些混乱的人群。穿过一个卖牛仔裤的小摊,旁边是炸油糕卖羊肉串的;再往前,沿路摆开一片片灰布,上面摆了一溜又大又胖的死老鼠,这当然是卖老鼠药的……不断从悬挂了东西的绳子下面钻过,有一次碰在一个胖女人的身上,招来一顿粗骂。他急急奔走,顾不得各种埋怨。前面是一个卖柿子的,他突然那么想吃一只软软的甜柿子。他闻到了浓烈的甜味和特殊的香味。摸出了几张纸币,买了三个柿子……他嘴上沾满柿子糊,低头从黄色书摊旁边蹭过。远处的法桐树下传来阵阵喝彩,那里围了一圈人。一个四十多岁的胖男人光着上身,满是油汗和灰土,这会儿正像一只鸡那样使劲伸着脖子,脸上极为痛苦。庄周的一颗心都提到了嗓子眼儿。正这时,汉子往前探去的头颅一颤,啊啊两声,从肚子里喷出两颗鸡蛋大的铁球,上面沾满了唾液和鲜血……旁边的人热烈鼓掌。大汉身后的小丫头端着帽子收钱。庄周没有钱,不敢再看……他正挤着人空往旁边挪动,一个人就喊:

"瞎眼瞎眼!"

一个和他一样的衣衫破烂的家伙抄着手坐在人行道上,被他踩着了衣襟。那人骂过之后仍抄手低头,注视着眼前的一件器具——一把有破洞的锡壶……这人专注的神采让庄周好奇,他不禁蹲下来。那个人随即扬起嗓门喊:"卖锡壶啦……"

庄周的目光再也没有离开这把锡壶,因为他看出了这把壶装酒酒漏,泡茶茶光,什么用处也没有。真是做什么生计的都有啊。人生三百六十行,行行皆能出状元。庄周觉得这个人一定是穷途末路,或许混得比自己还要惨哪。他想自己真该买下这把锡壶。

他在身上翻找起来,掏过了每一个衣兜。后来他突然记起在棉衣夹层那儿有一个小内兜,捏了捏,里面有一张纸币。那个人瞥瞥他手里的钱,说:"五十元……"

庄周吓了一跳。

这人青筋凸起,坚持要五十元。庄周神色暗淡下来。他要走,那个人又说:"十块钱!"

庄周展开手里的纸币:一共二元零七分。卖锡壶的咬咬牙,最后站起,低头闭眼,猛一挥右手说:"也罢!你拿去吧……"

庄周把锡壶捧到怀里,像怕他变卦似的,一溜小跑离去了……他直到走开很远才回头去看,那个人正心情沉重垂首站立,好像刚刚挥泪痛别……

就这样,庄周也成了一个卖锡壶的人。他把它拴在了脖子上:好就好在它永远也卖不掉。

就这样,他吆喝着,逃离着,一直窜出了这座城市。跑啊跑啊,一直向东……为什么向东?他也不知道。

大约是三四天之后,他无意中在一个车站广场发现了一张白纸,白纸上印了一些黑乎乎的照片。好多人都围在那儿观看。他也围上去。看着看着一阵冰凉袭上身来。原来那是一张通缉布告,上面正印了自己的照片……旁边的人都看得津津有味,他抬腿就跑。

他最后的一瞥看清了自己的照片——很早以前穿西服结领带那一张。"那个家伙漂亮。"他在心里说。他不明白的是这张照片怎么会落到这张纸上?想了想才明白:大概是可恶的妻子贡献出来的。这小家伙是个叛徒!他们已经很久没有见面了。大概那些人硬要,她不敢不给吧。他愤愤骂道:"胆小鬼,可恨的东西……"这样骂着,心里热乎乎的。"我很想你,我要回去抱抱你……"他这样一路呼喊着,直到发觉自己真的在向那个城市走去,才止住了脚步。

他向另一个方向,迎着东北方的迷茫天色跑去了。

二

他不停地奔跑,几乎是一口气跑到了郊区野地。

他四处看了看,到处都是麦田。麦田中间长了一些小乔木的地方是沟渠。他走过去……沟渠是过夜的好去处,也是歇息的好地方。他穿过纤纤麦田走过去。天热乎乎的,沟渠里果然可爱,没有水,只有茅草,旁边的小灌木还落了几只鸟。它们见了他有的飞去,有的却咕咕哝哝歌唱。这个年头啊,连小鸟都喜欢流浪汉,可有些家伙却那么厌恶流浪汉,他们敌视流浪汉,作践他们、诬蔑他们,最后还追逐他们——他躺在那儿好好地琢磨了一会儿案情的原委,怎么也想不明白。自己竟沦落到了这步田地!他渴望一种自由奔走的游荡,结果步步都有羁绊。这他妈到底是怎么回事?这简直像做梦一样。

他把脖子上的锡壶"砰"地放到身侧,那声音很像一个西瓜跌在地上……事情全坏在西瓜上了。

那天早晨他们一帮没地方打工的流浪汉跋涉了一天一夜,几乎没有合眼,连水也没有喝上。那是因为他们在野地里跑得太久。本来前边的水渠里有水,他提议大家喝点水,可是那个鼻子彤红的家伙说:"眼看就到了城里,还喝这样的脏水?那里好东西多了去了!"他说得也对,大家都听红鼻子的。红鼻子肝火旺,脾气暴,说揍谁就揍谁。不过这家伙实际上是个软心肠,这一伙人讨要做工、四处游荡,出了事儿都是他一人承当。庄周跟红鼻子他们在一块儿已经好久了,他们彼此相知,红鼻子对他也很好。庄周是个识字人,免不了要随手拿几本书看一会儿,红鼻子就说:"讲讲书上的事儿。"

他们夜里睡不着,庄周就讲一些书上的故事。红鼻子非常喜欢听,听过了就搓着手对旁边的人说:"这个老庄不错,还有读书识字的贱毛病。"

庄周喜欢上了红鼻子。有一天他们穿过很长一段干河往前走,想奔到一个大镇子上。离镇子还有十几里远时,他们看到了一对"路倒"。刚开始都以为他们死了,跑到跟前一看,见是一位老太太握着一个小姑娘的手。小姑娘很小,看上去只有十五六岁,可是把她们翻转过来端量一会儿,才知道那个"小姑娘"只是没有长高罢了,她的年纪至少也有二十三四岁。他们那会儿给她们母女俩灌了点汤,待了一会儿她们就醒来了。原来她们是饿成这样。母女两人都带着一个布兜,一看就知道她们是四处讨要的人。

他们把娘儿俩救活了,又给了她们几块干粮,就走开了。可是刚走了不远,那对母女就追上来,说要跟着大伙儿一块儿走。这真是一对累赘,没有一个人愿意领上她们。只有红鼻子说:"跟上吧。"

有人要阻拦,红鼻子就说:"你妈的你让她们饿死?"

红鼻子是一个心慈面软的人。就这样,他们这一伙人里就多了两个女人。姑娘的名字叫"鸟鸟",只要吃饱了肚子就张着嘴巴笑。鸟鸟善良,没有多少心眼,眼睛不大,眉毛弯弯,但很耐端量。他们当中的一个人在夜里凑过去摸了鸟鸟一下,鸟鸟一个愣怔坐起来说:"俺就不!"她这一喊惊动了红鼻子,红鼻子搓着眼睛过来问清了缘由,一脚把那个家伙踢翻了,骂:"我日你妈!"

那个人爬起来,刚要解释什么,红鼻子又一脚把他踢翻说:"我日你妈!"

打那儿以后没有任何一个人敢打鸟鸟的主意。他们带着两个女人呼呼啦啦进城了。

"渴啊,渴啊!"他们一进城就这样喊叫。

红鼻子说：“我领你们吃西瓜去！”

一说到西瓜，所有的人都馋得啊啊叫。想一想吧，砰一下捣开一个红瓤大西瓜，然后就没头没脸地一阵好啃，让瓜水顺着脖子哗哗流下，又甜又凉又香。"大西瓜呀！"大伙儿喊着。

鸟鸟紧跟在红鼻子后边说："渴死了渴死了！"

就这样，大家流着汗一路飞跑进城。多少人端量这一群破破烂烂的打工者。老头叹息说："咳，这年头要饭的也成帮结伙了。"

红鼻子止住脚步冲他喊一句："俺进城打工，俺可不是要饭的！"

庄周知道，这一伙人在红鼻子的带领下，个个都有一股"人穷志不短"的劲儿，很刚气，肝火都多少有点旺……他们这样跑着，路边出现了一溜帐篷，帐篷旁边全都是大大小小的西瓜摊。原来这是城里的一处水果销售地，那些郊区或城里的水果贩子把西瓜运过来，花钱买下摊位，然后就经营一个夏天。

一见了西瓜摊子，大伙儿都大呼小叫往前赶。卖瓜人赶紧站起来，好像怕自己的西瓜遭到抢劫一样。红鼻子指着他前边的一摊西瓜问："多少钱啦？多少钱啦？"

卖瓜的家伙又胖又横，端着瓜刀，横着抢了抢说："远些远些！"

红鼻子不高兴了，说："你不是做生意吗？你怎么拿着刀子比比划划？你还想砍人哪？"

"砍你怎么样？砍你还不就像切个西瓜？"

红鼻子"嗷嗷"一叫，眼睛都红了。庄周赶紧上来给他们拉架。那个拿刀子的人看看庄周说："你他妈的也不是个'好蚕'！"

他们都知道这是这一周遭最厉害的骂人话。红鼻子立刻握起了拳头，庄周又拉住了他。

他们到另一个摊子上去了。所有的摊子都紧张起来。红鼻子没有注意其他，只是开始凑钱，凑好了钱开始买瓜。他们称了五六个西瓜,一伙人抱到旁边,蹲在地上大啖起来。

刚吃了几口,鸟鸟说:"你看我的瓜。"

红鼻子一看,鸟鸟的瓜坏了,发出一股酸味。他把西瓜取过来说:"你吃我的!"

鸟鸟吃起了红鼻子的瓜。红鼻子把那个坏瓜端到卖瓜人跟前,想换一个。卖瓜人翻翻眼,抄着手说:"卖出就不换了。"

庄周指指对方牌子上的字:"上面写了'保熟'!"

卖瓜的人说:"保熟不错,这个瓜是熟了,熟过了头了……"

"你讲不讲理?"红鼻子一下子抓住那个人的衣衫。那个人叫喊着,旁边瓜摊上那个持刀的胖家伙立刻冲过来喊:"这群吃百家饭的流氓,来人,来人!打家劫舍的来了……"

那人一喊,立刻有一些戴着红袖章的治安人员奔过来,他们不由分说就去踢打红鼻子。所有流浪汉手里的瓜都被踢飞了,鸟鸟哭起来,说:"妈妈,妈妈,欺负人哩……"

"把他们全给我捆起来!"戴红袖章的一个头儿喊。

庄周觉得事情闹大了,一边躲闪,一边凑到挥动拳脚的红鼻子跟前:"大哥,咱跑吧!"

红鼻子一边答应一边往后退:"跑,跑耶!"

所有的人都呼叫着"跑耶跑耶",呼啦啦往前拥。有的西瓜摊子被撞了一下,西瓜骨碌碌滚了一地。那些卖西瓜的、戴红袖章的人一块儿往前追,穷追不舍。庄周和红鼻子捡起地上滚动的西瓜往他们身上扔。那些瓜打在他们头上开了花,红色的瓜瓤从身上流下,看上去就像一个脑袋碎裂了似的。

就在他们一边打一边撤、围观的人越来越多的时候,突然听到有人"呀"地惨叫一声。

原来那个浑身横肉的胖子把刀刺在了一个流浪汉的腿上。那人拐着,还要挣脱,满脸都是求饶的神色。满脸横肉的家伙又挺刀去刺。这家伙狠毒、鬼精,不刺要命地方,只是迎着那个人的腿弯去刺。

"哎呀妈呀!他要杀人……"

流浪汉尖声大叫,红鼻子和庄周一个西瓜抛过去,把那个胖家伙打了个仰八叉。这时几个人拥上去,把受伤的人架起就跑。

他们没命地跑,一直跑到城西的一个巷子里,这才发现这一伙里少了母女俩和另一个人。

"他们肯定被逮住了!"红鼻子懊丧透了。

他们先静了一会儿,然后设法寻人。他们绕道一点点接近那个西瓜摊子,最后看到:三个人被绑起来了。鸟鸟可怜巴巴被绑成一团,正押往旁边的"治防办"。

"坏了!完了!"红鼻子喊着。

庄周劝他慢慢想办法,红鼻子暴跳如雷:"慢?再慢鸟鸟就完了!"

这天夜里他们从头合计。红鼻子主张半夜行劫,救出鸟鸟他们。他一口一个"鸟鸟",再也不能安静,也不想吃东西,总是走来走去。后来他拟定:人分两拨,从两个巷子攻进,抢了鸟鸟就走;如果有人追上来就用老法:抛西瓜狠揍,必要的时候就"损他几个"。庄周知道那是让他们吃几刀,反正我们这伙也有几个人受了伤。庄周说蛮干不如智取,主张把人分成两拨,其中一拨离近了时故意弄出响动,这样就能把那些人引出;剩下的一拨正好趁机救人……庄周嘱咐他们:千万不能把事情弄大、不要伤人,同时还提出留下人照顾受伤的人。

庄周那一天肚子不舒服,红鼻子就让他留下照看受伤者。

半夜红鼻子领人走了。庄周和受伤的人在这里急盼。他们不知道事情是否顺利……

红鼻子他们按庄周的意思,一拨人故意喊着,骂商场和"治防办"的人,结果立刻有人揿亮了手电,吵闹着拿起杆子、西瓜刀拥来。红鼻子让人故意领人往北跑,跑远了,追赶的人就停下来;他们再往前上几步,那边的再追。就这样,一直把他们引了很远,红鼻子才领着另一拨人去救鸟鸟。

商场和"治防办"的人差不多都跑空了,只留下一两个看守。鸟鸟他们果然给五花大绑押着。他们把门踹开,把看守押到一边,然后就解救鸟鸟。红鼻子见鸟鸟哭成了泪人,就问:"鸟鸟,他们动没动你?"

鸟鸟直哭。鸟鸟妈在一旁说:"哎呀大兄弟,这些畜类真不是人哪!那个胖子,就是那个带头动刀的畜类,见大伙儿都睡了,半夜里摸进来,当着我的面就来摸鸟鸟,要不是鸟鸟牙咬脚蹬,这会儿也就完了……"

红鼻子气得昂昂大叫。他让人搀上鸟鸟三人往外跑,自己说:"这便宜了那个胖狗,有血性的跟我去收拾他!"说着抓起摊子上的几把刀,有两个人跟着他呼呼往前赶。本来他们救了人跑走一点事也没有,可是红鼻子气不过,追上去找那个胖子——结果正好赶上胖子他们往回走,两方就在巷子里干起来。结局是胖子被红鼻子挑死,一个戴红袖章的来砍红鼻子,被旁边一伙人一刀捅在了肝部。

一下死了两个人。红鼻子那一伙中也有人受伤,给逮住了四个……

庄周他们正和救回来的几个人在那儿等,有个满脸沾血的流浪汉跑回来,老远就喊:

"快跑快跑,了不得了,出了人命……"

他们四散奔逃了……

事情过了很久才知道:商场和"联防办"的人把他们诬成一个杀人团伙,还把红鼻子等看成了起事的草莽。他们从拷问中得知:

这一伙人里有一位有文化的"奇特人物",名叫庄周。于是他们立刻认定:庄周才是要犯里的要犯。

三

麦田在大风里抖动,灌木鸣响,枝条碰撞出咔嚓嚓的声音,像是决斗的刀剑。庄周躺在那儿想:也许当初就不该收留鸟鸟。"谁说女人不是祸水?"他这样自语,要站起来赶路了。

重新把那个破锡壶挂在脖子上。

他扳着手指算着逃离的时间:已经过去几个月了。城里那一伙要抓他们,而且正在兴头上,连那些普通市民也知道最近出了一帮杀人狂。满城讹传越来越大,大得没了谱儿,说有一帮杀人团伙,在城里捣毁了一座商场,一口气杀了不知多少人,简直是血流成河,如今携带枪支弹药满地逃窜等等。

他站起来。大风吹着他的脏发和衣衫。我往哪里走呢?他看着茫茫四野,又看看太阳。

阳光刺坏了他的眼睛,他赶紧闭上。

他趿开步子,顺着一条长满灌木的沟渠一直往前。他这时突然想起了一个挚友,想起了一片荒野:那儿有个小窝,那儿可以让他喘息一下——那个挚友拥有整整一片园子啊!他想着想着高兴起来,高高吆喝一声:

"走啊!"

他一路盘算:多久未见过这位老伙计了?在逃亡之路上想想朋友可真是一桩乐事!我如今真的无处可去了,孤零零一个人,那些打工的流浪伙伴四散奔逃。这个时节,所有的流浪汉全都被盯上了,也许我在哪一天夜晚就会被人逮住,也许这一辈子都要奔跑在逃窜之路上,一辈子串百家门,吃百家饭,躺在野地里过夜。不错,我喜欢这种流浪生活,这是我自己的选择。可我不愿在追捕中逃亡……

　　我的兄弟，我的挚友，你相信我是一个手上沾血、心怀诡计、指挥了一场大凶杀案的人吗？我连一只小鸟都不忍杀死，真的，我的兄弟。事情总有一天会真相大白的，到那时候你就会明白。现在无论是你还是其他的朋友，或许真的会怀疑我混在那一群人里做了什么……因为我知道，从根上讲，人们对流浪汉是不信任的。他们真的把这些进城的人、把在茫茫野地上自由奔走的人看成形迹可疑的家伙……我现在要告诉人们的是，他们只是一些渴念自由、一心寻找自己好日月的人。是的，他们个个怀中揣了个不错的明天，他们眼里的好日月该是另一副样子，如果大地上没有，他们就会找个不停，一直找到天边……有人觉得他们是一些白吃饭的人，所以就看不起他们。这就是流浪汉最后要遭人唾弃和白眼的原因了。

　　可是啊，他们一边找自己的好日月，一边苦干。他们做工，做城里人不愿做的最脏最累的活儿，他们不知为人做了多少好事；他们收留无家可归的人，互相照料。他们有时候在野地里搭个窝棚，有时候连窝棚都不要，就在渠底茅草里宿上一夜。这一伙人哪，从不做什么坏事，也没给城里人添什么大麻烦。不错，他们有时候实在太饿了就不得不伸手讨要，可这是穷帮穷的事情，是大伙儿一块儿截长补短、照顾苦命人的事情。自古以来，中国外国、野地城里，哪里没有这样的事儿？这是合情合理的事儿嘛。

　　我的好伙计，今儿个我要脖子上挂个破锡壶去找你了。我的朋友！我的兄长！我们曾在一起待过了那么久，曾经大摆文明阵，争论过那么多问题，我们可算得上是真正的朋友。可是你身边的那些人，他们（至少有几个）对我并不理解，当然也不喜欢。他们不像你和阳子一样接受我。可我还是一遍又一遍念叨你，包括所有的城里朋友。我跟你说过，我有我的朋友，我跟他们一说起来就没完没了,常常是一口气说上一个通宵……我是朋友当中第一个抛家舍业走出来的人。我说过,我不是模仿那个去塔希提岛上闹玄的画家高更,不是;我厌弃原来的自己,我是一个受够了的人。

我受够了,就是这样。

走的前一天我把屋门关上,在里面苦思冥想。我明白从此将永无宁日了。我那个矮墩墩的、一天到晚唠唠叨叨心慈面软的小妻子,还以为我出了什么事儿,不停地敲门。最后她用脚踹门。家里人都围到门边来,非让我开门不可。我告诉他们没事儿,他们还是擂门。我从门缝里推出一个纸条:"正在睡觉,请勿打扰"。静了片刻,他们散去了。最后我想好,走出来。我抱住妻子再三亲吻,告诉她我要走了,我要做一个"消失在民间的人"。接着,你们知道,我就成了这样的一个人……

我一路奔跑一路打工,心里发热——我心里有一团火!我是一个不渴望被上一代人理解、也不渴望被朋友理解的人,是一个打脱牙齿肚里吞的人……我的小妻子呀,她有一次在城里看到了我,拍打我的破衣烂衫,泪水横流,问:

"老庄啊,你真是一个老庄!你这一辈子就什么也不看重吗?"

我告诉她:"我看重的东西有四个哩。"

我伸出四个手指,她一个一个扳着问:"它们是什么?"

我脱口而出:"友谊、事业、爱情、肴。"

前三样她并不陌生,最后的一样反而让她有点疑惑。她想知道什么是"肴":这在当地就是用六十年老汤煮出来的一种肉。那些有名的"肴店"总是备受欢迎,无论是高官还是黎民,都要经常光顾"肴店"。她的眼睛瞪得像两颗葡萄一样圆:

"就是那种老肉?老汤熟肉?"

我点点头:"是的,不过它们在这儿还代表了我所喜欢的一些东西,我也讲不清楚。"因为我心里明白,我用"肴"来代替前三项所不能包含的一切,它们全是自由自在、合乎性情的东西,可以代表一切的嗜好。我觉得"肴"是——真正可以享受的那种人生。

在这么多年的周游中,我真的知道了"肴"是多么重要。我依然重视友谊,这点你们都不会反对;那么事业呢?我做了一个流浪汉,这也正是我自己的事业。我也不想隐瞒我的爱情。我寻找着崭新的爱情,巩固着刚刚找到的爱情;我的爱情极其宽泛又极其狭窄。我只说我爱,我爱,我永远地爱!我拥有许多人难以比拟的爱情。还有,如果搞到肴,我总是不失时机地大嗪一气……

四

庄周往前追赶。他进了村落从不躲闪,因为他相信村落不是城市。在这里,流浪汉人见人爱;而在那些城市,许多人只崇尚假斯文。他们喜欢板着面孔的人、结着领带的人。反正城里至少有一半人对流浪汉小心提防着,活像流浪汉在昨晚上刚刚偷走了他们什么东西似的,比如偷走了一只鸡——好像城里人真的拥有许多漂亮的公鸡母鸡似的。实际上那些芦花大公鸡、黄颜色红颜色、羽毛长得说不出有多么好看的大母鸡,只能养在这些烟囱冒烟的、挺好的一些小村庄里。城里人多可怜,他们连一只好看的大公鸡都没有。小村庄的老婆孩子一大堆围上饭桌,喝甜甜的稀粥。他们从不嫌弃流浪人。咱叫一声"大叔大婶",他们就高兴得咧开白牙笑,把你让进家门。家里虽然没有肴,可是有煮红薯,有蒸豆角,有一大锅玉米饼和老咸菜。老咸菜滴了香油,用筷子一拌,吃一口香喷喷。睡在他们家的大热炕上,又打呼噜又打嗝,有时候一翻身就碰在人家孩子的肚皮上。农家孩子的肚子滑溜溜热乎乎,软软的。在深夜里摸一摸这些娃儿的肚子,手指头在肚脐眼那儿徘徊再三,多么幸福!人哪,不过上流浪汉的日月就永远也不知道人世间还有这样的幸福!

我的好兄弟,久已不见的挚友!我巴不得把这一切经历、这些年来的奇遇用一整夜的时间向你诉说……不过风声渐紧,我亲眼看到,连小村庄里的人也给弄得惊悸不已。他们瞪着眼睛看电线杆上新贴的纸片。识字不多的老头用食指点着,一边吸烟一边念:

"该犯身高一米七八、眼皮耷拉、留长发、口吃……该犯性情悍暴、厚嘴唇、说话带东北腔儿……"

这些词儿从他们嘴里念出来,并不显得多么吓人。不过我知道还是躲着点好。从一个村庄跑到另一个村庄,最后又跑到海边野地——一走进这个地界就觉得空气清爽,浑身舒坦。天哪,这是老伙计做"大庄园主"的地方啊,我觉得自己快到家了,就要有一场好吃好睡了!可是,可是事情有些不妙了——因为我又看见了那些"便衣"、那些穿了制服的人在四下里打转。

我一眼就能看穿一个便衣!我的腿有点发沉。慢慢走,绕着树棵儿走……一点一点打听,找小娃娃打听——小娃娃个个纯洁,他们还没到算计人的时候;再不就打听姑娘,漂亮的姑娘心眼好,她们呀,总是喜欢脏兮兮的男人。当然了,她们不会跟我这样的人亲热;不过漂亮姑娘总有一根娃娃心肠,她们喜欢看热闹,也不愿骗人。就这么着,我一路打听,老远就看见了那个园子。瞧多么漂亮啊,一溜白石头桩子,嘿,你把园子侍弄得多么好!还架起了密密的篱笆围子……

狗汪汪叫,我听见了。我真想高高吆喝一声:"老宁——"不过我还是忍住了。我知道那可不是闹着玩儿的事。我得绕着小树棵儿往前挪蹭,要知道这年头什么事儿都有,说不定你那里也正吃紧,说不定好多人都知道我跟你是旧交。那些逮人的家伙会千方百计在那里算计我和你——就像那些猎手在野地里顺着兔蹄印子下的套儿和皮绳扣,小兔子再灵俏,吧嗒吧嗒走过去,吭哧一声,皮扣子把它勒住了!到那时候任它怎么挣、怎么蹬,还不都是无济于事！这就等着人家叼着烟斗不慌不忙地把它收拾起来哩,它的小腿乱蹬了一宿,皮也破了,毛也脱了,全身无力了,就让人家头朝下提着,噌一刀杀了扔进开水锅里。

我可不愿做那样的小傻兔子,哼哼,我是庄周。

我先蹲在树棵里四下看。没有人了我才跑出来,击三下巴掌。狗又叫了,然后一个老头儿出来。我说:"有买锡壶的吗?!"

我嚷一声又一声。我等你出来。

你一定会出来。我等着,等着。嘿,你出来了。我脖子上挂着锡壶——可能这模样太可怕了,你第一眼竟然没有认出。这使我又难过又高兴,我知道你可不是扔下要饭棍打要饭人的白眼狼,你是个男子汉。不过你的脾气也有点怪,常常让人不可思议。你长得个子高高,精瘦——模样挺帅,怎么听说见了漂亮姑娘就躲呢?这可不好!你那会儿开始端量我了,老长时间才认出来,这就说明那些想逮我的人只凭那张结领带穿西服的照片找人,算是瞎了眼。

我可不愿当那个被皮扣套住的小兔,还是小心点为好。我一路操着外地口音。这些年来我学会了那么多流浪汉的口头语,但不是黑话,"一个人吃饱了全家不饿""大叔大婶围着炉子稀里呼噜喝粘煮""好长的面条,像大闺女的头发!一家伙搭到大腚下边儿……"再不就是:"娶来的姑娘到嘴的馍,管你搂来管你摸";还有:"女戴环,男戴套,满街都是大盖帽儿";还说:"大叔有没有本事,大婶满肚子是数儿"……就是这一类巧话儿、场面上说不出口的话儿。可是我知道,一个肚子里装满这种话的人才是一个有劲的人。老伙计,这会儿该认出来了吧?

嘿,认出来了。你的手开始发抖,你的眼睛四下睃哩。天哪,难道这里真下了皮绳扣?我在灌木丛中蹲下来,四下瞥。我是让你给弄紧张了。你大概也知道了我的案子,显然也看到了那些布告;不过你一定会知道我是冤枉的人。我真想大喊一声:"我是好人啊!"可我不敢,你也不会让我喊出来。

在那儿蹲了一会儿,我终于清清楚楚了,我突然明白了——你不想收留我。对,你有你的难处,你是个诚心诚意的好人,你是怕我落到皮绳扣里,更怕皮绳扣的这一端把你也拴上。

我明白了,但是我没有眼泪。我只是慢慢转过身去。

这时候你让我等一等。你离开了一下,回头很快取来一沓钱。

我看着那沓钱,怎么看怎么别扭。我尽管当时那么需要钱,我身无分文。

但我还是谢绝了。

谢谢你,我的朋友。我走了,我的家在野地,因为我是野人庄周……

路　遇

一

在这之前,尽管庄周躲躲闪闪、担惊受怕地从城市到乡村、从乡村到城市,千里辗转,颠沛流离,但心中仍然安放了一块坚实的东西,慌忙之中还有一丝沉静藏在了胸间。他想到了自己的爱人和挚友,身上交织着他们的目光。他觉得自己没有被这个世界遗弃,尽管处于被追踪被围堵的境地……可是惟有那一天,当他从老宁的茅屋旁跌跌撞撞离开、站在一片杂树林子里回头遥望那片模糊的田园时,心中却泛上了一种冰凉彻骨的被遗弃感。

他不曾想过,自己在这片荒原的一角竟会如此慌张,好像突然走到了枝叶凋零的肃杀初冬。多么可怕,蜂蝶远去,鸟雀敛迹,只有从树隙里透出躲躲闪闪的目光。

这片东部平原真的拒绝了他。他站在杂树林子里,在那一刻,他清清楚楚地感到了这一点。这是不能接受的,因为这是他的挚友——挚友的茅屋。他仿佛失去了最后的净土。别了。

他有一阵觉得全身都在颤抖。他迎着那座茅屋的方向凝视了很久,然后转身向东走去了。

他不再奔跑,因为刚才的一瞬好像耗损了全部的力气。他只想慢慢走下去,一直向东,走到花岗岩小山那儿,去山隙里找一处可爱的草窝歇息,然后再接近那些散落在河套里的独立小屋。在那里他或许可以找到充足的食物,养精蓄锐,安一下神,然后设法向南——从那儿向南的几百里远将是步步登高,一直走向有名的鼋山山脉。也许在大山里活下来并不太难。

他与另一些流浪汉不同的是,除了一把锡壶什么也没有了。原来他还有过一个帆布挎包,一个油乎乎的小布卷,里面包裹了一些旧衣服,装着搪瓷缸和剩下的一点干粮和火柴等杂什;可是由于急急奔跑,慌张之中把什么扔掉了。帆布包里还有十几元钱,那是卖掉珍贵的收获赚来的钱:有一次他和几个人在山口上干掉了一个野物,把最好的一块肉烤熟吃掉,剩下的就到附近一个村子里卖掉,分到了十几元钱。现在一回忆起那块烤肉就馋得发慌。他不禁又想起以前对爱人说过的那"四种东西":友谊、事业、爱情、肴。

现在特别缺少最后一种东西。没有了"肴",什么都没有了。他咂着嘴。好长时间没有吆喝"卖锡壶"了,只想着吃东西。他忍着阵阵饥饿。

天快黑了,既要考虑投宿的事,又要考虑怎样吃上一顿可口的饭菜。走到那个小山包的下坡地上,那里有一条小小的沟渠,弯弯曲曲,是被大雨季节的山落水冲刷而成的一道溪水。溪水落向谷底。顺着小溪往前,发现这些溪水清澈,蛮可爱,而这样的水在那片平原上就极其罕见了——那里连年干旱,溪水都不见了影子,剩下的只有河沟里臭烘烘的淤泥湾和龟裂的河床……

他想有溪水的地方就有人家。他估计对了:只走了一会儿,他就看见有四五户人家簇在一块儿。从这儿判断,不远处——山岭的另一边,还会有比较集中的一片小房屋。因为这四五户人家不可能脱离更多的人单独生活在这儿。这些小屋里会有一些心慈面软的老人,那些五六十岁的人,特别是老太太们,总是那么慈祥。"无论是年轻的女人还是上年纪的女人,女人就是女人,我歌颂她们就像歌颂母亲。我见了她们总是长存奢望,啊,只有她们才能免除我的孤单……"

他心中发出了长长的吟叹,一边走近了那些小屋。

迎面第一座小屋,矮矮的土墙围起的小院扫得干干净净。从门缝望进去,这儿多么可爱啊。院子东墙边堆了一些干花生蔓和红薯蔓,让他立刻想到了香喷喷的花生和甘甜的红薯。一个上了年纪的女人坐在那儿,拿着一个簸箕抖动着。他拍打着院门说:

"大娘大婶,给点吃的吧!"

他看见老太太把簸箕放下,拍拍手上的土走过来;但她没有立刻开门。

"俺饿了,走到这儿,想喝口水吃点东西,可怜可怜没爹没娘的孩儿吧!"

说完这句之后,他从门缝里看见老太太又往前挪动了一下。老人原来是一双小脚,由此他判定她的年纪不小了,大概足有七十多岁。从年龄上看,她可能是最后一批裹足的女人了。凭经验,最后一批裹足的女人是这几十年里最优秀的一茬母亲。他心里颤颤的,希望这个母亲施与食物。他低头抄手,闭着眼睛。

门"吱扭"一声打开了。老人似乎被他吓了一跳。他睁开眼时,马上看到了一张慈祥的脸。

老人回身时说一句:"你等着啊!"

看来她并不想让他进屋。他就在那儿站着。一会儿老人端了一碗热水和一块地瓜、一半窝窝。他把它们接过来,捧在一块儿,咕咚咚喝下半碗水,然后又将一块地瓜吃下去。那半块窝窝在他手里泛着金黄色,让他看得比金子还贵重,先试着沿边咬了一圈儿,然后再喝一点水。

这窝窝真香啊,他觉得像吃过的最好的点心。他蹲在了地上,后来又坐在了门槛上。

他吃的时候,老人就站在那儿看着。他吃得很慢,剩下的一点水似乎不舍得喝完。他小口喝着。这顿饭他吃得太慢了一点,老人就一直站在旁边。他把碗还给了老人。

老人问:"饱不?"

他咂咂嘴,迟疑着:

"饱……了……"

老人把碗放回屋里,回来时见他还坐在门槛上,就说:"你这孩子还不紧着赶路!"

庄周抹抹眼睛,觉得眼睛被什么东西迷住了。揉了一会儿,眨巴眨巴,还是不对劲儿。老人就在衣襟上擦擦手,过来替他动动眼皮,吹了吹说:

"你这孩儿,怎么整这么脏啊!"

庄周心里热乎乎的,他在那一刻真想抱住老人的手臂。他说:"老妈妈,我赶了老远老远;我是个没爹没娘的孩儿啊,出来混事,吃不着东西,也做不上活计,困哩累哩……"

庄周尽可能用当地话说给她听,他知道只有这样才能使她听得明白。

老人听了果然拍着膝盖说:"这年头啊,富的富死,穷的穷死,流浪娃儿越来越多了。"

天越来越黑。老人让他歇着,自己去忙手里的事情。那时庄

周坐在那儿想:我如果能到屋里歇上一宿该有多好啊,即便不成,我在这门旁的草垛子边上歇一宿也好啊。他端量着,后来对老人说:

"让我到草垛边上睡一夜好吗?"

老太太一听眼窝立刻湿了,说:"你这个大孩子,可怜见的,就屋里来吧!"

二

那时庄周就像得了大赦似的,一蹦而起。他身上沾了很多草屑,头上也有草屑。他就顶着这些草屑走过去。老人给他仔仔细细把草屑摘下,叹息着;好像她刚刚发现他脖子上那个破锡壶似的,问他干什么用?

"俺捡了一把锡壶,想把它卖掉……"

"咳,这才能卖几个钱哪,都破了。"

庄周没有吭声,进了里间屋。小屋比从外面看要宽敞一些。一个大土炕,一些很陈旧的柜子,还有两三个大陶缸。屋子里没有别人,屋顶的草被熏得油黑油黑。墙壁上没有抹白灰,而是用旧报纸随便糊了糊。墙上还贴了一些隔年挂历,挂历上大半是些缺衣少衫的女人。他看着,觉得这些女人尽管有些疯浪和浅薄,但她们露出的肌肤还是楚楚动人。他在心里说一句:"多好的东西呀!"

刚躺下,老人走过来指指墙壁说:"这都是俺那娃儿贴出来的。"

这让他知道她有个儿子。

老人说:"他这会儿就在南山打工。他在那里淘金、开矿,隔些日子回来一次,带回一点钱。他爸死了,就俺娘儿俩过活了。"

老人把炕收拾了一下,说那是她儿子回来睡的。"弄得真脏哩。"她让庄周先歇,然后就动手去做饭了。她烧了一点米汤,蒸了干粮和咸菜。庄周喝完热粥又吃了一点咸菜。

老人把炕烧得暖烘烘的。不知为什么,他总想流泪。好久没有这种感觉了。他在游荡的旅途上多少次投宿农户,也常睡这种热炕;可是今晚面对着这个头发花白的老太太,却泛起一种从未有过的感激。这与他时不时涌出的那种被遗弃感混淆一起,让其不能忍受。他背过身去,不想让老人在烛光下发现晶亮的眼角……如果你说自己是个不会泣哭的男人/那还为时过早/如果你说自己是个不会双手颤抖的男人/那还为时过早/如果你说自己是个冷漠的男人/那还为时过早……

他的双手蒙住了脸。他记起了一些歌颂玩世不恭的男人和女人的诗章。它们太多了。是的,不必寻找,到处都是。有的人干什么都无所谓。地球就像一座草屋,说不定明天就会坍塌。可是人心呢?它们又将存放在哪里?破烂不堪的大地也要有个心的居所啊……我们太贫穷了,我们简直一无所有。可是我们的心还是那么执拗,它仍然坚硬得像块顽石哩。

老人摸摸热炕说:"你困了,早点歇息吧。"然后就回自己的西间屋去了。

庄周躺在炕上,这热炕炙得他凉透的身子骨又温暖起来。多么好的夜晚啊。这一夜里我又有福了。这夜色的山谷埋藏了多少奇怪的、让人的一生只可以遇到一次的美妙和神秘。你刚刚感受了冰冷的逃亡,你刚刚还在绝望之路上挣扎,可是一转眼你又拥有了最珍贵的东西。谁说你是个没爹没娘的孩儿?你看看这个夜晚吧,母亲刚刚离去,刚刚离去……他伸展着身子,后来又幸福地蜷起。他自我娇惯地用双手抱住躯体。他突然想起自己四十多岁了,已经是一个老大不小的男人了。刚才母亲的声音还响彻耳边,她在说:"你这个孩子……"

庄周的嘴唇伏在了被子上,像在用力亲吻。他发出了"哦哦"

的声音。我啊,我能做点什么?为这样的老人,在这样的山谷,我能做点什么?我寒碜而又贫穷,真像是一个百无一用的人……

这个夜晚他感到了一阵又一阵的羞愧。这神秘的夜晚啊!茫然四顾,全是夜色、夜的声息。他闭上眼睛就能感到那茫茫的、遥无尽头的混沌。"曰遂古之初,谁传道之,上下未形,何由考之……"他在心中描绘着大诗人屈原的形象,浮现了一个脸上打皱的奇怪而倔犟的老人。嗯,屈原就是这个样子。他想把这个想象的诗神供在心中。"何为诗神?惟有屈原!"他记得有些城里人用一种半通不通的、稚气可怕的伦理学去贬低诗神。这会儿他不知道该怎样评价那些人;想了想,他认为那些人像"吃屎的娃娃"。他明白一个人坐在家里就可以找到杜甫和李白,找到岳飞和辛弃疾;可是如果不走到田野上,不敢做一个落魄鬼,就不可能找到心中的诗神。一想到屈原就要想到歌,如同一想到黑夜就会想到混沌一样。而一旦想到歌,他就要想到那个居在海边的老宁:这个人还推崇法国诗人瓦雷里呢!一个读不懂法语的人如何迷上了瓦雷里?看来语言的阻障也挡不住天才的万丈光芒。他至今还记得老宁说过的另一句话:"艾略特总没有错……"

庄周在这个夜晚问自己:他怎么就"没有错"呢?

问不出,又想夜色,想母亲。母亲哪,我要为您编织一首最好的歌。我要把关于您的歌携向远方,它将是我的护身符……庄周觉得今夜他是依偎在母亲的怀抱里了,就这样发出了香甜的鼾声。

不知过了多久,不知夜晚染得多么浓黑,反正他后来是被一阵粗暴的敲门声给惊醒了。小小的院门一下又一下被拍打,让人胆战心惊。庄周一下从炕上弹跳起来,紧紧裹着被子。他听见老人在西间屋里划亮了火柴点灯,接着端灯走到了中间。

庄周不知是冻还是害怕,哆嗦着嘴唇小声问:

"老妈妈,怎么回事?"

老人面容安详,尽管屋里没有风,她还是习惯地用手挡住灯苗。她对庄周说:

"不要紧,你躺着吧,这是查夜的民兵。"

庄周更紧张了:"为什么查夜?"

"隔三差五,上村的民兵就要到这儿查夜。因为上面布置下来,说要提防坏人从外面流窜过来……"

庄周明白了。他在心里骂:见鬼!

敲门声一阵响似一阵。

庄周把灯火从老人手里接过,放到了灶台上。他一动不动地瞅着老人。老人后退了一步。他把头伏到了老人肩膀上,他们这样靠在了一块儿。

"你这孩子,大半是犯了事的人吧?"

庄周松开老人,点点头:"老妈妈,不知你信不信,我背了个大冤屈!"

老人一声不吭。她看看他,又看看夜色。犹豫了一小会儿,庄周身上都出汗了。

时间一分一秒过去,外面开始呼喊了。老人端着油灯,一手扯着他,走到最东面的半间屋里。原来那里有一个大紫穗槐囤子。她把盖子揭开,里面空空的。她让他藏进去,然后又合了盖子,往上边丢了几件破衣服。

老人到他睡过的炕上去了,然后拖拖拉拉往外走、开屋门,喊着:"谁呀?"

她又去开院门了。

三

庄周不知道那些搜索者的目标是否包括自己;如果包括,如果仍在追逐与"西瓜案"有关的逃亡者,那么他们究竟是以那张通缉告示为准还是有了更新的了解？一切他都不甚清楚。如果他那帮流浪朋友被捕并准确地描绘出他的形象，那就很危险了。由此他又想到了乔装改换，觉得只有这样才不失为一个聪明办法。但后来又想，他所能做出的最大改变就是丢掉一个流浪汉的全部外在特征——理发、换衣服；不过这一来又靠近了他那个衣冠楚楚的照片上的形象。

看起来一个落魄的形象和一个道貌岸然的形象都很危险；那么一个"卖锡壶的人"呢？一个到山里打工的人呢？一个疯疯癫癫的傻子呢？他不知该将自己划为哪一类才能赢得一种最大的保险系数。

他知道自己这一次算是真正进入了一种逃亡生活。自从城市逃离，投入到荒野的一天，他就在经受一种无形的追逐；而今天，他要躲避的却是更为逼近的危险，是真实的追捕。他发现这个世界上的好事之徒太多了。大概他们都活得太寂寞，他们总要追逐，总要制造逃亡……这使他想起了某些狩猎者的嗜好。

那个夜晚他藏在囤子里，听着外面一问一答。那些背枪的年轻人白天忙了一天，晚上竟然还有热情挨户搜索。他们询问着，声音里充满了警觉和傲气。老太太平静得就像大地，几句话就把几个嫩毛打发了。他们的脚步踏得地皮咚咚响，可见这些人吃得饱睡得好，浑身都是力气。他们的肉体是健康的，可惜长了一副蠢猪脑子。由此他觉得这个世界是如此难以挽救：那么多的猪脑子将会非常容易地把一切都毁掉。他那一刻真想追上去告诉他们：你们怕这怕那，可是你们想过没有？你们最需要警惕的只是自己的脑子！

他多么感激老人，他真想一生都服侍在老人身边；可是他知道，自己既没有这样的机会，也没有这样的命运。他的命运就是浪迹一生。这会儿他不由得想到了更早时候这片土地上的那个传奇人物徐市（福）——一个借口为秦始皇采找长生不老药一去不归的

"方士"。这个家伙当时率领大批五谷百工、童男童女东渡瀛洲,终于远离了嬴政王的长剑。当年的东海瀛洲还处于石器时代,于是那个掌握了现代技能的徐市在那里颇讨来一些便宜。他不仅使一片苍凉蛮荒之地迅速进入了弥生时代,他自己还变成了一位统治者,最后可能还变成了一个"神"。关于他的传奇不仅源于东部沿海的传说,而且载于了《史记》,刻入了"正史"。

比起秦代的徐市,后来的一切逃亡者都有点背运……

终于要与老太太分手了。这一刻他真想给白发苍苍的老人跪下,可是他没有。他曾经发誓一辈子都不屈膝。可是除了这个古老的、既质朴又极端的礼仪形式,他简直没有任何办法能够表达自己内心的那份感激和敬佩之情。后来,他伏到了老人肩上,紧紧地拥抱了老人。他抱住她,觉得她的身体那么瘦小。老人哪,瘦得皮包骨头,体重大约只有六七十斤。在松开老人的那一刻,他在她的耳边轻轻吐出一句:

"妈妈……"

接着他转过身,再也没敢回头。泪水在眼眶中旋动,他擦也不擦。

走啊走啊,我这个没爹没娘的孩儿,我要走向何方?

他顺着河谷一直向上。当他看到又一个村庄的轮廓,就远远地绕开——直到村庄消失了,甩在身后了,他才顺着谷地继续往前。几十年前的雨雪、冲荡而下的激流切割出这道河谷。这河谷滋润了多少生命,汇集了多少生命。很早以前这里有鱼虾,有人泛舟;这里滋发孕育了一种文明——就是这一道道源于鼋山山脉的河谷冲刷出了东部平原。这是水的力量吗?是的;但这更是时光的力量。

面对着这些沟壑和苍茫一片的山岭,庄周总是泛起难以抑制的激动。他真想面对着这一切把心中淤积吐个净尽,可是另一种欲望又立刻压迫了他。他想深深地潜藏心底,就像时光的神秘都潜藏在这重重叠叠的大山、这浩瀚无边的土地海洋之中一样。藏下吧,藏下吧,将一切都深埋起来:痛苦和欢乐、不可解的怪异、人心的委屈、目击的一切……心怀一己的生命所感知的一切隐秘走向终点吧。人要理解宿命。宿命这个词儿重复了千万次,可我还是没法儿把它当成一个俗物扔到沟里。只有这个奇特的词儿才能表达我要表达的一切。宿命,一切都是宿命。在这个"一切"面前,自己与别人的挣扎和奔突也就显得可笑而且必然。

越是往前,那种凄凉和孤独无援的感觉越是强烈。但他只能往前。

不知走了多久,快到黄昏时分,他发现前边有一个颤颤的人影——那么小,简直是蠕动在弯曲的小路上。

黄昏的天色里,人影显得太小了,很像一头迷失了的羔羊。他觉得那头"小羊羔"——从背影看很像一个儿童,正如此奇怪地独步荒野……他不由得加快了脚步。

终于接近了那个背影。前边的人缓缓地转过脸来:天哪,是一个女人,一个三四十岁的女人。她长得瘦小极了,这让他马上想起了鸟鸟——那个不幸的招祸少女……但只要稍微端量一下就会发现,她比鸟鸟可要俊俏多了。

庄周被她的目光一下子给钉到了这条弯曲的小路上。他一动不动了。

女人越走越慢,最后停住了脚步。她嘴唇哆嗦,黑黑的两只大眼看着他。他明白了,这是个流浪女人,也是孤孤单单一个人。她竟然像自己一样,临近夜晚却不去寻找那些村庄,而是绕开河谷踏上小路,上上下下翻越陡坡,让荆棘划破衣衫。庄周嘴唇动了一下,没有说出什么。他在好好端量她。这个姑娘三十多岁,像许多流浪女人一样,骨骼小小的却并不太瘦。她的头发没有光泽,但十分浓密。额头有了浅浅儿道皱纹。最引人注目的是一双眼睛:又圆又大,黑白分明。她的腮部出奇地红,小巧的下巴,略厚的嘴唇。她提了一个花布兜,穿了紫花上衣,浅色小碎花裤子。庄周不知怎么张大了嘴巴,话语急促,好像变得语无伦次。他很久没有这样了。他说:

"我认错了,我以为你、你是鸟鸟……"

女人不好意思地瞥他一眼:"什么鸟啊兔的!"

庄周一下放松了,说一句"走吧",就转过身往前走去。那个女的跟在后边。

庄周想:他不能走得太快,他想让她跟上。后来他们竟在路上搭讪起来。庄周于是知道了:她真的是一个流浪女人——过去不是,可现在是了……

原来她的哥哥到山里打工,好久没有回去了,她就出来找他。找啊找啊,怎么也找不到。就这样,她游荡了一年,再后来就生了病。庄周仔细端量,觉得只有一个词儿、一个俗词儿才能概括她:面如桃花!

她是一个病人吗?他不信。可是后来他才发现,稍一走快她就呼吸急促,胸部一起一落。

她喃喃着:"我走急了就要憋气,我累,累得喘不上气……"

庄周着急起来:"你真的有病吗?"

"真的。"

"那我们慢慢走吧……"

四

他们一块儿野炊,在一个山坳里吃了饭。姑娘的花布兜里有一个小小的铁锅。他们用这铁锅煮了姑娘身上带的一点米,然后又采了些野菜丢进去。姑娘还带了一小包盐。女孩子就是周到,庄周想。他去搞来柴火,趴下身子吹铁锅下的火。米饭的香味飘起来。一个小个子女人守在旁边,庄周觉得这一天过得无比美好。下面的路他们还要一块儿往前——他终于记起了一个极其重要的问题:你要到哪里去?姑娘说:"我想翻过大山再往前,回俺老家去。也许我走不回去了,不过我一定得活着回去,回俺老家去。"

庄周顿时觉得她那么可怜。他没有再问。天完全黑了,从半山腰往下望,可以发现沟底那些稀稀疏疏的灯火,那就是村庄了。庄周知道这个姑娘要到下边去找人家投宿。他想无论如何自己是不会进村的,但他可以把她送到村边,再一个人退回山谷。他只想找个草窝宿它一个夜晚。后来他试着问了问,令他惊讶的是:姑娘一个劲摇头。

"你不到村子里去过夜吗?"

她点点头。

"为什么?"

姑娘不答。

庄周说:"要知道山里有野物,很危险。半夜又冷,再说——"庄周没说出的意思是:一男一女两个在一块儿,那会很不方便的。可是他没有说出。

姑娘说:"我不下去,我才不去,我怕他们欺侮我。以前……"

她吞吞吐吐。庄周终于明白了,可能以前她投宿的时候有人欺侮过她。怪不得啊,怪不得她走路都要绕着村庄,她是怕人哪!多么可怜的一个姑娘。他很想问一些她家里的事情,但发现她很沉默,非常沉默。

夜里,庄周费力地寻找适合过夜的地方。他找了好久,后来还是姑娘首先找到一个地方。那儿不错,长了几棵大杨树,树下有茂盛的绿草和上一年留下的枯叶,踩上去非常柔软。就这样,他们相距很远躺了下来。

直到半夜庄周还没有睡着。他发现那个姑娘已经睡了。天有点冷,庄周不知怎么想起了那个老太太给他烧的热烘烘的炕,一种颤颤的感激一下从心底泛出。他蹲起来,一声不吭地看着睡去的姑娘。姑娘平躺在那儿,真像一只小鸟。他想起了什么,把身上那个脏脏的棉衣脱下来搭上去。他的动作那么轻,姑娘终于没有惊醒。他从旁边揪了一些干草,揪了一堆,慢慢地把身子拱进去。后来他也睡着了……

醒来时太阳已经升起很高了。那个姑娘早一点醒来,正坐在一边看他睡觉,眼里是感激的神色。庄周醒来,搓搓眼睛:

"哎呀,该做饭了!"

正好有这么多干草。他们又找来一点干树枝,用石头把那个小铁锅子支起。袋子里的米已经不多了,庄周就从旁边多采了一些野菜。姑娘说:

"大哥,我还不知道你的名字。"

庄周告诉了她。庄周没有问她的名字,可是姑娘却主动说:

"我叫'言言'。"

庄周问:"哪两个字呀?"

"俺不知道。"

庄周明白了,她不识字。他说:"那就太阳'冉冉升起'的'冉冉'吧——你看,这时候太阳正好升起来了!"这样说着,他心中也升起了红亮温热的、像太阳一样的东西。"冉冉,冉冉!"他不断地这样叫着,招呼她吃东西。冉冉突然想起什么,赶忙把披在身上的棉衣还给了庄周。她已经看了好长时间只穿一件衬衫的庄周了——她觉得这个人真结实,后背真宽。

庄周说:"我也是到南边大山去的,就让我们一起走吧。"他这时候想到的是:一男一女两个人走在一块儿,形同夫妻,这样就会打消一些人的疑虑。想了想他又说:"有人问我们,我们就说是从老家出来一块儿打工的,就说是兄妹俩吧,这样少些麻烦,你说好吗?"

冉冉一笑说:"最好了!"

庄周那么喜欢和感激她。他在心里承认,这个流浪女无比美丽。"我总是遇到无比美丽的女人。"他在心里说。很奇怪,一转眼的工夫就爱上了一个人,而且动了真心。庄周抚摸了自己的胸部一下,想:我才不会闹出什么来的,我是背运的汉子,我感激一切好人哪!在这逃亡之路上,在这遭到遗弃的没爹没娘的孩儿面前,出现了一个如此美丽的女人,还有刚刚告别的母亲一样的老人——这一切又意味着什么?天哪,我就是这样得到了神灵的偏爱,这一点我将永志不忘。真的,不忘哩。

接下去的夜晚,他们同样是找了一个地方躺下。睡到半夜,庄周觉得什么在活动。后来他醒了,发现冉冉紧紧拥在了他的身边。他觉得浑身滚烫滚烫。"天哪,冉冉!"他用手梳理她的头发,把她搂在怀里。冉冉的两手推动着他的胸脯,说:"我冷,我也好怕。你睡着了,你不知道有什么野物在山里叫,还有什么刷拉刷拉往这边跑,可能有长虫、有鳖什么的……我不知道。"

庄周安慰她:"不要怕,不要怕,你知道这荒郊野外夜晚里什么动物都有。你不要害怕,你真的怕吗?"

"我真的怕!"

她一个劲往他怀里钻,身体哆嗦得厉害。庄周这才发觉她的头发已经被露水打湿,浑身冰凉冰凉。一阵从未有过的爱怜和巨大的冲动,使他一弯手臂就把她勒在怀里。他用体温去温暖这个手脚冰凉的姑娘。

"冉冉,冉冉……"

就这样,他抱着她。庄周觉得自己全身都胀得无法忍受。他咬着嘴唇,嘴唇都咬破了。后来他竟然不顾一切地把嘴唇压在冉冉的额头上。冉冉张大嘴巴去迎接。他们久久地吻着。"我的哥哥,妈妈让我出来找哥哥,我找到了,你就是我的亲哥!"

"好妹妹,我找到了我的妹妹,你就是我的亲妹妹。我们真的都找到了,找到了。我早就模模糊糊觉得会有这一天,我就是这么一个命。老天爷把你推到我跟前,也把我推到了你跟前。冉冉,冉冉……"

他的手急促地抚摸她的周身。再后来,大概是到了最后的时刻了,他们听见了山谷下的雄鸡鸣唱,看到了东方那一溜鱼肚白。庄周的动作猛烈起来,她终于往旁躲闪。他就再次用力把她勒紧了。冉冉久久吻他,吻他的手,吻他的全身。庄周说:

"冉冉,冉冉……"

"我多么想要你哥哥,尽管你是刚找到的哥哥,可我看出你是最好的人。我多么想要你。可是啊哥哥,你不要碰我,我有病……"

"我不怕!"庄周说。

"我真的有病,我怎么也不能——哥哥,求求你,我有病……"

庄周不顾一切地用头部把翻身坐起的姑娘顶倒。冉冉哭了……庄周像一头猛兽一样。后来冉冉一下咬在他的肩膀上,庄周叫了一声蹦开,肩膀上流出了红红的血。

冉冉大哭起来。

庄周立在那儿。冉冉把头拱在了他的胸部。

冉冉说:"哥哥,我是害怕,我对不起你,我真的有病啊……"

最后的叹息

一

庄周从此有了一个结伴而行的人,也有了一个真正的拖累。

他再不可能撇下她独自往前了。他甚至怀疑,没有他,她能不能翻过那一架大山。

后来的日子里他才明白:冉冉真的病得很重。她一再地催促庄周:"大哥,你走吧,我会连累你的。你让我自己往前挪蹭吧,我能走多远算多远,你还要忙自己的大事哩。"

庄周一声不吭。后来,她老要催促他走,庄周就火了,大声说:"好了,别说了,就这些吧!"

在他的呵斥声里,姑娘哭了。哭过之后她一句话也不说。庄周有些后悔,说:"你不要生气,我是好意,我不能离开你。你不是讲过,我们就像兄妹一样吗?在你找到哥哥之前,我无论如何不能离开你。"

冉冉每到了下午时分就要发烧,烧得很重,这就使他明白为什么她总是全身打颤。那个时候她一句流畅的话也说不出,总是浑身哆嗦。她的病加重了。她开始告诉庄周自己的身世:原来她患了很重的血液病,实在挨不下去了才送到医院里。为了治她的病,家里的东西差不多全卖光了。后来,她的哥哥听说东边有了金矿,在那里淘金洞子挣钱多,就出来了。开始的时候他每个月都寄钱回去,她就用这些钱治病。在医院里住了好几个月,眼看着身体一天天好起来,能下来走路了,饭量也增加了。可也就在这时候,哥哥不再寄钱来了,连个音信也没有了。妈妈打发她出来找哥哥。她带了很少一点钱就出来了,因为治病把钱都花光了。先坐火车,后坐汽车,再后来差不多能看见大山的影子了,就一步一步往前走了。谁知道翻一座山不是,再翻一座山还不是。遇到许多打工的人、流浪的人,还有村子里的陌生人。他们给她吃的,帮她,还让她宿在家里。她说永远也忘不了山里和平原上那些好心的大娘大婶、哥哥姐姐;说她来世里变成牲口也要去报答他们,还他们的恩情。她说着说着就大把鼻涕眼泪往下流。她说也有那么一些畜牲、一些狼,他们不知是从哪里下来的,也不知是不是山里的人,成帮结伙来欺负她,往死里折腾。她说自己有病活不久了,他们不信。还有的说:"反正活不久了,快活一天算一天吧!"他们有一回把她拉到一个山洞子里,在那里没白没黑地折腾,然后就跑得没有影儿了。"我在山洞里一步也动不了,后来爬着,爬到了河边,我想喝点水。在那个洞子里我死了也没有一个人知道啊。就这么我爬到了河边,喝了点水。后来是一个好心的大娘到河里洗菜,把我给救了。我在她家里住了几天,有了点力气这才走出来。就这样,我现在又染上了一种'脏病'。我知道自己活不久了……"

庄周看着她又瘦又红的面颊,知道这是疾病折磨的。庄周说:"你必须马上到医院去,一点也不能耽搁,再也不能耽搁了。我会像你哥哥一样,设法给你找钱。我想把你送到这个平原上的一所医院,然后再去找钱。等你的病治好了,我会把你送走,好吗?"

这样说时,庄周的主意已定。他突然觉得自己有了一个最大的、最有意义的事情可做了。他甚至忘记了是在一条逃亡之路上。他全身的血流都变得滚烫,冲撞着一颗良心。他低下头说:"冉冉,请原谅,原谅我原来的躁性蛮性……你知道,我是真心喜欢你,你能够原谅我的过失吗?"

冉冉亲吻着他的脸颊:"你的样子脏,穿得也破烂,可你比那些打扮得光光滑滑的人好上千倍,你长了颗干干净净的好心。我那一会儿就看出了你是这样的一个人!大哥,我如果病好了,就下力气侍候你一辈子!"

庄周很久没有哭过了,几句话让他流出了眼泪。他第一次明白了什么才是"患难之交"。他读过多少书,经历了多少惊心动魄的故事,可是这些故事在这个患了重病的、全身颤抖的姑娘面前,一下子失去了它们的魅力和色彩。他把她扳在胸前,抚摸她干涩枯黄的头发,又在密密的发际上亲吻了一下。

"好妹妹,会有那一天的,我等着。"

庄周在那一刻清清楚楚知道,他对她的这种期望、这种爱,绝不是由一种怜悯派生出来的,而是极为真实确切的。她身上有着某种绝对不可取代的柔弱、深情和细腻,还有那种真正的淳朴,是这些在吸引他。更重要的,他们是一对志同道合的流浪人,他们不会因为所谓的"幸福"和别的什么,走进那种死气沉沉的生活。他们会一起沉迷于流浪;就是说,他们都不会忘本。他们不会蔑视那些流浪打工的人,不会蔑视那些身无分文却常常是兴致勃勃、干劲十足的人。

说起去医院里治疗的事,姑娘退缩了。"大哥你不知道,这要好多钱啊。我得的是血液病,还有,我又添了'脏病'。也许我今生都不会好了……"

"怎么能这样讲呢?你肯定会好!你的这些病在我眼里都不算什么!"

姑娘摇着头,泪水在眼眶里旋转。"我遇上了你,真是福分。我最有福了。可是大哥,你不知道,你该快些跑开才是。我这病医生告诉除不了根,能治好的十个里面一个都没有。"

庄周一次又一次打断她的话,鼓励她。他觉得在逃亡之路上遇到的,是多么神圣的事业和工作!他想:我不是帮她,而是在帮自己。在这种携手奔走、互相依偎的旅途上,我找到了真正健康的、永恒的生活。是的,让我把它继续下去吧!

庄周劝说着、鼓励着。后来冉冉终于同意了。

他搀扶她寻找医院。

平原上最大的一所医院在远处那个海滨小城里,其次就是条件较差的乡镇医院。他们决定先到乡镇医院,一有机会就转入小城、到更远的大城市……

他们走了好几天才来到一所镇医院。这儿算是离山区最近的一个医院了。他们走不动了。这所医院只能做一些比较简单的治疗,可是他们只有在这里维持一段儿,然后再设法走开……庄周计划:这里能使冉冉稳定一段时间也好,那时他会马上和她一起乘车回城。他要让她像自己的妻子一样,办好住院手续,在那里安安静静待下来,然后他再重返山区……他真的会不顾一切地挣钱,然后把钱寄到她的身边。

一想到这个计划他就感到幸福,感到身上的力量。他明白了,长久以来那种惆怅无力差不多都是来自一种茫然无定的生活。他没有目标,没有目的,不知要做什么,也不知做这些有什么意义。而现在他明白了,他做这些的目的就是为了挽救一个姑娘,她美丽、淳朴,而且她让他在路上一下子就爱上了。多少年了,他没有发现自己有过这种冲动和爱。还有,她的确是一个需要别人帮助的人,她正在死亡的边缘徘徊哩。

可是到了医院他们才知道,他们身上连一点挂号的钱都没有。好不容易找到了医院的头儿,头儿说:"要治病就得掏钱,这里是不赊账的。"

头儿啰啰嗦嗦讲了在这儿治病的民工、周围村庄那些病人,说医院也曾经大发慈悲,救人要紧,先治病后要钱。结果病人躺在床上一个多月,花了几千元,后来病好了一转身就跑得没了踪影。"我们医院到现在为止已经赔了十几万,这个小医院怎么赔得起呀!"

庄周说:"我回家取钱,你们先给她治着点,人在这儿躺着总跑不了吧!"

头儿看看他:"你是她什么人?"

"我是她哥。"

"你们是哪里人?"

这一次是冉冉回答:"俺是大山那面的平原人。"

头儿说:"就是啊,你们是外地人。外地人跑了更没法办。以前跑掉的都不是本地人。本地人好说,我们可以把他找到……"

庄周从来没有急成这样,他揪着自己的头发,拍打着身体。他踉着脚跑出医院的大门,看着远处稀稀落落的村庄、房屋和远处的山影。后来他下了一个决心,回头告诉医院:他要领着自己的妹妹先到村里投宿,等凑够了钱再回来。

二

他领着冉冉上路了。他想到了一个人,想起了老宁。他将把冉冉放到那里,如果能找到足够的钱,那么立即携上她到海滨小城去。"老宁,我可不要你的钱……"他这样咕哝着,往前急走。可是刚走出几里远又站住了。他突然又想到了老宁那个黄昏紧张的神色,想到了茅屋四周可怕的沉寂……他猛地拍了一下头:自己正在逃亡……无论是那个茅屋还是海滨小城,自己根本不可能再去那里转悠。他看着冉冉疑惑的眼睛说:"我们不能到那里去……"

他们于是很快改变了方向。他们走得越来越慢了,因为他们这会儿已经是一对没有归宿的人。走着,想着,庄周一时没了主意。他不知该走向何方……他知道自己要做的事情有多么难,即便去打工,也不可能马上拿到钱,而说不定要到一个月之后才得到第一笔钱——这一个月冉冉怎么生活?

他说出了自己的忧虑。冉冉说:"你放心走吧,我们只要约下一个碰头的地方就行。你知道,就是没有遇到你,我还不是一个人活着!"

庄周没有别的办法,可又不愿把她一个人扔在这儿。万分焦急的时候,他突然又想起了那个山谷里的老太太。这使他立刻抬头辨析方位。

那道山谷就在东南方的那座山岭下边。可是他在犹豫。他不知道该不该再次打扰那个老人——尽管这样想着,还是牵着她的手往那儿走去。

傍晚时分,他们终于又摸到了那个山谷。顺着谷地往前,一会儿就看到那个矮矮的小院落了。他又在犹豫。

"你在这儿有个亲戚吗?"

庄周摇头又点头。

"这儿是你的什么人?"

"妈妈,啊,不……"他摇头。

离那个小院落只有一百多米了。他们坐在灌木丛中,盯着院门出神。小房子又冒出了炊烟。他们这样久久呆坐,不吭一声。天越来越黑,小院的轮廓也模糊了。庄周咬了咬牙,扯着她的手说:

"走吧!"

他牵着她的手一直走到小院跟前。拍着门板。出来开门的脚步声响起来。庄周激动得浑身打抖。又是那个白发苍苍的老太太出现了。她开了门,马上"啊啊"两声,往后退开几步。

"老妈妈,是我,还记得吗?"

"是你这孩子呀!又转回来了?屋里来吧!"

庄周又从身后把冉冉牵了出来。老太太更加吃惊。"这就是我的妹妹,我失散了很久的妹妹,我把她找到了。我想把她送给您看看。"

老人拍着膝盖:"老天长眼哪,老天长眼哪!你兄妹俩都是苦命人哩。快进来吧,进来吧。"

他们在老人的身边待下来。

冉冉的病好像好了一半儿,腿脚轻快地帮老人收拾东西、做饭。老人问长问短,闲下来就握着她的手端量,抚摸她的头发,说:

"哎呀我娃儿,好哩,你这闺女真长出了个模样,就是身子骨太小了……"

"大娘,俺身上不太利索,有病,等俺病好了的时候,俺要把你当成亲戚走动。"

老人笑了。她多长时间没有这样高兴过了:"我娃儿,俺有个男娃,比你大些,也许就和你这么大。他在山里做活。俺那娃儿勤快、壮实,是个好娃儿哩。"

冉冉没有吭声。她知道所有的老人看见自己喜欢的姑娘就要想到儿子。冉冉的眼睛转过去寻找庄周。庄周正在那儿用斧子给老太太劈木头。他干得全身冒汗,头发梢上都冒着热气。

晚上,庄周和冉冉又睡东间屋那个大炕了。老人不停地往灶里填柴草。他们俩紧紧地抱在一块儿,午夜之后还在说话。他们在夜里约定:她就在这儿等他,他很快就会出门搞到一笔钱的。庄周说只要肯下力气,在大山里挣钱并不难;他听人讲过:有人在这儿拼着力气挣一年钱,然后回家盖起很大很大一座屋呢!庄周把脸伏在了冉冉胸部,觉得自己第一次找到了这样的归宿感。他觉得自己的命运一下子系在了这个萍水相逢的女人身上,这在过去是绝对不可理解的——它在那些城里朋友眼里又该作何评价呢?不知道。他只知自己独身一人的日子、抛却世俗的日子已经很久了,而且今后也将义无反顾;一瞬间决定的关于命运的事情,总是极有意义,也总是难以反悔——弃家出走,结交那些流浪朋友,这一切他从没后悔过;而这一次……他不知该怎么说。他把脸久久贴在她的胸前。

这天黎明,他们约好:她一定等待,他很快就会返回。就这样,庄周把一个害了重病的姑娘托付给一位最好的山地老妈妈。他告诉老人:他要到山里去一趟,少则二十天,多则一个月,他一定会回来的。

老人收留了他的姑娘。

三

庄周直到踏上了南山之路还在琢磨：他是否可以用另一种方法搞到钱。他想得很细、很多。比如说，他可以从那些流浪朋友手里借到一点钱；如果在过去，这是再容易也没有的事了，因为他深知那些破衣烂衫的朋友常常可以搞到很大一笔钱，他们除了打工，还有各种各样的办法，虽然那些真正的流浪汉从不取不义之财。除非万不得已，这些人不会单独投入打工的队伍，因为所有这样做的人几乎都没有太好的结果。他们发现来自四面八方的打工者有着极其特殊的等级观念，尽管这些人也含辛茹苦地工作，可是有人对来自另一方的流浪汉总是不太信任，有时简直不屑一顾。在一些人眼里，陌生的流浪汉是一些懒惰的或精神有毛病的人，他们来劳动的同时一定还在打着另一些奇奇怪怪的主意。有人特别怕来路不明的流浪汉趁机偷东西。因为的确有极少数流浪汉在他们赖以生存的那个环境里犯了大忌，被永远地逐出了那个地盘，他们迫不得已才出来打工。总之关于流浪汉的千奇百怪的误解到处都是。

庄周最后的思绪停留在那个海边朋友身上。那儿是海滩平原，本来是一个最好的藏身之所，可惜如今不成了。那个黄昏离去时，老宁拿来了钱。自己为什么要拒绝呢？这时他有些后悔了。为什么要拒绝？不知道，反正那时候，或许还有现在，他都要拒绝。用这种方式刺激自己的朋友吗？他没有那样想过。可是现在他如此地需要钱，如此地需要……他终于明白了，即便是好朋友之间，人也仍然没法放弃自尊；即便是在逃亡之路上，人也没法放弃自尊。原来它是埋在心底的至为珍贵的东西，它一直在那儿执拗地抵抗着。贫穷、苦难、友谊，无论是什么都不能剥夺它。眼下，不仅是它在阻止自己走向那个茅屋，还有更可怕的事情：他决不愿把一种危难带给自己的朋友。由此他在想:宁可经受更大的侮辱、困苦和皮肉之苦,经受不可忍受的伤痛,也要凭自己的双手去奋力赢得!这真好像是冥冥之中的一种使命。他要凭自己的劳动、他活下来的力量,去挽救一个不幸的女人。她受过侮辱,于是他越发把她看成自己的同类。"被侮辱与被损害的"——蓦然间他的脑海里闪过了这样一句话。是的,正是。

他还想起了城里的朋友,想到了阳子那一伙。一点住院费,一点押金,回城筹集当然不成问题。不过有了海边茅屋的那个黄昏,他明白自己再也不该到城里去了——他不该在此时此刻走近朋友。就是这样。他很固执。朋友、真挚的友谊、纯洁的东西,这一切决不可在逃亡之路上、在人生最为窘迫的时刻里去寻求它们的庇护。他觉得自己的自尊之树任何时候都没有像现在这样,在心田里长得如此茁壮高大。也许有人从根上误解了自己,将其当成了一个胡言乱语、狂妄和没有节制的人。他们错了,他现在越发认定他们错了。如果在过去,他可以把她扔在一个医院里,然后撒腿就跑;那时候她就成了一个无依无靠的人;他会希望医院大发慈悲,带着委屈挽救一个生命垂危的人——他将在远远的地方观望。他那会儿会安慰自己:这是迫不得已才耍了一个花招——对不起了,你们对一个流浪汉还要怎样?对一个生命垂危的流浪女人又能怎样?可是现在他明白:这一切都行不通了。这个世界啊,别人的心要比你硬得多。一切都离不开钱,没有钱就没有一切。过去讲"时间就是生命",而现在却说"时间就是金钱"。连"时间"都变成了"金钱",那还有什么不能在金钱面前屈服呢?时间可以让一切都屈服啊。我可以对其发出一万声诅咒,却没有能力抗斥金钱的魔力。眼下我就不得不屈从于它,向南,步步登高,迎着那些险峻的大山走去。

什么活儿最苦最累?什么活儿挣钱最多给钱最快?他不停地

这样问着。

他终于打听到了淘金队。路上的人说:"你过了砣山,到西边去找那些'敢死队'吧!"人们把从南方来的淘金者叫成"敢死队"。所有到他们包工队里去做活的人一个月可以结算两次,那些人可算是最舍得给钱的主儿了。不过在那里干活等于玩命,那儿几乎没有任何安全保障,钻洞子不过是蒙头往里猛跑、猛干。镐头、钻子、炸药、拖车,每天打交道的就是这些东西。洞子里随便什么东西都可以把你干掉,磕破了皮就流血。每个人对付的都是坚硬的石头啊……

庄周却无比欣喜。他高兴极了,手舞足蹈地往前。他开始唱歌,唱那些谁也听不懂的流浪汉之歌,迎着人们指点的方向直奔而去。他在心里说:"我寻觅的就是这样的机会、这样的地方。冉冉,你有救了。我要去开金矿,我要去钻金洞子!"

就这样,他差不多是脚不沾地奔跑了两天,翻过了高大的砣山,接着就听到了四下里响起的隆隆炮声。那儿简直是开始了一场战斗。远远就可以看到冲腾而起的一股股烟柱。他想:怎么在地表放炮呢?问了一下才知道,那是一些零零散散的采矿者,他们要在裸露地表的矿脉上掘坑,而那些"敢死队"却要找一个矿脉露头,然后斜着往下打洞……

他绕着零零星星的炮声往前。这里到处插着一些小旗,问了问才知道有旗的地方就是最危险的地方。到了一个山坡上,当他看到一个个帐篷、一座座简陋的小房子时,就知道卖命的地方到了。不过,他在这些帐篷旁边仍然问:哪里玩命最狠?哪里给钱最多?哪里交钱最快?

"这是个直爽主儿!"一个老太太说。

她在那儿搓衣服,用嘴巴噘了噘前边。

抬头看去,那是一个小板房,里边大白天还亮着灯。他敲敲门

进去,见三五个人正在打扑克。他说明了来意:

"俺是来挣苦命钱的!"

一个人放下扑克牌:"该不是抓一把就走的主儿吧?"

"我如果手不老实,咱们当场立约,抓住了,把手给我砍掉。"

那人哈哈一笑,取一支烟点上:"你说得倒痛快;不过说也是白说,要能抓住,还愁没法整治?怕就怕抓不住你们这号的。上一次来了一个家伙,长得跟你模样差不多,干了七八天活,偷走了好几千块钱。几千块在俺这儿不算什么,可是俺没把那个小子的手剁去,自己的手就痒得厉害。"

旁边一个大胡子一边出牌一边说:"还费那个劲啊?剁手还得溅一身血。抓住他一把推到旧洞子里得了……"

庄周反复解释他不是那样的人,后来干脆照直说:自己家里人病了,没有钱治,他是急着出来挣钱的,险活累活都不怕,只要快些挣钱把人救活就行。

四

庄周加入了"敢死队"。

他觉得自己像一只大土拨鼠那样,打一个滚儿就钻到了地下洞穴里。他从来没到过这种地方,觉得这里真像连通的坟穴。哗哗的淌水声,走路声,吆喝声,吭吭哧哧的憋气声,凿石头的风镐声,响成一片。他被工头领到最顶端,然后给他一个大个的、不停抖动的风镐说:"来吧伙计,有力气就按住猛凿。"

他一用力,那个风镐的一端吭吭凿他的身子,另一端就凿岩石。他觉得就像一个壮汉在不停地用拳头捣自己似的。它一捣,他就用力地按住,它于是就要不停地狂跳,一下一下轰击他胸脯上的肌肉。他不停地骂着,骂声被它巨大的轰鸣全部盖住了。他在骂:"你这个王八蛋,我要一口气把你凿穿,你这个王八蛋。你这么乱蹦乱跳的到底是哪里出了毛病？我日你祖宗,你妈的！我让你偷懒,你妈的！你妈的！我这个没爹没娘的孩儿遭七七四十九难也要把你凿透啊！你妈的,我是没爹没娘的孩儿谁也不怕,我就是来对付你的！你妈的,你妈的,冤有头债有主,我这个没爹没娘的孩儿奔到天边也要把你逮住！你妈的！我让你乱蹦！再蹦！"

他骂着,唾沫飞溅,以此来抵消说不出的那股拗气。所有的骂人话、粗话,早就跟那些流浪伙伴们学成了。那时候无论他们高兴还是愤怒,总是撒开丫子在野地里一阵狂奔,一边跑一边骂。有时候他们在秋天的原野里骂着跑着,一脚踢出土里的红薯,然后一个猛子扎过去,就像在海里潜水一样,把半卧在土里的红薯捡起来,在袖子上擦一擦,咔嚓咔嚓咬起来。流浪汉的头儿喊着:"老天爷饿不死瞎眼野鸡,咱大睁着眼,个个都是大活人,怎么就会饿死了呢？日他奶奶,见了好吃物尽吃尽拿,哪个敢惹了咱伤了咱,咱拿块大石头把他的头砸破,让他死。""死呀,死呀！"大伙儿喊着、跑着。这不过是在兴头上说出来的大话罢了,其实他们见了村落、见了一群一群的人,都要小心地躲开。他们不惹任何人,只有到了空旷的野地里才高兴地大呼小叫一会儿,这样会觉得身上轻松,从里往外热烘烘的。他们最高兴的时候就是吃饱了喝足了,躺在太阳晒热的白沙上七仰八叉睡上一觉。"哎呀,好热呀,好舒坦呀！"那时大伙儿都这么喊。晒了一会儿,他们又开始脱下破棉衣抓虱子。"虱子这东西呀,是穷人的贴身宝物,没有虱子的人就没有人味儿。尽管咱这么说,俺逮到你还是要咔嚓一下把你整死哩。小日子多舒坦,不愁吃,不愁穿,愁个什么哩？啊？愁的是没个媳妇搂上打转转！"

流浪汉的头儿总是扬着手四下里问和喊。年轻的流浪汉蹲着腿,把沙土蹭一个大坑,一边蹭一边笑嘻嘻地说:"有个女娃搂搂就好了。俺上一回进城,见了个城里女娃戴了眼镜,脸像发面馒头那么白哩,穿了花裙子,高跟靴子在街上一走一颤巴、一走一颤巴。吓!腰上还捆了个电镀裤腰带。馋死俺了,馋死俺了!"大伙儿哈哈笑。接上又有人讲起了荤故事。有人问庄周:"你这辈子搂抱过不少好娘儿们吧?"庄周粗声粗气地说:"天天搂抱!"领头的一拍膝盖:"坐着飞机吹喇叭,想(响)得高!"没有一个人相信庄周的话,因为他们都不知道庄周的身世。庄周就是那会儿学会了像他们那样挠痒:把衣服解开,五根手指弓起来使劲地挠,发出"剌棱剌棱"的声音。这种挠法真舒服啊,只有最粗糙的皮肤才能发出这种声音,也才能享受这种挠痒法……这样的日月啊!这样的好日月啊!

庄周抱住了风镐,想的全是那样的日月。风镐不停地抖,他就用力把它固定住。他说:"嘿!你抖哩,你抖个狗!你就是俺怀里的娘儿们,你越抖,俺越搂哩!搂住你,叫你抖,叫你抖!嗯,俺按住了,像按住一头小肥猪。奶奶的,我日你妈,嘿!你再抖,你再抖!"

他用拳头把风镐的一个地方砸了两下,发着狠,咬着牙,干得越来越带劲。旁边一个人竖着手拇指说:"嘿!来了个古怪东西,脑子兴许有毛病,喊着干。嘿!好大力气,好东西。回头该告诉头儿脑儿,给他加上工钱……"

只有后边一句话庄周听得清楚,他哇哇大叫继续干起来。有一个更小的声音在他心里嘀咕:"冉冉啊,小姑娘啊,说不定跟上我一口气走到头的老婆子啊,钱来啦,病好啦,两个人走到老再也不做'路倒'了。说不定咱相扶着往前走,吃了上顿不愁下顿,高兴了就可着嗓子唱小曲儿,困了拱到草窝里就睡。有了钱割一块花布,给你做个小棉袄,穿上在雪地里打滚儿也不冷。冉冉哪,你这会儿怎么样了?听老妈妈的话,帮老妈妈做点小活计,老妈妈好啊。你伏在她怀里,身子一缩,还不就成了她的娃?老妈妈好哩,闭了眼跟她拉呱儿吧。夜里点上油灯,东拉西拉,拉到热闹地方就嘿嘿一笑,心里就不会有愁事了。你找了个好妈妈,我替你找的。热乎乎的大炕,尽睡尽睡。你只管好生等我哩。你哥,不,你男人这时候手里抱着个摇头摆脑的家伙凿大山哩。只等把大山凿透的那一天,呼啦一家伙,金子就涌出来了。这金子啊,是狗头金,晃得人眼也睁不开,我抓起一块就跑,一口气跑到你跟前,往你怀里一推,你就该笑哩。笑眉笑脸抱着它,一块儿去医院,有病怕个啥?金子一扔,什么病还不得吓跑?只等你治好了病,头发上有了光亮,浑身上下软绵绵胖乎乎的时候,咱搂起来就睡哩。那时候说不定咱还在窗上贴一个小红花,在门上贴一对小春联。咱在荒山野地里搭这么一座小草庵,圈个小院,再养一头猪和几只鸡。囤里的粮吃完了,鸡也下了蛋。咱高兴住这草庵就住,不高兴住就一摆手,沿着大山和平原、沿着大河套子一顿好跑。跑啊跑啊,跑它一辈子,练出个好身板好腿脚,听它一路好故事。热热闹闹,热汤热水。不过呀,冉冉,你可别问来问去,琢磨我的来历、问我的身世。我什么也不讲,跑出来就是跑出来了。跑出来的人就是没爹没娘的孩儿了。我不是城里人,我不是城里那个小窝的人,我是我自己,是光棍一根,吃百家饭串百家门的人,是一个哩哩啦啦唱歌、走到哪儿都能混上一顿、然后就扯着嗓子喊'卖锡壶'的人。一个锡壶卖上一辈子,卖到云开日出的时候。那一天,咱就把那个锡疙瘩'吭哧'一下扔进山沟里。你别问我的来路啊,千万别问;你只要知道我是一个知冷知热、牵上你的手往前走的好男人就成了。"

就这样,他咕哝着,满口白沫;他嚷叫的声音谁也听不清,因为风镐的呼叫太大了,它遮去了一切话语。

就这样,他喊着、凿着,两手像卡住了心中的敌人似的,卡住了风镐的把柄。

五

一天又一天过去。后来他就问打工的:"还不发钱吗?"

打工的说:"后天,后天。"

"天哪!了不得了,后天真要发钱了!"

发钱的人手里提一个木盒,喊着号子。打工的人都走上去,一人一沓。临到庄周,一交给他,他就把那一沓花花绿绿的票子狠狠地捏住,捏住之后回头就跑。他的举止把大伙弄愣了,因为没有一个人想过这人会这样。后边有人醒过神来,喊:

"你往哪跑?回来,你这个狗杂种!"

庄周什么也没听见,撒开丫子往前猛跑。

跑啊跑啊,一口气翻过了前边的一个小山包,然后又钻进了山坡前边的一些苇丛里。苇丛里有一对野鸡在叫,它们被突如其来的人吓得"扑棱"一声飞开了。野鸡飞远了,庄周躺在它们刚才高兴的地方,这才把手里的票子松开。钱票被他的汗濡湿了好多张。他一五一十地数起来。

"天哪,说起来没有人信,五百五十块!"

他琢磨这么多的钱怎么办?揣在衣兜里?不保险;藏在头发里?那当然也不行。路上遇到强盗怎么办?他想来想去想得好累。后来,他决定把这五百五十元分成几沓,一沓放在靴子里,另一沓藏在短裤里,然后用一根草梗捆住。剩下的一沓最少,他就把它们装在了内衣口袋里。就这样,他才撒开丫子往前赶。走在路上,他觉得身上一点力气也没有,他明白了,所有的力气都使尽了,所有的力气都变成了这五百五十张票子啦!不过他还是高兴。他哩哩啦啦地唱着,登上高高的河堤往前走。他像一个胜利归来的将军,差不多完全忘掉了会遇到什么凶险。就这样走着、走着……

第二天,他翻过了最高的一座山,开始跨过鼋山的分水线,往北麓走去了。走在一条小河边上,他看到一个人蹲在那儿,很专注的样子。他觉得很奇怪。过去他遇到人总是绕开,而这一回他心里高兴,就迎着他走去。原来那个人在钓鱼。他身边一条鱼也没有,可是他仍然在那里钓着。天色将晚,四周再无一人,他觉得孬好也是一个伴儿,就蹲在那人的旁边搭讪着。那个人不吭声,脸色铁青。庄周说:"伙计,你怎么一个人跑这么远,捣弄这东西?"

那人瞥瞥他,勉强一笑说:"馋了。"

庄周觉得有趣。他就看着他钓鱼。他想亲眼看他怎样把一条鱼从水里拽出来。可是这会儿那个人就问了:

"你做什么去?从哪里急匆匆赶回来?你该不是在那边打工发了大财吧?"

庄周拍拍胸脯说:"你算看出来了,咱就是在那里打工的人。不过发财嘛,可谈不上,做得不久嘛……"

谁知他这话刚刚说完,那个钓鱼的人就把钓竿从水里拽出来。他一看奇怪得很,那线绳上根本就没有拴钩子。怪!他立刻想到了"姜太公钓鱼"的故事。

"嘿嘿!"他望着那个脸色铁青的人一个劲地笑,而那个人却把长长的钓鱼竿像旗杆一样抱在怀里。他钓竿的尖顶上还绑了一朵鲜红的荷缨。这荷缨在高空里晃动了几下,只一会儿,旁边就传来了刷拉刷拉的脚步声。庄周一看,有四五个人从茅草棵里蹿出,有的一露脸就张大了两手。

他大喊一声:"不好!"撒腿就跑。就在他刚刚挪动脚步的时候,那个钓鱼的人一下子伸出绊子把他给撂倒了。他的嘴巴磕在了地上,磕出了血。

"妈呀,匪徒!"他喊着爬起,刚想跑,那几个人上来把他按住了。

"慌什么伙计?"钓鱼的人说,"你自己凑上来的,不是吗?"

庄周说:"我瞎了眼!"

"哪能这么说?"钓鱼人和颜悦色,"伙计们凑到一块儿,互相帮忙,你发了财,也不能眼瞅着别人受穷啊!见一面儿分一半儿,是不是？来来来,咱看看……"

庄周眼看急得牙齿都快咬碎了,他跺着脚:"就不！就不！"

那些人就把他按住。他给按得牢绷,一动也不能动。他们把内衣口袋里的一点钱掏走,又全身按按摸摸,说:"还有没？老实说。不老实,一拳把你捣死！"

庄周说:"没哩没哩,明人不说暗话,就这些,尽拿,尽拿。"

他们都站起来,拍拍手,叫着:"霉气哩,就这么点东西……"

庄周说:"没事了,我走了。"

庄周转身就走。可是也许他走得太轻松了,引起了别人的怀疑,几个人复又追赶过来,一下子把他按住。

庄周说:"还要怎么？还要怎么？"

那个年老的人重新在他身上搜起来,什么也没有搜到;刚要松手的时候,那个老人突然笑嘻嘻地捏了捏他的下体。庄周大喊一声:"羞煞我也！"他想用这一声叫喊来蒙骗对方,谁知那个老者心里明白了,让人把住,"呼"地一下把他的裤子脱下,接着又把他的短裤给揪下来。那一沓钱也被取走。

庄周发出了哭声。实际上他一滴眼泪也没流。他说:"哎呀我日你妈,好狠的心,人心都是肉长的呀……"他这样喊着,连自己也感到奇怪:在关键时刻怎么有那么多流浪语言脱口而出？最后他们总算把他放了……

就这样,庄周仍在心里庆幸。因为鞋底下还放了二百多块钱哩。他在心里赞扬起自己来:"妈呀,我真有心眼儿！"

…………

撒开丫子跑啊,不歇气地跑啊,庄周一个劲在心里念叨:快！快！快回那个小屋呀,快去找她们娘儿俩呀。他这时候已经完全认定了母亲和女儿在那个小院里等他。他的眼窝湿了,一颗心噗噗跳。只有在这个时候,在渺无人迹的荒山野地,他才明白做一个无爹无娘的孩子是多么痛苦,而一份有着有落的生活又是多么甜蜜。"跑啊跑啊,我这就奔回那个小院去……"

他翻过一道道丘陵,然后直奔那道河谷。不知跑了多久,身上的衣服都被汗水湿透了,风一吹,顺着硬硬的衣领灌进去,一阵冰凉。

好不容易才找到那道沟谷。他开始遇到稀稀疏疏的行人,他们都在谷地一侧,从那三三两两散落在坡地上的房屋里走出,向这边指点着,吆喝说:"嗬,这个人一阵好跑!"他们惊讶地看着他,因为这时候庄周的衣服已破碎得不像样子,它们在风中飘动;还有那长长的又脏又乱的头发,远远看去十分怪异。他们伸手指点着,有人还用双手做成喇叭向这边喊一声:

"喂,伙计,你怎么啦?"

庄周头也不回,充耳不闻,只在心里大声吆喝:"俺是野人庄周哩!"他不敢喊出声音,不敢把自己的名字报得山响。

跑啊跑啊,跑啊跑啊,他在淘金洞里、在路上,特别是天黑下来的时候、一个人静思默想的时刻,什么都忘记了,可他惟独记得那个在逃亡之路上遇到的姑娘。冉冉,为什么我一下子拥住了你再不放开?你又矮又小,温温吞吞,两只小手像猫爪搭在俺的肩上。你两眼又大又亮,看得人心慌。俺庄周一人吃饱了全家不饿,满山遍岭痴跑,什么人没有见过?什么事没有经过?怎么单单就迷上了你搂住了你?你挣呀脱呀,你往哪里跑?你忘记了这荒山野岭上,咱才是一路人。顺着这个念头往前想,他觉得一切的一切都不算什么了,都有点合情合理、有滋有味。他觉得再大的苦楚也能够忍受,也不会抱怨。他甚至想:有一天,当那一场天大的误解把他罩住了,他真的成了那场凶杀案的要犯被擒住时,在严酷的刑罚之下他都不会抱怨。他什么都会熬过去,因为他要一声连一声喊着冉冉的名字,那样就会熬过去。

就这样想着,他伸出手来往前猛地一按一推,呼叫起来:"苦命孩儿,多好的姑娘,快伏在俺身上,让俺亲亲小嘴儿。哎呀我苦命的病娃,咱生生死死都在一条路上了,俺这辈子也不会嫌弃你、扔下你,俺要领着你一溜小跑翻过南山。跑啊跑啊,哪里的日子滋润咱往哪里跑,哪里的人缘好咱往哪里跑。咱专找流浪汉成群结队的老窝,回到他们脏乎乎香喷喷的大铁锅下边烤火。饿了就舀一碗米汤,锅里有地瓜、山药、花生,还有没剥皮的毛豆。呼噜呼噜喝上一碗,浑身冒汗,躺下搂巴着呼呼大睡,直睡到日头高照、野鸡呱嗒呱嗒叫——这时候抖抖破衣裳,找个水洼把眼睛抹一抹,眼就睁开了……"

他咕哝着,哈哈大笑。他差不多看见了冉冉一抿一抿的小嘴,看见了她在风中撩动的长发。他又小声咕哝出来,像一个不停咀嚼的老鼠。他咕哝:"好闺女,天下没有走不通的路,也没有治不好的病,要紧是你得咬住牙,只要能到医院里去就什么都成了。钱不够咱还有法儿,要紧是先躺在小白床上让他们给调理调理。等你病好了,身子壮了,咱无牵无挂一起沿着大河比着劲儿跑。你跑累了我就搋上你,背上你。天黑了咱就找个背风的地方,扒开草窝钻进去,直睡到大天四亮才出来。那些早起上山做活的人看见咱,咱也不用怕。他们会问:'哪来两个草娃?'咱就答:'俺是两口子,也是兄妹俩,一辈子就靠吃野物活命,靠喝山落水解渴。大鱼大肉不嫌腻,野菜草根也能嚼。俺想趁着天暖在这草窝里生个小娃,搂抱在怀里吱哇乱叫,就像黄鼠狼欢欢喜喜得了一窝小崽儿。你说说,那时节咱该是多么欢喜。'"

庄周这么咕哝着,周身滚烫,一点感不到疲累。

六

他老远就看到那个河谷里的小屋了,然后就伸出了长长的双臂,像是要一下把它搂到怀里一样。就这么两手伸着跑过去,一抬手就擂那个热辣辣的小门,脸早就贴在了门上。

院子里是脚步声。他等不及了,他一声连一声地嚷。院里的人喊:"就来了就来了!"是老妈妈的声音。

老妈妈开了门,庄周一下子扑过去,抱住了老人。老人伸出手在他后背上拍打着:"我的孩儿,你可回来了,快进屋看看闺女,她水米不进了……"

庄周"啊"了一声,扑到了屋里。

冉冉昏睡在那个热乎乎的大炕上,头发像麻绺一样散在四周。她枕着一个油渍渍的小枕头,闭着眼睛,夹出一溜整整齐齐的睫毛。她瘦了那么多,颧骨凸出来,脸上的红晕也没了。庄周不敢大声叫她,怕惊醒了她的甜睡。他把耳朵对上去听了听,那呼吸呀,真是比猫儿还细。他小声咕哝:"冉冉……"

他不知做点什么才好。他掀开薄薄的被子看了看她的身子。她和衣而眠,蜷在那儿。她真是比一只生下几个月的小羊还要小。她赤着脚,脚上没有袜子。那双脚啊,老皮苍苍。不过它们简直像一对手掌那么薄。他捏了捏她的脚,吃了一惊。这双小脚呀,凉得像冰。他又去摸她的手,那手有点热气,可是上面都找不到脉搏了。庄周不敢耽搁,开始对着她的耳朵呼唤起来:

"冉冉!冉冉!"

冉冉的眼睛睁开一条缝儿。

继续呼叫,这眼睛渐渐睁开来。她在捕捉着这声音。

"是我,我回来了!我回来了!走,我们马上走……"

老妈妈在一旁流出了眼泪,说:"好几天了,我给她灌一点汤水,她又吐出来,什么也不吃。不会说话,一句话也不说。前些天还念叨你,说等着你,等着你。我说:'孩儿,你可不能闭上眼啊。'她说不会,她要等着你,最后要看看你。"老妈妈哭得弯下腰来:"那些串乡走户的老医生来看了,我给她抓了几服汤药喝下去,也没见好。我知道她的病重了,这苦命的娃儿痛死了我。"

冉冉的眼睛好像一点光亮也没有,她极力想捕捉什么东西,好像什么也看不见。庄周伸出手指在她眼前移动,又在她耳边呼叫。好久好久,这眼睛才变得有了一点神采。后来她的嘴巴猛地抖了一下,说:

"哥——"

庄周一下把她拖在怀里。

冉冉再说不出什么,大滴大滴泪水从眼里涌出来。她那胳膊好像已无力抱住庄周的脖颈了,庄周就把这一对胳膊搭到自己的肩上。庄周的脸贴在她的脸颊上,觉得冉冉的嘴唇在跳动,他知道她想说什么。他想问她,可是她真的没有力气了。

庄周抱着她站起来,说:"老妈妈,我们去医院了。老妈妈,你就在家等我们。"

老人流着泪,点头。

庄周抱着她快步跑出了小屋。他差不多什么都忘记了,一直向前跑。直到跑了好远好远,他才记起了他们差不多是沿着谷地上的小路往南跑下去了,而那座医院却在东北方向。于是他又抱着她往回头跑。

跑了一会儿,他喘息得太厉害了,实在跑不动了。他好长时间没有喝一滴水、吃一口饭了。这会儿,他觉得怀里的手臂在用力抓他的脖颈,他的脖颈痒痒的。他站下来,低头去看她。

他发现,她的眼睛那么热烈地盯住了自己,嘴里发出了"呼呼"的声音。原来她一直在呼唤自己!庄周把耳朵贴上去,这才听清:

"慢些,慢些,你停一停,你停一停……"

"好妹妹,我听着呢,你说吧!"

"去医院吗?"

庄周点点头。

"有钱了吗？"

庄周点点头。

冉冉却摇起头来："不用了,我好了。"

"别说傻话,你病得这么厉害,怎么好了呢？"

这时他从冉冉脸上看到那么安恬的神气,还从她的嘴角看到了微笑。啊！他这时候才觉得冉冉又像原来一样美丽……她说："我等到你,看到你就好了,医院,不用了。"

"你傻说什么,我们一定要到医院去！"

冉冉的手摸着庄周的脸、摸着他的胡茬："我以为再也等不到你了,我以为来不及了。这一回好了。我全身的病,这一回都好了。"

庄周再不听她说什么,安慰了她一下,然后把她往上耸了耸,抱起来继续往前跑去。姑娘在他怀里不停地叹气,他不听,继续往前。她还是叹气。后来,这叹气声越来越沉重。庄周害怕了。他想:她大概忍受不了这么大的颠簸吧？他停下了步子。

他依偎着一棵白杨树坐下来,歇息了一会儿。他发现:一直闭着眼睛叹息的冉冉总算睁开了眼睛,这眼睛越睁越大;眼神儿一开始迷迷蒙蒙,后来又开始变亮,有了神采。她的眉毛活动着,眼角像是要流泪,但终于没有流出。

"大哥,你就是我的亲哥哥,你答应我别跑,就在这儿坐着,好不？"

庄周没有点头。

"就在这儿坐着,我们俩看着,好吧？"

庄周点点头。

她一直重复："我看到你就好了,看到你就好了,你回来了,回来了……"

"可是我们要快走,到医院去呀!"

"你别动,别站起。"她差不多在哀求了。

庄周只好重新贴靠到白杨树上。头上掉下了一片枯黄的叶子,正好盖在了她的脸上。庄周赶忙给她拿掉了。

"你就是我找的那个亲哥哥,是不?"

庄周点点头,把她贴在了胸前。

"妈妈让我出来找哥哥,找啊找啊,到底是找到了,不过就是太晚了点。哥哥——"

庄周答应着。

"哥哥——哥哥——"她一迭声地呼唤。

这声音越来越无力,越来越微弱。"啊啊,啊啊……"她叹息起来,不停地叹息,下巴垂下去。庄周扶住了她。最后她的目光又像原来一样热烈了。庄周吻了她,她在这亲吻中不停地叹息。后来手臂一次又一次从颈部滑落。庄周低头注视她,眼看着这双大大的眼睛中热烈的光芒在褪脱,就像晚霞在一点一点收敛彩色的光束一样……

"冉冉——妹妹——我的冉冉!"他叫起来。他发现她在微笑,微笑,直到把所有的神采全部收拢起来。她嘴里发出了最后一声叹息。这叹息微弱极了。

庄周不顾一切地抱着她往前跑。跑啊跑啊,不停地跑。他再也没有听到细小的叹息。这叹息声真的一点也没有了。他怕惊动了她的沉睡,小声叫着:

"冉冉,冉冉,你等一等!"

什么声音都没有了。他两手托着她,缓缓地坐下。他轻轻拨动一下她的睫毛,又把脸贴到她的脸上,倾听她的呼吸,她的心跳……什么都没有了。

庄周抬起头,看了看西边的太阳。他抱着她来到了一片平平的、洁白可爱的细沙上,那儿有一片嫩绿的草。他把她放在平展展的白沙和绿草上,然后坐在她的身边。

第 八 章

苍茫大山

一

曲浣一辈子也没有遇到这样的一轮太阳，它把周身，把脚下的石头、旁边的草、山旮旯，一切的一切都烤得滚烫。四野之内凡物都像水银，发出奇怪的白光。这白光刺着他的眼睛，又掩去了所有的去路。这是在哪儿？走到了哪里？他揪紧了小小的包裹伏在地上，把烫人的热气吸进肺腑。他往前爬动，只有小心翼翼试探着往前，生怕掉进那一片透明的银亮之中，怕滚烫烫的东西把他吞没了，把他熔化掉。那个小包裹伏在后背，就像一个小娃娃。他觉得自己爬动的姿势很像一个人在水中游泳……还记得学校旁那座大水库，它在正午的太阳照耀下就是一片银亮。路吟跳进水里，他和淳于云嘉坐在沙滩上看……想寻找一片绿荫。哪里有呢？爬呀爬呀，眼睛结膜好像被烤焦了，要不怎么这会儿四处都是一片金色？后来他感到手掌下有了一点湿气，抓了一把，闻到一股青生生的气味。他知道抓住了一把青草，咀嚼了几口，感到了那股浓烈的青生气味。他拧着，拧出了汁水，把汁水擦在眼上、脸上，用力揉搓。他知道如果照一下镜子，那满脸绿痕会使他看上去像个吓人的恶鬼。

他不知为什么会这样做。是故意把自己涂抹成一个怪物吗？

还是为了感觉实实在在的山野?他闭了好一会儿眼睛,这才朦朦胧胧看到一点绿色。两眼由于连日来的紧张和焦虑早就发痒发涩,有时一看到光色就要流泪。他是突然出现在强烈阳光下的,中午的太阳险些烤煳了一架架大山……原来大山里的太阳是这样的。

他仍旧往前爬。他知道绝对不能耽搁,一分一秒也不能耽搁。他爬得越来越快,越来越快。他觉得离开那道铁丝网已经很远了,似乎已经爬过了一座山包。该站起来了。站起之前先蹲了四下看。

前后都是一片银亮。他揉着眼,长久地闭着。这样重新睁开眼睛时,眼前先是一阵发黑,接着又是一片紫色。这紫色抖动着,像一片巨大的帷幕缓缓脱落。帷幕后面才是山石、灌木、灰蒙蒙的草……他流出了眼泪。很久没有这样哭过了。弟子路吟死去的消息传来后他也没有这样哭过。所有的泪水都顺着脉管渗到了身体的各个部分,这个躯体早已被泪水腌咸了。他没有了眼泪。可是时下却流出了泪滴。这是因为他突然又看见了过去的一切。

他渐渐看得清路径。一条弯弯的小路就伏在脚下。这之前他怕极了,怕老天为了惩罚他,故意在这万分危急的时刻给他立上一道屏障。他在心里不停地祷告。奇怪的是他一直在默念淳于云嘉的名字。那是祈求她的保佑啊,她是他心里的一尊女神啊。他呼唤着云嘉,想让她的目光照亮眼前的路径。他成功了。

他终于站起来,弓着腰,沿着这条小路向前跑去。

小路最后被一片灌木给遮住,他钻进灌木下部,觉得自己变成了一只山兔、一只狐狸、一只野羊。他想象中自己真的是一只衰老的野物,胡须斑白,牙齿脱落。这样钻来钻去,半天才钻出灌木林。

前边没有了小路,再到哪里去呢?他看了看太阳,认为自己是在往西南方向走去。如果不停地往前赶,只需一两个钟头,就会走出四十华里山路。这是山路啊,曲折、隐蔽、灌木丛生、荆棘遍地。这条惊险之路是他故意选择的。他仔细计算过,认为只有这里才是一条安全之路——沿着这个方向往前就要穿过那座监狱南部的高山峻岭,与它连接的就是苍茫大山了。这对于一个身体衰弱的独身老人来讲,简直是死路一条。也正因为这一点,所有逃出农场的人都不敢选择这条路。他们都是往南或直接往东。那些人就像一个很久没有喝过一滴水、全身都焦渴难耐的人一样,一出门就投向了水湾。他们不愿从一个死亡之地再逃进另一个死亡之地。所以他们就犯了致命的错误。而曲涴把一切都细细盘算过,知道那些追赶他的人首先会向南、向东,把那里的所有通路都封锁掉。而西南方向的这片苍茫大山,他们要寻索起来就困难得多了。

他是决心赴死的人,所以才有可能生还。

他记起前一段有一个人成功地逃走了,而后来却又爬回了农场。这会儿他明白了,那个人可能也是沿着这个方向逃窜的,但那人在出逃之路上绝望了……

曲涴觉得奇怪的是,这么热的天他竟然没有多少汗水。好像他是被完全风干烤焦了的一个动物,肌肉、骨骼、头发、皮肤,一切都最大限度地脱水了。他是一个干硬的小老头。

他的裤脚已经用布带缠过,袖口也用布带扎好,这样茅草里的那些虫子和各种各样的危险东西就不会钻进衣服里。周身显得那么利落。他又找到了一条藤根把腰束了一下,这样更是结实干练多了。多么奇怪啊,一个从四五十岁就开始挂起了拐杖的人,今天竟然可以在山隙、在茅草和灌木丛中摸爬奔跑。这真是一个奇迹……一脚踏下去又惊得蹦起来:有一条青花蛇盘在那儿;有时还要从草中惊起一个野兔、一只野鸟——它们奔跑的方向引诱着他,让他不由自主地随上它们跑一程。他总觉得它们是冥冥之中被神灵派来引路的。这样拐来拐去不知跑了多久,当重新判断方位时,这才发觉自己进入了更为浓密的灌木和杂草之中。

这时候他才明白:那些野物总是向着这样的地方逃窜的,这里也正是它们最安全最隐蔽的一个世界。他宽慰地笑了。自己的选择应该和它们一样,这一点都没有错。

从今以后自己就是大山里的一个野物了——只有这样看待自己才是最安全、最明智的。他将像野物一样匍匐在地,去发现、去寻找。也许有一天他也能获得野物那样欢快流畅的生活:当一切危险像海潮一样渐渐消退时,他会奔跑在明朗的草地上,在早晨的第一缕阳光下,在白杨树的清香里,享受这人生的了不起的安逸。那时候他将点起炊烟,准备一天里的第一餐饭。他将细细咀嚼清香的野味,沉浸于他一生为之迷恋的思索和冥想。

人为什么要冥想?他知道自己离开它就什么都没有了。没有了生活,没有了世界,没有伸手就可以摸到的结结实实的泥土。

跑啊跑啊,青草的汁水不断抹到脸上。在树阴下躲避太阳的小鸟不止一次被惊飞。这儿不断可以看到那些草色的蝮蛇,它们竟然像水一样向着低洼处流动。刚开始看到它们就要神惊肉跳,后来看得多了,反而把它们当成了伙伴。蝮蛇有毒,他可不想在这里被蛇咬伤。

二

太阳向西滑去。这时候可能是午后三点多钟。他没有表,所以从今以后只能凭借感觉,凭星月太阳去推算时间和方向了。前边山影重叠,树木遮天。他知道这里实际上处于几座大山的夹缝地带,由于淤积土很厚,所以才有茂密的树木。树木在土层瘠薄的地方不可能扎下深根,不可能旺盛。他发现最高的大树有好几十米,甚至看到了高大的赤松和日本落叶松。加拿大白杨长在最低处,它们一律粗壮,却曲扭着身子,一齐斜向东南方。这可能因为顺着西北方的山豁口总有大风吹来。有一棵野椿树就在前边十几米远处,它不算高大,可是长得水旺惊人。热辣辣的阳光下它好像在喷吐水汽,紫色的叶梗和银色的叶络显得楚楚动人。不知为什么,它使人想起一位少女的形象。他拨开眼前的灌木和杂草,迎着那棵野椿树走去。

离它很远,他就闻到了一股刺鼻的野性气味。如果是一个人的话,那么她正处于风华正茂的年纪。瞧她的一头柔发啊,这就是青春。我多么疲惫,我一步也走不动了,我有些干渴了。

曲涴蜷在树下,浑身发抖,手和脚都开始抽搐。只有这时他才想长舒一口气。他不知危险是否过去,只从小包里摸出一个玻璃瓶,那是他的一瓶水。谨慎地抿一小口,只是润润喉咙而已。啊,救命的甘霖。他又把它收起来了。后来他几次都想去取那个玻璃瓶,但几次都抿抿嘴唇忍住了。

他在这个时刻里好像看到了她的影子……云嘉抚摸他屋里的一切,眼睛里立刻放出了光彩。那是她与他相识不久的时候。她把他的一些书取走了。得到他的允许后,还取走了一些别的书。她可能从图书馆又搞来了其他的书。当她再次坐到他面前的时候,神情严肃多了。那一会儿她可不像个娃娃,那目光好像在问:老师,这是怎么了?曲涴问:"你是怎么了?"

"我在想……"

"你怎么了?"

"我在想,老师……我是说,这有点不像是真的。我现在是您的学生了。我不明白,您日复一日地工作,就像不知疲倦。怎么会这样?您就在我的面前,我看得清清楚楚。我以前还不认识您,所以也就不会想这些问题。而现在您就在我的面前,这反而不能让我理解。我不理解您为什么能有这样的力量……"

曲涴放下手中的书,抬起头。他觉得这是一场很认真很严肃的谈话。

她还在问:"为什么?"

"因为这就是我要做的事情嘛……"

他这样想,并没有这样回答。后来他只是点点头结束了谈话。不过他一个人却琢磨了很久。他突然记起自己五十多岁了,还在过着单身生活,"人都拄上了拐杖,却没有一个妻子!"他这十几年里只是如饥似渴地工作,在另一个世界里痴迷忘返了——是啊,为什么会这样?为什么能这样?这个问题多复杂啊,这会儿却由一个纯洁的、涉世不深的姑娘提出来了。只有单纯的头脑才能提出真正复杂的问题。

他围绕这个问题想了好久,越想越糊涂。不知为什么,他是从小时候想起的,直想到他欢快的少年,想到他的中学生活——他喜欢体育活动的青年和少年,以及在大学里踢进的一百多个球。他是一个前锋,腿上做过手术;他的冲动、不成熟的爱和那种对异性的理解、感情上的咀嚼,都掺在了一块儿。他发觉自己在二十多岁的时候就开始有了一些很热烈的东西,它们在周身四处奔涌,弄得他不能安睡。就是这些极其热烈的东西使他陷入迷茫,使他不能安心;而有时候它们又催促他,使他有了一些极其明朗和活泼的想法。他发觉自己不知疲惫,兴趣盎然。当然了,他只是对异性迷恋而不是别的。他爱足球,因为他从中寻到了同样迷人、激烈和惊心动魄的一霎。还有,他在自己的专业领域愈进愈深,一道道屏障却从来没有像现在这样多,等待诠释的一切也从来没有像现在这样多。一种顽强的、突破和穿越的倔犟激励着他;当然,还有游戏的乐趣。就是在这里,他能够不断找到那使人心醉神迷、突破和拥有的辉煌一瞬。他甚至想把这种感觉记录下来,不厌其详。

它们不断地被重复、被演练,激动不已。

这一切在别人看来一定是索然无味的。是的,任何一个人也不能明了另一个人内心深处的那一点秘密,它们藏得太深了。他发现,他的奋不顾身、把浑身上下撞个粉碎也要踢出漂亮一脚、把周身汗水全部挤光也要突破那个防线的赛场感觉,竟然由于一对异性的目光变得更为锐利和清晰。把那个球踢进去……全身紧张的肌肉已经耗掉了最后一点氧气,筋脉眼见就要抻断了,再也跑不动了。这时候只有一颗心在叮嘱:我必得如此。

他迎着那对异性的目光笔直地走去、走去,尽管有些茫然无措、万分尴尬;他心口狂跳,手足滚烫。后来他简直要为自己那时的难堪而悔恨。不过就在这时,他同样也听到了自己内心的回响:我必得如此。是的,必得如此。他发觉自己身上有一种深长的爱力。就是这样一种奇怪的"力"使他变得坚忍、顽强、百折不挠;也就是这种"力",把一个不断昏睡的人推醒,让他踏上征途,一往无前。

他从少年时代一路想来,似乎有了一个答案。当他再一次看到他的学生,那个年轻女生的一对目光时,就能够平静地回答她以前提过的那个复杂到极点的问题了。他说:

"我觉得身上有一种'爱力'。"

说完这句话,他看到女弟子若有所思地把目光转向一旁。她在小声咕哝:

"'爱力'?……"

与此同时他却想到了大俊儿惨惨的喊叫,心上一抽。他不知道那是一种什么力。他恐惧。

野椿树在午后的阳光里继续喷放水汽,那种气味越来越刺鼻。他在它的气味中睁开了眼睛。天起了微风,四下都响起枝叶相摩的声音。野椿树的叶片轻轻撩动,这一头柔发呀,在春风里撩动的柔发!春天里我们总是互相搀扶,走向田野,走进苹果园,走到丁香树下。"老师,我一直不忘您的那句话,您那句话包含得太多了……"

"太多了。"

"老师……"

她吻他的额头,额头上是坚硬的皱纹。姑娘啊。他两手抖抖去抚摸她的一头柔发。那时候他想哭,可是他忍住了,因为他早就认定:动不动就流泪的男人很少有可以信任的。

他闭上了眼睛。他在这刺鼻的野椿树的气味中喃喃:让我成功吧,帮助我吧,因为我有老婆,我仍然还有"爱力"!

三

他要赶在太阳落山之前找到一个歇息之地。这对于他可是太重要了。因为这是他出逃后的第一个夜晚:一个自由的、胆战心惊和充满了欢乐的夜晚。他认定自己仍然在向着西南方前进。如果没有偏差的话,那么他现在大约就在那座监狱南部的大山里了。离监狱的直线距离大约三十多华里。这本来是不太长的一段路,可是由于山脉是东北西南走向的,所以从这儿到那里至少相隔了五六座山岭,那些人即便往南径直搜索也需要半天时间,这样他就可以在夜晚寻找一个地方稳稳地过夜了。

他高兴得很。他在心里庆幸:一切都像计划中的一样;他有时又想:也许这只是自己一味紧张罢了,或许那个农场的看守在睡过午觉之后起来,发现他不见了只会淡淡一笑,然后各自忙自己的事情。那儿的生活节奏一点也不会因他的离去而有些许改变。这个意识只是一闪。因为他知道一切绝不会是这样。他们无论如何不会对一个逃去的犯人如此漠然——以往每逢有人逃走,农场里都当成一个不小的事件。那些管理人员,还有看守们,他们一旦发现有人逃了马上就会急急奔走,神色反常。他们还不止一次和邻近那所监狱的人一起,带上镶了刺刀的枪并牵了警犬。那显然是追逐逃犯。蓝玉每次都要亲自领人到大山里追赶,一伙人跑得气喘吁吁却兴趣盎然。当他们押解着猎物归来时,快乐溢于言表。曲浼有时也深感奇怪的是:他们怎么对于追捕具有如此深长的兴趣?这种兴趣又是从何而来?不错,他以前也想过,这差不多是一种狩猎的兴趣。是的,有些人甚至巴不得等待一个追逐逃犯的机会,那种机会对于他们来说可是太宝贵了。

那是一种了不起的娱乐活动,因为它的结局早已明了。由于每一个出逃者行走的路线不同,年龄毅力和思维方式都不同,这就给狩猎增添了无限的悬念和想象。要知道对于这一代人来讲,和平时期来得太漫长了。没有真正的战争,没有硝烟气味,没有令人热血沸腾的搏斗和冒险。他们太寂寞了。

可以设想,在这太阳即将落山的时刻,那些一无所获的猎手将会多么失望和焦虑,多么沮丧。同时也可以想象,他们的心中还会隐藏着一个更大的欢乐:为一个深不见底的谜团、一个迟迟没有结束的故事。他们还可以等待,还在被诱惑——点上火把、牵上狗,继续往前搜索;大山和悬崖充满了风险,这又给一场狩猎活动凭空增添了惊险和曲折。他们一定要把人集合起来作战前动员;集中更多的手电,举起更多的火把。那会是一场声势浩大的夜猎。这时候他们已经不再采用白天那种寻踪问迹、小心翼翼的搜索方法了,而是要进行一场热烈浩荡的战事,依靠更大的声势和阵容,依靠那种夜战、围歼和通力合作的一股热情,一股腾腾急流,去把那个在山隙和茅草下栗栗颤抖的野物轰赶出来。那将是何等的壮观、愉快。

眼下那种盛大的围猎场面曲浼还一点也感觉不到。四周只是阵阵山风,是风吹枝叶的刷刷声,偶尔传来的一声低沉的野物鸣叫。

天越来越黑,再也不能犹豫,必须找一个过夜的地方。如果找到一湾水就好了,他将在水边宿下。他凭经验知道:靠水的地方总是有更多的安逸和幸福。万物都喜欢寻找水源。也许水源可以引来一个可怕的野兽,但即便那样他还是想在水边度过这个夜晚。曲浼四下端量,不时看看西部天色。太阳已经沉落到大山后边去了,它的顶部轮廓变得愈加清晰。一棵棵山松和灌木的边缘都看得清楚。它们后面有一种暗红色的、向上辐射的光束,简直美极了。由于大山的阻隔,好长的一段距离内都是青苍苍、灰蓬蓬的接近黄昏的颜色。而在更远处,在东部和南部天际,却仍然可以看到像白天那样的清朗天空。只有天上的云彩给映成了暗红色,天上还没有一颗星星。云彩越来越红,这使他想到了火把。他耳边仿佛听到了呐喊的声音。这立刻提醒他:一场很多人投入的游戏正在进行。无论如何他是这场游戏的另一方,是这场游戏得以成立的一个主要理由,是真正的"主角"。想到这里他不禁有些兴奋。多么奇怪,恐惧顿消,只觉得有趣。他察觉到这一点时马上大为惊奇:在惶惶奔逃之中、在危险似乎仍在眼前的时刻、在出逃之路的第一个黄昏、在急急寻找过夜之处的尴尬焦虑中,自己竟然还有这样的明朗心境,甚至是有些莫名的愉快。这种超然的智慧和爽朗的心情究竟从何而来,让他不得而知。

他发现一个人无论什么时候都有自己的焦灼和欢乐,有自己可以忍耐和不能忍耐的一些什么,有自己身处危机却不至于崩溃的那么一道界限。他常常觉得自己就要临近了这条界限。那时他就头脑清晰地警告自己一声。有时他还在日记上写道:请注意你自己。他知道这是一个非常理智的人所能给予自己的最好提醒了。

眼下,他并不认为一个行动不便的老人投入了一片苍茫就一定意味着死亡。他发觉自己逃离的并不是那种粗劣的食物和难以忍受的艰苦劳作,而是那种包裹围拢囚犯的恶浊空气。任何人在那儿都不能自由呼吸,更谈不上自尊。还有,他特别恐惧的是沦为"知识苦力"。

在所有的苦役当中,他认为人世间最可怜的就是这样一种苦役。它把一个人所能够忍受和逃匿的最后一角也给堵塞了。当然,他们这一伙在农场苦作的人每时每刻都要忍受盘剥;可这主要是对于肉体而言。他们当中的那位老教授在写那份所谓的长长的学习心得时,描述起这儿的劳动、在山野里日复一日的改造生活时,还流露了几分欣喜和得意,行文既有情感也有才华,有的地方甚至让人觉得"神采飞扬"。曲浼当时看了充满厌恶,把那份东西用两指夹着扔到了一边。他这个举动让对方表现出痛苦怨恨的样子,长时间没有吭声。老教授说:"这里的活儿苦,可是我到一个山区生活过,发现那里的农民一点也不比这里轻松,可是他们都高高兴兴的!"

曲浼没有做声。

对方又说:"你想一下这是为什么?因为我们长久脱离了劳动,已经成了蛀虫。我们没有一丝劳动人民的情感,所以眼下一干活就觉得不可忍受,苦得不能再苦。其实呢?我们在这些大山里,脑神经倒是调整过来了。"

曲浼看看他。他知道老教授有一种很严重的神经衰弱,每年里差不多有一多半时间都在跟失眠做着搏斗。曲浼惊奇的是他竟然能将农场的劳役与一般意义上的劳作混为一团。真是不可思议。不过后来他想,如果一个人真的能够达到这种境界,那也将获得许多幸福。他可以沉醉其中,并且让这种欢乐滋养自己。这就使一个人具备了在极其艰难的情况下抵消痛苦的可能了。不过这也是一场危险的游戏,弄不好不仅是肉体,连心灵都要一块儿跌进黑暗的深渊。

活着,然而却没有屈辱感。这在许多时候是可怕的。

对于有的人来说,自尊仍然还是生命的一部分。当他面对困苦,面对像大山一样压过来的危难时,他还会抚摸到它。是的,有这样的一种人。他从来没有怀疑过。

他至今记得干校里那场运动会。他跨栏、掷铁饼,穿着皱巴巴的、颜色鲜艳却十分窄小的女式运动服进行训练……他把学生时期参加运动会的情景与其作了对比,发现干校里的运动会所给予的是一种说不清的复杂感,它掺进了太多的屈辱。让一些濒临绝境的人展开一场娱乐和游戏,不仅残酷,而且费解。那些操办者和观赏者的用意是复杂的,复杂到他们自己都难以言说的地步。曲浣忍受着繁琐的训练,然后又忍受了所谓的正式比赛。他有时,不,他大半时间都做得那么认真,以至于训练时没有谁比他更刻苦。他是想让这种专注把自己引入一种单纯的境界,一种专业上的纯粹性。"纯粹性",这个字眼多么动人。离开了一种纯粹,人人都会失去幸福。一个人走入了工作和劳动就是走入了一种纯粹。想想看,谁愿意使自己既像个囚犯又像个主人,既像个运动员又像个老猴子,既像个女人又像个男人——或者这些奇怪的角色糅合一起兼而有之?这是他特别不能容忍的。

他发觉现代人的一个邪恶毛病就是争先恐后地走入一种复杂,他们从来不敢使问题明朗化、单纯化,而故意要搞得那么晦涩,以便让自己在这种晦涩中团团打转。

他多次在心中呼唤:请把我放回单纯的劳动之中,请让我稍稍恢复一点纯粹性吧,我不怕劳作的沉重,我只怕那种虚假以及难以胪列难以理解的各种繁琐。他记得来干校前的那一段日子——从那时起这种费解和晦涩就频频发生了。比如说有一次他到锅炉房打水,看到了烧锅炉的那位非常木讷的老人——很少有人听见这个人说话,他有气管炎,一劳累就发出吭吭的声音;他的目光和善,看每样东西都需要很长时间才能把目光转开;可是随着生活气氛的变化,有人就在他身上发现了极其复杂的东西——那时他的目光除了一如既往的呆滞之外,还多了一些莫名其妙的严厉和得意——本来打一壶开水只要二分钱,曲涴提了两个暖瓶,就交了五分钱。他打完水正往外走,身后忽然传来一声严厉的吆喝。他吓得一抖,赶紧站住了。原来那个七十多岁的老工人手里捏着一分钱,恶狠狠地看着他。曲涴不知自己犯了什么错误,赶紧把暖瓶放好走过去。老人问:

"你昏了吗?"

曲涴一时不明白是怎么回事。

老人把一分钱狠狠地掷在地上:

"想摆摆阔气吗?谁要你的臭钱!"

曲涴赶紧把地上滚动的一分钱捡起。他不想说什么,转身去提两只暖瓶。可他刚走了两步那个人又吆喝了一声。他重新转过身。

老工人伸出苍黑的手指点划着他:

"告诉你,我们才是学校的主人!"

曲涴点一下头,走开了。

很久了他都在琢磨那一句话。他在想"我们"包含的是谁?是烧水工这一类人吗?那么像他这样的老工人在学校里是很少的。如果只有他们几个才是"主人"的话,那也未免有点太过分了。而作为一个学校,这里的主体劳动者显然是另一些人。这里几十年来就养成了崇尚学问之风,而且谁都看到,这个烧锅炉的老工人多次被总务处的人呵斥来呵斥去。以前曲涴曾在心里为老工人感到了怎样的愤愤不平。可是同样的一个人,突然之间又有了"主人"的严厉,恶狠狠地把多余的一分钱扔到地上。这个人带着"主人"的神情甩着黑汗往锅炉里添煤,又带着"主人"的神情忍受总务处的呵斥。

同样玄奥费解的还有许多。比如新来的系主任在第一次全系教职员工见面会上说:"我们做领导的无非就是公仆嘛,为大家服务嘛,还有什么?!"可这次见面会不久,他亲眼看到这个人动不动就训人。无论多么老的教授和讲师,他都毫不留情地指着鼻子训斥,声色俱厉。他真的陷入了惶惑,心想这种"服务"也太严厉了,这种"公仆"也太可怕了。"主人"、"教授"、"公仆"、"服务员",这之间的关系多么复杂,简直是层次繁琐,好像有一只怪手把这一切完全给搅乱了。他记起了一个美国作家说过的话:一切蹩脚的作家总是从没有神秘的地方弄出神秘来。曲涴最受不了的就是这"弄出来的神秘"。他长久地被这种神秘所笼罩和伤害,痛苦不堪。刚去干校时,觉得"农场战士"这个称号崇高得令人恐惧——其实他们很快就明白自己的真实身份是什么了。

曲涴眼下感到轻松的是,他终于逃离了这种繁琐,重新走入了一种单纯:一个逃犯,一个逃出了劳改农场、极力想活下去的逃犯。就是这么简单。仅仅为了活下去,他可以忍受一切痛苦。

生　存

一

曲涴十几天没有见过一个人,他面对着的永远是石头、石头,各种各样的植物和动物。十几天里换了十几个住处。他一直向着大山深处走去。他没有力气攀援那些高山,总是顺着谷地往前。随着被追踪的感觉逐渐淡漠,他开始考虑寻找一个长久的居所了;还有,就是搞到一些食物。

他背囊里的那点干粮早就吃光了,他差不多用上了所有空闲时间来寻找吃的东西。上一年的松果、水洼边上的香蒲根,一切都被他收集起来。嫩嫩的蒲棒也叫蒲米,有一种清香味儿;蒲根就是蒲草下面的块茎,嚼一下透着甘甜,富含淀粉。他试着把这些块根晒干,然后用石头砸成粉末装在一个小袋子里,用它熬糊糊喝,并掺上野菜。他发现了指甲大小的野桃子、野杏子,上一年结出的无人采摘的野板栗。这些板栗只有极少数可以食用。他在杂草间寻觅那些攀援植物,凭经验知道它们往往有肥大的肉质块根。他小心地在那本珍贵的中草药书上对照,弄清它们的性味。有一次他甚至找到了攀在灌木上的一种摩萝科植物,认出它就是白首乌。他飞快掘出它的块根:大约有十厘米长的一个圆柱形粗根,碰破的地方冒出了浓浓的浆液。他舔了一下,涩涩的,透着一股甘味。

这一天他做糊糊时就把它放在了里边,结果成了一顿美餐。那些干缩在壳里的板栗硬得简直像石头,他用石块把它们砸碎,然后照例掺到糊糊里。掺了板栗的糊糊总是有一种敦厚的香气,掺了白首乌的糊糊则有一股药腥味。再加上野菜,这简直就是一餐难得的八宝粥了。这些日子他最盼望的就是吃一点荤。可他没有枪。灌木下常常飞跑着一些野兔,树上还落着各种各样的鸟雀。有时他也怀疑:一旦真的逮到它们是否忍心宰杀。由于他的食物构成当中野菜总是占了很大比例,所以常常腹泻。他采摘最多的就是咖啡黄葵和木天蓼、地肤、马齿苋等。他对付腹泻的方法就是用粟米草煎水喝。他发现这个办法每每奏效。

他采了很多粟米草,把它们晾干,一直带在身边。他还采了很多可以用来清热解毒的拳蓼、酸模叶蓼。

他千方百计在沟谷里找有水的地方,后来终于发现了一片浓黑的荻草,而且还听到了水鸟拍动翅膀的声音。他抑制着惊喜走过去,竟然看到了一个椭圆形的水湾。水湾的边缘好像很浅,长满了河蒲、荻草和芦苇。水湾的当心一点漂着一些水藻,没有一棵水生植物,一看就知道那里的水很深。这个水湾在开阔的谷地上,它的西部大约有一华里处是一座丘陵。东部和北部都是光秃秃的大山。这儿显然汇聚了四周的山落水,而且长年不会干涸。蓬勃的绿色一直延伸到秃山脚下,这说明有溪水从上游不停地流淌。他沿着水湾勘测了好久,发现这真是一个好地方。不过他总是怀疑,这么好的地方竟会没有人迹。尽管这样,他用心观察了一段,还是没有发现人的踪迹。

在浅水边上,他看到了一种球果蔊菜,它刚刚长出的种子已经有了油性。他揪下来嚼着,香得很。在它旁边就有一味清热解毒的中药,叫"聚花过路黄";还有轮叶排菜。他四下端量,心里揣摸的是最佳落脚处。后来他决定在离水十几米远的灌木丛下做成一个草庵。他估计了一下,大约可以用灌木枝条和水边上的荻草来做窝棚。灌木茂密粗茁,灌木旁边还有些更高的小乔木,比如那些没有发育好的黑榆和刺槐、柳树等等。这些可以很好地掩护他的窝棚。他仍然不想让他的窝棚暴露在开阔的视野下,甚至想躲避阳光。当然这一切都是徒劳的:如果在这里搭起一个窝棚,那么远远的就可以发现它。

做了决定之后就开始动手。不过忙了一会儿他又开始犹豫,最后把窝棚的位置又往北移动了一百多米。这样他就靠近山脚了。旁边都是岩石,岩石缝隙长出的一丛丛茂密的灌木与他为邻。他觉得背靠大山就有了一种奇特的安全感。

半天时间过去,他的窝棚只打了个底座。晚上他就在这个底座上过夜了,兴奋得饭都没有吃好。逃进大山的这些天里,他第一次有了一种落定的感觉。眼前既是个水湾,那么里面就一定有鱼。水湾旁边有一片很平的泥土,在这里可以动手搞成一个小菜园,甚至可以种点粮食。他兴奋地拍了一下手:"天哪,这该是多棒的一种田园生活!"不过他想到了种子,又有些沮丧。只有搞到种子才成啊。他知道那要到村庄里去。不过他又想等到了深秋季节庄稼成熟时,从山外的耕田里也能弄来一些种子。愉快的畅想中他甚至还想到了要养几只鸡。只要疾病不来打扰,那就可以获得一种丰衣足食的生活。

他想采各种各样的草药:定居下来之后,就可以尝试着摸路出山;他将会用采来的草药去交换物品,比如说到山外代销点去换回一点盐、一点起码的农具。

这天他用想象打发了不少时间,直到天黑的时候才想起该做晚饭了。他把那个小铝盆用两块石头支好,盛一点水,加进一点东西,然后就熬起来。他看着那湾水想的是:我要逮一条鱼了。最迟明天,天一亮我就要动手逮鱼。我会成功的。然而我可千万不要落到水里呀。

第二天一早他开始逮鱼了。没有成功。水湾里不断弄出声音的,更多是青蛙而不是鱼。他想逮一只青蛙,结果发现那是更灵巧的一种生物。急了不行,看来这只能是从长计议的事情。他接着又去搭窝棚。由于没有起码的工具,折断胳膊粗的一根树枝要花费很长时间。他先用一块尖棱的石头砸上半天,直到把它砸上一道深痕才可以扭断。要折断那些荻草同样费劲,他发现这里最有效的工具就是各种各样的石块了。

他苦苦工作了十几天,总算搭起了一个像模像样的窝棚。他把自己所有的东西都整整齐齐码在窝棚里,然后又合上那个编得非常完美的小柴门,退出十几米认真地端量。他发现这真是一件了不起的杰作。他采了很多干茅草给自己整了一个软床。为了不使这些茅草散得到处都是,他就在小床旁边钉上了密密的一排木桩。一切做好之后,他再次开始打鱼的主意了。

就是逮一只青蛙也好。他消瘦得多么厉害、衰老得多么快啊。他自己明显地感到了这一点。稍微活动一会儿就要不停地喘气。

有一次他对着一碗净水照了照,发现除了茂长的胡须外,几乎一切部位都在萎缩。他的眼睛变得又尖又大,很冷酷的样子;颧骨凸起,嘴角那儿还有奇怪的两处凹陷。"我的胡子怎么办呢?"他为难了一会儿,后来决定暂时不考虑胡子的问题了。

一只青蛙蹲在一丛灌木下,他想接近,但它总是机敏得很,离他很远就跳开了。他简直没有办法逮到。他脱下破破烂烂的上衣,两手反插在袖筒里,小心地挪过去;离那个青蛙还有一步多远时,猛地扑上去——青蛙往上一蹿,被他的破衣服罩住了。这样他逮到了第一只青蛙……

蒲草晒得半干时柔软而有韧性。他用这些蒲草结成了一张不大的网。这张网成了他草窝里一件了不起的宝贝。他不厌其烦地使用、试验。他发现捕捉青蛙已经容易多了,而且有一次还真的捉到了一条半尺长的鲫鱼。这条鲫鱼又宽又亮,凶猛地在草网里撞跳,最后他还是把它逮住了。这顿美餐一辈子没法忘记。他熬成了汤,连鱼鳞也一块儿吞下。当他把硬硬的鱼刺从嘴里摸出来扔到地上时,就咕哝一句:

"我早就说过了,我是一个老当益壮的怪物!我总能做一些连自己也感到吃惊的事情。"

二

草庵搭起不久就落了一场雨。这雨一开始很小,后来就大了。他从来也没有见过这么大的风,它们在山洼里翻卷,把树木和山口都吹得呜呜响。到了半夜,这响声简直可怕极了。他听到水湾边的荻草蒲苇都一齐发出了泣哭,好像真的有一个生灵在水湾里吼叫。他的草庵不停地摇晃,有的地方还漏了雨。

还好,天亮了雨也停了,他的草庵总算经受住了这次考验。而且他终究没有被淋成一只落汤鸡。由此他知道,这个草庵还是顶事的,它可以躲风避雨,甚至还可以度过冬天。

一想到冬天他的心就噗噗跳。他以前好像很少想过冬天的问题。冬天怎么办呢?在这无遮无挡的荒山僻野,冬天将是多么可怕的事情。他想到了一只火炉。他发现眼下有一个最重要的问题,就是赶在冬天之前搞一个火炉。他决定自己动手捏一个泥炉,这样既可用来做饭,又可以御寒。这个泥炉就放在草庵里,就像他看到的农村小土屋主人做过的那样。那些土屋主人甚至把土屋与锅灶连在了一起,而烟囱又顺着炕角的墙壁爬上去,在屋顶探出头来。那真是一个巧妙的主意。曲浼想到这儿就立刻动手制作起来。他发现水湾边上的淤泥软得很,而它们一旦晒干,掰都掰不碎。

他就用泥巴做了一个很大的泥炉,并真的把它安放在草庵里。泥炉上部开口就是比着那个铝制小钵做成的。后来他又用同样方法做了烟囱。点火做了第一顿饭,还好。只是泥做的烟囱老要裂开。他端量了半天,最后就用蒲草把它缠裹起来,上面再糊一层厚厚的泥巴;再偶有开裂,他就用泥巴将其重新抹上。

剩下的问题是准备木炭。他记起有一次在平原上见过一个老人制作木炭:选用上好的柞木在灶里烧红烧透,然后直接埋到土里,这样闷出的木炭不老不嫩,而且不冒黑烟。他试着采一些干柴,做饭时总是不等干柴彻底燃尽就把它们取出,用土埋好。这样他积攒下一些木炭,并敲成碎煤那么大。总之他在准备着冬天。他还想在冬天到来之前再做一个了不起的事情:动手开垦他看中的那一小片土地。

先是除去杂草,然后就是翻土了。这个工作比想象的要难得多,因为没有一件器具,哪怕是一把小铁铲。

"我真需要一把铁铲。"他说。

最焦急的还有种子。望望远处山色,知道正是庄稼成熟的季节,可是这儿离最近的耕田有多远呢?有了耕田也就有了村庄,他可不知道那些村庄到底有什么在等待他。不过他总能搞到种子、搞到一件农具吧!他看了看自己采下的草药:它们会为我换来那些东西吗?当然,要害的问题是先要找到村庄——而这个村庄越小越好。

他想爬上东部最高的那座山,以辨别方位。他做好了登山的准备。估摸了一下,这儿离那座山至少有四五华里。虽然看上去很近,可真的要走起来往往是很远的。这段距离倒不算什么,最难的是登山。他不知自己有没有力气登上去。他只认真地做着准备。他故意吃下双倍的食物,后来就带着一些煮熟的东西上路了。

他走得很早,因为他要赶在正午之前爬上大山。只有那样才可能在天黑之前下山。天一黑他就没法从山上摸下来了。还好,他用了两个多小时爬到了山半坡,可是接上去山石越来越陡,体力消耗越来越大,使他不得不放慢了速度。后来他让自己走着"之"字接近山巅。这样终于赶在太阳升到正南的时候爬到了山顶。

那时他忘了一切,只急切地去观望四方。

在这座山的西边,他又看到了那个可爱的绿蓬蓬的水湾、谷地,以及离水湾一百多米远的那个藏身之所。它那么小,那么神秘,那么诱人。那团水湾从这儿看去小得可怜,它亮亮的像一面镜子。它的西边是一座不大的丘陵,那一些连绵起伏的山峦一直消逝在云雾之后。往西、往北就是更高的大山了。往南是望不到尽头的山岭;往东,顺了山脉的走向看去,那里简直是没有边缘的峰群。北部则被离得很近的一座高山挡住了视线——只有东南方才是一些低矮的丘陵,它们绿濛濛的,但又不像生满了灌木和杂草。更远一些就是薄雾遮去的山谷了。他想那里山势平缓,很可能有村落和梯田。这时候他最后悔的是没能搞来一张地图。对于他而言,此刻更重要的莫过于一张地图了。当然,出逃之前要搞一张地图大概也是不可能的。

下山时他清清楚楚告诉自己:要去东部谷地寻找村庄了。

接下去的日子就是给自己的远行打点行装。他知道这一次跋涉是艰难的,同时又充满了前所未有的诱惑。

离开那一天他小心地灭了火,然后又把小窝棚的门关牢,绕着它转了一圈才离去。

他回头对它说:"我很快就会回来的,老伙计!"

他怎么也没有想到会这么快去寻找人的踪迹。本来他跑到这片苍茫之地,除非万不得已决不会自己走出。他害怕听见人的声音,害怕淹没在喧哗之中,更害怕回想那汹涌的人的海洋——这海洋差一点让他陷入灭顶之灾……他原来担心大山里会有伤人的动物,比如说狼和虎豹,现在看什么也不会遇到。他从未深入到大山内部这么远,以至于完全失落了方位感。想到这里他又多少有些恐惧,害怕自己再也找不到那个心爱的水湾和窝棚了。

有一刻他甚至不敢往前走了。他在想一个办法。最后他决定:走一段摆下一个石块……但一会儿又觉得这样做不妥:万一这些石块引来新的危险呢?

那一会儿他真是难坏了。后来他才想起画一张图,把一路上所经过的主要沟谷和山脉都做上一个标记。他相信凭这个就会摸回来的。他在心里祷告:千万不要让我迷路啊……

当不断绕过密密的灌木、翻过一道道陡坡的时候他就明白了:失去一个窝棚是多么简单的一件事。想到这一点他就真的不敢往前走了。他在这座大山里再也难以找到那么一个安身之所了。于是他宁可把赶路的速度放慢几倍,以便细细地在纸上作着标记。

这样一直走了三天。第四天他在一个山坳里发现了一处灰迹:好像有人在这儿烧过东西。他心里一阵惊喜,这说明很可能近处就有一个村庄。不过他看到那堆灰迹又犹豫起来。他想到了另外一些事情。但不管怎么,他心中的欣喜还是远远大于恐惧。他真想即刻就看到那个人,不管对方多么丑陋多么可怕,他都想和他攀谈。

他站在这个山坡上估摸,那个可怖的农场离这里至少也有几百里,而且隔着重重大山。

他长长舒了一口,恨不得立刻就见到那个点火的人。

三

一连两天他都在寻找。

有一天他突然听到有什么东西在尖叫。这叫声实在太怪了,他就迎着那声音跑去。一个慢坡松树下有只兔子在翻滚挣扎。他跑到跟前不由得呆住了:那兔子被地上的什么东西给勒住了!他仔细看了看,见那儿拴了个皮扣,那只兔子不小心被套住了,此刻正没命地挣脱,眼看它的毛皮都勒破了,红红的血正滴下来。他当时什么也没想,只觉得这只兔子太可怜了,嘴里发出"嘘嘘"声,蹲下来,小心地为它松开皮扣。

兔子用力地挣扎,他费了好大劲儿才把皮扣给它解松了。刚刚松开一点,那兔子就"吱"一声长喊,一下蹿没了影儿。正在这时旁边传来一声暴喝:

"啊打!"

他一抬头,见一个戴着瓜皮帽的矮小黑老头站在一边,两眼瞪得溜圆,嘴唇用力包裹起几颗残牙,一直瞅着他,简直吓人极了。曲涴往后退开两步,那个老头却往前逼上一步喝道:

"啊打!"

曲涴不明白,说:"这……这……"

老头一个箭步冲上来揪住他:"你可不能走!"

"这……这怎么?"

"怎么？你偷我的兔子！"

他这才明白那是对方用皮套捉兔子。他立刻道歉："你看，我不知道！我怎么知道这是你的兔子？我只看它可怜，它，流了血……"

老头气歪了眼睛："你别蒙我，这事儿你也不懂？你是想捡个便宜，没逮牢，让它跑了罢了！"

曲浼冤枉极了，但他怎么也解释不清，后来就说："这么着吧，老兄弟，你让我怎么都可以，可我真不是发不义之财的那种人。我没见过用这种方法逮兔子的，我只是可怜它，就把它放了……"

老头的气消了许多，不过仍然没好脸地问："哪里来的'大善人'？"

曲浼应一句："窜山采药的。"

"这不就得了！你和那兔子一样，也是个'老山货'了，还能连这个也不明白？"

曲浼并不在乎他把自己比喻成兔子，笑了。老头抽出一个小小的烟锅点上，有滋有味地吸一口，不时抬起眼瞥他一下。后来老头的眼睛越抬越快，最后就变成不停地眨眼了。这样眨了一会儿，说："走吧！"

说过就背着手前边走了。

曲浼眼瞅着这个人的身影越来越小，就喊了两声。老头停住了，曲浼赶紧跟上。那个人再没回头，一直往前。转过两座山坡，曲浼看到了一堆松柴：它们垛得很精细，一看就知道旁边一定有人居住。果然，老头在前面先自一步钻入那堆松柴后面。

原来那儿有一个粗木头钉成的小门，老头就从那个小门钻进去了。他觉得很怪，上前打开小门，只见里面黑洞洞的，不过朦胧中却觉得很宽敞。

他的眼睛好长时间才适应过来。原来这是挖凿的一个石头

屋,屋里有炕、石桌、石凳,还有一个小窗户。曲浣觉得这儿简直是一座石头宫殿,他连连问:

"这,这是你的窝吗?"

老头反问:"不是我的还是你的?"

这人说话很不客气,大概仍在为那个兔子生气。曲浣说:"老哥你不要生气,我真的不是故意的。"

老头惊讶地大喊:"哎呀,你还在挂记那只兔子!你是什么鸟人?"

曲浣怎么也弄不明白这人的身份,不知他为什么孤零零在山上过。他大着胆子问了问,老头不答,只问:"你是什么鸟人?"

曲浣不吱声了。对方又问了一遍,曲浣就重复一遍说过的话:"窜山采药的。"

"那你连看山老头也没见过?"

曲浣明白了。他不敢继续问下去。他不知道面前这个老头究竟负责看几座山,可见这里离村庄的确很近了。他想问一问是哪个村子的人、村子离这儿多远等等,都没敢张口。

老人到石屋另一间去了。曲浣探头看了看,见那是专门开出的一间厨房,里面有锅灶,还有石头挖的盛碗筷的石窝。总之这儿讲究得很。

一会儿白白的水蒸气涌过来,那种气味简直太诱人了。曲浣像是一辈子也没闻过这么好的气味,伸长了脖子,鼻子蓬蓬响。他已经感到了极大的满足。老头儿摆弄碗筷,把锅里的东西盛出来,端到了石桌上。那是肉汤,里面还有蘑菇。他不敢坐到石桌旁。老头仍在忙活,从角落搬出一个黑色的瓷坛,从坛里舀出了两碗酒。

"你这个鸟人真怪,还不快坐。"

曲浣"哦哦"两声,坐下了。

"喝酒!"

曲涴的手还在抖。他用力抑制着把酒碗端起。不记得多长时间没有喝酒了。这是来到了一个什么世界?他闭上眼睛,咚咚喝了两大口。好辣的酒!他忍着,一直把那碗酒全喝下去。他想自己很快就要醉倒了。趁着醉倒之前他又端起了那碗肉汤,来不及品尝就喝光了……放下碗他才发现,那个老头就在一旁直盯盯地看着他,碗里的酒只喝了一口,肉汤一点儿也没动。老头说:"哎呀,好家伙,你是个能干的主儿!来!"

老头儿把碗摸起来,又给他舀了一大碗酒一大碗肉汤。曲涴吹一吹,一眨眼工夫又吃喝完了。他抿着嘴。老头再给他舀,他赶忙阻止了。他满眼里都是泪水,那是被酒呛的。他吃得太急了,这时不停地张大嘴巴呼气,发出了呻吟。老头站起来看着,"嗯嗯"两声,端量几眼,又坐下。老头吃得很慢,有滋有味。他先把那碗酒喝光,然后又从坛里倒出一碗喝光,再倒一碗……就这样,老头一口气喝了四大碗酒。

曲涴愣住了。老头喝过了酒,脸色慢慢红了,然后又黄。当这脸变得蜡黄时,那两只小眼睛就放出了逼人的光,接着把头上的小瓜皮帽摘下来一扔,高兴得哈哈大笑。老头搓着手,又像害冷一样在手上哈气。曲涴想:这个人喝醉了,肯定会栽倒。谁知老头儿站起来,不是走,而是小步跑:他在小石屋里跑着,哈哈大笑,笑过了又去抓烟锅,一口接一口吸。吸了一会儿想起了什么,把烟锅递给曲涴。曲涴连连摆手,他扳住曲涴的肩膀说:

"咱们都是英雄啊!"

曲涴觉得此人出语惊人,往后退了一步。

老人说:"告诉你吧伙计,看年纪你也比我小不了多少,不过我一眼就看出你是个什么人,有志气啊!"

曲涴身上发冷。

老头一仰身躺到炕上,向曲浠招着手:"伙计,过来歇息吧,天不早了!"

四

曲浠的背囊里装满了草药和一点路上吃的东西。老头把他的背囊扔到炕的角落,躺下来。老头打开了话匣子,那是因为酒喝多了。"人哪,活的就是一个志气。说出来你不信,我是十八岁那年从家里跑出来的,一直在外边转,在山里活,再也没有回去。我那一年十八岁,家境不错。家里开了工厂,有好几座大楼,还开了银行。后来为了一个女人的事情跟家里人闹翻了,我一跺脚说声'走',就跑出来了。那时候我就是一个人干干净净地出来。从十八岁到现在,你想想吧!"

曲浠不信这个人会说谎,不过这几句话说出来的却是一件惊心动魄的事情!这难道有可能吗?他望着眼前这个老头,觉得是一个神奇的存在。

老头又接上说:"老伙计,我就一个人在这大山里窜,常了,那些打猎的、砍柴的,还有远处那个村子里的人,都熟悉了我。前些年村里人想让我搬过去住,我不干。他们说:'你总得入伙呀,你得在"组织"呀,现在哪有不在"组织"的人?'什么鸟话,我就不在'组织'。他们派人来劝,后来干脆让几个大汉背着枪把我押回去了。你说怪不怪,他们非让我变成村子里的人不可。我一拧脖子说:'就不!'他们就揍我,我就不停地骂他们。后来他们把我打得皮开肉绽,我还是两个字:'就不!'我怎么能是村子里的人?我是山里的人,我是满山遍野跑的人。到后来村里的一个头儿说:'好吧,你是头犟驴,那就把犟驴放回山里吧。告诉你,从今起你就是咱村里的看山人了!'你看,就这样,他们送了我一个名号叫'看山人'。这好比先在我嘴上戴了个笼头再把我放了。我哈哈大笑,拍着手跑了。开头时候为了日子方便,我就住在离村子不远的那个山包上,到后来他们老要来找麻烦,什么要兔子肉啊,让我回村里开大会啊。我一看不好,就翻过两座大山,到这里挖了个石头窝……"

曲涴愣愣的:"这个石头房子是你一个人凿出来的吗?"

"没事就凿嘛。这山里的石头你以为是硬的吗?"

曲涴忍不住用手摸了摸石壁。老头笑嘻嘻说:"万物一理。山就和西瓜一样,皮是硬的,掏进去,里面的瓤儿是软的。我没事就掏,掏了一年,就掏成了这个小石头屋。结实不?"

"结实!"

老头又笑起来。

曲涴最关心的是柴米油盐的事。老头说:"我翻过大山到村里去背。村里人没有那样的腿脚,他们轻易不敢到这里来。你看,老伙计,你是我一年里遇到的第三个人。第一个是打猎的,第二个是抓特务的。"

曲涴打个愣怔:"抓特务?"

老头嘿嘿笑:"他们说这大山里有特务,还告诉我,以后见了特务赶紧向他报告,我才不报告哩。他说特务带了枪,还背了发报机,说不定身上还拴了小戏匣子什么的。我琢磨是特务俺就跟他一块儿听戏喝酒。他还说:'遇到女特务也得报告!'我点点头。心里琢磨:'你们等着吧,白日做梦!'"

曲涴又打听出山的路,打听四周的情形。老人借着酒力,话语滔滔不绝:"最近的村子翻过东面那座大山就到了。往北要找村子就难了;往南村子不多,可是你能遇到一些稀稀拉拉的人家;往西和往北,那可了不得哩,那是一架连一架的大山……"

老人说他在这地方混了一辈子,连他也不敢到大山深处去。说着长叹一声:"这些年兴许好了,前些年熊瞎子和狼多得很,它们咬人哩……"这样说着,突然笑嘻嘻拍打曲涴的肩膀:"你该不是个

'特务'吧?"

曲涴摇摇头。

老头不放心,爬过来,越过曲涴的身体把背囊抓过来,伸手捏了捏:"我得看看有没有发报机。你不用害怕,我跟你说过,我打心里想交个'特务'朋友。"说着拉开背囊,一看忍不住笑了。里面是满满的干药材、一些杂七杂八的吃物。曲涴向他解释,说要到村里去把这些卖掉,换回一点食物、一把小铁铲。

老头的下唇瘪起:"你的日月好苦!包里连块干肉也没有⋯⋯不吃肉腿脚无力。你看看我那坛里腌了多少肉!看看你的背包,还以为你是个吃斋的人呢。其实你也会大碗喝酒大碗吃肉。"

这一夜老人兴奋得睡不着,看来他好久没有见过人了。他跟曲涴讲了很多在山里见过的各种奇怪事儿,让曲涴大开眼界。不过曲涴也明白了,眼前的老人是一个离群索居的人,一辈子摆脱了熙熙攘攘的人流;可惜仍然没有战胜自己的孤单。

第二天,曲涴要顺着他的指点上路。老头给了他一些路上吃的东西。分手时,老头一直握着他的手。曲涴觉得有点异样,抬头一看,见老人流下了眼泪。

曲涴走了。直走开很远,回头看了看,那个高高的山包上还站着老人的身影⋯⋯

五

曲涴终于找到了山谷里的一个小村。这儿只有四五十户人家,可是显得热热闹闹,鸡狗鹅鸭不停地吵叫。街上那些穿着破衣烂衫的孩子满身都是泥巴,叫着跳着,大声地喊:"看古怪外国老头啊!"

曲涴听了他们的呼喊多么惊讶,他觉得自己长得再平常没有,怎么在孩子眼里成了一个"外国老头"?他们追逐着,他千方百计摆脱这些好奇的孩子。他费力打听,才找到了这个村里的代销店。店里果然收购药材,他就把自己的药材卖掉了。可惜背囊里的好几种药材店里根本就不认识。这个代销店由于就在大山脚下,所以收购药材是最重要的生意。曲涴把剩余的药材装起来,但后来想了想,还是把它们扔掉了。他买了一点盐,又买了一把小铁铲、一包火柴。他想买点种子,店里没有。他想在回山之前到田里折一穗成熟的高粱和玉米就成了。

他只想离开村子,越快越好。他背着背囊急匆匆地走在街巷上。也许他这副模样引起了别人的怀疑,一群孩子跟在他后边,不断地嚷叫:

"看外国老头!"

有的嚷:"老头有糖吗?"

他真后悔没有买一把糖果:如果扬一把糖果,这些孩子就会散开。他摆着手,后来在巷子里奔跑起来。一群孩子呼叫着在后边追赶。他跑了一程,一抬头见一个黑黑的汉子背着枪站在巷口上。黑汉说:"站住!"

曲涴一下贴在墙上,心噗噗狂跳。他立刻想到了农场看守。好不容易使自己的心静下来,向那人点点头。黑汉说:"跟我走!"

曲涴几次想逃开,但不敢,最后还是被领到了村边的一间石头屋里。里面摆了一个小木桌,看墙上贴的东西才知道:这里是村头的办公室。他被按在桌子旁的一把椅子上坐了,接上背枪的黑汉就走出屋子,"咔嚓"一声把门锁了。

曲涴嚷叫起来,外面的人理也不理。

过了许久才有了开锁的声音。黑汉后面跟了几个人:三个年轻人,一个五十多岁的嘴唇乌黑的人。后者像是刚刚吃了烧烤的东西;他一进来就问黑汉:"他包里有些什么?"

"还没检查哩。"

"那检查!"

黑汉把他的背囊取来,翻了翻说:"也没啥。"

五十多岁的人问曲浼:"你是从哪里来的?"

曲浼说自己是"窜山采药"的人,长年在大山里转悠等等。

"嗯嗯,"五十多岁的人盯着他,在屋里踱步。踱一会儿抬头看他一眼,自语说:"斗争很复杂很激烈呀!"这样咕哝着,突然猛一转身断喝:"你到底是从哪来的? 交待!"

"俺就是从山里来的。"

那个人过来捏捏他的手,又把他的鞋子拽掉,端量一会儿,摇摇头。他让那个黑汉看看他身上藏了什么没有。黑汉过来摸他的周身。最后五十多岁的人说:"让他利落一点。"

黑汉就剥他的衣服。曲浼紧紧抱胸抵挡。五十多岁的人在旁边说:"嗯? 怪事。来。"他一摆手,三个年轻人就拥上来。他们把他扭住。曲浼一看抵挡没用,就任他们推搡了。一会儿全身的衣服都给剥下来了。剩下的一个小短裤,黑汉用一根手指勾住,一下子就给拽下来。屋里的几个人都好奇地围着他看。曲浼难受极了。就这样看了一会儿,几个人对五十多岁的人小声说:

"也没有什么。"

接着他们到角落里小声议论起来。只听那个五十多岁的人说:"不管怎么,有生人就要弄个清楚。赶明儿把他解到乡里去吧!"

黑汉点头。

曲浼最后一句听得特别清,不由得身上一抖。

黑汉说:"咋了你?"

曲浼说:"我害冷,我害冷!"

他们就把衣服踢过去。曲浼赶紧穿上。

曲浼给锁在了石头屋里。从天黑直到深夜,没人给一点吃的,肚子饿得咕咕响。他到处找可以吃的东西,背囊里什么也没有。后来他解开那包盐,用舌头舔了舔,觉得盐味在深夜里如此难忘。

门上了一把大锁,铁门环很粗,那根本不可能弄断。窗棂也是胳膊粗的木头做成,他推了推,发现它坚牢无比。曲浼简直急坏了。他在屋里奔走,真像"热锅上的蚂蚁"。怎么办?天一亮就要给解走了,那可就糟透了。最后他还是打起了木窗的主意。他抽出那把铁铲,尽可能找一个细弱的地方刻起来。他发现如果能够弄断一根木条,那么也就可以从这个窗子上出去。

他一下一下刻着,每一下只能弄掉一点木屑。刻呀刻呀,不停地刻,两只手臂都累得酸软了,差不多没有了一点力气。有好几次都绝望了——使劲晃一下那个木条,它仍然坚牢得很。他不得不放弃了希望。"在押解之路上也许还有机会。"就这样想着,闭上了眼睛。可是刚一睡着就做了个噩梦:自己被五花大绑送到了一个地方,有一个人正低头对他狞笑,那不是别人,正是蓝玉!这个噩梦让他牙齿磕碰,一下子蹦起来。他一刻不停地用那个铁铲重新对付起木条……

天一点一点亮了,那根木条也被刻得越来越细。最后他终于可以把它撞断了。他闭着眼睛,猛地用肩膀撞过去。窗户颤了颤,木条没有折断。他从屋角捡了块拳头大的石头,用它的尖棱一下一下凿、凿。

天眼看就亮了,他终于把木条弄断。

他逃出了石屋。

这时东方已露出了鱼肚白。他差不多再也没敢回头看一眼这个小村,一直向着西北方跑去。他一直跑到了大山跟前,正好一轮太阳也升起来了。

好像满山的野物都聚集到这座大山上来了,它们的吵闹声遮盖了一切,它们在欢呼一轮太阳的出生吗?曲浼眯眯眼睛,从旁边捡过一枝灌木枝条举在手里。他两手按在这根拐杖上,回望着在雾气里颤抖的整条山谷。有一个尾巴长长的野鸡从他面前不远的地方飞过,落在了一株松树上。他看清了它身上的灰蓝红三色羽毛。正注视着,突然旁边又传来了奇怪的叫声,转脸一看,就在近处站立了一只草鸮:它大大的脸部有点像人。曲浥第一次看到这样的鸟,相信这是一只流落异乡的鸟,听它的叫声多么孤单凄凉!他以前看得更多的是长耳鸮。在人们眼里,所有这类鸟都是不祥的。可是不祥的鸟却是他最喜欢的。他总能从它们开阔俊美的脸庞上看出一种悲天悯人的气度。

更远的地方有一只大杜鹃在鸣唱,这鸣唱声越来越近,越来越近,好像直迎着他而来。

真的,只一会儿他就看到了一只暗灰色的鸟飞过来,落在另一棵松树上,肥硕的尾巴刚劲地斜向上方。它站在枝桠上,好像很难平衡自己的身体。曲浥连它的两只黄脚和白白的腹部上那些黑褐色横斑都看得清清楚楚。他按在拐杖上的右手抬起来,向它打了个问候的手势。它停止了鸣叫。后来它晃了晃小脑袋飞走了。接下去他还看到了一只蓝黑色的翠鸟,一只比大杜鹃略小一点的三宝鸟。大山一侧,有一只啄木鸟发出了大声的、嘶哑的咳嗽,这咳嗽声令人胆战心惊,让人觉得黎明时分一个剪径大盗刚刚睡了一个好觉醒来,开始在那儿伸展懒腰……

多么好的太阳、百鸟喧哗的山谷!在这个早晨他突然明白了那个亲手开凿石屋、在山里度过一生的老人!他发觉自己在这个大山里找到了一位真正的导师。他想起与老人分手的情景,不禁思念起来。

他想在回去的路上一定再看一眼老人。这样想着,就鼓足了勇气,开始翻越那座大山。

老人之间

一

太阳转到南方的时候,曲浣又一次摸到了那个小山包跟前,找到了那堆叠得整整齐齐的松木劈柴。可是晃了晃那个木头小门,关得紧紧的。

他坐在了那儿。

这样等了一个多钟头,那个戴着油亮瓜皮小帽的老头终于出现了。他见曲浣蜷在门边,就像第一次见面那样吆喝一声:

"你这个鸟人!又转回来了!"

像上次见面一样,老人又留下他吃饭。但这一次没有喝酒,所以话也就少得多了。原来这是一个沉默的人。曲浣明白:如果不赶紧走掉,那么又要在这里度过一个夜晚了。不知为什么他一点也不愿离去。最后他看着老人说:

"老哥,我要走了。"

老人点点头:"走吧。"一边说一边摸起了烟锅,开始吸烟。

曲浣嗫嚅着:"我是一个新手……"

老人头也不抬地咕哝:"知道。"

曲浣坐下了。背囊从背上脱落。

老人咂着烟锅:"我第一眼就看出你是个新手,别看你穿得破衣烂衫,满脸是灰。我琢磨你可能是一个新近犯了事儿的人……"

曲浣的嘴巴惊得合不拢。

"不过你也没犯什么大事儿,不是一个黑心黑性的人。连个兔子都不敢下手,怎么能是一个黑心性呢?不过老伙计,我告诉你,要在山里活下去,就要下得手去,就得宰杀野物。我说得对不?"

曲涴点头。他的目光一刻也没有离开老人的眼睛。老人吸着烟,把手搭在他的肩膀上:"那个夜里我喝了酒,说了一些不该说的话,不过我的心可没糊涂。我说了抓'特务'的事,看到你全身一抖,知道你的来历不浅。不过我知道你不是个坏人。就是杀了人也不要紧。你要知道,有些杀人犯也是些软性子,那是他们被逼无奈——你杀了人没?"

曲涴摇头。

"那你到底为什么跑出来了?"

曲涴告诉他出来找老婆……

"谁把你的老婆掳跑了?"

曲涴尽可能通晓简洁地讲了与云嘉分手的那段经历。老人把烟锅从嘴里拔出来:

"噢,那么说是官家把你的老婆掳跑了。"

老人重新吸着烟,若有所思地看着外面:"给官家做事,就得提着脑袋啊!你看看,连个老婆也保不住……"

曲涴又给他讲了那个劳改农场的生活,讲了旁边那个更可怕的矿山,还有那些逃跑失败的伙伴、刚刚死去不久的路吟……他像对自己的兄长讲述这一切,讲着讲着忍不住呜呜地哭起来。眼前的老人只大他七八岁的样子,可是腿脚却如此硬朗。老人听着,手离开烟锅,摸了摸曲涴的头发、后背,连连叹息:"不用走了,在这儿过夜吧……"

曲涴怎么也没法使自己平静下来,他真想伏在这个兄长身上大哭一场。他认定了这是自己的兄长。是的,他是一位漂泊在外、早就为在山里准备了过夜之地的兄长……有一个执拗的声音在心底响起:我再也不离开这座石屋了,再也不想离开了。可这会是一场乞求吗?如果真的是乞求,那么我可怜巴巴的声音会打动他吗?

他会接受我吗？在我发出的乞求声里，在我逃离之后第一次请求收留的期盼中，我的自尊是否会受到伤害？

他不敢想下去，只紧紧闭上眼睛。

这是一个极其安静的夜晚，外面没有风。老头睡得很好。他睡着，呼吸平缓。可是曲涴却睡不着，他差不多一直大睁着眼睛，迎来了石屋里的第二个夜晚。

天亮了，他看到那个老人并没有挽留他的意思。他抓起了背囊。可是当背囊带子穿到胳膊上、就要背负它站起来的那一刻，他突然把它扔掉了。他上前攥住老人的胳膊说：

"老哥，让我们在一起过吧。我们互相照料，咱俩年纪都大了，也是个伴儿。到了时候，我再把老婆接来……"

老人对这一切像是早有预料，眼睛望着小石窗，看着熹微的天色。后来他走出去。曲涴也跟上出来。老人抬起头往东看去。曲涴看着他眯缝的双目，知道他在寻找东方第一缕阳光。那阳光迟迟没有伸出。就这样，两个老人一块儿等待，谁也不说话。不知过了多久，松树的枝桠间突然射出了一道橘红色光束，紧接着各种鸟雀开始了欢快蹦跳。它们在松树空隙里翻腾、打斗。曲涴差不多听见了它们的嘎嘎笑声。老人装了一锅烟吸起来，把湿漉漉的烟嘴一下子插到曲涴的嘴里。曲涴从来没有吸过烟，这时候却用力吸了一口，马上呛得咳嗽起来。老人立刻把烟锅取回，说：

"一个吸烟的人，一个不吸烟的人——这两个古怪的老头能住到一起吗？"

曲涴知道这是一句玩笑话。

又停了一瞬，老人缓缓地转过脸。曲涴看着他。他点点头，把手搭到曲涴的肩膀上："伙计，我们俩好不容易才混到一个人过的份上，这不容易啊！你还是回吧。我知道你是好意，可是我不能和你住在一块儿。"

曲浣觉得身上像被人打了一掌,周身都感到疼痛。他往后倒退了几步。他的脸热辣辣的。他在这个时刻才明显感到,他的自尊受到了真正沉重的一击。他像被当众鞭了一番似的。

他一声没吭,咬着牙到土炕上抓起背囊,背上肩膀,低着头走出来。

那个老人看也没看一眼,一直在盯着松树间打斗的鸟雀和那一缕缕彩色的阳光。他向老人道一声别,嗓音嘶哑。可是老人一声没应。曲浣往大山深处走去了。他走开了一段,又站住了。

他转过身,直盯盯地看着被霞光勾勒出清晰剪影的那个老人。他这时才发现:这个人像自己一样瘦弱、矮小。可是这个人的心多硬啊。难道就这样离去吗?不!他往回走了几步,又走了几步。

"老哥,我就要走了,我想最后问你一句:到底为什么?"

老人这才转过身,点点头:"好吧。就告诉你。我这个人哪,和谁也合不到一块儿去。时间短了行,我们可以成个好友,时间长了咱俩就会结仇。你想知道吗?我告诉你,我和我的兄弟也合不到一块儿去,我让你走开是为了和你做个朋友,免得日后成了仇人。我也想告诉你:你要真把我当成朋友的话,那么有工夫就来看看我。有用得着我的地方也来找我,保险错不了。我还想劝你,千万不要和别人合到一块儿过,人和人是合不到一块儿去的。你逃出来了,成了一个人,就要一个人去过日月。你说年纪大了,活不久了,要互相照料,这又错了。还是自己照料自己吧。能活就好好活,不能活就一个人去死。"

曲浣"啊啊"两声,站在原地一动不动。老人把手搭到他肩膀上:"好兄弟,记住我的话吧。"

这一次他们真的分手了。曲浣转过身去,再也没有回头。

二

曲浣尽力回忆他所见到的那个皮扣是怎么做成的。实践了多次,没成。在山的慢坡上寻找野兔奔跑的印痕,就在野兔经过之地结了扣子。他记起那个老人下的皮扣是很奇特的,它是活的,很宽松,只要奔跑的兔子一沾上就会被勒住,而且越挣越紧。山上的兔子多极了,它们来回奔跑,在光秃的山坡踩上了一溜溜小路。曲涴真想转回去,跟那个石屋老人学几手,但还是忍住了。他记住了老人的话:一个人要死就自己去死。他明白与此对应的一句就是:一个人要活就好好活。是的,我正在设法。我都明白。

他在印满了兔蹄的路上结的几次皮扣都失败了。

大约是第五六天上,他终于听到了山坡上传来的尖利叫声。他的全身都抖,被这成功弄得不知所措。当他跑到那个兔子跟前,又有了另一种痛苦。兔子亮晶晶的眼睛,它的哀号,滚动挣扎……曲涴犹豫着,后来还是捡起石块击中了兔子。这是他第一次宰杀野物。

他进山来第一次吃上了香喷喷的兔肉。他不断回味着与那个老人的谈话,记起老人来自富豪人家——他是为了一个女人跟家里人闹翻了。还有,他与自己的兄弟也合不到一起。那是一个真正可怕的老家伙。比起他来,自己还像一个刚醒世事的娃娃。是的,刚刚学会在莽野和大山里走路。那个人竟然能在大山里开凿出自己的一座石屋。显而易见,他的一辈子都是一个人度过,接下去还要一个人老死在那里。这是为什么?为什么要这样?他到底经历了什么?除了他自己的简单叙述,还有什么更可怕的磨难?曲涴明白那只是老人自己的事情。那个老人身上凝聚着可怕的人生。老人的决绝、坚毅,令人恐惧。一个人真的可以这样一生独处、面对荒野吗?如果不是亲眼所见,他无论如何也不会相信。

这需要一种超乎寻常的力量。这种力量来自哪里?曲涴反复琢磨,最后认定这种力量也同样只能是一种"爱力"。除此而外将没有任何力量可以使人做得如此决绝。

这个夜晚他又在日记上写字了。后来只要有一点工夫,他就要记下一些什么。他甚至追记了去干校和劳改农场之前的生活。除了搞食物、记笔记,就是蜷在小窝棚里,一个人低一声高一声地说话。这里没有人。他要弄明白一人独处到底是怎么一回事,弄明白一个人所需要的到底是什么。

那是一种呼唤和被呼唤,是被一双目光若有若无的注视,是两个人的倾心交谈……他明白了:这种交谈不能有任何人打扰。

你啊,不知是否看到了我现在的模样:茂长的连鬓胡须,长一根短一根的白发,越来越硬的皱纹,还有,我亲手搭起的这个窝棚……多么好的窝棚啊,它虽然小,却是按照我们俩共同生活的需要搭起的。我在山里认了一个真正的兄长,他教给我怎样独处。他说:"你好不容易才变成了一个人,那么就一个人过下去吧。"他拒绝了与之相伴的恳求,心硬如铁。他把我重新赶回了一个人的世界。我明白了,他是让我一刻也不要忘记,让我永远把你珍藏心间。我想着你,记着你,与你紧紧相拥一起,我们俩就合成了一个人。你现在到底在哪?云嘉,云嘉!只有你的一双眼睛看着我,可是你到底在哪儿啊?还有我们的孩子——他在哪儿?

还会有那个时刻、那一天吗?你将和我一块儿惊讶,惊讶一个老人的激动和狂想。那时候不需要原谅,不需要解释,什么也不需要。你会告诉我急切的盼望、你的爱、你的真心拥有。可是我不愿相信,我将怀疑自己……我把耳朵贴上皮肤,直到现在仍然感到了我们共同的生命。我感到了他在活动。病苦、胆怯、焦虑,这些算得了什么?你说:"我不信,我不信这是真的。"天哪,在那个时刻,我真的变成了一个幸福的怪物。我好像比现在还要尴尬,那真像一个挂着鼻涕的长不大的孩子。你那么宽厚,能够容忍一切。你真的是一片土地,而我只是一棵草、一株树,是你身上发出的微不足道的一株嫩芽。我离开了你就是离开了土地。我一直站在一个摇摇欲坠的崖顶,随时都可能跌个粉身碎骨。只是我强忍着,揪住了,再不松手。我一个人坚持着。

我又记起了那沸动的人群,那举成一片的拳头,想起了你和我站在一块儿瑟瑟发抖的日子,那些倾泻而来、劈头盖脸的污声垢语。我在想:到底是他们疯狂了还是我们疯狂了?后来我坚信是他们疯狂了。我不敢走到他们中间。那个石屋里的老人原来是让我离开疯狂的人群,让我真正做到一人独处。是的,我正努力去做,我差不多做到了。

躺在这片小水湾旁,背后是孤零零的茅棚,就是这样。我们也有疯狂的时候。那一天你说:"老师,我害怕……我渴望……我什么也不懂!我真的什么也不懂!"你把我叫成了老师。是的,老师。可怜巴巴的老师,双手颤抖,满口疯话。我不得不告诉你,他和你一样,什么也不懂。他渴望,他痴迷,汗水淋漓。云嘉,如果我没有记错的话,我极少抱怨。因为我明白,这巨大的幸福对我来说已经是太多了、太过分了!该有更大的困苦和不能忍受的什么来平衡和抵消。不然的话,那就是老天爷的算术出了问题。我有一件事情一直隐瞒了你,也许它会隐瞒一辈子。因为说出来对你太残忍了,太残忍了——你爱上的是一个伪君子、一个大骗子。他是一个不折不扣的罪犯,一个奸污傻女的卑鄙之徒。他用金钱堵住了受害人的嘴,逃过了人间的惩罚。比起这桩欺骗更大更深远的还有他的身份——一个徒有其名的"大专家"、"大学者"。是的,他似乎拥有这个身份所应具备的一切,比如留学经历、西装革履、拐杖、一点怪癖、几本小书、几句惊人之语……是这些。其实迄今为止他还没有什么真正惊人的创见,也没有任何尖利危险的倡议,更没有奋不顾身的冲撞。说白了,他不是鹰,连捞点小鱼小虾的水鸟都配不上,只不过是和平鸽而已;有时候,只要机会合适,他说不定还会尝试着去做一只八哥或鹦鹉呢。一个"名流"和"大学者"所需要的

"概念",在他这儿是完成了的,于是也就轻而易举地蒙骗了你,进而蒙骗了更多的人——他们真的煞有介事地对其大动干戈,甚至不顾成本地大规模围剿起来。而他在干校和农场遇到的许多人,他们甚至更加不如呢——这些人差不多个个平庸、个个无害——官家对他们这样干真是划不来,这样干,只能说是疯了……我深夜里总觉得自己有罪,我的伪装和骗术得以成功,才吸引了这么多的官家疯子,浪费了国家那么多的资源……后来,尽管这种惩罚的机会来了,但它比起我已经获取的东西、难言的巨大幸福,还仍然显得微不足道。比如眼下,在这片大山脚下我苦吗?饥饿、寒冷、孤单,都围上了我。可是它们却不知我心里装下了什么。我依靠你的目光就可以把一切赶跑,它们不知我这个皱巴巴的老头身上蓄满了怎样的一种力量。是的,你多少次惊异于我的力量。你曾经问:你心里为什么装下了那么多东西?后来你还惊异于别的,你认为像一个手持拐杖、走路慢慢腾腾的老人不可能拥有那样的力量。今天让我来告诉你,我经过了很长时间的思考才弄明白这是一种什么样的力量。我们曾一次又一次地讨论:是的,它的名字叫"爱力"!

就是这种力抵消了痛楚,让我们变得能够忍受,让我们变得绝望中有了指望,悲愤中有了幻想,而且让我们变得——又善良又残忍。

我刚刚捕获了大山里的一个小生灵,它本来与我一块儿在这里活着,呼吸着,可是……我极有可能因此而受到惩罚,那就等待吧。这是我有生以来所做过的又一件真正恐怖的事情。我等待着惩罚。

我依靠回忆,回忆我们初次相识以及后来的一切来活着。我在努力追忆每一个细节,让它滋润我。我发现自己在这座大山里又一次走进了热恋,又一次度过青春。你曾经问过:"你真的敢说你一开始就把我当成了一个纯粹的、像别人一样的学生吗?"我不敢贸然回答。我点点头:"我想是的。""真的吗?"你固执地问,可我没有吭声。我想告诉你:我什么都懂。像任何人一样,奢望总是有的。与别人不同的是,我的奢望一直存活、存在,它永远不会熄灭。他们把我们活活分离了,可我们的心却没有一刻不是相依一起。他们把我投放到干校,甚至是监狱,可是他们仍然没法把你我分开。我知道,只要我们的生命连在一起,谁也没法把我们杀死。我活着,直到现在还活着。我与你相依相偎的旅途上再也无遮无拦,那真是大路通天,任我疯迷奔走。我浑身被爱火烧成了灰炭,所以就再也不怕寒冷。

我已经想好了对付冬天的办法。度过了冬天,又将是春天。它来临的时候,我会踏着一片绿色去寻你。我留着自己的一双眼睛就是为了看到你,为了辨认路径,为了牵上你的手,把你引到我的窝棚里来。你等着我,你不要灰心,我会找到你的。等那些痴癫的人群安静下来,等那个春天来到的时候,我一定会准时赶到你的身边。那时你牵紧孩子的手迎接丈夫吧。

你这个又矮又小、木木讷讷的丈夫,你太了解他了。他其貌不扬,手持拐杖,可怜巴巴,但就是招人忌恨。

他终究会活着走出大山,走到你的面前,那时候你就会明白:他仍然是你的丈夫。你们是一个人,你们合成了一个人。

三

好像响起了一声枪响。他从窝棚里摸出来,没有看到人影。后来又是几声,这次他听得清清楚楚。枪响的方向好像就在他攀过的那座大山背后。他一动不动地盯着那里,不知道是谁走进了大山深处。他的心怦怦乱跳。后来模模糊糊看出山崖上有了晃动的人影,一个,两个,三个,是三个猎人!他伏到灌木枝条下盯住他们。他一直趴在那儿,呼吸放得很轻,等待着。那三个人影晃动了一会儿竟然变大了——他突然明白,他们正从那个高坡上往西遥望,一定会看到这一片亮亮的水。那三个人会被它吸引过来的。

他这样想着,回到了窝棚。他小声咕哝:"我该赶紧躲开他们,躲开……"

他把窝棚里的东西胡乱塞到背囊里,然后又在灌木的遮掩下藏到那个水湾旁边密密的蒲苇里。

三个猎人的脚步声终于响起来了。他拨开蒲苇看着三个人在水边徘徊。后来其中的一个伸手指着什么大声吆喝,原来他们发现了窝棚。三个人飞快地走了过去。他看清那三个猎人打了裹腿,其中的一个背了很大的帆布背囊,里面大概装了猎物,因为背包上有一些干结的血块。他知道这是一些职业猎手,也只有他们才敢走进大山深处。三个人蹲在窝棚前看了一会儿才走进去。他们在窝棚里停得久了些,重新出来时一声不吭。他们好像有点害怕,低头看着地上的踪迹。那个满脸苍黑的高个子往前走了一步,迎着一片灌木和密密的杂草吆喝:

"喂!伙计,你在哪里?出来吧!"

曲䄂把身子缩得更小了,屏住呼吸,直眼盯着他们。三个人转向不同的方向高一声低一声吆喝。他们的吆喝声落下之后,山野里变得如此沉寂。这样一会儿,他们又走到水湾旁边。一个人往水湾里抛了一块石头,说:

"水好深哪!"

另一个人说:"这可真是一个好地方啊,有山有水,到处绿蓬蓬的,这个人可真会找地方。看起来他在这儿住了一些日子,可能住腻了,回去了。"

这样议论了一会儿,他们又顺着来路走了。曲䄂明白,他们不敢继续向西走,不敢走进大山的更深处。他吁了一口气。三个人的脚步声越来越远,三个黑影变小了。

这几个猎人引起了曲浣真正的不安。他不得不琢磨是否在这儿住下去。显然这还不是一个断绝人迹的地方,既然有猎人来光顾,那么就会有其他人。他害怕了。这时候他强烈地希望自己从这个世界上消逝。

这一天无论是做饭还是夜间躺下,他都在思考同一个问题。他不忍离开这儿,这是他一点点经营起来的一个小窝。可是这儿已经被人发现了,这儿再也不会安宁……他徘徊再三,不忍离去。

有好几次,他走开又回来。可是他担心有人在毫无防备的时刻突然出现在面前。他怕,怕一切人。他知道人的好奇心一旦被撩拨起来是很难消失的,那些人一定还会转来。当然,那些人不一定是坏人,可他害怕。

最后他把所有东西都背上肩头,离去前跪下来,在一片蒲苇跟前,向着水湾和窝棚磕了一个头,然后就向着西面那一片苍茫大山走去了……

…………

深夜,他第一次听到了野狼的吼叫。刚开始不知那是什么声音,它甚至像一种委婉的歌唱。他认为在这大山深处,在这看不透的葛藤和丛林内部,本来就会有各种各样的动物。他听见了鸟的笑声。"会笑的鸟,"他在日记上写道,"我听到了一只鸟在哈哈大笑。我估计它的年龄不会小于我,因为它的声音粗浊而沉重。"可是当狼的吼叫最后让他明白过来的时候,他就有点担心了。他想弄明白它们有几只:一只,两只,三只……后来他就搞不清了。他开始点一堆火,他知道狼怕火,别的野物也怕火。可是一想这火先要把自己暴露在一片光明里,又有了另一种担心。无数的山里传闻都涌上脑际,山有山魈,海有海怪,那些乡间老人讲的无数故事这会儿随时都可以变成真的。他把火焰拨得旺旺的。夜间有些寒冷,一些带翅膀的虫子从一旁飞来,投进火里,"嗞"一声球起,又很快变成了一小点赤红的炭火。

狼的吼叫一声又一声,它们满怀希望地叫着。听得出,它们在那儿徘徊。曲涴从来没有见过狼,好像以前在动物园里也没有注意过。他记起的是那些在野地里奔跑厮咬的狗。

他守着一堆篝火,一夜不能安眠。有时他实在困了就迷糊过去,醒来第一件事就是倾听远处野物的吼叫。狼并不总是在那个山包上吼,他觉得四下里都是一种晶亮的野物眼睛,它们都一齐围着这堆火,随时会缩小它们的包围圈。他觉得自己一直在这蓝幽幽的野兽盯视下。只有这时他才明白,那个石屋老人为什么要开凿一个结实的窝。他想很早以前那儿的野物也许像这里的一样多。不过他也由此增添了一点猎杀野物的勇气和决心。

他绞尽脑汁想着逮它们的办法,用皮扣、陷坑……各种办法都试过,收效甚微。后来他不得不把那些在篝火旁死去的飞虫收拢起来,饿得实在忍不住就吃一点。他渐渐适应了各种腥膻。有的虫子有一股辣味,但他已经可以识别它们了。他想找一个石洞,后来真的找到了一个。

那个洞子干燥、宽敞,而且还有一些碎草屑末。当时他愣了一下,以为这是一个人居住过的地方,或者是野物洞穴;后来他才认出是大风旋进的草屑。但无论如何这是一个再好也没有的住处了。他发现洞穴前面有一条砾石沟,砾石中间是一些很细的白沙,上面有水流过的痕迹。这说明在夏秋水旺季节会有一条潺潺小溪。这真是一个好去处。

只是洞口有点大了。他开始动手用石块把洞口塞上一半,另一半就可以安一个柴门,他干得兴致勃勃。他的那把铁铲派上了用场,用它挖坑、铲地,最后又把它磨得十分锋利,这就可以当刀子用了。

为了对付野物,他想制造一点武器。他想起书上的描绘,于是模仿古人做一把弓箭。他选择了各种各样的材料来制作,结果都失败了。他还想有一把矛枪,这样,在关键时刻可以抵挡一阵。那必须选坚硬的木头。一开始他找到了青冈树和柞木,这些壳斗科树木木质坚硬。可是后来他发现它们的粗斜纹理很容易在剧烈撞击下斜茬儿断掉。他最后找到了一株野核桃树,它的木质坚硬得让他吃惊,用石块敲打,竟发出了当当声。他一点点刮削,又在石头上打磨,终于做成了一支矛枪尖头,镶在了一根长长的腊木杆上。

那个阔大的山洞由于安了木门,真的像一间小窑洞。里边也被他好好修整一番。他敲去了所有凸出的石块,又用干蒲草编了一张席子,席子下用松软的草屑塞紧;甚至还用蒲草编了一个软绵绵的枕头。后来他又在石壁上凿出一个窝洞,用石板隔成两层:上一层放背囊里的杂乱东西,下一层放仅有的那一本书、纸和笔。他觉得这儿比那个水湾旁的小窝棚奢华多了。

他可以一个又一个钟头躺在洞子里,透过木门看着外面的景色,听着啾啾鸟叫和远处传来的那些大型野物的嘶鸣。他甚至想找一块平整的石板做成一个书桌——这个想法让他整整高兴了好几天。剩下的事情就是找那样的一块石板了。

他从此就格外留意起来。除了采一些浆果、上一年秋天留下的坚果,再就是采药了。他知道很少有出卖它们的机会了。所有的草药都被分门别类地晒好、捆绑好,放在一个角落。他觉得自己就要成为一个医生了,并首先试着为自己治病。他觉得最有把握医治腹泻和焦躁、牙龈肿痛。每到了两眼模糊涩痒、视物昏花时,他就吃一种裂叶牵牛。它属于旋花科,一年生缠绕木本,全身披满了粗硬的毛刺,花冠呈漏斗状,开着白色、紫蓝色和紫红色的花。他曾经用它烧过水,成功地治好了自己的热病。他最担心的还是自己的眼睛,因为它越来越花,视物模糊。有一次他眼瞅着黑色的石壁上有一个椭圆形的通洞,伸手摸一下,石头却碰了他的手。他揉揉眼定睛去看,石壁依旧。他于是知道眼睛出了毛病,吓了一头冷汗。天哪,如果眼睛出了毛病,那就真的完了。他从书上查找那些利眼的草药,后来看到金银花烧水洗眼可以治好眼病,就到处找金银花。他相信在这罕无人迹的高山峻岭间,什么奇怪的花草都会有,只要耐心就成。

最后,他终于找到了一棵金银花树,它已经长得很老了,攀在一道陡陡的石坎上。他折下一些嫩枝,因为这个时令已经过了花期。把这些枝叶放在铝钵里煎过,然后就用它洗眼。

洗过的眼睛果然好多了。

那些隔年的坚果还在树梢上,它们都保存良好,是他的真正口粮。这些坚果积攒了很多,一有空闲他就用石块砸开。可惜它们的种仁很小。这是过冬的食物,在寒冷的冬天,他将靠它们糊口。

他仍然在寻找那样一块石板。有一天他终于找到了:呈三角形,大约一点五平方米。他试着把它的尖棱敲掉,小心地凿着。可是后来敲打时一不小心,它从中间裂掉了!这真让他惋惜。又费了几天的工夫,才从一个沟坎下找到了另一块青色石板。这个石板大约只有一平方米左右,可是它的表面十分光滑。它呈椭圆形,用不着敲打。只是,用什么办法把它搬到那个洞子里?

他想起了路吟。那个小伙子如果在,一个人就可以把它扛走。"路吟哪!"他呼叫着,看着山豁口蓝蓝的那片天空,一直呼叫了很久。他低下头,想着怎样对付这块石板。石板太可爱了,他不能不拥有它。可是直到天黑下来,他还是没有想出办法。

第二天他仍在打它的主意。睡觉,吃饭,采野果……只要一有空闲他就琢磨怎么把那块石板搞回来。他估摸了一下,从沟坎到石洞有一百多米远,这中间还要经过一个坡地。他端量着矛枪,脑子一动。找两枝很长的木杆垫在下边,用力一拥石板就动了!他搞了许多木杆铺下来,又用一根结实的木棒在石板后面撬着。

费了三四天工夫,他终于把它挪到了洞子里。

他搞成了一个小写字台。这简直让他高兴到了极点。他用一点水把它洗净,然后就可以写字了。盘腿坐在自编的席子上,充满欢欣。闭着眼睛,这简直像回到了很久以前那个单身宿舍。他甚至重新闻到了书的香味。他突然想给云嘉写一封信,虽然很可能今生都没有机会把它发走。他还想给天南海北的那些老友写一封信……他扳着手指,突然之间记起了许多人。

在很长一段时间里他把他们都遗忘了……不停地写,不停地写,有时候兴奋地站起,在洞子里走动;有时喃喃自语,忘记了一切。

我的朋友!奇怪的是我在这宇宙里找到了一个光明的空洞,避开黑暗和严寒。它充满了光,何等明亮。我将不必到别处寻找,我将在此参悟玄机。我在黑夜里得了一把灵琴,摸到了琴弦。轻轻一弹,光明四溅,如同冰,如同琉璃,如同碎瓶。我叩弦频频,看见缤纷五彩,如鹏鸟之翼,锦鸡之尾。我看到了星月云水,禽兽草木,它们都在心怀里荡漾。自此我感觉不到人我之界、悲喜之界,意绪飘摇,由美而学,美与非美。我懂得了 aesthetics(美学)和德语中的 aesthetik,为什么源出于希腊文 cnco-trnos'("关于感觉性的学问")。它是感觉情绪的学科吗?是的,但却不止于此。如何从实验上研究能引起我们美感的客观物界的性质与法则,以及从实验心理学的角度考察主观心界的联想作用;还有空想、通感、直观、自然美、艺术美,即"真美"……性质和法则,等等。

他睁开眼睛,又发现眼前有一片明亮的通洞。"是的,我找到了一个明亮的通洞。"在这通洞里,一切都变得灿烂、绚丽,让他沉迷、激动。他觉得自己坐在这儿,直到走上圆寂,直到坐化。他觉得自己的心灵直达神界。

他直眼盯着这光华四溢的明亮通洞。后来他才发现,这通洞是从坚实的木门空隙里射进来的一束阳光。他迎着那束光看去,眼睛很快渗出了泪水。他擦了擦眼睛,差不多都把脸对上去了。

他觉得奇怪的是,在这明亮的通洞里还有一个黑黑的东西,它似乎在那儿沉默着。他极力辨认它。后来他才看出:它是一只棕熊。

棕熊沉默着,身腰滚圆安坐一方,像一个老人……

岁月的尽头

一

他的眼睛什么也看不见,眼前竟然是一片空白。他喃喃着:"我并非失明。失明将出现两眼漆黑,而我的面前只是一片云雾,是这片云雾遮去了一切。"不久前他还看见过一只老熊,他与它隔着一道木门。它坐在那儿,神态自若。他那时竟没有感到一丝恐慌,也没有想到去摸身边那杆长矛。他竟然好奇地走到门前,与它对坐。他费力地看着它,看出那是一个很老的家伙,大概与自己的年纪差不多。除非是一个老家伙,不然哪会有这样安详的神态。

他闭上眼睛,想等待眼前这阵云雾飘过。不知过了多长时间,再次睁开眼睛,那只老熊没有了。

打开木门,看了看它刚刚坐过的痕迹:一个凹陷,几个大大的掌印。不错,真是它。他四处观望,看不见它的踪影。他想:它是来寻找故园的吗?他突然记起刚来洞子时感到的那种怪异,他那会儿似乎还在洞子里闻到了一种奇怪的膻臭气。当时他就该明白啊！眼下他似乎对一切都了然于心了,咕哝说:"老家伙,你的窝被另一个老家伙占了！不过你怎么弃家出走那么久？你到哪里去了？你想回来歇息吗？你的窝里住上了另一个老家伙……"这样咕哝着,又坐在那只老熊的位置上往洞里望了望。"你是一个很聪明的家伙,你不愿进来与我做伴,也不愿争吵,看了一会儿就走开了。好,我钦佩你的智慧和气度。实际上别看你老了,你的力气比我大得多。就看你的两只粗胳膊吧。你奋起一掌,就可以把这个木门拍碎,然后再把我这身老骨头揉散,那样,我这一辈子的账也就结了……"

他望望天色。剩下的一段时间他没有忘记去加固这个木门。他想起应该找一根很粗的木棒,在安歇时从里面顶上。还有,加固洞口那道石墙。"尽管你是个了不起的老家伙,但我还是得提防你。俗话说'人心隔肚皮'。况且你根本就不是一个人,你我一样,都是怪物。我可不愿向你诉说我的历史。我这人嘛,有一颗别人怎么也捉摸不透的阴乎乎的心……"他咕哝,叹气,把一些石块堆起来。那个老熊想要推倒这个石墙就要爬上滚石,这些石头一滑动说不定就会让它跌个跟头。"如今这个年头啊,老家伙对老家伙也不客气了,对不起了。这可是在大山里边,伙计!"他想起了石屋老人,望着东南方说:"老哥,我跟这个老熊相会,只隔着一道门,我们安安静静看了一会儿就分手了。我想这只老熊像你。这片大山真的太深太大了,它孕育出的这些精灵如此不可思议。它走了,用一片云雾遮去了我的视线,可是我却仍然不停地凝望着,想探究它的那颗幽邃的灵魂。在此,我感到了大自然的精灵在呼吸,在注视。这个精灵纵身一跃,瞬间就化入了大山。我只有闭上眼睛才能感到它的气息。精灵像天上的流云,像一棵草,一朵花一滴水,它是无所不在的一个神奇。它是刚烈与温柔,它是青春与老迈。我与这万千大山精灵一样,开始吃坚果、采野蜜、饮山水。我把可食的野菜采下来晒干,备下过冬。我把那些软软的茅草采下来揉制、扎实,再用树皮把它们系紧,编成帘子和毛毡,抵挡寒冷。我随处可以看到游蛇、乌鸦、山兔,看到叫声凄凉的草鹗和嗓子沙哑的老野鸡。啄木鸟在山隙里敲击出清脆的梆子声,那悦耳的节奏一阵比一阵急促。这儿的一切都令我感激,我忍不住常常问:这是我最后的田园、最后的归宿、最后的一块净土吗?"

他自语不息,手也不息。这时候他又想起了一个老友。那个人是另一所大学的著名教授,算是一个"同道"。他与那个人长期不睦,在纸上吵了多半辈子。前些年曲涴听说他像自己一样,也被打发到一个什么地方去了。终于,他们各自被拘束在一个地方,再也没有机会争吵了。他们甚至都不能通信。他想起那个老家伙有点歪斜的眼睛和那极其古怪的思维,这会儿再次认定:他显然是一个领域内最刁钻、最优秀的人物之一。可是他有打老婆的毛病。他的老婆是一个瘦小的女人,沉默、内向,据说二十多岁就学会了吸烟。那时候她可是一个极其俊俏的小人儿。"小东西。"他歪斜着眼睛对老朋友介绍她。小老太婆不以为然地看他一眼。那时候曲涴发现,她的鼻中沟很深。这位老教授来自东部半岛,在那里度过了童年和少年时代,所以沾染上了半岛东部的一个恶习:打老婆。眼下这个老东西肯定也和老伴分离了——如果他有幸早一点回到城里,但愿他能改掉这个毛病……他想到这儿,认为非常重要,就赶紧铺开一沓纸写道:"……根除恶习就像戒烟,请你务必戒掉,切切。"

接着他又回忆起他们两人十几年前的一场争论。那可真是激烈啊!他想应该趁这会儿头脑还算清晰,对这场争论来一个总结,不然就来不及了。他从头想着,想着,写道:"我突然想到你是对的。然而为什么对了,你却未必知道!"他歪了歪头,又写下去:"你是一个爱炫耀的家伙,你曾说过老伴年轻时藏下了一对漂亮的银手镯。我当时大不以为然。现在我突然记起自己婚后对方曾给我展示过的一副翡翠耳环……当然她从来没有戴过。老伙计,我们应该研究这些东西的来路。"他又写到那个农场,写到了蓝玉:"……老伙计,我不知道你们那儿的工作人员姓甚名谁,我只想给你讲一个蓝玉。此人不足五十,至今单身;一个冷酷的、不近女色的、行为规范然而极为阴险的人。他的下巴那儿很像你,不过你的歪斜眼使你变得有些费解。要理解你是最难的事情了。总之,我希望你在有生之年戒掉那些不好的毛病。你还像过去那样,有时半月不洗澡吗?呜呼!"

他把写下的字像信一样折好,又仔细写上姓名地址。这一切做完后,他又想起该给一个年轻人写点什么……"我视你如子,可谓情同手足,希望你忘掉我们之间的争执和情感上的龌龊。我相信我妻子像我一样,一切心知肚明。我们从来没有议论起那些事情。我知道,我们两颗心隔开了千山万壑,却又近在咫尺。我相信淳于云嘉是个好姑娘,由于不慎,也由于其他未必能够自我解决的矛盾,才将你一手引出了陷阱,同时又用另一只手把你推入了深渊。我怀念你,你是我最好的弟子。然而我们都同样自私、执拗、顽强,至死不会服输。那个春天我拄着拐杖,有惊无险。孩子,你决想不到我在人生的最后一截会抛弃拐杖,伸开满是老茧的十指去搬动大石,把自己堵进山洞。我面对着一头老熊,把笑声压进喉咙……你今年该是多大年纪?"

当他的笔画下一个问号时,突然明白这些话是写给弟子路吟的。"噢,一个归天的孩子!"他闭上眼睛,一边把写到半截的一张纸折上。

"大俊儿,如今仍放心不下你。相信我是因你而铸成了大罪的人,而今正在赎罪。你善良的母亲,还有你,我在这里再一次为你们祝福了。我那一点钱算不了什么,如果能有那么一天、有一点点机会,我还会做出新的补偿,聊作安慰。不知近况。牵挂。"

所有写出的字纸都规规矩矩折好,放在一块儿。

他几乎把所有空闲时间都用在写字上。为了节省纸张,他的字写得很小,真的像蚂蚁一样。这些字大部分是写给她的。

"……我的生命由此得到延续。你洞悉我的一切秘密。在你面前,我何等贫寒。我觉得我在施展一种魔法,骗取你的敬仰。肮脏污浊,一个干瘪老头应该在十年前就开始研究如何守身如玉。然而他是无耻的老鳏夫,一条狗,一只狐狸,有时候也会变成一只疯狂的狼。在你面前,我总是感到里里外外的卑劣和龌龊、卑微渺小。你是曙光,我是暮色。你更是明朗的春天。你看见春天梨花开出的洁白花瓣和它长长的蒂梗吗?我想那该是你的形象。我在死前将一次次回忆你的亲吻。我心中有一篇苍老的诗,它接触了你的嘴唇,就变得娇嫩。我是搞这个的老家伙,我大概懂得美吧。我懂,我这一行没有选错。我气喘吁吁,可是我把一个身强力壮的毛头小伙子给干掉了。我将由此而悔恨而狂喜。我对不住这个孩子。你亲眼看见一个师长压迫后学的典型案例,你由此也该明白所谓的'老学者'的阴谋更其可怕。不错,那些后生说得句句切中,我是'一个阴险的权威'。'有人用刀杀人,而你是用笔杀人。你杀人成千上万,只不过不见一滴血'。是的,在这数不清的苍白尸体面前,夫复何言?我只有沉默,躲开人群,面向石壁,终生自省……"

二

这一天夜里,他没有忘记用那根粗粗的木杠将门顶牢。他睡得很香。早晨醒来,太阳已经把石洞子照亮。他爬起来揉一下眼。一夜的歇息使他兴致勃勃,好奇心也陡然增长。他想看点什么,凑到门前,结果又发现了那只棕熊。

它仍然像上一次那样,端坐一旁,沉默忧伤地望着黑乎乎的洞子。大概它在这儿坐了很久,因为它头顶的毛发都被露水打湿了。它一动不动地坐着,简直稳如泰山。

他小声说道:"很对不起了,你不知道遇到的是一个很有心机的、很坏的老家伙,周遭被他干掉的东西很多。我一看见你那副悲天悯人的模样,就忍不住要笑。老伙计,你看你头上的毛发有多长?简直可以编一个小辫子了。走开吧,走开吧,忙自己的事情去吧。你如果活腻了就走开,一个人躲到大山后边去死。死其实是很容易的事情,我在大山里的老师告诉了这么一条原理:老了,死了,没有了,完了,就是这么简单!你是想最后看看生活了多半辈子的老窝吗?那就看看吧,看够了就走吧。你应该明白,这个年头,老家伙对老家伙也不会客气了。你是盼着这个木门打开,让你摇摇摆摆地走进来、从嘴巴里喷出消化不良的满口酸气吗?我可没有那么傻,我的洞子里还有这家伙——"曲涴说着把眼睛斜向摆在一边的尖尖矛枪,甚至用粗糙的食指点了一下那东西。

他看到棕熊的目光更为怜悯。他们隔着一道木栅门相对而坐。

太阳升到树梢那么高,老熊离去了。但曲涴迟迟不敢打开木门。待了许久才走出,像上次一样,棕熊了无踪影。他不知这是否是它最后一次光顾,又想:这个老家伙在回访自己的故居,对它来说,已经是看一眼没一眼的事了!他明白,从它的眼神上看,那的确是一个老家伙了。不错,它很老,像我一样,虽然我们都没叼上一支烟斗。由此又想起那个"同道",那个老教授:那个有趣的斜眼,打不败的老手,这家伙总是要里外叼着一只烟斗,故作深奥。不过他也的确深奥。这家伙从年轻到老迈都有各种各样的古怪传说,有些事情并非该当一个学者所为。有人传言他六十岁那年还向一个十八九岁的女学生写过热烈的情话。据说那个女学生姓张,古临淄一带人,毛发黄黄,臀部较大,走路扭捏,可是打扮极其质朴,双眼特别迷人。这次当然不会成功。斜眼老家伙因此而焦虑成疾,夜不能寐,最后进了医院。曲湸一想起他就要写点什么:"你是一个何等古怪的家伙!不过我觉得你正因此而可爱着。"他还记起了一次学术会议,正是那一次,学会要选副会长——当然了,会长我们不敢问鼎,它要留给另一位大而无当的家伙;"副会长"三个名额,我们两位可得较量一番了。"最后,你比我多了三票,那是你吸着烟斗想出来的鬼点子。你做了手脚。我对你那个鼻中沟很深、常常挨你一顿拳脚的老伴说:'你们那个老家伙暗中做了手脚,信否?'她点点头:'错不了!'你看你这个老家伙,我到现在依然记得你那些鬼把戏。不过我正因此而喜欢你。"他想了想,又写道:"随着暮年将至,我不由得想起其他一些事情。身居荒野,遥想当年,倍思同仁。我想只有你堪负重任。你的生命力何等强盛。我才不信你会那么容易就闭上两眼。你是个沉得住气的人,临死还会好好吸上两锅烟。所以我想跟你托付个事情(不过也有些担心):我想在百年之后将云嘉和孩子托付于你。我知道时间不久了,说不定我会早早撒手归西。不过说句心里话,你这个斜眼,我对你仍不放心……"

…………

春天终于要来了,冰雪开始消融。只有崖坡仍然是冰封雪寒。又到了百鸟齐鸣的时候了,野物满山奔腾。一朵朵白云像肥羊一样藏到大山背后,好季节快来了。满山野物经过长长的冬眠,一朝苏醒。曲湸入乡随俗,好像也经历了长长的冬眠。是的,风搅着雪粉,一连十多天围困他的居所,他那时差不多一整月里都靠门前的积雪熬粥烧水。

"我一定要熬过这个冬天。"那时他告诉自己。

他认为他采集的野果最有滋养。而且为了这个冬天,他备了好多木炭和烧柴,甚至晒了很多干肉。一个最重要的问题就是怎样节省食盐。他已经好久没有往菜汤里放盐了。他总习惯于空口抿一点盐粒,享受那种奇妙的滋味。这个冬天他有几次病倒,病好之后,身体衰弱得要扶着洞壁才能站起。这期间他的眼睛又犯了几次毛病,好几次眼前又被一片白雾蒙住。病得最重的那一次躺了十几天;有好几次已经完全绝望了,浑身发抖,呼吸急促。一天半夜,他甚至真的在等待呼吸慢慢平息下来、细弱下来、最后一点点消失……他的手按在脉搏上,后来这脉搏快要感觉不到了。一个念头涌出来:我终于挨不到那个春天了!

可是第二天早晨,他睁开眼睛,看到角落里的一堆野果核,竟然又有了咀嚼它的欲望。他忍着吃了一枚野榛子,又吃了一个核桃。缸子里有一点水,他喝下去。当他放杯子的时候,好像听到了什么。后来他才发现:门外不知什么时候聚集了好几条狼。这一回他终于看清了它们的模样。他觉得它们都很腼腆,但腼腆中又透着一种焦躁,"它们只是脾气不好而已,"他说,"不过,我这一次还能活过来。"

第二天他爬着,爬到一个角落,终于想法把熄灭的炉火又点起来了。劈劈啪啪,火烧起来,他心中的希望也升腾起来了。

他成功地熬了一碗热汤,喝着汤,对木栅门外那几条性急的、羞涩的生物投去了蔑视的一瞥。"你们比起那头老熊来,简直一钱不值!"他送去这样一句。领头的那条狼抿了抿嘴角,黑色的嘴巴油滋滋的。不知怎么,他觉得它是一只母狼。他发现四周所有的狼都有点讨好它,它也比其他几只沉着多了,一双蓝眼睛显得那么平静。它看着曲涴,曲涴朝它点点头。它似乎在微笑,于是曲涴笑出了声音。他扶着石壁站起,用脚把那支矛枪挑起来。他从没有挡严的草毡向外看着,后来干脆把草毡揪下。没有风,那些家伙无聊而惆怅,在洞子前面的空地上跑来跑去。曲涴把矛枪探出一截,不过想警告它们一下。谁知它们看到这支伸出来的长长木杆,竟然歪头打量起来,有的甚至把嘴巴凑上去闻。就是那只母狼,竟然像玩跳竿游戏似的,腾一下从上面翻跃过去。接着其他的狼也像它一样翻跃。

它们玩得多愉快。曲涴长叹一声,把那支长矛拖回来。

当群狼散去后,老人才想到给领头的那只母狼取个名字:"红双子"。

老人在纸上写道:"难道和你在一起也会有温柔舒适的生活吗?我想很难。"他抬起头,看着灰蒙蒙的天空,"那是上帝制造性别时的一个误会。这样的人岂能完成生育之重任?"

他一写到"生育"两个字,立刻想到了孩子……是的,那是一个夏天。热烘烘的夏天哪,发生了一些不可思议的事情。好像整个人生都由此开始。直到了那一天……对了,到了秋天,到了鲜花谢后结出果实的季节,她才慌张地告诉他这个喜讯。是喜讯吗?是的。"亲爱的云嘉,你喘息着告诉了我那件事情,然后问我怎么办?"

"怎么办?就那样吧!"

"怎样?"

"就那样吧!"

那一天我愤愤地抛掉了拐杖。我想一个健壮的父亲是不能老把倒霉的拐杖挽在胳膊上的。我第一次想搀扶你往前走。我搀扶着你,我们相依向前……一直走了很远,焦躁不安,两个人互相安慰。可还是有无法驱除的胆怯和慌张……这是我们俩从未经历的事情。这个事情将带来非常严重的、完全出乎意料的结局。这个结局是什么,我们似乎朦朦胧胧,谁都弄不清。

那一天我们在开满了鲜花、长满了浆果的西郊走来走去。太阳升起又落下,黄昏时刻,在美丽的晚霞里,我们的心情才变得坦然。最后我们甚至议论了一些别的事情,都是令人愉快的事情。你甚至说要给未来的小家伙做一个老虎头帽、棉质连裤小靴。当然了,郊区的老百姓都给心爱的娃娃搞这么一套装束:他们想用勇猛无敌的老虎来比喻稚弱的生命。是的,我们的孩子将像一只老虎一样,生气勃勃,所向披靡……

春天来了,他觉得可以拄着一根拐杖走出洞子了。这时候真的需要一根拐杖。一直往前走,穿过化了雪水流成一条小溪的那个山沟往前。从冬天开始至今,他第一次走这么远。走啊走啊,他甚至登上了一个小山包。后来,倒霉的是后来,他不该看着山包左侧崖畔上那只发红的果子。

奇怪的是,经过了那么严厉的北风和大雪,那只果子竟然还悬在树上,还那么红。他望着它笑了起来。后来他想把那枚果子取到手,就伸出了手中的拐杖。

他忘记了脚下是一道深沟,结果被石头绊了一下,接着就跌入了沟底……

三

究竟在沟底昏睡了多长时间?不知道。醒来时太阳已经西沉,开始变红。他想这是冥冥中的一个神灵在护佑,如果在天黑之前还不能转醒,那么他就真的要变成那些野物的腹中餐了。他感激得泪水濛濛。四下里张望,发现沟底那么狭窄,好像刚能容开他一个人。这真像为他掘出的一个墓坑。他试着动一下,没有成,腿、手、头部都受了伤。他一点一点试,琢磨。屈一下腿,伸一下胳膊。他怕发生骨折——只要不骨折就好。他试着翻过身,这样就可以往前挪动了。他发现两侧都走不通,石坡很陡;向南虽然平缓一些,但长满了荆棘;而狭沟北部却越来越窄,最后合拢到一块儿,像一只小舢板的顶端。不过也只有从那里爬出去了。他想:一定要在天完全黑下来的时候爬到上面。不知爬了多久,不知试了多少次,最后还是失败了。他在沟底仰躺着,觉得这一次真要结束一切了。可这是一个春天哪!他在暮色里又闻到了那些野花的香味、在阳光里苏醒的泥土香味。不错,这刚刚是个春天——我是不是太悲观了一点?

天完全黑下来。眼看着头顶是一片闪烁着星星的蓝天。这片遥远的闪光给人一种神秘的力量。他又一次俯下身子往上爬。他抓住那些凸出的石块了,一丝一丝,一丝一丝,最后是用力地一扳,成功了。

他躺在石沟旁边,好不容易才忍住了泪水。

他去寻找拐杖,爬过去,最后搂定了那个欺骗他的树木。终于摸到了拐杖。

花了多长时间才挪到洞口旁边,他不记得了。快快生火……

那一个夜晚的结果是又一次着凉躺倒。不过这一次他早有准备,把一些食物和烧好的水都放在旁边,甚至就着食物咀嚼了一些草药。不得不好好考虑最后的问题了。"事情显然到了最后,"他咕哝,"难道我跑进深山,就为了来这里寻找一个'最后'吗?可不是这样。是的,不是这样;既然不是这样,那么我就要重新站起来……"他又一次想到了那个石屋里的老人,想到他的话:"一个人,一个人,还是一个人,直到去死……"

可是他要问:究竟是什么能让这"一个人"始终还是"一个人",一直地向前走、走到他的尽头?我明白了,它不是别的,它是"爱力":是它使我活下去,再活下去。

这次他终于又挺过来了。不过挺过来之后,他发觉自己的眼睛真正变得模糊了,直到好几天过去,看什么还是朦朦胧胧。以前出现过这种情况,但睡一夜就会好得多,可是这一次不能了。眼前总像遮着一片云雾。啄木鸟哒哒的敲击声在催促他。"也许我等待的时间太长了,也许我到了走出大山的时候了。无论世事怎样,我都将亲眼去看一看,尽管双眼模糊……"他想起那只衰老的棕熊。是的,他该学会像它一样:最后地看一眼自己的老窝,然后再坦然离去。

这个晚上,他突然想到了要做一件事,即以最为简练的语言为自己做一个鉴定,而且要留下笔踪。他想了又想,在纸上写道:"一、一个伪君子;二、一个大玩家;三、一个欺世盗名者;四、一个最终找到了真爱的福人。"

他开始收拾自己的背囊。一切都装到背囊里。所有的东西收拾停当之后,他在这个居所里又睡了两夜,第三天真的要离去了。他把身体贴在石洞壁上,又把脸贴上去。就这样依偎了好久,又依偎垒起的那个石灶,抚摸他一点一点弄成的木栅门。门前那些被篝火烧黑的石头他也一块一块抚摸过。

"走吧,走吧。"他迈出了第一步。忽然又想起了一个问题:我在这个石洞子里住了多久?一年吗?度过了几个冬天?一个还是两个?不知怎么,一切都混乱起来。他也记不准是一个冬天还是两冬天;他好像记得自己只在这儿迎接了一个冬天。那么就是一年了……不,也许自己把一切都搞混了。

他扳着手指算来算去,仍然没有搞清在这儿住了多久。

天仍然有些冷,他把那个绒草编成的草毡卷起来,拴在背囊上方。他背着它们,拄着拐杖,走得何等缓慢、艰难。他不是在走,简直是在爬。每走一百米就得坐下歇息,歇息的时候总要寻找一块石头把背囊搁上,这样再一次站起来就会容易一些。

他顺着山脉走向,向东南方一直下去。只要不试图翻越那些大山,那么就不会迷路。从西往东地势依次降低,一个冬天的积雪都在慢慢融化,脚下可以踩到淙淙奔流的溪水。他看不见这些溪水,就蹲下去摸。他只有把脸凑得很近才能看见那些晶亮的卵石。

他喝过冰冷甘甜的溪水,觉得舒服极了。

每个夜晚他都点一堆篝火。只有在它的烘烤和保护下他才能度过一个安然的夜晚。每天睡得很少,也可能是老了的缘故,常常只打一会儿盹;吃的东西也很少,那些坚果果肉填在嘴里,要用上全身力气去咀嚼。嘴里已经没有一颗像样的牙齿了。有一些坚果肉里掺杂了硬壳,咀嚼起来弄得满嘴是血。他想第一站该是直奔那个水湾:他多么怀念它!住在石洞子时,有好几次想回去寻找那个老窝棚,可是后来都忍住了。而这一次他却一定要看到那片明亮的水。

走啊走啊,记得第一次搬家,从那片水到大山深处的石洞,他大约走了五六天,而这一次他却整整走了半个月。

那一天,当他真的看到那片椭圆形的水湾时,一下涌出了泪水。他从来瞧不起那些动不动就流泪的男人,可是这一次无论如何也忍不住了。注视了一眼水湾,接着就疯迷一样扬起手里的拐杖呼喊⋯⋯他在喊自己那个小窝棚,他让它回答!

他走过去,那里什么痕迹也没有了。

在靠近小山坡的那一丛灌木下,他试图找到腐烂的一把蒲草;还有,要找到他亲手制作的那个柴门、他在地上钉的那一溜木桩⋯⋯什么都没有了。雨水和风雪把这里冲刷得干干净净。他低下头认真辨认,真的,什么都没有了。

这使他又一次怀疑只在大山里过了一两年。他想是自己弄糊涂了。他想:正像"天上方一日,世上已千年"的道理一样,大山和人世间原来有着不同的日历啊!他长长叹息,想站起,可是刚刚挪动一下就一头栽倒了。他明白自己一时也离不开拐杖。拐杖呢?费力地寻找,看不见,只有把眼睛对上去⋯⋯费了好长时间才发现:拐杖离他仅一尺远。

告别了这湾湖水,继续向前。他要寻找大山里的兄长,那个石屋老人。他想在走出大山之前向他告别。他不想引起他的误解,因为他记住了老人的话:永远是一个人、一个人……他只是来向他告别,来送去自己心中的感激。他再也不会祈求谁和自己一起,去抵挡孤寂和惶恐。"我的兄长,我的老哥,你别来无恙?"

四

我实在疲倦了。我只想好好睡一觉。等待我的还有更漫长的一段跋涉,但我最终会抵达你的面前。我们将重新变成一个人。

曲浍不知什么时候躺在了一块巨石旁,身上紧紧围着他亲手编成的那个绒草毡。它柔软、脏黑,不过它是曲浍所能搞到的最后一张"鹅绒被子"。他把背囊当成了枕头,觉得背囊里有噗噗跳动的一颗心,那是自己的心。它提前跑到了背囊里,那是准备着有一天让过路人把它拎走。那个过路人会是谁呢?他睡着了,幽思偏离了肉体,升上了云端。它在那儿游动,俯视着自己的躯体。可怜巴巴的老头像个娃娃一样,这身体多么瘦小。他自己不知道,他大概还不足六十市斤。他躺在绒草毡里的姿势顽皮可爱:侧着身,一条腿稍微弓一点,紧贴地上。他睡得多么香甜。

草毡上软软的绒毛贴在他的腮部,让他觉得是另一个人的柔发。她总有一股奇怪的香味,细腻的肌肤、衣服、指甲盖,还有她沾过的一些东西,包括那些纸页,都透着这些奇怪的芳香。他有一种特别的敏感,记得他老远就可以嗅到一种气味。一沓纸、一本书,只要是她的,他就会感觉到这种气味在上边。而那本书只要被路吟触摸过,立刻就让他有了一种奇怪的排斥感——但那不全是厌恶。他也喜欢这个小伙子,只是不喜欢那种气味。和路吟一块儿讨论问题时,他的眼睛有时离开所要做的事情,长久地端量她;而她却低着头。她那么专注。"这是一个心肠柔软的、不懂得提防的美丽无比的姑娘。她还有点瘦小,不过她会胖起来的。她会是一个体态更加匀称、更加知冷知热的、挺好的一个妻子。"他有好几次提着拐杖在屋里走来走去,那是一种焦躁的举动。他咳嗽。后来他一次又一次问路吟问题:

"噢,这个,你来看——"

他一只手拄着拐杖,一只手到书架上抽出一本书。

"老师,您的意思是?"他睁着一双迷茫的、受惊的眼睛。

"我的意思是,你必须把它们核对一遍,然后把它们分分清。"

"这——"他迟疑着,大惑不解。

那时候我在屋里急急走动,可能是我的拐杖捣地的声音,还有我的脚步声,使他们没法工作下去吧!到后来他们竟然提出要到阅览室,到那儿去把余下的工作做完。

"不!"

他当时暴烈地喊了一声。这喊叫使两个年轻人傻呆呆地站在那儿,手里还捏着一沓稿纸和一个硬皮笔记本。焦躁、喜悦、反复无常;一些奇奇怪怪的日子,像梦境,像害了奇怪的热病……究竟从什么时候开始像现在这样,依偎着一个温热芬芳的躯体?噢,我得怀念那个温暖的夏天了,怀念那个穿着花布连衣裙的人,她的侧影,她的绵绵细语,她在丁香花的校园、在我耳旁的声声诉说。一个人竟然可以如此地娇惯自己、放纵自己,竟然可以如此地迷途忘返。他攫取得太多了,神灵将用什么样的手、在什么样的时刻阻止这一切?

这只手终于伸出来了。不过它却没有办法从睡梦里将你驱赶。你才是我真正的神灵。我说过,我在任何时候都不会违背我在深山里遇到的第一个师长和他的劝诫。是的,"一个人,永远是一个人"——你和我合成了"一个人",正因为我只是半个自己,裸露着鲜血淋漓的一半躯体,所以我才要如此痛苦!如此痛苦!痛不欲生!我奔走、呼叫,跟跟跄跄追赶,就是在追赶我的那一半,那一半!天哪,我不会忘记深山里师长的劝诫,我要"一个人""一个人!"

在这最后的相依相偎中,我真切地感到了你的躯体——你噗噗跳动的心脏……云嘉,你的手,我在寻找你的手。这是你的手吗?噢,这是我们孩子的手,一只多么有力的男子汉的手。是的,小家伙长大了,他是我们的孩子。他的眼睛多么像你,这就说明他充满了希望。云嘉,你的手,你的手。噢,我的手……

…………

就是这样一个普普通通的明朗的春天,春天的上午,那个正在山地上下野兔皮扣的石屋老人突然一抖:他感到了某种极其奇特的东西,好像心窝那儿猛地被揪了一下。他老得两眼深陷,眉毛也白了,不过那顶瓜皮小帽仍然油渍渍地扣在头上。他的衣服显得更加瘦小,用一根桑树根把衣服束起来。不过他举手投足仍然那么利落,偶尔张开嘴巴,满口的牙齿还是那么整齐、结实。

他无心做任何事情,只登上山坡向西方遥望。西边总是给人一种苍茫的感觉,实际上也正是如此。群山起伏,一切都掩在一片淡淡的薄雾之中,跳跃、虚幻莫测。老人眉毛动了动,闭上眼睛。后来他又圆睁双目,笔直地向西走下去,走下去……

他平时什么也没有想。可是在这个奇怪的上午,他只想往西走,再往西走;他想看一看西边的什么,这成了他的一个心思。

他走啊,走啊,当太阳转到了正南方向,大地被烤得一片温暖的时候,他首先看到了在山慢坡上开放的那一片雪白的茶花。啊,这茶花简直像白色海洋,浪涌在风中浮动。他就踏着这片花的海洋走过去。太阳照在茶花上,它放出了刺目的白光。一只秃鹫在这白色的花海上空翱翔,好像发出了一声嘶哑的鸣叫。

老人抬起头看看它,一直往前。

在一片雪白的茶花之中有一个黑点,它显得那么刺目、凸出。

他不禁快步赶过去。他终于看出：那是一个躺在草中的人。他把草毡拨开，发现这是一个极其瘦小的老人，胡须都白了；连鬓胡子显得很长——在最后的时刻，他的嘴巴还大张着。啊，这张脸多么老、多么瘦，他那薄薄的皮肤简直要蒙不住颊骨了；他的头枕在一个鼓鼓的背囊上……他觉得很奇怪。

他又退开一步，端量着。这是谁呢？如此熟悉！他猛地跺了一下脚，大叫一声，拍了一下自己的脑瓜蹲下来。

"是你呀，我的兄弟！你到底还是一个人，你一个人死了……是啊，我琢磨就该是这样……"

他一手托起了老人又瘦又硬的头颅，一手把那个背囊轻轻抽开。

他从背囊里发现了一柄磨得比巴掌还小的铁铲，一把坚果核，一沓子写满了密密麻麻小字的纸，还有用干树叶、纸和布反复包裹的一小撮火柴，一个摔瘪了的铝钵和一个破了半边的搪瓷缸。

他把搪瓷缸仰起来扣在脸上，对着太阳照了照："还好，它没有漏……"

你在高原

曙光与暮色

卷四

第 九 章

煎 熬

一

　　我发觉在这大山午夜的空旷里最容易陷入静思。无论是睡眠还是大睁双眼,无论是在一片安谧里还是喧嚣中,一个人都可能走进静思。静思就是拉开一道帷幕,也是合上另一道帷幕,是徐徐的展现或悄悄的覆盖。

　　这一夜我好像与梅子进行了从未有过的坦诚交谈。梦中,一开始恍若凝视着这样的形象:一个人,浑身挂满了露珠站在那儿,金色阳光透过树隙,勾勒出一个小小的剪影。我用力看着,发现她的一双大眼睛多少有点像猫,严肃、哀怨、期待。我正惊讶地盯视,她却往前迈了一步。接下去的发问清晰透明,让人确信无疑。她在问:

　　"你藏在这里干什么?你想躲起来吗?"

　　"我想……走入静思。"

　　她端量这个工棚的肮脏卧榻,又上下下打量我。

　　"看你这一身泥巴,一身伤痕……"

　　她蹲下来,从我芜乱的头发中找出几片石碴,又摘下几根草屑。她在我的脚踝附近看到了长长的疤痕,它们刚刚愈合。她一下一下抚摸,像是要从中分离出我的痛苦。

我闭上眼睛。眼睛干涩。说什么呢?我只想说,我该选择一个机会偿还自己的亏欠。一生的亏欠都需要偿还。是情感?心债?还是别的什么?不知道,只觉得应该交还。我觉得自己不欠那座城市,甚至也不欠梅子(或者说所欠甚少),而惟独亏欠了这片大山;还有,亏欠了那一片平原……它们是我心底的一道创痕,是我哀痛的缘由。我一想到与大山和平原的那种生死相依的关系,就有些难忍。这漆黑的大山的夜晚啊,时值深秋,寒气从山隙飘过,又从工棚裂缝涌进,漫过了一切空间。湿漉漉的夜气缠绕了我,还有梅子。你在我的身边,抚摸我的创伤,让我感受温湿的目光。我们小心翼翼温情脉脉,互相诉说。

即便是这样的夜晚,我也不敢把目光转向那片平原。你问我到底欠下平原什么?还有,欠下了大山什么?

我没有回答。我想起一次次回到平原的情景,想起自己怎样依偎在那棵大李子树上……那里几乎没有了往日的痕迹,我们正在失去故园。

"平原上究竟有什么?"

"有一个……魂灵。"

它像飘浮在山间的雾霭,原野上的云气。它让人捕捉不到,可是它的确就在这山谷和平原之间游荡。

"你很少和家人在一起,与我的父母也很难深入地交谈。我知道你不爱他们。可是他们从来都把你当成自己的孩子。而你许久以来,对他们只有一层敷衍的热情,你在应付他们。天哪,你不觉得亏欠我们一家吗?"

"我不觉得……"

"你真的不觉得吗?"

"真的。"

"一点也不觉得吗?"

我从卧榻上坐起来,大声重复了一遍。

她大概失望地走掉了。因为再也感受不到她的目光了,她小小的身影再次隐没在记忆的丛林里。我睡不着,抬头去小窗口寻找那一天繁星,回味着刚刚与梅子进行的一场谈话。一个多么奇特的梦境。

我睡不着,后来一直都在想那片丛林——海滩平原、茅屋、东部的密密丛林……从那儿往南遥望,可以看到一溜浓浓的山影——那是一架架大山,深不见底;就是它吸引和压抑了我的童年。我知道那些大山里有我的父亲,一个长久不能提及的父亲……

后来,我终于在一个黑夜里逃到了南山。

从那时起,我就与大山结下了不解之缘。我大概想去大山里寻找父亲,寻找那个想象中的父亲——不停地用双手开凿大山的父亲……他一定会在山中留下自己的痕迹。

可是我什么也没有找到,直到今天、今夜。

大山始终对我沉默着,秘密就像石头一样。我觉得是大山把真正的父亲、把他的灵魂给掩藏了、埋葬了。

天快亮了。我活动了一下身体,感到了钻心的疼痛。前天一块尖石掉下来砸在脚背上,脚背立刻砍出了一道血口。血涌得很旺,我想大概是一根静脉给割断了。我当时就像那个工头老五一样,随手找块破布缠裹了一下——顾不得脚伤,只是不停地躲闪那些飞溅的石碴。

我们的洞子打到了一条水脉上,水不停地流出,它们积在那里,让工作面上的人不得不蹚水做活。每个人都全身淋湿。这瓢泼的苦雨啊,它曾经淋着父亲,也淋着逃亡之路上的庄周。

庄周,你此刻究竟在哪里?我可能这辈子再也找不到你了。

是的,我永远看不到你,就像我永远也看不到大山里的父亲一样……在这艰难的开凿中,在这哗哗浇淋的苦雨中,我全身最脆弱的部位反而能够稍稍得到一点安息;在这一天又一天的劳碌和死亡的威胁面前,我反而能够稍稍听到一声声微弱的回音——那是关于今天与昨天、梦幻与真实的交响。

隔壁就睡着那个胖胖的、温和而又善良的小怀。她常常在半夜翻动身子,将薄薄的柴壁碰得乱颤。天亮时分她就不停地叹气;再加上那个孩子的吃奶声、呀呀的哭声,常常把我从熟睡中惊醒。她的孩子发出吱吱的声音,而黎明总是在这连续的吸吮中悄悄来临。

二

施工越来越难了。好不容易挨过了那一段酥石层,又进入了多水地带。这里稍不小心炸药就要受潮。越来越多的哑炮威胁着我们。前一段酥石层让我们搭上了一个老五,伤了十几个人。而今的哑炮更让人提心吊胆,它们的沉默真像是地狱里的计谋。

这一天我们刚刚回到工棚躺下,外面就乱成了一团。脚步声、哨子声,叫骂和哭嚎……我一下从工棚蹿出,一眼看到小怀手里的木勺不停地打颤,勺子上还挂着冒白汽的菜叶。她用勺子指着洞子说:

"快去看看吧,又出大事了……"

已经下班的工人都跑出了棚子,他们刚出门就呆住了……有人开始用担架往洞外抬东西,抬出的都是受伤的人。不过这些人总算还活着,胳膊腿或者肚子流着血。他们大呼小叫,不停地喊,那声音像宰猪一样。我看到这一次共抬出两个,他们没有被抬到工棚,而是直接沿着一条小路抬下去。我知道那是往附近一个小医院里抬。周子站在洞口旁边,正伸手恶狠狠地朝洞里点划,发出了尖声嚷叫。

原来洞子里还有一个人。所有人都不敢走近,有人稍稍凑近了一点,周子就转过脸狠狠盯一眼:"日你祖宗,找死啊!"

大约停了十几分钟,里面又传来了尖叫声。那又是一个伤者出来了。一个担架半边给染红了,上面的人被几个大汉按住。大家都看清了,原来那人的肚子被炸了一个洞,血水往外直冒。我认出这是前不久刚来打工队的一个大汉,壮得很,身高一米八以上,体重足有二百多斤。他特别壮,在洞子里却显得笨手笨脚,有劲儿使不上。领工的让他专拉地排车,不让他在前面凿炮眼。他一个人就可以拉起一大车石头……他这会儿一眼看见了周子,立刻手指着大骂起来,骂得粗野极了。他把周子的祖宗三代都骂遍了。

周子并不还口。担架走到身边,周子伸手刮了一下大汉的鼻子,说一句:"我的小宝贝儿!忍住!"

旁边有人笑了。那是一些监工。

抬担架的人马不停蹄抬着人跑了。小怀一声连一声咕哝,嗓门很粗。其他人都吸着凉气,搓着手不敢吭声。只有小怀一个人什么也不怕。她咕咕哝哝用勺子敲打着大铁锅,说:

"哎呀天哪,这是第几个了?真是'人为财死鸟为食亡'啊。这是个大骨架的人哪,力气大挣钱也多,讲好了一个月一千,一千块钱能补上肚子的大洞啊?天哪,这个年头人都快疯了,只要给钱干什么都行……"

她这么咕哝着,周子听见了。他走过来看着小怀,从灶台的碗里伸手捏出一段猪肠子,一仰脸扔进嘴里,咀嚼着说:

"给钱干什么都行吗?你这个老窑子娘儿们!"

小怀瞥他一眼,红着脸:"跟大婶说话没大没小!"

我觉得小怀挺有意思。只有她能用这种口气与周子讲话,巧妙地掩藏了内心的惧怕和尴尬。周子伸手在小怀那两个凸起的大乳房上拍了拍说：

"好鼓实，像羊奶。"

小怀使劲把周子的手打开："去,跟大婶好这样吗？"

周子连看也不看四周的人，摇摇晃晃往小石屋走去了。他刚进小石屋，小怀就瞥了我一眼，高一声低一声说：

"人心都是肉长的，这些男人，吃饱喝足不干人事儿。看看那个壮汉子。人哪，真是活一天没一天，吃了上顿不用管下顿……"

这一天，我们这一班差不多只有收拾上一班留下的烂摊子。我们把满地碎石收拾好，拉出去，然后再整理工作面。原来那个大汉是被埋在一堆碎石里，直花了半个钟头才扒出来，所以他最后一个抬出。这简直是一个奇迹：一个人伤成那样，压在石头下过了半个钟头，还是气壮如牛。有人说："也就是他了，换了别人准完！"另一个说："那家伙力气大，也能吹，他说在老家与人打赌时看能不能把老牛放倒，谁能放倒，就赠一个猪头；放不倒，就得脱下裤子绕村子跑三圈。结果他一连挣了两个猪头。这还不算完，还一口气吃了两个猪头，喝了三斤烧酒，当晚又把村头儿杀了。他吹嘘这一套有点吓人，咱就问他为什么杀了村头儿？他说：'杀他不为别的，他跟我没仇；不过村头儿那根鞭不老实。'那天他一吹，有人就悄声对他说：'咱这儿大掌柜的鞭也不老实，你不收拾他吗？'大汉说：'那得喝了酒再说！'"

其实这故事大伙都知道，相信周子的耳朵也听到了。奇怪的是周子并不对大汉动手，更不害怕……可惜今天大汉还没来得及喝足了酒，肚子先破了……

开洞子的人一得空闲就议论那些荤故事。他们议论最多的就是加友，因为这个姑娘是所有服务队中最年轻最好看的一个。

"看她大腚往后撅撅着，也不知给周子一天收拾几次。"

有人哈哈笑，在洞子里一蹦一蹦："也不知什么时候轮到咱。"

我真想把那个乱蹦的家伙敲一凿子。一说到加友我就有点难过。那真是个可怜孩子。她为什么不早些跑开呢？在这大山里，真的就没有一点机会吗？我问旁边的人，他们都说："你这个木头脑袋。你不想想，大掌柜上了手的人，轻易溜得掉吗？"

第二天傍亮，刚刚睡醒，隔壁就有人大呼小叫说："捉住了！捉住了！"

这一嚷所有的人都拥出了工棚，大家不知捉住了什么。

周子从他的小石头房里走出，一边搓着眼一边嚷叫："都他妈吵什么？怎么回事？"

有人说："大掌柜的，看看，连着丢钱，丢东西，原来是这么个物件……"

"谁？"

这时几个人拧着一个人走过来。他们把他拧得结结实实。这人全身上下只穿了一个小背心，连裤子也没穿。有人去找绳子，周子说："不用找了，扭过来。"

我一看原来是那个叫着"加友"的名字在洞里蹦跳的家伙。他长得瘦小，但很有力气，全身都是肌肉。我想活该这家伙被拧住。

周子问怎么回事，旁边的人告诉：连月来丢东西的人很多，原来是这家伙半夜到那些受伤的工友枕头底下摸……我明白了，原来前几天抬走那些人的铺子空了，他就趁机偷走他们的积蓄。周子的眼睛一瞪，马上变得极其吓人，平时那种羞涩的样子再也没了："给他搔搔痒。"

一句话刚落地，有人砰一掌打在了那人的嘴巴上，牙齿一磕，可能咬了舌头，鲜血立刻流下来。他顾不上擦嘴，双手合到一块儿，一下连一下向周子作揖。旁边的人就加紧揍他，有人干脆捡根树条抽他，一下一条血印。

"说，你是哪来的飞贼？"

我觉得他们问得奇怪。这个人已经在这儿打了几个月的工了,他们还这样盘问。那个人频频作揖,并不答旁边的话,只是没好腔地喊叫:"大掌柜,俺再也不敢了,再也不敢了!救我一命吧,俺死了当驴当马也来报答你……"

周子背起手,取出一根烟叼上。树条一下又一下抽打,发出了叭叭声。一会儿他的背心上就有了数不清的血印。喊叫声越来越低,越来越低。旁边的人又问:"说,哪来的飞贼?"

好像他这时才听明白,两腿一软跪了:"哎呀天哪,俺讲,俺讲……"

"从头讲来!从头讲来!"

"俺是大山西边葫芦头庄上的,从小手不老实。挨饿年头偷牲口的料豆儿,让饲养员用刀剁过手,手背上有一道疤……"

有人立刻把他的手翻过来,对周子说:

"大掌柜,他说得一点没错!"

有人不理茬,又问:"再说,还有什么?看你也不是什么好东西生的,你爸、你妈,那两个狗日的手老实不?"

他连连磕头:"哎呀妈呀,从实招了吧。俺爸是个土匪,打家劫舍,见好东西就抢,见闺女就糟蹋,见草垛就点火,跟地主老财结上了仇,谁家富谁就怕他。他拐走的地主媳妇数也数不清……"

里边一个人停止了挥动树条子,听得入了神。后来才明白这是编造的,砰一下打在他的脑门上。他哎哟一声仰过去,有人又把他扶起来。

"说,继续说,看说走了题儿,不打死你!"

那人捂着头:"俺说,俺说。俺爸是个串百家门、喝流锅水的人了……"

一边那个人问:"什么叫'喝流锅水'?"

那人吞吞吐吐:"就是要饭的……"

"噢,是这么回事。"问话的觉得没甚意思了。停了一会儿又问:"你妈呢? 说,她是个什么狗杂种?"

"俺妈年轻时不正经,跟人痴跑野拉的,没少给俺爹招惹事儿。村长抱了她睡,会计也来凑合。俺叫俺妈吃饭,俺妈把脸一拉说:'滚去,脏娃儿。'俺就跑哩……"

旁边的人哈哈大笑,再也不打他了。他们说:"这个物件怪有意思,肯说实话,大掌柜,放了他吧!"

周子一直在旁边看着,这时点点头,笑眯眯走过来,摸摸他的下巴说:"你这个狗东西,挨不住揍,乱咬乱嚼,连自己生身父母也不放过,我看你这嘴巴是吃了屎了。"

那人赶紧作揖磕头:"大掌柜饶了我吧,再也不敢了! 再也不敢了!"

周子说:"来人。"

旁边的几个监工蹦过来,几个打工的也雄赳赳往前一步。周子说:"到茅厕里挖些屎给他吃。"那人听了哇哇大哭。一会儿有人真的挖来一些稀溜溜的粪便,不由分说将那个人的耳朵头发揪住。那人紧紧闭嘴,有人就从后边踢,越踢他的嘴巴闭得越紧。有人在他下身一捏,他"呀"一声大叫,有人就趁机把粪便给他抹到嘴里。他往外吐,有人又是捏。周子拍拍手,好像手上沾了粪便似的。他回到了屋里。

有人议论说:"他要不胡说父母的坏话就好了。他哪知道,人家大掌柜是个孝子哩!"

三

这天下午由于洞子里积水太多,不得不拉来一架抽水机。在抽水机引水这段时间用不着出工。我走出来,望着工棚南面的山岭,山岭上的那条小路,又记起从这儿抬走的老五。

我顺着小路走下去,转过一个山包,马上看到了一些新坟。最新的一个坟头就是老五的,他的旁边是加友的男人。

我在坟前坐了一会儿,回想老五活着的情景。这个脾气暴烈的粗鲁汉子那一天完全可以不死。我觉得他的死或多或少把我给替换了,因为是他喝止了那个让我捅悬石的人。老五这个人暴跳了一辈子,粗鲁了一辈子,叫骂了一辈子,坚硬得石头也不曾畏惧。可他还是死在了这些石块下,躺在了大山里。他的坟头已经开始生出青草,这青草经过一个秋天就会衰老。到了冬天,坟头就会荒芜。到了来年春天,旧草又会变成新草。到那时候,人家再谈论他,会像谈论一件遥远的往事。

他是在我眼前死去的,我会记他一辈子。

老五旁边那几座坟看上去已经像老坟了,其实也只是前一两年死在酥石洞子里的人。本来这些人都不该死,哪怕只有起码的支护设备。没人怜惜这些跑进大山里的性命。

正这时,我听见了身后有抽泣声,一回头,见是加友。她就在我身后一点,目光注视着男人那座坟。我明白了,她按时来这里与他相伴。

我们都不吱声。后来她突然说:

"你知道吗?这坟里躺的是俺哥,他刚刚二十二岁。"

我没有明白:"他不是你男人吗?"

加友点头又摇头:"俺俩还没结婚,这儿跟没结婚的男人就叫'哥'。"

我明白了。

我们再没吭声。我心里感到难过,感到气愤。眼前这个姑娘怎么能忍受这一切、能忍受周子的欺辱呢?我看了她一眼,发现她满眶的泪水不停地往外涌。她就这么直盯盯地望着我。

"大哥,你一准瞧不起我!可我一点办法也没有,一点办法也没有……"

"你怎么不逃?"我吆喝了一声,声音粗得吓人。

"我不敢。以前有像我一样的人逃开了,又被周子的人抓回来——那时候周子就不管不问了,扔给那一伙爱怎么折腾就怎么折腾。那更惨哩。再说我——"

"你怎么?"

"我哥死得太突然了,他死的时候也没有告诉我:自己多半年的钱哪去了?我琢磨就在周子那里。哥哥为这笔钱把命都卖上了,我怎么也得设法把钱拿走。我跟周子要,周子说:'不急,不急。'我也有好几个月没拿到钱了。我想把这些钱都拿到,然后再设法跑。我不能白白搭上一个哥哥……"

我看着远处的山。山影一会儿暗一会儿亮。天上的云彩移动着。我说:"这样下去你搭上的东西更多。还是早一点逃吧,越早越好。"

加友哭出了声音。她不停地扭动两手。看得出她多么为难。她说:"我知道你瞧不起我。我也对不起我哥。我哥在的时候周子就上了我的身。再后来哥死了,他就把我一个人霸下了。你知道我没有力气去顶撞他,我知道他是个坏人,也是个吃独食的人。他喜欢的人谁也不准碰。要是他把我扔开,那群狼就会围上来。我怎么办大哥?我早就看出你是个好人,你和这些打工的都不一样。别看你穿得和他们差不多,满身是土,可是我知道你和他们不是一回事……"

我掩住内心的惊讶,端量她。我不知道自己在这里能为她做点什么,也许什么都不能做。我只能劝她早些逃开、逃开,逃开这座大山!当我一次又一次这样劝她时,她就说:"我家里还有一个老妈妈,她在等着我和哥哥回去。她不知道哥哥没了,她等着我们带钱回去结婚、盖房子。要是哥哥没了,她会受不住的。大哥,你能帮我吗?"

我不知道怎样帮她。我摇摇头。我觉得在这个大山里,连自己也变得残忍了。

…………

接下去的日子,我觉得自己开始关心加友的事情了。我在替这个不幸的姑娘盘算。看着她手提木头饭盒往周子屋里走去时,我心里真不是滋味。我想着在那个黑漆漆的窗帘后边不断发生的事情,不可忍受。我耳边总响着加友的哀求。可她怎么逃呢?这一座座的大山对于她就是永久的囚笼。小石头房子旁边有一个拇指粗的钢筋焊起来的大铁笼,有人告诉:以前这里面养过貂,因为周子很喜欢这种动物——后来他给貂喂食时被咬伤了食指,一气之下就把它们全杀了。他喜欢吃野物,就让人上山去打一些野鸡野兔,如果有活的就养到这个笼子里,想吃了就摸出一个杀掉。

加友与工地上的其他女性,对他来说就好比装在这个貂笼里的一只野物。

有一天我窝棚的门突然被推开了。是加友轻手轻脚进了门,一进门就蹲下来。我示意她把门打开,她不。她的声音小得不能再小,差不多附在了我的耳朵上:"大哥,我想好了,我想跑……不过我要你和我一起,行不?"

我愣了一下,一时无法回答。

"我想让你把我带出山去。我是说,总得有个大哥帮帮我。我原来有一个大哥,他死了。我已经暗中看了你们好久,知道只有你会帮我,我求求你了大哥!"

我担心隔壁的小怀听见。屏息静气一会儿,那边没有声音。我说:"你让我考虑一下好吗?我们得一块儿想个办法——你现在决心不要那笔钱了吗?"

"如果你不与我一块儿跑,我还想等那笔钱;如果你领上我,我就什么也不要了……"

我不明白这笔钱与我有什么关系。她离开后,我想了许久都想不明白……

四

出工时我不断琢磨加友的话。我真的添了心思。这个孩子太可怜了,我有责任去解救她,把她领出大山。可我现在犹豫的是:我已下定决心在这里开山,一直做下去,直到和这伙陌生的兄弟一块儿,把大山凿穿。

也许这要凿一个秋天、一个冬天;到了明年春天,大地回暖的日子,我再回自己的城市。总之我心里憋足了一股劲儿,现在还不想离去。

是谁给了我这个奇怪的时限?谁也没有。反正我只想在大山里挨过这个冬天。将来我可以自豪地回忆:当年我们一伙人怎样凿穿了一座大山。现在还不行,现在我只有在这里开凿,只有忍耐。

这天,小怀看看四周无人,向我飞快招手。我走过去。她用勺子推着大铁锅上面的一层油沫,嘴里说:

"老宁兄弟,我看出加友对你有点意思。还是年轻闺女好啊,大腚撅撅着……"

我骂了一句,想走开。

小怀眼皮都不抬:"不管怎么说她喜欢你,我看出了。咱这女光棍眼里什么也瞒不下。我还不明白这些事?"

"小怀,你规规矩矩说话不好吗?"

她蹙蹙鼻子:"我是为你好。我想告诉你,别的人能碰,加友不能。可别沾她,大掌柜要是看破了,使个毒招够你受一辈子。"

"放心吧,我不会碰任何人的。不过周子这样作孽,有人也许该让他记住点什么……"

小怀捏住我的手指狠狠一扭:"傻兄弟,不准你动这样的心眼!"

"怎么?"

"不怎么,听我的话没有错,大婶疼你哩。"

小怀年纪比我大不了多少,可她高兴了总喜欢称自己为"大婶"。她的眼睛上上下下端量我。我相信她并无恶意,确实在提醒我。她手里不停地忙着,问:"你还能干多久?"

"正琢磨呢,也许来了就该好好赚它一把。"

"我估摸,你能按月把钱拿到手吧?"

"不,周子总给我压上一个月。所有人都是这样的,他是用这个办法让那些打工的挨下去。你要挂记那一个月的钱,就得干下去,你如果狠狠心抬腿一走,那一个月就白干了。"

"这个狗娘养的真歹毒。"

"他的花花心眼可不少。你想想,他给这些打工的工资比周围几个包工队都高得多,可人家那些包工队都是按月发钱。他这就凭空赚下了一个月,说到底不比别人多花一分钱。"

我琢磨她的话。

分手时小怀还是叮嘱:"不要跟加友在一块儿,不要跟她说话,不要跟她搅在一堆,没有好处,听大婶的话……"

我一声不吭离开了。也许她说得对。不过那个姑娘太可怜了。我想做的只有一条,就是让她快些逃离,再也不要犹豫。

日子一天天过去。我发现加友常常用眼睛瞥过来,尽管很隐蔽,我却总能感到那对目光的重量。她平时低着头,很温顺的样子,除了按时为周子送饭,就是在服务队里切菜洗衣服,一声不吭。在别人眼里,她除了周子与谁也没有来往。

只要一有机会我就鼓励她,我说:"我这个月的钱发下来就能凑够几千元了,我要把一半拿出来送你,你可以走了。"

"这怎么行,那是你的血汗钱!"

"我不是为了这几个血汗钱才来这儿的。"

她抬起头:"你撒谎!"

"真的。"

加友"哼"一声:"这山里没有一个人不是为了钱。"

"我不告诉你为什么,我只是想让你相信,我真的要把钱送给你。你要做好了准备就告诉我,从这里取了钱就走吧。这会儿先放我这儿,因为我担心你放不好。"

"让我想一想吧,你把我说糊涂了……"

第二天深夜,大家都睡下了,隔壁小怀也发出了鼾声。我被一阵轻轻的推门声给惊醒了。我开门时多少有点害怕,因为这毕竟是深夜啊。进来的是加友,她把鞋子提在手上,一进来就附在我耳朵上说:

"大哥,我想好了。我要寻个机会跑出去——不过我要在一个地方等你,我告诉你俺庄的名字好吗?"

我点点头:"我日后路过你们那儿会去看你,你一个人走吧。"

"求求你了大哥,去那个庄子吧,你要不答应,我就不跑。"

我去摸背囊,又想起我的钱并不放在背囊里。我从乌黑的行李卷下边摸出了一沓钱。

"你放着,你放着,等最后那一天我才能拿这钱。你如果不和我一块儿跑,我是不会要你的钱的。"

她说着揉起了眼睛。抽泣的声音让我害怕。我指了指隔壁,可她怎么也忍不住。她靠在我身上。我推她,她一下倒在了铺子上。我刚要把她扶起,就听到了杂乱的脚步声。

我还没等活动一下,门就被砰地踹开,雪亮的手电光直射过来。原来夺门而入的不是别人,正是周子和他的两个伙伴。

他哼哼笑,看看我和加友:"刚刚完事吗?"

这时加友眼里反而没了泪水,她站起来。周子大笑,一截长长的烟灰跌落下来。

蹂 躏

一

我们被押到石头屋子时,天才蒙蒙亮。一个三十多岁的小子手里捏紧一根军用皮带,在我和加友面前抖动一下,站得绷直。他突然大喝:

"稍息!立正!向右看齐——"

他在喊上操令。

我一动不动。

"怎么,没听见吗?他可是科班出身!"周子说着,又看加友,露出一个笑脸,闭上一只眼睛,"小东西,向右看齐还不知道吗?来做给大叔看看。"

他捏住加友的下巴猛地往旁一扳,"对了,就是这样,听大叔的话没有错。这几天怎么不听大叔的话了?"

加友咬着下唇。那个小子抬起皮带抽了我一下,不过没有用足力气,并不太疼。周子立刻阻止他说:"别,对他不能来这个。我琢磨这个家伙挺怪,咱得一块儿想个法儿收拾他。"

周子使个眼色,持皮带的小子把加友拉走了。

屋子里只剩下我们俩。他把门关严,又在墙角的木箱里扒拉了一会儿。我不知道他要干什么。后来他竟找出了一个很漂亮的青铜水烟袋,放上烟末点着。

"伙计,就剩下咱俩了,咱商量个好事,享受享受——抽袋关东烟儿怎么样?"

我正想这个一钱不值的渣滓到底在打什么主意。难道他知道了什么吗?我想还没有。但这种邪恶的人有一种特殊的观察力,他从我身上发觉了与一般打工者不尽相同的什么。他把水烟袋往我跟前推了推,"抽水烟儿是个享受哇。"他说着含住了长长的烟嘴,抽出了咕噜咕噜的声音。这时我发觉这个黑脸眼角上已经有了鱼尾纹。我还是第一次离这么近端量他。他说:"我琢磨着,你这个人哪,兴许心里装了点东西。我琢磨着,要不给你点甜头,你就会溜走,把这里的事儿连锅端出来。你想让我成个劳改犯是不是?"

我明白了他的恐惧。我装出一副傻笑说:"大掌柜说哪里去了,俺跟你讲过,俺不过是想挣个血汗钱。谁也不容易,不知明天是死是活……"

周子的眼角飞快瞥我。他吸着水烟,大概在推敲我的话。吸了几口他猛地停住:"想干那事儿?给了她多少钱?"

"还没讲价,你们就进去了!"

"嗯,我会弄明白。"

他安安静静把一袋烟抽完,笑眯眯地把头往前甩甩:"伙计,咱俩一块儿玩怎样?我知道你是个冷脸汉,这样的人在这方面都是些厉害的主儿。不管你说的是真是假,我得告诉你:那可是个好闺女。怎么样?你思量思量,咱们一起来怎么样?那样她也会高兴的……"

我再也忍不住了。我差一点撞到他身上……

周子赶紧摆手:"得得,你不愿意就算了,也不用发这么大火……我本来是以礼相待,你倒这样。好吧,别火了,大不了我和兄弟把她让给你又怎样?不过你现在还得挨号,知道吗?要挨号,这里面有个先来后到的问题。好伙计,"他把手搭在我肩膀上,"我早就跟你谈过,你玩那一套对别人行,对我不行。你犯忌了,伙计!给你个出路你不走,我看出了,你这个家伙瘦干干的,两条腿也长,兴许是狗日的好手!"说着猛地拧了我一下,又飞快在我臀部那儿踢了一脚,"嗯,挺好的一匹马!骑上不错……不过你和好闺女缠到一块儿非坏事不可。我不能让你得手。天快亮了,我得赶紧想出个办法来。哦,先得给你找个住处呀……"

那些打工人都起床了,他们在院子里活动,有的就在窝棚旁边解溲。小怀抱着孩子站在门口,不停地颠着孩子。几个女人在那儿准备早饭。门口站着一个周子的人,时不时从窗子往里望一眼。周子出去了,把我一个人锁在石头房子里,一直锁了多半天。

中午饭时,他们从窗子递进一块锅饼、一碗有肉的汤菜。我把它们全吃光了。

多半天周子没有露面,他可能在和那一伙商量怎样对付我。天傍黑时他们进来了,同时也把加友推进来。加友眼睛有点红肿,看来她一直没有停止流泪。我给她送去了一个鼓励的眼神,目光触到了一块儿。周子在一边拍手:"看看,对眼了,对眼了,真是一对棒打不散的鸳鸯。"说完狠狠拧了加友腮部一下:"你这个破货,敢往我眼里揉沙子!"他看看身边几个兄弟:"既然这个主儿看上了咱的小娘儿们,就该成全成全人家,怎么样?"

几个人大呼小叫、鼓掌,有的还兴奋得跳起来。我不知道他们要干什么。

一个家伙走过来,把我往加友跟前猛地一推,我们因毫无防备就撞在了一块儿。旁边的人一齐鼓掌。又有人按住我们的头往一块儿对撞。周子说:"快,亲个嘴儿给我们看,快呀,快呀。"旁边的人哈哈大笑。

我和加友极力把身子拧到一边去。

"看看,还怪不好意思,怪不好意思还行?大方点啊伙计,你不是个走南闯北的主儿吗?来,当着大伙的面,也给我们开开眼哪!"

我今生也不会忍受这种污辱。一个家伙揪我的衣服,我就迎着他的脸给了一拳,"咔嚓"一声,那个家伙的牙齿碰在一块儿。我相信这一拳不是闹着玩的。那个家伙长时间没有爬起来,这使一边的人也围了上去。周子先跳了一下,向几个人吆喝着。他们拼着力气把我和加友按住了,接着飞快把我们的衣服剥下来,剥得一丝不挂。

我这时反而没什么羞涩感,只有仇恨。我一抬头就看到了加友赤裸的身体。她紧紧捂着脸。他们把两个赤裸的身体往一块儿推,用脚踢。加友的身体雪白而匀称,真的太美了……他们正把这个赤裸裸的身体往我身上推拥,"快呀,伙计,老是不来劲儿!"

周子手里捧着水烟袋不停地催促,竟然过来触摸我的身体,掐我的皮肤。我用拐肘撞他一下,他哎哟一声躲开了。我去抓衣服,有人就踩住我的手。我咬那人的脚踝。一片嚎叫……皮带挥舞着,打在我和加友身上。

周子喊:"闪开,闪开。"

我刚回头,还没看清是怎么回事,就觉得身上挨了重重一击。只一下就把我打倒在地上,刚想爬起来,又是一下。我看清了,周子手里原来是一截锈蚀的自行车链子。

"好!大掌柜干得好,再来!"

自行车链子挥舞着,我觉得身体的某个地方给打碎了,鲜血往外渗流。皮肤上有一道血口,不过伤得最重的恐怕是内脏。我想我的身体内部一定有什么给打碎了……

周子扔掉那截自行车链子,解开衣服,看刚才被我的拐肘猛击了一下的地方。他摸了摸,边上的一个人也看了一会儿,说:"不要紧,不要紧。""我日他祖宗!"周子叫骂着,"想给这小子吃点甜的,他非要吃辣的不可。好啊,伙计们,动动脑筋,搓揉搓揉他。"

"贱女人怎么办?"有人问。

"老法子,归兄弟了。"

我知道这意味着什么,心里一阵抽疼。

周子的恶气还没出透,拿水烟袋不停地砸桌子,发出喔喔声。后来他又把水烟袋摔在地上,喝一声:"把这个家伙给我关到貂笼子里去!"

我真想不到他突发灵感。那是个沾满了兽血和兽毛的貂笼子。我在心里说:"好啊,这次真要让我好好见识一下了……"我闭着眼睛,等待着。

旁边一个说:"想不到咱的貂笼子还能装下这么个野物。我日他妈,这小子还真有福分啊,他是第一个哩。"

周子脸上有了笑容。我想他多少有点满足了。有人开始抚摸加友的身体,加友一边拒绝一边挣扎着去穿衣服,穿上,有人就给她扯下来。

二

他们开始动手把我捆起,绳子碰到我的伤口,疼痛差点使我昏厥。我给捆得结结实实,最后被拴在屋角的一个磨盘上。我试着活动一下,一点余地都没有。一个人看见我努力活动身子,哈哈大笑对周子说:"你这家伙是个犟种,还是个外行!"周子不再理我。

一个家伙像饿狗一样扑到加友身上,加友咬他,他就给她一个嘴巴。他不能制止加友的挣扎,就两手扼住了她的脖子。我的吼声让自己听了都有些可怕。有人嫌吵得慌,就从地上捡起一块破布塞在我嘴里。那个人使劲扼加友的脖子,加友身体软下来,无力反抗了,那个家伙才松了手。旁边几个人好像不太愉快。周子把那个家伙从加友身上揪开说:

"性急吃不得热粘煮,边上去。"

那家伙尴尬地退到了一边。周子把加友扶起,抚摸着,把她揽到怀里。加友没有挣扎,她一直闭着眼。

"小东西,睁眼看看大叔,对了。"他把她的眼皮撑开,"多好的一对大双眼。这模样怪好看的。看看这小嘴儿,又厚又犟气,脸上的皮儿紧绷绷的,我看你长得多少像个男孩儿,水光溜滑的,就是头发长了点。你要是剃个小平头就是挺好的小男孩了。不错,大叔没白亲一顿。来呀,"他喊一声:"给这个小东西理理发,给她剃个小平头!"

有人把她从周子怀中揪走,接着按住她,真的给她剃头了。长长的头发一撮撮落在脚下,从她雪白的身体上滑落下来,在脚边积成了一堆……加友真的给留了一个小平头,看上去那模样真是怪极了。由于是慌促中剃成的,所以那发型古怪到了极点……

"喂,伙计,睁眼看看咱的'小平头'怎么样?"周子在吆喝我,"'小平头'是个好东西啊,衣服穿上吧,让她跟上小怀好好干活,好好服务。大兴水利的年头,不好好服务还行?"

周子一说旁边就有人笑。那种恶毒的幽默被眼前这个人发挥得淋漓尽致。他走过去拍拍加友的头顶,想让她蹲下,可是加友硬硬地站直了身子。后来他硬是把她按蹲了。他也在加友面前蹲好,两人离得很近。他一动不动看着她,叹一声:"小东西!你的心真硬,这就离开大叔了……"加友不吭声。"等你两天,再不回心转意,也就怨不得我了!你看看,我为了你差一点让那个家伙把'宝剑'给我卸去。"说着抚摸起自己的下体,发出哎哟哎哟的声音。我知道刚才击中了他的那个部位,所以才引出他那么大的暴怒。他生生用那根自行车链条把我抽得浑身是血。

天黑下来,我被牵出了石头屋子,锁进了貂笼。里面连一把草也没有,我只有薄薄的衣服。还好,我身上的绳子被松掉了。这个貂笼被放在了高粱秸扎成的栅栏里,这样我就与工棚的目光隔离了。我只能听见外边人吃饭时叮叮当当的勺子声和吆喝声,但看不见他们。栅栏那儿有个小门,有人按时打开那个小门送饭给我。他们把食物倒在原来喂貂的铁盆里,铁盆直接焊在貂笼上。我只能伸手到铁盆里抓东西吃。喝汤时我就伸出勺子到外边舀。他们完全用养貂的方式来对待我。我想如果我没有给他那一击,也许他还不会这么狠。不过我知道这个亡命之徒什么都做得出。我以前听人讲过,在这大山里,那些包工头干遍了丧尽天良的事,事发之后,就独身一人带上他们劫掠的财物逃走;追捕人员赶来时,打工的人还睡在窝棚里,什么都不知道呢——一个个工头就这样跑得无影无踪了。这些工头恶贯满盈,有的甚至有好几条人命。他们真是奸淫掳掠,无所不为。他们每人都有自己的防范措施,比如说几支包工队携手结成联盟,遇到事情互相包庇和隐瞒。他们的触角伸到大山之外,与一些大公司接上关系,成为那个公司在外面的一支施工队。这样一旦出了问题,上面就有人保护,使他们更加胆大包天了。有的直接就兼任了公司副经理或者分公司经理。眼前的周子是个不愿炫耀的主儿,因此也就格外阴险。

夜里寒气逼人。我后悔自己没有听加友的话赶快逃走,而今真的身陷"囚笼"……食物倒在貂盆里,那些铁盆甚至还沾着干结的兽血和兽毛。一种腥臭味直让人呕吐,送饭的人说:

"那你不吃就是了,你把它掀翻也没人管。"

这不是忍受的问题,而是活下来的问题。这个问题的权衡在许多人那儿早已解决了,因为别无选择……我又想起了庄周。是的,一个人到了一定的年龄,最重要的是要能够接受必须接受的一切。每个人都在走向自己的结果:无论是周子,还是我和加友,以及所有这些打工者、山里人。

在这深山午夜,在瑟瑟发抖的貂笼里,我终于明白了:对我而言,已经没有权利去享受另一份生活。我该好好咀嚼这份自己的生活,正像我该把那份倒在貂盆里的食物一点点细嚼慢咽吃下去一样。吃下去,活下来,再接受神灵交给的另一份礼物。一个人活着,总要接受一份又一份礼物。

在这样的夜晚,我只能靠回顾捱过时光。这才是"静思"。这个貂笼四下只有几道钢筋,我嗅得见一切,望得见一切。我有机会盯着一个夜晚怎样开始,又怎样一丝丝向黎明捱近;星斗怎样由疏变密,最后又是灰蒙蒙的夜的消失;一句话,由曙光到暮色……

早晨那个栅栏门打开,使我惊喜的是这次送饭的不是周子一伙,而是小怀。小怀一进来就赶紧把栅栏门关上,然后小步跑到跟前,把热腾腾的食物直接从钢筋空隙里塞来。她把那两个貂食盆子撤掉,换上两个崭新的粗瓷碗。我那么感激她。小怀做这些时一声不吭。这样直到最后,她才把嘴移过来,对着我的耳朵说:

"大兄弟,没听我的话,后悔了吧?"

我摇头。

"不后悔?"

我点点头。

"大兄弟呀,你是我见到的第一个怪人,不过也是个好人。你是个好人。大兄弟,我帮不上你的忙了,只能偷一点好吃的送给你。我来送饭,还是自己抢来的活儿呢。你是个好人哪,不该受这个折腾。这也怨那个骚浪闺女。她已经那样了还偏要看上你!"

"小怀,你不该这样说她,她也是被迫的,她是个好孩子。她像大家一样,都是被周子一伙踩在脚底下的人……"

小怀不做声了。

小怀真的温厚慈祥,是一个好女人。她伸出手在我单薄的衣服下抚摸着,远离了那些伤口。

她抚摸着,最后说:

"大兄弟,好好养伤吧,养好了再说。大婶真想亲亲你啊,我的好孩儿!"

三

我必须挣脱这个囚笼。我一个人时就闭着眼睛想啊想啊,想得好苦。锁住这个貂笼的是一把三环大锁,钥匙就在那一伙人手里。我挂念加友,不知道这一段时间她怎样度过。我记起那一天周子的一番话。或者她回到周子身边,或者正遭受更可怕的折磨。

又是一个星期过去,没有一点风声。一天晚上那个栅栏门又打开了,一个雪亮的手电晃来晃去,照得我眼花。看不清来人是谁,后来他一开口才听出是周子。"怎么样,伙计?你要嫌不过瘾,我再养一只貂和你做伴儿。也别太孤单了,怎么样?"

我想这个家伙完全做得出。

"你要再嫌孤单,我就把貂取出来,放上一只野狼。你知道,野狼在这一周遭要逮一个可不容易啊。不过我要做就能做得到。"

这个家伙也许真会那样做。他会把我和一只野狼关在一块儿。我现在琢磨的是怎样能够解脱,我到了好好动脑筋的时候了。

周子又说:"你的小脑瓜一定在活动,你想走出去是不是?我现在劝你死了这个心吧。我们也不缺你这个壮劳力,你就在这儿给我蹲着,如果不老实,我就让人把你这只没长毛的貂连笼子一块儿抬上,抬到悬崖边上,用杠子往下一撬,也就万事大吉了。"

"我也劝劝你:还是别太狂了,到时候你再后悔也就晚了。"

周子哼哼一笑:"我还会后悔?我干到这个份儿上还会后悔?我要懂得什么是后悔,早就洗手不干了。你不过才经历了指甲大一点事儿,你不过是山那边的一个臭小子,穷得叮当响,连个媳妇也没有,还想在我跟前耍光棍?我知道你这家伙是憋急了,想偷偷摸摸咬口嫩肉。这还行?明人不做暗事,做暗事的都是混账!都该死！"

"你就是一个彻头彻尾的混账。"

"行,爱说就说吧,我也不零星折腾你。天也不早了,我该回去睡觉了。睡觉之前先和你看一场电影……"

这句话让我费解。这会儿有人提着一盏桅灯进来了,接上又来了三个。他们三个押来了加友。我恐惧极了。

周子说:"把灯苗拨大了。叫这个兄弟看场电影。他初来乍到,电影看得不多,孤单得慌。来吧。"

那几个人开始剥加友的衣服。加友看着我,眼泪汪汪叫着:"大哥,大哥,早知道这样,我该死在你怀里呀!"

我两手攥在钢筋上,不停地摇晃,不停地喊,我想喊南边工棚里的人出来:"你们快来看看这些野兽在做什么事情……"可是我没喊上多久就被缚上钢筋的铁梁,然后嘴巴又塞上了。

我闭上眼睛,他们就不停地拍打我。加友的衣服已经被剥光了。她用手捂住脸,周子就把她的手扯开。加友啊啊叫着,伸手蒙着脸。有人又把她的手扳开。他们吆喝着。加友泣哭、吼叫,一边就有一个人拍她的脸。加友像死去一样一动也不动了,连呼吸都听不到了。

"喂,伙计,睁开眼!"他们来打我的脸,扒我的眼,"怎么样？不好好看电影,你这个家伙真是个有福的人!"

我的两耳嗡嗡响,听不清他们又讲了些什么……我的嘴巴嚅动着,咬啊咬啊,后来嘴里不知哪个地方给弄破了,塞上的破布被血浸红了。我依靠这种咬紧的力量来抵抗着。

他们把她拉走的时候拍打着她说:"看,多么好的一个小平头。"

地上是一片踩烂的茅草。

四周安静极了,没有一点声音。这会儿好像什么也没有发生,天空的星星还在发亮。我觉得天地真是太大了,太宽容了,它竟可以容下一切,溶解和稀释一切。它教人学会了遗忘,因为它不动声色。它仿佛一再地暗示:人可以遗忘。

而我诅咒遗忘,我只要活着,就不会停止这种诅咒。在今后的日子里,无论有多少迷人的机会和热闹的场所,都不能牵走我的注意力。我将牢牢地盯住、守住自己的记忆。

他们走了。我一夜咬着一块浸了鲜血的破布,嘴巴给撑得没法睡眠,而且也不可能沉睡。因为我还没有遗忘,时间的魔法还没有作用于我。我全身疼痛,一直给绑在钢梁上,身上紧贴着冰冷的钢筋。鲜血一滴滴顺着钢筋流下……这种折磨只有大山里才有吗?野性的山,可怕的山。它的隐秘仍然没有让我洞穿。我,还有我的父亲,我们一起凿着,可是终究未能挖尽你的隐秘。你的褶缝里流动着清泉,那是大的血液。我将怎样消化和接受这一切呢?我将一声不吭地接受下来吗?我如果接受下来,那么以后、再以后呢?

我询问着自己,倾听着自己的心跳。

全新的一天又来到了。我听到了啾啾的鸟叫。一只小山雀落在貂笼旁边那个树桠上,一声连一声叫。它叫得清新欢快,无忧无虑。大山四周越来越亮,天空的星星稀疏了。这是一个吉兆,新的一天会是幸运的吗?我发觉由于眼睛一夜大睁,干得快要裂开。多想伸手揉一下啊。我等待着,想象送饭的人会是谁。我等着小怀一大早把我从铁梁上解脱下来。我等着。

她终于让我盼到了,真的是她。门开了,我屏住呼吸。她关上门,然后迅速揪掉我嘴里沾血的破布,又解绳子。她心疼了。我嘴上沾满了血,我的手伸过铁笼的空隙扳住了她的肩膀。我一下下抚在她的脸上。她急促地叫着:"大兄弟,大兄弟,你能挨过去吗?你能挨过去吗?"

我只感受着她脸上的温热。我对在她耳朵上问:"你能帮我吗?"

小怀睁大眼睛看着。

"现在只有指望你了,不要让我死在这笼子里。"

"……"

我告诉她周子的话:他曾说要把我装在笼子里推下山崖。

"说是这样说,能吗?他们早晚要把你放出来开洞子,只要你闭上嘴巴就行。"

我摇头:"不,我不会等着他们把我放出。"我看看四周,小声说,"你只有找到那个钥匙。外面栅栏门上的钥匙你有,你只要设法给我打开笼子上的三环锁就行。"

小怀很为难:"他们那一伙钥匙不离身。"

"交给你了,事情全交给你了。"

小怀急得手搓衣服。后来她好像决定了什么,扳住我的脸亲了一下。我看到她眼角有泪。

四

大约是深夜两点钟的样子,有人轻轻把栅栏门打开了,是小怀。我的血液全冲到喉咙,伸手到铁栅外面紧紧攥住她的手。她把我的手挪开,然后赶紧把三环锁打开。我想钻出这个囚笼,可发现身上的骨节都僵硬了。我大约用了好几分钟才钻出来。我慢慢地揉动关节,活动着腿。我问:"加友在哪儿?"

"她就在窝棚里,他们知道她跑不了。她大概得了病,要不他们还不放她呢。"

小环锁上栅栏门,扯上我的手绕到窝棚后边。我们找到了加友。我把她摇醒。

她睁开眼睛,不敢相信。小怀说:"这不是他吗?你好好看。"

加友伸手抚摸我的肩膀,像试探真假似的捏了我一下。

我说:"加友,你等着,一点别动。"

我让她坐在那儿,又嘱咐小怀看住她。我蹑手蹑脚转到窝棚里,从铺位上寻找东西。我发现藏起来的钱还在那儿。还有,我的那个破背囊也丢在角上。我把它们全塞到了一块儿,急急地出来……我问加友:"我现在说话你能听明白吗?"

加友说:"能。"

"那好,你背着背囊到坟地那儿等我,一定等,什么时候都要等,好吗?"

加友点点头。

我说:"那好,你先走,快些!"

小怀和我一块儿把她扶起来。我发现她可以走得很利索。加友手搭在我的肩膀上:"大哥,可千万不要把我一个人扔在坟地里!"

"怎么能呢?加友……快些走啊!"

加友哭了,我安慰她。她弓腰背着很大的背囊跑走了。她消失在那个小小的山路上。剩下的事情我该自己做了。在睡不着的长夜里我把什么都想好了。我让小怀好好待着,说剩下的事情不用你管了。我刚走开小怀就上来揪住了我。我说:"大婶!"

"什么大婶,"小怀说,"你真把我当成了'大婶'吗?"

"真的,我一辈子都记住我遇到了一位多么好的'大婶'。"我拥抱了她,紧紧地拥着,伸手在她的齐耳短发上抚摸着。我告诉她:这座大山我可太熟了,我会赶回的。周子那一伙只是大山里的几块粪便,他们很快就会被山雨冲得无影无踪。而我却是大山里的人,我从童年起就在这儿游荡。我熟悉每一道沟壑,他们追不上我的。他们真算遇到了一个好对手啊。我告诉小怀:我总有一天会回来的,我在这大山里会再一次看到她的……我手里捏紧那把三环大锁,它原来是锁囚笼的,这会儿我却把它锁在小石头房子隔壁的门上。因为所有小窗都镶了钢筋,他那一群兄弟也就爬不出了。我嘱咐小怀:一旦有了什么响动,一定不要让窝棚里的人出来,让他们好好睡觉吧!

小怀说:"你放心。"

我在周子的石屋徘徊了一会儿。门插上了,这个家伙正在里面舒坦地睡觉。我推了两下没有推动,就捡起一个大石块,"轰"地一下把门砸开了。由于砸得太猛,我和石块一起跌在地上。周子"嚯"一下从床上跳起,我正抱着石块站起,猛地一拥把他拥倒了。

"啊呀,是你这个王八蛋!"

"是的!"

这家伙并不强壮,他喊了一声,想喊几个兄弟。我说:"他们一时出不来,你先将就一下吧。"我用大石块把他拥在床上。后来他又挣扎,我就给了他几拳。他连连求饶:"伙计,不要这样不要这样,我打算天一亮就把你放出呢。我……"

"你以为放出来就算完事了吗?你不是说你有一把'宝剑'吗?那好,"我照准他所谓的"宝剑"狠狠踹上去。他脸色铁青在床上扭动。我终于看到屋角上那根生锈的自行车链子。我把它缠在手上,提着走近周子。这个黑瘦的、带着一点羞涩的工头这时才缓过气来,抬头看着我,可怜巴巴。他不由自主蜷在了那儿。我掂着手里的铁链子问:

"大掌柜,这是打人的东西吗?"

他摇摇头。

"狗娘养的,人都是肉长的,这个东西打上去能受得了吗?你不怕把我的肋骨打断、把我的筋打断?你这个狗娘养的,你知道这个东西打到身上有多么疼吗?"

周子呜呜噜噜往后退,一只手不停地摇摆,一只手还撑在床上。我再没讲废话,直接将链条扬起来,照准他的脖颈下面一点狠狠一下。这个家伙倒在那里,哼叫的声音那么细弱。他本来毫无力气,就是这么一个瘦削不堪、瘦得像一条狗似的家伙,怎么可以作这么大的恶?他的力量从哪里来?是谁给了他力量?这片大山也许太高了,它的缝隙里竟爬动着这样一条不起眼的蛆虫。我又抽了他几下。有一个地方下手太重了,他皮开肉绽,流出血来。接上我用链条把他的窗玻璃、小木桌,一切的办公用具全都扫在地上,打得稀烂。我听到隔壁屋里一声连一声撞击门板。

对面窝棚那儿站了好多人。小怀站在一旁,手握一把木勺。她跑过来,嚷叫着。我来不及说什么,只是在心里说:

"再见了,小怀!"

我跳下沟底,往前疾跑。我故意绕开那个小路,然后向坟地跑去。离坟地很远,我就看到微弱的星光下有一个晃动的小平头⋯⋯

又一次分别

一

一只长耳鸮不停地叫。加友身上发抖。我告诉她这没有什么。

"多吓人哪大哥,你听见了吗?"

我再一次告诉她:这是一只长耳鸮。

"有什么在哭,你听见了吧?它在哭⋯⋯"

我驻足谛听,听见了。我想那该是一只孤单的花面狸在泣哭。在这黎明前的一段时间,有一只孤单的花面狸⋯⋯我们一块儿往回遥望,在山岭后边有什么像闪电一样摇动了一下。我知道那是一支长柄手电。这是周子一伙特有的那种大手电。加友伏在了我的肩上:"我怕他们追上来,我怕他们从另一边围上来……"

有几只鸟在我们四周旋转,在很近的地方发出细碎的声音。那是一种蝙蝠吞食秋虫发出的声音,它可能是一只大足蝠。我感觉到她在不停地颤抖,我安慰她,可她的眼睛一直望着后面。我告诉她:"你放心吧,这一回周子真的遇见了一个好对手。只要转进这片大山,没有任何人能够追上我们!"

"可是你跑不快,你身上有伤,左脚还拐……"

"不要紧。只要在这片大山里就成。"

她抬起那双大眼睛望着我。微弱的星光下,我仍然能看到这双眼睛在闪闪发亮,这是被泪水无数次冲洗过的一双眼睛。我告诉她:我从少年时就开始亲近这片大山,这里对我而言是再熟悉也没有了。每一棵树、每一道沟壑、每一条小河,我都清清楚楚。我指着西南部那片黑漆漆的丛林说:

"看到了吗?打这儿往西,绕着山麓的慢坡走上十多公里,跨过几道纵谷,然后顺着谷地左岸一直往上走就可以走到鼍山。那儿山高林密,有很多悬崖深谷,他们不敢到那里追我们。你不要害怕,我们现在所处的位置已经离那个该死的地方有十几华里;我们已经转到了山包的后面。"

我们故意挑拣一些难走的地方,钻过丛林,避开山里人踏出的细小路径,这样就可以直接从那些不太高的山脊跨过。我知道只有用这个办法才能甩开追踪者。他们只能在那些细绳般的山路上奔跑,以为我们也只能沿着这样的小路逃奔。他们还可能在那些谷地和山豁口那儿堵截,过去抓那些逃跑者也总是在黎明时分得手。他们错了,他们不知道我早已化为这个大山里的一个动物,从十几岁时就能四蹄着地刷刷奔跑。有时我还可以生上翅膀飞过高山,可以顺着崖畔奔跑,还可以在谷底像针芒一样细密的小树棵里钻来窜去。

翻过又一道山岭,才看到东边的天色有点变化,渐渐看到了流云的丝绺:它的颜色在急剧变幻,有什么东西在其间闪亮。黎明快来了。加友再也走不动了,她蹲下来。"肚子疼吗?"她点点头:"我们歇息一会儿好吗?"刚刚坐下,我就发觉身上像要裂开似的,有好几处伤口针扎一样疼。我觉得一个膝关节受了重伤,搓揉着,活动着。我想这可能是一条韧带拉伤了。

我对这片大山是如此熟悉。我知道大约是二十多年前,这里的食人兽就已经消失了。这里最危险的动物就是狼、貉和豺。不过狼已经很少见了。但这儿毕竟是两条山脉——砧山山脉和鼋山山脉的交汇处,山高林密,常有各种意想不到的事情发生。如果说食人兽仍然存在,那么它们或许变成了精灵,化为了人形,比如周子——一只最为凶残的食人兽。我们俩差点被他吞食和消化。

加友不停地打抖。随着光线明亮起来,她把脸转过去。她不好意思转脸,一路上竟变得越来越羞涩。她的毛发,剃得短短的小平头看上去真是滑稽极了,但我笑不出来。她美丽的面庞看上去仍然纯洁、天真。她那个短短的小平头使她看上去真的像一个小男孩了。那微微合拢的嘴唇让人觉得她有万千话语正要向你倾诉,可是欲言又止。她一次又一次把脸抵在自己膝盖上,到后来就细细抽泣。我安慰她,她什么都不想听。她的抽泣越来越厉害,几次要倒下,我把她扶住了。她倚在我的胸部,嘴里一连串地呼唤:"大哥,大哥……我知道你现在更嫌弃我了,我完了。"

"你没有完,你永远是一个好孩子。你一切都挺好的,回家就好了。"

"大哥,我不回去……"

"那你要到哪儿去?"

"我跟上你,跟你去流浪。你不是说自己是个流浪汉吗?"

我不知该怎样回答。我没有吱声。

加友抓住我的肩膀,用力地拉。她像要攀到我的肩头。她说:"我知道你是一个好人,知道你嫌弃我,你不会要我的。不过我想跟上你,我病好了就会在路上照顾你,我离开你会害怕……"

"你这个孩子,难道不回家了?你不是说妈妈在等你吗?"

她哭了,一边哭一边晃着我:"我怎么回去?哥哥没有了,我给整成了这样,妈妈看了会难过死。我不敢回去见妈妈。我要把钱寄给妈妈,以后就是四处讨要也不回家了。我怕妈妈看了难过。"

怎么安慰她呢?我从来没有这样作难。她像一个害冷的小猫一样偎在胸前,短短的毛发有点扎手。她那个被剃短了毛发的小头颅在我胸前搓动,使人想起这是一个少不更事的男孩。只是扳起她的脸,看到那细细的眉毛,听到她轻轻哈气的声音,才让人记起这是一个刚刚十八九岁的女孩:备受蹂躏,痛不欲生。这片大山里的食人兽把一个活鲜灵俏的少女彻底毁了。我不知她这一辈子该怎么过,难道她真的要做一个流浪女人吗?

我想到在平原和山区遇上的一些流浪女性,她们年纪大了,有的一路拖着一个满是鼻涕的小孩,还有的怀里抱着一只鸡。难道她们也像眼前的加友一样,都有着难以回首的往昔吗?流浪,走遍山野和平原,把一切秘密撒进茫野……我安慰加友,告诉她:必须回去看你的妈妈,老人家正在你望眼欲穿!回去吧,回去吧!

加友哭了,哭出了声音:"大哥,妈妈不见我还好,见到我,她怎么办?"

我想了想,说:"你把自己的事情瞒住妈妈吧。先不要说哥哥的死,等以后寻个机会再……告诉老人。"

"这怎么行啊,这怎么行啊!还有,你看我的头发……"

"我以前见过一些女的,她们头上受了伤或是长了什么,为了上药方便,就把头发剪短……"

加友哭着,一刻不停地哭。我受不了,扯着她的手站起。眼前的道路已经看得清了,我们慢慢往前走。后面的雾气里传来了长吁短叹的声音,那是另一些动物……我们都疲惫到了极点,加友不得不一次次蹲下歇息。她的脸色焦黄,整个人已经没有一点力气了。

二

这些天她一直是泣哭,夜不能寐。她在大口喘息的间隙里还要泣哭,仍然忘不了原来的请求:领她到远处去,越远越好——离开这座大山……她说随便流浪到哪里都成,只要不再看到这片大山……

"大哥,你可不要扔下我,不要扔下我呀……"

我说一定领她走出险境,直到把她送回家去。

"你能留下吗?"

"你回家后我也要回了。"

"你回哪儿?"

我不得不把一切都向她讲出,告诉她:我是到山里来找一位好朋友的。他到处流浪,现在正到处逃脱,因为他面临了很大的危险。听人说他流浪到了这片大山里打工,我就赶来了,结果我扑了个空……我还要去找他。

"你从哪儿来?"

"从很远的地方,从城里来。"

"你是城里人吗?"

"是的,我的妻子和孩子正盼我回去呢。我在大山里受的折磨谁也不知道,我也不会告诉他们……"

她张大嘴巴,一直望着我。她又退开几步端量我:"天哪!你在说谎,这是真的吗?"

"都是真的,我为什么要说谎呢?"

"可你一点也不像,一点也不像!"

我告诉她,是的,我没有骗人。她又哭了,哭着倚在我的身上……

你牵挂的黎明之帆悬起时／山谷的歌声一点点隐去／午夜露滴把它洗亮了／那是桉树叶下的两颗星星／你唱着拥有与失落,贫穷与富足／恭候第一缕阳光／等待它照亮身旁的花岗岩……

"大哥,大哥!"

我在她耳边哈气似的吟哦:"……用沉积的炭泥染成的夜色／挟带了无数颗种子／萱草花沿着你的发际往上／吐出苞蕾,根须吸引唾液／它守护大地和山峦／谁也毁不掉它的姿容……"

她在这吟哦中把脸颊贴在我的脸上,双手紧紧缚在我的颈上,嘴唇不停地寻找。她呼唤着,说再也不愿走出这片大山了,不愿在阳光下去见乡亲和……和那条把她引出故乡的小路。我鼓励她,摇动她的肩膀:"你怎么这么没志气?你要抬起头来,你会挺过来!你怎么了?你连好好活都不会吗?你连做个好姑娘都不敢吗?你该放声地笑一笑,跺一跺脚,回到家里把屋子打扫一遍,和妈妈一块儿,再把院子打扫干净,日子就从头过起来了。你怎么就不敢、不能、不愿?你多么漂亮,从里到外地漂亮,谁也别想毁坏你,除非是你自己。你是多么傻、多么不争气的一个姑娘!"

在我的不停摇动下,她不哭了。她开始镇定下来。后来她问:

"大哥,你知道我最后悔的是什么?"

我听下去。

"我最后悔的,就是哥哥死了,我还留在山里。"

"是啊,你那会儿应该赶紧逃开。"

"我当时糊涂了,只觉得哥哥不能白死,他们应该把钱给我。

我真傻,真笨,不知道钱连石头和土块都不如……"

她抱着身子,有点冷了。我从背囊里取了一件衣服给她穿上。她这会儿真的被打扮成了一个男孩。为了赶路方便,我又揪些藤蔓把她的裤脚扎紧,把她的腰束上,这样她看上去活像一个小猎人。"瞧瞧,这个样子没人再敢欺负你!"

她的眼睛飞快动了一下,发出了动人的光彩。

我看着远处的山影在心中自语:人哪,为什么要默默地忍受?为什么要紧紧相依,亲吻不停?为什么要在舍生忘死的时刻里热烈亲吻?人哪,为什么要拥抱、生子?又为什么要一次又一次地奔跑逃离?为什么杀死了一匹又一匹食人兽,大地上却不断有豺狼和毒蛇生出来?时光又毁坏了多少美妙绝伦的歌声?你站在这个古老的山崖上,遥望一百年前那个纯洁的诗人。你怜悯他,却忘了怜悯自己……

"大哥,咱们走吧,走吧。"

我们终于在太阳落山之前登上了鼋山山脊。站在这儿可以看到一道道河谷,看到水流怎样从山脊往下延伸,然后纳入一道道水汊,归拢于那两条有名的河流:芦青河与界河。芦青河的主干是逐渐形成的,它流向了东北方,在大约二十华里之处折向西北。河谷右侧是高山,它们连绵起伏,最后凸起一道道高峰,那就是砧山山脉了。

整条河谷南部狭窄,北部渐渐开阔。乱石滩在阳光下闪亮,经过无数次洪水的冲刷,河床一再拓宽。它的上游有一部分干涸,露出了细白的沙洲。中游以下才能看到一大片闪亮的水湾,它好像静止不流。就是芦青河和界河,是这两条大河创造了一片平原,平原上才有了一个海边小城,有了大李子树的故事。我问加友:"你的家在哪儿?"

加友伸手指了指——那儿是芦青河中游,河的右侧。

三

　　这是河边极小的一个村子,顶多有六七十户人家,坐落在平原和丘陵地区的过渡带上。村子四周的土地很不平整,土质也不太好,是很早以前山洪冲下来的风化物,属于薄层粗骨棕壤性土,里面有捡不完的砾石,所以整个村子的作物只有红薯和花生。这里排水条件不好,虽然渠网交错密集。渠畔是一些瘦弱的柞树棵子。分布在河岸上的小屋矮矮的,像伏卧的地堡。

　　在离小村一百多米远的一个路口,加友站住了。她咬着嘴唇,怎么也不往前走了。我说:"走吧,回家去。"她仍然不动。后来她竟然转身往另一个方向跑去。

　　我严厉吆喝几声她才站住。

　　"我不能回去,我没有脸回去,我怕村里人看见……"

　　这时太阳已经快要落山了。我问:"你要等到天黑再回村吗?"

　　她点点头。可在这个地方等到太阳落山简直是一种煎熬。加友惶惶不安,焦躁、忧虑。太阳落得那么慢。无数的燕子在太阳落山的地方飞翔。有很多小飞虫在空中搅成一团,是它们吸引了燕子吗?天色变暗了一些,太阳还没有落下,它的光芒从砧山后面喷射出来。后来我想出一个办法:从背囊里找出一顶长檐软帽给她戴上。加友高兴了。她戴上这个小帽子看去神气多了,也遮住了她的短发。她迎着我一笑。这次,我从她的笑容里感觉不到痛苦的影子。

　　我们进村了。沿着街巷一前一后走得很快,差不多没有一个人注意我们。也可能她戴着帽子的形象,还有她身上的脏乱衣服,使人完全想不到这是本村的一个姑娘吧。

　　在一个低矮的小草屋前,她敲着门。一会儿,院里有了脚步声。我的心咚咚跳,不知怎么,我这时像她一样紧张。里面响起一声问话:"谁呀?"

加友哭了。她抽泣得不能回答。

我说:"大娘,加友回来看你了。"

"是加友吗?"

"哗"一声,门拉开了。一个瘦瘦的六十多岁的老太婆顶着满头白发站在那儿。加友被我的身子挡住了。我不得不伸手把她揪出来。

老人往前一扑抱住了她。娘俩久久抱着。

"我的孩儿,好孩儿,你可回来了好孩儿……"

加友搀扶着妈妈,我们一块儿进了屋子。

"妈妈,妈妈……"

老人在油灯下端量孩子。我给冷落在一边。老人问:"你这是咋了娃儿?"

"外面活儿苦,衣裳都弄脏了,还有……"

老妈妈想起什么,看看我,又看看加友:"你哥呢?"

加友用力咬住了嘴唇。

"你哥呢?"老人又问。

我代加友回答:"他还在那儿做工,要晚些时候才能回来,加友怕你挂记,先回了……"

"这会儿活儿轻了吧?"老人问。

加友点点头。

"孩儿,我一听见南面开山的炮响就惦念你俩。我老念叨,让娃儿快些回来吧,回来吧,挣多少钱才是挣啊?"

我好不容易忍住了。

老人又问:"从哪弄来这么顶帽子? 你咋做了男娃?"

加友赶忙伸手护住了帽子。老人去揪她的帽子,加友就说:"妈,怪难看。"

"怎么戴帽子啊？"

加友不得不说了，说得很慢。她真的编造起来："妈，大山里潮湿，俺过不惯，生了头疮，就让人把头发剪了。后来头疮好了，头发还没长起来……"说着猛一下摘了帽子。

"哎呀我娃儿，丑死了我娃儿！"妈妈拍打着手，拍打着膝盖，又像哭又像笑。

加友一下伏在老人身上。老人终于想起了我，回头看了看问："这个大兄弟是……一块儿做活的吧？"

我告诉她："不，我是赶路的。我在山里遇到了加友，她走得迷了路，我就把她送回了……"

"哎哟，天底下呀，还是好心人多！"老人擦着眼。

她说这句话时，我突然觉得她有点眼熟。我好像记起来了：好几年前我在这个平原上奔走，进山的路上，我见过这个老人……那天，我看到一个老人在渠边采地肤菜，天黑了，她把我领到了家里。我正端量着老人，老人也在看我。我眼睛一热，问："大娘，你还能认出我来吗？"

老人摇头。

"我在你这儿吃过饭，在这儿过了一夜。你还记得一个背着大背囊的人从这儿赶路进山吗？"

老人摇着头："不记得了。在这儿过夜赶路的人有好几个，我不记得了。"

可是这时候我越想越清楚，说："不错，就是这里，就是这个小屋子，这个小院！大娘……"

老人极力回忆着。我抓住了老人的手。这手啊，满是疙疙瘩瘩的茧子。如今这个小屋里只有一个老人和一个女孩了。当时我还记得问她有没有孩子，她说孩子在南边一个大户人家里打工，要给自己挣一套嫁妆。是啊，那是好几年前了，直到今天她的孩子仍然没有挣到嫁妆……她这一次带回了一笔钱,可惜为了这笔钱付出了多么可怕的代价。她将向母亲瞒住这一切,但总有一天要告诉妈妈:她的哥哥永远留在了山里……

夜晚老人忙着为我们做饭。她把所有好吃的东西都找出来,要准备一顿丰盛的饭菜。我和加友都忙着去做,可是只一会儿加友就挺不住了。她身子一软倒在炕上。老人给孩子盖好被子,又到灶间里忙活起来。

她说:"俺这娃儿小时候可泼皮。苦命的娃儿,这些年给折腾坏了。你不知道她爹死得早,我一个人拉扯着娃儿。"说着去擦鼻子。我故意把话题引开,让老人高兴一些。我说:"你看她头发剃短了,戴上帽子像个小男孩似的!"

老人搓搓眼睛笑着:"她是这庄里最光滑的一个娃儿。你不知道她那哥——就是她那对象,把她喜欢煞!他俩从好起来那天就不愿拆对儿。加友去打工,男娃也去打工,男娃进山了,加友也跟了去。你想想,这对娃儿以后在一起过活,准会和和气气。"

老人讲到那个小伙子高兴了,说个没完:"……男娃就是邻村的,他们家一辈一辈都是老实人……你想看看不?俺这里有他的相片儿。"

她放下手里的活儿,到另一间的座钟罩子里翻找起来。一会儿她拿来一张照片,自己先端量一会儿,再笑眯眯递给我。

小伙子微笑着,笑得很甜。那双眼睛特别好看,这眼睛不知怎么很像加友。他的嘴唇,鼻子,许多地方都像加友!这是一个漂亮的小伙子……我叹息一声:"真像兄妹俩……"

"你看,你又这样讲不是?好多人都这样讲哩。都说像兄妹俩。这真是天生的一对啊!"

她又把照片放回原处了。

吃饭的时候加友还没有醒来。老人劝她:"起来吃口饭吧,娃儿！陪着这位大叔,啊？"

四

这个夜晚,老人和女儿睡在西间,我睡在东间的一个大土炕上。我记得越发清楚了:这个土炕我以前躺过。这里的一切都似曾相识。

半夜,浑身痛得难受,我把灯点亮。该好好检查一下腿伤了。我把裤脚捋上去,这才发现踝骨那儿,还有左小腿上部,都伤得很重。本来那伤口开始干结,可是在路上又被灌木和石块碰撞,这时开始渗出血来。最重的一处伤就是那个周子用生锈的自行车链子打的。我仔细看着腿伤,真想马上用一点药。可惜这里不会有什么药。我想起了食盐,就悄悄到灶口那儿找了一点盐,用水化开抹在了伤口上。盐水刺得我直咬牙关。我忍不住呻吟起来。呻吟声惊动了老人和加友,她们一推门进来。

老人说:"你这是怎么了孩儿？你看看这血……"

"我在路上摔过。"

"哎哟,还好,没伤骨头就好。娃儿,快给你叔拿药去。"

加友一会儿取来一个小纸盒,里面有一些棕色粉面。我知道这是一些中药粉,山区和平原上有好多人家常年备有。

老人说:"举着灯！"

加友把灯高高举起。老人扒开我的伤口,让我忍着,忍着,然后一下给我捂上去……一种凉凉的痒痒的感觉,很舒服。洒上药之后老人又找来一些干净的布条,给我缠起来……下半夜我竟睡得很好。

第二天吃过早饭就要上路了,可是老人无论如何也不肯让我走。加友则一声不吭。老人推拥她:"你这娃儿,快些留留你叔！"她就声音涩涩地说一句:

"你留下吧。"

我在这儿耽搁了几天。腿上的伤开始好转。加友只要离了老人的眼睛,就要看着我流泪。

走之前我把背囊里所有的钱都掏出来,除了留下一点盘缠外,都给了她们。加友无论如何不要。我说:"你原来答应过!"

我们要告别了。

这种告别对于一个流浪汉来说简直是太平常了。只有在告别的这个时刻我才发现,这一次从静思庵走出,惟一的收获就是这浑身的疤痕——还有,一些看不见的疤痕……不过我从那个凶险之地领出了一个姑娘,把她领回了自家的草屋——当我就要离开这座草屋时,看着这个被剃成了小平头的姑娘和她满头白发的母亲,几次说不出话来。

"我走了……"

我的腿像灌了铅,我的背囊像装入了千斤石块。

加友突然扯上我的手到屋子里,回身把门掩上。她不想让妈妈听见看见。她依偎到我的身上。这是最后的依偎了。她抬起眼睛,满眼都是泪水。我告诉她:好好过日子,好好过下去,一定,一定——是吗?

"你看我能过好吗?"

"能。日子这东西要过下来也不难,古今来都是同一个法儿,咬牙忍住。"

加友说:"忍下来……"

"是的。你就对它说:你还能再把我怎么样?我已经把你全都看穿了!"

加友咬着牙关点着头:"嗯。我要说:'你还能把我怎么样?'"

她抬起那双使人看一眼就无法忘记的眼睛:"摸摸我的头……

头发……"

　　我抚摸着她短短的头发。它们齐茬儿扎着我的手心,痒痒的。这感觉一辈子也不会忘记。

第 十 章

美 非 罪

一

　　这儿不知离你多么遥远,我想这儿就该是"地老天荒"的那片"荒",是老天的尽头。在这个令人胆寒的盐场里,我已两手空空,只剩下了思念、思念……

　　思念你就像思念我的父亲和兄长——我的丈夫!这世上没有一个灵魂能由这三者合而为一,只有你,我的曲涴!你离开了我,只留下了一个想念,可是我知道没有任何人能够拥有这份珍贵的馈赠。它赶走了这个盐场的黑夜,使我一生都处在温柔的光泽里。有时我问自己:为什么要这样,难道你绝望了吗?我回答自己:有时是;可有时又恰恰相反,我的世界仍然一片光明。我觉得自己像一株小树那样沐浴在阳光下,刚刚开始生长。我还年轻,这个世界正年轻,到处都是希望。我反而觉得是别人腻烦了,他们活得太平庸,没有战争,没有械斗,甚至也找不到地方狩猎。他们想做什么,想活得更有趣也更残酷。

　　就是那些家伙,他们觉得我们俩多多少少都是个谜,特别是你——那个鼓鼓的脑瓜里边装了多少秘密?它大概是蛮有趣的。他们想要解剖一个活的标本,接近一种奇怪的、不可思议的存在。

他们不认为那是一种美,是一种渊博,他们更不想领略什么险峻的智慧的巅峰,不想领略那儿的奇异风光,更不想在它面前折服和倾倒。他们顶礼膜拜的不是一个瘦削的小老头——他们背后从来不叫你的名字,只喊"那个小老头"……

你的那对眼睛只有我能读懂,我想自己生下来要做的一个重要事情,就是设法读懂你。关于你的眼睛,我有多少奇奇怪怪的、仅属于自己的想法。在黑夜,我常常一个人回忆你的目光。你不知道,在我刚刚走近你的时候就想过:我正在走进他的视野,我要从这个窗口走进他的心灵,那该是怎样的一个心灵啊!一个没有身临其境的人只会对我的感触和喟叹肆意嘲笑。但我敢发誓是他们错了,他们真的错了——他们不知道这个世界上最可怕的是人,最神奇的也是人。

我觉得在见到你之前自己是那么可笑,我被笼罩在了何等昏暗的世界里。你自然而然地牵引了我,然后打开了我的眼障。你让我看到太阳怎样升起,怎样照亮原野和群山……我现在感到奇怪的是,我为什么不能把你当成父辈和师长,或者干脆说,你就是我的兄长?当我发觉自己心灵上有什么东西倾斜了、移动了时,已经为时太晚。当然,我现在只有庆幸。

我从那个中部城市来到这所大学。来这儿之前,关于你,我和他人有过一次有趣的对话。你知道那是我原来的老师,他问我:

"你觉得有把握吗?"

"有把握。"

老师是一个四十多岁的人,胡子浓重,满脸都是胡子。不过他总是刮得很干净,看上去面色铁青。他一严肃就显得分外严厉,可是他特别和蔼。这是一个非常注重仪表的人。他半点也不让人讨厌。他的爱人是一个非常漂亮的小学教师,温柔得像猫。可是在他们第一个孩子出生之前,有一次他们简单吵了几句,她竟然把他的手指给折断了。到现在这个手指握笔时还有点别扭。所以他的字总也写不好。他对我们说："这根手指是握笔用的,你们看,正是这根手指。正像农民握锄头,工人握扳手要用手一样,我这辈子握笔主要是用这三根手指啊!"他的手缠着绷带,我想那会很疼。可是他说话时语调平缓,像是征询我的意见："你看看我该怎么办?"

"怎么办?"我对那个折断老师手指的女人很气愤,只是我回答不出。

他说:"她很可爱;不过她毕竟折断了我的一根手指,所以,我想我该离婚了。"

我没有答话。我那时眼睁睁地望着痛苦的老师。

几天之后他来到了学校,像什么事也没发生过似的,还是那么讲究,脸刮得干干净净,一片铁青。我和几个同学到他家里玩,那是一天晚上,他正领着小女儿在屋里走来走去,在水泥地板上用彩色粉笔画了好多图形。我们小心翼翼踏着没画过的地板空隙走进去,交谈了一会儿才知道,原来他和那个小妻子已经离异了。

在报考的这一段时间里,他对我倾注了那么多心力,差不多手把手地教我,我很感动。这是一个淳朴的、实事求是的人,他的全部精力都投在为之痴迷的领域,好像不太懂得情感之类的事情。我尊敬他,并理解他的一切……我终于考上了。在离校前夕,他对我说:"我们散散步好吗?"

记得那是一个初秋天气,刚下过一场大雨,校园外面蛙鼓阵阵。就在吵人的蛙声里,他语气平缓,像过去一样,说:"我很爱你。当然,这有点不适当,不过我很爱你。"

我被他这种淳朴、平淡、却分明是真挚的语气给打动了。我说:"老师,这没有什么不适当啊。"

这一句话让他站住了。他直看着我的脸,奇怪的是他没有接着这个话题再谈下去。

好长时间我都在琢磨,他那天为什么不谈下去呢?往回走的路上,他只谈到了我未来的导师,谈到了你。他热烈赞扬。他说你们从来没有见过面,可是在他心目中,你差不多已经是一尊"神"了。他说这句话时望着很远的地方,"每个人都有自己的一尊'神',并且总是将其放在了心灵深处。人是需要这样的。你到他身边去吧。"

"……"

"那是一个很老的老家伙了。"他说。

那个夜晚我很高兴,奇怪的是我没有失眠。我睡得很好。

几天之后我就来到了你的学校。我在心里念叨:一个老家伙。这之前我怀着几分急切,只想好好看看你,因为这对我是很重要的。

第三天一切都安顿好了,剩下的就是见你了。在你之前,我首先认识的是路吟。这个稍微有点黑的北方小伙子拘谨得让人有点不好意思。以后我们相处的时间长着呢,他这样,真让我没有办法。我知道他是一个好人。他的出生地在更北边一点,可是他的口音流畅而纯正。这也让我喜欢。他问我在哪儿出生、上大学时的一些事情。我告诉了出生地,他马上说:"噢噢,登州海角,思琳城。"他激动得拍了一下腿。原来他知道许多莱夷古史,而且说在大学一年级时曾对那儿很着迷呢;他的一个导师认识专门研究莱夷古城的专家,那个人著有《东夷考》以及研究量器的专门著作……

"王献唐老先生你知道吧?"

我摇摇头。

"他写黄县古城的著作也好,我以后有机会要找给你看呢!"

他给我讲了很多莱夷古国的事情,说:"你们登州海角那儿的'思琳城'是古代辩士、方士的聚居地,当时那儿被称为'百花齐放之城'呢。"他说这些时,眼睛里流露出热烈的神采。

"就是你们那儿出过徐市(福),还有淳于髡、淳于越等稷下学派的代表人物;可能还有……他们都是你的先人呢。"

我知道徐市就是那个骗了秦始皇,率领三千童男童女逃到古日本的人。

他严肃起来:"真的,那可是一个了不起的地方啊!"

那一天,我们开始像稷下学派那样,"谈天雕龙"了。也就是那个夜晚,我们正谈着,就听到了一阵拐杖声:咚咚,咚咚。拐杖声越来越近……

二

我们赶紧站起来,路吟先我一步把门打开。啊,出现在面前的是一个五十多岁的人,这个人很瘦,个子不高,手里是一根黑色的拐杖。他的两鬓有点白,额头稍微凸起。我马上知道这个人是谁了。我们向你鞠了一躬。你赶紧阻止:"不要这样不要这样。"你进屋后我才发现:你根本不是什么"老家伙",因为你的步伐那么轻快,特别是那双眼睛——只有年轻人才有那么清澈的眼睛!

那一夜我失眠了。回忆着刚刚看到的导师,重温一种从未有过的感觉。好像因为一个人的来到,屋子里的一切全都改变了。你穿了一件浅色毛衣,开领处露出一件洁白的衬衫。周身上下没有一点灰尘,洁净到了极点。是的,一个如此洁净的人。

这就是我们第一次见面时,你留在我心里的印象。

可是后来,我才发觉第一个印象有多么荒唐——其他方面我并没有记错,最不可理解的是你是一个多么不注重仪表的人,好像从来也不注意打扮自己;你穿了白色衬衫,但领口那儿已经有些脏了。还有,浅灰色套装也该洗了……第一面我为什么把你看成了一个洁净的、一尘不染的人呢?我想:这正是因为你有那样一副目光,它把其他的一切给遮住了。

我入校以后给大学老师回过一封信。那封信里我回避了最主要的话题。因为我一直在心里咀嚼那天他在嘈杂蛙鼓中提出的问题。我直到这时候才明白,老师那天淡淡的语气中所表述的是一个多么严峻的问题啊。我该好好琢磨一下了。我还没有考虑好呢。我并不想一口回绝,因为我似乎留恋着他身上的什么。是什么,我不知道。只是我没有回绝。所以第一封信只随便谈了一些对这所学校的印象。

我告诉他:这里最可爱的是宽宽的校园大路以及路两旁那些挺拔的白杨。"这些白杨啊,"我写道,"简直让人喜欢得没有办法,一点办法都没有……"

不久,我又开始给老师写第二封信了。这次谈的主要是你。我写道:你说错了,他不是一个"老家伙"。你以为他是一个"老家伙",可能是别的缘故……这封信发走之后,我收到了他对我第一封信的回复。那信让人难忘的,是其中一句简简单单的话:"无论你爱不爱我,最好还是不要把我全部忘掉;当然了,最好你还是能够爱我……"

多么质朴的老师啊,他这些话让我觉得亲切、实在,差一点就马上给他回一封信——我会在信上说:"我真的很想爱你哪!我正准备爱你哪!"那时候我觉得爱是一种很神圣、同时又是很切近的事情。我觉得爱是很容易发生的。我这人可能很容易就会爱上谁。也许我的爱原本就是错误的。

在很长一段时间里,我只给老师写过这样两封信。他回我的第二封信来了:"希望你在最优秀的导师跟前好好学习,这期间没有极其特别的事情就不要来信了。我只想听到你成功的消息。"就是这么短短的几句话。我虽然觉得有点怪,但并没在意。因为这时我想得更多的是刚刚看到的那个人。

后来,许久之后,我才明白老师到底是什么意思。原来他有超乎寻常的敏感。他大概从我的第二封信里一眼就感到了什么,那种敏感简直是很神奇的。他比我更早地感知了我将走向何方。是的,我今天回忆起来,好像自己那之前从来也没有爱过谁。我只是喜欢很多人,但我没有爱过他们。我想自己对老师——那个满脸胡茬的人,充满了感激和喜欢,还有尊敬;可是我没有爱过他。我觉得爱对自己来说还很陌生。

那种很容易就会发生爱的想法,是多么幼稚可笑啊!

但我知道爱上了你。这是多么奇怪的一件事,其中充满周折。就像攀登一座险峻的山峰,我已经跋涉了多久——当我明白很早以前就开始了这种跋涉,直到现在才接近峰顶的时候,又充满了感激和惶恐。这个时候我把一切都悄悄总结。我不愿说话。可能因为我倾诉衷肠的这些话语最后已经无人再听……从那时起我就笼罩在另一个世界里了。我的一生再也没有走出这个世界。整天与你默默交谈;你的每一句话我都不再陌生。

在见到你之前,我已把有关你的文字咀嚼了一遍,可它们与我还是隔了一道屏障。只有现在,眼下,这些文字才变得滚烫活泼,它们开始有了体温和颜色,有了声音!这声音哪,急切、清晰,有时还带着轻微的难过……我竟然有好长时间没有弄明白你还是一位独身。我根本就没有注意到这一点,因为我的目光全部收在一处,简直是目不斜视。所以我压根儿就没有注意到你的旁边是否有另一个人,他(她)与你是什么关系,等等。

第一次与你散步,听你说:"过了五十,老了。"我当时一句顽皮话脱口而出:"五十岁有什么了不起啊!"这一下让你站住了。你用拐杖捣着地,笑。我又接上一句:"如果我是你,老师,我早就把这个拐杖扔到沟里去了!"后来你真的把它举起来,好像在犹豫,好像在问:"扔掉吗?"

它终于没有扔掉。你当时只是抚摸了一下拐杖:"挺好的一根拐杖,是吧?还是让我带在身边吧。"

我更多的时间是和路吟在一起。我们一块儿查资料,编书。我们在图书馆和阅览室一待就是一天,有时候我们灰头土脸从那些大书架后边钻出来,让人发笑:鼻子上抹了灰尘。路吟看着我笑,我看着他笑。

但更多时候,我们在一块儿一声不吭。这种沉默多少有点不对劲儿。我发现他连看也不看我。再后来他就病了,病得很重。他的女朋友来看过他,他病得更重了。你也来看过他,摸他滚烫的额头。你让我在床边多陪陪他。

那天晚上他烧得厉害,旁边一个人也没有。医生给他打了最后一针,剩下的时间就该我陪他了。那天直到深夜我才回去休息,换上系里的一位学生。记得第二天夜晚安静得一点嘈杂也没有。整个病房只有他粗重的呼吸。他喊着:"你在哪儿,你在哪儿?"我发现他的目光望向了另一个方向。我告诉他我在这儿,我在这儿。他说:"啊,你!"他的手从被子下伸出,裸露着。我给他盖上。我抓住他的手,发现他一直打抖。他叫着我的名字。我一直应着:"我在这儿,我在这儿!"他摇着头:"不,你没有,你不在那儿……"我不愿和他辩驳。他的头侧过来,眼睛里流出了泪水。他握着我的手:"你知道吗?我爱你和……我们的老师!"他的"爱"和"老师"之间有一个短短的停顿。

我后来才明白,就在那个停顿里,掩藏了这次疾病的秘密。可惜当时我什么都不知道。

有一天我正走在花坛那儿,一个姑娘凑过来了。我与她只有一面之识,知道她是路吟的朋友,并知道他们相识了很久。她的手抄在裤兜里,迎着我走来,直眼看着我。这时我注意到她长得很好看。她的两个眼角往上吊着,这使她有了一股特殊的神气。她说:

"路吟的病好了,幸亏你照料;我不知怎么感谢你才好……"

我说:"这是应该的。还是你对他的照料多。"

她摇摇头,没再说话。她总是端量我,看得我有点不好意思。我把目光挪开,可是她的眼睛却不再离开我。她由上而下地打量我,好像故意让我尴尬。她看了一会儿咂着嘴:

"你长得真好,完美无缺!真正的一朵'校花'!"

我皱着眉头。

"看,天都快冷了,你脚上连双袜子也不穿。哎呀,你的小脚丫多么白嫩……"

我低头看了看。我有时不喜欢穿袜子,这样从凉鞋的空隙里就透出了脚趾。

她又咕哝说:"听人说的一句顺口溜了吗?"

我没有回答。

她念道:"'有朵校花叫云嘉,露着一对小脚丫!'"

我听了不太高兴。我怀疑这是她即兴编出来的。我笑了笑。

她这才严肃起来,一瞬间让我看到那对漂亮的吊眼透着彻骨的冰凉。她用这双眼睛看着我,让我害怕。我简直忘了她是一个年轻的姑娘。她说:"我告诉你吧,路吟为什么得病,你可能一点也不知道——他在害着单相思。"

"我不知道。"

"他就因为你才害了这么重的病!"

我觉得这话由她说出,真可怕。

"其实你应该知道的;难道你没有感觉?他想你想得要命。不过你知道,这已经不可能了,你应该干干脆脆告诉他!也许你不忍心这样做,也许你还爱着他呢——你会吗?"

我赶紧否认。

"要真是这样,那就简单多了!你该明明白白告诉他,彻底打消他的一些想法才好。那样你们相处起来也方便,而且他也不会得病……"

我们就这样结束了谈话。

我立刻跑到路吟那儿。他躺在病床上,空洞的眼睛一看到我就变得明亮起来。我相信红双子的话。可是我却不忍按照她的嘱咐去做。是的,不能这样。

那些天我为难极了。我第一次觉得爱很难,凡与"爱"字连在一起的,都那么难。我觉得我真是一个无知的娃娃。

就在这些日子里,我又一次注意到了你的那双眼睛,它们热烈、年轻、沉着。这双眼睛啊,几乎教给了我一切。我的心情终于明朗坦然起来了。我既没有按照那个姑娘的话去做,也没有做出相反的举动,而是充满了温煦和平静感。我觉得你的世界太大了,而我的世界却如此狭窄。我想,我在你的身边真是一个可怜巴巴、咿呀学语的孩子。我渴望你的教导,渴望你那有声无声的指引,渴望一只成熟的手。

曲涴!没有人知道,一个人可以把所有的精力、时间、场合都用在回忆另一个人身上……他们谁也不会理解,不会理解我和你。我相信,只有被我思念的人才会理解。曲涴,我是那么爱你,今夜,你能够听到我的呼唤吗?我不知道你在怎样一个地方忍受,我只希望你听到我此刻的声音。因为我有你,我能够活得很好。真的能够。

我不敢去想那些可怕的日子,我不敢回头……

三

"还要绑、绑吗?"一个嫩嫩的嗓子喊着。

旁边很快过来一个人,是四十岁左右的男子,一个进修生——这个人青云直上,人送外号"政委"。他看了看说:

"也许不用,你们扭住她,对,让女的扭住她——你们男的跟在后边就行了。"

上来几个女生扭住了淳于云嘉的胳膊。一帮人呼呼啦啦跟上。

那一天她被押上了一个小会场。那个会场偏僻、拥挤,不知为什么要把她押到那样一个地方去。后来她才明白,原来另一处大会场这一天正派作更重要的用场;而这个小会场差不多是专门为她一个人开设的。这里离郊区集市很近,会场结束后她还要由人押到集市去。她早已做好了一切准备,就是忍受下来。她被拖着往台上跑时,下边喊起惊天动地的口号声。她一声连一声嘱咐自己:你可一定要忍受下来啊!

她被拥在台子中央,脖子上挂着一个木牌,木牌沉得很。她一开始不明白,为什么不用更方便一点的纸板呢?后来才明白,这样做是为了折磨人。而且悬挂木牌用的是细铁丝。牌子上用黑墨水写了一句污辱性的话,上面的名字也被颠倒过来,用红笔打了一个大叉。有人在旁边介绍说:

"看,这就是那个反动老家伙的臭婊子!你们看见她就知道那个老吸血鬼了,知道他有多么肮脏的思想。你们好好看一看,看一看就明白了!"

下边一阵骚动。

一定要忍受下来,一定。不过她终于陷入了逻辑上的矛盾:不知道自己是作为一个受害者还是作为一个害人者站在这里。她发现他们所有的矛头都是指向曲涴,而并非她。他们给予她最辛辣、最有力的刺激也就是骂她"臭婊子"、"破鞋"等等。后来台下竟有一个人吆吆喝喝上来,把手里的一串散发着恶臭的鞋子挂到她的脖子上。这都是男式皮鞋,所以非常沉。她给压得摇摇晃晃。

"这个臭美的玩艺儿,死心塌地跟上那个家伙,说到底也不是一个好东西。"

有人嚷:"弄不好她还是个女特务呢。女特务就是这号东西!"

那一天太阳辣热,一会儿她就浑身湿淋淋的了。最后她眼前一阵眩晕,一下倒在了台子上。接下去她什么也不知道了。醒来时只听到有人喊:"行了,行了,不是装的,走吧……"

一个人把她提起来。原来她已经给抬到了郊区集市上。在那里,长长的队伍正等着她醒来呢。她的腿发软,走不动,就由两个姑娘挟着她。那两个姑娘刚刚十八九岁,一色黄衣服,扎腰带戴军帽。看上去她们满脸稚气,可是坚定异常。她们小小的躯体被皮带紧紧扎起,显得更加苗条,胸部高挺。她们严厉呵斥,嫌她走得慢,不时用力一拽。有一个姑娘鼻子里还哼着:"真是的,老大不小了,快点嘛!"

那时候她在想:这两个姑娘是哪个系的学生?从别处来的?涌来看热闹的群众简直人山人海,他们都顾不得买卖东西了,争先恐后往前挤。一个粗咧咧的嗓门在远处喊:

"嚯!好家伙,真是不看不知道,像面儿捏出来的一样。看起来她挺能盛住心事呀,搓揉了这么久,眉眼还怪好哩……"

锣声敲得耳膜快破了。尽管在这样的嘈杂中,她仍能辨别出各种各样的议论。有一个人正充满疑惑对旁边人说:

"她睡过了多少?"

这人故作聪明:"数数脖子上的鞋子就知道,一双鞋子大概就代表一个男人了!"

有一个人扠腰站在高坡上:"快看哪,看臭婊子,这个臭婊子跟上一个六七十岁的老头!那是个反动的家伙,长得像'滑石猴'……"

几个老太婆围着她拍手:"哎哟哟,真是想不到呀,要不是亲眼看见,说死俺也不信哪。真是光有说不到的没有做不到的……"

一边的老头把烟锅从嘴里抽出来:"那才有多稀罕?林子大了什么鸟没有?"

一个女人在一边咂着嘴:"不知有娃儿没有?"

"听说有娃儿哩!"

"这种东西,娃儿还不知是谁的呢!"

在拥挤的街巷上整整游了一天,直到傍黑时分才给押到了一个小屋里。几个负责人凑在那儿商量,奇怪的是并不让她回避。他们说了什么她全听见了。那个阻止人们绑她的"政委"说:"这样吧,我们把她押回学校吧。"

正这会儿响起一个女人的声音,这声音好熟悉。她转过脸去,于是就发现了路吟的朋友红双子。她的一双眼睛吊得更厉害了,仍然笑眯眯地说:"我看先不急,咱就满足那些人的要求吧!满足他们!"

云嘉不知道什么人提出了什么要求。

那个男人说:"他们应该有自己的批斗对象,我们不借!"

女人说:"就借给他们一遭吧!"

"他们来人接还是我们去送?"

"就让他们来接吧!"

就这样他们出去了。一会儿工夫走进来几个持枪人。她看了看,认出他们都是郊区村子里的人。村里人摆摆头,跟一些负责人握了握手,说了一些客气话,如感谢支持之类,然后就走过来。红双子看着她,笑着拍拍她的肩膀,又握握她的手说:"'校花',去吧,不要放过这个接受教育的好机会。要勇敢一些,去吧!"

她没有吭声。那伙人推搡着把她弄出屋子。一个背枪的瘦小男人说:

"走吧,到俺那儿去。俺那儿热闹,晚饭也是俺包了。俺那儿给你准备了猪肉炖粉条,好生活哩……"

整个过程中云嘉一声不吭。她只能任他们摆布了。

到了那儿首先是吃晚饭。村里的人说得不错,一个瓦盆里盛满了猪肉炖粉条。那股香味直往鼻子里冲,但她一口也吃不下。一个年长者过来说:"闺女,犯事归犯事,吃饭可不能耽误。人是铁饭是钢,吃,嗯,听话呀……"

她抬头看了看,见那个老人一脸慈祥。在他的目光鼓励下,她终于喝了一碗稀粥,吃了很少一点馒头。

时间到了,会场里早已沸沸腾腾。一溜大汽灯照得透明瓦亮。台下的人见她走上去,都一齐呼叫。她发现他们呼叫的声音混杂,更多的是哑哑的赞扬声。有人领头呼起了口号,喊打倒什么等等,但应者寥寥。一些发言的人都在说一些奇奇怪怪的话。

押解她的人中有一个留了分头,衣兜上插了几支钢笔,可能是一个小学民办教师。他从裤兜里掏出一张皱巴巴的纸,那上面写了关于淳于云嘉的一些情况。他念着:

"女,三十三岁……"

台下立刻静下来。接着他又念到淳于云嘉的男人是如何反动、如何无耻、如何恶贯满盈。从他的口气上听,枪毙十次也便宜了那个人。他说那个人欺骗了自己年轻的学生,念到这儿使用了一个词汇:"猥亵"——"猥亵女学生多次"并且——"造成了严重后果!"念完之后回头问淳于云嘉:"有了孩子是吧?"

下面是一阵喊喊喳喳。有的说:"可惜不可惜死个人!"

一个光棍汉站起来大声骂曲涴,咬牙切齿:"等有一天我见了你这个反动家伙,要伸手掐在你的脖子上,一口气把你掐死!"他咬着牙,发出咯咯声。他脖子上青筋突暴,没有任何一个人怀疑他会说到做到。

这一天,兴致勃勃的村里人直闹到深夜。后来她实在支持不住了,这才收场。最后她被押到了一个碾屋里。碾屋里潮湿得很,有一个很大的碾盘和碾砣。在碾盘旁边有很多麦草,上面有一领席子,还有一床单薄的被子,这就是她的过夜处了。碾屋外面大门上锁,而且还有民兵轮流站岗。有一个民兵对她喊着:"将就一夜吧,天亮了物归原主。如今你是宝哩!"

她实在太累了,就睡了过去。

不知几点,她听见有什么响动,接着被弄醒了。就是白天押解她的那个民兵,背着枪站在旁边,低头看着她。

云嘉说:"请你出去!"

"请什么?不请也来了。"

云嘉听见了咬牙声。后来他猛地扑了上来。

云嘉拼命挣扎,去咬他的腮帮,揪他的头发。云嘉闻到了一股特殊的腥臭。云嘉的衣服一会儿被扯破了,她猛地一挣,挣脱了半截衣袖,跳起来。那个家伙还想往前扑,云嘉指着他说:

"你再往前一步,我立刻就撞死在碾砣上,我说到做到,你来呀!"

那个人眼睛发红,全身打抖:"别这样,别这样,哪能呢?再说我也是为你好……"

他一边说一边退,直退到墙角。

"你给我出去!"

他摸着,一点一点往门边挪动,像怕踩到地雷似的。后来他就跑走了。

剩下的半夜云嘉怎么也睡不着,她把被子拥在身上,紧紧拥着。她在心里默念:曲浼,今夜你在哪里?多冷的夜啊!你还记得那个夏天吗?我们一块儿到果园去,在水库边上野餐……我的丈夫。我从来就没有想到自己还会这么坚忍。我压根儿也没有想到能把这一切都忍下来。我会的,会活下去,为了你……

四

  从那一天起她就再也没有见到曲涴和路吟,也很难见到自己的孩子了。分别的那一天,她把小家伙胖胖的小胳膊、臀部,把他的周身都擦洗了一遍,扑上香粉。她不得不把他托付给一个朋友。她觉得自己像一个布满病菌的母体,只想让这个纯洁稚嫩的生命离自己远一点再远一点。后来她越发明白,她这样做是非常理智的。可爱的孩子差不多也成了一个罪证,证明了她和曲涴的肮脏、淫荡、邪恶。她愿把一切都承受下来,可是她惧怕有人往丈夫和孩子身上浇泼污脏。

  除了开不完的会,剩下的时间就是被隔离。开始的时候她还可以到小食堂打饭——所有到那个食堂去的人都很沉默,虽然彼此是些熟人,但见了面也只是看一眼。她和大家一样,匆匆打好自己的饭,端到小屋里默默吃掉……后来到小食堂的机会也没有了,改由别人专门送饭。据说那个小食堂成了坏人接头的地点,因为有人以借饭票为名把一个纸条传给了另一个人,幸亏被人截获。那个纸条上写着:"我只能沉默。我爱你。"一个纸条道出了一对被隔离男女更深一层的关系,同时道出了多少隐秘!那些暴跳如雷的人最害怕的就是沉默。当他们不知道对方为什么沉默时,这个小纸条似乎揭开了所有的奥秘。

  他们明白了,要打破这沉默,惟一有效的办法,就是彻底摧毁他们的"爱"。

  说起来容易,要摧毁一座坚固的堡垒、摧毁一座楼房甚至一座大山都是容易的,可是要摧毁真正的"爱",那可太难了。他们无从下手。爱,这是一种多么奇怪的存在——从哪里下手去摧毁它呢?许多人,所有力求上进、双目圆睁、挥舞皮带、举着拳头站成一排的人,都不约而同地思索着这个问题。

有一个二十多岁的大学生,他刚刚入校不久,长得清瘦,瞪着一双执拗的眼睛,是整个一伙人中最有头脑的。很早以前,那些老师就发现了他特别喜欢思索。他刚来学校时还主动找过淳于云嘉,一口一个"老师"。他非常谦逊,请教问题时坐在那儿,长时间不吭一声。可是他得到的每一句回答都记到了心里,并且能够举一反三。他愿自言自语。后来校园里乱起来了,他突然成了一个最活跃的人物。谁能想得到一个沉默寡言的人会焕发出罕见的才华,几乎所有铺天盖地的大块文章都有他的参与。他最喜欢用的一句话就是:"凡事都要问一个为什么?又为什么?再为什么?"这样问来问去,被问的人也就体无完肤、原形毕露了。

从小食堂里发现的那个纸条,上面的话首先难住的就是这样一位思索者。本来他对淳于云嘉骚扰很少,因为他毕竟崇拜过她。当时,他和淳于云嘉议论起曲涴教授,他的话语很少,只有两个字:"伟大"。虽然时过境迁,但让他对淳于云嘉和曲涴像别人那样挥舞拳头和皮带,还多少有点心理障碍。他与这对老夫少妻划清了界限,远远注视着他们,只在文章中对他们言辞激烈,毫不留情。

有一天,淳于云嘉正伏在那个小桌上写"检讨材料",门开了。进来的就是那个黑瘦干枯的、喜欢思索的大学生。他的衣兜上已经插了好几支不同颜色的笔了,看上去好像更加枯瘦,嘴唇都有点发乌了,一双眼睛沉沉的。他停了半响才跟她说话,这时已不再叫"淳于老师"了,干脆就叫她"淳老师"!刚开始云嘉不明白,后来才知道他喜欢这个谐音——"淳"与"蠢"同音。

"'凡事都要问一个为什么?'我想知道,你为什么要跟曲涴这样的人搅到一块儿?"

"答案你早就知道。"

"我?"

"是的,还记得你以前说过的话吗?因为他'伟大'!"

瘦子"嗯"一声,掏出小本记上一句,然后咕哝:"'伟大'的骗子!"接上又问:"为什么'伟大'?"

"因为他的睿智,还有,他像热爱生命一样热爱这个世界!"

"他为什么'热爱'?"

"可能因为他活着吧!"

"为什么'活着'就要'爱'?"

云嘉说:"我不能回答。"

"为什么'不能回答'?"

"因为它太深奥、太复杂了!"

"为什么'太复杂'?"

云嘉看他一眼。她看到这个枯瘦的、可怜巴巴的学生激动得浑身颤抖,一只手不停地在本子上写着什么。她不吭声了。他可能把需要记的记完了,这会儿抬头看着云嘉,一直看着问:"'爱'可以用来做什么?"

"可以用来做很多很多……"

不知为什么,她心里有点喜欢起这个枯瘦的学生了。

"可以用来做很多事情?"

云嘉点头。

"'爱'也使人沉默吗?"

云嘉又点点头。

枯瘦的青年急促地喘息,在屋子里走来走去,时而掏出本子飞快地写上两句。最后他嘴唇颤抖,伸出右手,摆动着:

"淳老师请你不要误解!一定不要误解!请教一句话请你不要见外,我是说,你所说的这种'爱',跟生一个小孩所使用的那种'爱',是一个东西吗?"

多么笨拙和奇怪的询问!淳于云嘉笑了。她说:"当然是一个东西。它们都是爱!"

枯瘦青年低下头在本子上记着，嗯嗯几声："嗯，原来是这样，是这样！"又问："当然了，凡事还要问一个为什么。曲涴为什么会是这样一个人？他似乎——"

"你也早就说过了，因为他是一个天才。"

"哦哦，那停一下，让我记上。这么说的话，你也是一个'天才论'者了？但是我还要问一个为什么——他为什么就是一个'天才'？"

云嘉想了想："那来自积累和磨炼，当然，这还牵扯到一些生命的奥秘……"

"为什么我就不是'天才'？"

云嘉正不知怎样解释，他又问下去："为什么他就能高高在上，指手画脚，还他娘的拄着拐杖？"

云嘉刚要回答时，他又打断："为什么他能娶一个比自己年轻这么多的俊美姑娘为妻？"

云嘉有点生气："这是婚姻。每个人都有婚姻的自由。"

枯瘦青年急急嚷叫："为什么我们就没有这种婚姻？"

淳于云嘉气愤地看着，没法回答。正在这时，她看出了这个枯瘦青年眼睛里没有一丝邪恶，所有的只是一种激动。他已经开始连连设问，自问自答了。他的目光离开了云嘉，在屋子里急急走动，一边走一边连连呼叫：

"为什么这一切只能让我仇恨；不过为什么仇恨？当然了，仇恨也无济于事。我如果承认她是美的话——是的，她很美——她为什么美？当然了，'美非罪'。我过去承认这个命题，可为什么承认？我仇恨，我仇恨沉默，我仇恨的是自己的无能为力——为什么无能为力？为什么又为什么？凡事都要问一个为什么。这是真理，可是这个真理毁了我——为什么会毁了我？天哪，又是为什么——哦哦，我的思维转回来了。对了，刚开始是为什么？刚开始是'沉默'与'爱'。我想起来了……"

他把脸转向淳于云嘉,伸着手:"'爱'是一种基本的能力吗?"

云嘉点点头:"是的。"

"那么,怎样才能消除这种能力?"

云嘉说:"不能够消除!"

"为什么不能够?"

"因为一个人活着就不能没有爱。"

他赶紧在本子上记了这句话,然后又走动起来。他的眼睛亮闪闪的,看着云嘉:"那么说就只能消除肉体了?"

这句话让云嘉怔住了。

可是枯瘦青年激动地把两手插进混乱的毛发,一口气咕哝下去,声音细碎而低沉。云嘉什么都听不见了。云嘉想:这是一个被激情鼓荡得已经疯癫的青年。她为他惋惜。本来这个善于思索的学生可以走进自己的成功之中,可惜今天整个人已经完全疯癫了。他在追逐着邪恶的智慧……他后来抬起头看着窗子:

"最可怕的就是沉默,而爱则是万恶之源。"

这样说过,他又小声地、吭吭哧哧问一句:"为什么?"他在本子上写道:"当然了,'爱'也是多种多样的。个别的'爱'或许要区别对待。'爱'与'沉默'、'爱'与'仇恨'、'爱'与'生育'、'爱'与'劳动'、'爱'与'反动'、'爱'与'对抗'、'爱'与'嫉妒'——有无数命题需要研究!凡事都要问一个为什么!好了,淳老师,告别了!"

他离去的时候,又恢复了他很早以前的那种谦恭和彬彬有礼。这让淳于云嘉大感不解。

不久,那些铺天盖地的大字报和批判文章当中,就有了很多关于消除肉体的讨论了。枯瘦青年的文章越来越多,口号越来越锐利,思维越来越深入,思辨越来越晦涩。渐渐,这些文章的影响已经远远超越了校园,甚至连最著名的报纸也转载过他的文章。枯瘦青年被称为"迅速成长的哲学家"。除了写文章之外,更多的场合他在大会上演讲——渐渐人们发现他得了一种怪病,可以称之为"演讲癖":吃饭的时候演讲,走路的时候演讲,只要有人倾听他就会演讲;最后发展到他一个人时也要不停地演讲。作为一名为整个运动提供"哲学"的人,这样是很不妥当的。当时那个外号叫"政委"的人找他谈话,他竟愤愤不平地拍着桌子说:

"然而我的'哲学'是斗争的'哲学'!"

他病倒了,躺在了小宿舍里。好多医生来诊过都没用。他的饭量锐减,更加枯瘦,但眼睛里却始终燃烧着火苗,说起话来滔滔不绝,直到最后失却了力气,话语变得断断续续——只有在人多时仍能说出几句极有分量的话,令人震惊。他说:

"适当地消灭肉体,势在必行。"

再不就喊:"美非罪。"

有时也涉及一些具体事物。有一次他突然说了一句:"政委是个手淫者,前车可鉴!"

再不就说:"红双子需要'爱的暴力'。"

有时又说:"既然'美非罪',那么淳于云嘉何罪之有?"说着又到旁边一个人跟前竖起手指:

"请注意,我的'哲学'是斗争的'哲学'!"

所有人都吓得跑开了。

不久这个"哲学家"就被抛弃了,以至于谁也听不到他的消息。有人说他默默地死去了,还有人说他已经被处治了。究竟怎样了,没人答得上来。

淳于云嘉倒可怜这个枯瘦的年轻人。她在想:他的执拗与纯洁完全被这个时代的荒唐给湮没了毁灭了。曲浼,你知道吗?他本来也许会成为你的一个好学生。

淳于云嘉几次提出要去看曲浼,看自己的孩子。上边的人说:

"那你打个报告吧。"

淳于云嘉就伏在那个小桌上写了一份报告。交上去不久,一个女人来了,她就是红双子。她用两个手指夹着淳于云嘉写成的那张纸,抖动着说:"你想得很好,不过,你要忍着点儿。"

淳于云嘉听了心中一动。红双子又说:"忍着点儿吧,别人忍得更厉害,让那个老头也忍着点儿,不能想干什么就干什么是吧?别说你,大家都得忍着点儿。"

"可是,他是我丈夫……"

红双子牙齿磕碰着,笑着点头:"一个女人失去丈夫也不是什么大事儿。我很早就失去了丈夫。严格来讲,我从来就没有得到过我的丈夫。你看,作为一个女人,你比我强得多,你应该知足了。"

淳于云嘉明白了。她看着那一双美丽而邪恶的眼睛,说:"是的,可以这样讲!"

红双子把手里的纸握成一团又撕碎,狠狠地抛在她脸上。淳于云嘉一动也不动。

"你这个美女蛇,就是你把一个老头子给毁了,把我也毁了,更把路吟毁了!"

淳于云嘉不想辩白,无须辩白。她知道自己面对的是一个完全丧失了理性的女人。

红双子说:"我守身如玉,我不像你这个破烂货。你等着吧,我们会有办法处治你的。"

那扇门狠狠地关上了。

两天之后,下面响起了马达声。她从窗上看了,见是一辆有帆布罩的敞篷大卡车。有好几个人被押上了卡车,接着有人来敲她的门,她明白了。

进来的人说:"收拾东西吧!"

淳于云嘉一颗心噗噗跳着,她不知要被押到哪里去。但她自己镇静下来,梳理一下头发,然后把桌上的笔、纸、书,还有一点杂乱东西,统统装到了一个网兜里。

"快些!快些!"

外面的汽车喇叭嘶叫着。

梨花似雪

一

汽车在坑坑洼洼的道路上行驶了两天两夜。同车的都是男人,很大的车只坐了四五个人。他们在车上摇摇晃晃,都睡不着。后来实在太困了,就迷糊过去。可是剧烈摇晃和颠簸的汽车把他们的头都给撞伤了。第三天上午他们到达了目的地。

原来这是很远的外省,一个林场。林场的入口处有持枪的人站岗。淳于云嘉这时候才明白:她离曲涴更远了。她明白这是红双子一伙故意将他们分开的。对于曲涴和路吟来讲,她将是一个消失的人。所有来林场的人都是城里知识界的顶尖人物,他们当中有好多与她早就熟悉,有的虽没见面,但早就在文字上成了老朋友了。与这些人在一起倒也愉快。

林场里的活儿很苦,但做下半年之后,差不多也就适应了。林场和农场连在一块儿,地处海滩平原,气候潮湿。刚来不久,淳于云嘉的身上就生出了好多红点,后来痒得厉害。她不得不请假到林场医务所治病。

医务所里,正好有一个副指挥在那儿治感冒。他见了她很客气地点头微笑。淳于云嘉很胆怯地点一下头。她这样的人只配接受一些冷言冷语,这突来的微笑反倒使她有点惶悚。副指挥笑过之后就走近来,这时医生正把她的衣袖捋起,皮肤上露出一些红点。副指挥看得入迷,一声不吭。他鼻子里发出"哼"的一声,淳于云嘉猛地抬头:她看到了一对奇怪的目光。

副指挥有四十多岁,走路有非常奇怪的姿势,平时少言寡语,偶尔说出一句,那冰凉的声音让人打抖。云嘉取了一点药就往回走。她走出医务所门口,发现那个副指挥就立在旁边,好像在故意等人。她往前走,他就跟在五六步远的地方,背着手。当她向自己的作业小组走去时,他突然站住说:

"这边,这边,我们谈点正事。"

云嘉只好跟他踏上了一片稀疏的加拿大白杨林。副指挥没有做声,一直往前。他一边走一边伸手揪着地上的灌木枝叶,在手里揉出汁水再扔到地上,用脚踩一下。

"我看过你的档案。你的出身么还算不错嘛,说不上苦大仇深,也算我们的团结对象,是不?"

她不知该怎样回答。

"可你的问题很严重啊!"

云嘉看了看他,发现他皱着眉头。他说:"这你也知道,来这个林场里的都是些什么人。但我们这里女同志不多,我们对于女同志嘛,一般而言还是比较重视的。林场里有各种各样的工作,你如果身体不好就可以考虑做点别的。本来嘛,打扫打扫办公室,帮食堂卖点餐票,记记账,都可以嘛!同样可以改造嘛,是吧?"

"很感谢……不过,就让我和大伙一块儿做活吧。"

"你一个人在这儿工作很不容易,你知道吗?我像你一样,也是独身。"

云嘉刚要开口,他好像突然发现了什么,哎呀一声:"我好像在哪儿看过你的照片。当时我想:天哪,真是一个美貌的才女!"

云嘉觉得脸上一阵发烫。但她觉得这种奉承太蹩脚了。

副指挥又说:"我在这里的工作性质你也明白,你觉得我能帮你什么忙就直接提出好了。我能为你做点什么,感到不胜荣幸。"

"很感谢,真的很感谢;不过我不愿给领导添麻烦。"

副指挥搓着手掌:"哎,有时候添点麻烦更好。我是说,我非常想为你做点什么。你知道吗?你那天从大卡车里一跳出来,我就认出了你。"

云嘉转过脸:"我们以前见过?"

"不,"他惶惶搓手,"我是指……你是多么好的女同志……"

云嘉在心里说:"无聊!"

"我们这儿还有一个小阅览室哩,"他指着旁边一溜红色砖房,"那些阅览室都是工作人员使用的,你如果要到阅览室,每星期六晚开放,你可以去。"说着从裤兜里掏出一个绿色的卡片,上面印了几个红字:阅览证。云嘉踌躇了一下,但还是接过了。

这儿虽然是一处林场,但他们大部分时间要做一些农活。最苦的活就是砌水渠。他们要在一块满是砾石的地方挖一条很宽很深的土沟,然后再从远处运来一些石头,从沟底开始垒起,垒成一道石渠。这石渠是从很远的河边修过来的,为了将河水引到林区。它差不多像一条万里长城似的。云嘉想,她这一辈子也修不完这条渠了。这活计苦得不能再苦,对于云嘉来说,它简直可怕极了。她要像大家一样去搬石头、挖渠,那石块稍微大一些,她就不得不把它抱在胸前,用全身的力气才能把它举起来。她真羡慕那些男人,他们的手被石头磕碰一下也没事,渐渐还生出了老茧。尽管这些人在来这儿之前也是一些玩弄笔杆的书生,但他们差不多已经适应了这里的生活。他们都保护着云嘉,尽可能让她少做一点,有时也互相开个玩笑。他们都是一些规规矩矩的人。常到工地上转的是那个指挥。指挥比副指挥年纪要大、也要粗暴得多,他有时毫不掩饰地骂粗话。如果哪一段石墙砌得不够整齐、不直,他就一脚把刚刚砌上的石头蹬下来,指着砌墙人的脑门大骂一通。他骂一位戴眼镜的老教授说:

"你他妈的简直不是用手砌成的,是用那玩艺儿砌成的。"

他说完还得意地笑,骂着"日你祖宗"走开了。老教授原来还在那儿吸着烟斗欣赏自己的杰作,这会儿又尴尬又羞恼,搓着手看别人。云嘉帮助他把蹬垮的那一段石头重新搬起来,砌上去。她看到老教授的眼睛里闪烁着什么……

副指挥又一次见到了云嘉,说:"你要警惕那个指挥!"

云嘉没有吭声。

"那是一个好色之徒!"

云嘉在心里想:这大概不可能的吧。因为据观察,那个家伙虽然粗鲁,但不可能是那样的人。副指挥却言之凿凿:

"来林场里的所有女同志他都收拾过!不过对你不敢——我做你的保护人!"

云嘉打了个寒战。副指挥说:"他是想把你累垮,累得你向他求饶,然后再打主意。"

云嘉吸着冷气,不知说什么才好。

"你放心吧,我可以保护你。必要的时候,我要让你去阅览室整理图书!你上个周末怎么不到阅览室去啊?"

她摇摇头。

就在那次谈话不久,有人来告诉正在工地上做活的淳于云嘉说:上级有指示,让你到阅览室整理图书。

二

阅览室静悄悄的,没有一个人。有人给她开了门就走了。她进去一看,原来里面只有很少的图书和杂志。两个不大的书架,蒙了一层厚尘。看得出,很久以来没有一个人动过它们。她一看到书就有一种特别的亲切感。她差不多一下就伏到书架上翻找起来,竟然从中看到了自己喜欢的一本!啊,她急急地取到手里,又贴到了胸前。她把那本书放到了书架上,却在心里琢磨怎样把它带走。正这时她觉得有人在一旁盯视,吓得哆嗦。

他就是副指挥。副指挥把门掩上,往前一步说:

"你知道,这里其实也没有很多的事情可做,我只是觉得你太累了,想让你到这里休息一下。"

"不必了,我整理完这些书就回工地去。"

"哎,不用急,慢慢来,你把它们分门别类整好,然后再做些卡片。做成卡片嘛,再把它们排列好,最后把这些书一本一本理顺,把上面的灰尘什么的擦巴擦巴……这工作也够你干上几个月了。"

淳于云嘉对这突来的宽松感到惊讶。但她有一种本能的警觉。她看他一眼,发现那个人的眼睛一直没有离开自己。她多少有点明白了。

她开始把这些书籍搬到桌子上,一本一本翻检。她一声不吭,屋子里没有任何声音。她偶尔抬起头,发现那双眼睛仍在盯过来。她对自己说:"这又是一条恶棍。但他对我不会有办法的。"

很快,她听到了越来越急促的喘息声,这声音就像一个野物……有一次她和曲涴散步,走到了校园墙外的灌木丛边,那是一个中午,他们都听到了一阵剧烈喘息。刚开始还以为那是人——后来却跑出了一只野物……她当时怎么也不明白它为什么要在那儿大力喘息。

副指挥喘息越来越重,最后突然开口叫了一声:"淳于老师!"

她抬起头。

"也许我有点……太唐突,不过,不过,你也知道,这是必然的……"

她很平静:"什么必然?"

"我喜欢你哩!"

她重新低头去搬弄那些书籍。

"我喜欢你。我爱你……"

他的身子贴压在桌子上,身体稍稍前倾。

云嘉头也不抬,把那些书摞好,又去搬另一些书,"你不觉得这太不合时宜了吗?"

他声音板板的:"我不觉得。"

"你不觉得这样对待一个改造对象很危险吗?"

"我不这样认为,一点儿也不!你只是一个犯了错误的好同志,尽管你的错误非常严重!然而,但是,不过,虽然……"他已经语无伦次了。

淳于云嘉拍打着书籍上的灰尘,那些灰尘溅到了她的头发上、脸上。

"我请求你答应!"

"答应什么?"

"让我——"他不停地搓手,脚也不安地活动。淳于云嘉觉得这个人是何等可笑又何等可厌。

他又说:"我也想等下一次、再下一次向你说这些。可是我不知怎么就说出来了!请你原谅。你能够原谅吗?"

"还是让我回到工地上吧!"

他语调冰凉,一下提高了声音:"你不服从指挥吗?你必须好好完成任务!"

淳于云嘉再不说话了。

过了一会儿他的语气又变得急促、绵软,甚至还发出一种哼哼唧唧的声音。他竟然顺着桌子一端转过来。淳于云嘉往后退了一步。他站在一摞书后面,急得抓耳挠腮:"……淳于老师,我并非是你想象的那种人,一点也不是。"

淳于云嘉冷笑:"我从来也没有想象过你是什么人。"

他往前上一步,伸出手。淳于云嘉把眼前一摞书推倒,书上的灰尘弄了他一身。他拍打衣服,后来又拍打桌子:

"太放肆了,你的胆子也真是很大! 你等着吧!"

他这样说着,背起了手,在旁边来来回回走,走到淳于云嘉身旁再走回去。最后他竟然猛一转身抱住了她。她挣脱,他就用力地抱紧,嘴里连连呼叫:

"多么好啊! 不大不小的一个娘儿们,浑实实的……"

淳于云嘉狠力挣脱,最后只好去咬他的手。她把他咬疼了,他跳开。

…………

后来的日子,又有人喊她去阅览室,她拒绝了。喊她的人盯着说:"怪事。"

副指挥瞅准一切机会来缠她。有一次她到工具房,刚要出门,他就冲进来,接着反手把门关上。他见云嘉手里拿着一把铁铲,说:"把它放一边去。"

她握牢了那把铁铲。

"命令你放下!"

云嘉没有吭声,也没有放下。

他换了恳求的语气:"何必呢,你落到这一步了,还不聪明些。如果换了另一个人,他才不会对你这样耐心。你知道我是好意,我只是……真心爱你啊——我是真心!"

"你该再直爽点说,你要乘人之危!"

最后一句话刺中了他,让其额上青筋凸起。他伸手指着她嚷:

"你这个婊子,说到底只不过是一个臭婊子! 我早看过你的材料,你不过是让那个老掉牙的东西整过的婊子。我不嫌弃你,也算看得起你了……"

他说着迅猛一扑。云嘉没来得及用铁铲去挡开,他就将她拥住了。他把她压在了地上,粗暴可怕,简直像一头豹子。他的口水流到云嘉脸上,云嘉又吐又咬,满脸都是泪水。她揪紧他一缕头发,狠狠地揪下来。他的力气大极了,屏着气,竟然压得云嘉一动也不能动。他开始狞笑。云嘉喘息着,闭着眼睛,一只手终于摸到了旁边那把铁铲。这时候他的手稍稍松了一点,云嘉就把铁铲猛地一抢,正好砍在了他的腮部。血立刻流下来,他"啊"的一声大叫,歪到了一边。

云嘉跳起来就跑。可是门闩上了。她开门时他又扑上来,把她扯住。他咬着牙抽了云嘉一个耳光:

"臭东西,跟你讲吧,到这里来的人,只要我盯上了,就没人能挣得脱!你敢破我的相,我就让你囫囵不了。你这个臭婊子,臭货。你等着吧,你知道林场北面是什么地方?那是一座盐场!在那里做活的人都是一些地道的劳改犯,强奸犯和杀人犯,他们什么也不嫌弃。你在他们手里'哧'一声就撕成了肉片,就好比一个黄茸茸的小鸡。你这个不知死活的东西……啊呀疼死我了!"

他一边说一边伸手去按砍伤的脸颊,脸颊还在往外流血。那是一道小血口,但有点深。他大声喊叫起来,一边吐着唾沫,一边甩着耳光。他完全疯了。他甚至不怕外面有人听到。他在喊:

"我要把你这个臭婊子撕成八瓣,我要给你这个臭婊子找一些人……"

他最后一次扑上来,发疯地撕扭云嘉的胸部、腿部。云嘉剧烈反抗,最后总算撞开了门,跑了出去……

一个星期过去了,指挥部让云嘉去一趟。

指挥部一个人也没有。一会儿,副指挥出现了。他的脸被缝了几针,刚刚去掉纱布,很难看。不知怎么他的脸色发青,嘴唇也是青的。

"知道叫你来干什么吗?"

云嘉不吭声。

"叫你来是最后一次跟你谈谈。我想征求一下你的意见。我的意思很明白。想通了没有?没通,明天你就转移到盐场去。到那时候一切都晚了。我是因为喜欢,才恨不起来。我要最后跟你谈一次。"

云嘉一句不答。她早已抱定了一个决心。

副指挥用手按了按发痒的伤疤:"你是铁了心。那好吧,打谱到盐场去吧。你还想保个干净吗?你来林场前怎样我不敢讲。不过我想告诉你一句:你是一个真正的臭美玩艺儿,我这一辈子还没听说哪一个臭美玩艺儿能把自己保住!只要是臭美玩艺儿,老天爷就给她布下天罗地网了,她还能跑到哪里去?"

淳于云嘉没有流泪,没有求饶。她只在心里呼叫:"曲涴!曲涴!我什么都能忍受,什么都能。曲涴,你千万不要绝望,曲涴,曲涴……"

三

这是另一片遥远的荒凉,但这儿有一架架风车,一座座"金字塔"。盐体在阳光下闪亮,像一片永不消失的积雪。风车吱扭扭响,为一片荒凉伴奏。破帆布窝棚到处都是洞眼。她们几个女工都被打发进这个窝棚里。那些洞眼上常常贴紧了一双双眼睛。淳于云嘉一开始就发现了,她想抓起一把沙子扬过去,可是同窝棚的一个女工攥住了她的手。

腥咸的风中飘来下流的小调。迎合那些小调的人越来越多。看守在一边踱步,后来他不耐烦了,小调才停止。有人发出了一声连一声的尖叫:"有好吃物了!"一个喊:"呕啊!呕啊!"那是模仿在盐场上空飞动的灰鸟。

"呕啊！呕啊！"到处是这样的叫声。

中午太阳烤人,是难得的午休时间,可是却没有一个人安睡。男人们在离风车不远的地方仰躺着,铺一些干草,上边是搭起的帆布篷。他们故意赤身裸体大仰着睡,身上仅有的短裤也脱掉了。与云嘉一起躺在帆布篷里的是四五个女犯,她们一听到"呕啊、呕啊"的叫声就忍不住从破洞往外望,咂着嘴:

"看见了吗？"

另一个说:"我看,我看看。哎哟,又是那个黑汉。你看……"

一片咂嘴声、骂声、笑声、拍手声。云嘉想在角落里安静一会儿,可是她们一直在帐篷里闹腾。她们围着云嘉:

"看哪,看这个小大姐,也不嫌热得慌。敞敞怀儿吧,天热哩！"

云嘉不吭声。她肃穆的表情阻止了她们。有一个拍着手,哈哈笑,拍打云嘉两只乳房。云嘉坐起来,呵斥对方。那一个说:"看你凶的,都是姊妹们,住在一起就是一家子,还这样,是吧是吧？"

她说话真快,像鸟叫一样啁啁响。旁边一个年纪大一点的妇女说:"小大姐,不要嫌了,这里管得不严,露皮露肉也不要紧,都惯了。"另一个说:"就是啊,你以为这是哪里？活一天乐和一天,你没看都到了什么时候？快敞敞怀儿风凉风凉吧！"说着就动手解她的衣服。云嘉把她的手打了一下,她马上变了脸:"你看,好心好意,还对咱凶。来呀！"她吆喝一声,几个人就把云嘉按住了。云嘉挣扎着,还是让她们把衣服剥光了。她们竟然用衣服缠住她的头。云嘉喊也喊不出,动也动不了。她差一点昏过去。可是她心里明白,自己曾发过誓:忍下去。

她们咂咂称赞、抚摸,然后又把衣服给她穿上了。她们看了云嘉一眼,哎哟一声退到了旁边。原来云嘉昏过去了。有人去掐她的人中,晃动她。云嘉"啊"一声叫起来。她们立刻拍着巴掌:

"啊呀小大姐,吓死俺了,俺还以为你死了呢!"

云嘉说不出话,呕吐了几口。旁边一个人找出一块手帕给她擦嘴,又端过水来。

一个上年纪的说:"姊妹,咱都是受苦人,咱都没有坏意,咱是觉得你太老实,想给你松松弦儿。你问问和咱们在一块儿的姊妹大姐,新来的都是这样给她松松弦儿,以后大伙儿在一起就没皮没脸了。你看你,你看你!哎呀呀多好的身子,一看就知道是个精细人儿——你是干啥的来哩?"

云嘉看着她们。她觉得自己敢于正视一张又一张陌生的脸了。她没有回答,只接过水喝了。她大口喘息:

"你们对我好,就不要碰我,我不许你们这样!"

有人做了个鬼脸,拍一下手:"哎哟,这姊妹穷志气!"

"穷志气!穷志气!"

"看来你是个'高级人儿',是从林场来的吧?你怎么给弄到了这里?你犯下了什么?"

云嘉回答她们:她把一个动手动脚的头儿用铲子砍了!

"砍死了吗?哎呀,你真是好样的!"一个人拍着大腿。

"可惜砍偏了。我要砍到他喉咙那儿也就好了。"

几个人咂着嘴,十分惋惜。有人说:"不过,也犯不着跟他们怄气,其实也不过是那么回事。兴许姊妹那一天身子不舒服?"

另一个年轻的女人咂着嘴,把拐肘放在云嘉肩上,离得很近注视她。云嘉受不了她半边身子的重量,一闪,对方栽到了铺子上。她爬起来有些羞怒,说:

"就等老黑那一帮把你压住吧,压得一动也不能动!"

一边的人笑着,各自躺到自己的铺位上去了。她们精力充沛,中午时分也不休息,高高跷着腿,扭动身子,有的不止一次爬起来,向风车旁边那些赤裸的男人望过去。

这是个女班。云嘉一来就编进了女班里。

最可怕的是夜晚。夜里不断有人透过那些洞眼伸进什么东西,戳在她们身上。有时一个人被戳醒了,就悄悄溜出去;有时干脆就溜进一个人来……棚子里给弄得乱糟糟的,一旁的人权作没见。这是地狱般的生活,云嘉觉得简直是来到了猪群里。在这样的嘈杂声中,在难眠的夜晚,她需要加倍提防。她一遍又一遍思念曲涴和孩子。她还想起了路吟,想起了那个满脸胡茬的教师,想起他憨厚的、沉重的脸,还想起了他那缓缓的语气。啊,我总是遇到了那么好的老师!他们爱我,牵挂我,真心地帮助我。我多么幸福。

她这会儿觉得最对不起的一个人就是路吟了。她曾经给了他多么大的焦灼和痛苦,因为那时她不知道自己该怎样做。这个有些黑的、来自最北部的年轻人,真是憨直可爱。可惜自己的心已属于另一个人了,而且今生不可改变。她曾经把这种痛苦的心情写信告诉自己的老师——那个最早向她吐露真情的男人。他不愧是自己的老师,再一次教导了她。

他信中说:"一个人很容易发现自己的美与可爱,这对你来说也是一样。可是你如果美得不可思议,美得超凡出众,美得经久不衰,那么,你反倒可能忽略了自己的另一些东西。我的意思是:爱上你是很容易的事。如果有一个异性不爱你,那么他在我看来就一定是不正常的。那种深刻的爱、铭心刻骨的爱,你一生会不断地感知。我的意思是说:最要害的问题,是你自己的选择。你要相信自己的选择,相信自己的感觉。你如不想答应,就要毫不犹豫地拒绝对方。这种拒绝对谁都不失为最好的一件事……"

淳于云嘉与路吟也曾有过一次坦诚的谈话。那次她正想解释什么,路吟就打断说:

"我完全明白你的意思。这些话我差不多预先全想过了。我想说,我眼前的这种情况与你的态度没有任何关系,它已经从你的态度上分离出来,成了我自己的事……"

谈到这一步就没什么可说的了。

她这个夜晚觉得路吟正在一个完全陌生的地方,他也在苦苦思索,就像自己一样……

四

那一年夏天,风声紧起来了。她和曲涴都察觉出事情将向哪儿发展。一开始有点害怕,一夜一夜不能安睡。半夜里曲涴披衣坐起,找一支烟斗吸着。她给他取下来,他依从了,捂着嘴巴坐在那儿。后来他又一次抓起烟斗,她又一次给他取下。

"曲涴,别这样忧心忡忡,只要我们在一起,一切都会过去的,只要我们在一起……"

曲涴摇摇头。窗子射入淡淡月光,他看着她:"你不知道,我想的不是这个。"

"你想什么?"

"我在想,我性情中原有一种很卑劣的东西,这一点我和别人差不多。"

云嘉气愤地说:"这种自责有点过分了!"

可是他摇头:"我早就想向你说这些,可是没有勇气。现在我倒有了勇气。你可能知道,我和你在一起,特别是最幸福的时候,心里常常涌过一个念头:我觉得自己有一种犯罪的感觉。我太委屈了你。我觉得自己不配和你在一起,我耽误了你,甚至是……玷污了你。"

云嘉流出了眼泪。她怎么能听这样的话!可是曲涴的泪水也在眼里闪烁:"我害怕再也没有机会跟你说出这些。我在想自己灵魂里某种不太干净的东西。你知道云嘉,一个人的攫取欲是没有止境的,我比你大二十多岁,我以前跟你讲过失败的爱情……我差不多抱定了决心,再也不想从异性那儿获取幸福。我早已熄灭了这方面的希望。我比你大二十多岁,也就是说,我已经很成熟很世故的时候,你才刚刚降生。两个生命的差异如此之大。你看,这种结合是多么的不适当!多么的荒谬!"

云嘉阻止他,他却急着说下去:"不,不要。你得听我讲。也许你能举出很多这样的例子,可是无论如何也说服不了我。一个男人尽可以用他的学识、名声和地位来遮掩自己的罪孽,可是罪孽依然存在。他是可耻的,他没有权利拥有这样一个年轻的生命、去占有她的青春。而且,你代表的不是你自己,你代表的是那一切:最美好的、最纯洁的——你代表着青春和女性……一个开始衰老的男人无论沉迷到怎样的程度,在他最后的时刻总应该是清醒的。如果他是清醒的——他必然是清醒的——那为什么不敢向自己指出这个显赫的事实呢?他胆怯了!他自私了!他想在含混中完成这样一次攫取。可你知道,他这样干不会不遭到报应的!对于我,对于任何人,道理都是一样。他做得太过分了,报应迟早总会发生的。它将以一种始料不及的奇怪方式出现——我已经做好了准备,准备在将来迎接惩罚,这也是命中注定的东西……"

淳于云嘉阻止不了,哭声越来越大。是这呜呜的哭声压住了他的诉说。后来曲涴也哭起来。他们抱在了一块儿,泪水交流……

那是在暴风雨前的事情,是发生在他们之间的一次奇怪的谈话。类似的话题大概一生只有一次。这次奇怪的话题后来谁也不愿提及。终于,他们再也没有机会去说了。

后来,就那么分手了……

可是在这个喧闹肮脏的夜晚,云嘉一次又一次想着那个话题。她想起了自己的孩子。那个小家伙从很小起就带出了双亲的特征：眼睛、眉毛、腮部、嘴角闪动之间，一会儿像他一会儿又像自己。"我的孩子，我的孩子！"她的眼前不断晃动着他胖胖的小胳膊、有着深深肉纹的小腕部、小手指。她将他的手指一根一根含在嘴里，摇动着，吸吮着。孩子笑，笑得咯咯响。"他像个女孩！"曲浼这样讲。

孩子是在他们正式结婚之前就有的。各种各样的议论，指指点点。奇怪的是，这些一点也没有给他们造成心理上的压力。相反，他们俩都像再生了似的，巨大的欣喜抵消了一切不安。这事来得太突然了，惊慌失措压倒了一切兴奋。他们竟然在百般忙碌之中把自己的一切搞得有声有色。他们俩商议：咱们结婚吧，是的，结婚吧！就这样，他们结婚了。

那一次谈话使淳于云嘉想到：如果没有那个孩子，他会拒绝这一次婚姻吗？她想了很久，最后的结论是：不会的。在她看来，这是最妥当、最完美的一件事了。曲浼的那种自责究竟来自心灵的哪个角落？她尚不清楚。这个夜晚，她一次又一次去寻找丈夫的那一对目光，那一对永远年轻、又无比深沉的目光……

五

又是一个中午。这天中午的阳光是由黑色和白色交织而成的——那种奇怪的光色一年里也没有多少次，它们映照在盐堆上，就发出了一种不祥的光亮，好像就是这种光亮催人困乏。好多人都睡着了，连那些看守也睡着了。剩下的一两个看守吊儿郎当背着枪在一边转。同帐篷里的女犯也都打着哈欠睡着了。淳于云嘉差不多一躺下就昏睡过去。后来她觉得有什么响动，猛地惊醒，看到一个黑黑的、赤身裸体的男人，只穿了个短裤，从帐篷小门那儿钻了进来，正用热辣辣的目光盯住她。淳于云嘉这才意识到自己上身只穿了一个小背心。她说："你走开！"

大黑个子吐了一口唾沫,从小门那儿往后望了望。他的身后又钻出一个人来,另有两个人尾随过来。云嘉急忙用手推旁边的人,女犯太乏了,咕哝了一声翻过身去,并没醒来。大黑个子笑吟吟往这边走,后边的人也跟过来。他们小心地踩着几个人的空隙扑上来。云嘉尖叫了声,奇怪的是旁边的人没有醒,或是醒后装着没看见。那个大黑个子猛一下压住了她。

这是无比勇猛的一次扑食。云嘉用尽一切办法反击,蹬他,撕咬。这个对手是一个富有经验的角色。旁边的瘦子和另一个歪嘴巴的人上前压住了她的手,接着猛力一扯,把她剩下的极少的衣服扯掉。云嘉喊着,刚喊了几声就被一只腥臭的大手给捂住了。她咬这只手,可怎么也咬不准。有人把衣服塞进了她的嘴里。大黑个子压在她身体上方,发出猪一般的喘息和吼叫,云嘉觉得全身都开始渗出鲜血……旁边一个人问:"死了吗?"

大黑个子只顾喘息,使出全身的力气去对付她。

正在关键时刻,旁边的几个女犯醒来了——就是那个上年纪的妇女尖叫着,大伙儿一齐围上来。她们推打,挣扎,而且大呼小叫:"了不得了,天哪!这个姊妹可不是别人,别这样,别这样哩!了不得哩……"

各种各样的呼叫,接着是劈劈啪啪的打斗。大黑个子一巴掌打倒一个,差不多把所有围上的女人都打倒在地。他故意用脚掌往她们的乳部蹬。最后是上年纪的妇女用一根木棒击中了他的头部,几个家伙这才散去。

淳于云嘉看了上年纪的妇女一眼,昏了过去……

帐篷里的人给她擦脸,呼唤她,端水……她醒来了,一动也不动。她的浑身都是唾液和汗汁,是肮脏的盐水和血迹。淳于云嘉的鼻子、嘴唇、耳朵,都在搏斗时被弄伤了。

"姊妹啊,小大姐,这就是咱这里的日子呀。俺早就说,你要忍……"

淳于云嘉看着眼前这些晃动的面孔,觉得掺了黑颜色的阳光把她们脸上的皮肤全都烧灼下来,这皮肤一层一层地脱落。为什么她们一点也不知道疼痛?她呆呆地望着。旁边的女人去摇动她:

"你怎么了姊妹?你怎么了呀?"

淳于云嘉的眼睛一动不动,只看着眼前这些奇怪的形象。

"坏了,你看她像个石头人……"

她们伸出手试图在她眼睛那儿动一动,看她会不会眨眼。但她的眼睛一眨也不眨,睁得溜圆……

"哎哟哟!"所有的人都呼叫起来……

六

半年之后,淳于云嘉从盐场又转回了林场。在林场里过了四个年头,总算回到了一个城市。

那是外省的一个省城。她遵循了自己当年的誓言:忍受下来,活下来。

在那个省会城市拥挤的街头,人们常常可以看到一个穿得破破烂烂、头发满是灰尘的女人。人们看不出她的年龄。她的精神时好时坏。有时她把脏衣服脱掉,穿上当年的整洁服装,洗个澡,把头发梳好。可是这种状态保持不了多久,一身衣服又脏了。她有时竟不知该怎样回到宿舍。

她在街上转啊转啊,那些流浪汉吸引着她。因为他们与她有些相像。她常常跟上他们走上很远很远。流浪汉们呼呼奔跑,她也呼呼奔跑。他们离开了,再也追不上了,她就随便在一个街角坐一夜。

她认定那群破破烂烂的人当中有她的男人。"你回来吧——

所有的人都回来了,你怎么还不回来?我知道你嫌弃我。你做得对,我现在成了一个肮脏的人。是的,我成了一个脏老婆子……"

她头脑清醒时还可以坐在案前翻书……看看自己的照片,她好生奇怪:这个人长得太美了,这是谁呢?这是一个多么美丽的人哪——可是你的眼睛为什么要直盯盯地望着我?你的眼睛,你微微张开的嘴唇,你那挺挺的鼻梁,又弯又黑的眉毛,不太长的一头浓发,耳朵、脖颈,领口袒露出来的黑色衣衫……你的皮肤闪动着光泽,你的黑白分明的眼睛……你太年轻了,真正像一朵含苞欲放的月季花,你让我嫉妒。谁看了你都不会不动心的。可你是谁呢?那么陌生又那么熟悉。你的眼睛总在看我,脸上有一种极其特殊的男孩的神气!

当然了,你是一个女孩,你有着没法掩藏的温柔。从你的面容上看,你很果决,你做过什么了不起的大胆泼辣的事儿?你的名声很大吗?而旁边这个额头鼓鼓、满是皱纹的人,有着一对年轻人的眼睛的人,却是一座真正的高山。你一生不停地攀登,也攀不到他的山脊。他是花岗岩,一种坚硬的高原凸起。我思恋、我沉迷、我迷惑。我以为这一切都奇怪极了。

我弄不明白,我的姑娘!你脸对脸看我,你是谁的昨天?你该是所有好姑娘的昨天……你什么时候才能走到明天?哪个了不起的摄影师咔嚓一声,把一个昨天永久地留下来。

好啊,多好。我看着你,浑身激动。我看着你,觉得一切痛苦都不算什么了,因为我看到了我们女性的昨天,就像看到我自己的昨天一样。一个少不更事的姑娘才骄傲,因为她不知道痛苦是什么。她们把幸福隐蔽起来,秘不示人。你这个姑娘啊,傲气的姑娘,你到底是谁?你的眼睛直盯盯地看着我,可是我不知道你是谁。你是谁的昨天?谁的昨天?告诉我,告诉我!

你以自己光芒四射的昨天去迎接明天吗?明天又是什么?是

一张纸的背面?

　　好姑娘,好姑娘,陌生而又美丽,冰冷而又甜蜜。你穿了洁白的西服,深色的衬衣。你多么会打扮。你像漂亮纯洁的小男孩一样的头发,蓬松着,遮去了一半额头。你呀,你呀,你使我爱怜,又使我充满了颤栗的痛苦。我觉得你就像我的孩子——虽然我的孩子是个男孩,他从小就喜欢穿水手衫,也许他留恋着大海。大海,我的故乡登州海角那儿很容易就可以看到蓝色的大海。大海生了我,却不能护佑我,把我抛在尘埃飞扬的陆地上,让我像个没有爹娘的孩儿那样赤脚奔走。谁来护佑我?没有人,我一个人到处奔走,我忍受了许多人没有忍受过的屈辱折磨,应该死去,又不甘心。

　　我的姑娘,我的美丽的姑娘!我的、大家的、所有人的昨天,就这么明明白白摆在面前。昨天哪,昨天,永远不再消失的只是它的影子。它没有回声。如果没有昨天的影子,没有你,我的忘却就会像黑夜一样,把一切悉数溶解。可怕的忘却呀,忘却了昨天,忘却了一切。今天的一切明天还会忘却。

　　是忘却的黑夜,把我们引到了一片无边的苦海上。

　　我们怎么才能摆脱忘却?有谁来告诉我?那个美好昨天的影像又到底是谁?她为什么睁大了一双眼睛望着我?我知道在摄影师按下快门的一刹那,你只要看着镜头,那么就会望见所有的人。可是所有的人都能看到你吗?都能看到你这个留了男孩似的短发、那蓬松的头发遮去了半个额头的、漂亮到让人颤抖的女孩的模样吗?你呀,洁白的西服,深色的衬衫,亮闪闪的面庞、脖颈、挺挺的小鼻梁、你那神气……

　　多么好的一个姑娘,多么好,多么好!你只是一个昨天,一个昨天。我的可爱的姑娘,可爱的姑娘。我想告诉你我的等待——不知道你是否也有过这样的等待。我在等待我的丈夫,一个永远不会衰老的老人,一个在最痛苦的时候还懂得幽默的老人。他曾经拄过拐杖,可是后来他把它扔掉了——因为我成了他最好的拐杖。有人说他是个神秘的人,有人说他是个博学的人,而我说,他首先是一个可爱的人。是的,正因为他可爱,我才一直偎在他坚硬的胸膛上。

我的丈夫啊,我的丈夫啊,我想把我的余生全部奉献给你,一如既往。我多么想去照料你,去为你洗涤衣衫,去为你做出香甜可口的饭菜。

也许你听到了什么,再不会来到我的身边,我也无从寻觅。可是啊,我不想表白,我只想如实地告诉你:我一无所有,只剩下了一颗洁净的心。

…………

一个春天的下午,空气里充满了花朵的芬芳。淳于云嘉好好地梳洗了一番,穿上了最好的衣服。她想出去活动一下,因为她已经在书桌前工作了半天。她觉得眼睛有点发涩,轻轻地合上了书。就像很早以前一样,她把笔放到书的旁边,把它们轻轻往上推一推,然后再理一理头发和眼角,拍打一下衣服走出屋子。

她的这个小宿舍在一栋公寓楼的第四层,前边有一个小阳台。她走到阳台上,看着扑面而来的春天:花朵的香气越来越浓。

她扬起脸来四处寻找。那阳光突然之间碎裂成一点一点、一块一块。啊,它们在轻轻飘落。她想起来了,这是一片片梨树花。她记得自己和曲涴曾互相搀扶着走到郊区果园,春风吹拂下,那梨花就这样一片片地飘下,飘下。

"梨花似雪。"她咕哝了一句。

是的,这清香的雪片一会儿就铺满了整个大地,整个城市。多好的梨花啊,多好的春天。她含着眼泪伸出手去,呼唤着他的名字。

"你看,又是梨花,又是梨花……"

梨花飘飘洒洒,就是不往她身上落。她微笑着,把身子往前探了探,伸出双手。

她想把所有的梨花都拥在胸前,就往前迈了一大步。当双脚腾空的那一刻,她幸福地闭上了眼睛……

尾 声

一

我回到了那座城市,悄无声息。

为了笃定和梳理,也为了对一切有个了结,我没有马上回家,而是直接奔到那个"静思庵"。

它静悄悄的,一切如旧。推开那个木栅栏门,一眼看到的是泥院里那青青的荠菜开出了白花、结出了三角形的种子。

屋里好像没有人来过。但仔细些看,可以发现小桌上有动过的痕迹。我想庵主和黄科长都有可能光顾这儿。走进厨房,立刻闻到了一股霉味。我马上记起离开之前小冷送给我的"酥菜",打开坛盖一看,它们长出了长长的绿毛。除此之外一切如旧……墙上仍旧垂挂着庵主收集来的字画,土炕上那单薄柔软的被子也整整齐齐叠放着……

又一次可怕的跋涉结束了。

它将让我长久地咀嚼。我跨越千里,又一次看过了乡亲与故地。我发现山地永远是山地,原野永远是原野——或者说真实的它们已经全部隐匿,如今面目全非……总之这次跋涉结束了,我又回来了,回到了偏僻之地,这儿是心灵的郊野。

一边是令人绝望的重复,一边是不祥的积累。人们拼命积累,投入了全部的野性和热情、全部的希望和绝望……这就是那个春天/我看见了开放的蘑菇云和玫瑰花/一张图片的两面暗暗吻合/玫瑰花瓣一层层展开/它的苞蕊散落宛如破碎的蘑菇/彩虹落下了纷乱的露珠/蜘蛛在歌唱昨夜的闪电/我沉睡压住了薄薄的耳膜……啊,我沉睡,我醒着,我疼痛/我的两手紧紧护住……

我闭上眼睛。真正的困乏来临了。把一生余下来的所有时间都用来沉睡,也难以解除奔波的疲惫。我不敢回忆走过了多少山路、遇到了什么,也不敢回忆那片原野。我最好忘掉那片沦陷的土地,那儿肮脏的河水,还有不复存在的田园。在那里,连最好的歌手也变音变调;淳朴的乡间小伙子已戴上大黑眼镜;大双眼的姑娘文了酱色假眉;锃光瓦亮的轿车来复穿梭;坍塌的校舍一下压死了二十个娃娃;发臭的河水漂着死鱼……

我扳着手指细数这次追赶。我发现自己又一次两手空空,没有找到庄周,也没有打听到飞脚——或许我根本就不想找到他们?我为何而去又为何而归?

一个隐隐的声音在提醒我:不要追问,不要追问……

我仿佛看到今夜梅子正扯紧孩子的手,伫立窗前……但我不想让她看到浑身的疤痕。这些伤痕有的刚刚愈合,有的还在流血。为什么她一次又一次拒绝那片平原?因为你不愿到陌生的土地上去注视男人的失望,正像我不愿在这个陌生的城市里忍受女人的苍老一样。我们俩的恐惧原来完全一样。我的迷恋如同你的迷恋,我的迷茫如同你的迷茫。你如果浅薄,我就不会深邃。你是一个循规蹈矩者,我就别想闯荡于天地之间。

这一次啊,我真的向西走了很远。我曾经说过,一个人只要足踏大地,他对不同的方位必然获得不同的感知:西部对我来说永远是一种苍茫无定,它深远无际,既让人遥想又让人恐惧……那儿亘古至今都蒙着一层厚厚的生命的云雾。一个人踏入西部并不停地走下去,就会发现它漫远得没有尽头——翻过一道山岭还有一道山岭,走过一片沼泽还有一片沼泽。它太大了,大得足够一万个人花掉一生。

人穷尽一生也走不穿西部那片苍茫,他所能做到的只是把自己融化在那里,无声无息。

让我在此好好沉睡吧。让看得见和看不见的伤口一起止血、愈合。沉静的思绪会悄悄沉入一片黑夜。它们谁也不会惊动,只要闭上眼睛。

安安静静,只让灵魂飘到西部茫野,让它再一次飞快触摸那一架架大山……

二

早晨起来,一直在琢磨不愿逝去的梦境。我梦见一片坡度平缓、在水流中侵蚀严重的山地——那儿岩石高凸,正处于崩裂前的最后阶段,到处可见一堆堆碎岩屑。这很像一幅静物画。现在极力回忆的,就是我曾经在哪里见过它。记不起来。但它太清晰了,以至于我醒来好久还以为自己正身处旅途小屋,窗外响着沙沙风声。

我长时间坐在炕上,好像面对着一个海湾,有一种下水前的奇怪感觉。我在心里小声咕哝:"把坚硬的石头变成细细沙末,这需要多少个世纪?用这一粒粒细沙把海湾淤塞,把海水赶走,又需要多少个世纪……"

我为自己做了一餐简单的饭。从甲地到乙地的艰苦奔波,归来后的安恬和必不可少的一丝新奇感,开始缓缓地消退、疏远。我下面要做的,是近在眼前的事情。我将接续离开前的那一切了……然而,在刚刚苏醒的梦境边缘,却要不停地追问:我从哪里来?又到哪里去?我如何归来又何时离去?我在此地迎接什么?寻找什么?

一大早就泛起的一连串询问让我头脑发胀。我无法回答。

我走出来,看着院角那棵小树、地上的甲虫。到处绿蓬蓬的。

蒲公英、荠菜、一株匍匐在地的藤长苗。篱打碗花在开放：贫穷的花，美丽的花。与它在一起的是肾叶打碗花和裂叶牵牛。沉默的花，不需理睬的花。靠近院墙的野芝麻长得很高，约有一米，已经开始发育小小的坚果了。两三只麻雀飞进又飞走。

仍然坐不下来。我在这小小空间里到处端量。多大的一个炕！看来庵主从来都把睡觉看成了头等大事——当然，他并没有错。屋角有个蒙尘的破柜子，里面有些很破的杂志，一些陈旧或簇新的书。可见庵主和他的朋友以前曾频频出入这个草庵。杂志很多，服装杂志、健美杂志。有一本上面赫然印着：《性倒错》。一本《悲剧通论》，一本《艺术的真正奥秘》。这些笨重的书名就足以把人吓退。有几本令人产生兴趣的艺术摄影画册，斯特兰德的《椅子抽象》，斯坦纳的《打蛋器和平底锅》。两个美国人。美国人活得很腻。画册里还有好几张达迪科的《人体》。裸露的乳房压倒了一切。他不是美国人，他是捷克人。东方集团的怪种。另一幅是保罗·奥特布里奇的《长统袜与花》，印得很大，如果流传民间，势必会糟蹋很多穷人的孩子……晾晒叠起的长统袜/刚刚折下的鲜花/清晨之露宛如泪滴和/所有故事挤压成的标本/龙舌兰与石竹花/岩石与岩屑……

有人咚咚敲门。我脸上沾着尘土去开门。原来是庵主——真正的主人回来了。

我拍拍手，笑着。脸色蜡黄、满脸惊喜的庵主搓着手，一跨进门就高兴得跳了一下。这个动作多少有点像女人。他笑了，再次露出一口不整的牙齿。他向身后招呼一声，说：

"哎呀你这个家伙，你这个……朋友们都急，黄科长到处找你哎！"

"我不是说要出发一趟吗？"

"可也不能走这么久啊。你怎么了？哎呀晒黑了，也瘦了，有点……苍老!"

我说:"很憔悴的。"

"憔悴!"

这时我才注意到,静思庵主携来了几个稀奇古怪的朋友。他们又是各门各类的艺术家?这一回来了三个。

"黄科长让我回来看看,他说再不回来就要差人去找了。工作不能耽搁太久,幸亏……"

我在心里咕哝一句:"他的狗协会该让盐腌起来。"

但我脸上一直带着笑。我这个人今天一大早有点"外圆内方"的味道。我因此而讨厌自己。静思庵主把我扶到一个角落说:"知道吗?小冷急着你回来,还有滨,也在到处打听你。好像是那幅画的事有了一点眉目……"

"什么画?什么眉目?"

"你都忘了?伙计!"

我拍拍脑袋。我好不容易才记起来。我说:"那幅画还在聂老那里!"

"就是呀,滨找你就为了这个事儿,我们今天一块儿回去还是怎么?"

我想了想:"算了吧,我得在这儿歇一下,到时候我自己会回的,你先别告诉他们。"

庵主点点头,背着手走开。他和朋友开始欣赏四壁的字画,指指点点。这个说:"用墨很好,你看,这一笔多绝!"另一个说:"墨吃进去了……"

庵主和他的朋友们专心指点着,好长时间没有顾得理我。中午时分他们兴致很高,主动到厨房里去忙……

好不容易才把一伙人挨走,留下了整个下午的清静。当我一个人时,立刻就能感到身上到处都在疼痛。我不知该不该马上回城里做一次检查。内脏好像受损,腰部闷沉——那是肌肉拉伤、是骨节问题,还是肾脏的毛病?还有两肋的触疼。我眼前又闪过那个挥舞不停的锈铁链……那个仍在饲喂自己牙牙学语的小孩的小怀,加友母子,大山里的坟头,罗镇的故事。我苦苦追踪那个像影子一样闪跳不停的飞脚,可惜他最终还是一道影子……

我这时想:如果把黄科长当成飞脚也未尝不可——每个人的经历中都充斥着背叛,我何必舍近求远去寻找我们家族的敌人?

半下午时分门又响了。开门一看,我一下给定在了那儿。来的不是别人,竟然是滨!

有好长时间我的脑子都不能转动,因为我实在没有想到会是她,也想不明白她怎么会到这里来。

我机械地应答,招呼,礼让,心里却在徘徊着一个个兴奋的问号。后来我突然明白了:肯定是静思庵主告诉她我回来了。

这位无比漂亮的小妇人,一个人穿着米黄色风衣,戴着一对毛茸茸的白手套,乘一个多小时的车到西郊来,像赶一个幽会似的,让人困惑而又惊喜……

当然她是为那幅画的事情——我刚刚听到门响那会儿是多么厌烦,可是当我看到滨时,心情立刻为之一变。人说来说去还是一种非常不能适应陌生者的动物,特别当对方是一个美丽的异性时。

滨笑了。她张开总是搽得很浓的小嘴儿笑了。她那双大得出奇的眼睛闪动着猫或狐狸的光彩。我喜欢这光彩。我问:"静思庵主告诉你了?"

她点点头:"他跟你讲了吗?"

"那天人多,他讲得不细。到底怎么回事?"

滨把书包放在桌上。这时我才发现她提了一个大包。她从包里掏出了那幅我熟悉的画,一下坐在椅子上:

"很可惜,它是假的。"

"聂老当时不说是真的吗？那天他很肯定的样子啊！"

滨的嗓子沉下来："聂老不是把画留下来了吗？这说明他一时也看不准。聂老只说这幅画简直可以乱真……"

我一直盼着这幅画能帮小冷一家，想不到它是假的。我极度失望。

滨说："不过这也可以卖个好价钱，因为它可以乱真，连聂老都被它蒙了一阵子。"

"假的就是假的。"

"是的，不过……"

我抬头看她一眼。她像一只受惊的鹿，那双大眼睛飞快地瞥我一下。她的微笑隐得很深。这是一个内心与外表同样灵俏的少妇。她完全懂得我对她素有的爱慕与敬重。我只得对自己说，我感激我们之间相处时的那种真正的愉快，我喜欢她，以及她特有的那种宽容和温煦。我又问了一些聂老的事、她爱人的事，听得出她都在淡淡应付。

她说："我之所以要这么快赶来，是怕小冷赶在前边——我想让你事先有个思想准备，想一想怎么说，所以……"

这些话我都没有听进去。我想起了不知谁说过的一句话："睁着一双大眼，让我爱不释手"——不知这句话是否透露出一丝戏谑，但我此刻觉得这话妙极了……滨又询问了一些我为什么离开的事情，为什么走这么久等等。我告诉她：啊，没什么，只不过到一些地方随便走了走……

"你总是要匆匆地走——到底有什么事啊？"

"没什么事，有人就是要匆匆地走。"

滨笑："我喜欢静。"

"是的，你很安静。"

"我静久了也烦，有时也想动动。"

她在屋里环顾,嘴里不时发出一声叹息。我不知道这叹息是愉快还是厌烦。

三

小冷果然来了。我预料她会来。隔了一段时间不见,她那两只圆眼好像离得更远了。她一进来就大呼小叫——这一点和滨多么不同。她拍拍手掌:

"哎呀,我没有告诉黄科长就跑来了,你看哪,你说走就走,走这么久!黄科长急得团团转,像热锅上的蚂蚁……"

"我对他远没有你对他重要。"

"天哪,看你说的,你多有文化,黄科长是个文化人,他当然喜欢有文化的人。"

"他不过是个'猫头狗耳'!"

小冷瞥我一眼:"俺听不懂!"

"我是说,他蠢得像头猪……"

小冷吐了吐舌头:"呀,你在说黄老呀!"

"他还没有老出个模样来……"

小冷不满地瞥我一眼,坐下。她噘着嘴。这个姑娘无论如何是单纯的,而单纯的姑娘迁就的东西总是太多。我不知她的父母对她寄托了怎样一种希望。我问起了她的老人。

"还是那样。自从我们家被那些人抄了以后,我弟弟就不回家了。"

"那样家里的担子就落在你一个人身上了。"

"可不怎么!我还得忙协会的事儿;我真想给俺爸俺妈雇个保姆,可惜没钱……"

她给黄老做保姆,却要给自己家雇一个保姆……她说:"如果那幅画能卖掉就好了。我就是为这幅画来的——你该不是为了这画才离开这么久吧？你找的那个老头子是谁？他又怎么说呢？你这次离开该不是连画也带上了吧？"

我真是惊讶到了极点。她想得太歪了。我赶忙打开抽屉，把那幅画取出。

小冷两眼放光，一下抱到怀里。

"哎呀，天哪，它怎么在这儿啦？怎么在这儿？"

"老画家刚刚差人送来，很可惜……"

"怎么？"

"它是假的。"

小冷手一松，画落在了地上。她害怕一样看着，没有去捡。我替她捡到桌上。小冷捂着脸，长时间没有抬头。

"天哪，这不是一幅画，这是俺家的灾星，俺跟着它全毁了，这罪还没有头呢……像藏块金子似的藏，想不到是这么块狗东西。天哪，那个老教授也不是好东西，俺爸俺妈没拿他当外人，临走他就给了这么块假货骗人！"

"你别哭，哭也没用。也不要骂那个老教授。"

"不骂他怎么？他给假画骗人，还文化人呢！他的书都念到驴肚子里去啦？这么祸害平民百姓？"

"不要这样讲。这幅画也不一定是怎么落到他手里的，再说他又不是专家。就连那个著名的老画家一开始也说是真的。我相信老教授当时完全是好心好意。"

小冷抹着眼睛："我真倒霉啊，我们家真倒霉啊！"

我安慰她：尽管这是一张假画，但无论如何还是一张挺好的画。我把画递给她，小冷却怎么也不拿了。她看着那张画，像看一条毒蛇，眼光尖利，连连后退。

小冷走了。我把那幅画挂在了静思庵的墙壁上。

四

她的来而复去好像提醒了我:我还是那个营养协会的人呢!我的顶头上司叫黄科长,我被指派到这个静思庵是为了改写和扩充他的那本"自传"!

我搓搓手,把案几收拾干净。一切该有个交代,有个着落了——什么结局不知道,但我知道该有个着落了。

我把订得整整齐齐、用牛皮纸做了封面的三大册拿出:《我的放牧生涯》《学医大事记》和《游击考》。这些文字隔了一段时间没看,今天看来竟然又一次大放异彩。多么有趣啊,这使我陡然理解了一些静思庵主和小冷,明白他们为何一口一个"黄老"叫着。原来这种崇拜是自然而然的。瞧这字里行间处处闪露着一种邪恶的活力,真不像一个六七十岁的人写下的。看着这些文字,脑海里一再浮现的是他的形象:不太高的个子,稀疏的头发,翘翘的门牙,红扑扑的脸膛,活络的双目——如此生动可爱。他竟然可以把荒郊野外的放牧写得妙趣横生,起伏跌宕;他不厌其烦地考察乳猪与种猪,考察猪身上那几道竖纹与性格的奇怪对应关系;还有,他追逐奔逃的猪猡与后来参加革命的关系;他早年练就的技能与游击战争中的应用情况……他真的生了一副奇怪的脑瓜。而在《学医大事记》和《游击考》中,这些优长简直发挥得淋漓尽致。我渐渐觉得这是一个"异人"。

既然如此,我余下来的工作只能是听命于他,老老实实做一个"知识苦力",在一种恍惚的状态下机械而勤奋地工作。我要像一个梦游症患者一样,应答自如按部就班。

我翻动它们,不断被精妙绝伦的思路给震惊。真是叹为观止。尽管如此,我还是把它们一下推到了地上。

随着噼啪几声,地上拍打出一股尘土。我打了个响亮的喷嚏。

认真拾掇背囊,里面全是从那个平原和山区带回的各种东西。时间不早了,该回家了……我把背囊里的东西再三整理,一件件放好。

让我暂且回到自己的小窝,回到妻子和孩子身旁吧。

在营养协会,还有那烂成一坨的猪狗不如的生活,大概也将从此结束了。只有这时我才猛然意识到:庄周在许多年前已经解决的问题,在我这儿才刚刚开始呢。还好,人人都必会有一个开始,或迟或早。道理也就这么简单:人活着就要不停地撞墙,或者把墙撞倒,或者把自己撞碎。

我到大炕上取出早就整理好的背囊,将背带穿在胳膊上——这立刻就变成一个身负背囊的男人了。

我往外走去,头也不回。

我一直往前,穿过生满了荠菜花的院子,打开院门……

五

进门时刚刚接近中午。家里正冒出了熟悉的气味,小厨房涌出一股淡淡的烟气。我敲门,叫了一声。我马上听出自己的嗓子低哑。可是小宁最先听到了,呀一声跑出来。他抱住了我的腿。

我抚着他圆圆的额头。儿子好像又长高了一点。我把他抱起来。"爸爸!爸爸!"他大声呼喊,梅子当啷一声扔掉手里的炊具,从厨房奔出来。

她扎了围裙,她瘦了。

"你可回来了!"

梅子撩起围裙去擦眼睛,再不说话。

"好多人到我们家来了。阳子领着你那些老朋友……"

梅子把我的背囊取下来,"多沉哪,"她咕哝着,"黄科长他们也来问,我告诉他,只要回来就会到单位报到的……"

我苦笑:"梅子,我不会去了……"

"什么?"

"真的。"

厨房里有一股焦煳味,她赶紧跑走了。

小宁问:"爸爸为什么不去了?"

"爸爸失业了。"

"失业了。"他重复着,声音很低,小小眉头皱起来。

我一直牵着孩子的手。"爸爸,妈妈说你又到山里、到海边上去'窜'了。"

"因为爸爸要急着找一个朋友。"

"找到了吗?"

"没有。"

"他是谁?"

"一个撞墙的人。"

"撞墙?"

"撞得头破血流……"

梅子重新进屋,站在我们身边。她穿了一双漂亮的红拖鞋。我又记起了我们俩刚刚相处的日子,她穿一双红拖鞋在屋里一挪一挪走动的样子。那时她真像个孩子,常常依偎着不愿离开。时间啊,仿佛只一转眼两人都四十多岁了。真想骂一句粗话。这会儿小宁把全身的重量都靠在我的身上。我把他俩紧紧搂住。我搂住了一个家庭。

这个夜晚,梅子发现了我浑身的伤疤。疤痕的颜色竟那么深;有的还在往外渗血。梅子叫了起来,后来哭了:

"天哪!你怎么了?你到底怎么了?到底去了哪里?"

我告诉她:我在大山里寻那个朋友,一不小心就跌到了崖下。当然要折腾一些日子。不过这不算什么。我不是又整个儿回到家里了嘛。

"天哪,不算什么,不算什么……"

她的泪水流在了我的身上:"你折腾不完了……你知道自己四十多岁了吗？你到现在还没有学会过日子,一点也没有！"

我点点头承认:"是的……不过正因为这样,我一路上都在想:时候到了,咱们再也不能耽搁了。梅子,我们真该把日子从头弄一弄了。"

梅子重复着我的话,后来睁大了眼睛:

"'弄一弄'？'弄一弄'是什么意思？"

"怎么说呢？挺复杂的,三言两语怕也说不好。简单点讲就是要像个男子汉那样横下一条心——彻底地、从根上收拾一下。"

她还是没有听懂,两眼圆睁。这是一双杏眼,眼角开始有了淡淡的皱纹。多么漂亮的眼睛啊。我一直盯着她的眼睛,不知什么时候拳成了两拳。我多么爱她。可是今夜我的手指关节握得咔咔响。我说:"我们俩的年纪真的不小了,咱们一定得从根上收拾一下了。人嘛,或早或迟,必会有一个开始……"

"开始什么？"

"开始收拾一下。"

"'收拾一下'？"

"嗯,从头来吧,好好收拾一下。"

1992 年 3 月初稿于龙口
1997 年 5 月二稿于济南
2009 年 6 月五稿于龙口